I0629816

Jose Vicente Gargallo

Las cenizas de nuestros padres
Parte I

El final solo fue el Principio

Esta historia está inspirada en hechos reales.

©Autoeditado por Jose Vicente Gargallo Martín.

Ilustración de la portada y diseño del símbolo realizados por:
©Linda Gómez de lindagomezgarcia.com

Corrección:
©Abia Argumentos

Primera edición: septiembre 2019
ISBN: 978-84-09-11770-3
Depósito Legal: V. 2719-2019
Printed in UE – Impreso en la Unión Europea

A mi compañera de vida y de espíritu y
a nuestro gran milagro.
Con todo mi Amor.

A mis padres y a mi hermana,
por ayudarme a construir mi vida
sobre cimientos sólidos.

Prólogo de LAIN

Dicen que quien tiene un amigo tiene un tesoro.

Yo diría que quien tiene un libro tiene un tesoro, sobre todo si es un buen libro, porque puede hacerte sentir, experimentar y aprender lo que ningún amigo podrá hacer jamás.

A través de las páginas de un buen libro podemos entrar en universos que nos ayuden a conocernos más a nosotros mismos y sabemos científicamente que el subconsciente es más susceptible de ser cambiado a través de las historias y las metáforas.

Sé por experiencia que nada en la vida ocurre al azar, ni por suerte ni por mala suerte, sino que ocurre por un motivo, por una razón y que siempre, además, esa razón o motivo es por nuestro bien y el de las personas que nos rodean.

Sabiendo esto, sé que si estás leyendo estas páginas significa que este libro contiene información muy valiosa para ti que, a través de su historia, te ayudarán a conocerte mejor a ti mismo, a tu pasado y, por tanto, podrás tomar conciencia de las cosas que han ocurrido también en tu vida para planificar un nuevo futuro prometedor.

Sumérgete en ellas y deja que tu imaginación vuele mientras tu mente subconsciente hace todo el trabajo. Pronto verás cambios, pues como es dentro es fuera.

Por mi parte puedo decir que el autor ha puesto todo el amor, las ganas, la ilusión y el trabajo para poder entregarte lo mejor a ti. Y un libro es como la buena cocina, si se hace con amor, sabe mejor.

Antes de que empieces me gustaría darte otro mensaje, y es que sin importar quien hayas venido siendo, lo más importante es quien has venido a ser. Quizá se hayan cerrado puertas de bronce en tu vida, pero es porque hay nuevas puertas de oro esperando por ti. CONFÍA.

Gracias José Vicente por escribirlo y a ti, amado lector, por leerlo.

LAIN, autor de la Saga de LA VOZ DE TU ALMA.
www.lavozdetualma.com

Una historia de causalidades

He aprendido durante los últimos años que todo pasa por algo. Hay momentos en la vida en los que parece que nada encaja. Pero, un día, de repente la situación da un vuelco inesperado y todo cobra un sentido global que nunca habías imaginado.

Para que pudiera conocer a **Linda**, mi compañera de vida y de espíritu, se tuvieron que dar miles de pequeñas casualidades. Siguiendo el hilo conductor de estas coincidencias, di con el origen del mismo, justo cuando estaba pasando un momento de esos en los que no le ves sentido a nada de lo que te ocurre. Pasaron algunos años hasta que pude verlo, muchos, pero mereció la espera.

Ahora vivo y siento que todo lo que ha ocurrido en mi vida me ha servido para que llegara a este momento presente; un punto en el que todo adquiere un significado mucho más grande que mi propia existencia. En este momento soy consciente del cuadro completo que compone mi vida hasta ahora. Nada en ella está aislado, sino que forma parte de un todo.

En el último año y medio, todo se ha desencadenado a una velocidad de vértigo. En el mismo mes que decidí dedicarme a la escritura, Linda, escuchando un deseo que seguía latente desde su niñez, decidió que deseaba pintar.

Lo que ocurrió a partir de esa decisión todavía me mantiene impresionado. Nunca antes había vivido una experiencia semejante a lo que estoy viviendo junto a ella.

¿Te imaginas que de la noche a la mañana descubrieras que sabes pintar como si te hubieras dedicado media vida a ello? Lo que he vivido junto a Linda podría ser descrito por alguien que no la conociera como un "don oculto". Yo creo que va más allá, mucho más, y me atrevería a denominarlo como un auténtico milagro y tengo mis razones.

¿Qué probabilidades había de que los dos, casi al unísono, descubriéramos un talento para la pintura y la escritura?

¿Cómo es posible que Linda pintara como si llevara toda su vida combinando colores, encuadrando de forma natural y dibujando con técnicas nuevas para ella, como si lo hiciera cada día de los últimos veinte años?

Todas y cada una de las causalidades que nos han ocurrido, nos han llevado a que justo en este momento formemos un equipo maestro, completado por nuestro amado hijo Samuel, que tanto nos ha enseñado durante estos maravillosos meses de dedicación en los que hemos dado vida a Las Cenizas de Nuestros Padres.

Con estas líneas, quiero que mi agradecimiento hacia **Linda Gómez** quede impreso para siempre, junto con la historia que va a recorrer el mundo entero. Linda, gracias por querer transitar este camino juntos. Gracias por ver siempre soluciones donde a veces sólo se intuyen problemas. Gracias por hacer más grande esta historia con tus valiosas aportaciones. Gracias por ser el pilar fundamental de este hermoso proyecto que va más allá de esta novela y que tan sólo acaba de comenzar. Gracias por todo el Amor que regalas a diario.

Te amo.

Si quieres vivir este milagro de primera mano junto a Linda Gómez y descubrir dónde nos está llevando este camino, no dudes en seguirla en las redes y en su página web:

@lindagomezgarciaart
www.lindagomezgarcia.com

¡Te inspirará!

Agradecimientos

Querido lector, antes de que comiences este maravilloso viaje que te propongo, quiero dar las gracias a **Susana Abia, Flor Benassai** y la inestimable contribución de **Silvia,** de **Argumentos y Comunicación**, por la labor que han llevado a cabo en esta obra. Su dedicación, profesionalidad, experiencia y empatía, han llevado a esta historia a un nivel superior. Trabajar con ellas es descubrir que aman lo que hacen, es sentir que miman tu creación como si fuera suya propia y ponen todo su entusiasmo y dedicación al servicio de tu historia. Gracias, gracias, gracias.

Antes de comenzar...

Estás a punto de descubrir que este libro es diferente. Es mucho más de lo que aparenta. Siempre he tenido el sueño de que los libros tuvieran su propia banda sonora y con Las Cenizas de Nuestros Padres se ha hecho realidad. Esta es la **primera novela** con **BANDA SONORA ORIGINAL** creada especialmente para ella. **12 maravillosos temas** inspirados en la historia que te transportarán a cada uno de los lugares que visitan los protagonistas y que te ayudarán a vivir, aún con más intensidad, momentos clave de la novela.

Los puntos sugeridos para escuchar cada uno de los temas están marcados a lo largo de los tres libros con el siguiente icono:

Cada tema está compuesto para crear una atmósfera única que te envolverá en un punto concreto de la historia, aunque puede que te apetezca escucharla en otros muchos momentos a lo largo de la lectura.

Sólo por la compra de este libro, te **regalo la primera pieza musical de la novela.**

Para conseguirla, envíame por correo electrónico una **foto tuya con el libro** a cenizaspadres@gmail.com, para poder publicarla en las redes sociales y conseguir así que esta novela llegue a más gente y te la remitiré para que puedas disfrutar de esta experiencia inolvidable.

La banda sonora está compuesta por el gran músico, escritor y compositor **Fernando Pérez**. Un artista único que ha llevado la música de todo el mundo a la guitarra española. Si no lo conoces todavía, visita su web: **www.fernandoperezguitar.com** y descubre a uno de los mejores guitarristas del mundo.

¿Cómo puedes comprar y disfrutar de la banda sonora completa?

Es muy fácil, tan sólo tienes que entrar en:

https://www.josevicentegargallo.com/las-cenizas-bso/

o también puedes entrar a la misma página a través de este código de puntos si lo prefieres:

Y sigue las instrucciones que allí se detallan. Es muy sencillo y… **¡podrás tener en el momento tu banda sonora para disfrutarla durante la lectura!**

Es una música compuesta e interpretada desde el corazón para que haga de tu lectura un momento muy especial.
¡DISFRÚTALA!

Confía

Índice

Parte I

Martín

Puede que os preguntéis quién era el tal Martín. Desde luego debía ser alguien especial, de no ser así no se habría escrito ningún libro sobre él. Las personas que le conocían solían utilizar el adjetivo de "normal", acompañándolo de un "muy racional", para referirse a él.

Martín tenía algunos rasgos de la personalidad muy marcados. Era extremadamente perseverante, cuando se le metía entre ceja y ceja una idea no había nada ni nadie que le frenara en su empeño. Esta característica la heredó de su padre y fue la piedra angular sobre la que construyó su imperio; pero, en contrapartida, también presentaba otra cara menos agradable, puesto que su insistencia se extendía a todos los ámbitos de su vida. Asombrosamente, sobre todo para su familia, tras obstinarse en algo siempre lucía un semblante de satisfacción absoluta, dando a entender que había conseguido su propósito. Daba igual lo insignificante que fuera la meta a alcanzar, como cuando decidió reparar el reloj de cuco de la abuela que, por descontado, terminó arreglando; aunque estuvieron recogiendo piezas hasta por debajo de los muebles durante semanas.

Para Martín, sus sueños eran innegociables y los anteponía a todo. Era capaz de tomar decisiones muy importantes con calma y nunca, o casi nunca, cambiar de opinión. Además, era muy, muy perfeccionista, en especial con su trabajo.

Amaba a su mujer, Blanca, y a sus dos hijos, a los que educó con su propio ejemplo de constancia en sus sueños y a los que jamás dio nada gratuitamente, para que supieran lo que 'vale un peine', frase que les repetía a diario.

Físicamente no había mucho que resaltar de su apariencia. Era de mediana estatura, ni muy bajito, ni muy alto. De piel blanquecina, pelo negro como el carbón de su tierra natal, Teruel, y unos penetrantes ojos marrones. Obviamente no daba el perfil de ciudadano de Miami, donde se trasladó con su mujer, Blanca, cuando ambos rondaban la treintena. Su aspecto hacía que se distinguiera con facilidad entre la multitud que solía pasear por *Lincoln Road*.

Entonces, ¿por qué extraña razón escribir un libro sobre Martín Calleja? La respuesta es bien sencilla: esta persona tan normal consiguió que su vida fuera extraordinaria. Y no porque llegara a ser multimillonario, que lo fue, ni porque descubriera la cura de alguna extraña enfermedad, cosa que nunca se le pasó por la cabeza, sino por algo mucho más difícil de conseguir: realizó el viaje más complicado que existe.

Ésta es su historia.

Cuando la ambulancia llegó por fin al hospital de Alcañiz, un pueblo de Teruel, en España, Martín Calleja había empeorado gravemente. Daba la impresión de que los médicos que le atendieron a su llegada a Urgencias conocían perfectamente su caso por la manera de mirarle y lo automatizado de su atención; ni siquiera necesitaron preguntarle a él o a sus acompañantes qué síntomas tenía. Al contrario, todo parecía ya calculado de antemano, como si lo hubieran ensayado decenas de veces antes.

Sin pasar por Admisión, le llevaron directamente a la 101, en la primera planta. En su estado, lo habitual hubiera sido ingresarlo en la UCI, pero en esta ocasión no contemplaron esa posibilidad. En la habitación les esperaban más personas, conocidos de Martín por la manera de sonreírle y de saludarle afectuosamente, cuando entró tumbado en la camilla. Los dos doctores que le atendían, un hombre joven, alto y con barba prominente, y una mujer, aparentemente mayor que él, muy delgada y con un pelo rizado espeso y oscuro, parecían conocer a todos los allí presentes. La doctora dio las órdenes necesarias para estabilizar, sedar y monitorizar al paciente. La enfermera que les acompañaba, una mujer corpulenta, con unas manos de tamaño desproporcionado con respecto al resto del cuerpo y aspecto tan distante como eficiente, actuaba con movimientos precisos que delataban años de experiencia.

Una vez acomodado, monitorizado y sedado convenientemente, Martín, que hasta ese momento había mantenido sus ojos cerrados, los abrió. Sin mover la cabeza, contempló a cuantos le rodeaban transmitiéndole mudos mensajes de cariño. Pese a que estaba ya estabilizado, los doctores, junto con la enfermera, seguían allí, como si formaran parte del séquito del enfermo. Martín, esbozó una pequeña mueca a modo de sonrisa e intentó decir algo, pero le faltaron fuerzas y oxígeno para poder hacerlo. La doctora le cogió de la mano mientras le acariciaba la frente, instándole a descansar y a que no se esforzara. Los amigos que rodeaban su cama le miraban con los ojos llenos de felicidad, se podría decir que de amor. Unos pocos lloraban, pero todos ellos seguían sonriéndole. Era una escena muy poco habitual en un hospital.

Una enfermera asomó la cabeza a través de la puerta de la habitación.

—Doctora Salgueiro, la necesitan en Urgencias —dijo con voz suave.

—¿Podría, por favor, llamar al doctor Gómez por si él pudiera hacerse cargo? —contestó la especialista—. Desearía permanecer con el señor Calleja un rato más.

—Claro, no se preocupe. Seguro que puede. Creo que está más o menos libre —respondió la enfermera, empatizando con la doctora que tan amablemente le trataba siempre.

—Se lo agradezco mucho… ¡Ah! si no le importa, tome —añadió Salgueiro, sacando un papel del bolsillo izquierdo de su bata, como si lo tuviera preparado— éste es el número de la hija de Martín Calleja. Se llama Alma. Por favor, marque todos los números que están apuntados, son los prefijos de Miami, en EEUU.

Al oír a la doctora, Martín soltó una lágrima que recorrió su sien derecha hasta acabar humedeciendo su almohada. Movió los labios, sin emitir ningún sonido, pero todos los allí reunidos entendieron perfectamente que decía: "Alma".

Con el transcurso de los minutos, la hidratación que la enfermera le había puesto mediante una vía en su brazo comenzó a hacer efecto. Martín notó que sentía menos sequedad en su boca y que era capaz de hablar. Cogió aire y, con voz tenue y entrecortada, musitó:

—Gracias, gracias, gracias por haber venido, amigos míos —detuvo su discurso unos segundos, tosió de forma áspera y, tras rechazar un vaso de agua con una pajita de plástico verde que le ofreció la enfermera, prosiguió—. Todos sabéis lo que significa este momento para mí. Todos habéis hecho posible que yo esté enfrentando este instante final sin ningún miedo. Siento paz. Siento amor por todos nosotros.

Martín comenzó a llorar abundantemente sin borrar la sonrisa de su rostro y, desplazando la mirada hacia cada uno de los que le acompañaban, continuó diciendo:

—Sé lo mucho que os ha costado llegar hasta aquí a la mayoría de vosotros.

—Habríamos venido andando desde la Antártida si hubiera sido necesario —aseguró en perfecto inglés una mujer muy delgada, de tez pálida, con el pelo blanco como el algodón, intensos ojos azules y una voz que acariciaba el aire que salía de sus pulmones.

—Lo sé Ufara —dijo Martín— lo sé perfectamente. Todo está dispuesto, hermanos. Estoy preparado para marcharme de este mundo. Muchas veces, a lo largo de mi vida me he preguntado cómo sería este momento, mi último momento. Nunca pensé que sería tan maravilloso.

Martín paró de hablar un instante. La enfermera, que acompañaba con su llanto el de Martín, secó las lágrimas del enfermo.

—No hables tanto, Martín. Descansa un poco —le aconsejó el joven doctor.

—No me queda mucho tiempo ya, doctor García... —respondió Martín—. Todos vosotros habéis conseguido que esta despedida sea plena y serena. Me voy lleno de paz y amor. Sin vuestra ayuda, mi última hora habría sido muy diferente. Os estaré eternamente agradecido a todos.

—¡Las gracias te las tendríamos que dar nosotros a ti! —insistió un joven que estaba a los pies de la cama.

—Mi querido Víctor, no sabes lo que significó para mi vida conocerte, justo en el preciso momento en el que no sabía cómo llevar a cabo mi propósito. Fue una bendición encontrarnos. Gracias por compartir mi propósito vital y ayudarme a dejar este legado.

—Tu propósito es el mío, Martín. Lo haremos crecer todo lo posible, lo extenderemos, ayudaremos a millones de personas. Te doy mi palabra —contestó Víctor.

—No hace falta que me la des, sé que lo harás.
Martín volvió a toser con fuerza. El latido de su corazón, reflejado en el cardiograma de una máquina que estaba conectada con un sensor a su dedo índice, indicaba que algo no iba bien. Cerró los ojos e hizo gestos a la enfermera de que ahora sí aceptaría ese vaso de agua. Ella le incorporó la cabeza levemente y le dio a beber.

—Deja de hablar un poco, Martín. Por favor, descansa unos minutos —le rogó la enfermera, colocándole bien la pajita de plástico para que pudiera tragar con comodidad.

—Ángeles... siempre tan amable, profesional y servicial... Agradezco tu preocupación, pero ya llega mi hora. Luego podré descansar todo lo que quiera —le dijo sonriendo y guiñándole un ojo.

Cuando volvió a beber una pequeña cantidad de agua, Ángeles le apoyó la cabeza en la almohada y él continuó hablando.

—¿Habéis avisado a Richard?

—Sí Martín, ya está avisado y ha puesto en marcha lo previsto —contestó una mujer con rasgos orientales que estaba a su lado, sosteniéndole la mano izquierda. No se la soltaba desde que le subieron a la ambulancia.

—Bien, eso está muy bien… —dijo Martín. Respiró profundamente, miró al techo y sonrió de nuevo—. Todos formáis parte del legado que he querido dejar tras mi marcha. Todos sois una pieza imprescindible en él. Cada uno de vosotros lleva un pedacito de mi alma. Os amo con todo mi corazón. Todos somos Uno.

Martín exhaló lentamente el aire que contenían sus pulmones. Sus ojos cesaron de llorar y se quedaron inmóviles. Ángeles, la enfermera, se los cerró con suavidad para siempre.

La mujer oriental agarró con fuerza la mano del hombre que estaba junto a ella, de rasgos muy parecidos a los suyos. El asiático, a su vez, ofreció su mano a otro hombre caucásico, quien hizo lo propio tomando la de Ufara que, por su parte, aferró la de Víctor. Éste unió su mano a la de una pareja que lloraba desconsoladamente. La mujer, muy emocionada, entrelazó su mano con la de un hombre de pequeños ojos. Ángeles y los doctores ya se habían sumado a la cadena que se había iniciado. Una mujer africana, con una sonrisa que iluminaba toda la habitación, fue el último eslabón que se unió a la cadena humana, formando un círculo perfecto entre todos ellos. Lloraron intensamente cuando Ufara comenzó a cantar una canción en hebreo con una dulzura indescriptible. Todos sonreían y asentían de vez en cuando, con la cabeza, en agradecimiento al recuerdo de las situaciones vividas con aquel peculiar hombre que les acababa de dejar.

Al concluir aquella hermosa canción sintieron que una energía mucho mayor que cualquiera que hubieran experimentado jamás, recorría el círculo, apretando con fuerza las manos que les mantenían unidos. Al sentir la fuerza que les atravesaba se les iluminó el semblante sintiendo, sin ningún tipo de duda, que Martín seguía allí, con ellos, aunque ya no pudieran verle. En sus mentes todavía resonaban sus últimas palabras: "Todos somos Uno".

Una llamada inesperada

—¿Samuel? —respondió la voz al otro lado del teléfono.

—¿Sí? —dijo Samuel un poco sorprendido—¿Alma?

—Hola Sam, ¿cómo estás?

—Hola Alma… pues… estoy bien, sorprendido de que me llames y más de que lo hagas por la mañana. ¿Estás bien?, ¿ha pasado algo?

—Sam… —Alma hizo una pausa antes de continuar— es papá —señaló con voz entrecortada.

—¿Papá?, ¿está enfermo? —contestó Samuel sin mostrar ningún tipo de emoción.

—Está muy enfermo. Me acaban de llamar para decirme que no le queda mucho tiempo. Sam, papá se muere.

Samuel se quedó con la mirada perdida. No sabía cómo responder ni qué decir. Un cúmulo de sensaciones contradictorias le envolvió de repente. Hacía mucho tiempo que había dejado de hablar con su padre, después de todo lo que ocurrió. Su corazón se aceleró cuando recordó fugazmente algunos pedacitos de su vida junto a él.

—¿Sam? ¿Sigues ahí? —requirió Alma, interrumpiendo la película mental de Samuel.

—¿Dónde está?, ¿de dónde te han llamado? —alcanzó por fin a preguntar Samuel.

—Está en España —respondió llorando Alma.

—¿En España? —manifestó Samuel atónito.

—Ya sabes que papá hace años que no permanece mucho tiempo en un sitio. Hace más de doce meses pasó por Miami a visitarnos. Desde entonces ha seguido viajando. Lo último que sabía de él era que había vuelto a su amado Valderrobres. Me han llamado del hospital de Alcañiz.

—¿Vas a ir a España?

—No, Sam—dijo Alma con la voz nuevamente quebradiza— me han dicho que le quedan horas.

—¿Te han dicho qué le pasa?

—No me han dado más información, solamente que se va apagando poquito a poco. Está sedado para que no sufra, aunque consciente. Me han dicho que está bien cuidado y que le acompañan numerosos amigos. Le he llamado a su teléfono y lo tiene apagado. Cuando acabe de hablar contigo intentaré llamar al hospital.

—¿Amigos?, ¿qué amigos? —preguntó estupefacto Samuel. Desconocía por completo la vida que había llevado su padre en los últimos años. No es que considerara que fuera una persona poco sociable, simplemente le sorprendió que tuviera amigos en una tierra que, aunque le vio nacer, no había pisado en más de cuarenta años salvo para algunas visitas cortas.

—No sé nada más, Sam. Es todo lo que me han dicho.

Samuel se quedó pensando qué decir.

—¿Qué vas a hacer, Alma?

—¿Cómo que qué voy a hacer, Samuel? —respondió airada Alma— La pregunta no sería mejor "¿qué vamos a hacer?" ¡Ambos! ¿No? —añadió completamente enfadada.

—Alma, no empecemos. Ya sabes lo que pasó entre nosotros, yo…

—¡Déjate de estupideces Samuel! ¡Madura de una vez! —dijo Alma alzando el tono de voz.

—Alma, basta. Tú decidiste tu camino con él. Yo decidí el mío.

—¿Me estás diciendo que no vas a venir ni siquiera al entierro, a despedirte de tu padre?

—Es más complicado que eso, Alma. Ahora no puedo ausentarme del trabajo por tantos días —alegó Samuel con voz conciliadora.

—¡Déjate de gilipolleces, Samuel! —gritó Alma— ¡Si no lo haces por papá, hazlo por mamá!

—Alma, de verdad que no quiero discutir contigo, pero si metes a mamá en esto acabaremos mal. Te lo aseguro.

—Mamá siempre luchó por la unidad de nuestra familia, Samuel. Siempre —afirmó con voz más calmada—. Mira, haz lo que te dé la gana, ¿sabes?

Alma colgó la llamada sin dar más opciones de defenderse a su hermano. Samuel se quedó mirando fijamente su teléfono, casi no podía creer lo que acababa de pasar. Habían pasado ya más de diez años desde que abandonó la idea de intentar reconciliarse con su padre. Padre e hijo, que en otra época fueron uña y carne, casi una extensión uno del otro, dejaron de entenderse por completo. Su relación se convirtió en algo insoportable, al menos para Samuel, que decidió, con todo el dolor de su corazón, huir de su padre y de su propia vida, dejando todo atrás. Tomó la decisión más dura que jamás había tomado: vivir como si ya no tuviera padre.

Muchas cosas habían pasado desde entonces. Samuel creó su nueva vida lejos de su querido Miami. Fue una época muy difícil para él. Los últimos años vividos no lograron curar las heridas que el resentimiento se empeñó en mantener abiertas. Pero Samuel consiguió sobrevivir y crearse un nuevo yo, en un lugar en el que no tenía raíces, y eso, para él, había sido uno de los triunfos más duros y valorados de su vida.

Samuel volvió de sus ensimismamientos de forma brusca, cuando un colega de trabajo le tocó el hombro.

—Perdona Sam, llevabas minutos sin moverte y quería saber si estabas bien —dijo Patrick, su compañero, con voz de preocupación.

—No te preocupes Pat, es que he recibido una noticia difícil, pero estoy bien.

—¿Puedo hacer algo por ti? ¿Quieres que adelante mis horas y descansas un poco?

—No, muchas gracias amigo, creo que me vendrá bien entrar en clase.

—¿Seguro? —insistió Patrick— no tienes muy buena cara.

—Sí, seguro, muchas gracias.

Samuel se levantó un poco mareado. Volvió a mirar las últimas llamadas en la pantalla de su móvil, como para asegurarse de que no había sido una ensoñación. Efectivamente, la llamada de Alma seguía allí. De camino a clase comenzó a pensar en su hermana. La echaba profundamente de menos. Sabía que ella también lo había pasado muy mal, a sabiendas de que era la más emocional de los dos. Alma no quiso seguir los pasos de su hermano, quizás porque tampoco pudo. Su familia, a la que tanto adoraba, la necesitaba allí, en Miami, donde habían vivido siempre. Había elegido muy bien a su marido, Robert, un abogado de éxito que, además, estaba muy implicado en temas de ayuda a los más desfavorecidos y, junto a él, crearon a esas tres personitas tan maravillosas, Amy, Evelyn y Julie. —¡Cómo las extraño! —pensó Samuel.

Justo cuando iba a abrir la puerta de la clase que le tocaba impartir en aquella histórica universidad de *Carnegie Mellon*, volvió a vibrar de nuevo su teléfono. Esta vez era tan sólo un mensaje. Al ver que era de Alma no le hizo falta leerlo, sabía lo que ponía, lo que significaba.

Un escalofrío le recorrió la columna vertebral hasta la nuca. Fue una sensación extraña, la había sentido algunas veces antes, pero no con tanta intensidad.

—Papá ya no está en este mundo —musitó entre susurros para sí, mientras le caía una inevitable lágrima por la mejilla.

Se quedó paralizado, frente a la puerta de su clase. No sabía qué hacer, cómo reaccionar, había tantos sentimientos encontrados dentro de él que estaba desorientado. De pronto, comenzó a recordar cuando empezó a impartir clases. Se acordó de que ese fue su refugio durante aquellos fatídicos años. Era cerrar la puerta tras de sí y convertirse en otra persona, enérgica, llena de entusiasmo por lo que enseñaba, gastando continuas bromas con sus alumnos para dinamizar sus clases. En cierta manera interpretaba un papel, tratando de ocultar toda su tristeza y melancolía y se le daba perfectamente, nadie de su trabajo supo nunca nada de su pasado reciente. Pero, en realidad, por otro lado, rescataba al Samuel que era antes, cuando vivía en Miami. De algún modo, le hacía revivir a diario, casi como una liturgia para no olvidar su esencia. Cuando entraba en clase se sentía como en casa, reconectaba con su Ser, disfrutaba. Si hubiera podido impartir clases durante todo el día, lo habría hecho sin dudar. Pero todo aquello tenía una cara más oscura, la que existía justo cuando volvía a cerrar la puerta del aula tras de sí, esta vez para salir de ella. El sencillo acto de entrar o salir de aquellas clases hacía que su mente cambiara por completo. Llegó a pensar que sufría un desdoblamiento de personalidad, por la sencillez con la que se producía aquel cambio de manera de ser y de hacerlo de forma tan automatizada.

Finalmente, tras unos breves segundos, Samuel levantó la vista para mirar por la pequeña ventana que tenía la puerta. Allí estaban sus alumnos. Él había conseguido que todos le esperaran con entusiasmo en cada sesión. Se sentía muy orgulloso de aquello ya que, aunque la materia que impartía era poco atractiva y bastante complicada para el nivel en el que se enseñaba, consiguió que fuera la asignatura preferida por la mayoría de los estudiantes. Finalmente, decidió entrar sin leer el mensaje y volver a ser el Samuel conectado con su esencia por unas horas más.

Alma estaba en su casa, llorando desconsoladamente, tratando de desahogarse mientras sus trillizas todavía andaban ocupadas en las actividades extraescolares. Estaba sentada, apoyada en la isla que tenía su cocina, con la foto de su padre en sus manos y llorando sin cesar. De vez en cuando levantaba la mirada observando, a través de la puerta que daba al salón, el recipiente que le había acompañado durante tantos años. Aquella vasija de porcelana minuciosamente decorada, que presidía la chimenea, contenía las cenizas de su amada madre. Recordó cómo Blanca, la mujer que le dio la vida, cuando presintió su final tumbada en la cama de hospital le cogió la mano y, apretándosela contra su pecho con las fuerzas que le quedaban, le dijo:

—Mi querida hija, prométeme que guardarás mis cenizas hasta que puedas esparcirlas junto con las de papá. Por favor, cariño, hazme este último favor.

Se lo hizo prometer varias veces, asegurándose de que lo cumpliría. Alma nunca comprendió tanta insistencia, ella habría hecho lo que fuese que le pidiera su madre, como siempre había hecho; no era necesario que se lo repitiera tantas veces. De pronto, le vino a la mente cómo su madre le peinaba su largo cabello oscuro. Blanca siempre le decía que tenía el pelo como el suyo, pero con más brillo. Alma tenía un gran parecido con su madre, aunque era algo más alta. Había heredado su constitución delgada, los ojos verdes oscuros, los pómulos sobresalientes y la nariz estrecha y algo puntiaguda. La boca era como la de su padre, Martín, con los labios más gruesos; eso era lo único que pudo aportar su padre en su herencia genética, en cuanto a su aspecto físico.

Rememorando este momento, Alma rompió a llorar desconsoladamente, con un grito contenido. Sintió que, de alguna manera, se quedaba sola en este mundo. Sabía que tenía a Robert y a las niñas, e incluso que todavía tenía a Samuel en su vida, pero no podía dejar de sentir que aquel vacío que ocupaban sus padres nunca se llenaría. Lloró todo lo que pudo, sabiendo que las niñas volverían pronto a casa.

—Papá, te voy a echar infinito de menos. Siempre te amaré papá, sé que estarás junto a mí, guiándome el resto de mi vida, como lo hacías cuando estabas aquí. Te amo papá. Gracias por ser mi padre —dijo apretando aquella foto junto a su corazón con todas sus fuerzas, mientras se permitía llorar un poco más.

Aquel momento íntimo de despedida fue interrumpido súbitamente por la llamada de su hermano.

—Hola Sam —contestó Alma al coger la llamada.

—Hola Alma. ¿Cómo te encuentras? —preguntó Samuel con voz cariñosa.

—Bueno, estoy… Samuel… no esperaba que esto pasara así. Me habría gustado estar a su lado hasta el último momento —dijo con voz temblorosa.

—Te entiendo Alma, pero él decidió que fuera así.

—Lo sé, parece una tontería, pero siento como que le he fallado al no estar allí con él —contestó llorando de nuevo.

—Sí… sí que es una tontería, Alma… —respondió intentando quitarle dramatismo a lo que decía Alma— Sabes que te entiendo y sé perfectamente por lo que estás pasando, pero no se puede hacer nada por cambiarlo, Alma. Nuestro padre decidió vivir lejos de nosotros.

—Lo sé… Bueno, ¿qué vas a hacer? —preguntó Alma en un tono más frío.

—Iré mañana. Acabo de comprar un vuelo a Miami. Quiero estar contigo y con las niñas. ¿Robert lo sabe ya?

—¿De verdad? —dijo ilusionada y un poco incrédula— Robert no lo sabe todavía, hoy tenía un día bastante importante y no he querido decirle nada. Sé que habría dejado todo por estar conmigo, pero he preferido quedarme sola un rato y desahogarme a gusto.

—Me parece muy bien, Alma. Llegaré sobre las 5 p.m. Me he buscado un hotel cerca de vuestra casa. No quiero molestar.

—¿Cómo que un hotel? —dijo Alma airada— Sam, nuestra casa tiene habitaciones de sobra y lo sabes. Siempre serás bienvenido aquí, no es mi casa, es nuestra casa y Robert piensa igual. Además, las niñas te echan mucho de menos, hace tiempo que no tienen tu cariño en persona. ¡Estoy segura de que estarán entusiasmadas con la idea de poder abrazarte!

—Sí, la verdad es que ha pasado demasiado tiempo… lo sé… Veros por internet no es lo mismo, desde luego —hizo una pequeña pausa—. Está bien, cancelo el hotel ahora mismo y voy a vuestra casa.

—Le diré a Robert que vaya a recogerte al aeropuerto. Yo me quedaré preparando y planificando todo.

—Vale, Alma. Muchas gracias.

—Por favor, Sam.

—¿Has hablado con Richard?

—Me ha llamado él hace unas horas. Se ha enterado a la vez que nosotros. Todavía no sé quién le avisó pero, bueno, es lo de menos.

—¿Te ha comentado algo?

—Sí, me ha dicho que no nos preocupemos, que está todo previsto. Mañana por la mañana me llamará y me contará todo.

—Vaya, no me sorprende que papá lo tuviera todo pensado. Es propio de él, al menos del papá de hace tiempo.

—Pues sí, parece que papá tenía todo previsto ya desde hace tiempo. Mañana me explicará.

—Trata de descansar, hermana. Un beso.

—Otro para ti, Sam, te echaba mucho de menos…

—Y yo a ti, Alma…

Cuando Alma colgó el teléfono una sonrisa se apoderó de su rostro. Mirando la foto de su padre, como si le escuchara, le dijo:

—Parece que por fin ha vuelto Sam, papá. Ha vuelto por ti —dijo acariciando la mejilla de su foto y dándole un beso.

El reencuentro

El vuelo de Samuel aterrizó desde Pittsburgh a la hora prevista. Durante las casi tres horas de trayecto, Samuel repasó mentalmente todos los recuerdos que guardaba junto a su padre. Los últimos acontecimientos pesaban bastante más que todo lo que compartieron durante su infancia y juventud. Aunque había desaparecido de su vida hacía muchos años, la reciente noticia de su muerte fue un shock para él. Quizás, en su interior, guardaba bajo llave la remota posibilidad de recuperar a aquel hombre que tanto le enseñó, que tanto le amó y, sobre todo, al que tanto admiró. Lo que ocurrió en el pasado fue un golpe demoledor, para él y para todos. Cada uno lo superó como pudo, sobreviviendo como supieron hacerlo entonces. Con el tiempo, el odio y la frustración que sentía en su corazón no se habían mitigado lo más mínimo. Más bien todo lo contrario, se habían enquistado, formando una simbiosis con su nuevo yo, en el que el resentimiento le daba la fuerza para continuar adelante, mientras se alimentaba de su energía. Así, sin ser consciente, había conseguido extender su influencia a casi todas las áreas de la vida de Samuel, cambiando su forma de ser por completo, incluso modificando su aspecto físico.

—Ahí está esa extraordinaria luz que tiene esta ciudad —pensó asomándose por la ventanilla mientras el avión se aproximaba a la pista de aterrizaje.

Antes incluso de poner un pie en tierra, ya notaba el clima templado de su añorado Miami. Vivir en Pittsburgh tenía sus ventajas, como no tener que usar protector solar durante todo el año para salvaguardar su blanquecina piel, herencia de su padre. No era lo único que tenían en común, sus sonrisas eran exactamente iguales, con un par de hoyuelos que sólo aparecían cuando se hacían amplias. En cuanto al sonido de sus risas, era tan similar que no se distinguía. La nariz era otra de las herencias de Martín, aunque en realidad era de toda la familia Calleja. Tenía una forma un poco aguileña, aunque de tamaño no muy exagerado. El color de su pelo también llevaba la marca genética de su progenitor, pero el ADN materno decidió que fuera ondulado. En cambio, su estatura nada tenía que ver con la de sus padres, puesto que Samuel era mucho más alto que ambos. Martín tenía una explicación para ello, "había que mejorar la especie", decía siempre que alguien le recordaba la talla de su hijo. Y es que Martín, en realidad, siempre deseó ser mucho más alto de lo que era.

Hacía mucho que no pisaba el aeropuerto internacional de Miami. Lo notaba diferente. Acostumbrado a pasar por él varias veces a la semana durante años, seguía pareciéndole tremendamente familiar, aunque reconocía que había experimentado una importante transformación. Todavía recordaba los pasillos, las zonas de recogida de equipaje, los baños, los empleados que eran más lentos... Por un momento se sintió como aquel Samuel que viajaba sin parar por todo el mundo y al que saludaban por su nombre en cada rincón de estas instalaciones.

Tras recoger su equipaje, buscó a Robert que sobresalía de entre la gente agitando su brazo de forma enérgica para llamar su atención. Su cuñado no había cambiado mucho desde la última vez que se vieron, se mantenía en forma. Era un hombre corpulento, con unas manos que podrían pertenecer perfectamente a un leñador y una sonrisa siempre resplandeciente. Una persona muy afectiva que amaba profundamente a Alma, lo que hacía que Samuel le apreciara como si fuera su hermano. Ambos se fundieron en un gran abrazo.

—¡Qué ganas tenía de verte, Sam! —le dijo Robert con su marcada manera de pronunciar las vocales que tanto gustaba a Samuel.

—¡Sí, ha pasado mucho tiempo, Robert! —señaló Samuel todavía un poco cohibido por el tiempo que llevaban sin verse— Casi... ¿Cinco años? ¿Cómo estás? ¿Y Alma y las niñas?

—Están como locas por verte. Julie ha discutido con su madre porque quería venir conmigo a recogerte. Se ha sentado en el coche con el cinturón de seguridad abrochado y no quería moverse.

—¡Ja, ja, ja! ¡Esa es mi chica! —rio Samuel con fuerza.

—Hoy tenían varias actividades después de clase y no queríamos que faltaran —explicó Robert—. Además, Alma no ha dormido mucho esta noche. Está bastante afectada. Ya sabes que era el ojito derecho de su padre— dijo apesadumbrado Robert.

—Y ella lo adoraba... —contestó Samuel un poco melancólico.

—Bueno —respondió más alegre, tratando de cambiar el tono de la conversación—, lo importante es que estás aquí para apoyaros mutuamente. Alma te ha echado muchísimo de menos estos últimos años —dijo Robert, mientras Samuel asentía con la cabeza—. Vamos al coche, que todavía tenemos que llegar a casa y es hora punta. Tardaremos un poco.

—Gracias Robert —dijo Samuel sonriendo.

—¿Por? —preguntó Robert.

—Por venir a recogerme y dejar que me quede en vuestra casa.

—¡Faltaría más! ¡Cómo te ibas a ir a un hotel! —exclamó Robert elevando la voz— Aunque, ¡te puedo asegurar que ibas a dormir mejor! —añadió.

Robert agarró sin dar opción la maleta de Samuel y comenzó a andar. Era un tipo decidido, lleno de energía y que veía siempre el vaso medio lleno. Dar el "sí, quiero", cuando Robert hincó la rodilla para pedirle matrimonio, fue la mejor decisión que pudo tomar Alma.

—Supongo que recordarás dónde está el aparcamiento —dijo bromeando Robert—... ¿Samuel? —Robert se detuvo en seco al ver a su cuñado parado en la puerta de salida del aeropuerto, mirando hacia arriba, con los ojos cerrados y una sonrisa dibujada en su cara.

—¡Hummmm! Este maravilloso sol, este olor a salitre… no era consciente de lo mucho que lo echaba de menos —exclamó hinchando sus pulmones.

—¡Ja, ja, ja! Igual que en Pittsburgh, ¿eh? —dijo Robert de forma jocosa.

—¡El frío es más sano! al menos era lo que decía siempre mi abuelo Luis. Lo cierto es que me he acostumbrado al clima de allí. Eso sí, hace unas cinco horas llevaba puesto este abrigo polar que llevo en la mano, además de los guantes de gore-tex que están en los bolsillos, y te puedo asegurar que ¡no me sobraba nada! —comentó riéndose Samuel.

—Ciertamente, no dudo que Pittsburgh tenga cosas buenas, pero su clima no es una de ellas —dijo Robert riendo también—. Vamos, el coche está allí —agregó señalando con un gesto con la cabeza.

Al acercarse al coche, Samuel, apasionado en otro momento de su vida por el mundo del motor, se quedó atónito con lo que veía

—¡Vaya Robert, no te va nada mal!

—Han sido años en los que hemos conseguido grandes sueños, Samuel. Ha sido duro, pero ha merecido mucho la pena.

—Es un *Tesla model X*, ¿no?

—Efectivamente, veo que conservas el gusto por los coches. Necesitábamos uno grande para caber los cinco con holgura y éste nos gustó mucho. Puedes ponerle hasta seis o siete asientos, así Flora nos puede acompañar en muchos viajes familiares.

—¿Cómo está Flora? —preguntó Samuel— Pensaba que ya se había jubilado —añadió extrañado.

—Se jubiló al cabo de pocos años, aunque seguía yendo a atender a Martín de vez en cuando, aunque no volvió a trabajar para él de forma continua desde la pérdida de la casa familiar.

—Ni me lo nombres… —respondió Samuel, bajando la mirada al suelo mientras apretaba la mandíbula.

—Sí, fue duro… Después de unos meses jubilada, decía que se aburría sin tener nada que hacer, así que la contratamos para que cuidara de vez en cuando de las niñas —explicó Robert—. Resumiendo, que poco a poco se ha ido quedando más en casa, hasta que hace un par de meses le dijimos que se viniera con nosotros en calidad de abuela. ¡Pero sigue organizando y mandando a todo el personal, no creas! —exclamó Robert entre risas.

—¿En serio? ¡No me lo puedo creer!, ¡no tenía ni idea! —respondió atónito Samuel.

—¡Así es! ¿Nunca te lo ha contado Alma?

—La verdad es que no; o tal vez sí, no he estado muy centrado últimamente.

—Bueno, se alegrará enormemente de verte.

—Será mutuo —añadió Samuel con una amplia sonrisa.

Robert y Samuel recorrieron las pocas millas que separaban el aeropuerto internacional de Miami del barrio donde residían. Al salir, Samuel echó un vistazo al hotel *Hilton*, en medio de Blue Lagoon. Adoraba esa zona de Miami, aunque tenía otras preferidas. Quizás podría ir a dar una vuelta por South Beach y por Ocean Drive, para recordar viejos tiempos —pensó mientras rápidamente dudaba si tendría tiempo para ello.

Pese a que era hora punta el tráfico era extrañamente fluido, así que en menos de una hora llegaron a Coral Gables.

—Siempre me ha gustado el nombre de vuestra calle, Balada St.

—Nos enamoramos de esta zona y de la casa. Sabíamos que nos iba a costar mucho esfuerzo pagarla, pero era nuestro sueño —dijo Robert—

. Y al final, la hemos podido pagar mucho antes de lo que creíamos —añadió con orgullo.

—Vuestra casa entera es preciosa, pero me quedo con la parte del embarcadero —afirmó Samuel.

—¡Sin duda! —exclamó Robert— El número 9335 de Balada st, ¡hasta el número me gusta!

Aquella casa era imponente. No era para nada ostentosa, todo lo contrario, muy funcional, sobria en diseño y elegante, tanto en su exterior, como en su interior. Robert había encargado un anexo para los vehículos a la derecha de la fachada y diseñó una entrada con dos pequeñas elipses a los lados, con césped natural, que dejaban un pequeño camino central hasta la preciosa escalinata blanca que hacía que los visitantes se sintieran especiales cuando les visitaban. En los extremos exteriores de las rotondas había siete palmeras a cada lado y otras muchas más, dispuestas en fila, en las líneas que delimitaban el terreno de la casa, muy al estilo de la zona. Estas palmeras estaban allí antes de que llegaran ellos, pero justo al pie de la escalinata de entrada, en su lado derecho, había un olivo precioso. Lo plantó el padre de Alma el mismo día que la pareja se trasladó a su nueva casa, con semillas que le enviaron desde Teruel. "¡Este olivo estará aquí más tiempo que nosotros! ¡Nos sobrevivirá a todos!" —decía orgulloso Martín.

La casa tenía dos alturas y estaba rodeada de grandes ventanales. Lo que más les gustaba a Alma y a Robert es que todas las estancias fueran exteriores, incluidos los cuatro baños de la parte de arriba. Las habitaciones que daban a la parte trasera del edificio eran las más impresionantes, con vistas a la piscina que se extendía casi hasta el embarcadero privado. A partir de ahí, recorriendo un pequeño brazo de mar, asomaba el impresionante Cayo Vizcaíno.

Las niñas, a medida que se hicieron mayores, diseñaron sus propios espacios a su gusto. Ninguna de las habitaciones se parecía. A Amy le entusiasmaba la moda y desde bien pequeña tenía colgadas en las paredes de la suya fotos de vestidos, zapatos, bolsos y toda clase de complementos de grandes firmas. Era capaz de ver un vestido o cualquier otra prenda en una revista y adivinar quién lo había diseñado. Tenía una habilidad innata para fijarse en los pequeños detalles que distinguen un gran diseño de un "artículo mediocre", como decía ella.

Evelyn, por su parte, era la cuidadora de la familia. Desde que tenía poco más de dos años se encargaba de atender, curar y alimentar a todo bicho viviente que encontrara y, cuando no se daba el caso, practicaba con su gran prole de muñecos. Los disponía como si fuera un hospital de campaña. Controlaba a quién le había subido la fiebre, a quién tocaba cambiarle el pañal y quién no había comido lo suficiente. Era muy eficaz. Una vez, su padre quiso jugar con ella y cogió un biberón de esos que parecen estar llenos de leche y se lo fue a dar a una de sus muñecas. Desde la otra punta de la habitación, Evelyn corrió hacia él con intención de quitarle de un manotazo aquella espantosa idea. Robert se quedó mirándola y le preguntó qué estaba haciendo mal. Ella respondió, con su verborrea prominente, que ese biberón era de Claudia, otra muñeca, y que no podía compartirlo porque estaba malita.

Por último, estaba Julie... Julie era ¡tan diferente! Solía designarse como "la incomprendida", porque creía que el resto de su familia no entendía su forma de ser. No era cierto, pero ella vivió su pre-pubertad con esa idea fija en la cabeza. Tan sólo sentía que conectaba con su tío Samuel y, por eso, ocasionalmente cogía el teléfono de su madre y le llamaba desde algún baño para contarle cosas que le apesadumbraban y pedirle consejo. Un asesoramiento que rara vez seguía, aunque siempre escuchaba con mucha atención lo que éste opinaba. Julie tenía el carácter de su padre, siempre defendiendo causas imposibles. Se involucraba tanto que al final las hacía suyas. Un día, siendo alumna de segundo grado, se vio en la obligación de defender a un niño de su clase frente al abuso de los mayores de quinto, que querían quitarle el sitio en el autobús de la escuela. Una niña de siete años, gritando con todas sus fuerzas a otros de diez. Menos mal que aquellos chavales se lo tomaron a broma y finalmente les dejaron en paz. Ella siempre recordaba aquella anécdota, y también que su compañero defendido dejó de hablarle y se sentó en otro sitio distinto al que Julie guardaba para él con tanta vehemencia. La precoz luchadora por los derechos humanos universales no lo entendió. Nunca supo que su pequeño compañero estaba enamorado de ella y se murió de vergüenza al verla convertida en su defensora.

La decoración de su cuarto iba muy acorde con su carácter. Por suerte, también había heredado cierto gusto por el arte y la creatividad de su madre y su habitación, lejos de estar desordenada, parecía una sala de una ONG. Todo bien ordenado, lleno de carteles de Unicef, ACNUR, la ONU, junto a fotos de refugiados, de inmigrantes en alta mar, de personas en países en vías de desarrollo... ahí estaban todas las grandes organizaciones por los derechos humanos. Se podría dar perfectamente una rueda de prensa en aquel cuarto.

La historia de aquella casa comenzó mucho antes, cuando Alma y Robert eran novios. La pareja solía pasear en coche por las zonas de Miami donde soñaban con tener su hogar. Desde que pasaron por Balada St. se enamoraron inmediatamente de la mansión que encontraron en el 9335 de la calle. No parecía que estuviera en venta por entonces, y realmente deseaban que no lo estuviera para así poder ahorrar el dinero suficiente y ser capaces de adquirirla en el momento en el que los dueños, en una locura transitoria, quisieran deshacerse ella. Estuvieron ahorrando todo lo que pudieron durante más de tres años. Al cumplirse cuatro, justo cuando les acababan de dar la noticia de que iban a ser familia numerosa, decidieron volver a la casa que tan bien conocían. Pararon, como de costumbre, enfrente del inmueble y, para su sorpresa, un camión de mudanzas enorme estaba siendo cargado con todo tipo de enseres. A Alma y a Robert se les aceleró el pulso, no podían creer lo que estaban viendo, tanto tiempo ahorrando centavo a centavo y, precisamente ahora, cuando se les avecinaba una época de gastos incalculables, los dueños se marchaban.

—No nos pongamos nerviosos, Alma, y menos en tu estado. Voy a preguntar y veremos qué ocurre —dijo Robert en tono tranquilizador, saliendo del coche en dirección a la casa.

Alma conocía muy bien la habilidad innata que tenía Robert para convencer de cuanto se propusiera, a quien fuese, por algo era un abogado excepcional. Así que, aguantándose sus terribles ganas de escuchar lo que estaba diciéndole a aquella mujer, se quedó hecha un manojo de nervios en el asiento del copiloto. Tras unos eternos 20 minutos, Robert comenzó a caminar de vuelta a su vehículo. Alma tenía una vista de águila y escudriñaba el gesto de su marido intentando reconocer algún signo que le diera algo de información, en lugar de tener que prolongar esa interminable espera. Nada pudo averiguar, Robert volvía con cara de jugador profesional de póker, no sonreía, no podía decirse que estuviera serio, pero tampoco enfadado o triste...

—Vamos, ¡llega ya que no puedo esperar más! —se decía a sí misma Alma, apretando la manilla de la puerta del *Chevrolet* con tanta fuerza que casi la arrancaba.

Robert abrió, se sentó, miró hacia el frente sin decir nada, sin mover un músculo de la boca.

—Por Dios, ¡habla! ¡Dilo ya, que me va a dar algo! —explotó Alma fuera de sí.

Robert se giró hacia ella y le dijo:

—Alma, cariño, no te lo vas a creer. Llevamos años viniendo aquí de vez en cuando, observando el barrio, viendo colegios cercanos, los comercios de la zona, intentando ver qué tipo de gente son los vecinos o cada cuánto recogen la basura, incluso hemos llegado a asomarnos por las ventanas de la casa...

—Sí... —sonrió Alma recordando que salieron corriendo al escuchar un ruido en la parte trasera. Fue la única vez, en toda su vida, que corrió más rápido que Robert.

—Bien, y, nunca, nunca, nunca nos dio por averiguar quién vivía allí, ¿verdad?

—Que yo recuerde quisimos hacerlo, pero finalmente, jamás lo hicimos. ¿Por qué lo dices? ¿Quiénes son? —preguntó Alma histérica.

—Bueno, ya sabes que mi padre hizo muchos favores a todo el que pudo —prosiguió Robert recordando la figura de su progenitor, un abogado de raza que defendía todo caso que se le cruzara por el camino y que él considerara una injusticia para la persona defendida, aunque no tuviera dinero para pagarla.

—Sí, sí, claro que lo sé —respondió Alma muy nerviosa, deseando que acabara ya su exposición.

—También sabrás que con esa actitud de salvador del mundo y defensor de causas imposibles perdió numerosos juicios y que no tenía muy buena fama por ello en la ciudad.

—Robert, por favor te lo pido, ve al grano de una vez o me pongo de parto ahora mismo.

—Esa mujer con la que he estado hablando es uno de esos juicios que mi padre consiguió ganar —soltó finalmente Robert.

—¿¡Qué!? —exclamó Alma incorporándose de su asiento con los ojos abiertos de par en par.

—Creo que alguna vez te hablé sobre el caso de un hombre que enfermó a causa de su trabajo en una compañía química. Desempeñaba su labor con productos cuya manipulación requería una protección especial, pero la empresa sólo le facilitaba una mascarilla corriente y le decía que con eso era suficiente.

—Me suena algo…

—Pues mi padre consiguió demostrar que la empresa le engañó, porque jamás le proporcionó una mascarilla certificada y le consiguió una indemnización millonaria.

—¡No me lo puedo creer!

—Así es, Alma —afirmó Robert—. Todavía me acuerdo de lo feliz que estaba mi padre cuando ganó ese pleito. Nos llevó a un restaurante a toda la familia para celebrarlo. Lo recuerdo perfectamente porque casi nunca nos lo podíamos permitir. Estaba muy orgulloso de él. Le admiraba. Aquel triunfo dio alas a mi padre para que aceptara otros casos complicados y le proporcionó el valor suficiente para enfrentarse a grandes multinacionales, defendiendo causas que parecían imposibles de ganar, aunque finalmente no consiguiera triunfar en todos —Robert hizo una pausa y, de repente, comenzó a llorar.

—¿Robert? ¿Qué te ocurre? —preguntó sorprendida Alma al verle tan emocionado.

—Alma, me acabo de dar cuenta de que… ¡Dios mío!, en ese instante decidí seguir los pasos de mi padre y convertirme en el mejor abogado de la ciudad. ¿Te lo puedes crees? ¡Justo en ese preciso instante! —exclamó entusiasmado.

—¡Robert! —susurró Alma, rompiendo a llorar y abrazándose a su marido.

—¡Alma, te amo, la vida es maravillosa, siempre llegan las mejores cosas cuando menos te lo esperas! —continuó emocionado Robert—. Gracias al dinero que recibió como indemnización tras ganar el pleito, la pareja, que no tenía hijos, pudo comprar esta casa y convertirla en el hogar de sus sueños. La cercanía del mar le hacía mucho bien a los maltrechos pulmones del hombre. Pudo vivir cómodamente hasta que el mes pasado falleció —añadió.

—Pobre hombre —dijo Alma.

—Cuando me estaba acercando a la casa he visto a una mujer embalando unos cuadros. Me he presentado y al decirle mi nombre, se ha quedado pasmada, mirándome de arriba a abajo. Tras unos segundos, me ha preguntado si tenía algo que ver con Robert Adams. Cuando le he dicho que era su hijo me ha empezado a dar miles de besos y a abrazarme. ¡Me ha dicho que me conoció de pequeño, cuando nos visitaba con su marido en nuestro hogar! —dijo Robert—.

Ya te conté que nuestra casa era una extensión de la oficina de mi padre —siguió explicando—. Tras explicarme lo del fallecimiento de su marido, me ha dicho que había decidido venderla porque se le hacía muy grande para ella sola. En cuanto le he dicho que nosotros soñábamos con vivir en ella desde hacía años me ha sonreído, me ha cogido de la mano y me ha dicho que volviera mañana, que no me preocupara y que sería la mujer más feliz del mundo si fuéramos nosotros los que la ocupáramos a partir de ahora. Se notaba que amaba esa casa y me ha dicho que fueron muy, muy felices allí.

—Robert, ¿cómo es posible? ¡Tengo todo el cuerpo estremecido!

—Mi padre siempre nos decía que la vida no es algo que te pase a ti, sino que pasa para ti. Comprendí esa frase cuando ya era un adolescente; desde entonces, creo que todo lo que nos pasa tiene su recompensa más adelante, a veces tardas en verla, otras veces es inmediata, pero es seguro que la tiene. Siempre. Mi padre no se equivocaba en eso, siempre he tenido ese pensamiento presente y nunca me ha fallado.

—Te admiro, cariño —le dijo Alma mirándole a los ojos—. Eres un gran hombre, un buen hijo y un compañero de vida maravilloso. Tú crees que yo te elegí a ti, pero lo cierto es que tú me atrajiste, tu corazón vibra tan fuerte que mi alma se sintió irremisiblemente atraída por la tuya y me enamoré de tu esencia sin remedio.

—Alma… te amo con todo mi corazón— respondió Robert llorando y fundiéndose en un nuevo abrazo con su mujer.

La venta de la vivienda fue muy rápida. La dueña estableció un precio muy razonable para la zona en la que se encontraba ubicada. Se la traspasó por la misma cantidad que la compraron, hacía más de quince años, en un gesto de gratitud para con el hijo del abogado que quiso representarles y tanto les ayudó. Pese a que era una oferta irrechazable, el importe de la mansión estaba muy por encima de los ahorros y de los ingresos de la pareja; pero Robert le transmitió a Alma toda la confianza en un mejor futuro y terminaron comprándola. Justo al mes de mudarse, Robert aceptó un puesto en *Freidin Brown, P.A.* desde el que dio el salto definitivo para convertirse en uno de los mejores abogados de derechos civiles de toda Florida.

Por fin llegaron hasta el pie de la escalinata que tanto gustaba a los visitantes. Samuel bajó del coche y miró hacia arriba, observando lo bonita que era la casa, realzada por los colores que el sol casi oculto de la tarde reflejaba en ella. Ambos bajaron del vehículo. Robert presionó un par de veces el claxon de su *Tesla* para que las niñas y Alma supieran que ya habían llegado. Las tres pequeñas salieron al galope a abrazar a su tío. Amy llegó la primera, ni le dieron tiempo a cerrar la puerta del coche.

— ¡Tío Sam, tío Sam, has venido, estás aquí! —gritaban exaltadas al unísono.

—Chicas, tranquilas —rogó Robert— ¡Dejad que salga al menos del coche, no le agobiéis!

—¡Hola pequeñas! Bueno, pequeñas… ¡ya no tanto! —exclamó Samuel abrazando a Amy y a Evelyn, las primeras en llegar, mientras Julie se lanzaba rodeándole por la espalda con todas sus fuerzas— ¡Pero cómo habéis crecido!

—¡Ya tenemos trece años! —apuntó Julie desde atrás.

—Tío Sam, ¿te quedas a dormir, verdad? —dijo muy nerviosa Evelyn.

—Sí Evelyn, me quedo a dormir con vosotros —respondió Samuel sonriendo y manteniéndose en pie a duras penas.

—¡Bien! —gritaron las tres al mismo tiempo.

—¡Parad chicas, que vais a tirar al suelo a vuestro tío!, ¡dejadle respirar! —advirtió Robert.

Mientras Amy y Evelyn llevaban una de cada mano a su tío tirando de él hacia el interior de la casa, Julie seguía abrazándole por la espalda, impidiendo que Samuel pudiera subir por la escalera con soltura.

—Vamos, Julie, suelta a tu tío, ¡que no le dejas andar! —ordenó su padre.

Los cinco entraron por la puerta de aquella enorme casa. A Samuel siempre le había parecido que estaba increíblemente decorada. Alababa el buen gusto por el interiorismo de su hermana cada vez que la visitaba. Cuando entraron en el recibidor, Samuel inspiró con fuerza intentando absorber todo el aire que impregnaba la estancia. Ese aroma le transportó automáticamente al pasado. La vivienda seguía conservando por dentro aquel olor tan peculiar, mezcla de perfume y la madera que la sostenía.

—¡Huele a hogar! —aseguró Samuel sonriendo.

—¡Hola Sam! —saludó Alma, apareciendo por la puerta que daba al salón.

—¡Hola hermana! —respondió Samuel, sonriendo y avanzando hacia ella con los brazos abiertos.

Ambos se quedaron unos segundos inmóviles, fundiéndose en un abrazo. Samuel acariciaba la espalda de su hermana como hacía cuando eran pequeños y ella lloraba por alguna razón.

Finalmente se separaron y, cogiéndose de las manos, Alma le dio la bienvenida:

—¡Bienvenido a casa hermanito!

—¡Hermanito! —repitió Amy riendo— A ella siempre le hacía mucha gracia cuando su madre llamaba de esa manera a su tío.

—Ha pasado mucho tiempo, ¡estás igual! —replicó Samuel.

—Sí, igual, pero con… ¿cinco años más? —contestó Alma.

—Somos como el buen vino, hermanita, ¡mejoramos con los años!

—Te veo bien, Sam. Me alegra muchísimo que te hayas decidido a venir.

—Lo cierto es que me quedé en shock cuando me llamaste. No supe reaccionar y me dejé llevar por mis cosas…

—Eso ya da igual. Estás aquí, que es lo importante —dijo Alma en tono conciliador.

—¿Te ha llamado Richard? —preguntó Samuel.

—Sí, pero ya hablaremos cuando descanses un rato.

—¿Quieres tomar algo? —preguntó Robert a Samuel.

—Un poco de agua estaría bien. Gracias.

—Ahora mismo te la traigo —respondió Robert.

—Te voy a traer algo de comer también. Estarás hambriento —añadió Alma.

—¡De acuerdo!

—¡Niñas, subid las cosas de vuestro tío a su habitación! —ordenó Robert a las trillizas, con la intención de que dejaran tranquilo a su cuñado y así pudiera descansar.

Samuel se quedó solo en el salón. Se sentó en uno de los sillones de lectura e inspiró profundamente, cerrando los ojos y echando la cabeza hacia atrás. A los pocos segundos, recordó algo y los abrió en dirección a la vasija que estaba encima de la chimenea. Se levantó y se dirigió hacia ella. Acariciándola, musitó:

—Hola mamá, hace mucho tiempo que no pasaba por aquí… Supongo que ya sabrás lo de papá. ¡Cómo no lo ibas a saber! —dijo bajando la cabeza y sonriendo sutilmente—. Sé lo que me dirías, que tenía que haber dado un paso más para volver a tener contacto con él. Mamá, no pude, de verdad que no pude. Me tuve que alejar para poder sobrevivir yo mismo… Cuando le veas, dile que me perdone, que le seguía y sigo queriendo, aunque mi dolor me impidiera volver a verle —murmuró Samuel con un nudo en la garganta.

En ese momento, Alma interrumpió entrando con una bandeja en el salón. Miró a Samuel y supo al instante lo que ocurría.

—¿Quieres que te deje solo un rato más? —le preguntó.

—No Alma, ya está. Ven.

—¿Sabes?, yo hablo con mamá todos los días. Visto desde fuera parece que me he vuelto loca, ahí de pie, dirigiéndome a una vasija de porcelana. Sé que puedo hacerlo en cualquier instante y en cualquier lugar, pero me gusta tener mi momento con ella aquí, antes de irme a dormir —explicó Alma.

—Cuánto la echo de menos, Alma —contestó Samuel con los ojos inundados de lágrimas.

—Ella está con nosotros, Sam, cuidándonos, como hacía siempre. Yo lo siento así.

—Yo, de alguna manera, sé que está junto a mí. Pero aun así, es duro…

—Bueno, dejemos de entristecernos, tiempo tendremos para llorar estos días. Anda, come algo —repuso Alma, dejando la bandeja en la mesita de té que había entre los dos sillones.

Samuel se secó las lágrimas y se sentó de nuevo en una de las butacas. Alma le acompañó, acurrucándose en la otra.

—Bueno, ¿y cuál es el plan? —preguntó Samuel mientras probaba una de las deliciosas pastas que su hermana le había traído.

—Richard me ha llamado esta mañana y me ha informado de la situación —respondió Alma—. Me ha explicado que papá, como ya supondrás, dejó en su testamento que quería que le incineraran.

Alma se quedó callada, bajó la mirada y comenzó a llorar de nuevo en silencio.

—Si quieres lo hablamos luego o mañana, ¿vale? —dijo Samuel intentando tranquilizarla, acariciándole el brazo con ternura.

—Perdona, Sam… Ha sido un golpe muy duro y no lo he asimilado todavía —dijo Alma, intentando reponerse.

—Lo sé Alma, eras el ojito derecho de papá.

—Bueno —Alma levantó la cabeza mirando a Sam, se secó las lágrimas con un pañuelo de tela bordado que ya contenía cientos o miles de ellas y lo guardó en el bolsillo— tenemos que decidir qué hacemos, porque los trámites no son sencillos y puede que tarden entre tres y cinco días.

—¿Entre tres y cinco días? —contestó Samuel sorprendido.

—Y eso que el embajador de EE.UU. en España era amigo de papá y es íntimo de Richard, si no fuera así podría tardar el doble —agregó Alma.

—Hermanita, no sé si podré quedarme tanto tiempo. Tendré que gestionarlo con la universidad y ver qué me dicen. Pero es una época de mucho trabajo y…

—Sam, te necesito aquí —le interrumpió Alma clavándole la mirada—. Yo no puedo con todo, estoy rota por dentro y hay que hacer muchos papeleos. Y luego está el entierro, avisar a familiares y a los amigos de papá, todo se me hace un mundo, Sam. Por favor, haz lo posible por quedarte. Además, las vacaciones de Navidad son la semana que viene. Podrías conseguir que te dieran permiso hasta entonces —insistió desesperadamente.

—Pero ¿cómo me voy a quedar tanto tiempo, Alma? —protestó Samuel— Además, ¿cómo me voy a quedar tanto tiempo en tu casa? —añadió en un intento estéril de reforzar su posición.

—Sam, no digas estupideces. Tenemos una habitación para ti, es la tuya de siempre, la que siempre usabas cuando venías a vernos y te quedabas. Eres mi familia, las niñas te adoran y Robert está encantado de volver a tenerte entre nosotros. ¿Es que no lo has notado? Hace más de cinco años que insistimos en que vengas. ¡Cinco años, Sam! Y por fin estás aquí, justo cuando más te necesito —dijo Alma, retando con la mirada a su hermano.

—Está bien, Alma, está bien. Haré lo posible por alargar el permiso todo lo que pueda. Hablaré con Richard para que me redacte un documento explicando que tengo que quedarme para resolver el papeleo y que ello conlleva bastantes días —respondió Samuel con tono tranquilizador—. Lo cierto es que, pese a que llevo poco tiempo, estoy bastante bien considerado en la universidad y han contado conmigo para un gran proyecto que hemos ideado en mi departamento. Ya te contaré de qué trata.

—¡Gracias hermanito! Te quiero Sam —dijo Alma abalanzándose sobre su hermano para abrazarlo.

—De nada, Alma. Pero ¡todavía tengo que llamar!

—Sí, sí, lo sé, pero lo conseguirás. Richard te redactará un documento a su estilo que resultará infalible. Ya lo verás.

—Cierto, Richard es el mejor del mundo en eso —señaló Samuel.

—A propósito de Richard, me dijo que tenemos dos opciones. La primera de ellas es que incineren a papá en España. En ese caso, al menos un familiar tiene que estar allí para firmar los permisos, certificado de defunción y demás. La otra opción es repatriar el cuerpo e incinerarlo aquí. Esto sería más complejo y costoso en todos los aspectos, pero papá lo dejó todo organizado con la empresa *WorldWide Repatriation* que se encargaría de todos los trámites, embalsamar el cuerpo, conseguir los permisos para el vuelo del féretro que, por cierto, tiene que ser obligatoriamente de zinc, y demás detalles —explicó Alma.

—¿Féretro de zinc? —preguntó sorprendido Samuel—. Bueno, tiene sentido, para su mejor conservación. No sabía que era obligatorio que fuera así.

—Esta empresa se encargaría de recoger los certificados de defunción, los permisos de la embajada y las pertenencias de papá y enviarlas aquí.

—Las pertenencias… ¡buff!, claro… no había pensado en nada de eso… Lo de ir a España está complicado Alma, se nos alargaría aún más el trámite.

—Lo sé, por eso me he adelantado a nuestra conversación y le he dicho a Richard que avise a la empresa y comience las gestiones. Ahora sólo hay que decidir si incinerarlo aquí o en España —dijo Alma, consiguiendo esta vez retener las lágrimas que pugnaban por salir al exterior.

—No sé Alma, lo que decidas bien decidido está. Las dos opciones están bien.

—¡Pues menuda ayuda! —contestó un poco molesta.

—¿Qué quieres que te diga? Hace una década que no veo a papá. No soy quién para decidir esto —replicó Samuel defendiéndose.

—Pero sigues siendo su hijo, ¿no? —dijo Alma en tono sarcástico.

—Venga, no discutamos, por favor. Lo decidimos entre los dos y ya está. ¿Tú qué habías pensado? —respondió Samuel intentando apaciguar la situación.

—Sam, no me hagas lo de siempre, que nos conocemos. Te he preguntado yo antes.

—Está bien, está bien. Yo, pensándolo un poco y con la presión que me estás ejerciendo, si es más ágil y menos costoso, hablaría con el embajador a través de Richard y vería la opción de incinerarlo allí, sin que tengamos que ir ninguno —contestó finalmente Samuel.

—Esa opción no tiene por qué ser más rápida, me lo ha informado Richard. Si no vamos nosotros a firmar la incineración, tendrá que ir algún familiar de España y viajar con la urna en cabina para poder tenerla aquí.

—¡Buff! Esto se complica… Bueno, algún primo o sobrino le queda a papá.

—Pero, ¿has oído lo que te acabo de decir? —dijo Alma volviendo a enfadarse— Tendría que venir ese supuesto primo, que vete tú a saber la edad que tiene, en avión hasta los EE.UU. O sea, que le decimos mira, como no queremos ir ninguno de sus hijos, te haces cargo tú de todo y luego te traes las cenizas en avión hasta aquí. Total, son sólo nueve horas de vuelo.

—Visto así. No hay otra manera.

—¿Pero cuál es problema de la otra opción, Sam? ¡Está todo pagado por un seguro de papá!

—No sé, vale, bien.

—En serio, ¿qué es lo que no tienes claro? ¿Hay algo que te preocupe? —preguntó Alma.

—¿Problema? ¡Ninguno! No tengo ningún problema con traer el cuerpo de papá aquí e incinerarlo —contestó Samuel ofendido.

—Sam, ¿qué ocurre? ¡Suéltalo de una vez! —insistió Alma sabiendo que algo se ocultaba detrás de aquella cara que ya había visto en anteriores ocasiones.

—Alma, es que… —hizo una pausa antes de continuar— hace muchos años que vi por última vez a papá. No fue una visión bonita, de hecho la tristeza me aplasta cuando recuerdo la última vez que hablé con él. Pero fue una visión de papá vivo. No quiero añadir a esa imagen, ya de por sí dolorosa, la de papá embalsamado desde hace días. No me quiero quedar con ese recuerdo.

—Sam… —musitó Alma, abrazándole con ternura.

—Ya ves… después de tanto tiempo, tengo cosas por superar todavía.

—Como todo el mundo, Sam. Nadie es perfecto, ni siquiera mamá lo fue —respondió Alma tratando de reconfortar a su hermano—. ¡Aunque estuvo cerca! —añadió riéndose para animarle.

—Cierto —respondió Samuel.

—Mira, vamos a hacer una cosa. Richard me ha comentado que papá tenía mucha amistad con la familia Van Orsdel, no sé si los conoces —dijo Alma y prosiguió al ver el gesto de desconocimiento de su hermano—. Tienen varias funerarias y una de ellas está en Coral Gables, la *Van Orsdel Family Funeral Chapels and Crematory*. Allí podemos hacer la visita, la celebración religiosa y, además, también tienen crematorio. Podemos organizarlo todo en el mismo sitio y así pasamos el mal trago de golpe. Le pedimos al encargado, un tal David González creo que se llama, que cuando estés tú allí lo hagamos *closed casket*[1] para que no se vea nada. ¿Qué te parece?

—Me parece una gran idea —afirmó Samuel—. Es increíble lo bien que llevas tú estas cosas.

—Sí, en eso salí a mamá, aunque no creas, me cuesta más de lo que aparento —respondió sonriendo Alma—. Lo haremos así entonces, no te preocupes que no le verás si no lo deseas.

—Vale, te lo agradezco mucho —respondió aliviado Samuel.

---

[1] Este término hace referencia a la posibilidad de abrir la mitad superior del ataúd para ver al difunto. En este caso, estaría cerrado completamente, frente a la opción *Open Casket*

—Anda, vamos con Robert y las niñas a la cocina que llevan un buen rato esperándonos. Además, tienes una sorpresa —dijo Alma cogiendo de la mano a su hermano.

—¡Ya sé qué sorpresa es! —contestó Samuel fanfarroneando.

—¿Quién ha sido el chivato? —preguntó sorprendida Alma.

—Un pajarito me lo dijo —respondió Samuel haciéndose el interesante.

—¡Flora está esperándote para darte uno de sus abrazos enormes!

—Pero ya no los dará tan fuertes ¿no?

—¡Uy… espera y verás!

—¿Me pongo la armadura? —preguntó jocosamente Samuel.

—¡Te aconsejo la de titanio!

Alma y Samuel entraron por la puerta de la cocina. Las niñas estaban cenando con Robert en la mesa donde acostumbraban a hacerlo. Samuel recordaba aquella escena, pero con ellas mucho más pequeñas. Habían crecido extraordinariamente en estos últimos años. Ya eran casi unas adolescentes. Las conexiones por internet daban pistas, pero verlas en directo le impactaba. Había pasado demasiado tiempo sin disfrutarlas en persona, sin abrazarlas… Justo en ese momento de ensimismamiento, Flora apareció de la nada y le envolvió en su mítico abrazo de oso.

—¡¡¡Saaaaaaaammmmmyyyyyyyy!!! —gritó desaforadamente Flora, mientras levantaba a Samuel como si fuera un peso pluma.

—¡Flora! ¡Pero cómo es posible que sigas teniendo esa fuerza tan sobrenatural! —dijo Samuel resistiendo a duras penas la impresionante tenaza que los brazos de Flora ejercían sobre su cuerpo.

—¡Mi pequeño! ¡Por Dios, cuánto tiempo ha pasado desde que te fuiste! ¡Me prometiste volver a visitarme! —clamó mientras seguía alzando a Samuel entre sus brazos.

—Lo sé Flora, he pensado muchas veces en hacerlo, ¡te doy mi palabra!

—Bueno, lo importante es que al final te he vuelto a ver y que no he tenido que esperar a convertirme en un espíritu para visitarte —dijo Flora riendo, mientras soltaba a Samuel y le dejaba en el suelo.

—No pensarás en dejarnos pronto ¿verdad? —respondió riendo Samuel.

—No, ¡ja, ja, ja! Pero los años pasan, pequeño Sammy y ¡cada vez se notan más!

—Viendo la fuerza que conservas ¡te puedo asegurar que tu hora está bastante lejos! —replicó Samuel en tono burlón.

—Con lo delgado que estás te podría haber levantado con una sola mano sin ningún esfuerzo. Seguro que no te dan de comer bien en Pittsburgh —sentenció Flora.

—Nadie da de comer tan bien como tú. Absolutamente nadie —dijo sonriéndole con inmenso afecto.

—Bueno, no te preocupes que volverás con reservas para poder aguantar el frío. Te quedas aquí a pasar la Navidad, ¿verdad? —preguntó sin tapujos, echando mano de su habitual estilo directo.

—En principio sí. Tengo que llamar al trabajo mañana y hacer los papeles del permiso.

—Perfecto, así te dará tiempo a recuperar algunos kilos que te acerquen a tu peso ideal de nuevo.

—¿Mi peso ideal? —replicó alucinado Samuel, soltando una carcajada—. Nunca me has dejado de sorprender, Flora. Eres única.

—¡Flora ahora es experta nutricionista! —chilló Alma desde la mesa donde estaban cenando las niñas.

—¿En serio? —preguntó Samuel con los ojos abiertos como platos.

—Sammy, en la vida hay que seguir evolucionando y aprendiendo hasta el último de tus días o hasta que tus años te lo permitan.

—¡Vaya, Flora! ¿Ahora eres filósofa también?

—Soy la chef-filósofa del barrio. Me he montado una consulta aquí, donde vienen numerosos clientes a recibir consejo de una persona sabia como yo —respondió con la cara que solía poner cuando pretendía demostrar que hablaba en serio, pero la tensión de sus prominentes pómulos desenmascaraba la sonrisa que retenía sin mucho disimulo.

—¡Ja, ja, ja! ¡Cuánto te he echado de menos Flora, cuánto! —exclamó Samuel.

—Y yo a ti pequeño, y yo a ti. Siento mucho lo de tu padre. Fue un gran hombre, os amaba con toda su alma. ¿Cómo te encuentras? ¿Estás bien?

—Bueno, ya sabes cuál era la situación entre nosotros —Samuel hizo una pausa y pareció vacilar—. No deja de ser mi padre, desde luego, pero hacía tanto tiempo que no teníamos relación que me siento muy extraño con todo esto.

—Una muerte siempre te agita por dentro. Lo importante es aprovechar que se remueven cosas para curarlas y dejarlas ir con la persona que nos abandona. Si no, el hilo que nos une a ellas estará siempre con nosotros, reteniéndonos y sujetándonos, y lo peor de todo es que ni siquiera serás consciente de ello —aseveró Flora, taladrando con sus enormes ojos oscuros a Samuel, que permanecía paralizado por sus palabras.

Tan impactado estaba que tardó unos segundos en volver a recuperarse. Finalmente le espetó:

—¿Vas a cobrarme a mí también por tus consejos?

—El primero es siempre gratis. ¡Los siguientes no! —contestó Flora intuyendo que Samuel quería cambiar de conversación.

Flora conocía perfectamente a Samuel, pese a que hacía más de un lustro que no se veían. La mujer prácticamente había crecido con la familia Calleja; de hecho, ya estaba con ellos antes de que naciera el pequeño Samuel y Alma cumpliera dos añitos. Flora Echemendia era la típica cubana de tez caribeña, valiente, independiente e ingeniosa que siempre encontraba soluciones a todos los problemas y jamás se rendía ante nada. Era muy fuerte físicamente y aún más de espíritu. Amante de la música y del baile, dispuesta a abrazar a los suyos a todas horas. Por contra, era muy impaciente con las personas que no coincidían con su manera de actuar o de pensar y no perdía el tiempo con ellas. Solía decir lo que pensaba y eso le trajo no pocos encontronazos, pero nunca cambió su manera de pensar. Con todo, lo mejor de Flora era su grandísimo corazón y su generosidad.

Su singular acento no varió con el paso de los años, era maravilloso y único, una mezcla entre su deje natal espirituano y un perfecto inglés aprendido gracias a un amigo irlandés que su padre conoció nada más llegar a Miami y al que siempre le estuvo agradecida, ya que les dio clases a ella y a sus hermanos sin cobrarles un sólo centavo. Sabedores de la suerte que tenían, Flora y sus dos hermanos pequeños aprendieron inglés todo lo rápido que les fue posible siendo hispano hablantes. Su acento natal cubano no era muy común entre el resto de expatriados que habitaban en Florida. La familia de Flora era originaria de Sancti Spíritus, en la zona central de Cuba. El acento de esa tierra es diferente al de La Habana, el más extendido en Miami. Era muy divertido oír cómo llamaba a Alma 'Arma' y cuando quería decir 'arma', le salía 'alma'. Esta confusión provocó no pocas situaciones divertidas entre Alma y su hermano, como aquella vez que, jugando con un balón, rompieron un cristal enorme de un ventanal. Después de la reprimenda, Samuel le contestó en español, lengua que usaban normalmente en casa: "Lo sentimos Flora… se me ha escapado un disparo jugando con Alma". A lo que ella respondió muy alarmada "¿Alma, tenéis un alma, de dónde habéis sacado un alma? ¡Dadme el alma ahora mismo! ¿Quién os lo ha dado?"

Cada vez que Alma y Samuel recordaban aquel episodio siempre acababan llorando de risa.

La familia de Flora fue de la primera hornada de cubanos en abandonar la isla tras llegar al poder Fidel Castro. Tenía diecisiete años cuando salió de Cuba. Atrás dejaban propiedades y numerosas tierras fértiles en las que crecía tabaco, café y, sobre todo, caña de azúcar. En ellas habían trabajado todos sus antepasados durante siglos. Todo les fue expropiado por el recién creado gobierno. Su familia se quedó casi sin recursos y sin ningún futuro viable, así que decidieron escapar de su amada isla aprovechando que el comandante dejó salir a todos los cubanos que lo desearan desde el puerto de Camarioca.

Pese a que Castro anunció que este puerto permanecería abierto sólo hasta el 10 de octubre de 1965, ellos llegaron un día más tarde, tras dilatar mucho su decisión, con esperanza de que les dejaran marchar. El coche, la única pertenencia que conservaban, les fue requisado por los efectivos del puerto sin compensación alguna. La familia se quedó casi sin nada durante días esperando la oportunidad de abandonar Cuba. Fidel no cumplió su amenaza de cerrar el puerto aquel día de octubre.

Ante la situación que había generado, con miles de cubanos apiñados en aquella bahía, prolongó el permiso de salida hasta mediados del mes siguiente.

A principios de noviembre, Flora y su familia pudieron embarcar finalmente en un viejo barco que había fletado el gobierno de EE.UU. Flora recuerda aquellos días con sumo detalle: el olor del puerto, la cara de preocupación y tristeza de sus padres, los amigos que hicieron ella y sus hermanos con el resto de niños que allí había y, también, la tensión que se vivió durante todo aquel tiempo que estuvieron sin saber qué iba a pasar, hasta que llegó el barco americano que los llevó a su nuevo hogar.

Recordaba el miedo que tenía a no hacerse entender cuando hablara. ¿Cómo iba a hacer amigos? ¿Cómo iba a poder siquiera comprar el pan?, se preguntaba constantemente durante el viaje. Para Flora aquel trayecto se hizo interminable. Sentía que maduraba aceleradamente por cada milla que aquel viejo barco les separaba de su casa.

Samuel se sentó en la mesa junto con las niñas y Alma. Robert les sirvió un plato de sopa de verduras caliente y advirtió a Samuel que llevara cuidado, porque acababa de calentarla. Flora cogió el suyo y se sentó con ellos a cenar también. A Samuel le chocaba mucho esta nueva situación, pero le gustaba ver a Flora como una más de la familia porque así la sentía desde niño.

Las chicas estaban ansiosas porque su tío les contara cosas de su vida en Pittsburgh. Para ellas, Pittsburgh estaba tan lejos que parecía un país diferente. Julie, la más impaciente de las tres, le preguntó:

—Tío, ¿es verdad que los *amish* no tienen móviles ni coches?

—Pues sí, es completamente cierto —respondió Samuel.

—Pero, ¿pueden usar los móviles de sus amigos que no son *amish*? —preguntó Amy.

—Pues… supongo que si tuvieran algún amigo que no fuera *amish*… sí —respondió Samuel sin saber muy bien si era cierto o no lo que decía.

—Pero entonces, los *amish*…

—Venga chicas, dejad tranquilo a vuestro tío —dijo Alma interrumpiendo el interrogatorio—. ¿Por qué os interesan tanto los *amish*?

—Es que nos lo han contado esta semana en la escuela y nos parece alucinante que haya alguien en el siglo XXI que no use móviles, ¡se deben aburrir muchísimo! —dijo Amy.

—Bueno, he de confesaros que los *amish* de Pensilvania están bastante lejos de donde yo vivo y no creo que se aburran demasiado. Trabajan mucho en el campo y con los animales que cuidan no tienen mucho tiempo para móviles De hecho, aunque tuvieran, no podrían cargarlos porque no tienen electricidad —apuntó Samuel.

—¿¡¡¡Quééééé!!!? —vociferaron las tres a la vez.

—Os parece increíble, ¿no hijas? Que haya gente que sea capaz de vivir sin móvil ni electricidad os parece imposible ¿verdad? —dijo riéndose Robert.

—¡¡Ja, ja, ja!! —rio Flora con una carcajada contagiosa— ¡lo que me parece imposible a mí es que penséis que no se puede vivir sin esas cosas!

—Chicas, escuchad a Flora que ella es un vivo ejemplo de que se puede vivir hasta sin electricidad —apuntó Samuel.

—¡No será verdad eso, abuela Flora! —dijo Evelyn, refiriéndose a Flora como solían hacer.

—¡Totalmente! A lo mejor no sois conscientes de que la electricidad todavía no llega a todos los rincones del mundo, ¡ni mucho menos! —dijo Flora. Y prosiguió— En mi ciudad había alumbrado público que llegó no mucho antes de que yo naciera, pero la electricidad en las casas era todavía poco habitual, iban poniéndola poco a poco, hogar tras hogar. Nosotros pudimos disfrutarla unos cuantos años antes de abandonar la isla, pero todavía recuerdo cuando no la había. Nos íbamos a dormir cuando se ponía el sol y nos despertábamos cuando amanecía y os puedo asegurar que era mucho más natural que la vida que llevamos ahora.

—Pero… entonces, ¿no teníais tele? ¿ni internet? ¿ni teléfono? —preguntó muy intrigada Julie.

—¡Ni falta que nos hacía! —dijo Flora— Se vive mucho más tranquila sin todas esas cosas innecesarias

—Mañana se lo cuento a mis compañeras, ¡van a alucinar! ¡No se van a creer que conocemos a una persona que ha vivido sin luz ni tele! —dijo Amy.

—Si te piden autógrafos o fotos, diles que cada firma es a diez dólares, pero que la foto vale veinte.

—¡Ja,ja,ja! ¡Pero qué negociadora te has vuelto con los años, Flora! —exclamó Samuel.

—¡Uy, querido Sammy! Mis días de escasez se han acabado para siempre. Ahora sólo quiero abundancia en mi vida, de dinero, salud y amor, y no por este orden.

—De verdad Flora, nunca dejarás de sorprenderme. ¡Eres como la caja de bombones de la película de *Forrest Gump*, pero la de dos pisos! —dijo Samuel con admiración.

—Y lo que te queda por ver, Sam —añadió Alma.

—Bueno chicas, supongo que tendréis cosas que hacer para mañana —indicó Robert al comprobar que hacía rato que sus hijas habían terminado de cenar.

—¡No! —gritaron las tres al tiempo.

—¡Déjanos que estemos un poco más con el tío Sam, hace mucho que no estamos con él! —rogó Evelyn poniendo esa carita de pena que tan estudiada tenía.

—El tío estará cansado y querrá descansar, ¿verdad Sam?

—Lo cierto es que sí. Estoy bastante cansado. De todas formas, tranquilas, que seguramente me quedaré bastante con vosotras y nos pondremos al día. Así podréis preguntarme sobre los *amish*, el frío de Pittsburgh o lo que se os pase por la cabeza —dijo Samuel levantándose de la mesa para besar a cada una de sus sobrinas.

—¡No es justo! —protestó enfadada Julie.

—Venga chicas, subid y terminad los deberes que tengáis —ordenó su madre.

Las niñas se fueron finalmente a sus habitaciones, dando un beso a cada miembro de la familia. Era una costumbre que tenían entre los Calleja desde generaciones y que Robert la acogió como propia desde el inicio de su relación con Alma.

Flora se disculpó también y se despidió hasta el día siguiente, sabía que los hermanos todavía tenían mucho de qué hablar y quiso dejarles solos. Ya había acaparado demasiado tiempo a Samuel desde que había llegado.

Robert comenzó a recoger los platos. Samuel hizo ademán de ayudarle, pero Robert le pidió por favor que no se levantara. Prefería que hablara con Alma sobre cómo organizar la repatriación y el funeral.

—Gracias por acogerme siempre tan bien —dijo Samuel un poco emocionado.

—Sam, no tienes que dármelas. Esta casa es de la familia y tú formas parte de ella —contestó Robert mientras recogía los platos.

—Me gusta agradecer todo lo bueno que me pasa —añadió Samuel.

—En ese caso, las aceptamos, hermanito —respondió Alma.

—Bueno, ¿por dónde empezamos, avisamos a Richard para darle el *ok* a la repatriación de papá? —preguntó Samuel.

—Ya lo he hecho —respondió Alma.

—¿Ya? ¡Menos mal que no me he echado atrás con la decisión! —manifestó Samuel sorprendido.

—¡Por si acaso lo hacías, ja, ja, ja! —contestó Alma— No, en realidad lo he hecho porque me dijo que cuanto antes comenzaran los trámites mejor. Ten en cuenta que la empresa que contrató papá se debe personar allí y comenzar el embalsamamiento —explicó.

—Eso es cierto. Además, has dicho que el papeleo tarda casi una semana, ¿verdad? —preguntó Samuel.

—Así es. Además, con el cambio horario, no podemos perder otro día, teníamos que avisar hoy mismo y él ya se encargará de moverlo lo más rápido posible con la embajada para agilizar los trámites.

—Habrá que avisar a todo el mundo… no me apetece nada, la verdad —dijo Samuel sincerándose.

—Ni a mí, pero tenemos que hacerlo —replicó Alma con convicción. Y añadió— ¿Te parece que nosotros avisemos a la familia y a los amigos íntimos y que Richard se encargue de los amigos que papá conocía de los negocios?

—No creo que vengan muchos de esos supuestos amigos. Todos desparecieron de la noche a la mañana cuando más se les necesitaba —aseguró Samuel.

—Sam, olvídate ya de eso, por favor. No te hace ningún bien seguir atado a aquello —aconsejó con ternura su hermana.

—Hay cosas que no se pueden olvidar —aseveró Samuel.

—Está bien, Sam. Piensa lo que quieras. Bueno, ¿te parece bien que lo hagamos así? —preguntó Alma con intención de no entrar a debatir con su hermano temas ya tratados cientos de veces antes.

—Sí, sí, me parece bien. Hacemos un listado mañana y comenzamos a avisar, ¿vale? —propuso Samuel.

—¡Ay hermanito!, cuando tú vas… ya he hecho hoy el listado. Luego lo miras para ver si se nos olvida alguien, ¿*ok*?

—¡Ay hermanita!, siempre tan eficiente. Esto sí que no me sorprende, no como lo que me ha contado Flora, ¡me ha dejado de piedra! —dijo riendo Samuel.

—Vas a alucinar todavía más cuando sepas cómo ha evolucionado. ¡Es otra persona! —afirmó Alma— Volviendo al tema, Richard seguro que avisa a todo el mundo mañana mismo, así que tendremos que madrugar para comenzar a ponernos en marcha, antes de que comiencen a llamar sin cesar.

—Eso es cierto… En ese caso, lo mejor será que me vaya a dormir ya. Mi habitación…

—Es la misma de siempre, la tuya —contestó Robert.

—Gracias de nuevo, sois extraordinarios, ¿lo sabíais?

—¡Lo sabemos, hermanito, lo sabemos! —dijo Alma guiñándole un ojo a su hermano, mientras le hacía una mueca de las suyas que tanto gustaba a Samuel.

Samuel se dirigió hacia la habitación del piso de arriba. Antes, pasó otra vez por el salón para depositar un beso en su mano y posarlo en la urna de su madre, acompañando el gesto con un "buenas noches, mamá". Subió las escaleras y se asomó a besar de nuevo a las niñas. Se entretuvo admirando cómo habían diseñado sus habitaciones. Se quedó impresionado con cada una de ellas.

Por último, entró en la habitación que siempre solía usar cuando se quedaba a dormir allí y se dejó caer encima de la cama. Permaneció observando el entorno durante unos instantes. Parecía que el tiempo se hubiera detenido en ella.

Aunque sabía que ese cuarto era 'el suyo', en realidad era el de invitados. No había nada especial en esa estancia que le fuera familiar, pero mantenía el aire de hogar que tenía el resto de la casa. Por supuesto, la habitación estaba perfectamente decorada por Alma, con un gusto exquisito. Tenía el mobiliario justo para ser útil y acogedora al mismo tiempo. Todas las paredes estaban pintadas de gris perla y vestidas con muebles de madera natural, una decoración enfocada a potenciar la luz, que la inundaba desde el amanecer.

Adoraba esa habitación. Nunca lo confesó, pero cuando atravesaba su época más aciaga, los destellos de luz que entraban por las ventanas cuando salía el sol le aportaban la energía necesaria para seguir adelante. A Samuel le impresionaba el poder que tenía la luz del sol en su estado de ánimo.

Había pasado mucho tiempo desde la última vez que contempló el techo de aquel cuarto. Recordó que, en aquella época, su situación era mucho más complicada que la de ahora. Por aquel entonces ya hacía mucho que no se hablaba con su padre. Se sentía totalmente perdido, no sabía qué iba a ser de su vida. Tenía que comenzar de cero y nunca antes había hecho algo ni remotamente parecido. No tenía ni idea de por dónde empezar. De repente, pensó que aquella última madrugada fue cuando decidió que comenzaría una nueva vida lejos de Miami; no quería seguir en aquella ciudad en la que tanto había sufrido en los años previos.

A partir de esa noche empezó a buscar ofertas de empleo. Cualquier puesto de trabajo le valía, con tal de que fuera lejos de allí. De hecho, días después recibió una propuesta de una empresa en España; pero, aunque le agradó porque le acercaba a sus raíces, enseguida se decantó por cubrir una plaza en la Universidad de *Carnegie Mellon*, en Pittsburgh. Lo cierto es que fue una oportunidad perfecta para marcharse urgentemente.

Los años anteriores a aquella última visita a su hermana fueron muy duros para todos. Samuel, al igual que el resto de su familia, descendió a un pozo de sombrías emociones. Casi sin darse cuenta, su estado de ánimo tocó suelo y después, se hundió aún más… y despúes de eso, cuando pensaba que ya no podría caer más bajo, llegó el peor de todos los sentimientos: el abismo de la nada.

Sentir que, de la noche a la mañana, toda una vida se esfuma y se transforma en el vacío más absoluto es el mayor terror al que una persona se puede enfrentar. Al recordarlo, a Samuel se le aceleraba el pulso. Pese a que estaba convencido de haberlo superado, no quería volver a rememorar ni el más nimio de los detalles. Deseaba borrarlo de su mente por completo. A día de hoy era una persona distinta, completamente diferente a su yo anterior. Incluso había cambiado físicamente, ahora estaba mucho más delgado y se había dejado una frondosa barba. Para poder salir de ese infierno tuvo que transformarse enteramente; morir, para volver a nacer. Y lo consiguió.

Agotado, cayó inmediatamente en un profundo sueño.

Al alba, Samuel se despertó sobresaltado. Cuando despertó se encontraba desubicado. Le costó algunos minutos percatarse de dónde estaba. Se había quedado dormido encima de la cama y ni siquiera se había puesto el pijama.

Lentamente se incorporó, mientras evocaba el sueño que acababa de tener. Estaba con Alma y sus padres en una estación de tren. Él no quería irse, creía que le habían quitado algo y que debía recuperarlo antes de subirse al vagón con ellos. Trató de recordar qué era, pero le fue imposible. Se sentía alterado y empapado en sudor. Durante unos segundos permaneció sentado en la cama, con la mirada ausente y atento a las sensaciones que le asaltaban. Lo que había soñado le partía el corazón en dos: por un lado su familia se iba sin él, llorando y llamándole sin cesar, como si nunca fueran a volver a verse; por otro, él había perdido o le habían quitado, cada vez lo tenía menos claro, algo muy importante. Y si no lo recuperaba tendría que quedarse definitivamente en el andén, contemplando impotente cómo se alejaban los suyos.

Sintiéndose aún bastante aturdido se levantó y fue al baño de la habitación. Se lavó la cara con agua fría, aunque en Miami siempre estaba templada, y se enfrentó a su rostro agotado en el espejo.

—No le des mayor importancia, Samuel. Sólo es un sueño —se dijo a sí mismo.

De nada sirvió el intento de convencerse de que no había sido real. Hacía mucho tiempo que no soñaba con nada, aunque cuando era más joven lo hacía prácticamente a diario. Disfrutaba dedicando unos minutos a rememorar las imágenes oníricas que su mente creaba mientras dormía e intentaba darles un sentido. Extrañado por esta vuelta repentina de los sueños comenzó, de forma inconsciente, a intentar encontrar algún significado a lo que acababa de vivir.

El amanecer le sorprendió todavía despierto, buscando respuestas que explicasen lo que había visualizado. Rendido ante la evidencia de que ya no podría dormirse, prefirió disfrutar de la salida del sol desde el enorme balcón de la habitación.

Se puso una chaqueta para mitigar el fresco de la mañana y se dirigió a contemplar el nacimiento del nuevo día. Apoyado en la barandilla del balcón, con el brazo de mar a sus pies y las preciosas villas enfrente, Samuel no paró de darle vueltas a qué le habían quitado y porqué era tan importante para retenerle en aquel andén, en lugar de irse con su familia. No halló ninguna respuesta satisfactoria y decidió aparcar temporalmente el tema.

Inspiró llenando sus pulmones del aire del amanecer. Cerró los ojos unos instantes y expiró lentamente, agradeciendo poder vivir de nuevo ese momento que le hacía conectar con su esencia en ese lugar tan especial, junto al mar. Miró su reloj y decidió que era hora de ponerse en marcha, había muchas cosas que hacer. Tomó una ducha reparadora, se vistió y se perfumó con su *Calvin Klein One*, como hacía cada día.

Samuel bajó la escalera de la casa y se dirigió a la cocina. Esperaba no encontrarse con nadie y así poder repasar, con un buen café y mucha calma, el listado que había confeccionado su hermana. Pero, para su sorpresa, no fue así. Alma ya estaba desayunando y con el listado en la mano.

—¡Buenos días, Sam! —saludó Alma— ¿Has descansado bien?

—¡Buenos días hermanita, sí que has madrugado hoy!, ¿no?

—No he dormido mucho, me he despertado cuando no había amanecido todavía y he bajado a empezar a organizar un poco todo —respondió Alma— ¿Qué tal tu noche?

—Bueno…muy parecida a la tuya. He tenido un sueño extraño y me he desvelado. ¿Qué has organizado?

—Un poco todo. Como hablamos ayer haremos lo típico, daremos un par de días para que todo el que quiera pueda despedirse de papá en la funeraria y, después del acto religioso y de la cremación, vendremos a casa a tomar algo con los que quieran acompañarnos.

—Vale. ¿Contratamos un catering?

—Tranquilo, tengo una amiga que me hará el favor de organizarlo por nosotros.

—¡Ah! Estupendo, entonces ¿me dejas ver la lista?

—Sí claro, aquí la tienes.

—¡Vaya! Una, dos, tres… ¿seis hojas de familia?

—Bueno, de familia Calleja-Ramada sólo son las tres primeras. El resto son amigos de papá y de mamá.

—Por lo que veo, has metido en la lista a todos los tíos y primos de España también.

—Sí claro, ¿cómo no los iba a incluir?

—No, si lo digo porque no los hemos visto en… no sé… ¿veinticinco años?

—Ya, pero siguen siendo familia, ¿no? Tendrán que enterarse de que papá ha fallecido, ¿no crees?

—Sí, sí, tienes razón. Perdona, es que no me apetece nada tener que avisarles y que me empiecen a interrogar de cómo fue, que cómo estaba antes de morir, que si estaba enfermo… ¡Pero si es que yo no tengo ni idea de qué le pasó, ni dónde estaba, ni con quién!

—Mira, a los de España los llamo yo, ¿vale? Del resto te ocupas tú —ordenó Alma.

—Vale, vale, de acuerdo —asintió Samuel con la cabeza.

—He mandado un mensaje a Richard para que me informe de cómo están los trámites. Cuando se despierte y recopile toda la información, me avisará.

—¿Richard sabe a quién tiene que avisar? —dudó Samuel.

—Mejor que nosotros. Por lo que sé, Richard seguía muy en contacto con papá. Se ha portado muy bien con nuestra familia, Samuel. Cuando le veas, agradéceselo, se lo merece.

—Lo haré… hermana mayor… —respondió Samuel en tono sarcástico.

—Es una persona excepcional, Sam, es de los pocos que siguió fiel a papá hasta el final.

—Que sí, que sí, tranquila que lo haré, ya te dije ayer que me gusta agradecer lo que me parece de valor.

—¿Has escrito para pedir permiso a la universidad?

—No, esperaré un poco. Prefiero llamar directamente a mi jefe de departamento y comentárselo, me llevo muy bien con él. Está contento con mi trabajo.

—¿Quién lo iba a decir? Mi hermanito, el que no tenía ni un ápice de paciencia para explicar nada a nadie y ahora es profesor. Todavía recuerdo cuando intentabas explicar a mamá cómo adjuntar una foto en un mensaje en su teléfono, te rendiste a los… ¿cinco segundos? —dijo Alma mientras sonreía.

—¡No era por impaciencia mía! Tampoco fue por la incapacidad de mamá con los teléfonos. ¡Aquel móvil era inmanejable, no había quien se aclarara con él!

—O sea, que después de tanto tiempo, ¿admites que ni siquiera tú sabías cómo adjuntarlas?

—Bueno, ¡ya no me acuerdo! —respondió Samuel, antes de soltar una carcajada.

—¡Lo sospechaba, je, je, je! —rio Alma— Bueno, cambiando de tema, ¿qué sensación se experimenta cuando, de repente, tienes un poco de paciencia para explicarle a alguien algo? —continuó Alma con tono irónico.

—Pues… ¡no se me da nada mal! —afirmó Samuel— ¡Ha sido un descubrimiento hasta para mí! Me siento muy bien impartiendo clases, y eso que la asignatura es bastante tediosa y poco práctica.

—Me alegro mucho, Sam. Estoy gratamente sorprendida de que así sea, pero me lo llegas a decir hace unos siete años y te habría dicho que ni de broma. ¡Ja, ja, ja!

—Ni siquiera yo habría creído que podría hacerlo, pero fíjate… lo he hecho. Estoy muy orgulloso de mí mismo —dijo Samuel, mientras hacía el gesto de la victoria.

—¿Cuándo te harán profesor asociado?

—Todavía me queda mucho por investigar y publicar, pero voy por buen camino —dijo Sam asintiendo con la cabeza. Tras una breve pausa, continuó—. Y tengo una noticia que contarte —anunció entusiasmado Samuel.

—¿Qué noticia? ¡Vamos, cuéntala ya! —dijo impaciente Alma.

—¡Ja, ja, ja! Sigues siendo una impaciente con las sorpresas, ¿eh? —señaló mofándose su hermano.

—¿Me lo vas a contar o no? ¡Que tenemos muchas cosas que hacer! —gritó Alma.

—Sí… ¿Te acuerdas del proyecto que han creado juntos el Ayuntamiento de Pittsburgh y varias empresas de la zona?

—Sí, creo que algo me contaste.

—Bueno, pues ese proyecto ya está firmado y han puesto capital suficiente para comenzarlo. ¡Tenemos a nuestra disposición una antigua fábrica en *Hazelwood Green* de casi 30.000 metros cuadrados! —explicó Samuel.

—¿En serio? ¡Qué bien! ¿Y qué haréis allí?

—Espera, luego te cuento con detalle que ahora viene la sorpresa.

—¡Ah, que no es esa! ¡Suéltala ya de una vez! —exclamó ansiosa Alma.

—Yo colaboro con el *Advanced Robotics For Manufacturing*, el conocido *ARM Intitute*, muy relacionado con la universidad. He hecho investigaciones sobre materiales, ya sabes que es mi especialidad, para construir nuevas máquinas para líneas de montaje con inteligencia artificial.

—¿Y? —interrumpió Alma para intentar acortar el suspense.

—Y… ¡he sido propuesto para el cargo de responsable de la zona de nuevos materiales de *Hazelwood Green*!

—¡Vaya, enhorabuena Sam! ¡Te lo mereces! —felicitó Alma.

—Vamos a hacer cosas increíbles allí. Tengo miles de ideas para revolucionar la fabricación con inteligencia artificial —continuó excitado Samuel.

—¿Con inteligencia artificial? —preguntó Alma, pretendiendo hacerse la interesada en un tema que no le apasionaba en absoluto.

—Ni te imaginas las aplicaciones que va a tener la inteligencia artificial en todo. En el área en la que vamos a trabajar, la fabricación, ¡va a suponer un antes y un después!

—Suena muy bien... sí... Me alegro Sam, te mereces lo mejor. Me gusta verte ilusionado de nuevo, me encanta verte sonreír —dijo con dulzura Alma—. Bueno, ¿comenzamos a revisar la lista? Richard ya estará avisando a todo el mundo.

—Vale, déjame ver...

Alma y Samuel se repartieron la lista de nombres como habían acordado. Alma se apresuró a llamar a los familiares de España, puesto que en aquel país ya era por la tarde y no había tiempo que perder. Samuel se lo tomó con más calma y prefirió arreglar primero el tema de su permiso de trabajo que, por supuesto, obtuvo sin ninguna objeción por parte de su jefe. De hecho, Samuel consiguió autorización para quedarse hasta que terminaran las fiestas navideñas.

Cuando Alma llevaba unas cuantas llamadas, interrumpió a Samuel.

—Sam, ¿sabes? esto es muy raro. Ni siquiera los primos de papá estaban al tanto de que estaba viviendo en Valderrobres, ¿te lo puedes creer? —comentó extrañada.

—¿Cómo? pero... no entiendo. ¿Papá no le dijo a nadie de la familia que estaba allí? —Samuel se quedó pensativo unos instantes— Entonces, ¿quién demonios le acompañaba en el hospital, no sabían nada?

—¡Nada de nada! Se han quedado todos sorprendidísimos según les iba contando las novedades. ¡Creo que les ha impresionado más que no les hubiera avisado de su vuelta a Valderrobres, que el que haya fallecido!

—Eso sí que me lo creo. Pero... es alucinante, ¿no? A ver, ellos viven a unos... ¿cincuenta kilómetros? Entonces, ¿me estás diciendo que en todo este tiempo, no han sabido que estaba por allí? ¿Tú no sabías nada de lo que hacía papá en estos últimos años? —preguntó Samuel.

—Bueno, como sabrás, yo no quise nunca dejar de tener contacto con él.

—Sí, yo lo intenté, pero me fue imposible —dijo Samuel justificando su comportamiento.

—Bueno —prosiguió Alma sin intención de rebatir a su hermano algo que ya estaba más que discutido— un día, hará cuatro años más o menos, me llamó y me dijo que lo dejaba todo. Había vendido lo poco que le quedaba e, incluso, abandonó el piso que mantenía alquilado. Me contó que había decidido irse al lugar donde mejor se había sentido nunca, a su querido Valderrobres. En aquel momento pensé que era buena idea, cualquier cosa que le hiciera reaccionar me parecía bien porque yo ya había intentado de todo sin conseguir nada. Pensé que si volvía a sus raíces quizás se reencontraría a sí mismo. Sé, por lo que nos contaba de cuando en cuando, que fue muy, muy feliz allí. Mamá y él se conocieron en las fiestas de un pueblo cercano y siempre hablaba maravillas de la zona, que si el mejor aceite del mundo, que si el mejor pan, que si el mejor queso… ¡todo lo que allí había era lo mejor!

—Sí —añadió Samuel asintiendo con una sonrisa— ¿Recuerdas cuando se tomaba las tostadas en el desayuno con el aceite de California y decía que parecía agua amarilla comparado con el de Valderrobres?

—¡Como para no acordarme! ¡Lo repetía a diario! —exclamó Alma con una carcajada.

—Sí, papá era un hombre muy peculiar, al menos el que me gusta recordar —dijo cabizbajo Samuel.

—Sam… él hizo lo que pudo, no supo hacerlo de otra manera. Si para ti fue duro, para él lo fue mucho más —continuó sin dar tiempo a responder a su hermano—. Bueno, como te decía, yo por aquella época ya tenía mucha relación con Linda, la amiga que nos va a organizar el catering. Ella estaba buscando un cambio en su vida y quería trabajar en algo que le apasionara, pero no daba con ello. Probó de todo, pero nada le terminaba de satisfacer. De repente conoció a un escritor. Es autor de muchos libros de crecimiento personal y, por suerte, estaba afincado en Miami e impartía formación. Gracias a lo que aprendió con él encontró lo que le apasionaba: organizar eventos. Después de eso creó una empresa que ahora es la número uno en la ciudad.

—Vaya, ¡qué interesante! —dijo Samuel simulando interés por un tema que no le seducía en absoluto.

—Bueno, la cuestión es que me lo comentó y me convenció para contratarlo y que me ayudara a superar todo lo que nos pasó, lo de mamá, lo de la empresa y lo de papá… Quería pasar página de todo, pero no de cualquier manera, quería realmente que las heridas curaran para siempre, por mí, por Robert y, sobre todo, por las niñas. Esta persona me ayudó muchísimo. Ahora me siento en paz, no guardo rencor a nada ni a nadie.

—Me alegro por ti, Alma… de verdad que me alegro. Pero, ¿qué tiene que ver eso con papá? —preguntó Samuel desconcertado.

—Este hombre me dio pautas y ejercicios a realizar.

—¡Ah, muy bien…! —señaló Samuel con aire de incredulidad y desconfianza.

—En uno de ellos me dijo que escribiera. Que escribiera todo lo que sentía, que lo escribiera como una carta de despedida al dolor que sentía. Lloré muchísimo con todo lo que brotaba de mi interior. Cada día me desgarraba por dentro, Sam, pero llegó un momento en que comencé a sentir una sensación de liberación, como que la vida me pesaba mucho menos —contó Alma con las lágrimas asomando a sus ojos.

—Bueno… eso es normal, rememorar es lo que tiene… Yo he seguido otra estrategia muy diferente —contestó Samuel a la defensiva.

—No quiero convencerte de nada, sólo te estoy contando lo que me sucedió a mí —le aclaró a su hermano al notar que se ponía a la defensiva.

—Vale, vale, sigue.

—Como te decía, me fue muy bien. Sentí que comenzaba a curar mis heridas más profundas y pensé que a papá también podría ayudarle, así que se lo comenté.

—¿A papá? ¿Papá escribiendo? Vamos, no he visto yo escribir a papá ni en un *post-it* —aseveró Samuel.

—Pues lo creas o no, después de que te marcharas, cuando iba a verle al piso que teníais alquilado, encontraba hojas escritas de su puño y letra por encima de la mesa, ocultas bajo unas carpetas de cartulina y algunas desperdigadas por encima de otros muebles. Creo que llegó a escribir bastante, pero jamás me las enseñó.

—¿Nunca llegaste a leer nada de lo que contaba en ellas?

—No. Me parecía una falta de respeto hacia papá. Si él no quiso contarme nada, había que respetarlo.

—Entiendo, yo habría echado un ojillo, así por encima…

—Lo sé, y no tan por encima, ¡que nos conocemos! Un día que fui a verlo sola, sin las niñas ni Robert, me invitó a sentarme en la mesa que tenía en el pequeño salón de la casa. Me ofreció un café y se lo acepté.

Mientras fue a prepararlo, me fijé en que se había caído al suelo un folio que debía estar escribiendo cuando llegué. Estaba prácticamente en blanco, pero logré ver el encabezado. Tenía pinta de un diario.

—¡Un diario! —exclamó sorprendido Samuel.

—Eso me pareció, pero no estoy segura.

—Quién sabe, a lo mejor la empresa que lo tiene que repatriar lo trae con él. Sería muy interesante leerlo.

—Yo creo que no lo leería —admitió Alma.

—¿Por? —preguntó sorprendido Samuel.

—Por la misma razón que te he dicho antes, Sam. Si él en vida nunca me quiso enseñar nada, no quiero traicionar su decisión —dijo de forma tajante Alma.

—Ni siquiera ahora que…

—Ni antes, ni ahora —le cortó Alma antes de que terminara la frase.

—Vale, vale… pero puede ser muy interesante.

—He dicho que no, Samuel. Respeta la decisión de papá —ordenó Alma.

—Está bien, está bien. De acuerdo, no te enfades, si llega algún diario con papá lo incineraremos con él sin leerlo —aceptó finalmente Samuel—. Espera un segundo, que me he perdido… —dijo como si se hubiera dado cuenta de algo— todo esto ¿dónde encaja con lo que estaba haciendo ahora papá?

—Es sólo una suposición, pero creo que fue mientras recordaba, mientras escribía en su diario, cuando se dio cuenta de que nunca había sido tan feliz como en su época en Valderrobres. Como ya te dije, creo que quiso volver por última vez a vivir allí para ver si se reencontraba consigo mismo. Estaba más perdido que nosotros, Sam.

Samuel no dijo nada esta vez. Tan sólo bajó la mirada y prefirió encerrarse en silencio. Muchos recuerdos, casi todos dolorosos, pasaron por su mente. Había aprendido a bloquear la desolación que le producían, pero los tenía que mantener a raya para que no le afectaran. De no haber desarrollado esta nueva cualidad, ni siquiera estaría ya en este mundo o, al menos, eso era lo que creía.

—Bueno, voy a seguir llamando a gente, que tengo todavía muchos números en la lista —dijo finalmente Samuel intentando dar normalidad a su tono de voz.

En ese instante, sonó el teléfono de Alma.

—¿Sí? —respondió Alma— ¡Hola Richard! ¿Cómo? ¿Mañana ya? ¿Pero cómo…? Entiendo… vale, vale, hablamos luego. Mil gracias Richard. Sí… está aquí conmigo… *ok*, de tu parte. Un beso, ¡chao! —y colgó.

—¿Qué te ha dicho? —preguntó nervioso Samuel— ¿Viene el cuerpo mañana ya?

—Sí, Sam… mañana el cuerpo de papá llegará en el vuelo de las 11:30 p.m. procedente de España —explicó Alma.

—Pero, ¿cómo es eso posible? ¿No iban a tardar varios días en formalizar el papeleo?

—Eso era lo normal… pero, al parecer, en todo este asunto no hay nada normal. Me ha dicho que el mismísimo embajador estadounidense le ha llamado, comunicándole que ya estaba todo preparado para proceder con la repatriación, y que la empresa que se encarga de ello es muy profesional y lo preparaba en un sólo día —explicó, todavía incrédula.

—Es que… ¡no me lo puedo creer! No entiendo nada de nada, todo es muy extraño, Alma… Unos supuestos amigos que le acompañan en el hospital, nadie nos ha dicho ni siquiera de qué falleció, sus primos, a los que adoraba, no tenían ni idea de que estaba allí viviendo… ¡¿y ahora me dices que el embajador ha llamado a Richard!? ¿Me estoy volviendo loco o a ti también te parece que no hay nada normal en todo esto? —protestó encogiéndose de hombros.

—No te estás volviendo loco, Sam. Yo tampoco entiendo nada de nada. Y no te he dicho que Richard está súper tranquilo con todo esto. Está claro que es un abogado que se ha enfrentado a situaciones mucho más difíciles, pero… ¡es que parece que lo tenía todo preparado! —añadió Alma.

—Bueno, ¿y ahora qué? seguimos con el plan, pero… ¿habrá que acelerar con las llamadas y el resto de trámites, verdad? —propuso Samuel.

—Totalmente, aunque me temo que ninguno de los familiares de España podrá llegar a tiempo. Bueno, yo sigo con mis llamadas, no sin antes advertir a Linda y a la funeraria de que todo se ha adelantado.

Ambos hermanos se pusieron manos a la obra y avisaron a todas las personas que había en la lista que elaboró Alma. Como era de esperar, todas las respuestas fueron de incredulidad, nadie lo esperaba. Aunque

Martín ya era octogenario, nadie lo recordaba enfermo, ni siquiera resfriado, tenía una salud de hierro.

Tras cada llamada Samuel notaba el peso de las palabras. Las primeras fueron fáciles para él, pero no así el resto. Lo que le transmitían las personas con las que hablaba le removió tanto por dentro que tuvo que encerrarse en el baño de su habitación para poder llorar como no lo había hecho desde que él mismo se lo autoimpuso, años atrás, con la intención de sobrevivir. Le recorrió un sentimiento de culpa por haberse abandonado de nuevo al llanto de esa manera. Se miró al espejo y se dijo "Samuel, tú puedes con todo. Eres un hombre fuerte, Samuel. Impide que el dolor entre en ti. Sabes cómo hacerlo, así que hazlo… ¡ahora!". Y gritó para sus adentros, apretando el puño con todas sus fuerzas a la vez que se mordía el nudillo del dedo índice "¡Vamos Samuel! ¡No me falles! ¡No me obligues a tomar nada para calmarte, tú puedes pararlo solo!".

Se lavó la cara, respiró profundamente varias veces y tragó saliva. Poco a poco consiguió ir deshaciendo el nudo que se le había formado en la garganta, hasta que consiguió parar el llanto. Siguió respirando profundamente, como había aprendido con mucho entrenamiento para que bajaran las pulsaciones y así tranquilizarse. Al cabo de un cuarto de hora ya se sentía mucho mejor. Se secó la cara, se miró y se sonrió victorioso.

Despidiendo a Martín Calleja

Alma y Samuel llegaron al aeropuerto internacional de Miami con un par de horas de adelanto. Tenían que realizar numerosos trámites. Uno de ellos, el peor de todos, era tener que reconocer el cadáver de su padre. La policía aduanera exigía ese requisito para admitir la entrada del cuerpo en suelo estadounidense, pero todavía no habían decidido quién de los dos lo haría. Ambos hermanos sentían un nudo en el estómago que les había impedido cenar con normalidad. No pronunciaron ni una palabra en todo el trayecto desde Balada St. hasta el aeropuerto. Cada uno intentaba prepararse mentalmente para superar el mal trago que les aguardaba.

A su llegada, les estaba esperando David González, el responsable de la funeraria. Les recibió cordialmente y les tendió la mano a cada uno de ellos.

—Buenas tardes, bueno, casi noches —dijo David amablemente.

—Buenas tardes David —respondieron ambos.

—¿Qué pasos debemos seguir ahora? —preguntó Alma.

—Tranquilos. Me he informado de todo y, además, está a punto de llegar el responsable de *WorldWide Repatriation,* que seguro que conoce perfectamente el procedimiento —respondió confiado David.

—Perfecto, supongo que tendremos que hablar con la policía aduanera —dijo Samuel.

—Así es. Todos los trámites los haremos en una sala que está preparada para estos casos. Está dentro de la terminal internacional —respondió David—. Ese debe ser Brian —advirtió al ver a un hombre vestido impecable con un traje oscuro y una tarjeta de identificación de su empresa, con su nombre, colgada al cuello.

—Buenas tardes. Soy Brian Hicks, responsable de *WorldWide Repatriation* en Florida —dijo mientras daba la mano a los tres.

—Buenas tardes Brian —contestaron.

—Bueno, no se preocupen por nada. Está todo dispuesto. Nuestro personal en España ha hecho un trabajo muy profesional y en un tiempo récord. Ha sido complicado gestionarlo, pero lo hemos conseguido —dijo orgulloso Brian.

—Muchas gracias por todo, Brian —dijo Alma.

—Gracias, Brian —añadió Samuel—. Entonces, ¿qué hacemos ahora?

—Déjenme que hable con el responsable de la aduana y que lo gestione todo. No se preocupen que esto lo hacemos a diario, no habrá ningún tipo de problema.

Tal y como anunció Brian, les dejaron pasar sin ningún tipo de problema al interior de la zona aduanera. Les pidieron identificaciones y firmaron unos papeles de autorizaciones y declaraciones obligatorios. Les condujeron hasta una pequeña sala acristalada donde se sentaron a la espera de la llegada del féretro. El vuelo, por suerte, llegó sin retraso. Alma y Samuel no tenían ganas de comentar nada con los otros dos hombres, y ellos respetaron sus silencios. Comentaron lo justo y necesario para ultimar los detalles de cómo se organizaría todo. David era una persona muy dispuesta y organizada, lo tenía todo planificado al detalle. Eso tranquilizó a ambos hermanos.

Al cabo de tres cuartos de hora de la llegada del avión, un policía hizo entrada en la sala.

—¿Familiares de Martín Calleja, por favor?

—Sí, somos nosotros —respondió Alma levantándose al unísono con el resto.

—Bien, vamos a pasar a la sala de reconocimiento. ¿Quién va a entrar?

—Yo pasaré —respondió Alma sin dudar.

—Gracias Alma —resopló de alivio Samuel, mientras cogía la mano de su hermana.

—No te preocupes, Sam. Ya sabes que llevo estas cosas con más normalidad que tú.

Al cabo de unos pocos minutos, Alma volvió a la sala. Se la veía tranquila. Se notaba que había llorado, pero estaba bien.

—Bueno, ya está todo. Han hecho muy buen trabajo, Brian. Muchas gracias.

—No las merece, como bien dice, es nuestro trabajo. Me alegro enormemente de que haya ido todo bien. Si no les importa, me firman la entrega del féretro y ahora le indico a David qué tiene que hacer para poder entrar con el coche fúnebre y recogerlo —explicó Brian.

—Muchas gracias por todo —dijo Samuel.

—Un placer. Para lo que necesiten, les dejo mi tarjeta —respondió extendiéndosela a Samuel y a Alma.

—Ustedes pueden esperarme en la funeraria si así lo desean. Yo me encargaré de recoger el féretro y de llevarlo hasta allí. Pueden tomar algo antes de irse, tardaré un poco. Les vendrá bien —aconsejó David a los hermanos.

—Muchas gracias por todo David —expresó Alma.

—Gracias David, nos vemos allí.

Alma y Samuel salieron de la sala en la que habían permanecido casi tres horas. Estaban agotados. Sin muchas ganas, accedieron a tomarse algo en la cafetería antes de coger el coche en dirección a la funeraria.

—Voy a llamar a Robert para decirle que todo ha ido bien —anunció Alma.

—De acuerdo, ¿te pido un café?

—Descafeinado, por favor.

—Vale.

Mientras esperaba que Alma terminara de hablar con su marido, Samuel se quedó sentado en una de las mesas del *Ice Box Café*. Estaba bastante aturdido. El cansancio de estos días estaba empezando a hacer mella en él. Sólo deseaba volver cuanto antes a casa de Alma e intentar dormir algo, aunque sabía que todavía quedaba mucho por hacer esa noche. Alma volvió de hablar con Robert.

—Bueno, ¿cómo lo has visto? —preguntó Samuel.

—Bien, algo cambiado, pero bien, han hecho muy buen trabajo —respondió Alma.

—¿Cambiado, en qué? —dijo Samuel, intrigado.

—No sé decirte. Es obvio que el embalsamamiento debe cambiar bastante los rasgos, pero no sé... lo he notado diferente... no sé concretarte.

—Lo has visto más mayor, más delgado... —insistió Samuel.

—No, está igual que siempre, es más bien el gesto de la cara.

—¿El gesto?

—Sí. Yo recuerdo a papá siempre nervioso y tenso, incluso mientras dormía la siesta. Pero le he visto como… no sé… relajado, como si estuviera en paz. No me hagas mucho caso, Sam. Estoy muy cansada y mi apreciación no es la mejor ahora mismo.

—Normal Alma, has sido una valiente entrando a reconocerle sin dudarlo un sólo segundo.

—¡Alguien tenía que hacerlo! —dijo sonriendo.

—Bueno, nos tomamos el café y nos vamos al tanatorio para comprobar que está todo en orden; y luego a descansar, nos esperan tres días muy intensos por delante, hermanita.

—Lo sé, David parece muy profesional, estará todo preparado como le hemos pedido —dijo Alma.

—¿Le advertiste de lo que hablamos? Me refiero a lo de exponerlo en *closed casket* cuando yo estuviera.

—Sí, no te preocupes. He dado órdenes de que lo cierren cuando lleguemos nosotros. Me ha dicho David que le avisáramos con un mensaje a su móvil siempre que fuéramos para allá.

—Vale, gracias.

—De nada Sam. ¿Nos vamos?

—Sí, vámonos ya.

Alma y Samuel condujeron hasta la funeraria de *Van Orsdel Family Funeral Chapels and Crematory* en SW 8th St, en Coral Gables, entre el aeropuerto y la casa de Alma. Miami dormía tranquila a esas horas de la noche. Samuel bajó la ventanilla para respirar el templado aire nocturno de la ciudad.

Mientras Alma conducía, Samuel se quedó ensimismado, observando las estelas que dejaban las luces a su paso. Se sentía muy extraño. Se estaban removiendo los cimientos de las murallas que le habían protegido durante estos últimos años y eso le incomodaba. Sentía que si alguna de ellas caía entraría el torrente de dolor que estaba esperando al otro lado. Y no se lo podía consentir. Había ocurrido demasiadas veces y se prometió no volver a permitirlo. Esta era la prueba de fuego definitiva. Si la superaba, nada le haría caer de nuevo. Nunca jamás.

Como les había asegurado David, en la funeraria habían cumplido las instrucciones de Samuel y Alma. Todo estaba dispuesto para que el ataúd permaneciera expuesto durante casi dos días de duelo, así los amigos y familiares podrían despedirse de su padre. Una vez que David y los ayudantes colocaron el féretro en su sitio, todos se fueron a descansar para recuperar fuerzas y poder superar los días venideros.

Una vez en casa, Alma se despidió de Samuel para irse a dormir. El resto de la familia ya llevaba tiempo descansando. Al entrar en su cama Robert dijo a Alma:

—Hola cariño, ¿cómo ha ido todo?

—Hola mi amor. Bien, mucho más rápido de lo que esperaba —respondió Alma.

—¿Has visto a tu padre?

—Sí, le he tenido que identificar.

—Y, ¿cómo te has sentido? —preguntó preocupado Robert.

—Bien, mi amor, bien. Ha sido un poco impactante, pero al fin y al cabo, mejor de lo que esperaba.

—Es muy duro ese momento. Yo lo pasé fatal cuando vi a mi padre, ¿lo recuerdas? —dijo Robert tratando de empatizar con su mujer— pero tú eres más fuerte que yo en esos temas. Los tratas con más naturalidad.

—Eso mismo me dice Samuel, aunque tampoco creas que me resulta fácil. Es duro perder a tu padre y saber que nunca más lo vas a volver a ver con vida —respondió Alma llorando.

—Ven mi amor —dijo Robert abrazándola con fuerza.

—¿Sabes? Daría lo que fuera por poder darle un abrazo, el último abrazo. Parece una tontería, pero hace tanto tiempo que no lo hacía, hace tanto tiempo que no lo veía en persona… —explicó Alma llorando desconsoladamente sobre el hombro de su marido.

—Él siempre estará contigo, Alma. No le verás, pero le sentirás —susurró Robert, mientras acariciaba el pelo ondulado de su esposa. Yo creo que mi padre está siempre a mi lado, acompañándome. Muchas veces me apetece contarle cosas y hablo con él. Quizás sea una tontería, pero siento que todavía está aquí y puedo contar con él en cualquier momento.

—Gracias, cariño. Eres un cielo —dijo Alma sonriendo.

—Anda, intenta dormir que mañana será un largo día.

—Sí, estoy agotada —asintió.

Samuel consiguió conciliar el sueño rápidamente. Su cuerpo le pedía a gritos dormir y no puso ningún obstáculo para hacerlo en cuanto se tumbó en la cama.

Eran las 3:33 a.m. cuando Samuel se volvió a despertar de forma súbita. En esta ocasión, el sueño recurrente fue mucho más intenso que la vez anterior. Se levantó con el corazón latiendo tan desbocado que la cabeza le retumbaba al ritmo de cada latido. Estaba otra vez empapado en sudor, aunque había sido precavido y esa noche se acostó con una camiseta y un pantalón corto —las dos anteriores había caído en el error de creer que seguía en el frío Pittsburgh—.

Y de nuevo el mismo escenario. No podía subirse con sus padres y su hermana al tren que se marchaba. Esta vez sintió la separación como un desgarro de su alma, mucho más dolorosa que la primera vez que lo soñó. El sentimiento de que le habían quitado algo que le pertenecía fue aún más poderoso. Recordó que, dentro del sueño, intentaba por todos los medios averiguar qué era lo que le habían robado, pero tampoco podía acordarse. Se quedó unos instantes mirando hacia abajo, con los ojos abiertos, sin pestañear, tratando de recordar cada detalle. Analizó qué sentía y se asustó. Reconoció rápidamente la sensación, pues le era muy familiar. Había sentido terror de nuevo.

Samuel no pudo volver a conciliar el sueño ni descansar un poco más, ni siquiera con las pastillas que habitualmente le ayudaban en épocas de insomnio. Se quedó tumbado boca arriba contemplando, absorto, el techo. Las imágenes de sus padres aparecían en su mente una y otra vez. Cuanto más se empeñaba en pensar en otra cosa, más pensaba en ellos. Cansado y harto de no poder borrarlos de su mente decidió tomar una ducha y vestirse. Acto seguido cogió su chaqueta y las llaves que Alma siempre le prestaba, saliendo a la calle para dar una vuelta por el vecindario.

No entendía cómo había podido caer en ese estado, con lo preparado que estaba. Había sido capaz de bloquear todos esos pensamientos durante años y lo tenía todo bajo control. No comprendía qué había pasado, pues hacía pocos meses que había conseguido dejar de depender de la medicación y se sentía más fuerte que nunca.

Ese malestar que sentía ahora había aparecido de la nada, sin hacer ruido, poquito a poco, sin hacerse notar lo más mínimo. Era como un caballo de Troya oculto bajo varios disfraces —una palabra, un gesto, una imagen o un olor— para meterse de lleno en la mente de Samuel y atacarla desde dentro. No necesitó destruir las murallas emocionales que había construido. Le fue mucho más fácil.

Cuando Samuel llegó al cruce entre el mar y Solano Prado st. fue consciente del verdadero poder de su mente, que no le dejaba avanzar. Admiró por unos instantes su magnitud, sus estrategias tan elaboradas. No pudo por menos que rendirse ante la evidencia de que había sido derrotado en esa batalla. Estaba claro que el terror que sentía de nuevo en su interior era signo inequívoco de que había subestimado a su oponente, que no era otro que él mismo. La culpa de no haber sido capaz de detenerlo a tiempo, o al menos de detectarlo, era sólo suya y ésta se había encargado de hundirle hasta el punto de que no le quedara ninguna duda de ello.

En su desesperación por la inesperada recaída resolvió maquillar su estado, para que nadie notara lo que le ocurría. Así que decidió volver a casa y aparcar la resolución de su batalla interna para cuando estuviera de nuevo solo, en su apartamento de Pittsburgh. Por ahora lo resolvería tomando una pastilla, en caso de volver a descontrolarse del todo.

Entró en la casa y se dirigió al salón. Era demasiado tarde como para intentar dormir de nuevo y muy temprano como para vestirse con el traje negro que esa tarde había dejado preparado en un sillón. Decidió sentarse en la penumbra, junto a las brasas del fuego que Flora se encargaba de encender cada tarde.

Se quedó con la mirada ausente, sin quitarse siquiera la chaqueta, observando fijamente las cenizas de su madre. Hubiese deseado tanto hablar con ella… pero no supo ni pudo articular una sola palabra. Estaba completamente bloqueado.

En ese instante, como salida de la nada, apareció Flora. Samuel se levantó asustado del sillón dando un bote.

—¡Flora, por Dios! ¡Me has dado un susto de muerte!

—¡El susto me lo he llevado yo, que pensaba que había entrado alguien en casa!

—Pero, ¿qué haces despierta a estas horas?

—Iba a la cocina a por un poco de agua. Esta noche he sudado demasiado, se ve que no estaba yo muy tranquila. ¿Y tú, se puede saber qué haces despierto y vestido? ¿Es que te vas sin despedirte? —preguntó Flora.

—No, no, tranquila, sólo he salido a tomar el aire. No podía dormir.

—Es normal, Sammy. Demasiadas emociones en muy pocos días. Además, está haciendo demasiado calor para la época del año en la que estamos. ¡Incluso en Miami!

—Sí, será eso, el calor. Me he acostumbrado al frío seco de Pittsburgh.

—¿Quieres que nos tomemos algo calentito?

—Bueno, vale. Total, no creo que pueda dormir ya.

Flora se manejaba como si estuviera en su propia casa. En un minuto preparó dos infusiones de tila con un poquito de miel.

—Esta miel la trajo tu padre hace unos años. Es miel de España, ¡espectacular! Tienes suerte de probarla porque sólo la tomo yo, todavía no he convencido a los demás para que la utilicen en vez del edulcorante, pues es más sana y natural.

—No me gusta mucho el sabor de la miel si es muy intenso.

—No te preocupes. Ésta es de azahar, del este de España, y es muy suave, sabe a flores.

—De acuerdo, la probaré. Total, ¡ya se la has echado! —respondió riendo Samuel.

—¿Cuándo te he dado yo algo que no te gustara?

—Si empiezo a enumerarte cosas… ¡estaríamos hasta mañana contándolas! —exclamó Samuel con una carcajada.

—¡Shhhh, que se van a despertar las niñas! —advirtió Flora.

—¡Perdón, tienes razón! Es que me emociona estar contigo de nuevo y tener nuestras riñas dialécticas como solíamos hacer antaño. ¡Las he echado mucho de menos!

—¡Y yo! —respondió Flora. Y cambiando a un tono más serio añadió— Podrías haber venido a verme alguna vez. Dejé de llamarte al ver que no querías cogerme el teléfono.

—Lo siento Flora, no era por ti. Me tuve que alejar de todo… tuve que distanciarme para sobrevivir. Si me hubiera quedado aquí o hubiese mantenido lazos constantes con los miamenses habría muerto antes incluso que papá.

—No digas eso ni en broma, Samuel Calleja Ramada —reprendió Flora con un tono tajante.

Samuel sabía que cuando Flora le llamaba por su nombre era un aviso de que su furia se desataba. Y ver a Flora enfadada no era lo que más le apetecía en ese momento, así que intentó apaciguarla.

—No te preocupes, Flora. Todo aquello ha quedado muy en el pasado. No se me pasa por la cabeza tomarte la delantera, ¡ni por todo el oro del mundo!

—Espero que así sea, Sammy. No sabes la fortuna que tienes de haber nacido en esta familia. Tus padres te han querido más que a sus propias vidas. Yo he comprobado cómo hacían lo imposible para que estuvieras mejor que bien, para que te sintieras apreciado y querido en cada momento. Te apoyaron siempre en todo, en lo bueno y en lo malo. ¿Te acuerdas cuando te ponías tan nervioso en los exámenes finales? Tu madre se levantaba en la madrugada contigo para hacerte infusiones tranquilizantes y darte ánimos.

—Claro que me acuerdo Flora —respondió Samuel sin ánimos de rebatirle nada.

—Y tu padre te enseñó a hacer fotos, te llevaba a tocar la guitarra española a la otra punta de la ciudad porque allí estaba el mejor músico de Florida. ¡Te encantaba tocarla!

—Sí, hace mucho de eso.

—¿Ya no la tocas? —preguntó sorprendida— ¡Con la lata que diste en su momento! Que si guitarra para arriba, que si guitarra para abajo… ¡No te despegabas de ella, era una extensión de ti!

—¡Je, je, je! Sí, me acuerdo, pero hace mucho tiempo que no la toco.

—Pues es una pena porque lo hacías divinamente. Te lo digo yo, que de arte entiendo un rato.

—¡De arte y de todo! ¡Ja, ja, ja!

—Es lo que tiene nacer con tantos dones —respondió Flora con una sonrisa y guiñando el ojo derecho, como solía hacer.

Flora conocía tan bien a Samuel como Samuel a ella. Presentía que algo no iba bien, pero no sabía cómo hacerlo para averiguar su estado real de ánimo. Hacía muchos años que no tenían una conversación, ni siquiera superficial. Aun así sintió en su interior que tenía que intentarlo.

—Samuel… sé que lo que pasó fue horrible, todos lo sufrimos. Mírame a mí, de tener una familia, un futuro seguro, tras pasar más de media vida con vuestra familia y… de repente… me veo en la calle. Y peor aún, sin vosotros —dijo Flora sin más prolegómenos.

Samuel se quedó en silencio. Bajó la cabeza y miró fijamente la taza de la infusión. Comenzaba a experimentar que el dolor del pasado se extendía por todo su ser. Intentó reaccionar para detenerlo a tiempo. Respiró profundamente. Notaba el nudo en la garganta que le aprisionaba la nuez, como dos manos apretándole con fuerza. Carraspeó para liberarse de esa presión y miró a Flora, que tenía los ojos llenos de lágrimas.

—Tu padre te amaba, Samuel. Siempre lo hizo. Perdónale todo lo que tengas que perdonarle, hijo. No fue perfecto, Dios lo sabe bien, pero jamás hizo nada malo conscientemente. Quizás, en aquel momento no supo hacerlo de otra manera. Él fue el que peor lo pasó de todos nosotros. Por favor, no te ates más al pasado, es demasiado peso como para cargar con él el resto de tu vida. No te lo mereces. Y tu padre, que en paz descanse, tampoco se merece que tú cargues con las consecuencias de sus acciones.

Samuel no pudo resistir por más tiempo.

—Flora, te agradezco lo que me dices, pero ahora mismo no estoy preparado para tener este tipo de conversación. Sólo te diré que hay cosas que no se pueden perdonar y soy consciente de la carga que conlleva vivir con ellas. Pero así es la vida, los hechos pasaron y lo que sucedió ya está hecho. No se puede deshacer nada —dijo en un tono que invitaba a abandonar la charla.

—Está bien, hijo. Te entiendo, pero…

—No más peros, Flora. No quiero seguir hablando de este tema —interrumpió bruscamente Samuel.

—De acuerdo, Sammy, no insistiré más. Si alguna vez quieres desahogarte o, simplemente, hablar de este asunto, siempre estaré dispuesta a escucharte. Te quiero mucho, Samuel.

—Gracias Flora, pero está todo bien. No te preocupes, ¿vale?

—Vale hijo —dijo Flora, resignada.

Flora se levantó, le dio un beso en la mejilla a Samuel, que no hizo ademán de devolvérselo, y se fue a su cuarto a ponerse el vestido que había elegido para despedir a Martín, ese hombre bueno y amable que confió en ella y en sus capacidades cuando era una joven sin experiencia.

La pérdida de Martín fue un duro golpe para Flora. Martín había sido como su segundo padre y Blanca, su segunda madre. Siempre se sintió muy afortunada de haber tocado a aquella puerta para presentarse al puesto que demandaban. Su nula experiencia laboral casi le hizo dar media vuelta justo antes de llamar. Pero algo en su interior le dio la confianza de intentarlo. Y nunca se arrepintió de ello.

La familia Calleja-Ramada le dio plena confianza y ella se la devolvió con absoluta dedicación hacia el matrimonio, la pequeña Alma y el recién nacido Samuel. Había colaborado en el cuidado de sus hermanos menores, esa era la única experiencia con la que contaba. Pero algo especial debieron ver en ella, porque desde los primeros días la trataron como a una más de la familia, con sus ocupaciones bien definidas, pero con un trato totalmente cercano y cariñoso. Años después, había aceptado la propuesta de Blanca de quedarse interna a trabajar con ellos.

Flora recibió clases de alta cocina, de nutrición, de gestión del tiempo, de organización… Llegó a convertirse en la pieza central sobre la que rotaba el día a día de todos los miembros de aquella familia. Si alguien tenía dudas sobre la fecha de alguna reunión se lo preguntaba a Flora y ésta lo sabía de memoria. Si no recordaban que tenían una celebración, Flora se encargaba de avisarles con el tiempo debido. Llevaba la agenda de las visitas médicas, de los cumpleaños… hasta sabía si alguno había repetido un regalo en los últimos cinco años.

La capacidad de Flora era infinita. Cuando *Google* presentó su aplicación *Calendar,* en la familia hubo sospechas de que alguien se había infiltrado y la había investigado, porque las semejanzas entre esta aplicación y el *modus operandis* de aquella mujer eran más que evidentes. Ni la llegada de *Google* pudo competir con las muchas habilidades de Flora.

Cuando Alma, Robert y las niñas bajaron a desayunar, Samuel ya había vuelto a su habitación y hasta le había dado tiempo a enfundarse en el traje negro que había elegido para la ocasión.

—Buenos días Sam, ¿has podido descansar?

—No mucho, la verdad.

—Yo al final me tomé una pastilla relajante, de esas naturales, y pude conciliar el sueño, pero me costó bastante. ¿Has desayunado?

—Sí, pero no me importaría volver a hacerlo —se giró hacia sus sobrinas y les preguntó— ¿Cómo están mis chicas?

—Un poco tristes tío —respondió Amy—. Nos acordamos mucho del abuelo, aunque hacía mucho que no le veíamos. Me gustaba mucho ir a visitarle a su casa. Aunque siempre se le veía un poco triste nos recibía con una sonrisa y no se la quitaba mientras estábamos allí —añadió sollozando.

—El abuelo os quería muchísimo. Se le notaba en los ojos, como si volvieran a brillar siempre que os escuchaba. Y lo hacía con gran atención —les dijo Robert, mientras les acariciaba la cabeza a Amy y a Evelyn.

—¿Crees que el abuelo estará en el cielo, tío? —preguntó Evelyn a Samuel.

—Bueno, desde luego, si existe el cielo, no hay otro lugar mejor para el abuelo.

—¿Quieres decir que a lo mejor no existe el cielo? —preguntó Julie.

—Si tú crees que existe, existirá.

—¿Y tú, crees que existe el cielo? —insistió la implacable Julie.

—Lo que yo crea te tiene que dar igual, pequeña. Cada uno cree lo que quiere.

—Bueno chicas, es hora de ponernos en marcha. Desayunad rápido que nos tenemos que marchar—advirtió Robert.

De repente, alguien llamó a la puerta.

—¿Quién será a estas horas? —preguntó Alma un poco malhumorada por la inoportuna visita— Robert, ve por favor a ver quién es.

Robert fue hasta la entrada, abrió la puerta y se encontró al vecino, vestido con ropa deportiva y portando al hombro un saco repleto de lo que parecían cartas.

—¡Hola Jim! ¿Cómo estás, qué haces con ese saco?

—Buenos días Robert. Perdona que haya llamado tan pronto a la puerta y en un día como éste. Ante todo, quiero deciros que Nancy y yo lo sentimos muchísimo. Esta tarde nos pasaremos por la funeraria para presentar nuestros respetos a tu suegro.

—Muchas gracias Jim, ha sido una noticia inesperada para todos, la verdad.

—No quiero entretenerte. Iba a salir a correr, como todas las mañanas, y al pasar por vuestra puerta he visto este saco de cartas al lado del buzón. Supongo que lo habrán dejado temprano y no han querido llamar al timbre. Así que lo han dejado apoyado en él. Parece que son cartas.

—¡Vaya! —suspiró Robert— ¡Habrá cientos! —exclamó mientras le echaba un ojo a su contenido— ¡Muchas gracias Jim!

—De nada. Si necesitáis cualquier cosa nos avisas a Nancy o a mí, ¿de acuerdo? Estamos para lo que sea.

—Muchísimas gracias, vecino. Lo tenemos en cuenta.

—De nada. Nos vemos en un rato.

Al cerrar la puerta, Robert fue consciente del peso de aquel saco. Lo apoyó en el suelo y comenzó a ojear las cartas. No podía creer lo que estaba viendo. ¡Había cartas procedentes de medio mundo! Rusia, Egipto, Ecuador, Japón, Filipinas, España… Entusiasmado por lo que estaba viendo, comenzó a llamar a gritos a Alma.

—¡Cariño!

—¿Qué ocurre Robert? ¿Quién era? —preguntó Alma.

—¡Ven, corre! ¡Tienes que ver esto! ¡Es alucinante! —Robert no cabía en sí de asombro.

Ante la insistencia de Robert, todos fueron corriendo para ver qué sucedía. Al llegar vieron a Robert arrodillado, con la cabeza metida en un saco y rodeado de cartas.

—¡Mirad, cartas de todo el mundo! —gritó asombrado— ¡Aquí hay una del Líbano… y aquí otra de México… y otra de Argentina, de Israel…! ¡Hay cientos de cartas!

Todos se quedaron sorprendidos. Las niñas comenzaron a coger algunas de las misivas y a abrirlas.

—¡En esta no sé qué pone! —gritó Evelyn.

—Déjame ver —dijo Samuel—. ¡Esto parece árabe!

Giró el sobre para ver si había remitente, pero no lo encontró y se fijó en el sello.

—¡Es de Alejandría!

—¡Aquí hay una de España! —exclamó Flora— Dan sus condolencias a la familia por la muerte de Martín Calleja. Pone que siempre lo tendrán en sus corazones y que se sienten bendecidos por haberle conocido.

—¡Ésta la han enviado de Okinawa! ¿Eso dónde está? —preguntó Amy.

—¡En Japón, cariño! —dijo Alma con los ojos llenos de lágrimas al darse cuenta de la cantidad de personas que sentían la pérdida de su padre. Se quedó mirando todas las cartas, no se lo podía creer… Miró a Samuel, que no acertaba a reaccionar, con una carta abierta en la mano y negando con la cabeza, mientras miraba aquel saco del que no paraban de salir misivas procedentes de todo el mundo.

—Sam, ¿qué está pasando? ¿De dónde salen todas estas cartas? ¡No entiendo nada!

—Alma, no tengo ni la más remota idea de lo que es esto. Estoy… no sé ni cómo estoy. No entiendo nada.

—Yo solo sé que, cuando comenzó a viajar, papá solía dar mi dirección para que le enviaran aquí la correspondencia. Pero jamás llegó ni una carta que no fuera de un banco —dijo Alma.

Alma y Samuel se quedaron mirándose el uno al otro. No tenían ni idea de dónde salían tantas cartas, pero ambos entendieron de inmediato que algo extraordinario había ocurrido con su padre en sus últimos años de vida. Algo sobre lo que nunca había hablado con ningún miembro de la familia.

Recogieron las cartas entre todos y, después, se fueron juntos a la funeraria. Llegaron bastante temprano, pero aun así ya había personas esperándoles para expresarles sus condolencias. A lo largo del día no dejaron de presentarse amigos, tanto del propio Martín como de Alma y Samuel.

Habían planificado dos días de duelo en la funeraria porque suponían que iría mucha gente, pero los cálculos se desbordaron la primera de las tardes. Aparecieron numerosos amigos de Alma y de Samuel, que se enteraron de la noticia del fallecimiento por otros conocidos en común. Samuel estaba muy contento de volver a verles.

No era el mejor momento, ni probablemente el mejor lugar, pero a pesar de ello disfrutó del reencuentro con antiguos amigos que daba ya por perdidos. Fue consciente de lo mucho que le apreciaban todavía.

Alma lloraba cada vez que alguien le contaba una anécdota que había vivido con su padre. Samuel supo contenerse, pese a que en muchos momentos le costó un esfuerzo no dejarse llevarse por los sentimientos que le embargaban.

Al mediodía se fueron a comer por turnos. Samuel fue el primero en salir con algunos de sus colegas, aprovechando que las circunstancias los habían reunido de nuevo. Minutos más tarde se fueron las niñas, que se habían comportado como verdaderas adultas, junto con su padre y Flora.

Alma aprovechó esos instantes de soledad para volver a ver a su padre. Pidió al servicial David que abriera el ataúd. Esta vez no se impresionó tanto y pudo disfrutar de reencontrarse nuevamente con él.

Alma cogió la mano de su padre y la apretó con fuerza contra su pecho. Cerró los ojos y, durante un instante, pasaron por su mente miles de momentos vividos con él. Qué intensa es toda una vida y qué rápido pasa, pensó. Lloró desconsoladamente sabiendo que nunca más volvería a tener los súper abrazos que tanto amaba, ni las guerras de cosquillas, ni las carreras con las bicis, ni los libros que le compraba en cada mercadillo que encontraba.

Un pensamiento le corroía por dentro. Era la duda de si había muerto en paz, una paz que él mismo se negó durante casi una década, en la que la figura de su padre se difuminó. Ardía en deseos de saber si pudo desprenderse de toda, o al menos, parte de la culpa que le atrapaba y mataba su esencia. Bien sabía Dios que lo intentó de mil maneras, pero no pudo conseguir casi ningún avance.

Se quería aferrar a la esperanza de que su padre hubiera dejado escrito un diario. En ese instante recordó que la empresa que lo había repatriado no les dio ninguna pertenencia y, por tanto, que no había ni rastro del posible diario. La desesperanza le inundó por completo, nunca podría saber si aquello le ayudó a morir, habiéndose perdonado, o la culpa le acompañó hasta su último suspiro. Alma lloró todo lo que pudo, implorando a Dios que por favor perdonara a su padre lo que él no supo perdonarse en vida.

Estaba entregada a esos pensamientos cuando recibió un mensaje de Samuel diciéndole que regresaba en unos minutos. Alma se secó las lágrimas y besó a su padre en la frente.

—Te amo con toda mi alma, papá —le dijo como solía hacerlo. Y recordó lo que él siempre respondía "qué suerte tengo de que mi Alma me ama con toda su alma", juego de palabras que le encantaba escuchar.

Cuando Samuel llegó, David había vuelto a cerrar el féretro y Alma ya se había recompuesto. Decidió salir a comer, pues pensó que le vendría bien airearse un poco. Así que se reunió con las niñas, Flora y Robert, que todavía no habían acabado de comer.

En el tanatorio Samuel se había quedado sólo. Quería ver a su padre, pero el miedo era más fuerte que su voluntad. Estaba orgulloso de cómo estaba llevando el día, pese a la noche que había pasado, al cansancio por la falta de sueño acumulado y a la guerra que se había desatado en su interior. Sólo tenía que mantenerse a raya un día más y podría regresar a su rutina diaria, que tanta paz y seguridad le había proporcionado. Durante unos segundos se sintió un poco nervioso al percibir que, con el lío de las cartas, se había dejado la pastilla en su cuarto. Respiró profundamente y se repitió una y otra vez que no la necesitaría.

Robert apareció a los pocos minutos de que se fuera su hermana. Samuel se quedó sorprendido al verle entrar.

—¿Cómo es que has vuelto Robert?

—Bueno, Alma está con Flora y las niñas y yo me he venido para estar contigo —dijo amablemente Robert.

—Muchas gracias, es un detalle por tu parte, pero no te preocupes, estoy bien.

—Lo sé, pero me apetecía acompañarte, que hacía mucho tiempo que nos privabas de tu presencia.

Justo en ese instante entraron dos parejas de amigos de Martín. Samuel los reconoció de inmediato, pues acostumbraban a jugar al golf con su padre los domingos por la mañana. Tras recibir el pésame, Samuel les presentó a Robert. Eran dos médicos cardiólogos del *Doctors Hospital South Florida* con los que Martín congenió desde el primer momento. Compartieron muchas horas en el *Riviera Golf Course,* en Coral Gables, cerca de donde vivían.

Mientras recordaban el buen *swing* que llegó a tener Martín, Samuel vio, de reojo, entrar a una pareja. No podía dar crédito. Pidió disculpas a los doctores y dirigió la mirada hacia ellos. La pareja se acercaba, no sin reparos, hacia Samuel con la intención de saludarle. Pero éste se les adelantó, dirigiéndose hacia ellos bruscamente.

—¡Hay que tener la mayor desfachatez del mundo para presentarse aquí! ¡No conocéis ni el respeto, ni la vergüenza! —espetó Samuel enfadado— ¡Largaos ahora mismo, aquí no tenéis nada que hacer ni qué decir! —añadió preso de un ataque de nervios. Al ver que no decían nada, estalló en cólera— ¡Fuera de aquí, desgraciados! ¡No quiero volver a veros en mi vida! ¡Fuera!

—Samuel, por favor, tranquilízate —aconsejó Robert mientras se acercaba él para sujetarle suavemente del brazo.

—¡Suéltame Robert! ¡Fuera de mi vista, miserables! —repitió Samuel fuera de sí.

La ira se había apoderado por completo de él.

—¡Samuel! ¡Para, por favor, estás muy nervioso! Por favor, ¡para! —repetía constantemente Robert, sujetándole con fuerza para frenar aquel impulso.

—Mira, Samuel, sólo hemos venido a daros las condolencias y a presentar nuestros respetos a Martín —dijo el hombre, con voz serena.

—Métete las condolencias por donde te quepan y largaos, ¡traidores!

—Samuel, entendemos que te pongas así, pero creo que no tienes ni idea de lo que ocurrió realmente —añadió la mujer con voz alterada por el miedo.

—Pero seréis hijos de… ¡suéltame Robert! —gritó con todas sus fuerzas Samuel— ¡Suéltame, que se van a enterar estos dos de una vez! ¡Suéltame te he dicho! —vociferaba con todas sus fuerzas mientras Robert hacía lo que podía por retenerle.

El responsable de la funeraria, David, salió del interior de las oficinas al oír el escándalo. Para entonces, la pareja de médicos y sus esposas se habían retirado muy asustados a una esquina, parapetados detrás de un sofá.

David pidió a la pareja que se marchara.

—¡Sí, eso, largaos de una vez! ¡Malditos seáis para siempre! ¡Ladrones infectos! —continuaba Samuel en un estado de histeria descontrolada.

—Está bien. No queremos más líos. Sólo queremos que sepas que todo lo que pasó fue por algo y que desconoces parte de la historia.

—Os juro que como sigáis hablando no respondo de mis actos —dijo amenazante Samuel, esta vez sin gritar, levantando el dedo índice de la mano derecha, lo que infundía aún más temor a los testigos accidentales de la escena.

—Nos vamos ya. Mira Samuel, ahora todo es distinto, ha pasado mucho tiempo y no sabes que…

—¡Para! ¡Samuel, por Dios! ¡No lo hagas! —gritó Robert agarrando a Samuel con ambas manos por la cintura, intentando evitar que se abalanzara sobre ellos.

—¡Señor Calleja, por favor, no lo haga! ¡Pare de una vez! —gritó David interponiéndose entre ellos y tratando de sujetar a Samuel.

—¿Qué está pasando aquí? —exclamó Alma entrando en ese momento por la puerta con las niñas.

—¡Samuel! —gritó Flora.

—No te preocupes Alma, nos marchamos ya. Nuestros respetos y nuestro pésame para vuestra familia —dijo el hombre saliendo finalmente de la funeraria con cara de pánico. La mujer fue incapaz de decir ni una palabra.

—Gracias George, gracias Mary. Gracias por haber venido y perdonad a mi hermano, son momentos muy difíciles para la familia.

—Lo entendemos. Cuídate —respondió George.

Alma se dirigió directamente hacia donde estaba su hermano muy enfadada.

—¿Pero se puede saber qué diablos hacías? —le gritó.

—¿Cómo que qué hacía? ¡Qué hacían esos dos aquí! —respondió todavía muy nervioso— ¿Quién les ha avisado?

—Samuel, han venido para presentar sus respetos a tu padre y ¡tú casi les pegas! ¿Qué demonios te ocurre? ¿Desde cuándo arreglas así las cosas?

—¿A presentar sus respetos? Venga Alma, ¿en serio? No tuvieron el más mínimo respeto en quitarle la empresa a papá ¿y vienen ahora a tocar las narices con su respeto? Que se lo metan por donde les quepa.

—Por favor, Sam, deja de hablar así. ¡Estás asustando a las niñas!

¡Las niñas!, pensó Samuel. En su furia ni se había dado cuenta de que sus sobrinas estaban allí. Tenían la mirada fija en él. Notaba el terror en sus ojos, el pánico de descubrir que lo que conocían de su tío era sólo una fachada. Samuel podía sentir con intensidad en sus caras un sentimiento de profunda decepción.

De repente, comenzó a sentir que se apoderaba de él la vergüenza. Se fijó que Julie agarraba con fuerza el vestido de su madre, buscando protección. ¡Quería protegerse de su tío! Su miedo era tan intenso que casi lo podía llegar a tocar. En ese instante, notó cómo algo se quebró en su interior, casi lo escuchó. Supo identificarlo de inmediato. La culpa más recóndita de su ser había resurgido de lo más profundo para atacarlo con virulencia, usando lo que más apreciaba, el único referente que le quedaba, su hermana y sus hijas.

Muerto de miedo, asustado de sí mismo, sin saber cómo reaccionar, Samuel miró a todos los que allí estaban, observándole fijamente. Sin encontrar otra salida mejor, decidió huir de la funeraria como alma que lleva el diablo.

Tras varias horas sin saber nada de Samuel y tras decenas de llamadas y mensajes sin respuesta Alma, Robert, Flora y las niñas se marcharon a casa, esperando que estuviera allí. No tuvieron suerte. No había ni rastro de Samuel. Intentaron contactar con él algunas veces más, pero su móvil dejó de dar señal. Muy preocupados, se fueron a dormir confiando en que estuviera bien. Alma era la que más intranquila estaba. Tenía un miedo terrible de que Samuel volviera a cometer una locura. Esta vez ella no llegaría a tiempo, pensaba. Sin mucha esperanza, intentó contactar con él por última vez antes de intentar dormirse, pero tampoco obtuvo respuesta alguna. Sólo le quedaba suplicar a Dios que cuidara de él.

Samuel no paraba de repetirse mentalmente una y otra vez la escena que había vivido. La cara de terror que tenían sus tres sobrinas nunca se le borraría de la memoria. No sólo había sido incapaz de frenar su lucha interior, sino que había perdido la guerra. Había sucumbido en tan sólo un instante. Tantos años de autocontrol, de estrategias probadas que le funcionaban a la perfección, se fueron al garete en menos de un segundo. Además, no llevaba encima sus pastillas, se sentía desarmado, indefenso, perdido.

Tras deambular durante horas, Samuel se paró frente a una casa, en el número 1224 de Alfonso Ave., en Coral Gables. Estaba anocheciendo. Había hecho el recorrido que le llevaba a esa casa millones de veces. Se acercó a la verja de la entrada, la acarició con su mano, recordando el tacto que tenía. Siempre le había gustado esa verja, de hecho, él mismo eligió el color. Cuando tenía diez años acompañó a su madre a una tienda de pinturas y se enamoró del color al que él llamaba "azul pitufo". Insistió tanto en ello que la verja de entrada a la casa terminó siendo, en su totalidad, de ese color. Samuel se sorprendió del buen estado en el que estaba. Probó a empujar la puerta, pero estaba cerrada. La casa se entreveía a duras penas. Parecía que no vivía nadie allí porque no había ninguna luz encendida ni dentro de la vivienda ni en el camino de entrada. No le importaba porque era capaz de dibujar de memoria hasta el más mínimo de los detalles: las piedras que formaban la valla que rodeaba la casa; los grandes ventanales de madera blanca que permitían que al amanecer entrase una luz maravillosa en todas las estancias; los reflejos del atardecer en el jardín y en la terraza que daba al brazo de agua del Mahi Waterway, donde pasaban las tardes leyendo y jugando. El porche de la entrada, con el arco que su padre le añadió posteriormente. A la izquierda, el acceso al precioso jardín al que tanto amor le dedicó su madre. Las tejas de color marrón claro del tejado, un empeño de su padre porque decía que las originales, más oscuras, daban demasiado calor en verano. Los dos garajes para los coches de su madre y de su padre. El de su madre, siempre ordenado y limpio, justo lo contrario del de su padre, que acumulaba cientos de objetos antiguos que compraba o le regalaban en cualquier parte. Y el precioso olivo de la entrada, plantado con semillas traídas de Teruel y que había crecido a la par que él.

Pese a que al parecer seguía en venta, tenía pinta de conservarse intacta. No la veía bien del todo, pero nada en ella delataba los nueve años que habían transcurrido desde que el banco la embargó.

Samuel comenzó a sentir una profunda tristeza. Por alguna extraña razón acabó en la puerta de su casa familiar, donde creció, dio sus primeros pasos, fue un niño alegre, y de adolescente se convirtió en adulto. Cada centímetro de esa casa almacenaba recuerdos de su vida.

Se sentó en el suelo y se dejó llevar por los recuerdos que le acudían a la mente. Vio a su madre cuidando las hortensias y las buganvillas del jardín, mientras cantaba con su dulce voz sus canciones preferidas. También rememoró cuando se golpeó en la cabeza, al caer sobre las escaleras de la entrada principal, tras intentar dominar su bici por primera vez, sin las ruedas de apoyo.

Rebobinó en su memoria el verano en que aprendió a nadar, o años después, cuánto lloró junto a esa misma piscina el rechazo de su primer amor de juventud, que le dejó por su mejor amigo. Precisamente con ese amigo dos semanas antes se bebió una de las botellas de vino que guardaba su padre con sumo celo en la bodega. Esa fue su "vendetta" por haber esperado inútilmente a que les llevara al cine. No lo hizo porque, como de costumbre, se quedó hasta las tantas en una reunión inesperada. Las chicas todavía estaban de cena en su restaurante favorito cuando Martín llegó a casa y se encontró a los dos jóvenes en la puerta de acceso a la bodega, dormidos profundamente, junto a la botella vacía y sosteniendo sendas copas de cristal de bohemia en sus manos. Ni siquiera se enfadó en ese momento, los acostó como pudo y les dejó dormir.

Al día siguiente, se encontró con que su padre le había dejado una oferta de trabajo en una hamburguesería, marcada con rotulador amarillo en el periódico local. Samuel entendió enseguida que tendría que trabajar para reponer el valor de lo que disfrutaron la noche anterior.

Flora se enteró de inmediato, era imposible que se le escapara nada de lo que ocurría en la casa. A Samuel nunca le quedó claro cómo lo supo, pero lo hizo y, aún más, para evidenciar su disgusto le retiró la palabra durante casi dos semanas. En cambio, su madre, nunca estuvo al corriente de lo sucedido, de hecho, se enorgulleció de que decidiera trabajar en la hamburguesería para ganarse su primer sueldo. Tampoco supo nunca, o eso creía Samuel, que todo ese dinero se destinó a pagar, o, más bien, a intentar pagar lo que costaba la dichosa botella de vino, un *Vega Sicilia* español. En realidad, su contribución no llegó a cubrir ni lo que costaba la etiqueta.

Las lágrimas brotaban abundantemente de los ojos de Samuel. Su cuerpo se contrajo en un llanto mudo que pugnaba por salir y desbocarse. Trató de contenerlo como solía hacer, pero esta vez notaba que era mucho más potente. Sus fuerzas comenzaron a flaquear.

De pronto, un último recuerdo llegó a su mente, sin hacer ruido, casi de forma imperceptible pero muy nítido… y la evocación le trasladó a un pasado lejano, cuando su padre le enseñó a navegar con la embarcación que compró de segunda mano a un vecino. Ese velero se convirtió en el espacio donde más disfrutó de él. Cuando ocasionalmente salían al mar, no existían reuniones, ni clientes, ni llamadas. Sólo ellos dos y el océano. El barco era un pequeño paraíso, aislado del resto del mundo, donde su padre y él se reencontraban. En ningún otro lugar sintió tan cercano a su padre como allí. Desde que embarcaban, disfrutaba cada segundo de él, observando cómo dirigía el barco con su habitual aplomo. Su padre le enseñó a orientarse, incluso sin la brújula, y a aprovechar el viento favorable para sumarse a él y avanzar; a no resistirse a las rachas que le sacudían sino a adaptarse a ellas. Ciertamente, Samuel creció como persona en cada salida con el barco. Cada vez que navegaban Martín le permitía asumir más responsabilidades, hasta que llegó el día en el que subió, se sentó y se acomodó para disfrutar del viaje. En ese momento, Samuel supo que ya era capaz de llevarlo solo.

Internamente algo acompañó a este recuerdo. Un pensamiento se cruzó fugazmente por su cabeza: ¿cómo era posible que terminara detestando a su propio padre? Pasó de admirarlo a no soportar su presencia. No tuvo que esperar mucho para obtener su propia respuesta. Su mente le condenó desde el primer momento. Para Samuel, la culpa de todo lo que sucedió la tuvo él.

Paró de llorar, se secó las lágrimas con rabia, se levantó y comenzó a gritarle a la casa, como si él estuviera en el porche de la entrada.

—¡Toda la culpa la tienes tú, papá! ¡Lo perdimos todo y tú no hiciste nada por evitarlo! ¡Pudiste hacer miles de cosas y elegiste no hacer nada!

Samuel cada vez aullaba más y más, lanzando improperios en dirección a la casa. Acompañaba cada una de las acusaciones con un movimiento acusador de su brazo, culpabilizando, señalando con el dedo índice como si su padre estuviera allí mismo, escuchándole en el porche donde se sentaba cuando anochecía.

—¡Te dije que fuéramos al hospital, papá! ¡Sabías que mamá estaba muy mal y tú me convenciste para que fuéramos a aquella maldita reunión! ¡A una maldita reunión para conseguir un contrato para la empresa que te arrebataron, papá! ¡Cambiaste a mamá por una reunión! ¡No pude despedirme de ella por una maldita reunión! ¿Te enteras papá, te enteras de una vez de que no pudimos estar con mamá cuando murió porque te empeñaste en que había que conseguir sí o sí un contrato? ¿De qué vale todo aquello ahora? ¿Eh?

Samuel estaba fuera de sí, desgañitándose cada vez más.

—¿De qué vale ahora papá?, ¡dímelo! ¿De qué valen todos los contratos que firmamos? Me impediste despedirme de mamá, de darle el último beso, de decirle que la amaba con toda mi alma. ¡Maldito seas, papá! Ni siquiera pude acompañarla en la ambulancia, papá, ni siquiera eso...

El día anterior a la firma del contrato más importante para el futuro de la empresa de Martín, Blanca se encontraba indispuesta. Se había mareado varias veces durante la última semana y se sentía bastante decaída. Cuando Samuel llegó a recoger a su padre para ir a la reunión fue a saludarla y, enseguida, se dio cuenta de que algo no iba bien. No tenía buena cara, su tez lucía un color amarillento que le preocupó bastante. Su madre le dijo que no se inquietara, que estaba bien, que llevaba varios días así y que ya empezaba a encontrarse mejor. Le dijo que se fueran tranquilos a la cita. Pese a todo, Samuel dejó encomendado a Flora que le llamara en caso de que ocurriera cualquier incidente. Su padre estaba completamente focalizado en la reunión y no prestó demasiada atención al estado de su mujer, ni a nada ajeno a la firma del contrato que iban a formalizar. El futuro de la empresa se decidiría en aquel momento y no podía ni quería despistarse con ninguna otra cosa. Martín llevaba varias noches sin dormir, nervioso, casi histérico, aquella reunión determinaría cómo sería el devenir de la compañía.

Samuel se marchó muy preocupado por su madre. Condujeron hasta el centro de Miami, donde se encontraron con George y Mary, sus socios. Durante todo el trayecto no dejó de pensar en ella. Ese día no estaba transcurriendo precisamente como había imaginado. Pensaba que estaría concentrado al cien por cien en su objetivo: conseguir el acuerdo de inversión fundamental para la empresa. De cerrarlo, se les abrirían las puertas a un crecimiento sin precedentes. Tenían la oportunidad de oro para crear una compañía internacional, con un plan de expansión mundial muy ambicioso.

Cogieron el ascensor del edificio de oficinas donde les esperaban los inversores. Pulsaron el botón de la planta 52, cuando el teléfono de Martín sonó. No quiso ni mirar quién era. Lo silenció desde el botón lateral sin sacarlo del bolsillo.

—No estoy para nadie ahora —murmuró en voz baja.

A los dos segundos sonó el de Samuel. Sacó el móvil y vio el nombre de Flora en su pantalla. Miró a su padre nervioso y le dijo:

—Papá, es Flora. ¿Le habrá pasado algo a mamá?

—Hijo, yo que sé… ¡Cógelo! ¡Vamos!

—Vale —Samuel descolgó la llamada—. ¿Flora? ¿Está todo bien?

—Hola Sammy. Tu madre se ha vuelto a marear y se ha caído en el baño.

—¿Está bien? ¿Le ha pasado algo? —preguntó.

—¿Qué ha ocurrido? —preguntó su padre a Samuel haciéndole señas.

—Se ha caído, papá —le dijo a su padre.

—Se ha hecho una pequeña brecha justo encima de la nuca —informó Flora—. Está sangrando abundantemente. Le estoy aplicando un paño y apretando con fuerza para ver si se corta la hemorragia, pero lleva así cinco minutos y no lo consigo. Voy a llamar a una ambulancia.

—Dice que tiene una brecha en la cabeza, cerca de la nuca y que va a llamar a una ambulancia —explicó Samuel a su padre.

Martín bajó la cabeza pensando qué hacer. Después dirigió la vista hacia sus socios, que le contemplaban expectantes, transmitiéndole con un gesto mudo que se quedase.

—Dile que nos vaya informando de todo lo que suceda —sugirió Martín a Samuel.

El ascensor había llegado a su destino. Salieron todos, mientras Samuel se quedó rezagado con el móvil en la mano.

—Papá, creo que deberíamos ir. Ya la has visto esta mañana, no tenía buena cara, algo no va bien.

—Tranquilo Sam, seguro que Flora se encarga de llamar a la ambulancia y llegará enseguida —señaló intentando tranquilizar a su hijo.

—Papá, yo creo que me voy a marchar.

George y Mary hicieron amago de comenzar a hablar, pero Martín se les adelantó.

—Samuel, esta operación la has preparado tú. La presentación la has elaborado tú y tú eres el que la tiene que exponer.

—Samuel, haz la presentación y si quieres, luego os marcháis, pero no nos dejes tirados ahora, dependemos de ti para que esta empresa tenga futuro —añadió Mary.

—¿Samuel? —gritó Flora al otro lado del teléfono— ¡Samuel! Voy a colgar, tengo que llamar ya a la ambulancia.

—Vale, vale, Flora. Dime cómo evoluciona, por favor — terminó la conversación, muy preocupado.

Flora colgó sin ni siquiera contestar. Samuel se quedó mirando a su padre y a los dos socios.

—Sam, si quieres ser alguna vez un empresario de éxito tienes que ser capaz de manejar ciertas situaciones de estrés y anteponer tus negocios a las urgencias de los demás —afirmó Martín de forma muy serena.

—¿Urgencias de los demás? ¡Papá, es mamá! no son los "demás" — replicó Samuel.

—Hijo, Flora se está haciendo cargo de todo, no te preocupes, es una mujer que sabe manejarse en cualquier situación. ¡Sólo es una brecha!

—Vale papá, pero no es normal que se haya mareado tantas veces entre ayer y hoy, ¿no te parece? Tengo un mal presentimiento.

—Samuel, no puedes marcharte ahora. La empresa depende de ti — insistió George de nuevo.

Samuel miró a George fijamente sin saber qué responder. Desvió la mirada hacia su padre para buscar su último veredicto y él le hizo un gesto de negación.

—Sam, no te vayas, todo nuestro futuro depende de ti. Cuando queramos llegar a casa ya se la habrán llevado al hospital y sólo podremos esperar, nada más —sentenció Martín.

—Papá…

En ese instante la secretaria de los inversores, al oír sus voces, abrió la puerta.

—Buenos días, ¿van a entrar? les están esperando —dijo la secretaria.

Los tres se giraron hacia Samuel, que se quedó paralizado por su indecisión. Su corazón se aceleró más aún de lo que ya estaba. Su intuición le decía que se fuera con su madre, pero sentía la presión de que el futuro de la empresa dependía de él. Ni su padre ni los socios se habían preparado la presentación, sería un fracaso si no era él quien la exponía. Martín, finalmente, mirándole fijamente a los ojos y con gesto serio, le indicó:

—¿Vamos? —dijo haciendo un gesto con la cabeza para que entrara en el despacho.

Samuel revivió miles de veces aquella mañana. Se acordaba de cada detalle, de cada gesto, de cada palabra, de todo lo que sentía. Su cerebro registró absolutamente todo lo que ocurrió y lo podía revivir una y otra vez. La presentación del plan de inversión salió perfectamente y consiguieron su objetivo. Por fin tenían el dinero de los inversores para dar el impulso definitivo al crecimiento de la empresa. Samuel lo hizo realmente bien y convenció a todos los allí presentes de que su idea era perfectamente viable y muy lucrativa para ambas partes.

Las presentaciones eran el fuerte de Samuel. Era capaz de vender cualquier idea a quien fuera, lo hacía de forma completamente natural. Sin ningún esfuerzo conseguía transmitir lo que deseaba y que sus ideas calaran en los que le escuchaban. Aquella mañana lo hizo perfectamente, no en vano había estado durante casi un mes preparando la presentación. Recordó lo contento que estaba viendo el orgullo reflejado en los ojos de su padre, nunca le había mirado igual. En el momento en que se firmó el acuerdo estaba casi en una nube.

Cuando salían del despacho, de pronto, se acordó de su madre y sacó el móvil que había permanecido silenciado casi las dos horas y media que duró su exposición. Se asustó al ver todas las notificaciones que tenía. Veinte llamadas de Flora, otras tantas de Alma y siete mensajes. Abrió el último de ellos, era de su hermana y decía: "ya no hace falta que corráis, mamá ha fallecido".

Durante los siguientes años leyó ese mensaje casi a diario y, siempre que lo hacía, se castigaba por no haberle hecho caso a su intuición. Se imaginó infinidad de veces tomando la decisión de volver a casa y así, al menos, haberse podido despedir de su madre. Se sentía un mísero traidor, su madre había dado toda su vida por él y por su hermana y le había pagado con su ausencia, cuando más le necesitaba. Sentía una profunda culpabilidad por haberse dejado convencer por su padre y sus socios. Podía entender que estos le hubiesen presionado para que se quedara, pero que su padre lo hiciera también… jamás lo entendió, ni se lo perdonó. A medida que pasaba el tiempo su sentimiento de culpa aumentó rápidamente, extendiéndose como una mala hierba que crece sin control. La relación con su padre nunca volvió a ser como la de antes. Samuel jamás le dijo nada de lo que sintió a partir de aquel día, aunque no hizo falta. Inconscientemente, esa culpa se reflejó en su padre y, poco a poco, fue cambiando, haciéndose cada vez más introvertido. Lo cierto es que aquel día cambió para siempre a toda la familia.

Samuel cayó de rodillas, hundido por aquellos recuerdos que ahora volvían para atormentarle. Comenzó a golpear con fuerza la puerta de la valla de aquella casa donde se había criado. Gritaba y gritaba con todas sus fuerzas, intentando sacar todo el dolor que le había acompañado durante casi una década. Sentía que el tiempo no había pasado, que, aunque hacía ya muchos años de aquello, él seguía anclado a ese momento, congelado para siempre, atado a él e impidiéndole vivir. Había hecho lo imposible para superarlo, pero nada había sido mínimamente efectivo, sólo eran parches temporales que maquillaban su interior quebrado por el sufrimiento.

Samuel estaba completamente perdido, desesperanzado. Fue en ese instante cuando, empujado por una especie de instinto de supervivencia, comenzó a crecer en su interior con fuerza un sentimiento de rabia. Harto de sentir tanto dolor, su cuerpo, su mente, todo su ser, buscó una salida. Y no fue otra que hallar otra víctima de su culpabilidad y así poder dictar sentencia. De esta manera, podría volcar todo su odio en ella y liberarse de su carga. Esa víctima fue, como no podía ser otro modo, su padre.

Se convenció de que él no era responsable de nada de lo que había sucedido. Era su padre el instigador y el culpable de que él estuviera como estaba. Comenzó a reavivar su odio por él, un rencor que ardió más rápidamente al recordar cómo fue incapaz de ayudarle cuando cayó en una profunda depresión de la cual, era patente, no había podido salir.

Impulsado por la energía que le generaba el odio se levantó de nuevo, con más firmeza aún, y comenzó a gritar con todas sus fuerzas.

—¡Maldito seas, papá! ¿Dónde estabas cuando caí en lo más profundo de mi desesperación? ¿Dónde estabas cuando más te necesitaba?

Él mismo se respondió.

—¡En cualquier lado menos con tu hijo! ¡Nunca estuviste a mi lado, papá! ¡Me abandonaste! ¡A tu hijo, el que tanto te admiraba! ¡Maldito seas papá! ¡Abandonaste a tu hijo! ¡Me abandonaste! ¿Te enteras? ¡Te necesitaba para sobrevivir y no estuviste a mi lado nunca!

Con cada frase, Samuel agitaba violentamente la puerta con ambas manos, provocando un gran estruendo que se sumaba a sus gritos. Las luces de los porches de las casas colindantes comenzaron a encenderse.

Los vecinos, asustados, se asomaban por las ventanas intentando averiguar qué estaba pasando. Podían ver cómo un energúmeno pretendía arrancar la puerta de la casa, chillando furiosamente en la oscuridad.

Samuel, enajenado por el odio, continuó gritando como si estuvieran solo él, sus recuerdos y aquella casa.

—¿Dónde estaba tu ímpetu cuando más lo necesitaba? ¡Tan buen empresario que eras! Así que un buen empresario tenía que saber manejar el estrés ¿no? ¿Y darse cuenta de que le estaban quitando la empresa? ¿Eso dónde queda? ¿No eras tan bueno? ¡Pues te la arrebataron en tus narices! Y ¿qué hiciste tú para impedirlo? ¡Nada! ¿Dónde estabas cuando tu hijo se quedó sin trabajo? ¡En ningún sitio! ¡Como siempre has hecho, maldita sea, como siempre! —vociferaba con toda la fuerza que le permitían sus pulmones.

—Toda tu maldita vida dedicada a la empresa y ¿te la dejas robar como si no valiese nada? ¿Tú eres consciente de las veces que miré a las gradas durante los partidos de *basket* para ver si estabas y jamás te encontré? La empresa era siempre lo primero para ti, nosotros estábamos muy por detrás en tu lista de prioridades. ¡Nunca estuviste cuando te necesitaba! ¡Nunca! ¡Me sentía abandonado por ti! ¡Nunca pensaste en nosotros, sólo pensabas en ti mismo! ¡Decías que lo hacías por la familia, pero en realidad eras un egoísta! ¡Eras tú, y después tú y al final tú! ¿Para qué demonios tuviste hijos? ¿Para qué querías una familia, para no prestarle la más mínima atención? ¡Maldito seas tú y tu empresa! Justo cuando decidí trabajar junto a ti para recuperar los años que la empresa me arrebató de disfrutarte y para demostrarte lo mucho que valía, te dejaste saquear sin poner ni una sola traba. ¡Se la regalaste, papá! ¡Y tu hijo trabajaba en ella! ¡Trabajé allí para estar contigo papá, y tú dejaste que te la quitaran!

Samuel comenzó a andar muy rápido de un lado a otro de la verja. De vez en cuando bajaba la cabeza y dejaba de gritar. Tomaba de nuevo fuerzas y continuaba chillando.

—¡Te dije que no te fiaras de ellos! ¡Te dije que no dieras el control de la empresa del abuelo a dos personas que casi no conocías! ¡Te lo dije! ¡Te dije que yo sería capaz de hacer crecer la empresa como el abuelo soñó! ¡Pero no te fiaste de mí, no confiaste en tu hijo! En cambio ¡sí que fuiste capaz de confiar en esas dos personas, en ellas sí, maldita sea! ¡Te lo dije una y otra vez, y nunca jamás me escuchabas, siempre creías que acertabas en todo!

¡Pues fíjate bien ahora, te equivocaste maldita sea! ¡Mira a tu alrededor! ¡No queda nada, papá! ¡Ni siquiera queda nada de tu hijo! ¡Maldito seas!

Samuel se agachó y cogió una piedra. La sostuvo en su mano y se quedó mirándola. De nuevo, comenzó a gritar hacia la casa.

—Y después, papá, cuando yo caí en picado, cuando caí en la depresión, ¿dónde estabas tú? En cualquier sitio menos conmigo, ¡como siempre hacías! Volví a necesitarte, quizás más que en ningún otro momento, ¡pero tampoco estuviste! Cada vez que me acercaba a ti para pedirte ayuda tú sólo me decías que tirase para adelante. Eso ya lo sabía, papá, ¡necesitaba saber cómo! Necesitaba tu apoyo, tu sabiduría, tu cariño y no recibí nada de nada. ¿Dónde demonios estabas tú cuando caí en el abismo de la desesperación? Sólo aparecías para recordarme que tenía que estar bien, esa era tu maravillosa y mágica ayuda, "tienes que estar bien". Con eso lo solucionabas todo. Esa era tu aportación. Tienes que estar bien… una gran aportación, papá… que me ayudó a… ¡nada!

Apretó la mano donde llevaba la piedra y la lanzó con todas sus ganas contra la casa, gritando:

—¡Maldito seas, papá! ¡Y maldita seas tú también, maldita por siempre!

La piedra ni siquiera llegó a tocar la casa, pero fue el detonante para que el vecino de enfrente saliera armado, con el propósito de acabar con aquel escándalo.

—¡Quién hay ahí! ¡He llamado a la policía! ¡Lárgate o vas a conocer mi *Remington 870*! —gritó el hombre alzando una escopeta negra de gran tamaño.

Samuel echó a correr despavorido. Corrió sin mirar atrás. Corrió y corrió, apretando con todas sus fuerzas los puños, rechinando los dientes de la tensión extrema. Corrió sin rumbo, huyendo de sí mismo. Corrió como nunca antes lo había hecho, intentando separarse de su propio yo, del Samuel lleno de miedos y de dolor… Corrió hasta que su cuerpo dijo basta.

Se detuvo justo antes del puente que cruzaba el brazo de agua de Mahi Waterway, por donde solía navegar con la embarcación de su padre. Allí se agachó, apoyando las manos en sus rodillas, intentando recuperar el aliento. Sintió que el intento de liberarse de su sufrimiento, culpando de nuevo a su padre de todo, había sido completamente en vano. Ahora se encontraba incluso peor.

Su mente comenzó a bombardearle con los recuerdos de lo que ocurrió tras la muerte de su madre.

Sólo había transcurrido un año escaso desde que falleció Blanca cuando los socios de su padre comenzaron a maniobrar de forma extraña en la empresa. Samuel se percató de que algo raro tramaban, pero su padre hizo caso omiso a sus advertencias.

Una mañana, en cuanto Martín llegó a la oficina, los socios entraron en su despacho. Habían consumado su traición. Juntos se habían hecho con el control de la compañía y habían decidido, en junta extraordinaria, que Martín ya no formaba parte de la dirección.

Samuel lo escuchó todo desde detrás de la puerta. Se quedó paralizado. Sabía que algo tramaban, pero nunca imaginó que llegaran tan lejos. En ese momento le comunicaron a Martín que le echaban de la empresa, que ni siquiera podía seguir como trabajador.

Samuel regresó a su mesa, que estaba junto al despacho de su padre, y se dejó caer en la silla. Todo se había esfumado. Tras la muerte de su madre la empresa lo era todo en su vida. Se había volcado en ella para evitar tener que pensar en su dolor. Ahora, todo se había venido abajo, su mayor soporte había desaparecido de un plumazo. La compañía que tanto les había costado levantar, primero a su abuelo Luis y después a Martín, le había sido arrebatada a su padre de un día para otro.

Los socios salieron del despacho de Martín. Se dirigieron a la mesa de Samuel, que estaba inmóvil, sin pestañear, con la mirada perdida.

—Samuel, no es nada personal. De verdad, sólo son negocios y hacemos lo que creemos mejor para la empresa. Tú no eres tu padre, no queremos que te vayas, queremos que sigas aquí —le dijeron.

Samuel no supo ni pudo responder en ese momento. Cuando se marcharon, entró en el despacho y vio a su padre sentado frente a su mesa abarrotada, contemplando absorto una foto de Blanca. No se movía, no decía nada. Ni siquiera se percató de que Samuel estaba allí.

—Papá…

Martín ni se inmutó.

—Papá —insistió Samuel—. ¿Qué vas a hacer? —Martín no se movía, seguía con la mirada clavada en aquella foto— Papá, debemos ir a hablar con Richard, tenemos que hacer algo para impedírselo.

Ese día, su padre se marchó de la oficina sin recoger nada de su despacho, a excepción de la fotografía de Blanca. Se fue como un zombi, sin mostrar ningún tipo de reacción ni de sentimiento. Samuel le acompañó a casa. Durante el trayecto, insistió una y otra vez en que llamara a Richard para defender lo que era suyo, pero él no reaccionaba.

En los siguientes meses Martín se encerró en su casa. Flora, Samuel y Richard intentaron por todos los medios que interpusiera una demanda contra sus ya ex socios. Pero nunca accedió. Sólo acertaba a decirles que todo estaba bien, que era como debía ser. Eso soliviantaba a Samuel, que no entendía cómo podía dejar que le robaran la empresa de ese modo. Lo intentó de mil maneras diferentes, pero su padre no quiso hacer nada por defender sus intereses.

Durante ese tiempo Samuel vivió su propio infierno. Ir a trabajar a la que hasta entonces había considerado su casa, ahora llena de lo que él llamaba traidores y usurpadores, era un suplicio para él. No pudo aguantar demasiado tiempo este padecimiento y decidió dejar él también la empresa a la que tanto esfuerzo, trabajo y dedicación proporcionó.

Al mismo tiempo, su vida personal comenzó a hacer aguas. Tenía una relación de pareja con una chica que conoció casi tres años atrás, una ingeniera industrial llamada Priscila. Ella intentó ayudarle a salir adelante, pero cada vez que se le acercaba Samuel le contestaba con la misma frase, una y otra vez:

—Es que no lo entiendes, Prixi. Déjame, por favor.

Harta de que su pareja no se dejara ayudar, le dejó de un día para otro. Hizo la mudanza aprovechando que Samuel estaba fuera y cuando él retornó al piso nada de lo que le pertenecía quedaba ya allí. Se había quedado solo.

Samuel estaba completamente desorientado. Toda su vida planificada era ahora papel mojado. Su hermana hacía lo que podía por animarles, a su padre y a él, pero bastante tenía con su propio dolor y con atender a las trillizas. Hizo lo que pudo. Samuel siempre le agradeció que jamás le echara en cara que no estuviera con su madre cuando murió.

Alma intuía lo que sentía Samuel en su interior y bastante tenía con lo que se hacía a sí mismo.

Buscó una y otra vez refugio en su padre, intentando que le ayudara a no meterse más en el profundo agujero en el que estaba cayendo, pero no le encontró; era como si su alma ya no estuviera en su cuerpo. Martín desconectó de sus sentimientos, dejó de sentir por completo, no mostraba ningún tipo de reacción. A veces, Samuel envidiaba el estado de su padre, al menos así no sufría tanto como lo estaba haciendo él.

En su situación, Samuel no encontró trabajo durante bastante tiempo. Todos los ahorros se agotaron y tuvo que dejar el piso que tenía en el centro y mudarse a su antigua casa con su padre y Flora, que seguía atendiéndoles. En un principio le pareció buena idea, pensando que podrían apoyarse mutuamente y salir adelante juntos, pero enseguida comprobó que era todo lo contrario. Lo que quedaba de su padre conseguía, sin proponérselo, absorber toda su energía.

Por su parte, Martín percibía que su hijo le culpaba por todo lo que había ocurrido e hizo suyo esta culpa aceptando su castigo, que no era otro que dejarse morir en vida. En realidad, él quería ayudar a Samuel, pero era incapaz de conectar consigo mismo, por lo que tampoco podía relacionarse con él. Si era incapaz de seguir adelante con su propia vida, ¿cómo iba a ayudar a su hijo?

Samuel fue cayendo poco a poco en una profunda depresión. Comenzó casi sin notarlo y fue creciendo en su interior hasta hacerse con todo su ser. Cuando este proceso se completó, su vida se convirtió en un absoluto infierno. Recordaba especialmente el día en que el abismo se presentó ante él, invitándole a que se dejara caer. Fue cuando el banco avisó, por carta certificada, de que tenían que abandonar la casa familiar en menos de cinco días. Samuel no se lo podía creer, su padre había ocultado las anteriores cartas y no le había dicho nada ni a él ni a Richard.

Tras cumplirse el plazo establecido por el banco y sin conseguir de ninguna manera aplazarlo o alargarlo, llegó la hora de hacer la mudanza. El momento de cargar la última caja en el coche y cerrar la puerta de la que fue la casa familiar, para no volver jamás, fue el golpe definitivo para el estado de ánimo de todos. Flora y Samuel no paraban de llorar, mientras que su padre, incapaz de sentir nada, mantenía su mirada ausente sentado en el asiento del copiloto del vehículo.

Desde entonces, muchas cosas ocurrieron. Tuvieron que pedir ayuda a su hermana para que les prestara dinero para alquilar un piso en las afueras. Se vieron en la obligación de despedir a Flora, aunque ella quería seguir con ellos, incluso sin cobrar un dólar. Alma ofreció su casa, pero Samuel, e incluso Martín, sabían que no serían una buena influencia ni para ella ni para las niñas.

Fueron los peores meses de su vida. Conviviendo entre cuatro paredes con una persona que era la causante de todo lo que estaba teniendo que soportar, sin dinero, sin trabajo, sin esperanza…

Martín apenas hacía nada en su día a día. Se levantaba tarde y se iba directo al sillón desvencijado que presidía el salón. A veces encendía la televisión un rato, pero otras muchas se quedaba mirando la pantalla apagada durante horas, sin ejecutar casi ningún movimiento. Fumaba de cuando en cuando, con la mirada no se sabe dónde. No se duchaba durante semanas y apenas comía.

El piso era minúsculo. Sus techos bajos y los colores estridentes con los que estaban pintadas las paredes ayudaban a crear esa atmósfera angustiosa y claustrofóbica en la que se había sumido la casa. Además, Martín se empeñaba en dejar cerradas todas las persianas porque decía que entraba luz y no la soportaba. Samuel recordaba la sensación de entrar y ver a su padre dejándose morir todos los días en el sofá, siempre rodeado de colillas y restos de comida.

Nada más trasladarse a aquella vivienda, Samuel intentó llevar mejor vida que la de su padre. Pese a que ya se sentía muy decaído, intentaba salir de aquel asfixiante piso todos los días en busca de algún empleo. Pero por alguna razón que no acabó de descubrir, no le contrataban en ningún sitio. Cada vez que regresaba a la vivienda su estado anímico empeoraba al ver en lo que se había convertido su vida. Poco a poco, Samuel dejó de intentar buscarse un futuro profesional.

Tocó fondo el día que tuvo que recurrir a una casa de la caridad para obtener algo de comida y productos de higiene personal. Acudía allí semanalmente durante meses, hasta que Alma se enteró de todo a través de una amiga que colaboraba con el hogar de caridad. Quedó destrozada no sólo por el hecho, ya de por sí doloroso, de saber que su padre y su hermano no tenían dinero ni para comer, sino también porque no entendía por qué Samuel no le había pedido ayuda. Desde aquel momento, Alma y Robert se hicieron cargo de todos los gastos de ambos.

Samuel, lejos de sentirse mejor por el apoyo que le prestaba su hermana, se hundió aún más y su orgullo quedó profundamente afectado al verse completamente incapaz de valerse por sí mismo, ni de ser capaz de salir adelante solo. El insomnio se acabó apoderando de sus noches y la desesperanza inundó sus días.

Alma, al ver el estado deplorable de su hermano, le convenció para que fuera a la consulta de un psiquiatra amigo de Robert. Intentó hacer lo mismo con su padre, pero éste se negó rotundamente a moverse de su casa. El psiquiatra dictaminó rápidamente y sin lugar a dudas que Samuel tenía un trastorno depresivo mayor, recetándole unas pastillas para estabilizar su ánimo. Esos tranquilizantes consiguieron, con el tiempo, que Samuel pudiera volver a conciliar el sueño, pero no curaron el origen de su angustia ni pudieron aliviar la opresión que le producía la ansiedad que sentía en su interior. Llegó a un punto en el que nada le consolaba, nada le hacía reaccionar para salir del pozo donde se estaba metiendo.

Hasta que un día, impulsado por el dolor insoportable del sufrimiento que le causaba su propia existencia, decidió tomarse todas las pastillas que pudo, una tras otra. Y allí, encerrado en el minúsculo baño de su piso alquilado, rezando por que la cantidad de tranquilizantes que había tragado fuera lo suficientemente rápida y efectiva, esperó que la muerte pusiera fin a su miserable vida.

El destino quiso que Alma fuera a visitarlos ese día. No lo tenía planificado. De hecho, iba conduciendo hacia casa cuando un presentimiento le hizo girar en sentido contrario en un cruce y dirigirse hacia donde vivían Samuel y su padre. Cuando llegó, Martín estaba en la cama, con todas las persianas de su cuarto bajadas, sin dar la oportunidad a que un destello de luz del exterior anunciara que todavía era mediodía. Parecía que Samuel no estaba, pero en ese momento oyó un ruido extraño que provenía del baño.

—¿Sam, estás ahí dentro? —preguntó Alma, llamando con los nudillos en la puerta.

—Sam, respóndeme, ¿estás bien? —volvió a decir Alma algo inquieta.

—¡Sam, voy a entrar! ¡Sam, vamos, abre! —gritó ya asustada.

Alma golpeaba la puerta pero, pese a que no estaba puesto el pestillo, algo impedía que se abriese.

—¡Sam, Samuel! ¡Por Dios! ¡Papá! ¡Por Dios, papá, ayúdame! ¡Sam está en el suelo! ¡Ayúdame papá!

Martín reaccionó al oír los gritos de Alma y se levantó a ayudarla. Era la primera vez que reaccionaba ante un estímulo externo, desde hacía años. Entre los dos consiguieron empujar el cuerpo de Samuel y entrar a socorrerle.

Por suerte, la ambulancia no tardó en llegar y pudieron salvarle la vida. Ese fue el último día que Martín vio a su hijo. Samuel nunca regresó a aquel piso, decidió irse a vivir con su hermana tras permanecer unos meses en una clínica en la que recibía ayuda profesional pagada por Alma y Robert. En el fondo, su intención era marcharse de Miami cuanto antes y pasar página de una vez por todas.

—¡Mírate ahora! —se dijo a sí mismo Samuel— Tanto tiempo después y sigues igual. No has avanzado nada, estás exactamente como cuando intentaste quitarte de en medio. Eres un completo fracasado.

Se sentía hundido, devastado. Sus ojos estaban ensangrentados de tanto llorar. Había pasado tiempo más que suficiente para recuperarse y no lo había conseguido. Intentó de todo, Dios sabe que lo intentó, pero fue imposible superarlo.

La muerte de su padre había sido el detonante de algo que yacía latente dentro de él. Ni todas las pastillas, ni todas las estrategias, ni todo el entrenamiento que había realizado en los últimos años fueron capaces de frenar que reviviera una y otra vez su pasado, como si estuviera en un bucle infinito. Esta vez había aguantado casi un año y se sentía mejor que nunca, sentía que por fin lo había dejado atrás, pero… ahí estaba de nuevo. Ese sentimiento de estar muerto en vida había regresado. O peor aún, siempre estuvo allí. Los últimos años había gastado demasiada energía simulando que todo iba bien cuando, en realidad, su vida estaba absolutamente vacía. Sólo quedaban los restos de una destrucción completa de su interior.

Su corazón comenzó a palpitar con fuerza. Bajó la mirada hacia el suelo, sentía que su cuerpo se estremecía y cayó de nuevo de rodillas. Notaba como una sensación extrañamente familiar inundaba su interior y se apoderaba de él. La reconoció de inmediato. Esta vez eligió no resistirse, abandonándose a su insistencia. El vacío más absoluto había resurgido para llevárselo. Sentía que era así. Sabía que era así. Su dolor cesó y todo en él se paralizó. Sin ninguna oposición, el vacío consiguió extenderse rápidamente por todo su ser.

De repente, dejó de sentir todo lo demás. Sabía bien qué significaba, el vacío venía a reclamar lo que buscaba desde hacía muchos años, el alma de Samuel. Y su llamada era ineludible. Durante años consiguió evitarlo, pero sabía que nunca dejaría de intentarlo, de una u otra forma renacería para cobrarse lo que creía que era suyo.

Samuel estaba cansado de luchar. Ese sentimiento de vacío era mucho más poderoso que su voluntad. Hiciera lo que hiciera seguiría allí, de una forma u otra. Aparecería para intentar atraparlo y hacerlo suyo, y no desistiría jamás. Samuel creyó de verdad que nunca podría escapar de él. Lo creyó tanto que dejó de creer en sí mismo. Agotado, tan sólo le quedaba abandonarse a su voluntad y fundirse con él, esta vez para siempre.

Se levantó como pudo, pues apenas se sostenía en pie. Su cuerpo temblaba. Notó un frío intenso por todo su cuerpo, un helor que le agarrotaba la espalda. Tambaleándose, como si pesara una tonelada, se dirigió hacia el puente con la cabeza inclinada hacia abajo. No le quedaban fuerzas ni ganas de mirar al frente. Cuando lo alcanzó se cogió con ambas manos a la barandilla metálica, apretándola con fuerza.

De nuevo el corazón se le aceleró aún más. Comenzó a marearse debido a la rapidez con la que respiraba. Su sufrimiento estaba llegando a un punto de no retorno porque, aunque ya no sentía ningún dolor, seguía sufriendo. Estaba cansado de no saber vivir sin sufrir. No veía ninguna salida al final de su túnel, sino todo lo contrario, pensaba que éste era cada vez más angosto y oscuro. Nadie era capaz de vivir de esa manera, así que prefería desaparecer para siempre, acabar con su vida.

—Se terminó, no puedo más. No quiero seguir aquí, no quiero seguir viviendo —se dijo a sí mismo mientras miraba el agua bajo aquel puente.

El corazón le iba a explotar, hasta la barandilla temblaba al compás de sus latidos.

Justo cuando hizo el ademán de saltar, una mano apareció por detrás, agarrándole con fuerza.

—Hermano, no lo hagas —dijo una voz muy serena en perfecto español.

Samuel, que hasta ahora no se había percatado de todo lo que le rodeaba, percibió que decenas de conductores habían parado sus vehículos para contemplar la escena. Ni siquiera había oído el sonido del tráfico, ni sabía bien cómo había llegado a parar allí. Se giró para saber quién era la persona que le sujetaba. Un hombre de mirada penetrante, tez morena y pelo muy corto le sujetaba con suma firmeza con una sola mano. Parecía no hacer ningún tipo de esfuerzo, pero Samuel sentía su fuerza, un poder que le impedía moverse por completo.

—Tranquilo, hermano, tranquilo… Calma… —volvió a decirle en español mientras subía y bajaba lentamente la otra mano abierta, en señal de calma.

—¿Quién eres? —preguntó Samuel girándose lentamente con voz tenue— ¿Qué haces aquí? —le preguntó en español.

—¡Vaya, si hablas español!

—¿Se puede saber quién eres tú? —insistió Samuel sin dejar de soltar la barandilla.

—No importa quién sea. Pero si te quedas más tranquilo te lo diré. Soy el taxista que ha tenido la suerte de parar delante de ti.

—¿La suerte? No creo que a esto se le pueda llamar suerte —dijo Samuel, intentando zafarse de él.

—No te preocupes, ya te suelto —respondió el taxista soltándole y levantando ambas manos en señal de paz—. Yo tampoco lo considero suerte —continuó diciendo—. Hoy, cuando he cogido mi taxi, sabía que me iba a pasar algo excepcional. De hecho ya me iba para casa y me estaba diciendo "Vini, esta vez tu voz interior se ha equivocado". Pero como puedes observar, ¡nunca se equivoca! Me llamo Vinicio, Vini para los amigos.

—Muy bien. ¿Y qué es lo que quieres? —insistió, esta vez con voz más enérgica.

—¡Nada! ¡Tranquilo! Sólo quería que no lo hicieras.

—¿Y a ti qué te importa lo que haga o deje de hacer? Métete en tus asuntos —le habló con desprecio.

—Mira, en mis pocos años con el taxi he podido ver de todo. Hace unos tres años vi cómo un hombre estaba a punto de saltar del puente de la 924 con el cruce de la 826, no sé si lo conoces… —hizo una pausa esperando algún tipo de respuesta por parte de Samuel, pero éste no movió ni un músculo— Bueno, la cosa es que yo iba por la 826 y le vi saltando la valla protectora y colocándose por el lado exterior del puente. Por un instante pensé en coger la salida y volver hacia atrás para detenerle. Pero luego llegué a la conclusión de que tardaría en llegar y que otros conductores pararían antes para ayudarle. Estaba seguro de que alguno de los cientos que pasaban por allí a esa hora pararía. Al día siguiente busqué en los periódicos. Había estado toda la noche pensando en ese hombre. Pero no encontré ningún titular, así que me quedé más tranquilo. Sin embargo, cuando paré a comer vi en la televisión la noticia de que un hombre de unos cuarenta años había saltado desde ese puente, justo cuando pasaba un camión por debajo. Me prometí que jamás volvería a permitirlo.

Samuel le miraba como si fuera de otra galaxia. No entendía cómo había aparecido aquel hombre, de repente. Sólo deseaba que le dejara en paz y acabar con todo de una vez por todas.

—Muy bien, ángel de la guarda. Ya has hecho tu trabajo. Ahora, si no te importa, déjame solo —contestó Samuel.

—Hermano, no lo hagas. Siempre hay una salida.

—¿Qué sabrás tú?

—Créeme, lo sé. Si quieres puedo explicarte cómo salir de ese agujero en el que te encuentras —ofreció Vini con voz muy serena.

—Oye, mira… como te llames, te lo agradezco, pero no tienes ni idea de lo que me pasa, no me conoces ni tienes la menor idea de mi vida. Así que te agradecería que te largaras de una vez y me dejaras en paz.

—Mira, no voy a dejar que lo hagas. Si intentas tirarte te agarraré de nuevo con fuerza, si corres te alcanzaré, y si al final consigues de alguna manera tirarte, me tiraré contigo para salvarte. Tu destino está unido al mío desde este momento.

Samuel se quedó mirando al extraño taxista, sin saber muy bien qué responder. Hizo un gesto de volverse a agarrar a la barandilla y Vini le agarró en un instante.

—En serio, déjame en paz —dijo Samuel enfadado.

—No voy a dejar que te tires. Ya te lo he dicho. Si te tiras tú, me tiro yo. Y ahora mismo no me apetece pegarme un chapuzón.

—¿Pero qué…? —manifestó Samuel sin poder creer lo que estaba sucediendo. No entendía nada de nada.

—Hermano, hay salida. Escúchame, siempre la hay. Sé de lo que hablo, por favor, no lo hagas.

Samuel forcejeó bruscamente para que aquel hombre le dejara de agarrar, pero Vini el taxista tenía una fuerza enorme.

—No te voy a dejar. Por favor, déjame que hable contigo. Dame una oportunidad.

Samuel se quedó mirándole. Notaba la presión de su mano sujetándole firmemente. Ante su persistencia, pensó que le daría igual hacerlo ahora que después y se dejó convencer. Volvería a intentarlo cuando se deshiciera del insistente taxista, que parecía haber salido de la nada. Así que soltó la barandilla, dando a entender que aceptaba su propuesta.

—Bien, hermano. Has elegido sabiamente —dijo Vini sin soltarle.

—Está bien, ¿me sueltas de una vez? —dijo Samuel.

—Acuérdate de que, si te tiras, me tiraré yo también —le advirtió Vini.

—Vale, vale. Que no me tiro, pero suéltame de una vez —exigió Samuel.

El resto de conductores que observan la escena empezaron a ponerse nerviosos. El coche de Vini les impedía circular y comenzaron a hacer sonar el claxon con desesperación.

—Sube, hermano. Te llevo a donde tú quieras —dijo Vini—. Súbete delante —añadió, ofreciéndole el asiento del copiloto.

Samuel se quedó mirando durante unos segundos a aquel hombre sin saber muy bien qué hacer o qué decir. Sorprendentemente, la sensación de vacío había desaparecido por sí sola. Samuel estaba asombrado ya que, hacía tan sólo unos minutos, se había dado por perdido para siempre. Únicamente por lo que ese extraño le había provocado en su interior, accedió a subirse a su taxi.

Al entrar en el vehículo y ver su interior, Samuel pensó que estaba en otro mundo. Le sorprendió gratamente el aroma a perfume masculino que impregnaba el habitáculo. Le asombró ver lo impoluto que estaba, pues no era muy habitual encontrar taxis así. Del retrovisor central colgaba una bandera que parecía de Ecuador, aunque Samuel no estaba muy seguro, pues estaba entrelazada con una especie de rosario de semillas.

En el salpicadero había una figura pequeña de plástico representando a una especie de cóndor con las alas extendidas. Desde luego, no era un taxi al uso. Y eso que Samuel tenía en su haber un buen catálogo de ellos, de cuando solía usarlos a diario.

—¿Cómo te encuentras, hermano? —preguntó de nuevo Vini, iniciando la marcha— ¿Dónde quieres que te lleve?

—Me da igual, no hay ningún sitio donde quiera ir ahora.

—¿Quieres que sigamos hablando en español o en inglés?

—Me da igual, no tengo ganas de hablar en ningún idioma.

—Ok, lo entiendo.

Vini se quedó en silencio durante unos segundos, pero no pudo contenerse mucho rato.

—¿Cómo es que hablas español tan bien? —dijo el taxista.

—Porque lo soy. Bueno, a medias, mitad español, mitad estadounidense.

—Así que eres mitad español… Yo soy de Ecuador. Mi familia es de Manabí, aunque he vivido casi toda mi vida en Barcelona. ¿Conoces Ecuador?

Samuel no hizo el más mínimo gesto de responderle, aunque eso no impidió que Vini continuara hablando.

—Ecuador es un país excepcional. Tenemos increíbles volcanes, como el Cotopaxi o el mismísimo Chimborazo, que hasta aparece en el escudo de nuestra bandera, ¡mira!

Sin quitar los ojos de la carretera Vini hizo un gesto girando la pequeña bandera que colgaba del retrovisor para mostrarle el escudo.

—Tenemos parte de la selva del Amazonas, un cielo limpio como ningún otro país, un sol resplandeciente casi todos los días y un mar tan cristalino que puedes ver el fondo a un kilómetro de profundidad y que baña las maravillosas islas Galápagos.

—Si es un país tan increíble, ¿qué haces tú en EE.UU.? —preguntó Samuel de forma desconsiderada.

—¡Buena pregunta! Soy un ciudadano del mundo. He vivido en quince países, he aprendido muchísimo en todos ellos y ahora le toca el turno a Estados Unidos.

—Y ¿en todos esos países has sido taxista?

—No, ¡qué va! ¡Es mi primera vez! Depende de dónde vaya, cojo un tipo de trabajo u otro.

Vini se animó a seguir la conversación al darse cuenta de que Samuel entraba en el juego

—Siempre escojo aquellos que me acerquen a las personas del lugar. Me gusta interactuar con ellas, empaparme de sus costumbres, observar su manera de pensar, de ver la vida. Es sumamente enriquecedor.

—Muy bien por ti —murmuró Samuel en tono sarcástico.

—¿Has vivido en España? —preguntó Vini, esquivando el comentario.

—No.

—¡Vaya! ¡Así que soy más de España que tú! Por cierto, ¿cómo te llamas?

—Toda mi familia es de allí. Yo hablo español desde siempre con mis padres, he vivido con las costumbres de España y he estado numerosas veces, por largos periodos... ¡Ah! y me llamo Samuel.

—Tranquilo, era para ver si reaccionabas un poco —dijo riendo— Veo que sí. Pues merece mucho la alegría que lo conozcas a fondo, es un país encantador y con una manera de ver la vida única.

—¿Merece la alegría?

—¡La merece!

—¿No la pena?

—No, ¡la alegría!

—Curiosa frase, no la había oído nunca —reflexionó Samuel.

—¡Je, je, je! Bueno, ¿a dónde quieres que te lleve? —volvió a preguntar Vini.

—Me da igual, te lo he dicho antes, no hay ningún sitio donde quiera ir ahora mismo.

—Ok, ok... Yo iba a cenar a casa, pero podemos parar a tomar algo en un bar que conozco cerca de aquí. ¿Te gusta la comida italiana? —requirió en un tono animado.

A Samuel no le apetecía en absoluto ir a comer con alguien que acababa de conocer, pero tampoco quería volver a casa de Alma, se sentía muy avergonzado de lo que había ocurrido y no quería que le vieran sus sobrinas en el estado deplorable en el que estaba. Bastante había sufrido ya durante ese día. Además, estaba muerto de hambre y la idea de comerse una buena pizza le sedujo de inmediato. Se sorprendió a sí mismo pensando en volver a casa de su hermana y no en continuar con la idea de desaparecer para siempre.

—Acepto, sí que me gusta la comida italiana. Y mucho.

—Pues tengo el sitio perfecto. ¿Conoces *The Big Cheese*?

—Pues la verdad es que no…

—¡Te va a encantar! —dijo entusiasmado Vini.

—Oye… Vini…

—¡Dime!

—Oye… que… gracias —dijo casi susurrando Samuel.

—No hay de qué hermano. Ya te he dicho que ha sido una suerte poder parame a tu altura para ayudarte.

—¿En Ecuador tenéis la costumbre de llamar a los desconocidos "hermano"?

—¡Ja, ja, ja! ¡No! Es sólo una costumbre mía. Y, ¿no lo somos?

—¿A qué te refieres?

—¡A que somos hermanos!

—Pues… a no ser que mi padre tuviera un desliz con alguna mujer en Barcelona… ¡lo veo difícil!

—¡Ja, ja, ja! ¡Vaya! ¡Pues sí, hasta tienes sentido del humor, Samuel! ¡Todos los seres humanos somos hermanos! ¡Todos somos hijos de Dios!

—Ya… Eso será así, si crees en Dios, ¿no?

—¿No crees en alguien superior que nos cuida? —preguntó Vini.

—Te puedo asegurar que no hay nadie allá arriba que esté cuidando de mí —certificó Samuel.

—Bueno, me mandó a mí. Así que tu teoría no es que sea muy fiable, ¿no crees?

Samuel se quedó mirando al frente, en silencio, pensativo.

—Ya hemos llegado. Vas a probar la mejor pizza de EEUU.

—No sé si llevas el suficiente tiempo para certificar lo que estás diciendo.

—No importa el tiempo que lleve aquí. Pruébala y luego me lo cuentas.

El restaurante era un local típico de estilo ítalo-americano. Tenía la clásica barra roja con taburetes de escay del mismo color. En medio, una hilera de mesas para cuatro personas y a la derecha otras, también populares en este tipo de establecimientos, para seis comensales, todas con sillones a juego y los asientos separados por respaldos de madera.

El local estaba bastante vacío, algo normal por ser un día entre semana.

—Hemos tenido suerte otra vez, porque hoy no hay *football*.

—Ya ves, una suerte tras otra —añadió en tono sarcástico Samuel.

—Ven, sentémonos en aquella mesa. Te recomiendo la pizza de mozzarella con pesto. ¡Espectacular! —exclamó Vini juntando las yemas de los dedos, haciendo el típico gesto italiano.

—Vale, me fiaré de ti, que veo que además de medio ecuatoriano medio español, eres italiano.

—Pues créetelo o no, pero viví algún tiempo en San Gimigiano, un pequeño pueblo de la Toscana, cerca de la increíble Florencia. ¿Conoces Italia?

—Sólo los aeropuertos —contestó Samuel.

—Los italianos tienen dos cosas maravillosas. La primera es el amor que le ponen a la comida. La segunda es que saben venderse como nadie. Si los españoles aprendiéramos la mitad de marketing que saben ellos no habría quien nos parara.

—Eso es muy cierto.

—La Italia… maravilloso lugar, ¡sí señor!

La camarera tomó nota de las dos pizzas mozzarella y de las bebidas. Vini quiso preguntarle, con sumo tacto y bastante humor, qué le había impulsado a plantarse enfrente del brazo de agua para tirarse. Sabía perfectamente cómo hacerlo.

—Entonces, ¿cuándo decidiste hacerte submarinista?

—Te crees muy gracioso, ¿verdad? —respondió Samuel percatándose de a qué se refería Vini.

—Sabías que ahí no había mucha profundidad, ¿a que sí? Lo digo porque hay maneras más efectivas de irse de aquí de forma inmediata.

—¿Lo dices por experiencia propia?

—Bueno, más o menos… mi hermana…

—Esto… lo siento Vini… no quería…

—No te preocupes, hermano. Eso fue hace mucho tiempo. Mi hermana vino a este mundo con una mente rota por una enfermedad que le impedía aceptarse a sí misma. Vivió hasta que su mente se quiso separar de su detestado cuerpo para siempre.

—Lo siento mucho, de verdad… Oye, y también siento lo poco amable que estoy siendo contigo. Estoy pasando por un muy mal momento —dijo bajando la mirada.

—Créeme que lo intuía. ¡Je, je, je!

—Muy gracioso…

—¿Tan malo es el momento que querías quitarte de en medio?

—En realidad no quería saltar, no sé qué me pasó, pero una rabia incontrolable se apoderó de todo mi ser y perdí el control. Por unos instantes era una marioneta al servicio de la ira.

—Mi madre me solía repetir una frase cada vez que me sentía derrotado: "Espérate a la mañana siguiente, no tomes ninguna decisión ahora, tan sólo espera a despertar mañana y lo verás todo mucho más claro".

—No es mala filosofía.

—A mí me ha ayudado muchas veces. Por la mañana, con la mente relajada, lo ves todo mucho más claro.

Samuel y Vini terminaron sus pizzas. Samuel se encontraba mucho más tranquilo y se sentía extrañamente bien con aquel absoluto desconocido.

—Es curioso… —comentó Samuel, asintiendo con la cabeza.

—¿El qué? —preguntó Vini mientras depositaba con calma los cubiertos en el plato.

—Me siento muy tranquilo contigo y no te conozco de nada.

—Sí que me conoces.

—¿Qué quieres decir?

—Que ya nos conocíamos.

—¿Nos conocíamos de antes? ¿De dónde? Yo no te recuerdo —dijo Samuel asombrado.

—Tú no te acuerdas, pero tu alma sí.

—¿Cómo dices? —preguntó Samuel frunciendo el ceño.

—Mi alma reconoce a la tuya, Samuel. Son dos almas viejas, muy viajadas y vividas.

—Mira, no quiero ofenderte, pero a mí todo el rollo ese de almas, Dios y demás, hace tiempo que lo abandoné. Ya perdí mucho tiempo rezando a no se sabe qué, que nunca respondió a nada de lo que le pedí.

—A Dios le da igual que creas en Él o no. Él no te necesita, pero tú a Él sí. Dios está siempre, en todo momento. Está en ti, en mí, en aquella camarera… en todos y cada uno de los seres humanos del planeta; somos parte de Él. Todos somos sus hijos, somos hermanos. Si piensas que Dios se te va a presentar como una voz que se abre paso a través de las nubes, retumbando en el cielo para darte lo que le has pedido, estás muy equivocado. Dios sólo habla interiormente. Nos habla a todos, sin excepción.

—A mí no me ha hablado nunca —afirmó con contundencia Samuel.

—Lo está haciendo ahora mismo. A través de mí. Por lo que he experimentado a lo largo de mi vida, Dios nos 'utiliza' para poder hacer Su voluntad, como ha hecho hoy conmigo para evitar que no saltaras. Dios te está hablando constantemente, no sólo a ti, sino a todos y cada uno de los seres humanos. Sólo tienes que estar dispuesto a escucharle y eso, hermano mío, tienes que recordarlo, porque lo has olvidado, como la mayoría de las personas.

—Mira, respeto que pienses así. De hecho, yo recibí una educación católica y pensaba como tú, pero he madurado y ahora que pienso por mí mismo ya no me creo ninguna de las patrañas que me contaron de pequeño.

—Yo no me considero perteneciente a ninguna religión. Las religiones fueron creadas por hombres que pensaban que Dios hablaba por sus bocas y que tenían la verdad absoluta. Yo sólo creo en el Amor.

—Vaya, un romántico.

—No en esa clase de amor. Yo sólo creo en la única clase de Amor que existe de verdad, el incondicional, el Amor infinito, el Amor verdadero.

—¿Y cómo sabes que es amor verdadero?

—Mira, te lo definiré con negaciones. El Amor de verdad no juzga, no culpa, no contrae, no obliga, no condiciona, no es interesado, no tiene límites, no es temporal y no condena jamás. Todo lo que puedas sentir que se parezca al Amor, pero que incumpla algo de lo que acabo de decirte, es miedo disfrazado de Amor.

—Ya… está muy de moda pensar ahora de esa manera. Pero, ¿sabes qué? La maldad, el odio y las acciones interesadas existen en todos los seres humanos y si una persona te hace daño sabiendo que lo está haciendo e, incluso, quiere tu muerte, ¿dónde está el amor ahí?

—Que no lo veas no significa que no exista. Si tú eres una persona que no te amas, no puedes dar Amor. De la misma manera, si eres una persona que en un momento de su vida está llena de odio, sólo podrás dar eso. Pero el Amor estará siempre allí, esperándote a que regreses a Él. Nunca te abandonará, estará allí el tiempo que necesites. Mientras vivas de espaldas al Amor y te lo niegues podrás cometer numerosos errores que pueden afectar a otras personas. Pero, finalmente, volverás al Amor y Él te dará la llave para que entres en el reino de tu paz interior. Esa llave se llama Perdón.

—Es decir, si alguien mata a otra persona no es que sea malo, sino que ¿le falta Amor? —preguntó Samuel nada convencido de lo que estaba diciendo.

—Exactamente. Así es.

—Mira, Vini, respeto tu manera de ver la vida, pero yo la concibo desde un punto de vista más realista, con personas que son malas por naturaleza y que no merecen ningún tipo de perdón. De hecho, la mayoría de las veces, ni lo piden.

—El perdón no tiene que ver con la persona que te hace daño, tiene que ver contigo, tiene que ver con cómo ves tú al otro. Y tú eres el que decides perdonarla, independientemente de si se arrepiente de lo que ha hecho o no.

—O sea, a ver si me entero bien. Alguien mata a tu hijo, no pide perdón por hacerlo y tú, con todo tu dolor, ¿le perdonas? Oye, lo siento, pero no lo veo —afirmó Samuel.

—Lo verás…

—¿Veré el qué?

—Es inevitable.

—¿De qué estás hablando?

—Ya te he dicho que el Amor verdadero espera a todo el mundo. No tiene prisa, es eterno.

—Vale, pero puedo morir antes.

—No importa, volverás.

—¿Volveré? ¿Dónde? ¿Aquí? Creo más bien que seré comida para gusanos.

—Tu cuerpo lo será. Tu alma es Amor verdadero y como tal, es eterna.

—Tenía que haberme pedido la cerveza con alcohol, a ver si me entraba mejor lo que me estás diciendo.

—Samuel, si piensas que todo lo que te ha ocurrido en la vida es puro azar y que nada de lo que te pase tiene ningún otro significado, más allá de lo que te ocurre en ese momento, estás muy equivocado. La vida pasa para ti, no te pasa a ti. Acuérdate de esta frase, a mí me cambió la forma de ver mi vida para siempre.

—Teníamos que haber ido a un restaurante chino, aquí me pillas desarmado. Allí seguro que podría defenderme con otra frase parecida, sacada de una galleta de la suerte.

—¡Ja, ja, ja! ¡Cierto! ¡A veces, esas galletas encierran mucha sabiduría!

—Vini, te agradezco mucho que aparecieras por casualidad...

—Causalidad.

—Bueno, lo que sea. De verdad te lo agradezco, pero no estoy para comidas de coco esta noche. Yo creo que hay personas llenas de maldad, que hacen daño a sabiendas de que lo hacen y que no se arrepienten de ello. Esa clase de personas abunda, yo diría que son incluso mayoría. Ellos no merecen un perdón, merecen una pena de cárcel y que no hagan daño a más gente. Hay cosas que no se pueden perdonar.

—Mi madre siempre me decía: "Hay muchas más personas buenas que malas, pero las malas hacen más ruido".

—No serás familia de Paulo Coelho, ¿verdad?

—¡Ja, ja, ja! No... aunque me encantaría tenerlo en mi familia, ¡no creas! —rio Vini— ¿Me permites que te cuente un bonito cuento? —sugirió.

—¿Tengo alternativa?

—Siempre puedes salir corriendo hasta el próximo puente —dijo arqueando las cejas y con media sonrisa.

—De verdad, que eres muy gracioso... ¿no has pensado en meterte a monologuista o algo parecido?

—¿Te lo puedo contar? ¿Me lo permites?

—Sí, sí, cuéntalo de una vez.

—Allá va. Un día, un respetado maestro sufí comenzaba a enseñar la lección a un grupo de discípulos que se sentaba en círculo, cerca de él, para escucharle. Les dijo: "Coged cada uno un saco pequeño de estos e id al campo. Allí llenadlo con tantas piedras como quepan en él". Los discípulos se apresuraron a llenar de piedras cada saco hasta los topes. Debido a su peso, volvieron todos arrastrándolos.

El maestro les dijo: "A partir de hoy, vais a cargar con este saco a todas partes. Ninguno de vosotros lo vaciará, ni dejará que sea cargado por otra persona e, incluso, lo meteréis con vosotros en vuestra cama cuando vayáis a dormir. Así durante toda la semana".

No pasó ni una hora cuando uno de los discípulos volvió, con el saco a rastras, a hablar con el maestro. Le dijo: "Maestro, sé que es nuestro deber llevar este saco todo el día, pero mi padre me hace trabajar en su tienda y cargo con sacos incluso mucho mayores que éste. No puedo trabajar si tengo que llevar este saco". El maestro se mantuvo callado y no dijo nada. El discípulo volvió por donde había venido; sabía con certeza lo que significaban los silencios de su maestro.

Al cabo de poco tiempo llegó el segundo de los discípulos y le dijo: "Maestro, mi cuerpo está empezando a ser incapaz de llevar este saco. Me duelen la espalda, las piernas y los brazos. No puedo más". El maestro se mantuvo callado y no dijo nada. El alumno se fue con el saco a cuestas, de vuelta a su casa.

Al caer la tarde tres de los discípulos, caminando a duras penas, arrastraron sus sacos hasta donde estaba el maestro y le dijeron: "Maestro, no podemos cargar más con el peso de estos sacos. No podemos jugar, ni correr, ni saltar. El resto de nuestros amigos nos han dejado de lado porque no podíamos seguirles y se han cansado de esperarnos. No podemos seguir cargando con ellos". El maestro se mantuvo callado y no dijo nada.

Así, fueron llegando discípulo a discípulo hasta el maestro, quejándose de lo dura que era la prueba que les había encomendado. Se juntaron todos alrededor de él, pidiéndole por favor que les permitiera soltar aquellos insufribles sacos.

El maestro miró a todos y les dijo: "Os doy permiso para deshaceros de vuestra carga, pero no lo haréis de una vez, sino que sacaréis una piedra cada vez que perdonéis de corazón a alguien que os haya ofendido. Id a vuestras casas y meditad vuestra decisión de perdonarles. Cada vez que saquéis una piedra, decid el nombre de la persona y a continuación 'yo te perdono'. Mañana volved con las piedras que os queden".

Los discípulos se quedaron perplejos. Cargaron de nuevo con los sacos, cada uno en dirección a su casa.

A la mañana siguiente, el maestro estaba sentado donde solía impartir sus lecciones, esperando la llegada de sus discípulos. El primero vino corriendo con el saco casi vacío. Pronto llegaron otros dos de ellos, sin saco, corriendo y riendo. Al poco, llegaron otros, unos sin saco y otros con algunas piedras dentro del suyo, pero nada que ver con lo que tenían el día anterior. Hasta que por fin llegó el último de ellos. Llegó tarde porque venía arrastrando el saco casi lleno. Al llegar, le dijo: "Maestro, he intentado perdonar de corazón, pero no sé cómo hacerlo, así que he vuelto con casi todas las piedras que tenía". A lo que el maestro contestó: "Bien, mi querido discípulo. Puedes dejar aquí tu saco. Ahora ya sabes el peso que llevas a diario en tu corazón".

Samuel se quedó en silencio, meditando la historia que acababa de escuchar. Era consciente del peso que llevaba en su corazón. De alguna manera, él ya lo sabía, pero quizás no lo quería ver. Lo que estaba claro es que ahora era consciente de que era una decisión suya seguir llevándolo y eso lo cambiaba todo.

—¿Te ha gustado? —preguntó Vini al ver que Samuel no decía ni una palabra.

—No está mal para un monologuista *amateur*.

—Todos cargamos con muchas piedras a lo largo de nuestra vida, hermano. Todas y cada una de ellas pesan en el corazón y en el alma y te impiden llegar a ser quien has venido a ser.

—Vini, estoy muy agradecido de lo que estás intentando hacer conmigo. Puedes quedarte tranquilo, no me voy a tirar desde ningún puente, al menos por esta noche. Todo lo que me cuentas está muy bien, de hecho, ya lo sabía. Entiendo que a ti todo esto te ha funcionado y alabo que quieras compartirlo conmigo, pero pensamos de forma muy diferente, mucho.

—Está bien, amigo mío. ¡Gracias por escucharme! —dijo Vini con una sonrisa muy amplia, percatándose de que había tirado de la cuerda demasiado— Bueno, ahora viene la pregunta clave de la noche.

—En serio, Vini, yo creo que ya ha sido más que suficiente por hoy.

—Lo siento, pero tengo que hacértela. ¿Te ha gustado la pizza? —concluyó con una carcajada.

—¡Ja, ja, ja! Bueno, en esto creo que es en lo único que vamos a coincidir esta noche. Estaba exquisita —respondió Samuel muy amablemente.

—Bueno, Samuel, ¿te llevo a algún sitio más?

—He pensado que me gustaría pasar por un lugar antes de irme a casa.

—Claro, donde tú mandes.

Samuel y Vini salieron del restaurante y se dirigieron de nuevo al coche. Antes de abrir la puerta se fijó en el número de taxi que aparecía escrito en números grandes en ambas puertas, el 14-14. Se subieron y Samuel le pidió que le llevara a una dirección. Vini le miró fijamente y comprendió que quería despedirse de alguien.

Al llegar a la funeraria Samuel le dijo a Vini:

—Hermano, quiero agradecerte que estuvieras hoy allí, en el momento justo, para evitar que cometiera una estupidez; y también quería darte las gracias por la conversación que hemos tenido. Pese a que pensamos muy diferente, aprecio el valor que tienen las palabras que me has dicho esta noche.

—Samuel, hermano, toma mi tarjeta. Llámame siempre que quieras tener una conversación con alguien con quien no estés de acuerdo. Bueno, o si quieres aprender a hacer buenos monólogos —rio Vini.

Al ver que Samuel hacía el gesto de sacar su cartera del bolsillo con la intención de pagar el trayecto, Vini exclamó:

—Ni se te ocurra, hermano. Estoy muy feliz de haber compartido esta noche contigo. Bastante es que te has empeñado en pagar las pizzas.

—Mi vida a cambio de dos pizzas, fíjate. ¡Y yo que pensaba que no valía nada!

—¡Eh! pero no dos pizzas cualesquiera, ¡recuérdalo!

—¡Ja, ja, ja! Cierto, gracias hermano.

—Gracias a ti, Samuel, que me has permitido sanar mi alma dejándote ayudar.

—¿Sanarla? ¿Por qué?

—Porque no ha pasado ni un día en que no pensara que podría haber ayudado a aquel hombre para evitar que se tirara del puente. Dios me ha dado una segunda oportunidad y no la he desaprovechado.

Samuel extendió la mano a Vini y éste la estrechó con fuerza, acercándose a Samuel lo suficiente para darle un abrazo.

—Cuídate hermano, y espero que te despidas bien de la persona que esté esperándote dentro.

—Gracias Vini.

—Llámame cuando quieras, ¡tienes mi número!

Samuel se bajó de aquel taxi llevándose consigo el rastro del perfume que usaba Vini. Se giró y se despidió de él. Vini le sonrió y se marchó calle abajo.

Se dirigió a la puerta principal de la funeraria. Sabía que, por supuesto, estaría cerrada, pero tenía el teléfono del encargado, David. En ese momento se acordó de que había apagado su móvil para no saber nada de nadie. Cuando lo encendió comenzaron a llegarle numerosos avisos de llamadas y de mensajes tanto de Alma como de Robert y alguno que otro de Flora, e incluso de las niñas. Siendo la hora que era de la noche prefirió no llamar a su hermana, así que le envió un mensaje para tranquilizarla, diciéndole que se encontraba bien.

Luego llamó a David. Samuel le pidió disculpas por despertarle y molestarle a esas horas, pero, después de lo vivido esa tarde, él lo entendió perfectamente. Tuvo suerte porque David vivía muy cerca de la funeraria y acudió a abrirle la puerta enseguida.

—Buenas noches, David. Sólo tardaré unos minutos. Muchas gracias.

—No se preocupe, estamos para servirles en estos momentos difíciles. ¿Se encuentra mejor?

—Sin duda. Siento la escena que he armado esta tarde… no es propio de mí. Lo siento muchísimo.

—No pasa nada. Son momentos de grandes emociones y a veces se descontrolan. Me alegro de que esté mejor. Le esperaré en recepción.

—Gracias, yo te aviso.

Samuel entró en la sala donde descansaba el cuerpo de su padre, encendió la luz y se acercó a él. Hacía bastante frío en la estancia. Por suerte, el féretro estaba completamente cerrado. Tuvo el impulso de abrirlo, pero no se atrevió. Vio que había una silla de madera en una esquina, la cogió y la puso junto al féretro. Antes de sentarse en ella posó su mano encima del ataúd, haciéndole saber a su padre que estaba allí. Lo acarició suavemente, sonrió y se sentó a su lado.

—Hoy han pasado muchas cosas, papá. Quiero que sepas que me he enfadado mucho contigo, aunque supongo que ya lo sabrás. He gritado lo suficiente como para que me oyeras desde donde estés —dijo sonriendo y arqueando las cejas—. Hacía tiempo que no me ponía así contigo… lo siento, se me ha ido de las manos. He sentido demasiadas emociones fuertes últimamente y no he sabido controlarme.

Comenzó a sentir un nudo en la garganta que le entrecortaba la voz.

—Por poco te voy a ver hoy mismo 'en persona' —musitó Samuel bajando la cabeza.

Inspiró lentamente y tragó saliva como pudo, ya que el nudo que tenía en la garganta se lo impedía.

—Me ha salvado un taxista de Ecuador que ha vivido en España, ¿te lo puedes creer? En el último instante me ha agarrado y me ha impedido saltar al agua. Ahora sé que ha sido un milagro que este hombre apareciera de la nada y me convenciera de no hacerlo. No sé lo que me ha ocurrido, estaba como enajenado, como si no fuera yo... justo como cuando lo intenté en el piso.

Samuel hizo una pausa y comenzó a llorar desconsoladamente.

—¡Papá! ¡No sé si seré capaz de superar esto! Creo que estoy otra vez igual de perdido que antes. Me siento sin energía para seguir adelante, sin esperanzas, lleno de miedos. Ojalá estuvieras aquí conmigo, como cuando estábamos en alta mar, seguro que sabrías decirme las palabras exactas que yo necesito oír... Te echo mucho de menos, papá, mucho...

Samuel lloraba sin parar. Se apoyó en el féretro y se dejó resbalar poco a poco hasta que cayó de rodillas al suelo.

—¡Perdóname papá! ¡Perdóname por todo lo que te he dicho! —gritaba con un llanto desgarrador— Siempre te he hecho culpable de todo lo que nos pasó y nunca he querido ver mi parte de responsabilidad. Te quiero mucho papá, por favor, ¡perdóname! Sé que me estás oyendo, por favor, ¡perdóname por todo lo que te he dicho! Nos fallamos mutuamente cuando más nos necesitábamos, ¡sobre todo yo a ti! ¡No supe comprender el calvario que estabas soportando en tu interior!

Las lágrimas recorrían sus mejillas y se estrellaban contra el suelo, en un incesante goteo.

—Sólo quería ver mi dolor, no conseguía ver el de nadie más. Fui un egoísta papá... no supe ayudarte... me dejé hundir contigo... me dejé hundir solo...

Samuel se calló de repente. Descubrió que había dado con el origen de su sufrimiento. Se quedó casi sin respirar, sin moverse, clavado de rodillas con los ojos abiertos mirando el frío suelo de aquella sala. No daba crédito pero... ¿cómo era posible? ¿Cómo un único pensamiento, que había durado microsegundos en su mente, era la respuesta a su gran pregunta?

—Es solamente eso, nada más... la respuesta es esa... —afirmó susurrando— Yo decidí hundirme.

Lejos de sentirse culpable por su descubrimiento comenzó a apreciar que su dolor había comenzado a disiparse. ¿Cómo es posible que un único pensamiento cambiara la manera en la que veía su vida hasta ese momento? Cientos, si no miles de veces, se preguntó por qué no podía superar su dolor, por qué su vida se había convertido en puro sufrimiento. Nunca había encontrado la respuesta y ahora creía saber el porqué. Buscaba siempre fuera de él, nunca se miró dentro, justo donde estaba, esperándole sin prisa hasta que algún día decidiera examinarse a sí mismo.

Él decidió sufrir. Eso era todo, eso era el todo.

Todas las piezas estaban comenzando a encajar y a cobrar un sentido de conjunto. Por fin veía algo de luz al final de su largo túnel. Le vino a la mente el cuento que le había contado Vini.

—¡Dios mío! ¡Ahora sí que lo veo! ¡Por fin lo veo!

Samuel era consciente, por primera vez en su vida, que él era quien había decidido portar su pesado saco de piedras y nadie más se lo había impuesto. Él se lo cosió, se lo llenó y decidió, finalmente, portarlo consigo a todos lados. No hubo nunca nadie más, sólo él.

Se secó las lágrimas que le quedaban en la cara y que se resistían a seguir el camino del resto. Se apoyó en una rodilla y se alzó. Definitivamente algo había cambiado dentro de él. Se sentía de nuevo vivo, con energía. Fue consciente de lo cerca que estuvo de perder la cordura e incluso la vida.

—Qué sencilla y complicada a la vez es la vida, puedes pasar de un extremo a otro instantáneamente. En tan sólo un pensamiento, nada más —murmuró para sí Samuel.

Se quedó mirando hacia el ataúd. Una pregunta se le pasó por la mente, ¿y si no llega a pedir perdón a su padre? Creía saber la respuesta; de hecho, sabía que esa era la clave, el perdón le había guiado hasta hallar la respuesta al origen y la causa de tanto sufrimiento.

Se agachó y besó el ataúd, como si besara a su padre. Se sentía en paz. Sentía que había curado no sólo su corazón, sino también el de su padre.

—Gracias papá. Te amo —susurró despidiéndose al tiempo que depositaba sobre el féretro un beso con la mano.

Salió de la sala. ¿Cuánto tiempo habría pasado? Ni lo sabía, pero parecía toda una vida. Avisó al gentil David de que había terminado lo que había ido a hacer.

—¿Se siente usted mejor? —preguntó David.

—No sabes lo que ha significado este momento para mí. Te estaré eternamente agradecido. Me siento… libre —explicó con una sonrisa que llenaba toda su cara, extendiendo sus brazos hacia el techo.

—Me alegro enormemente, señor Samuel. Estamos aquí para ayudarles en todo lo que esté en nuestra mano. Descanse, mañana será otro día intenso.

—Lo sé. Gracias, amigo.

Por un momento pasó por su mente llamarle "hermano" en lugar de amigo. Sonrió pensando que a Vini le habría encantado vivir ese momento.

Samuel tomó un taxi y se dirigió a casa de Alma. Al llegar, intentó no hacer el más mínimo ruido para no despertar a nadie. Eran ya altas horas de la madrugada. Al cerrar, Flora apareció detrás de él, como un espíritu que aparece de la nada.

—¡Flora, por Dios! ¡Como sigas dándome estos sustos haremos un dos por uno con mi padre!

—¡¡¡Sammy!!! —exclamó susurrando Flora, abalanzándose sobre él para abrazarlo— ¡Cómo me alegro de que hayas vuelto, hijo mío!

—Lo siento, Flora, siento lo que ha ocurrido.

—¡Ssshhh! No pasa nada hijo mío. Lo importante es que estás aquí y estás bien. Dame un abrazo anda —dijo con los brazos abiertos de par en par.

—Siento haberos preocupado Flora.

—Pequeño Sammy, no tienes que disculparte de nada. Te queremos muchísimo. Sólo deseamos que estés bien, Samuel. Súbete y métete en la cama, que mañana será un día muy largo y estarás agotado.

—No lo sabes bien, Flora. Que descanses —se despidió Samuel dándole un beso en la mejilla.

A la mañana siguiente, Samuel todavía dormía cuando el resto de la familia ya estaba preparándose para salir y había desayunado. Flora les contó a todos que Samuel estaba bien y en casa, aunque Alma le oyó llegar. Había leído el mensaje que Samuel le envió para tranquilizarla y no pudo dormirse hasta que su hermano llegó a casa.

Las niñas insistieron en ir a despertar a su tío, hasta que Alma les dio el permiso para hacerlo. Además, tenían que irse ya a la funeraria.

Las tres chicas entraron despacito en el cuarto de Samuel y cerraron la puerta para que la luz no le despertara; sin hacer ruido, de puntillas. Cuando estaban cerca de la cama se abalanzaron sobre él al grito de "¡Despierta tío Samuel!"

La sorpresa se la llevaron ellas al no haber nadie en la cama. Amy encendió la luz de la mesilla y entonces comprobaron que estaba vacía, aunque todavía caliente. De pronto, Samuel saltó desde detrás de las cortinas, dándoles tal susto que las tres comenzaron a chillar aterradas.

—¡Sois unas principiantes! ¡Ja, ja, ja! —voceó Samuel mientras les hacía cosquillas— ¡Anda, que no tenéis que aprender del maestro de los sustos!

—¡Para tío, para! —gritó Evelyn.

—Pero, ¿cómo nos has podido oír? —preguntó Julie extrañada— ¡No hemos hecho ni un ruido al entrar!

—¡Ja, ja, ja! Justo cuando habéis aparecido por la puerta yo me levantaba para ir al baño y me he escondido. ¡Asustadoras de pacotilla! —chillaba Samuel mientras seguía haciéndoles cosquillas.

Tras este despertar, nada habitual, Samuel tomó una ducha rápida. El agua caía por su cabeza cuando pensó en la frase que repetía la madre de Vini: "Tan sólo espera a despertar mañana y lo verás todo mucho más claro". Samuel sonrió, convencido de que Vini y su madre tenían razón; desde luego, todo era diferente.

—Todo se ve distinto, más claro esta mañana —pensó para sus adentros—. La luz del nuevo día ha llegado para deshacer la oscuridad de mi noche.

Se quedó perplejo al darse cuenta de la frase que había dicho. Jamás la había oído o, al menos, eso creía. Su boca dibujó una enorme sonrisa. Era la primera vez que se sentía realmente bien desde que volvió de Pittsburgh.

Alma le recibió con un enorme abrazo cuando apareció en la cocina. Lo mismo hizo Robert, ofreciéndole un café.

—Siento mucho lo que pasó ayer. Me descontrolé al ver a Mary y a George, no esperaba que tuvieran la cara de aparecer por la funeraria. No los veía desde que me fui de la empresa.

—No te preocupes, Samuel. Es normal que reaccionaras así. Además, dio la casualidad de que yo no estaba allí…

Causalidad… pensó Samuel.

—Tendría que haber sabido reaccionar de otra manera, no hacía falta que estuvieras allí, aunque, seguramente habrías sido capaz de pararme.

—Ha pasado mucho tiempo, Sam. El odio que les tienes no te va a hacer ningún bien.

—Lo sé Alma. Estoy trabajando en ello, pero me cuesta perdonar a las personas que traicionaron a papá.

—Samuel, papá probablemente se llevó a la tumba todo su odio hacia ellos. Mira en qué se convirtió. Dejó de ser él para ser un pobre desgraciado. Nunca volvió a ser ni la sombra de quien fue. No permitas que te ocurra lo mismo, por favor.

—No te preocupes, hermanita, soy mucho más fuerte de lo que crees. Mucho más que papá —respondió convincentemente.

—Está bien, Sam… Está bien —admitió finalmente Alma. Sabía que su hermano no había entendido que no hablaba de fortaleza, ni de fuerza interior, sino de otra cosa mucho mayor y más poderosa. Era consciente de que Samuel todavía no estaba preparado para escuchar nada de lo que le gustaría transmitirle.

Toda la familia salió hacia la funeraria. Al llegar, numerosos amigos estaban ya dentro. Los familiares de Martín eran todos de España y no habían podido acudir a despedirle. Aun así, la sala se llenó por completo. Samuel buscó con la mirada, entre tanta gente, a la pareja de amigos de golf de su padre para disculparse por lo ocurrido el día anterior, pero parecía que no estaban.

Al poco de llegar ellos apareció Richard, el amigo íntimo de Martín y abogado de la familia desde hacía décadas.

Era un hombre corpulento y muy alto. Se notaba, pese a su edad y a algún kilo de más, que su cuerpo había estado bien cuidado. Conservaba una gran mata de pelo blanco. Sus manos destacaban por sus grandes dimensiones. Su mirada era limpia y, combinada con su amable sonrisa, había conseguido convencer a muchos jueces en cientos de casos.

—¡Sam, cuánto tiempo sin verte! ¡Estás mucho más delgado!

—Sí, he adelgazado bastante. Ahora cuido mucho más lo que como.

—Me alegro, se te ve bien.

—Gracias por tus palabras, Richard. Quería agradecerte todo lo que nos has ayudado, avisando a todo el mundo, especialmente con el tema de la repatriación.

—Ha sido un placer. Tu padre y yo éramos como hermanos, Samuel. He llorado mucho su pérdida. Me he quedado sin mi amigo del alma, sin mi confesor. Habría hecho lo que estuviera en mi mano por ayudar a sus hijos y ten por seguro que lo haré hasta que me reúna con él, ¡cosa que espero que pase dentro de muchos años! —exclamó Richard alargando la u y haciendo un gesto con la mano, indicando lejanía.

—Ha sido increíble que todo se haya resuelto tan rápido. En tan sólo dos días ya estaba mi padre aquí. Has hecho un gran trabajo. Desde luego, debes tener unos contactos internacionales increíbles para haberlo conseguido.

—¡En absoluto! En realidad los contactos los tenía tu padre. Yo sólo dije su nombre y pareció que todo se había engranado a la perfección, sin esfuerzo alguno. Por lo visto, el embajador solía ir mucho por la zona donde vivía Martín, una zona llamada El Matarraña. Estaba enamorado del lugar y parece que tenía una casa de campo por allí. No conocía personalmente a tu padre, pero al oír que era alguien de EEUU que había nacido allí, movió todos sus hilos para agilizarlo todo.

—Impresionante —comentó Samuel sorprendido, mientras escuchaba con gran atención a Richard.

—Por cierto, sé que no es el mejor momento para decíroslo, pero tenéis que pasaros tú y tu hermana pasado mañana por mi oficina para la lectura del testamento de tu padre.

—Vaya, no había pensado en eso. Está bien, se lo diré a Alma y te llamamos para concretar la hora.

—Ahora no te preocupes por nada. Atiende al resto de la gente y ya nos veremos con más calma. Me he alegrado mucho de volver a verte. Te echaba de menos, Sam.

—Gracias de nuevo, Richard. Yo también tenía muchas ganas de volver a verte.

Tras unas horas recibiendo las condolencias de numerosas personas, a las 12 a.m. se celebró la misa de despedida de Martín. El momento más emotivo fue cuando Alma dedicó unas palabras a su padre ante todos los asistentes.

—A mi padre le encantaba un fragmento del versículo de Mateo, el 22:14. Nos lo repetía muchas veces cuando éramos pequeños. Dice así: "Porque muchos son los llamados y pocos los elegidos". Esta frase nos la solía decir cuando flaqueábamos en el intento de hacer una tarea que nos resultaba difícil de llevar a cabo, para que no nos rindiéramos —Alma hizo una pausa para contener las lágrimas. Inspiró profundamente y continuó—. El caso es que hace poco más de tres años, cuando vino a vernos por última vez, me repitió este versículo, al escuchar que me quejaba por algo. Ni siquiera me acuerdo de qué me lamentaba. Pero lo curioso es que me lo dijo de otra manera diferente. Me resultó tan chocante que la memoricé. Me dijo: "Todos son los llamados y pocos los que deciden escuchar". Desde entonces, esta versión del versículo ha ido resonando en mi cabeza cada día y quería compartir con todos vosotros el sentido que yo le he dado. Todos somos llamados por Dios. Él no deja a nadie de lado, no abandona a ninguno de sus hijos, pero somos nosotros los que decidimos no escucharle. Quiero creer que mi padre, al final, escuchó la llamada de Dios y que murió en paz. Quiero creer que ahora está con Él y que nos guiará como lo ha hecho siempre. Quiero creer que mi padre pudo superar el peor momento de su vida y murió siendo mejor que en el momento en el que decidió marcharse de Miami. Quiero creer que Dios le perdonó todo y que él mismo consiguió perdonarse. Quiero y decido creer en todo esto. Gracias amigos por haber venido a despedirle, gracias de todo corazón.

Alma aguantó hasta que pronunció la última palabra, momento en el que se vino abajo y comenzó a llorar desconsoladamente. Robert la ayudó a volver a sentarse y se quedó abrazada a él. Las niñas, sentadas detrás, se levantaron para abrazar también a su madre, uniéndose en un gran círculo familiar. Samuel, al lado de su hermana, acariciaba su hombro, intentando reconfortarla, pero lo cierto es que su mente no estaba ahí presente, se había quedado pensando en el cambio de aquel versículo que tanto les repetía su padre.

Este cambio era la última de las cosas insólitas que habían descubierto en los últimos días. Su padre había repetido hasta la saciedad aquel versículo toda la vida y de repente... ¿lo había cambiado? Aquel saco de cartas que provenía de todas las partes del mundo... ¿qué significaba? ¿Tanta gente conoció su padre desde que comenzó a viajar? Su familia española, a la que tanto nombraba, ¿no sabía que él estaba viviendo a escasos cincuenta kilómetros de ellos? No encajaba nada, algo inexplicable había sucedido con su padre estos años atrás.

Al acabar la misa todos se dirigieron al crematorio. Las niñas se quedaron con Robert fuera, no era precisamente agradable tener que vivir aquella escena y, menos aún, que tuvieran que revivirla en su memoria. Situaciones como esta nunca se olvidan. Esto lo sabían bien Alma y Samuel, que habían repasado miles de veces lo vivido con su madre.

Samuel no entendía el dramatismo que le ponen las funerarias a la cremación. No es necesario ver cómo el ataúd, movido por unos engranajes, se introduce dentro del horno con las llamas al fondo para después correr una cortina, indicando que el espectáculo ha concluido. La escena no era nada alentadora, por mucho que disfrazaran el asunto contando que era el fuego purificador, como anunció David cuando inició la ceremonia, añadiendo la banda sonora de *La lista de Schindler* por si el momento no era ya lo suficientemente intenso de por sí.

El *show* no varió ni un ápice de como lo recordaban, así que todo concluyó cuando las cortinas taparon el horno que había engullido previamente el ataúd. Flora abrazó con fuerza a los hermanos, permaneciendo así durante varios segundos. Tanto Alma como ella no pudieron parar de llorar. Samuel, en cambio, se sentía más sosegado. Tenía una enorme tristeza por la pérdida de su padre, pero intuía que la noche anterior ya había llorado todo lo que su cuerpo podía y no quedaba ni una lágrima más por salir de él.

Siguiendo la costumbre estadounidense, al finalizar todos los actos en la funeraria los amigos fueron a casa de Alma en señal de apoyo a la familia. Allí estaba ya listo el *catering* que la amiga de Alma, Linda, se había encargado de preparar. Al llegar, las dos se abrazaron estrechamente.

—Estoy para lo que necesites, amiga del alma —dijo Linda mirando a los ojos de Alma—. Siento no haber podido estar allí, pero quería que estuviera todo perfecto a vuestra llegada y que no te preocuparas por nada.

—Te lo agradezco mucho. Estabas conmigo en mi corazón, lo sentía. Gracias por ocuparte de todo esto, a mí se me hacía muy difícil organizarlo —respondió Alma.

—Es un placer, preciosa. Deja que los amigos te regalen su cariño y te transmitan su consuelo. Del resto nos encargamos mi equipo y yo —manifestó confiada Linda.

—Por cierto, quiero presentare a mi hermano, Samuel —dijo Alma al girarse y ver que su hermano permanecía a su lado.

—Encantada Samuel. Tenía ganas de conocerte, aunque sólo en persona, porque tu hermana me ha hablado tanto de ti que ¡creo que te conozco desde hace años! —exclamó Linda sonriendo.

—Espero que te haya contado sólo cosas buenas —dijo Samuel, devolviéndole la sonrisa.

—Hermanito, sólo tienes cosas buenas —rio Alma.

—Siento mucho lo de vuestro padre. Es duro perder a los padres, pero el ciclo de la vida en este mundo es así. Los que nos quedamos debemos vivir lo más feliz posible y aprovechar esta vida que ellos nos regalaron —expresó Linda con ternura.

—Bueno, muchas veces es complicado conseguirlo —contestó Samuel.

—¡Uyyyyyy! no sabes con quién estás hablando, Sam. Cinco minutos con ella y te cambia la perspectiva ciento ochenta grados —indicó Alma.

—¡Ja, ja, ja! ¡No es para tanto! —exclamó Linda— ¡Sólo si quiere!

—En ese caso, pararé de hablar —comentó riendo Samuel.

—No os entretengo más. Disfrutad de la compañía de vuestros amigos, del resto me encargo yo. Estaré por aquí si me necesitáis —añadió Linda despidiéndose.

—Muchas gracias, Linda —dijo Samuel.

—Gracias, eres un amor. Luego hablamos, ¿vale? —sugirió Alma

—Claro, luego tendremos tiempo, no te preocupes, me quedaré lo que haga falta —respondió Linda.

Linda se fue a la cocina a comenzar a servir el *catering*.

—Muy agradable tu amiga —afirmó Samuel.

—Mucho y es una superviviente, Sam, como nosotros. No sabes los desafíos que ha tenido que superar. Es una bendición haberla conocido. Es curioso, porque nos hicimos íntimas cuando peor estaba yo. Hasta entonces, ella era amiga de una amiga que tenemos en común y, de vez en cuando, quedaba con nosotras también. Hablábamos muy poco, de hecho, sentía que no conectábamos. ¡Menuda intuición la mía, ja, ja, ja! Ahora somos uña y carne. Es una de esas personas que parecen ángeles, no sé si me entiendes… —afirmó mirando a Samuel, que asentía con la cabeza— Aparecen de la nada y, de pronto, te das cuenta de que los quieres tener para siempre en tu vida. Así me pasó con ella.

—Me alegro muchísimo por ti, Alma. Es muy bueno tener a una persona de confianza a la que contarle todo. Yo eso lo echo mucho de menos en Pittsburgh. No es que la gente de allí no congenie conmigo, al contrario, en general son muy amables; es que no quiero tener ese tipo de relación con nadie ahora mismo. Pero soy consciente de que tener un apoyo así en la vida es muy valioso.

—Bueno, hermanito, tiempo al tiempo. Cada vez irá a mejor, confía —aseguró Alma abrazándolo.

—Gracias, Alma —dijo Samuel mientras pensaba que ese tiempo estaba todavía lejos.

Ambos hermanos se integraron con el resto de la gente, que había comenzado a llegar. En España no se solía hacer este tipo de eventos, juntar a los amigos después de la despedida de un ser querido para, de alguna manera, celebrar la vida transcurrida. En EEUU era bastante común y lo cierto es que resulta muy reconfortante para los familiares, que reciben el cariño y el afecto de sus amistades.

Samuel se encontró con la pareja de médicos cardiólogos que sufrieron la escena del día anterior en la funeraria. Les pidió disculpas de inmediato por lo que les había hecho pasar y agradeció que, pese a todo, hubieran asistido para apoyarles. Los médicos y sus esposas le contaron que, después de irse él, se enteraron de quiénes eran las dos personas a las que había querido echar de la funeraria. Entendieron, entonces, su reacción y le transmitieron que no se preocupara por ellos, que no había pasado nada. Samuel se quedó mucho más tranquilo. Notaba que su guerra interna le daba una pequeña tregua.

Charlar con todas aquellas personas que le contaban anécdotas de su padre le hacía sentir que su mente le engañaba, que su vida no era únicamente el drama que había ocurrido en los últimos años, sino que había una vida previa llena de recuerdos maravillosos que parecía desvanecerse tras la cortina de humo del sufrimiento y la culpa que había inundado su ser. Cada momento recordado y revivido producía un sutil pero perceptible cambio en su interior. El cuento que se había contado repetidamente desde que su madre murió había enturbiado el resto de su vida, logrando ocultar los buenos momentos vividos o, peor aún, cambiándoles el matiz por otro más triste y dramático al añadirles la coletilla de "nunca volverán".

Samuel jamás imaginó que la celebración del entierro de su padre pudiera ser sanador para él, pero así lo fue. Alma se percató de ello. Veía de reojo a su hermano, hablando con todos los presentes, sin dejarse ni uno y viendo cómo su preciosa sonrisa retornaba para reclamar su trono. Se sintió profundamente conectada con él, como había sido siempre hasta que decidió marcharse. En su interior, dio las gracias a su padre por concederle el deseo de que Samuel volviera.

Habían pasado ya varias horas cuando Samuel, al retornar de la cocina, se dio cuenta de que Julie estaba sentada en una silla en el porche de la entrada de la casa. Salió para ver qué le pasaba.

—¡Hola preciosa! —exclamó Samuel— ¿Qué haces aquí sola?

—Nada tío —dijo con voz tenue.

—¿Me puedo sentar contigo?

—Claro.

—¿Has probado los bocaditos de chocolate con nueces? ¡Están exquisitos! —señaló Samuel haciendo el gesto de besarse las puntas de los dedos.

—No tengo muchas ganas de comer.

—¿Te sientes bien?

Julie se quedó en silencio.

—Si quieres puedes contármelo, Julie. Puedes confiar en mí.

—Es que… da igual tío, déjalo. No es nada.

—Mira Julie, una cosa que he aprendido estos días es que si lo sueltas es como si te liberaras. Pruébalo —dijo Samuel animándola.

—Da igual, tío Sam.

—¿Es por algo del abuelo?

Julie se giró de inmediato hacia Samuel, con cara de sorprendida, como si su tío tuviera la capacidad de leerle la mente.

—Cuéntamelo, si quieres —propuso para darle confianza.

—Es que… ¡No se lo digas a nadie!, ¿vale? —exclamó Julie levantando el dedo índice de su mano derecha.

—Prometido —respondió Samuel poniendo la mano derecha en su corazón.

—Es que… el abuelo… —Julie bajó la cabeza mostrando vergüenza.

—El abuelo ¿qué? —preguntó impacientándose Samuel.

—Pues que el abuelo me enviaba *emails*.

—¿Te enviaba emails? —dijo sorprendido su tío.

—Sí… me escribía casi todos los días.

—¿En serio? ¿Y qué te contaba?

—¡No se lo digas a nadie! ¡Prométemelo! —insistió Julie.

—Prometido, Julie. Confía en mí, no diré ni una palabra de esto a nadie.

—¡Ni a mamá! —volvió a insistir para asegurarse.

—A nadie, prometido —dijo Samuel volviendo a poner la mano sobre su corazón.

—El abuelo me contaba sus viajes. Me contaba lo que hacía y me contaba cosas sobre la gente que conocía.

—¿En serio? —Samuel se sorprendió aún más— ¿Y qué te contaba?

—¡Es privado, no te lo puedo contar todo!

—Vale, vale, lo entiendo —dijo resignándose—. Bueno, pues cuéntame hasta donde puedas contarme.

—El abuelo se recorrió más de medio mundo, tío Sam. Conoció lugares increíbles y a muchas personas muy, muy especiales.

—¿De verdad? —preguntó Samuel boquiabierto.

—Te lo prometo, tío Sam. ¿Quieres saber algo de esas cartas?

—¡Por supuesto!

—He estado ordenándolas por continentes. También he apuntado los nombres de quienes las envían y, muchas de ellas, coinciden con personas que el abuelo nombraba en las historias que me contaba. Siento como si los conociera a todos.

—Julie… me estás dejando de piedra.

—Pero no estoy así por eso —afirmó Julie cruzando los brazos y frunciendo el ceño.

—Entonces, ¿qué ocurre, cariño?

—¡Que me prometió que vendría a por mí y me llevaría de viaje con él! Y ahora… ¡ya no podrá hacerlo, ya no podrá llevarme con él para poder conocer todos esos maravillosos lugares y a todas esas personas especiales! —gritó llorando desconsolada.

Samuel la recogió entre sus brazos. De pronto advirtió que él también comenzaba a llorar. Ambos se fundieron en un abrazo eterno, llorando y consolándose mutuamente. La pequeña Julie había conseguido llegar al corazón de su tío, fuertemente fortificado, y lo había tocado en lo más profundo. Samuel estaba impresionado con todo lo que había escuchado de su querida sobrina. Ardía en deseos de descubrir qué demonios había hecho su padre desde que decidió irse a Valderrobres. Lo cierto es que estaba muy, muy intrigado.

—¿Sabes, cariño? —dijo finalmente Samuel a Julie, separándola un poco de él y secándole las lágrimas con sus manos.

—¿Qué?

—Que tu abuelo te ha regalado amistades por todo el mundo. Cuando seas más mayor y decidas hacer lo mismo que él, si así lo deseas, tendrás un amigo en cada sitio al que vayas y te contarán lo que vivieron con el abuelo. Será como si viajaras con él.

—¿De verdad? ¿Crees que serán mis amigos también?

—No tengas la más mínima duda, Julie. Es el regalo del abuelo que quiso para ti. Apunta bien los nombres y las direcciones, pequeña Julie, porque irás a visitarlos y, ¿sabes qué?

—¡¿Qué?!

—Que te estarán esperando, cariño.

—¿De verdad?

—De verdad.

Julie abrazó de nuevo a su tío y le dio un beso enorme en la mejilla.

—¡Gracias tío! ¡Me subo a clasificar a todas las personas por países y así sabré a quién visitar cuando vaya a cada uno de ellos! —gritó entusiasmada Julie.

—Gracias a ti, Julie, por confiar en mí y contármelo.

—Eres mi tío preferido. Te quiero un montón.

—Y yo a ti, pequeña.

—Me recuerdas mucho al abuelo —manifestó mirándole fugazmente a los ojos.

Julie entró corriendo en la casa para irse directa a su cuarto. Samuel se quedó meditando todo lo que le había dicho la pequeña Julie.

—Yo le recuerdo a mi padre… —se dijo para sus adentros.

No se había parado nunca a pensarlo. Desde luego, se sentía desconcertado y, al mismo tiempo, presa de una ardiente curiosidad por averiguar qué había hecho su padre en todos esos países.

Lo que Samuel no sabía todavía es que lo iba a descubrir mucho antes de lo que creía.

El testamento

La noche pasó tranquila para los hermanos. Ni rastro de sueños recurrentes ni agobiantes. Y lo agradecieron, porque tenían que tener fuerzas para dar el último paso, recoger las cenizas de su padre.

Alma y Samuel llegaron temprano a la funeraria. David ya estaba esperándoles.

—Buenos días familia Calleja-Ramada. ¿Han podido descansar ustedes? —les preguntó David, tan amable como siempre.

—De maravilla —respondieron ambos.

—Me alegro. Han sido dos días muy intensos.

—Seguramente los recordarás siempre —dijo Samuel avergonzado pero sonriendo.

—Pues no crea usted, señor Samuel, que aquí se viven situaciones de todo tipo, algunas muy histriónicas. Y yo que pensé que este trabajo era muy tranquilo cuando me contrataron… —confesó David asintiendo con la cabeza.

—Seguro que tienes muchas anécdotas que contar —afirmó Alma.

—Llevo en este trabajo casi una década y le puedo asegurar que tengo historias para llenar las páginas de una enciclopedia con varios tomos.

—¡Ja, ja, ja! —rieron los hermanos.

—Recuerdo una vez, cuando comencé a trabajar aquí, que estaba muy perdido, no sabía cómo funcionaba este negocio. Yo venía del mundo de la construcción y pensé que sería un trabajo temporal y que permanecería poco tiempo en él. La cuestión es que aquel día me tocaba a mí organizar la funeraria solo por primera vez y justo coincidió con que se habían llenado todas nuestras salas. Me armé tal lío que confundí una sala con otra. La familia Reynaldo-Gomes estaba en la sala donde descansaba la matriarca de los Hill-Norman, y viceversa. ¿Saben lo que se siente cuando uno se da cuenta de que ha metido la pata de esa manera y que llevaban medio día velando a quien no era? Quería irme corriendo y desaparecer del país.

—¿¡En serio te pasó eso!? ¡Pobrecito! —exclamó Alma compadeciéndose de David.

—Sí, pero lo peor es que no me dio tiempo a avisarles. Uno de los hijos de la familia Hill-Norman, al acercarse al ataúd y sospechar que no era el que habían elegido para su madre, aunque eran ciertamente parecidos, levantó la tapa. Y ahí apareció el señor Luiz, bien parecido, con su barba recortada con mimo y perfectamente maquillado. El susto que se llevó su hijo jamás se me borrará de la memoria —aseguró, reafirmándolo con un gesto de la cabeza, y sonriendo.

—¿Y qué paso? —requirió Samuel con gran interés por conocer el final.

—Pues no sé cómo lo hice, pero les convencí de que habían rezado por otra alma y la otra familia hizo lo mismo por su madre, con lo que se iban doblemente bendecidas. Al final, creo que hasta se hicieron amigas las dos familias.

—¡Ja, ja, ja! ¡Venga ya! ¡No me lo puedo creer! —gritó Samuel.

—Así fue. Y gracias a que solucioné el entuerto de esta manera, mi jefe me mantuvo en el puesto. Eso sí, no me ha dejado pasar ni una desde entonces. Y yo jamás he vuelto a confundirme, ¡gracias a Dios! —exclamó con alivio.

—¡Ja, ja, ja! ¡Así que mi anécdota estaría en un pie de página en el anexo de tu enciclopedia! —apuntó riendo Samuel.

—¡No lo dude!

—¡Me alivia saberlo! ¡Me quitas un peso enorme de encima!

Justo al terminar de decir esa frase hecha, Samuel se acordó del cuento de Vini y las piedras. "Quitarse un peso de encima…", pensó para sí.

—Bueno, sólo queda el último trámite. Pasen a la sala de las urnas —dijo David, indicando el camino hacia la cámara.

La sala no era lo que se habían imaginado. Era un pequeño almacén donde tenían clasificadas las urnas, con su etiqueta identificativa y un sobre encima de cada una. La de su padre estaba ya preparada encima de una mesa blanca pequeña que había contra la pared.

—Y aquí la tenemos. La urna que decidieron. Un modelo *Kronos* color azul marino. Por supuesto, hermética, sumergible, biodegradable y ligera.

Ambos hermanos se quedaron mirando la urna sin hacer ningún movimiento. Ver que las cenizas de su padre descansaban en aquel pequeño recipiente, con su nombre colgando de una etiqueta, no era una visión que se pudiera clasificar de mínimamente agradable.

—Tomen, este sobre contiene el certificado de defunción y de cremación, con todos los requisitos cumplidos y también he incluido un justificante para su trabajo, señor Samuel.

—Muchas gracias —dijo Alma.

—Muy amable, David —añadió Samuel.

Alma y Samuel se miraron como para decidir, sin mediar palabra alguna, quién se encargaba de llevarla. Finalmente, Samuel dio el primer paso y la cogió.

—¡Buff! ¡Menos mal que es el modelo ligero! ¡Pesa bastante!

—Unos dos kilos y medio, más las cenizas, claro.

—Se nota, sí.

—Bueno y con eso está todo. Muchas gracias por confiar en *Van Orsdel chapels and crematory* e informarles de que nuestros servicios no acaban aquí. Tenemos grupos de apoyo para superar las pérdidas de familiares y una página web con los obituarios de su padre durante un mes, para que gente de cualquier parte del mundo pueda escribir en él. Después se lo reenviaremos a su domicilio para que lo tengan para siempre. Y, aunque les queda mucha vida por delante, pueden planificar cómo desean que sea su funeral, para cuando se vuelvan con Dios.

—¡O para cuando me hagan sitio en el infierno, ja, ja, ja! —contestó Samuel.

—Lo tenéis todo pensado, David. Muchas gracias —contestó Alma.

—Tenemos muchos años de experiencia y siempre queremos dar lo mejor a nuestros clientes y familiares.

—Lo hacéis de maravilla. Enhorabuena —ratificó Samuel.

—Muchas gracias —contestó David.

—Gracias a ti —respondieron ambos.

—Ahora, con su permiso, si me disculpan, voy a preparar otros actos. Hoy también tenemos todas las salas llenas —señaló David, mientras les indicaba el camino de salida.

—¡Revisa bien los letreros! —dijo riendo Samuel.

—¡Más de diez veces cada uno! —contestó riendo David.

Alma y Samuel salieron de la funeraria. Samuel portaba la urna con las cenizas de su padre. Al subir al coche de Alma, Samuel le preguntó:

—¿Qué vamos a hacer con las cenizas, hermanita?

—Ya sabes lo que me dijo mamá.

—No, a lo que me refiero es que dónde las vamos a esparcir.

—Lo he estado pensando un montón de veces desde hace un par de días —dijo Alma—. Aquí en Miami nuestros padres fueron muy felices y si tuviéramos la casa familiar, lo tendría claro: al pie del olivo que plantó papá.

—Ya, pero no la tenemos porque la perdimos por culpa de dos traidores de m…

—Por favor, Sam. Que llevas las cenizas de papá en tus manos. No les transmitas tu odio.

Samuel se molestó con el comentario de su hermana. No dijo ni una palabra más hasta llegar a casa de Alma. Al comenzar a recorrer el camino de entrada, Alma no pudo esperar más.

—Qué, ¿no vas a decir nada?

—¿Qué quieres que te diga? —respondió airado Samuel.

—Qué pasa, ¿que duele oír la verdad?

—Será tu verdad.

—O sea, que no tienes odio a George y a Mary, ¿no?

—Les detesto, sí.

—Eso es un sinónimo de odio.

—Bueno, pues sí. Perdón si siento odio por las personas que traicionaron a nuestra familia y echaron a papá de la junta de la empresa que el abuelo creó junto a él, para luego vender la compañía a aquellos buitres sin escrúpulos. Quizás a ti te parezca poco, pero a mí me parece más que suficiente para sentirlo —alegó categóricamente Samuel.

—¿Cuánto hace de eso, Samuel?

—No lo suficiente como para olvidarlo.

—Llevas más de diez años gastando energía en odiar a dos personas que ya no están en tu vida, ni lo estarán. ¿No te parece suficiente tiempo?

—Ya te he dicho que no. Si les tengo que odiar hasta el último de mis días, los odiaré. Tú has decidido otro camino, yo seguiré el mío.

—Pero Sam, ¿no te das cuenta de que si sigues atado a ellos, seguirán estando en tu vida? Durante tu camino, como dices tú, estarán acompañándote siempre, hasta que decidas deshacerte del odio que sientes. ¿Es eso lo que quieres?, ¿quieres que estén siempre contigo?, ¿cada día, cada hora, cada minuto de lo que te queda de vida, junto a ti?

Samuel se quedó en silencio, meditando su respuesta. Finalmente dijo:

—Si tengo que llevar esa carga, la llevaré con gusto. No voy a dejar de odiar a unas personas que nos hundieron la vida, aprovechando que mamá acababa de fallecer y papá no supo ni cómo reaccionar. Si dejase de odiarlos traicionaría la memoria de papá y del abuelo. ¡No pienso consentirlo! —afirmó Samuel.

—Dios mío… es que eres como papá, ¡qué cabezota! ¡Yo te lo digo por tu bien! —insistió Alma.

—¿Acaso te digo yo qué es lo que tienes que sentir o hacer? ¡Yo te respeto, pese a no compartirlo! ¡Lo respeto! ¡Déjame que sea libre de decidir lo que quiero y déjame en paz!

Alma se dio por vencida. Se había prometido intentarlo una vez más, aprovechando que Samuel estaba más abierto y tranquilo. Pero lo que sentían sobre todo lo que les ocurrió, provocó que lo vieran de forma completamente divergente.

—Está bien, no te lo diré más veces. Si quieres hundirte en el pasado y regocijarte en él, adelante. Serás tú el que sufra más.

—Alma, en serio, déjame tranquilo de una vez.

Los dos bajaron del coche, sin hablarse. Samuel entró con la urna en las manos y la dejó junto a la de su madre.

—Ya estáis los dos juntos de nuevo, papás —pronunció en voz baja.

Flora, como de costumbre, apareció como un ninja, esta vez desde la puerta de entrada del salón que daba al recibidor.

—Ya la habéis traído. ¿Cómo ha ido todo? —preguntó.

—Bien, sin problemas —dijo muy serio Samuel.

—Pues por tu tono de voz —Flora le miraba a la cara con detenimiento— y por tu cara, diría que no ha ido nada bien.

—No tiene que ver con papá.

—¿Y con qué entonces? —preguntó de forma interesada Flora.

—Nada, tonterías de hermanos.

—¡Ah! Ok, ok… entiendo.

—¿Qué entiendes?

—¡Tranquilo! —exclamó Flora acentuando notablemente la i y alargando la o final, acompañándolo con un gesto de calma con ambas palmas de las manos.

—Perdona Flora, es que me ha alterado Alma. Tiene la cualidad de sacarme de mis casillas. Siempre lo ha hecho. Me fastidia mucho que no me respete.

—Mira, me imagino de qué habéis hablado. Alma sólo quiere que estés bien. Te quiere con locura y, además, ahora eres lo que le queda de su familia. Aunque haya formado otra, no es lo mismo.

—Pues mal vamos, porque no deja de decirme siempre cómo me tengo que comportar o cómo me tengo que sentir. No respeta cómo soy, siempre me quiere cambiar. ¡Estoy harto!

—Tienes que entender que, al ser tu hermana mayor, está ocupando el rol de madre.

—Nadie se lo ha pedido.

—Lo ha hecho ella por sí misma. Probablemente, ni siquiera sea consciente de ello. Pero tú ahora sí lo eres.

—Y ¿qué pretendes que haga con eso?

—Nada, sólo que la entiendas y te pongas en su lugar. Al menos escúchala, seguramente te dirá cosas que serán buenas para ti, aunque tú no las veas.

—Y a mí, ¿quién me entiende?

—Te entendemos todos, Sammy. Pero no querrás que dejemos que sigas teniendo esa actitud en la vida. No nos va a gustar y siempre que podamos decírtelo, te lo diremos.

—Pero ¿de qué actitud me estás hablando? Mira, ya soy bien mayorcito, que ya cumplí los treinta hace mucho y me he sabido cuidar solito. Además, ¡tampoco me ha ido tan mal!

—Sí, pero podrías estar aún mejor —contestó Flora.

—Bueno, pero eso será decisión mía. O ¿tendrá que ser cuando vosotras me digáis? —replicó Samuel.

—No, será cuando tú quieras. ¡Pero al menos déjate ayudar!

—¡Y dale! Pero qué pesadas estáis con el temita. ¿Me queréis dejar vivir tranquilo? ¡Respetadme de una vez, porque si no lo hacéis, lo único que me va a apetecer es no volver nunca más!

—Vale, vale, Sammy. Tienes razón, tienes razón… —dijo Flora desistiendo.

—Vale, ¡gracias por entenderme de una vez! —dijo aliviado.

Samuel y Alma pasaron todo el día casi sin hablarse. Ninguno de los dos dio su brazo a torcer y dar el primer paso de acercamiento. Tuvo que ser una llamada…

—¿Sí, Richard? —dijo Alma.

—Hola Alma, ¿cómo estás?

—Bien Richard, estoy bien. He podido descansar esta noche y me he levantado muy bien. ¿Cómo estás tú?

—Bien, muy bien. Oye, mañana por la mañana pasaros por mi oficina a eso de las once y haremos lectura del testamento, ¿ok?

—¿Mañana ya?

—Sí, ¿tenéis algo a esa hora? ¿No podéis?

—Sí, sí que podemos, es sólo que no esperaba que fuera tan rápido todo.

—Se lo dije ayer a tu hermano, ¿no te dijo nada?

—La verdad es que no.

—Bueno, entonces, mañana a las once.

—Vale, de acuerdo. Gracias Richard.

Alma llamó a la puerta de la habitación de Samuel. La voz desde el interior de la habitación dio permiso para pasar. Samuel estaba mirando el brazo de mar desde el balcón. Alma se acercó a la puerta y salió con él.

—Hola Sam.

—Hola Alma.

—Ha llamado Richard.

—¡Vaya! Se me pasó decirte que ayer me comentó que mañana fuéramos a su despacho.

—Efectivamente, me ha llamado para eso.

—¿A qué hora?

—A las 11 a.m.

—Vale…

—¿Estás mejor? —preguntó Alma para iniciar la reconciliación.

—Yo estoy bien, Alma. Es sólo que no me respetas.

—Tienes razón. Flora me lo ha hecho ver.

—Esta Flora. ¿También ha hablado contigo? —preguntó Samuel negando con la cabeza.

—Sí, ya sabes que nunca ha soportado que nos dejemos de hablar ni un minuto.

—Cierto…

—Oye, perdóname. Lo único que quiero es que cambies para que te sientas mejor y me he equivocado medio obligándote.

—¿Medio obligándome?

—Bueno, obligándote del todo. ¿Me perdonas?

—Claro que sí, Alma —respondió Samuel, mientras Alma le hacía un gesto de querer un abrazo de él. Ven, anda, tontita.

—Lo siento, Sam. Siento haberte llamado cabezota. ¡Aunque lo seas!

—Tienes una forma un poco rara de pedir perdón, ¿no crees?

—¡Je, je, je! Sí, es verdad. Siento haberte llamado cabezota, sin más que añadir.

—Así está mucho mejor. Disculpas aceptadas —contestó Samuel con cara de satisfacción.

—Entonces, ¿hacemos las paces? —propuso Alma.

—Mientras no te empeñes en deshacerlas...

—No lo haré, prometido —contestó Alma levantando la palma derecha en señal de juramento.

—Bueno, ¿qué vamos a hacer con las cenizas?

—Pues ni idea, la verdad. ¿Sabes si permiten echarlas al mar? A papá le habría encantado —afirmó Samuel—. Adoraba el mar... —dijo para sí.

—Pues habrá que preguntárselo mañana a Richard para ver si es legal o no.

—Si lo permitieran, cogeríamos la lancha de mi amigo Noah y las podríamos verter en el océano, pasado el cayo.

—Bueno, a ver qué nos dice.

—¿Habías pensado otro lugar?

—No, aparte del olivo que te he dicho, no. Aunque otro posible lugar sería bajo el otro que plantó papá en la entrada de nuestra casa.

—¿Sí, te parece buen lugar? —preguntó Samuel con cara de desaprobación.

—Sí, ¿por qué no?

—Pero, ¿quieres ponerle algún tipo de lápida o algo parecido?

—Pues no sé, no lo había pensado. Se me acaba de ocurrir.

—Lo digo porque claro, cada persona que entre en tu casa y vea que papá y mamá están ahí enterrados, les va a causar una sensación cuanto menos extraña, ¿no crees?

—Humm, bien visto… mejor que busquemos otro lugar. Esperaremos a mañana a ver qué nos cuenta Richard acerca de si podemos o no esparcirlas en el mar —señaló Alma.

—Al final vas a cumplir la promesa que le hiciste a mamá.

—Sí, no pensaba que la pudiera cumplir tan pronto —aseveró cabizbaja Alma.

—Ha sido todo muy inesperado —añadió Samuel inspirando profundamente.

—Sí… mucho.

El reloj del móvil de Samuel marcaba las 3:33 a.m. cuando se despertó sobresaltado. Acababa de revivir el mismo sueño una noche más, aunque, esta vez, había experimentado algo diferente. Samuel sintió que lo que le mantenía en el andén, mientras su familia se alejaba en el tren, no era nada que le hubiesen quitado sino algo que le retenía allí y le impedía moverse. Percibía como si las piernas no le respondieran y se le quedaran inertes, inmóviles. Recordó que, en el sueño, él quería subirse al tren con ellos, pero la mitad de su cuerpo no le seguía.

Samuel se quedó sentado en la cama, con una mezcla entre hartazgo, por un sueño que se repetía, e intriga, por los nuevos detalles que había soñado. Al menos tardó casi una hora en conseguir volver a dormirse.

Alma y Samuel llegaron un cuarto de hora antes a la oficina de Richard. Decidieron ir en taxi, porque era muy difícil aparcar en la zona centro, donde se ubicaba su bufete. Vielka, la secretaria de Richard, les dio la bienvenida muy amablemente. Richard salió de su despacho justo a las 11 a.m.

—¡Hola Alma! ¡Hola Samuel! ¡Pasad, por favor! —señaló amablemente haciendo un gesto con la mano, indicando que pasaran a su oficina.

—Buenos días Richard —saludaron al unísono.

—Tomad asiento —propuso Richard, señalando unas sillas que estaban junto a una mesa redonda de madera noble de color oscuro. Los dos hermanos tomaron asiento uno junto al otro.

Richard cogió una carpeta de cartulina, de color rosa, con una etiqueta en el centro donde figuraba el nombre de Martín Calleja.

—Bueno, chicos. ¿Cómo estáis? Ha sido una semana muy dura para todos nosotros.

—Mucho, Richard. Has sido muy amable y profesional, como siempre. A pesar del dolor de perder a tu gran amigo, has trabajado duramente para traerlo cuanto antes. Estaremos eternamente agradecidos —dijo Alma mirando a los ojos de Richard y poniéndole la mano derecha sobre su antebrazo.

—Habría hecho lo que fuera por vuestro padre. Hemos vivido juntos tantísimas cosas... ¿Os contó alguna vez cómo nos conocimos?

—La verdad es que, al menos a mí, no —respondió Samuel sorprendido al darse cuenta de que no lo sabía.

—Ni idea —añadió Alma.

—Hace unos treinta años, yo estaba en un restaurante al que solía ir a diario a comer. Un día, mientras tomaba algo con un colega de trabajo, un hombre que comía en la mesa de al lado, se levantó justo cuando pasaba un camarero con una bandeja llena de cafés, con tan mala suerte, o buena, según se mire, que me cayeron todos a mí encima. Recuerdo el susto que me provocó sentir cómo me golpeaban en la cabeza objetos con líquido ardiendo.

Aquel hombre era vuestro padre.

—¡No me digas! —exclamó Samuel.

—¿En serio os conocisteis así? —preguntó estupefacta Alma.

—Tal cual os lo estoy contando. Días después todavía tenía marcas rojas por toda la cara y el cuello. ¡No olvidaré nunca cómo me escocían! ¡Si hasta fui al hospital!

—¡No me lo puedo creer! —dijo Samuel abriendo los ojos de par en par.

—Vuestro padre estaba tan avergonzado que insistió en acompañarme al médico. Me dijo que conocía a muchos médicos con los que jugaba al golf y que me atenderían muy rápido. Le agradecí que decidiera acompañarme, porque mi colega, con el que estaba comiendo, no podía quedarse conmigo, tenía un juicio esa misma tarde. Además, comenzó a dolerme la quemadura bastante y el ojo derecho, el único con el que veo perfectamente, comenzó a inflamarse y no veía nada bien. Así que vuestro padre hizo de lazarillo hasta el taxi y luego me ayudó a hacer todas las gestiones en Urgencias del hospital. Me dieron unas pomadas y me dijeron que eran quemaduras de segundo grado en algunas zonas de la cara. No podéis imaginar la cara que puso vuestro padre cuando le leí el diagnóstico. ¡Ja, ja, ja! Estaba aterrado por lo que había hecho, y mira que yo no paraba de decirle que no había sido por su culpa, que había sido un accidente y que los accidentes ocurren a veces. Pero nada le hizo cambiar de idea.

—Muy típico de papá —afirmó Samuel.

—Esperad, que no acaba aquí la cosa —apuntó Richard, indicando con la mano que esperaran.

—¿Hay más? Sigue, ¡por favor! —pidió Alma con mucho interés.

—Al salir del hospital, vuestro padre me pidió el teléfono y él me dio el de su trabajo. Cada día me llamaba para ver cómo evolucionaba. Así comenzamos a charlar más, me contó qué fabricaba su empresa y yo le dije a qué me dedicaba. A las dos semanas, cuando ya me había recuperado del todo, insistió en vernos en el mismo restaurante. Yo le hice la broma nada más llegar de si iba armado con algún café y no paramos de reírnos en toda la comida. Allí nació nuestra amistad. A ese restaurante hemos vuelto casi cada semana para comer juntos, como ya sabréis, aunque ha cambiado de nombre y de dueños muchas veces.

—¡Qué bonita historia, Richard! —dijo Alma admirada.

—¡Espera que no acaba aquí! —prosiguió Richard ante la sorpresa de ambos— Ese mismo día, al salir de comer, me dijo que si le podía acompañar a un sitio. Yo tenía cierto margen de tiempo antes de volver a la oficina, así que acepté gustosamente. Me condujo hasta una tienda de trajes y en la puerta de entrada me preguntó si entendía de trajes, a lo que le contesté que, efectivamente, sabía bastante. Me dijo que le ayudara a elegir uno bueno, que fuera a la par elegante y de calidad. Enseguida lo tuve claro, siempre quise comprarme un traje de *De Fursac*, pero me resultaba, por aquel entonces, demasiado caro para mi presupuesto. Elegí uno precioso color azul marino. Cuando el vendedor le pidió la talla, me miró y me dijo: "Está esperando que le digas tu talla". Yo no supe reaccionar, me quedé petrificado. Al ver que no respondía, el vendedor me miró de arriba abajo y me dijo:

—Una cincuenta, ¿verdad?

Sólo acerté a asentir con la cabeza, ¿sabéis? Todavía tengo ese traje. Desde siempre fue mi traje favorito. Hace tiempo que ya no me lo puedo poner, los años pesan y… ¡los kilos más!, pero lo guardo en mi armario, en un lugar privilegiado.

—¡No teníamos ni idea de esa historia! ¡Es increíble! —exclamó perplejo Samuel.

—Pues creéroslo, que fue tal cual os lo acabo de contar.

Richard hizo una pequeña pausa y continuó.

—Bueno, ¿qué tal si comenzamos con la lectura del testamento?

—Adelante —señaló Samuel, mientras Alma asentía con la cabeza.

—Antes de comenzar, quiero que sepáis que vuestro padre ha cambiado constantemente su testamento. La última vez que lo cambió lo registré hace tan sólo un mes.

—¿Hace sólo un mes? —preguntó atónito Samuel.

—¿Y lo ha estado cambiando muchas veces? —dijo Alma.

—Vuestro padre me hizo trabajar duro, lo cambió unas quince veces en los últimos dos años.

—¿¡Cómo!? —exclamó Alma con gran sorpresa.

—Ha estado muy activo en los últimos tiempos y quería dejarlo todo bien atado.

—¿Todo, qué es todo? Pero ¡si no nos quedó nada! Ni la empresa, ni la casa... ¡nada! ¡Ni siquiera teníamos el suficiente dinero como para comer! —expresó con estupor Samuel.

—El tema de la casa fue una decisión muy desafortunada de vuestro padre.

—¿Cómo que una decisión? —interrumpió Alma muy agitada ante tanta novedad.

—Yo le he dado infinidad de vueltas a la cabeza para buscar sentido a lo que ocurrió —prosiguió diciendo Richard ante la atenta mirada de ambos hermanos—. Vuestro padre nunca me lo confesó, así que lo que os voy a decir tomároslo como una suposición mía, pero una suposición fundamentada en muchos pequeños detalles.

—¡Por Dios, Richard, dínoslo ya! —exclamó Alma, pues ya no podía con tanto misterio.

—Tengo la teoría de que vuestro padre quiso que le quitaran su casa —afirmó con contundencia Richard.

—¿Qué? —contestó Alma frunciendo el ceño.

—Richard, eso que estás afirmando no tiene ningún sentido. Mi padre amaba nuestra casa. Fue el sueño de nuestros padres, ¡su hogar! —defendió Samuel con ímpetu— Creo que te equivocas, Richard.

—Como ya os he comentado, es sólo una suposición mía. Pero, pensad una cosa. ¿Qué sentido tiene que vuestro padre ocultara las diez cartas de aviso por impago que envió previamente el banco? ¡Las ocultó a todo el mundo! Ni siquiera Flora las vio jamás —explicó sin quitar su vista de los ojos de Samuel—. Con que una sola de las cartas hubiese salido a la luz, yo habría sido capaz de parar el desahucio. Habría movido cielo y tierra para conseguir detenerlo y estoy más que seguro de que lo habría conseguido. Vuestro padre lo sabía y, por eso, nos lo ocultó.

Alma se quedó mirando a Samuel. No quería creérselo, pero la explicación de Richard le encajaba a la perfección. Para ella tampoco tenía ningún sentido que su padre ocultara las cartas, sobre todo cuando Samuel se había trasladado a vivir ya con él. Es cierto que Martín estaba muy deprimido, pero por aquel entonces todavía conservaba cierta cordura. Lo que estaba contando Richard daba sentido a lo que sospechaba en su interior. Samuel notó que Alma cambiaba su gesto, como aceptando lo que le estaban contando.

—Alma, que no. Que no puede ser. No pudo hacerlo intencionadamente, yo creo que lo ocultó por vergüenza y pensaba que yo podría encontrar trabajo a tiempo, para evitar la ejecución del embargo —expresó Samuel bajando la cabeza bruscamente al notar que le brotaban infinidad de lágrimas y no podía contenerlas—. Nunca lo logré. Podría haber trabajado en cualquier hamburguesería de nuevo o en cualquier bar, pero me creía que estaba por encima de todos esos puestos. Si lo llego a saber antes…

—No habrías podido hacer nada, Sam. Mantener aquella casa y la letra de la hipoteca era mucho mayor al sueldo que podrías haber ganado —dijo Alma, intentando consolarle.

—Sí, pero nunca lo sabremos ya —contestó ocultando los ojos tras sus manos.

—Escucha con atención, Samuel. Escucha lo que te voy a decir —advirtió Richard sin hacer casi pausa—. Yo sé por qué lo hizo. Tenía una razón.

—¿Cómo? —dijo Samuel estupefacto— ¿Una razón?

—Cuando vuestra madre murió, para vuestro padre la casa se volvió una tortura. Antes de perder la empresa, Martín comenzó a caer en una profunda depresión, como ya sabéis. Por sus comentarios, no soportaba estar en su casa sin estar Blanca en ella —Richard hizo una pausa, preparándose para lo que iba a decir a continuación—. Vuestra casa familiar no tenía sentido sin ella y vuestro padre dejó que se la quitaran porque no soportaba la idea de vivir sólo en ella, llena de recuerdos. Recordad que la casa la eligió vuestra madre. Ella la decoró, la pintó y la arregló con sus propias manos durante años. Era su proyecto común, su sueño americano. Lo era todo para ellos. Cuando el banco le avisó de que se la embargarían, vuestro padre se sentía tan mal en ella que yo creo que hasta agradeció que se la arrebataran. Y no quiso hacer nada por evitarlo.

—¿Por qué dices eso? —exclamó muy sorprendida Alma.

—Porque podría haberos pedido dinero a vosotros, Alma. O incluso a mí, que era su mejor amigo. Pero decidió no hacerlo. Podría haberme avisado con tiempo y habría sido capaz de retrasar lo máximo posible el embargo, y tampoco lo hizo. Yo creo, chicos, y esto es una cosa de la que estoy cien por cien seguro, que vuestro padre se deshizo de la casa porque no soportaba que existiera sin Blanca.

Alma comenzó a llorar. Samuel se unió a ella en un abrazo desconsolado. Era muy duro lo que acababa de decirles Richard, pero aún más duro era que ambos sabían que tenía razón.

—Siento ser tan claro chicos, pero creo que eso evita que carguéis contra vuestro padre inútilmente o que carguéis contra vosotros mismos por no haberlo podido evitar. Yo lo hice durante años, hasta que encontré esta respuesta que os estoy dando ahora.

Samuel se incorporó, se limpió las lágrimas y se dirigió a Richard.

—Mira Richard, te agradezco que nos cuentes esto, pero no era sólo la casa de mis padres, era nuestra casa y no hizo nada por evitarlo, no pensó en nosotros, no pensó en mí —dijo tajantemente Samuel.

—Sam —dijo Alma tomando la palabra y cogiéndole la mano con cariño— Aunque tuviste que volver a vivir con él era su casa, la de nuestros padres. Ellos la compraron y la rehicieron a su gusto. Tenía derecho a hacer lo que quisiera con ella, no creo que debamos juzgarlo más, después de lo que acabamos de oír.

—Alma, si él no quería tenerla, que me lo hubiera dicho a mí y hubiera movido cielo y tierra por quedárnosla —afirmó contundente Samuel.

—Sam, pero si tuviste que abandonar tu apartamento cuando dejaste la empresa. ¿Cómo ibas a pagar la hipoteca de la casa, los impuestos y los gastos que generaba? ¡Era imposible! —explicó Alma— Y no te olvides del sueldo de la pobre Flora, que estuvo hasta el último momento junto a vosotros, sin cobrar los últimos meses.

—Desde luego que fue imposible, porque ni nos enteramos. Habría hecho lo que fuese por salvarla.

—Sam, ¿no lo has oído? Papá no quería salvar la casa, ¡dejó que se la quitaran de forma consciente! —contestó Alma.

—Eso es sólo una suposición de Richard. ¿Te lo dijo expresamente alguna vez, Richard? —preguntó al abogado girándose hacia él, aun a sabiendas de que sentía que era cierto.

—No, nunca me lo dijo. Ya os lo he advertido antes de contaros nada —dijo sinceramente Richard.

—¿Ves? —manifestó Samuel apuntando con las palmas de ambas manos hacia arriba a Richard, mientras miraba a Alma.

—Pero yo conocía mejor a tu padre que nadie y estaba con él a diario hasta que os trasladasteis al otro piso. Sé perfectamente cómo se sentía y lo que pensaba —añadió Richard.

—Es cierto. En aquella época yo estaba muy saturada con el trabajo que tenía con las pequeñas y no le atendí ni la mitad de bien de lo que lo hiciste tú —dijo Alma con voz apenada.

—No es hora de lamentarse. Todo pasó ya, no se puede deshacer nada, así que no invirtáis más tiempo en el pasado —advirtió Richard.

—Bueno, cada uno hicimos lo que pudimos —reconoció Samuel bajando la cabeza.

—Como os digo, chicos, es hora de mirar al futuro.

Richard acompañó esta última frase con un movimiento suave, pero enérgico, abriendo la carpeta rosa con el testamento de Martín. Se puso sus gafas graduadas para poder leer el texto, alineando con un suave toque todas las hojas.

—Bueno, allá vamos. Esto también va a ser complicado para mí.

—¡Pues sí que empezamos bien! —resopló Samuel acomodándose con la espalda completamente apoyada en el respaldo de la silla.

—¿Por qué dices eso? Estoy empezando a asustarme un poco, Richard —confesó Alma.

—Porque cuando comience a leer el testamento, que tantas veces ha cambiado vuestro padre, si lo aceptáis, vuestra vida va a tener que adaptarse un poco.

—Por favor, Richard, ¡lee de una vez! —rogó Alma impaciente.

—Está bien. La última versión me la envió de su puño y letra hace tan sólo un mes. Dice así:

'Valderrobres, a 20 de noviembre de 2018
Yo, Martín Calleja Roncero, mayor de edad, con domicilio en Plaza España 8, en pleno uso de mis facultades mentales y teniendo firme y deliberada voluntad de otorgar este testamento ológrafo, ordeno mi última voluntad en las siguientes disposiciones:
Instituyo y nombro herederos universales de todos mis bienes, derechos y acciones a mis hijos Alma Calleja Ramada y Samuel Calleja Ramada, y en defecto de alguno de ellos en su representación a sus hijos y descendientes.
Lego a mis dos hijos, a partes iguales, todos mis bienes y acciones, con la condición necesaria de que...'

—¿Condición? —interrumpió la lectura Samuel— Perdona Richard, sigue, sigue.

—*'con la condición necesaria de que mis restos funerarios, previa cremación, sean esparcidos en forma de cenizas junto con los de mi esposa, Blanca Ramada Gómez, en los lugares y en el orden que se estipula en el anexo I'*

—¡Venga ya! ¿Desde cuándo un testamento tiene anexos? ¿Esto es una broma o qué? —preguntó enfadado Samuel.

—Deja que termine, Samuel. Por favor, continúa Richard.

—Como decía, *'...en los lugares y en el orden que se estipula en el anexo I. Para la realización de los viajes necesarios para satisfacer esta condición, se dispondrá de dos tarjetas de crédito a nombre de cada uno de los hermanos, sin límite alguno de gasto, aunque controladas por el albacea designado al final del presente documento.'*

— ¡Un albacea! —pensó Samuel para sí, evitando interrumpirle de nuevo.

—*'El tiempo estipulado para la realización de la diseminación de las cenizas no será nunca superior a tres años desde la fecha de lectura del presente testamento.*
Una vez satisfecha esta condición y certificada su finalización por parte del albacea, se procederá a la entrega del cincuenta por ciento de la cantidad de cincuenta millones de dólares a cada uno de mis dos hijos, depositada en una cuenta a nombre propio en el Bank Of America y con firma y control del albacea, cantidad procedente de los dividendos generados por la venta de la empresa International Cold Steel Cutting Company'

—¡¿Cómo?! —interrumpió Alma levantándose de la silla de un salto.

—¡¿Qué?! —gritó Samuel agarrándose la cabeza con ambas manos y abriendo la boca de par en par.

—Bueno, chicos, ya os dije que la lectura de este testamento iba a producir que vuestra vida se adaptara a los cambios que iba a producir.

—Estoy muy confundida, Richard —dijo Alma sujetándose la frente con la mano—. Antes de comenzar a leer el testamento hemos estado hablando de cuando nos embargaron la casa por impagos y ahora… ¿me dices que era multimillonario? No entiendo nada de nada. ¿Se metió a narco en los últimos años y por eso viajaba tanto? —preguntó Alma en tono sarcástico.

—La realidad es que así se dieron las circunstancias. Al día siguiente de que sus otros dos socios se unieran para sacar a vuestro padre de la junta de la empresa y echarle como trabajador, Martín se quedó en la calle. Contaba con algo de dinero, aunque no lo suficiente como para afrontar los gastos de una vivienda tan grande y en una ubicación tan buena como la que tenía. Tiró para adelante los siguientes años, pero al poco tiempo se quedó sin blanca. Roto por dentro, sin su querida esposa, sin el proyecto de vida que era su empresa —recordad que ésta fue el legado de su padre y que él consiguió internacionalizar asociándose con la firma de George y Mary, que por aquel entonces ni siquiera eran pareja— no pudo hundirse más. Quedó muerto en vida.

Alma rompió a llorar desconsoladamente. Se sentía profundamente culpable por no haber podido ayudar más a su padre. Podría haberle dado dinero, haberle acogido en su casa, tenía espacio de sobra para él, pero no hizo nada… Intentó apoyarle y ayudarle a que se recuperara anímicamente, pero ni eso supo hacer bien.

Samuel se quedó callado, meditando la ingente cantidad de información que estaba recibiendo por boca de Richard.

—Y entonces, ¿cómo llegaron esos millones? —preguntó Samuel.

—Como ya sabréis, la empresa fue adquirida, o vendida, como más os guste, por la *U.S. Steel Corporation*. Vuestro padre mantenía un tercio de las acciones de la empresa cuando fue vendida y fue la parte que le correspondió por aquella venta.

—Cada vez entiendo menos —afirmó Samuel—. Mi padre jamás nos dijo que mantenía el treinta y tres por ciento de la empresa, más bien todo lo contrario, nos hizo creer que se la malvendió a George y a Mary.

—Pues he de decirte que no fue así. Y tiene una explicación que ahora no os puedo dar todavía.

Richard hizo una pequeña pausa y prosiguió.

—Bueno, no hemos podido terminar la lectura y me gustaría acabarla, si os parece —propuso.

—Sí, sí, continúa, por favor —contestó Samuel extendiendo el brazo con la palma de la mano hacia arriba, como otorgando permiso.

—Sí, por favor, Richard —añadió Alma.

—Prosigo: '*También se hará entrega, a partes iguales entre mis dos hijos, de la casa familiar situada en la población de Castellote, en Teruel, España.*

Cuarta: La planificación de los viajes, en cuanto a su orden y lugares concretos, está estrictamente estipulada en dicho anexo I y deberá ser respetada tal cual está descrita.

Quinta: La comunicación de los destinos no se realizará, en ningún caso, mostrando el contenido completo del anexo I. En su lugar, se irá comunicando el siguiente destino o los siguientes destinos, según esté especificado en dicha parte del documento. La comunicación la llevará a cabo mi abogado de confianza.' Ese soy yo —dijo Richard.

—Siento tenerte que interrumpir de nuevo. Pero, ¿me estás queriendo decir que tenemos que ir a donde mi padre haya dicho, en el orden que él haya dejado escrito y, encima, no nos vas a decir con antelación todos los destinos que hay en la lista? —dijo Samuel muy molesto.

—Así es, lo has descrito a la perfección —contestó Richard.

—Pues yo sé de uno que no lo va a hacer —aseguró Samuel.

—Richard, mira, en este caso, estoy casi de parte de mi hermano. No entiendo nada de lo que está pasando. No sé qué intención tenía mi padre al hacer este testamento, pero esto es una locura. Yo no puedo irme así como así a los lugares que él quiso, tengo tres hijas adolescentes que son mi prioridad —afirmó Alma.

—Os entiendo perfectamente, pero tened en cuenta que vuestro padre ha decidido hacerlo así por alguna razón poderosa. Si no lo lleváis a cabo, aparte de perder el dinero, cosa que ya de por sí debería haceros reflexionar porque es dinero que él ganó con todo su esfuerzo, durante casi la totalidad de su vida, incumpliréis la última voluntad de un hombre que os dio todo lo que tenía y que lo único que quería era la felicidad de su familia, una persona excepcional —explicó Richard con franqueza y claridad de ideas.

Alma y Samuel se quedaron callados, con la cabeza mirando hacia abajo y la mirada ausente, escuchando las verdades que salían de la boca de Richard.

—Os recuerdo que, además, todos los gastos están pagados. Además de cumplir con la voluntad de vuestros padres, podréis disfrutar de unas vacaciones pagadas. Seguro que os gustará —añadió Richard.

—Está bien Richard, espera que lo hablemos y veremos qué decidimos —respondió finalmente Alma.

—Habla por ti, porque yo no pienso hacerlo. Me da igual el dinero, es un dinero que ganó papá y era para él, yo ya sé cómo ganar mi propio dinero y lo hago muy bien. No pienso perder mi puesto de trabajo por una locura que se le ocurrió en sus últimos días de vida. Mi trabajo requiere que esté al cien por cien y totalmente dedicado a él porque, como ya te dije, Alma, me han hecho responsable del área más importante del proyecto de *Hazelwood Green* y me lo merezco. No pienso perder ese puesto por unos viajecitos que se le ocurrieron a mi padre en un momento en el que no estaba en plenas facultades mentales, por mucho que lo escribiera en su testamento —expuso Samuel.

—Bueno, mirad. Sabía que esto iba a pasar. Si os soy sincero, nunca había tenido la oportunidad de leer un testamento como éste y no creo que lo vuelva a ver. Dejad reposar todo lo que os he dicho y en un par de días nos reunimos de nuevo y me decís si aviso al albacea o no para iniciar el proceso.

—Pero, ¿el albacea no eres tú? —preguntó extrañado Samuel, mientras Alma le pregunta también con la mirada.

—No he sido designado por vuestro padre para realizar esa labor. No soy yo —dijo Richard.

—Entonces, ¿quién diablos es? —exclamó Samuel bastante alterado.

—No he terminado de leer el testamento.

—¿No? ¡Pensaba que sí! —dijo Samuel.

—Por favor, Richard, acabemos de una vez —rogó Alma.

—Bien, como os decía, continúo, a ver si ésta es la buena:

'*Todo lo expresado en el Anexo I y posterior, quedará bajo secreto de mi abogado familiar, Richard Bale y será transmitido tal y como se especifica en él.*

Con la presente disposición testamentaria de mis bienes y acciones revoco y dejo sin ningún valor o efecto los testamentos que tengo otorgados, cuya fecha es anterior a la presente disposición, pues deseo que la institución de herederos que hago en ese acto se cumpla con mi única voluntad.

Manifiesto que el presente fue escrito de mi propio puño y letra.'

Richard respiró profundamente, cerró la carpeta y se quitó las gafas.

—Por fin. Ha costado, pero ya está.

—Perdona, Richard. ¿Y el nombre del albacea? —preguntó Alma.

—Como dice la última parte del escrito, lo que está a partir del Anexo I está bajo mi secreto, hasta que se me indique cuándo o cómo comunicarlo —respondió Richard.

—¿Quieres decir que, si accediéramos a hacerlo, seríamos controlados por alguien que no sabemos quién es? —cuestionó Alma.

—Eso parece —contestó Richard.

—Se está poniendo cada vez más apetecible —ironizó Samuel.

—Lo dicho, chicos. Ya sabéis cuál es mi opinión y creo que es la correcta. Ahora está en vuestra mano. Vosotros decidís. ¿Os parece que nos veamos en un par de días, a la misma hora? —propuso Richard.

—Sí, déjanos un par de días para asimilar todo esto —agradeció Alma.

—No hay nada que decidir por mi parte —reiteró Samuel tajantemente.

—Bueno, ya me decís lo que decidís, ¿ok? —zanjó Richard— Gracias por haber venido y ya sabéis que me tenéis para lo que sea.

—¿Se puede saber cuál sería el primer destino? —curioseó Alma.

—Déjame ver… —dijo Richard volviéndose a poner sus gafas y abriendo de nuevo la carpeta— A ver… ¡sí! aquí está. No puedo decíroslo hasta que decidáis que lo vais a hacer.

—¿No nos lo puedes decir, en serio? —preguntó Samuel harto de tanto misterio.

—Bueno, de acuerdo entonces. Hablamos en unos dos días.

—¡Perfecto! Misma hora. Bueno, ahora, a pensárselo con calma.

—Sí, con mucha —respondió Alma.

—O con ninguna, porque no será necesaria —añadió Samuel.

Los dos hermanos se despidieron de Richard y de Vielka, su secretaria. Tomaron el ascensor para salir a la calle y durante el descenso hasta la planta baja no intercambiaron ni una palabra. Estaban intentando digerir qué es lo que había ocurrido dentro de aquel despacho.

Habían llegado con la idea de que no había nada en el testamento de su padre que no supieran ya y, tras abandonar aquella oficina, su mundo se había puesto patas arriba. No sólo había cambiado su presente, sino también su posible futuro y, por supuesto, su pasado. Todo lo que creían saber sobre la vida de su padre se había esfumado como una ola se lleva un castillo de arena en la orilla de una playa.

Al llegar a la entrada principal del edificio de oficinas Samuel rompió el silencio.

—¡Las cartas! —gritó girándose a Alma.

—¿Qué?

—¡Las cartas!

—¿Qué cartas? ¿De qué cartas me hablas?

—¡Las cartas que enviaron de muchas partes del mundo para darnos las condolencias! ¡El saco que trajo el vecino! —exclamó Samuel con sorpresa al comprobar que su hermana no sabía ni de lo que hablaba.

—¡El saco! ¡Las cartas! —gritó Alma con tanto ímpetu que un hombre que pasaba a su lado saltó del susto y casi se pega con un parquímetro.

—¡Las cartas! —repitió Samuel sonriendo al ver que su hermana por fin le entendía.

—¡Dios mío, con toda la tensión de lo de papá lo había olvidado por completo! ¿Cómo es posible? ¡Si eso es algo extraordinario!

—Normal, Alma, han sido unos días muy duros para todos y estábamos enfocados en otra cosa.

—¿Dónde están? ¡No las he vuelto a ver! —exclamó Alma.

—Pues no lo vas a creer, pero Julie las recogió y las lleva clasificando desde entonces.

—¿Julie? ¿En serio? —exclamó abriendo completamente los ojos con un gesto de sorpresa absoluta.

—¡Como lo oyes! Quiso saber de dónde eran todas las personas que conocían a papá y se llevó el saco entero a su cuarto.

—Pobres niñas, no les hago ni caso desde hace días.

—Son excepcionales, Alma. Han entendido perfectamente cómo estabas y te han respetado en tu dolor, sin reclamar atención. Enhorabuena por las hijas que has criado y educado, hermanita.

—He tenido mucha suerte.

—La suerte en ese tema no existe, lo has hecho tú hermanita y, por supuesto, Robert. Es el resultado de cómo las habéis educado.

—Gracias Sam, agradezco mucho tus palabras. Han sido años muy duros en los que he invertido toda mi vida en ellas. Pero han sido mi propósito y, ahora que veo los resultados, creo que ha merecido la pena y mucho.

—La alegría.

—¿La alegría?

—Ha merecido la alegría, no la pena.

—¡Ja, ja, ja! ¡Me gusta hermanito! ¡Me la apunto!

—Oye, ¿quieres que comamos por algún sitio de por aquí cerca? Robert está trabajando y las niñas salen más tarde, ¿verdad? —propuso Samuel

—!Sí, estupendo! ¡Me parece una gran idea!

—Perfecto. Oye, ¿quieres que vayamos al restaurante al que iban papá y Richard?

—¡Vayamos! ¿Por qué no? —dijo Samuel.

Alma y Samuel entraron en el *Manna life food*. Era un local muy agradable en el que servían una comida *healthy*[2] muy consumida en la actualidad. El restaurante fue variando su clientela hasta que se puso de moda entre los jóvenes universitarios. Podría resultar chocante que Martín y Richard fueran a comer a ese establecimiento, pero Richard era un enamorado del humus y consideraba que allí servían el mejor de la ciudad, mientras Martín disfrutaba probando todo tipo de platos, desde el *Pad Thai* a las arepas, sus favoritas.

Alma y Samuel, sin saberlo, eligieron la misma mesa que solían reservar ellos. Samuel se decantó por una *Superfood arepa de Falafel* que le supo a gloria, mientras que Alma eligió el famoso *Norito Tofu*. Ambos disfrutaron de la comida, recordando anécdotas de su infancia, cuando se escondían tan bien que nadie les encontraba durante horas; las bromas que le gastaban a Flora, como cambiarle de sitio las cosas para que creyera que se movían solas; o cuando fueron de visita a España a ver a sus primos de Castellote, un pueblo del interior de Teruel, y contemplaron cómo

---

[2] Trad. español: comida sana o que pretende serlo.

una pequeña cabra montesa bajaba una empinada montaña dando saltos increíbles, hasta que llegó a la altura del camino del Llovedor, un lugar mágico donde el agua parece brotar de la roca misma coronado por un imponente castillo que vigila toda la llanura desde tiempos medievales. La pequeña cabra saltó por encima de sus cabezas, lo que provocó que los cinco, incluida Flora, se tumbaran en el suelo como si les fuese a caer encima una bomba. Ambos revivieron las risas de sus tíos y primos, seguros de que resuenan todavía en las paredes de aquella maravillosa colina.

En un momento de la conversación, Alma quiso preguntarle a Samuel.

—Sam.

—Dime.

—¿No te corroe la curiosidad por saber por qué papá ha escrito ese testamento?

—Te mentiría si te dijera que no.

—Entonces, ¿te animas a acompañarme a cumplir los últimos deseos de papá y mamá?

—¿Pero vas a hacerlo? ¿En serio?

—Yo creo que sí.

—¿Y Robert? ¿Y las niñas? —preguntó Samuel con el objetivo de sembrar la duda en su hermana.

—Robert se sabe cuidar mejor que yo, y las niñas… ya son mayorcitas como para aguantar que su madre se vaya de vacaciones unos días —afirmó Alma.

—Yo no puedo acompañarte —dijo Samuel bajando la mirada.

—¿Cómo que no puedes?

—Ya os he dicho antes que voy a estar muy liado, Alma, no voy a tener tiempo para nada en los próximos meses —insistió Samuel dando sus razones.

—Sam, pero tendrás vacaciones, ¿no? ¿O no vas a descansar ni un sólo día durante todo el año?

—Me coincide con un momento muy intenso de mi trabajo, no creo que tenga vacaciones este año, Alma.

—Mira, Sam, yo voy a hacerlo. Primero porque me merezco unas vacaciones, que desde hace más de trece años no viajo sola y quiero hacerlo. Segundo porque se lo debo a mamá. Y tercero porque quiero cumplir la última voluntad de papá.

—Está bien Alma, pues ve tú si así lo deseas.

—¿En serio me vas a dejar sola en esto? —se quejó sorprendida Alma tras no ver la reacción que pretendía causar en su hermano.

—Sabes que el testamento dice que tenemos que ir los dos, ¿no?

—Me importa un comino el dinero, Sam. ¡Lo hago por lo que te he dicho! —dijo Alma elevando la voz.

—Vale, vale —indicó Samuel enseñando las palmas de las manos en señal de calma.

—Mira Sam, siento que se lo debo a nuestros padres. Nos dieron la vida, nos atendieron y enseñaron, nos proporcionaron mucho cariño y amor y la mejor educación posible. Me siento muy, muy afortunada de haber tenido los padres que me han tocado y voy a honrarles, cueste lo que cueste.

—Me parece muy noble por tu parte Alma. Yo creo que podemos honrarles de otra manera, como por ejemplo, desarrollándonos profesionalmente y honrar todo lo que invirtieron en nuestra educación, teniendo un puesto de trabajo del que se sintieran orgulloso —respondió Samuel con convicción.

—¿Qué quieres decir, que como yo me dejé mi carrera profesional para cuidar a las trillizas no les estoy honrando? —expresó muy ofendida.

—Yo no he dicho eso, no hablaba de ti.

—Bueno, hablabas de honrar con un puesto de trabajo a nuestros padres y creo que son los mismos, ¿o me equivoco? —afirmó Alma aún más molesta con la respuesta de su hermano.

—Alma, no te lo tomes así, estaba hablando de mi futuro puesto de trabajo como profesor asociado en la *Carnegie Mellon*, no quería decir nada de tu situación. Tú elegiste cuidarlas y me parece más que correcto lo que hiciste. En serio, sólo hablaba de mí.

—A veces me pregunto quién de los dos era adoptado.

—Seguramente yo —respondió sarcásticamente Samuel.

—No, seguro que fui yo, que siempre he sido la oveja negra descarriada de la familia.

—¡Venga ya! ¿No te has olvidado de ese rollo todavía? —dijo Samuel.

—Siempre me he sentido así. Soy la incomprendida de la familia.

—Manda narices que todavía te creas eso cuando eras el ojito derecho de papá y mamá.

—Pero, ¡si el mimado eras tú! No te faltaba de nada, todo lo que deseabas lo tenías.

—¡Porque me lo ganaba!

—¡Porque te los camelabas, mejor dicho!

—Bueno, es una manera de ganar. Oye, pero hice las mismas tareas que tú hacías y trabajé desde bien joven en la empresa de papá para tener todo lo que dices que tenía —se defendió Samuel.

—Ir a la empresa no significa que trabajases.

—La duda ofende. Trabajaba como el que más y lo sabes.

—A saber lo que hacías de verdad.

Hubo un silencio, se quedaron mirándose el uno al otro y comenzaron a sonreír. Y de la sonrisa pasaron a la carcajada. Ambos lo necesitaban después de tanto tiempo.

—Te he echado mucho de menos, hermanito.

—Y yo a ti, hermanita.

—Anda, por favor, acompáñame a esparcir las cenizas de nuestros padres.

—Sólo puedo prometerte que lo pensaré.

—Con eso me conformo.

—Seguro que sí —dijo Samuel con incredulidad.

—Que sí, prometido que no te diré nada hasta ver si te dejan en el trabajo cogerte unos días al año para los viajes —dijo Alma.

—¿Te has preguntado a cuántos sitios tendremos que ir? —preguntó Samuel.

—Sí, claro. Creo que iremos a unos cuantos, pero tampoco a muchos.

—Yo es que tengo una sospecha un tanto... pues eso, ¡sospechosa!

—¿Sí? ¿Cuál? —preguntó Alma con interés.

—Que cada carta que recibimos es un lugar. No vi muchos lugares, pero conté más de diez, así que...

—¿Más de diez viajes? ¡Eso sería una locura absoluta! No creo que sea así.

—Espero que tengas razón.

—Entonces, ¿a priori te vienes conmigo?

—Pero, ¿no te ibas a conformar? ¡Pues sí que has aguantado poco!

—¡Ay, es verdad! ¡Es que tengo tantas ganas de hacer esos viajes contigo! ¡Nunca nos hemos ido solos de viaje!

—Es verdad. ¡No, espera! ¿Te acuerdas de que fuimos al concierto de U2 a Nueva York?

—Estás de broma.

—¿Por?

—¿Consideras que pasar un mísero fin de semana en Nueva York es hacer un viaje?

—¡Pues yo me acuerdo mucho de ese viaje! ¡Me lo pasé genial!

—Sí, estuvo muy bien —replicó Alma sonriendo al recordarlo.

—¡Pedazo de concierto!

—Mítico e inolvidable, qué tiempos más buenos aquellos.

—Los mejores, hermanita. Ahora todo es muy diferente. La vida nos ha dado un giro de ciento ochenta grados.

—Bueno, ahora no estamos tan mal. Hemos pasado nuestros desafíos, pero ahora estamos más o menos bien. Sin papá, sin mamá, sí… pero así es la vida. Unos se van y otros llegan.

—Puede que tengas razón.

—Siempre la tengo.

—Siempre quieres tenerla.

—¡Y tú!

—¡Pero no me dejas nunca!

—Sí, claro. ¡Anda que no insistes veces!

—¡Ja, ja, ja, todas las que puedo!

—Que son todas, ¡ja, ja, ja!

—Bueno, ¿pagamos ya?

—¡Uy, sí, que va a ser la hora de la llegada de las niñas! —advirtió Alma.

—Tranquila que estará Flora en casa.

—No, hoy tenía un seminario de crecimiento personal con un *coach* muy famoso.

—¿Un qué?

—Un seminario de crecimiento personal, ¿no sabes lo que es?

—Sí, sí sé lo que es, pero ¡alucino con que Flora haga esas cosas!

—Ya te he dicho que Flora ha evolucionado más que nadie estos últimos años. Yo creo que por fin se ha encontrado a sí misma y está *crackeando* el tiempo.

—¿*Crackeando*? Hablas muy raro Alma…

—¡Ja, ja, ja! Son expresiones del crecimiento personal. Podrías probarlo alguna vez.

—Deja, deja.

—*Crackear* el tiempo. Flora está haciendo en meses lo que no ha hecho en media vida. Es impresionante ver cómo absorbe todo lo que le enseñan como una esponja y lo interioriza de una manera asombrosa. ¡Yo veo una Flora nueva cada semana! Eso sí, cada vez una mejor versión de ella misma. Es una inspiración para todos, sobre todo para las niñas, porque ven que, incluso a los setenta años, las personas pueden crecer y expandirse.

—Yo he visto a muchos expandiéndose y mucho antes de los setenta —dijo riendo Samuel.

—¡Ja, ja, ja! ¡Muy gracioso, hermanito! Me encanta cuando no paras de hacer chistes. ¡Aunque sean malos!

—Eso es que has perdido el gusto por el buen humor —contestó Samuel riendo y levantando la ceja derecha.

—Eso será —expresó riendo—. Oye, creo que mejor cogemos un taxi para ir a casa, ¿no crees? Lo malo es que a estas horas ya veremos lo que tardamos en encontrar uno libre.

—¡No te preocupes, yo tengo un amigo taxista!

—¿Que tienes un amigo taxista? ¿Desde cuándo? —preguntó Alma frunciendo el ceño.

—Es una larga historia. ¿Le llamo?

—¡Claro! Mira a ver si nos puede venir a recoger.

Samuel sacó la tarjeta de Vini de su bolsillo y marcó su número de teléfono. Sonó varias veces hasta que contestó una voz de mujer al otro lado.

—¿Hola? —dijo la mujer.

—¡Hola! Disculpe, ¿es éste el teléfono de Vini?

—¿Cómo dice?

—De Vini, que si es el teléfono de Vini.

—No conozco a ningún Vini, se ha confundido.

—¡Ups! ¡Discúlpeme!

—No pasa nada. Hasta luego.

Samuel comprobó el número de teléfono que había marcado y coincidía por completo.

—Este Vini, no ha puesto bien el número de teléfono en su propia tarjeta —pensó para sí.

—Voy a llamar a la central de taxis para ver si me pueden pasar con él.

—Podemos llamar a otro cualquiera que pase.

—Me gustaría que conocieras a mi amigo, te caería muy bien.

Samuel encontró en internet el teléfono de la central de taxis y llamó.

—Central de taxis de Miami. ¿En qué puedo ayudarle?

—Buenas tardes, desearía poder contactar con uno de sus taxistas.

—Claro, dígame con quién quiere hablar.

—Se llama Vinicio, el número de su taxi es el 14-14 —dijo Samuel a la persona de la central. Fue curioso que se acordara del número, pero lo hizo sin dudar.

—Disculpe.

—¿Sí?

—¿Está usted seguro de que quiere hablar con nuestro compañero Vinicio del taxi 14-14?

—Eh… sí. Lo conocí ayer y quería pedirle un servicio.

—¿Está usted gastándonos una broma?

—¿Cómo dice?

—Se cree muy gracioso haciendo este tipo de llamadas, ¿verdad?

—Discúlpeme, no entiendo lo que me quiere decir.

—¡Vaya! Me ha tocado el gracioso persistente. ¡qué suerte la mía! —dijo lamentándose— ¡Vini murió hace tres años! —añadió pensando que le seguía el juego.

—¿Cómo? ¿Qué? —dijo impresionado sin entender nada.

—¡Que murió hace tres años! —repitió gritando con más intensidad.

—¿Qué? ¿Cómo que murió? Pero sí…—Samuel comenzó a temblar.

—Se tiró a una autopista llena de coches —dijo sin mostrar emoción alguna.

—¿Cómo que se tiró a una autopista llena de coches? ¡No puede ser! ¡Pero si estuve ayer con él!

—Mire, no sé con quién estuvo ayer, pero le puedo asegurar que no fue con mi compañero. Lo siento, pero no puedo estar perdiendo el tiempo con este tipo de llamadas. Adiós.

Samuel permaneció mirando fijamente la pantalla del teléfono, sin pestañear lo más mínimo, inmóvil. Su rostro comenzó a palidecer.

Alma, que salía del servicio en ese instante, vio a su hermano con el móvil en una mano y con una tarjeta en la otra.

—¿Samuel, estás bien? —preguntó preocupada.

Samuel no dijo nada, tan sólo pudo mover su mirada para hacerla coincidir con la de su hermana.

—¿Qué te pasa, te sientes bien? —insistió Alma, aumentando su preocupación.

—Eh… sí, sí, es que… sí, estoy bien, no te preocupes.

—Estás muy pálido.

—El café no me ha sentado bien. Voy a lavarme la cara en el servicio —dijo Samuel casi susurrando.

—Te acompaño a la puerta y me quedo esperando por si acaso me necesitas —expuso Alma sujetándole de un brazo.

Samuel caminó con Alma muy lentamente. Todo le daba vueltas. No entendía nada de lo que estaba pasando. Llegó al servicio y le pidió a Alma que se quedara fuera, que necesitaba estar un momento solo. Alma, sin entender demasiado la actitud de Samuel, se quedó en la puerta, atenta por si se oía algún golpe que indicara que se había desmayado. De pronto, Alma se acordó de lo vivido con Samuel cuando intentó quitarse la vida. Comenzó a ponerse muy nerviosa y le insistía una y otra vez para comprobar que estuviera bien.

—Sam, avísame si te encuentras peor, ¿vale? —repetía cada minuto.

—Sí, sí, no te preocupes —contestaba Samuel con un hilo de voz que apenas se escuchaba al otro lado de la puerta.

—No pases el pestillo, ¿vale? —insistía Alma.

Samuel se miró al espejo. Estaba realmente pálido, casi amarillo. Trató de coger el grifo para echarse agua en la cara y el cuello, cuando se dio cuenta de que mantenía la tarjeta de Vini en la mano. La volvió a leer de nuevo. Le dio la vuelta y ahí estaba el nombre de Vinicio. En ese instante, se percató de que había un eslogan debajo del teléfono, con una tipografía muy pequeña. La puso bajo la luz que despedía el foco de led del techo y pudo leer: "Taxi Vinicio, siempre a su servicio. Al cuidado de las almas de sus clientes desde 2015". Samuel se desmayó de inmediato.

Cuando Samuel despertó estaba tumbado. Miró al techo y se dio cuenta, de inmediato, de que no era el techo de un baño de bar. Alma enseguida apareció en su campo de visión, hablándole.

—Hola hermanito —dijo con voz suave.

—Hola, ¿dónde estoy? —preguntó aturdido.

—En el hospital.

—¿Hospital? —preguntó sorprendido sin vocalizar correctamente, como aturdido todavía por lo que había ocurrido.

—Sí, Sam. Te desmayaste en el restaurante. ¿Lo recuerdas?

—Sí, creo que sí.

—Menos mal que me quedé tras la puerta y oí el golpe que te diste contra ella. Por suerte no te golpeaste contra el lavabo. Ha dicho el doctor que estarás unas horas en observación y nos podremos ir.

—Me encuentro bien, sólo me sentó mal el café, sólo eso.

—Bueno, el médico nos dirá si nos podemos marchar. Lo importante es que te observen bien.

Samuel recordó inmediatamente lo que le hizo caer al suelo: Vini. Tenía que haber sido un error. O peor aún, alguien tomó su taxi y se hizo pasar por él. Sí, seguro que fue eso, alguien suplantó su identidad. Pero, ¿y aquella frase en su tarjeta? ¿Qué explicación tenía? ¿Al cuidado de las almas desde justo cuando murió? —pensó Samuel.

—Samuel, ¿te encuentras bien? Tu electro se está disparando —indicó preocupada Alma.

—Estoy bien, estoy bien. Sólo que he recordado cómo me desmayé y me he puesto un poco nervioso.

—¿Seguro que fue sólo el café? Porque te quedaste paralizado cuando yo salí del servicio, con el móvil en la mano, llamando a tu amigo el del taxi.

—Sí, sí, no te preocupes, de veras que estoy bien —dijo para tranquilizarla.

—¿Conseguiste hablar con tu amigo?

—No, no me respondió.

—Ok, voy a hablar con el médico para decirle que has despertado. Así te echa un ojo y nos dice cuánto tiempo nos quedaremos aquí.

—¿Y las niñas? —preguntó preocupado.

—Tranquilo, llamé a Robert y Flora y uno de los dos está con ellas. No te preocupes.

En ese instante el móvil de Alma comenzó a sonar.

—Mira, justo es Robert el que llama.

Alma se alejó de la zona de Urgencias donde estaba acompañando a su hermano para hablar con Robert.

Samuel comenzó a escudriñar su ropa en busca de la tarjeta de Vini. La buscó por los bolsillos del pantalón y la chaqueta que estaban a su lado, apoyados en una silla. Nada, ni rastro de ella.

Cuando Alma volvió, Samuel le preguntó.

—Oye, Alma. ¿Mis cosas, dónde están?

—¿Qué cosas?

—El móvil y lo que llevaba en la otra mano.

—¡Ah! Sí, tranquilo, el móvil lo tengo en mi bolso. No vi que llevaras nada más en la otra mano.

—¿No?

—No, ¿qué crees que llevabas?

—Nada, la tarjeta de mi amigo.

—Pues no vi nada más, Sam. Si quieres podemos llamar al restaurante y ver si la encuentran.

—Si me hicieras el favor.

—Claro, ahora mismo llamo. ¿Cómo se llamaba tu amigo?

—Vinicio.

—Nombre curioso.

—Es de Ecuador, aunque vivió en Barcelona desde pequeño.

—¡Anda, pues nunca me habías contado nada de él!

—Bueno, es que le conozco hace poco.

—Llamo y te digo.

Alma volvió a salir de la sala y, al cabo de dos minutos, retornó.

—Lo siento Sam, no han encontrado nada. Acababan de limpiarlo y no han visto nada.

—Está bien, no pasa nada. Creo que tengo su número en el móvil.

—Ah, vale, perfecto.

Samuel se quedó pensando si no había leído correctamente la frase de la tarjeta. Ahora ya no podría comprobarlo. Se auto convenció de que así fue. De pronto, tuvo el impulso de mirar el número de teléfono en el móvil y se lo pidió a Alma. Su hermana se lo pasó. Comprobó en las últimas llamadas y vio que allí estaba el número al que minutos antes había contestado una mujer. Quiso volver a probar suerte y, de nuevo, respondió la misma voz femenina. Samuel pidió disculpas por haberla llamado de nuevo sin querer. Comenzó a buscar una respuesta que le diera sentido a que el número de la tarjeta no fuera el de su amigo.

—Seguramente hizo las tarjetas con ese número y luego se lo cambió —pensó— y se le olvidó decírmelo. Seguramente será eso.

Con esa respuesta en la mente, dada por buena, se quedó más relajado, esperando a que el médico de Urgencias le diera el alta.

Al cabo de una hora Samuel se encontraba perfectamente. El médico les dio el alta y, por fin, pudieron volver a casa.

Al llegar, las niñas se abalanzaron sobre su tío, llenándole de abrazos y preguntándole si se encontraba bien. Él, sonriendo, les contestó:

—Sí, niñas, vuestro tío está perfectamente.

—¿Te han pinchado? —preguntó Evelyn.

—Sí, me han pinchado en el brazo —contestó Samuel.

—¿A ver? —dijo Julie.

—A mí no me gusta nada de nada que me pinchen. Me pongo histérica —afirmó Evelyn.

—Cierto, tiene las venas muy finas y no le aciertan a la primera nunca. Siempre tienen que intentarlo varias veces —indicó Alma.

—Vaya, lo cierto es que a nadie nos gusta que nos pinchen con una aguja. Es una sensación muy desagradable —dijo Samuel.

—¿A que sí? Yo lo detesto —añadió Evelyn poniendo cara de asco.

—En cambio a mí me las aciertan a la primera —dijo Amy—. Mira cómo se me ven, tío.

—Pues sí, sí que las tienes bien visibles —confirmó Samuel.

Alma se fue hasta un armario para dejar su bolso cuando vio una carta de un banco encima de la mesa del salón. De inmediato se acordó de las cartas de su padre

—¡Las cartas! —gritó Alma.

—¡Anda! ¡Las cartas! —gritó Robert al caer en la cuenta de que tampoco él las había vuelto a ver.

—Las tienes, ¿verdad Julie? —cuestionó Samuel a su sobrina.

—Sí, las tengo. Las he estado clasificando por países.

—¿De verdad? —preguntó sorprendida su madre.

—¿Las has clasificado todas? —añadió Robert.

—Me faltan muy pocas, pero casi las tengo ya.

—¡Vamos a verlas!

Subieron todos corriendo las escaleras y entraron a la habitación de Julie. Tenía las cartas amontonadas por el escritorio, por la silla y por el suelo. Cada montón era un país diferente. Algunas asomaban del saco, todavía sin clasificar.

—Uno, dos, …, 28 y 29. ¡29! ¿29? ¡Dios, Alma! ¡29 países diferentes! —gritó Samuel con ambas manos en su nuca, con una mezcla entre sorpresa y desesperación.

—¿Qué ocurre? —se interesó Robert.

—Cariño, no te he contado lo que ha pasado en la lectura del testamento. Con todo el lío del desmayo de Samuel se me ha pasado decírtelo.

Alma le explicó lo que había dejado escrito su padre. Las niñas escuchaban atentamente lo que su madre contaba. Robert no podía creer lo que estaba oyendo.

—¿Y qué vais a hacer? —preguntó Robert.

—Pues… yo quiero cumplir lo que le prometí a mi madre —dijo Alma.

—Yo no lo tengo tan claro —contestó Samuel.

—¿Cómo que no? ¡Si me habías dicho que sí que irías! —exclamó con sorpresa Alma.

—Hermanita, me he dado un golpe en la cabeza, pero no ha sido lo suficientemente fuerte como para no acordarme de que te prometí que lo miraría. Y de que me prometiste que no insistirías —dijo Samuel arqueando la ceja derecha.

—¡Je, je, je! Era para ver si te convencía.

—Pues ya ves que no. Nada de nada.

—Entonces, ¿vais o no? Me tenéis mareada —dijo Amy, que había estado atenta a toda la conversación.

—Todavía no lo sabemos, pero yo quiero ir —afirmó Alma.

—¡Tenéis que ir! —gritó Julie con todas sus fuerzas interrumpiendo la conversación— Yo he leído todas las que he podido. He usado un traductor del móvil y he leído la mayoría. ¡Tenéis que ir!

—¿Que has leído la mayoría? —indicó Alma muy sorprendida.

—Todas las que están clasificadas —respondió Julie.

Todos se quedaron de piedra al escuchar a Julie. Supusieron las horas que tuvo que estar con ello hasta que consiguió leerse todas.

—¿Y qué decían? —inquirió Amy.

—¡Lo maravilloso que era el abuelo! ¡Todas sin excepción! Todas cuentan que se sienten muy felices de haberle conocido, lo agradecen muchísimo —expuso Julie con gran entusiasmo, mostrando dos que tenía en sus manos.

—¿Y qué dicen de él? —preguntó Alma.

—Algunos dicen que tenía tanta vida, tanta energía, que la contagiaba con quien estuviera. Otros que era noble. Hay de todo tipo, pero las palabras que más se repiten son las de inspirador y guía. Muchos le consideraban la luz que les guía.

—¿La luz que les guía? —cuestionó con suspicacia Samuel.

—Sí, les inspiró en sus vidas. ¡Ah! Y una cosa más. Todos agradecen al abuelo lo que consiguieron gracias a él. Siempre dicen gracias tres veces, no sé muy bien por qué, pero… ¡mirad! —dijo mientras abría una de ellas— Está en todas las cartas, da igual la que cojáis.

Todos se afanaron en coger una de aquellas misivas para comprobar que era cierto lo que había descubierto Julie.

—¡Vaya! Esta es de Filipinas —manifestó Samuel.

—Está escrita en tagalo. Mira al final, ¿ves? —expresó Julie señalando la última frase— Dice *Salamat, salamat, salamat*.

—Aquí hay una de Japón. Déjame el móvil a ver qué significa —expuso Robert extendiendo la mano para que le dejara el móvil Julie. Apuntó con la cámara y se lo tradujo al instante—. ¡Es verdad! Pone estos símbolos tres veces ありがとう. Significa ¡*arigatō*!

—También hay de Rusia, de Egipto, de Indonesia, de Korea, de Ecuador…

—¿De Ecuador? —exclamó sorprendido Samuel— Dime dónde está el montón de Ecuador.

—Allí —dijo Julie apuntando al que estaba sobre la mesa del escritorio.

Samuel tomó las cartas del montón. Había como veintisiete cartas procedentes de Ecuador. Samuel las repasó una a una, mirando sus nombres. Por suerte para su cordura mental, no encontró lo que buscaba. Ninguna tenía el nombre de Vini.

—¡Hay de muchísimos países!

—Mamá, ¿el abuelo viajó a todos estos países? —preguntó Amy a su madre.

—No tengo ni idea hija. Pero vuestro abuelo había viajado mucho en los últimos años, al menos es lo que parecía. Pero nada que hiciera imaginar esto, nada, estoy absolutamente desconcertada —afirmó Alma.

—Yo cada vez entiendo menos todo esto —indicó Samuel sentándose con una de las cartas en la esquina de la cama de Julie.

—¡Tenéis que ir! —insistió Julie— ¡Tenéis que descubrir qué estuvo haciendo el abuelo durante estos años y por qué la gente estaba tan agradecida!

—Creo que Julie tiene razón, cariño. Tenéis que ir —añadió Robert.

—Yo quiero ir, pero no sabemos cuántos sitios nos esperan —dijo Alma.

—No importa, nos apañaremos. ¿Verdad chicas? —expresó Robert haciendo piña con sus hijas.

—¡Claro que sí mamá! ¡Tenéis que ir! —gritó Evelyn.

—¡No podéis incumplir el último deseo del abuelo! —dijo Amy.

Samuel las escuchaba con atención. En su interior ardía la curiosidad de saber qué demonios había hecho su padre emulando a *Phileas Fogg*[3]. Por otro lado, no tenía la confianza de que estuviera lo suficientemente bien como para aguantar todas las emociones que se le avecinaban. Alma se acercó a él y le cogió la mano con suavidad.

—Sam, vamos, a ir. Yo no podría vivir tranquila si no cumplo el último deseo de mamá. Se lo prometí y si tengo que ir al fin del mundo a esparcir sus cenizas, ¡iré! —afirmó con seguridad.

—Alma...

—¡Sam! —le interrumpió— Tenemos que saber qué hizo papá. Tenemos que averiguar por qué tanta gente, de tantas partes del mundo, agradece a papá el haberle conocido. Esto es algo extraordinario y debemos averiguarlo. El testamento de papá está pensado para nosotros. Papá lo redactó pensando en nosotros dos y lo fue perfeccionando una y otra vez, hasta hace tan sólo un mes. Quería dejarlo todo bien planificado, lo hizo por nosotros. Creo que quería que supiéramos en quién se convirtió tras dejar Miami. Dime que no te mueres de curiosidad, dime que estoy equivocada. ¡Vamos, dime que no! ¡Sam, son las cenizas de nuestros padres! —gritó Alma usando sus últimos cartuchos para convencerle.

---

[3] Protagonista de la novela de Julio Verne, "La vuelta al mundo en 80 días"

Samuel le sostuvo la mirada. Pestañeó levemente. Se giró hacia las niñas y Robert que esperaban ansiosamente su respuesta. Volvió la vista hacia su hermana de nuevo y le dijo:

—Vale, de acuerdo.

Todos estallaron de júbilo. Las niñas corrieron a abrazarle de un salto. Alma le cogió la cara con ambas manos y no paró de darle besos en las mejillas.

—Bueno, ¡parad, parad ya! ¡Mira que me desdigo! —exclamó Samuel intentando zafarse de las chicas.

—¡Bieeeen! —gritaba con todas sus ganas Julie.

—¡Sam, nos lo vamos a pasar genial! ¡Es una oportunidad de oro para poder disfrutar de nosotros, como antes, Sam! ¡Va a ser una aventura increíble, lo presiento! —gritaba con gran ilusión Alma— ¡Gracias Sam!

—¡Sí, tío Sam! ¡Gracias, gracias, gracias! —gritó Julie

—¡Ja, ja ,ja! —rieron todos al unísono.

En ese momento apareció Flora, que volvía de su formación.

—¿Qué está pasando aquí? ¡Me habéis asustado con tanto griterío!

—¡Tampoco está mal que seas tú la que se asusta por una vez! —gritó Samuel con las niñas todavía abrazándole.

—¡Contadme qué pasa aquí! —reclamó Flora.

—¡Mamá y el tío se van de viaje para esparcir las cenizas de los abuelos por todo el mundo! —respondió emocionada Evelyn.

—¿Cómo? ¿Qué? —indicó incrédula Flora.

—Como lo oyes, Flora. Mi padre nos ha dejado escrito en su testamento que quiere que esparzamos las cenizas en distintos lugares del mundo por alguna extraña razón que queremos descubrir —explicó Alma.

—¿Os ha dejado escrito eso? ¿En serio? Pues vaya, me quedo perpleja. Nunca habría imaginado que haría un testamento así. Vuestro padre era muy práctico, pensaba que lo tendría todo bien explicado, sencillo y bien atado. —dijo Flora.

—Atado está, desde luego. Parece ser que mi padre ha pensado bastante en este testamento, no tiene pinta de que haya dejado nada al azar —afirmó Alma.

—¡Desde luego! Por lo que cuentas, eso parece. Va a ser muy interesante averiguar a qué lugares vais a ir. ¿Os los han dicho? —preguntó Flora.

—No, Flora, pone que Richard nos los irá diciendo en el orden que él creyó conveniente. Esa es la parte menos buena. No tenemos ni idea de cuántos ni cuáles son esos lugares que visitaremos —explicó Samuel.

—Vaya, esto cada vez se pone más interesante. Bueno, de todas formas, el hecho de no conocer los destinos a priori es un mal menor. Yo creo, al igual que vuestro padre, que viajar abre mucho las mentes. No tiene por qué ser un impedimento para hacerlo — aseguró Flora—. Eso sí, tendréis que dejaros llevar por su mano y confiar en él.

—No hay más remedio que confiar en sus elecciones —aceptó Samuel—. Pero tengo unas ganas inmensas de averiguar qué demonios le pasó para que recibiera tantas cartas.

—¡Las cartas! ¡No me acordaba! —gritó Flora.

—¡Ja, ja, ja! ¡Todos nos habíamos olvidado de ellas por completo! ¡Menos mal que estaba Julie para organizarlas!

—¡No será verdad! —le preguntó Flora, girándose hacia ella.

—Sí —dijo un poco avergonzada.

—¡Esa es mi chica! —contestó Flora levantándola como una pluma.

—Bueno, habrá que decirle a Richard que mañana nos pasamos por allí para saber cuál es el primer destino. Ah, y ver cómo transportamos las cenizas, cómo las distribuimos, ¡un montón de cosas!

—Madre mía, no había caído en eso, ¿cómo vamos a distribuirlas? —requirió Samuel, preocupado— ¿Nos pondrán pegas para llevarlas en avión? ¡Buff, hay que tener en cuenta muchas cosas!

—Tranquilo hermanito, lo arreglaremos de la manera que sea. Tú sólo te tienes que organizar en tu trabajo y tenemos que ver cuándo podemos irnos, ¿vale? —dijo Alma, tratando de calmar a su hermano.

—Mi trabajo, cierto, mi trabajo.

Samuel se quedó pensando en lo mucho que habían cambiado sus prioridades desde que volvió a Miami. Había pasado de pensar constantemente en su trabajo, en cómo mejorar sus clases o en cómo crear nuevas prácticas para apasionar a sus alumnos, a no acordarse nada en absoluto. Era consciente de que iba a ser complicado organizarse para poder acompañar a Alma. Desde luego, para Samuel, su profesión seguía siendo muy importante, no sólo porque era su fuente de ingresos, sino porque se sentía en deuda con ella. Gracias a la dedicación que le entregó a este trabajo consiguió salir de lo más profundo de su cenagal. Además, justo ahora, comenzaba a ver los frutos de su esfuerzo, comenzaba a prosperar y veía cerca convertirse en profesor asociado de la universidad, todo un logro para alguien primerizo en la enseñanza y, además, lograrlo en tan poco tiempo.

Pese a todo, Samuel tenía una extraña sensación de seguridad. Se sentía confiado. Sabía que conseguiría arreglarlo todo para poder acompañar a su hermana a descubrir qué hizo su padre y por qué les había preparado un testamento tan extraño e inesperado.

El Principio

Alma no había podido dormir muy bien la noche anterior. Estaba eufórica con la idea de saber que iba a cumplir con la promesa que le hizo a Blanca, su madre. Samuel no tenía mejor cara, tampoco había podido pegar ojo con tanta emoción y, además, había vuelto a tener el mismo sueño, otra vez. Samuel se sentía bastante desconcertado. Pese a que estaba mucho más tranquilo, que se repitiera otra vez el mismo sueño que le causaba tanta desazón era un indicativo inequívoco de que la paz no reinaba todavía en su interior. Sentía que aún no había curado todo lo que tenía que curar. Esta vez, la sensación de no poder moverse fue tan real cuando despertó parecía que se le fuera a salir el corazón por la garganta.

Alma y Samuel se vistieron y desayunaron rápidamente. Richard les estaba esperando.

Ya en su despacho, sentados alrededor de la misma mesa, Richard apareció con la ya conocida carpeta en la mano y dos tarjetas de crédito. La noche anterior habían estado haciendo elucubraciones sobre dónde y qué habría hecho su padre. Habían supuesto de todo, hasta el punto de que le habían imaginado ataviado como un maestro gurú de yoga en la India. Flora no pudo reír más con todas las opciones que se le ocurrieron. Por fin, sólo tenían que esperar unos minutos para averiguar si alguna de sus invenciones se hacía realidad. Richard les saludó con su mejor sonrisa.

—Disculpadme, chicos. He estado organizándolo todo con el albacea para poder ponerlo en marcha —dijo Richard, sentándose en la mesa con ellos.

—¿No nos vas a decir quién es? ¿Ni siquiera ahora que te hemos dicho que lo haríamos? —preguntó, sin mucha esperanza, Samuel.

—Ya os dije que es la voluntad de vuestro padre y yo tengo y quiero velar porque se cumpla, tal y como él lo dispuso —contestó Richard con tono profesional.

—Era por intentarlo una última vez —desistió Samuel.

—Como os decía, me he puesto en contacto con el albacea y ha comenzado a poner en marcha el engranaje —contestó sin hacer mucho caso a la insistencia de Samuel.

—¿Engranaje? —preguntó sorprendida Alma— ¿Cómo que engranaje? Esto no será como *Hércules y las doce pruebas*, ¿verdad?

—¡Ja, ja, ja! ¡Estaría bien! No, tranquila, pero os tiene que organizar todo el alojamiento, desplazamientos y el dinero que vais a necesitar. Vamos, todos esos pequeños detalles para hacer que los viajes sean lo más cómodos posible. Sólo os tendréis que organizar en vuestras vidas, decidme una fecha y yo pongo todo en marcha —explicó Richard.

—Vale Richard, pero una cosa, ¿cuánto tiempo vamos a estar en cada viaje? —preguntó Alma, mientras Samuel asentía con la cabeza como si estuviera haciendo la pregunta también.

—Pues, depende del destino. Para este primero tendréis que reservaros unos ocho días.

—Ocho días… Eso complica un poco todo, porque hasta abril no podría encontrar un hueco con tantos días —expresó Samuel inclinando la cabeza hacia abajo, pensativo.

—No importa. Esperaremos hasta abril. Este primer destino encierra dos —afirmó Richard, haciendo el gesto del número dos con los dedos.

—¿Qué quieres decir? ¿Nos vamos a dos sitios en este primer viaje?

—Así es. Iréis a dos países distintos. Cuando estéis en cada uno de ellos, se os dará instrucciones de dónde depositar las cenizas —explicó Richard.

—¿Me estás diciendo que son sitios en concreto? —preguntó Samuel muy sorprendido.

—Eso es. No tiene por qué ser un sitio concreto en todos los casos. Puede que en algunos de los destinos se os indique un lugar más genérico. Ya os lo irán diciendo poco a poco.

—De verdad que no entiendo por qué mi padre llegó a pensar todo esto —refunfuñó Samuel.

—Tranquilos, confiad. Vuestro padre quiso siempre lo mejor para vosotros, incluso después de su muerte. Confiad en él y en sus decisiones.

—De acuerdo, no hay más remedio, así que… —manifestó resignado Samuel.

—¿Bueno, queréis saber el primer destino? —cuestionó Richard.

—¡Claro! ¡Suéltalo ya de una vez! —gritó Alma.

—El primer destino es… —Richard abrió la primera hoja del anexo I y le hizo una marca al primer destino, luego dijo— ¡Valderrobres!, en Teruel, España. Una zona preciosa que tuve el placer de conocer hace muchos años, recomendado, por supuesto, por vuestro padre. ¿Habéis estado allí alguna vez?

—Sí hemos estado juntos con nuestros padres, pero éramos muy pequeños. ¿Qué edad tendríamos, Sam? —preguntó Alma.

—Creo que yo tendría menos de diez… unos siete u ocho. Y tú, pues eso, unos nueve o diez. No me acuerdo mucho de la última vez que estuvimos en España. Sólo recuerdo lo de la cabra montesa, pero fue en Castellote.

—Os va a encantar, de eso estoy seguro. Así que disfrutad del lugar, conoced vuestras raíces y, sobre todo, no olvidéis que estáis cumpliendo con el deseo de vuestros padres, así que vais a honrarles esparciendo sus restos en los lugares especiales que ellos eligieron.

—Bueno, los eligió mi padre —dijo Samuel rompiendo el bonito momento que había creado Richard con sus palabras.

—En esto estás equivocado.

—¿Cómo? —respondió muy sorprendido Samuel.

—¿Qué dices? —preguntó al unísono Alma.

—Algunos de estos destinos fueron elegidos por vuestra madre. Vuestro padre me lo comentó cuando comenzamos a preparar la primera versión del testamento que ahora tengo en mis manos. Vais a cumplir el último deseo de vuestros padres, de los dos.

—No me lo puedo creer —dijo susurrando Alma—. Me siento un poco rara.

—¿Estás bien? —inquirió Samuel.

—Pues no lo sé, Sam. Siento como que no conocía lo suficiente a nuestros padres, sobre todo a papá, porque la idea que tenía de ellos no encaja con nada de lo que está pasando. Estoy muy desconcertada con todo lo que está ocurriendo.

—Alma, tranquila. Esta versión que estás descubriendo de tus padres no es muy diferente de la que recuerdas. Tu padre cambió considerablemente, eso es cierto, hasta yo me sorprendí de su evolución, pero siguió siendo él. Su esencia permaneció siempre.

—Gracias Richard. Tus palabras me reconfortan. Está siendo un poco duro para mí. Pensaba que pasaría página enseguida y que podría continuar con mi día a día, recordándoles siempre, pero centrándome sólo en mi vida y en la de mi familia. Pero mira tú por dónde, esto del testamento no va ser tan rápido como había imaginado en mi cabeza —rio mientras lo reconocía.

—Recordad siempre que vuestro padre os amaba. Aun en sus peores momentos, aun cuando estaba en su agujero más profundo, pensaba en vosotros. Se agarró a vosotros para seguir vivo. Vosotros, sin saberlo, le salvasteis. Salió a flote por los dos y este testamento es su regalo. Disfrutadlo, conoced qué hizo vuestro padre en estos años y honrad su memoria. Se lo mereció y se lo merece, y vosotros también.

Samuel y Alma se abrazaron con fuerza. Lloraron juntos una vez más. Muchas emociones fuertes habían hecho mella en sus corazones estos últimos días. Necesitaban reconfortar sus almas. Se permitieron llorar todo lo que pudieron. Richard se levantó y se unió a ellos. Para él también había sido realmente dura la pérdida de su mejor amigo y no era fácil haberles transmitido aquel embrollo de testamento. Para él, curtido en mil batallas legales, ésta era, sin la menor duda, la más difícil.

—Tranquilos chicos. Vamos a disfrutarlo. Ya lo veréis —les dijo a ambos.

—Te estaremos eternamente agradecidos, Richard. Eres una persona excepcional y mi padre tuvo una grandísima suerte de haberte tirado aquel café.

—¡Ja, ja, ja! Gracias chicos. ¿Queréis que os cuente todo lo que pone sobre el primer destino? —sugirió Richard.

—¡Claro! —gritaron ambos.

—Bueno, como ya os he dicho, deberéis ir a Valderrobres. Ese pequeño y precioso pueblo de Teruel fue donde vuestro abuelo remontó en su vida. Vuestro padre fue allí muy, muy feliz. Allí también conoció a Blanca. Consideraba Valderrobres como su casa. En ese lugar, cuando digáis vuestro apellido, todo el mundo sabrá quiénes sois. Querían mucho a vuestra familia. Las cenizas las enterraréis donde se os indique. Pero no todas van a estar allí, sólo una pequeña parte, porque otras las enterraréis en el cementerio de Cretas, un pueblo donde viven los mejores amigos de vuestros padres. Pero antes de todo eso iréis a Castellote, el pueblo oriundo de la familia de Martín.

—En resumen, que primero iremos a Castellote, luego a Cretas y después a Valderrobres, ¿no es así?

—Sí, aunque haréis sólo una noche en Castellote y el resto en Valderrobres. El albacea se encargará de organizarlo todo.

Samuel levantó el dedo para pedir permiso para interrumpirle. Richard hizo una pausa y asintió con la cabeza para que le preguntara lo que tenía en mente.

—Richard, perdona. A mí me surgen muchas dudas. ¿Cómo vamos a transportar las cenizas? ¿Cómo sabremos si depositamos pocas o nos pasamos y luego no tenemos para la siguiente?

—Como ya os he dicho, está todo bien atado. He hablado con David.

—¿El de la funeraria? —preguntó Samuel.

—El mismo. Tenemos una serie de urnas funerarias mucho más pequeñas donde iremos depositando la cantidad de cenizas que quepan en ellas. Para este viaje os he encargado cuatro de ellas. Me las ha traído esta mañana. Me ha dicho que, si no os veis con ánimo de ponerlas, lo hará él con gusto. Tiene una máquina que lo hace a la perfección.

—Pues quizás sí. ¿Qué opinas, Alma?

—Sí, yo lo prefiero —afirmó Alma. Hizo una pausa y se percató de un detalle—. Por cierto, ¿has dicho cuatro? La cuarta urna será para el segundo destino, ¿es así?

—Así es —dijo Richard, confirmando la sospecha de Alma.

—¿Y cuál es el otro destino?

—Lo sabréis cuando estéis en España.

—De verdad que no entiendo tanto misterio —volvió a refunfuñar Samuel.

—Tranquilo, os gustará. Bueno, volviendo al tema de las urnas, entonces, le dejamos a David que se encargue de repartirlas, ¿verdad?

—Sí —respondieron ambos al unísono.

—Ok, pues días antes de iniciar el primer viaje iremos a la funeraria y David se encargará de todo. Sobre lo de transportar las cenizas en los aviones, tendréis que llevar siempre encima el certificado de defunción. Cuando sepamos cuándo podéis iniciar el primer viaje contactaremos con la compañía de la aerolínea elegida, para curarnos en salud y que no tengamos problemas. David me ha comentado que las urnas que nos ha dado cumplen todas las normativas internacionales, son pequeñas y de material biodegradable. Se pueden sellar para que no se abran por accidente y, además, nos ha dado un embalaje para disimularlas, así que está todo pensado.

—Vaya, ¡sí que lo habéis pensado bien! —exclamó estupefacto Samuel al comprobar el nivel de detalle al que había llegado su padre junto a Richard.

—No te haces la más mínima idea —expresó con misterio Richard. Y añadió— Bueno, el albacea se pondrá en contacto con vosotros cuando me digáis en qué fechas queréis hacer el viaje. Él os conseguirá los billetes de avión, los hoteles en los destinos y lo que os haga falta. Tiene vuestros números, así que os escribirá para contactar con vosotros.

—Entonces, ¿podremos llamarle? —preguntó Samuel.

—No. Quiero decir, sí, pero no os contestará la llamada —explicó Richard.

—¿Para qué tanto secreto? ¿Se puede saber quién es el albacea? —dijo Alma, un poco cansada de ese tema.

—Eso es lo menos importante. Yo no me puedo hacer cargo de todo, es por lo que vuestro padre dejó el encargo de llevar a cabo todos esos trámites a otra persona. No os preocupéis, la identidad del albacea es irrelevante —insistió Richard.

—Vale, vale, no insistiré más. Confiaré —afirmó Alma.

—Yo he pensado mucho en quién sería, pero no acierto a imaginar quién puede ser —dijo Samuel— así que ya no voy a invertir más tiempo en ello. Confiaré también, como dice Alma.

—Bueno, entonces ¿nos reservamos ocho días para los dos primeros destinos? —preguntó Alma.

—Si podéis estirarlo un poco más, para el trayecto de ida y el de vuelta, aprovecharéis más los viajes, pero con ocho días es suficiente —señaló Richard.

—Yo no sé si podré estirar tanto. Ya os diré cuando regrese a Pittsburgh y hable todo esto con mis jefes. Van a creer que me lo estoy inventando.

—Si quieres, puedo ponerme en contacto con ellos y explicárselo yo mismo —sugirió Richard.

—No, no creo que haga falta. Todavía conservo mi poder de persuasión. Además, me llevo bien con mis jefes, así que espero que no haya ningún tipo de pega —manifestó confiado Samuel.

—Perfecto entonces. Me confirmáis las fechas cuanto antes para que el albacea compre los billetes y reserve el alojamiento. ¿De acuerdo?

—De acuerdo. Gracias Richard —dijo Alma.

—Gracias a vosotros, me siento muy orgulloso de poder contribuir a lo que Martín dejó como testamento y también tengo mucha envidia, ¡que lo sepáis! —exclamó riendo Richard.

—¿Cómo envidia? ¿Por qué? —preguntó extrañado Samuel.

—Porque vais a ir a los lugares donde estuvo vuestro padre y estoy más que seguro de que serán extraordinarios —contestó Richard silabeando este último adjetivo.

—Pues, ¡vente con nosotros! —sugirió Alma.

—Ya me gustaría, pero he de respetar el mandato de vuestro padre. Debéis ir solos —dijo con la mano puesta en el corazón—. Además, Karyn tiene pensados otros planes para nosotros. Dentro de poco me jubilaré y podremos realizarlos. ¡Chicos, vosotros vais a poder hacer algo mucho más grande, sin tener que esperar a la jubilación! Lo vais a disfrutar muchísimo. Y no lo olvidéis, lo hacéis por vuestros padres ¡y con todos los gastos pagados!

—¡Ja, ja, ja! —rieron con una gran carcajada los hermanos.

—Muy cierto todo lo que nos has dicho, Richard.

—También tengo un gran poder de persuasión —aseveró con tono altivo y sonriendo.

—¡Ja, ja, ja! Yo soy un humilde aprendiz a tu lado, Richard —dijo bromeando Samuel.

—Bueno, chicos. Estamos en contacto. Para lo que necesitéis, aquí me tenéis. En cuanto tengamos fechas fijas pongo en marcha todo —expresó Richard levantándose de la mesa, invitando a que hicieran lo mismo ellos.

—Gracias, gracias, gracias, Richard —repitió Alma dándole un beso y un abrazo.

—¡Anda! ¿Tú también lo dices tres veces? —dijo sorprendido Richard.

—¿Quién más lo decía?

—Vuestro padre.

Samuel y Alma se quedaron mirando el uno al otro. Se sonrieron. Sin mediar palabra, ambos sintieron la misma emoción por lo que les esperaba. Como decía Richard, iba a ser algo extraordinario.

Vuelta a la normalidad

Tras pasar la Navidad junto a su familia, Samuel volvió con emociones muy diferentes a las que sentía cuando se fue.

Nada más poner un pie de nuevo en el aeropuerto de Pittsburgh, su ánimo se vino un poco abajo. Pasó en pocas horas de disfrutar de los veinticuatro grados de Miami, a los dos grados de Pittsburgh en pleno invierno. Hacía varias semanas que ni se acordaba del abrigo, de hecho, ni recordaba que seguía siendo invierno. Además, comenzaba a nevar ligeramente. No es que la estampa de Pittsburgh nevado le desagradara, pero sí que es cierto que se había vuelto a acostumbrar rápidamente al clima con el que había estado la mayor parte de su vida.

Al abrir la puerta de su apartamento en 5710 de Woodmont st, en el barrio de Squirrel Hill North, le embargó un sentimiento de soledad. Le gustaba aquel piso, pero tras pasar tantas semanas en una casa llena de gente ahora se le hacía costoso volver a acostumbrarse a todo lo contrario.

Cuando se mudó a Pittsburgh encontró un apartamento en la zona céntrica de la ciudad. La universidad le quedaba un poco lejos, pero pretendía ir en bici. Esta idea perduró hasta el primer invierno. Un año después, alquiló el apartamento donde ahora vivía. Era pequeño, pero suficiente para él solo. Lo mejor del apartamento era el salón, que era espacioso y tenía una ventana que daba a un pequeño jardín lleno de árboles. Había colocado un pequeño sofá gris de dos plazas, muy cómodo. Las paredes de toda la casa estaban pintadas de gris y blanco roto, que le otorgaban al conjunto una apariencia de mayor elegancia. La cocina era pequeña, pero bien equipada e independiente del salón, cosa que a Samuel le encantaba. Le disgustaba que el salón se llenara de olores al cocinar. A la derecha de la entrada, estaba el único dormitorio de la vivienda. Era bastante amplia y tenía un pequeño balcón que le servía a Samuel para relajarse cuando el frío del invierno le daba tregua.

Al entrar, Samuel miró su casa como si hubiese sido la primera vez que la veía. Hacía años que vivía allí y la consideraba ya su hogar, pero ahora, por alguna razón, algo había cambiado dentro de él y sentía que ya no era el mismo hogar que dejó hacía escasamente un mes.

La vuelta al trabajo le sentó muy bien. Mantenerse ocupado hacía que dejara de pensar en su soledad, en su Miami, en su familia, en el testamento y en sus futuros viajes. Trabajó intensamente durante todo enero para ir adelantando tareas, antes de que llegara abril, que es cuando podría tener el permiso de ocho días para hacer el primero de los viajes. Su jefe, que en un principio se mostró bastante escéptico frente a la historia que le estaba contando Samuel, enseguida le apoyó. Sobre todo, cuando llegaron los resultados de las encuestas del profesorado, en las que Samuel salía destacado por encima del resto de compañeros, impartiendo una asignatura que no agradaba a ninguno de ellos, motivo por el cual se la colocaban al último en llegar al campus.

Samuel adoraba la *Carnegie Mellon University*. Esta universidad se puede considerar como la más pintoresca de todas las de EEUU. Había sido fundada por Andrew Carnegie, un empresario escocés que emigró a América y que amasó una gran fortuna haciendo negocios con el acero. Su historia guardaba una gran similitud con la de su familia. También ellos emigraron a los Estados Unidos y su negocio también estaba dedicado al acero, en su caso, al corte del acero en frío. Parece que a Andrew Carnegie le fueron mejor las cosas que a Martín Calleja. Tan bien le fueron, que inspiró a un joven a escribir un libro sobre cómo los ricos habían alcanzado sus fortunas, Napoleon Hill. Este joven de nombre tan curioso terminó entrevistando, durante más de veinte años, a los quinientos hombres y mujeres más ricas e influyentes de la época. Napoleon se basó, especialmente, en la historia personal de Andrew Carnegie, que además de empresario de éxito fue escritor y, sobre todo, filántropo. Su libro terminó siendo el más vendido sobre crecimiento personal y generación de abundancia de todos los tiempos. Toda una referencia para miles de personas alrededor del mundo. A Samuel nunca le llamaron la atención esos temas y, pese a que todo el mundo conocía este libro en Pittsburgh, él nunca lo leyó.

Samuel tenía la suerte de trabajar en el edificio más alto, peculiar y extraño que existe en cualquier universidad del mundo, la *Cathedral of Learning*[4]. Era una especie de catedral-rascacielos que albergaba cientos

---

[4] Trad. español: La catedral del saber

de clases, despachos y salas y que, en sí misma, es un museo, con habitaciones decoradas con distintas nacionalidades, más de treinta. Cuando Samuel entraba en aquel *hall*, que aparentaba ser una catedral gótica, le embargaba la sensación de estar en un lugar único en el mundo. En aquel edificio se respiraba un aire diferente, casi mágico, donde el saber de la humanidad se expandía de mil maneras diferentes. Se sentía orgulloso de estar impartiendo clases allí y de hacerlo tan bien en tan poco tiempo.

Durante los meses previos al viaje, Alma y Samuel se llamaban bastante a menudo. Mucho más que antes de que falleciera su padre. Habían retomado la relación tan especial que tenían antes. El sueño extraño que tenía repetidamente Samuel no se volvió a producir ni una sola vez en todo ese tiempo. No estaba muy seguro, pero él lo interpretaba como que había mucha más paz en su interior.

Durante todos esos meses, Alma continuó con su vida habitual, a la que había echado realmente de menos después de tantas emociones. Aprovechó el impás hasta el momento de poner rumbo al primer destino para hacer varios talleres de crecimiento personal. En uno de ellos se dio cuenta de que había copiado el patrón de su madre pese a que, tanto ella como de su padre, le intentaron inculcar justo lo contrario. Advirtió que, del ejemplo de vida de Blanca, había aprendido interiormente a poner a la familia por delante de sus propias necesidades. La llegada de las trillizas fue la constatación de que así fue. Tras este descubrimiento, Alma comenzó una búsqueda de su verdadera esencia y comenzó un camino que le llevaría a mirar más a su interior y a comenzar a cuidarse, con el objetivo de que sus hijas tuvieran un referente distinto al que había sido hasta ahora.

Presentía que todo ese trabajo lo debía hacer antes de irse al primer viaje. Era como una preparación mental para enfrentarse a lo que iba a suceder. Su mente vaticinaba grandes cambios y debía estar lista.

Por fin, un día de principios de febrero, Samuel llamó a Alma para confirmarle que tenía un permiso de diez días para poder hacer el primero de los viajes.

Alma llamó de inmediato a Richard para que pusiera en marcha todo ese engranaje del que habló el día de la lectura del testamento. La aventura estaba a punto de comenzar e iba a ser mucho más grande de lo que jamás habían imaginado.

El primer destino

Un mes y medio antes de que llegara la fecha que habían convenido, un mensaje de texto les llegó vía *messenger* a los dos hermanos. El mensaje decía: "Buenos días. Soy el albacea que designó vuestro padre para ayudaros a cumplir con las condiciones del testamento. Estoy a vuestra entera disposición. Podéis escribirme a cualquier hora y os atenderé. No me podréis llamar, pero no os preocupéis, porque no hará falta. Acabo de reservar los dos billetes para volar desde Miami a Barcelona el día 16 de abril y la vuelta, el 24 del mismo mes. Serán enviados mañana a vuestros *emails*. Adicionalmente, he reservado un vuelo desde Pittsburgh a Miami, que llegará dos horas antes de la salida a Barcelona. La vuelta a Pittsburgh también está cerrada para el mismo día de llegada a Miami. Desde Barcelona tomaréis un tren de alta velocidad hasta Zaragoza y una vez allí un taxista os recogerá para llevaros a Castellote. Las tarjetas de crédito estarán activas desde ese día. El pin de cada una de ellas es el mes y el día del cumpleaños de vuestro padre. Un saludo. El albacea".

De inmediato, Alma llamó a Samuel.

—¡Hermanito! ¡No me lo puedo creer! ¡Por fin comenzamos la aventura! ¡Estoy súper nerviosa! —gritó Alma por el auricular.

—¡Yo estoy estupefacto! En poco más de un mes, ¡nos vamos a España! ¿Cómo lo llevan las niñas? ¿Lo tienes todo más o menos organizado?

—Sí, más o menos. Todavía nos queda tiempo para ultimar detalles, pero ellas están como locas porque nos vayamos. Ya te haré llegar la lista de cosas que quieren que les compremos… ¡Ja, ja, ja! nos han pedido de todo… Estas niñas…

—¿Cómo lo lleva Robert? —preguntó Samuel.

—Bien… le va a coincidir en mitad de un juicio muy importante, pero Flora nos echará una mano en todo. No creo que haya problema. ¿Sabes si nuestros móviles funcionarán allí?

—Supongo que sí, lo consultaré luego por Internet, pero creo que ahora los móviles tienen mucho rango de frecuencias y tienen internet en prácticamente todo el mundo. ¡Al menos el mío! —afirmó Samuel.

—¡Vale! Y si no, me compro uno allí —sugirió Alma.

—Ahí, tirando de tarjeta de papá, como en los viejos tiempos —dijo en tono jocoso Samuel.

—¡Oye! ¡Listillo! ¡Yo era la que más trabajaba de los dos y era la que menos recibía siempre!

—Pero, ¿tendrás cara de decir semejante mentira? —replicó ofendido— ¿Ya no te acuerdas de cuando papá te compró el *Toyota*, después de que tú le prometiste que abonarías la mitad con el sueldo que te pagaban en la tienda de golosinas?

—Claro que me acuerdo, como que yo pagué la mitad.

—Alma… —dijo en tono acusador.

—Qué, ¿intentas decirme que no cumplí?

—Sé que no lo hiciste.

—¡Cómo te atreves a decirme eso! Yo no te mentiría nunca —afirmó Alma casi escapándosele una risa.

—Bueno, me obligas a desenmascararte. Yo, por casualidad, vi una carta del banco con el extracto bancario y papá pagó entero el coche. ¡No pusiste ni un centavo! —acusó Samuel.

—Eso no es cierto, sí que lo puse.

—¿Cómo lo hiciste? Porque, que yo sepa, a los dos nos ingresaban la nómina en el mismo banco y nunca te vi sacarlo para pagar en metálico a papá.

—Vale, está bien. Confieso. No pagué ni un dólar de mi bolsillo.

—Gracias por decir la verdad. Te ha costado, ¿eh?

—Espera un segundo… ¿Por qué no dijiste ni pío, sabiendo todo lo que sabías? —preguntó Alma.

—Eso es ya otro tema que ahora no estamos tratando…

Samuel intentó escaparse del jardín en el que se había metido.

—¡Te pillé! ¡Hiciste chantaje a papá! —soltó Alma.

—Pero cómo me crees capaz de hacer chantaje a papá. ¿Pero qué clase de persona te crees que soy? —se quejó Samuel haciéndose el ofendido para defenderse como un gato panza arriba.

—Al año y medio te compraste el… cuál fue… ¡Ah, sí! El *Mazda Miata*, aquel coche tan pequeño que había que entrar de lado. Siempre me sorprendió que hubieras pagado la mitad del coche. ¡Ahora lo entiendo todo! ¡Hiciste lo mismo que yo! O peor aún, ¡le chantajeaste con decírselo a mamá!

Alma se sentía estafada al darse cuenta de la estratagema que había utilizado su hermano, muchos años después.

—No sé cómo hemos terminado hablando de mí, cuando estábamos hablando de ti —dijo Samuel dando por perdida la batalla.

—O sea, que sí. ¡Lo confirmas! ¡Eres un chantajista! —exclamó Alma riendo.

—¡Eh! Un respeto a tu hermano, que yo sí que puse parte de lo que costaba el *Mazda*, no como tú.

—Sí claro, ¿y ahora quieres que me trague eso? ¡Anda ya! ¡Te he pillado! ¡Eres un chantajista del tres al cuarto! ¡Te he pillado enseguida!

—Sí, claro, enseguida dice, solo han pasado unos… ¿quince años?

—Encima te compraste un coche minúsculo que no entrabas bien ni a gatas. No como mi magnífico *Toyota*.

—Pues que sepas que cuando lo vendí casi recupero lo que costó.

—¡Encima especulador! ¡No me esperaba eso de ti! ¡No te reconozco, hermano! ¡Ja, ja, ja! —señaló Alma sin poder parar de reír abiertamente.

—Soy un profesional en varias áreas maestras —contestó Samuel riendo al mismo tiempo.

El último mes pasó volando para ambos hermanos. Casi sin darse cuenta ya estaban preparando las maletas para viajar a su primer destino. A Alma le surgió la duda de si el segundo sería más cálido o más frío, así que quiso probar si era verdad aquello de que el albacea les contestaría a todo lo que le preguntaran.

Escribió en su móvil: "Buenos días, albacea. Estoy dubitativa respecto a qué tipo de ropa llevarme al viaje, ¿qué me aconseja?"

Al minuto y medio llegó un mensaje del albacea a su móvil. Alma se quedó sorprendida por la premura de su respuesta. El mensaje decía así: "Buenos días. Para el segundo destino llévense ropa de abrigo, es un destino más bien frío. Cojan un buen chaquetón, gorro, bufanda y guantes".

A Alma se le esfumaron de un plumazo todas sus especulaciones sobre países exóticos, donde la temperatura sería como la de Miami, o incluso mucho mejor. Así que sería un clima frío.

—No me lo esperaba en absoluto. ¡A saber dónde nos manda nuestro padre! —se dijo a sí misma.

Alma escribió de inmediato a su hermano para transmitirle la nueva información y que la tuviera en cuenta. Samuel le respondió con otro mensaje diciéndole: "No me libro del frío ni por casualidad. Resignación".

Cuando quedaban quince días para que iniciaran el viaje, Alma y Richard fueron a ver a David, el responsable de la funeraria, que muy amablemente distribuyó una reducida cantidad de cenizas de ambas urnas en las cuatro pequeñas que usarían para este primer viaje. Volviendo en el coche con Richard, Alma se sinceró:

—Richard.

—Dime.

—Me siento muy extraña con todo esto. Estoy muy emocionada, pero también, no sé, muerta de miedo.

—¿Por qué dices eso?

—Porque vamos a ir a sitios que no conocemos y no sabemos con quién nos encontraremos en esos lugares. A lo mejor, en alguno de ellos es ilegal echar las cenizas; o nos detienen en algún aeropuerto y las quieren analizar pensando que son, no sé, drogas o yo qué sé.

—¡Ja, ja, ja! —reía Richard a carcajadas escuchando lo que le decía Alma. Al verle, Alma se sintió un poco ridícula y se sonrojó, algo que era muy fácil de conseguir en ella— Ay pequeña Alma, hacía tiempo que no te llamaba así ¿eh? —hizo una pequeña pausa girando levemente su cabeza para mirarla de reojo, sin quitar la vista de la carretera—Tranquila, está todo previsto.

—Me lo imaginaba, pero lo tenía que sacar fuera de mí.

—¡Ja, ja, ja! Es normal, nada de todo esto resulta habitual. Todos los lugares donde vais a ir tienen contemplado en sus leyes que puedas esparcir las cenizas donde se os indicará. Vuestro padre no os pediría que las depositaseis en lugares prohibidos.

—Con lo extraño que es todo esto, cualquier cosa es posible —sonrió Alma.

—Tranquila, todas las preguntas que tengáis hacédmelas a mí o al albacea y os ayudaremos en lo que podamos.

—Entonces, ¿te puedo hacer otra pregunta?

—Claro, dispara.

—¿Cómo te sentirías tú si estuvieras en mi lugar?

—¿A qué te refieres? —expresó Richard frunciendo el gesto.

—Me siento muy extraña llevando conmigo los restos de mis padres. Me he concienciado durante todo este tiempo de que tarde o temprano tendría que hacerlo, pero me siento incómoda.

—Bueno, yo en tu lugar... —Richard se quedó en silencio durante unos segundos, meditando bien la respuesta que le iba a dar. Se frotó la barbilla un par de veces y añadió— lo vería como que me los llevo de viaje también. Aprovecharía para hablar con ellos, para contarles anécdotas que os pasen. Piensa que, en lugar de ir solos tu hermano y tú, vais los cuatro.

Alma se quedó admirada por la manera de verlo. Nunca lo había pensado desde esa perspectiva.

—Me gusta lo que has dicho, Richard. Lo haré mío. Iremos los cuatro. Un viaje en familia, como en los viejos tiempos —afirmó Alma con la mirada ausente observando la carretera, evocando los viajes que hacían de pequeños.

El día de la partida llegó por fin. Robert, las niñas y Flora se sentían casi más nerviosos que la propia Alma. Todos estaban con ella en el aeropuerto para despedirla. Samuel acababa de aterrizar desde Pittsburgh y la esperaba en la zona de vuelos internacionales. Alma repasó su lista de cosas para que no se olvidara de nada y comenzó a despedirse de su familia.

—Hijas, ayudad a papá y a Flora para que todo vaya sobre ruedas. Si me necesitáis llamadme, a cualquier hora, da igual que esté durmiendo o despierta, para lo que sea —dijo rodeándolas con sus brazos y sintiendo cómo le aprisionaba un nudo en la garganta de la emoción.

Robert fue el siguiente en abrazarla.

—Tranquila cariño, vamos a estar muy bien. Nos sabemos cuidar. Tú disfruta de lo que os espera, que seguro que será mejor de lo que crees. Olvídate un poco de nosotros, porque si no, no lo harás —le susurró al oído su marido. Robert la conocía muy bien y sabía que aunque le hubiera dicho aquellas palabras, estaría más pendiente de lo que pasaba en su casa, a miles de kilómetros de distancia, que de lo que estaría viviendo allí. Aun así quiso transmitírselo.

—Hija mía —manifestó Flora cuando le llegó su turno de abrazos— Tus padres siempre han estado muy orgullosos de ti. Lo que estás haciendo por ellos, incluso después de su muerte, es digno de ser alabado. Intenta disfrutar, aprovecha para crecer y para descubrirte a ti misma.

Alma se quedó mirando a Flora, sorprendida de que le dijera esas palabras, justo las que necesitaba oír en ese momento.

—Flora, siempre he admirado tu intuición innata. Gracias por tus palabras. Te quiero mucho —aseguró fundiéndose en un nuevo abrazo.

—Bueno familia —dijo dirigiéndose a todos— ¡Allá vamos!

—No te olvides de tener el certificado en la mano, cariño —avisó Robert.

—Lo llevo en el bolso, gracias mi amor. Os voy a echar muchísimo de menos.

—¡Vamos mamá, que en una semana nos volvemos a ver! —exclamó Amy.

Evelyn le mandó un beso al aire y le dijo adiós con la mano, sonriéndole y llorando al mismo tiempo.

Alma se giró para dirigirse a la zona de embarque. Su equipaje ya estaba facturado y sólo llevaba consigo la maleta con las urnas funerarias.

De pronto, oyó que alguien por detrás gritaba:

—¡Mamá!

Era Julie que había ido corriendo hasta donde estaba, justo antes de la entrada al arco de seguridad.

—Descubre todo lo que hizo el abuelo, mamá. Seguro que es fantástico —expresó Julie con un brillo muy especial en sus ojos—. Te quiero, mamá.

—Gracias cariño mío. Te quiero mucho, Julie. Eres una personita muy especial, ¿lo sabías?

Julie sonrió ampliamente a su madre y la abrazó a la altura de la cintura con fuerza. Le dio un beso y se volvió tan rápido como había ido.

Alma miró a todos por última vez antes de entrar a la zona de seguridad. Les mandó un beso y les dijo adiós con la mano. Les hizo un gesto de emoción, arqueando mucho las cejas y apretando los labios, entrando después en la zona de embarque. Las niñas movían las manos de forma muy enérgica en señal de adiós. Robert le sonreía, transmitiéndole esa sensación de seguridad que siempre la había enamorado. Por fin, el viaje comenzaba.

Todavía no se le había ido la sensación de tener un nudo en la garganta, cuando el encargado de seguridad del escáner del aeropuerto le hizo señas a su compañero para que revisara la maleta de Alma, en la que estaban las cenizas. La llevó a una mesa apartada, donde revisaban con más detenimiento el equipaje que resultaba sospechoso. El chico encargado de la seguridad tenía cara de pocos amigos. Era joven, muy alto y fibroso. Se notaba que no era primerizo, pues mostraba gran destreza a la hora de ejecutar sus movimientos. Ordenó a Alma que abriera la maleta. Ella la abrió de par en par. Colocadas sobre ropa de abrigo que se había llevado por si acaso perdían las maletas facturadas, estaban depositadas las cuatro bolsas que contenían las urnas.

—¿Qué lleva usted aquí? —preguntó con una voz en la que no se distinguía emoción alguna.

—Son unas urnas que contienen las cenizas de mis padres —explicó tranquila Alma.

—¿Cuatro urnas? —cuestionó sorprendido.

—Sí, bueno, vamos a depositarlas en cuatro lugares diferentes. ¿Hay algún problema? —cuestionó Alma.

—¿Tiene usted los certificados de defunción?

—Sí claro. Aquí los tiene —dijo Alma sacándolos de su bolso.

El chico de seguridad los revisó minuciosamente. Le pidió su pasaporte para comprobar si los apellidos coincidían.

—¿Está todo en orden? —interpeló Alma inquietándose ante tanta demora.

El joven tardó unos segundos en responder. Cuando creyó conveniente, le devolvió los papeles y el pasaporte.

—Todo en orden. Puede cerrar ya su maleta.

—De acuerdo, muchas gracias.

Alma cerró el equipaje de mano y lo bajó con cuidado de la mesa, depositándolo en el suelo. Cuando estaba extendiendo la manija para llevárselo, alguien le tocó en el hombro, sobresaltándola.

—¡Alma!

—¡Por Dios, qué susto! —dijo al girarse y ver a su hermano.

—Te han tenido un rato mirando todo, ¿eh?

—Sí, tampoco mucho, pero me han mirado como si llevara sustancias psicotrópicas.

—¡Ja, ja, ja!

—¿Cómo estás hermanito?

—Bien Alma. Estoy ansioso por iniciar nuestro viaje —respondió Samuel— ¡y bastante nervioso!

—¡Yo también! ¡A ver qué nos encontramos cuando lleguemos!

—¡A saber las sorpresas que nos tendrá preparadas papá! Aunque, quizás solo tengamos que depositar las cenizas donde nos digan y ya está, y estamos aquí, montándonos una paranoia mental para nada.

—Yo me espero cualquier cosa. Le he dado tantas vueltas a todo, tantas veces…

—Bueno, sea lo que sea, ¡estamos a tan sólo unas horas de averiguarlo! —expresó Samuel abriendo los ojos con expectación.

El albacea les había reservado dos billetes en primera clase. El avión, un *Boeing 777-200*, tenía unos asientos muy amplios y cómodos. La comida, pese a ser la típica que sirven en los aviones, no estuvo nada mal. Samuel se comió todo lo que le correspondía y lo que Alma no quiso. Ambos intentaron dormir un poco, pero ninguno de los dos lo consiguió. Estuvieron escudriñando entre las películas que ofrecían en los reproductores de los asientos, hasta que dieron con las perfectas, su trilogía favorita.

—¡*Regreso al Futuro*! —exclamó Alma, agarrando del brazo a Samuel para que la eligiera él también.

Habían visto decenas de veces las tres partes. Se convirtieron en sus películas preferidas desde que fueron al cine, por casualidad, a ver la primera parte con su padre, el día del estreno. Pensaban ver otra diferente, pero el cartel le llamó poderosamente la atención a Samuel, que se obcecó en ir a verla. Pese a la oposición inicial de Alma, terminaron entrando los tres a la sala y, desde ese momento, se convirtió en el largometraje favorito de los tres. Lo vieron juntos decenas de veces. Cuando salió en video, acostumbraban a verla al menos un par de veces al año, los tres juntos. Era como un ritual. En ocasiones, su madre, sin entender muy bien por qué les gustaba tanto, se unía a ellos. Lo cierto es que tanto Samuel como Alma la vieron muchas más veces que su padre y se aprendieron de memoria los diálogos. Años después, cuando estrenaron las siguientes dos partes, su padre los llevó también al estreno, comprando las entradas semanas antes de la fecha. Adoraban aquellas películas. Michael J. Fox era el ídolo de ambos y tenían las paredes de sus habitaciones repletas de fotos de revistas de escenas del filme.

—Qué curioso que, con los años que han pasado desde su estreno, sigan ofreciéndola en los vuelos, ¿no crees? —afirmó Samuel.

—¿Causalidad? —añadió riendo Alma.

Ambos se miraron y tuvieron claro que eran las películas perfectas para el viaje que acababan de comenzar.

—A la de tres le damos al *play*, así la vemos los dos a la vez, ¿vale? —propuso Alma poniéndose sus auriculares.

—¡Vale! —aceptó gustosamente Samuel. Y comenzó a contar— Una, dos y… ¡tres!

Hicieron un maratón cinéfilo, casi sin descanso, viendo las tres partes enteras. A cada frase mítica que decían los personajes de la película, ellos la completaban. Que Michael J. Fox decía "*Pero Doc, ¿has construido una máquina del tiempo con un De Lorean? En mi opinión, si vas a hacer algo como esto…*", ellos respondían mirándose "¡hazlo con estilo!". Si expresaba "*Hey, Doc. No tenemos suficiente carretera para ir a 140 km por hora…*", contestaban con gran entusiasmo al unísono "¿Carretera? A donde vamos no necesitamos carreteras". Que decía "*¿El condensador de fluzo…*", ambos apuntaban "¡fluceando!". O la mítica "*¡Marty, tienes que venir conmigo! ¿A dónde?*", cuando los dos hermanos gritaban entre carcajadas "¡De regreso al futuro!".

Los hermanos disfrutaron como niños de la saga como si fuera la primera vez que la veían, a pesar de las miradas inquisitorias de algunos pasajeros que trataban de conciliar el sueño y pese al toque de atención por parte de una auxiliar de vuelo. Cuando el piloto dio el aviso por megafonía de que quedaba solo media hora para aterrizar en Barcelona casi le creyeron. El viaje se les había hecho muy corto.

Habían pasado nueve horas desde su salida cuando aterrizaron en el aeropuerto de El Prat.

Después de recoger sus maletas salieron del aeródromo para coger un taxi y dirigirse a la estación de Sants con el fin de tomar el tren de alta velocidad que les llevaría hasta Zaragoza. Eran las 9 de la mañana y en Barcelona hacía un espléndido día de primavera. Aunque disponían de casi un par de horas antes de tomar el tren, decidieron dirigirse directamente a la estación para tomar un café reparador.

En la parada de taxis, varios *Toyota Prius* esperaban a sus clientes. Alma había reparado en ello enseguida.

—¿Ves? Aquí hay clase. Todos son *Toyota* —expresó arqueando las cejas, con aire de superioridad.

—No tienen ni idea, perdona que te diga —respondió Samuel negando con la cabeza.

Tomaron el primero de los taxis libres y le dijeron en perfecto español, o eso creían, que los llevara a la estación de Sants.

—¿De dónde son ustedes? —preguntó el taxista abiertamente.

—¿Por qué lo pregunta? —contestó Samuel sin pensárselo dos veces.

—Porque tienen un acento muy curioso. Me gusta adivinar de dónde son las personas por su acento. Acierto casi siempre.

—¿Ah sí? ¿Y de dónde diría que somos? —desafió Alma.

—Diría que… son canadienses. Pero no tienen rasgos del norte, así que apostaría por un poco más abajo, quizás ¿chilenos?

—¿Chilenos? —indicó sorprendida con su respuesta.

—He acertado, ¿a que sí? —dijo mirando por el retrovisor central para observar la cara de sus clientes.

—Para nada.

—¿No? ¿En serio? Es raro que me equivoque.

—Pues no ha acertado usted en absoluto —rio Alma.

—Ahora que la he oído más, parece un poco caribeño.

—Se va usted acercando.

—Venezolano no creo que sea… ¡Ya sé! ¡Puertorriqueños! ¡Son de Puerto Rico! —apostó emocionado el taxista esperando el veredicto afirmativo de los ocupantes de su taxi.

—¡Meeeeeck! —expresó Alma imitando a las alarmas que se usan para indicar que un concursante ha fallado una respuesta.

—Ha estado cerca, pero no. No somos de Puerto Rico.

—Me rindo. ¿De dónde son entonces? —inquirió con suma curiosidad.

—De Miami.

—¿De Miami? ¿En serio? ¡No puede ser! —exclamó incrédulo, moviendo en señal de negación la cabeza.

—Del centro de Miami. Pero hay truco.

—¡Ah! ¡O sea que jugaban sucio! —indicó riendo el taxista.

—¡Un poco! Nuestros padres eran de Teruel y de Extremadura y en casa siempre hablábamos en español —dijo dando por zanjado el tema de los acentos.

—¡Ostras! ¡No había apreciado esos matices! Es de los pocos casos en los que no doy una respuesta buena a la primera o a la segunda vez que lo intento.

—¿Está usted diciendo que aprecia matices de Miami y de Teruel?.

—¡Claramente! ¡Sin duda! —manifestó.

Los dos hermanos rieron con aquel simpático taxista.

—¿Es su primera vez en Barcelona? —interrogó mientras entraba en una gran rotonda.

—Sí, aunque nos marchamos hoy mismo —respondió Samuel.

—Barcelona es una ciudad única. ¡Miren a su derecha! Ahí está Montjuich, con sus dos torres de estilo veneciano y una fuente en la que hacen espectáculos nocturnos increíbles, con el palacio del MNAC al fondo. Inigualable.

Los dos hermanos admiraron, al girar en la glorieta, todos los lugares que les nombraba el taxista.

—Y, delante de ustedes, la plaza de toros con menos toreros del mundo.

—¿Y eso por qué?

—¡Porque ahora es un gran centro comercial! —exclamó con entusiasmo.

—¡Sí que ha evolucionado España en poco tiempo! —dijo Alma mientras miraba con sorpresa la preciosa plaza de Las Arenas, ahora convertida en un centro de compras.

—No sé si evolucionar es la palabra adecuada, pero cambiar, ha cambiado, ¡una barbaridad! y Barcelona, ¡más aún! —apostilló el taxista. Y continuó diciendo— Llevo más de treinta años de taxista y he visto cómo ha ido cambiado. Ahora ya no es la ciudad que vi de joven, siempre abierta e innovadora, pero no sé si se ha pasado de la raya. ¡Ja, ja, ja!

—¿Por qué lo dice?

—Porque ahora ya no es una ciudad agradable para vivir, se ha vendido al turista y se ha olvidado de las personas de aquí. Está todo muy saturado. Al menos es lo que yo pienso y eso que tengo más clientes que nunca —afirmó el taxista mientras paraba el taxímetro a su llegada a la parada de taxis de Sants.

—Muy interesante lo que nos ha contado —agradeció Alma.

—¡Vaya, muchas gracias! —expuso sonriendo al retrovisor central para devolverle el cumplido a Alma—. Bueno, turolenses en Miami, serán 15,75€, 15€ por ser vosotros.

—¿Acepta tarjeta de crédito?

—¡Por supuesto!

Alma y Samuel se despidieron de aquel peculiar taxista y pararon a tomar un café en una de las cafeterías de la estación, a la espera de poder subir al tren que los llevaría a Zaragoza. La estación era un gran edificio casi diáfano, muy bulliciosa. Allí paraban todos los trenes de cercanías y de larga distancia. La ida y venida de viajeros era constante.

Cuando llegó la hora bajaron por una escalera automática hasta la vía número catorce, desde donde salía su tren de alta velocidad, conocido popularmente en España como AVE.

Se quedaron gratamente sorprendidos al ver el convoy que los llevaría a su siguiente destino. Parecía uno de esos trenes bala japoneses, pero con el morro no tan pronunciado. Era completamente blanco y tenía una raya morada que recorría el largo tren de principio a fin. Samuel contó hasta diez vagones, más la cabeza tractora. Dentro, los asientos de la clase preferente eran casi más cómodos que los del avión en el que habían venido. El reposacabezas era de grandes dimensiones y se podía adaptar fácilmente, lo que provocó que Samuel cayera rendido antes incluso de que arrancara el convoy. Por el contrario, Alma no pudo dormir ni un sólo minuto, emocionada, todavía imaginando lo que les esperaba y aprovechó para avisar a su familia, vía *Messenger,* de que habían llegado bien y que estaban ya en el tren, rumbo a Zaragoza. No esperó ninguna respuesta porque en Miami aún no había amanecido. Así que guardó el móvil en su bolso y se apoyó en el reposabrazos de su asiento para contemplar el paisaje que pasaba ante sus ojos a casi trescientos cincuenta kilómetros por hora, tal y como anunciaba el indicador que había sobre la puerta que intercomunicaba con el siguiente vagón.

En apenas una hora y veinte minutos habían atravesado los 300 kilómetros que separan ambas ciudades. Alma despertó a Samuel cuando estaban muy cerca de Zaragoza. Éste lo hizo de un salto, como si tuviera que bajar de inmediato, y se puso a bajar las maletas de los compartimentos que tenían sobre sus cabezas.

—¡Ja, ja, ja! ¡Tranquilo hermanito, que todavía nos queda un cuarto de hora para llegar!

Samuel se frotó los ojos y miró a su alrededor. Todavía no sabía muy bien dónde estaba. Acababa de despertar de un sueño muy profundo.

Al llegar a la estación de Delicias, ya en Zaragoza, los dos hermanos bajaron del tren. Si la estación de Sants ya les pareció bastante grande, la de Zaragoza daba la impresión de ser el doble en tamaño. Por el original techo en forma de triángulos donde se alternaban unos translúcidos con otros opacos, entraba el sol de primavera que les acompañaba desde su salida en Barcelona. Mirando el techo desde las vías daba la impresión de estar en una especie de tablero de ajedrez.

—¿Te has fijado, Alma? No hay ni un solo pilar soportando el techo —manifestó Samuel apreciando la espaciosa estructura de la estación.

—Pues ahora que lo dices… a ti siempre te han llamado la atención estas cosas de arquitectura —repuso Alma.

Subieron por la escalera mecánica en busca de la parada de taxis para encontrar a la persona que les llevaría a su primer destino, Castellote. No tuvieron que indagar mucho porque, nada más subir por la escalera, un hombre no muy alto, ataviado con un jersey de pico de color azul marino que resaltaba su prominente barriga, les esperaba con un cartel escrito a mano con sus nombres. Completaba su indumentaria con unos pantalones de pana marrones claro y una gorra con visera, también de pana, de color verde oliva. Al acercarse, se dieron cuenta de que, pese a que sus ojos eran extremadamente pequeños, lucían un azul intenso que iluminaba su cara, en la que resaltaba también su nariz, grande y redondeada. Como colofón, mostraba un palillo de dientes de madera suspendido en un extremo de su boca.

—¡Buenas tardes! —dijo Alma sacudiendo los brazos efusivamente y sonriendo ampliamente al señor del cartel.

—¡Buenas! ¡Bienvenidos a Zaragoza! —respondió con un fuerte acento que parecía que acentuaba todas las vocales, sin excepción— Soy su taxista. Llámenme Juan. Por cierto, me entienden, ¿verdad? Me han dicho que sabían español.

—¡Sí, sí! Le entendemos perfectamente. ¡Muchas gracias! —contestó Samuel— Yo soy Samuel y ella es mi hermana Alma.

—¿Han tenido un buen viaje o qué? —expresó con un acento más fuerte si cabe.

—Sí, bastante bueno y muy rápido —respondió Alma a lo que creía haber entendido, debido al acento del taxista.

—Déjenme que les ayude con el equipaje. Mi coche está en el aparcamiento subterráneo —manifestó mientras agarraba de las manijas las maletas grandes que portaban Alma y Samuel.

—No hace falta, podemos llevarlas nosotros.

—¡Es parte de mi servicio! ¡Quiero que mis clientes estén a gusto en todo momento! —manifestó el taxista mientras comenzaba a andar arrastrando las maletas, usando sólo dos ruedas de las cuatro que tenían.

Samuel miró de forma cómplice a Alma y se sonrieron. Desde luego, era un taxista muy pintoresco. El viaje prometía.

Al llegar al *parking*, un *Ford Mondeo* azul oscuro, limpio como una patena, les estaba esperando para comenzar su último trayecto del día.

—¿Cuánto tardaremos más o menos? —inquirió Samuel. Creía haberlo mirado, pero con el cansancio del viaje ya no se acordaba.

—Pues si tenemos suerte, unas dos horas —respondió Juan, como se llamaba el taxista.

—¿Por qué dice que si tenemos suerte? ¿Ocurre algo? —se interesó Samuel.

—Pues porque ahora comienzan las procesiones de Semana Santa en todo el Bajo Aragón. ¿Han visto alguna? —preguntó Juan.

—Pues, a decir verdad, no —contestó Samuel.

—¿No? ¿En serio? Eso hay que remediarlo hoy mismo. No se pueden quedar sin ver una de las maravillas que tenemos en Aragón, ¡hombre!

Alma miró a Samuel buscando su complicidad en lo que iba a decirle.

—Le agradecemos mucho su interés por mostrarnos las tradiciones de Aragón, pero estamos realmente cansados y nos gustaría llegar a Castellote cuanto antes para descansar —propuso Alma.

—Eso está hecho. No se preocupe, que no pararemos. Vamos a buena hora, no creo que nos pille ninguna por el camino. ¡Tocaremos madera! —expresó Juan cogiéndose el palillo de la boca y ofreciéndoselo a Alma para que lo tocara también.

—Con que le funcione a usted, que es el que conduce, es más que suficiente —dijo dando un paso atrás y agitando las palmas de las manos haciendo en un gesto de negación. Aprovechando que Juan estaba metiendo las maletas en el maletero y no los podía ver, Alma miró a Samuel haciendo un gesto de repugnancia, frunciendo el ceño, arrugando su nariz, mientras apretaba el labio inferior contra los dientes superiores. Samuel tuvo que aguantarse la risa como pudo.

Se subieron al coche e iniciaron la marcha.

—Les he preparado unos bocadillos por si tienen hambre. Hay uno de jamón serrano para cada uno y otro de jamón york y queso. También tienen botellas de agua a su disposición, si lo desean —indicó amablemente Juan una vez fuera del aparcamiento.

—¡Muchas gracias! ¿Tienes hambre, Alma? —interpeló Samuel.

—No mucha, la verdad. Cuando viajo se me quita el hambre hasta que llego al destino —replicó Alma—, pero a lo mejor me como el queso del bocadillo.

—Yo me comeré el bocadillo de jamón serrano, que hace años que no lo pruebo —aseguró Samuel, relamiéndose.

—Es jamón de Teruel, de Calamocha. Uno de los mejores del mundo —informó Juan.

—¡Perfecto! ¡Gracias! —respondió Samuel.

Juan parecía incómodo sin hablar y no tardó en sacar un nuevo tema de conversación.

—Hoy hace un sol primaveral que *pa'qué* y no hace nada de cierzo.

—¿Cierzo? —preguntó Samuel mientras se comía el bocadillo.

—¡Cierzo! —contestó Juan con la intención de que, al repetirlo, supieran de qué hablaba.

—¿Qué es? —insistió Samuel.

—El cierzo es el aire de por aquí. En Zaragoza hace viento todo el año y, si viene del noroeste, se le llama Cierzo. Se encajona entre las montañas nevadas y viene helado —explicó Juan—. A mucha gente no le agrada, pero gracias a él tenemos muy poca contaminación en la ciudad. ¡Además de que te deja la piel tersa y fina! ¡Te conserva joven! ¿Qué edad me echan ustedes?

—¿Qué es echar la edad? —cuestionó Alma sin entender lo que les decía.

—¿Que qué edad creen que tengo?

—¡Ah! pues… —Alma hizo una pausa, miró a Samuel que reía y le hacía un gesto con la cabeza para que se lanzara a dar una edad— no sé ¿sesenta?

Juan se quedó en silencio. Alma entendió rápidamente que había dado una cifra superior a su edad y quiso remediarlo.

—¿O quizás cincuenta y cinco? —hizo una pausa y decidió rebajar aún más la edad para que no se sintiera mal— ¿O cincuenta?

—¡Casi acierta! ¡Cincuenta y cuatro! —exclamó orgulloso.

Samuel se ocultaba detrás de su asiento para que no le viera reírse. Casi se atraganta con el bocadillo. Alma le pellizcó en la pierna para que parara de desternillarse. Ella estaba a punto de hacer lo mismo, contagiándose de la risa de su hermano.

Cuando llevaban unos cuarenta minutos de viaje, Alma se fijó que pasaban junto a unas ruinas de lo que parecía una iglesia y algunas casas. Sorprendida por lo que veía, le preguntó a Juan.

—¿Qué son esas ruinas?

—Es el antiguo pueblo de Belchite. Es una de las cicatrices más profundas que dejó la Guerra Civil en Aragón. Quedó arrasado por una de las peores batallas que se dieron en la guerra, la que lleva su mismo nombre, la batalla de Belchite.

—Nuestro abuelo participó en la Guerra Civil —afirmó Alma.

—Y el mío —añadió Juan—. En aquella época pocos escaparon de ella.

—Es un poco tétrico que estén las ruinas del pueblo, ¿no cree?

—Puede que sí, pero es necesario dejarlas como recordatorio del horror que significa estar en guerra. En este pueblo no quedó nadie, lo arrasaron por completo. En tan solo dos semanas de batalla murieron miles de personas, incluidos muchos niños. Se convirtió en un auténtico infierno —explicó quedándose pensativo durante algunos segundos. Se tocó la barbilla, como pellizcándosela varias veces y luego continuó—. Lo sé bien porque mi abuelo estuvo aquí. Le tocó el bando de los republicanos. Digo le tocó porque el que no quería ir a la guerra, iba obligado con el bando que gobernaba en su zona.

—Mi abuelo era absolutamente antibelicista —continuó relatando Juan—. Tan solo era un pastor que amaba a sus animales. Intentó que no le alistaran obligatoriamente, escondiéndose en las montañas con su ganado, pero tenía que bajar para que las ovejas pudieran alimentarse de los pastos, así que un día le encontraron y le confiscaron todos los animales para alimentar al ejército que se estaba formando. Cuando acabó la guerra, a mi abuelo le hicieron volver a Belchite como prisionero, ya que estaba en el bando perdedor, para construir el pueblo nuevo justo al lado de las ruinas que quedaron. No quiero ni imaginar lo que debió sufrir el pobre, reviviendo la pesadilla de la batalla a diario, viendo las ruinas que le servían de recordatorio del horror vivido allí —Juan hizo una pequeña pausa, inspiró aire lentamente y prosiguió—. Los jóvenes deben saber lo que ocurrió en este país para intentar que no se repita. Una guerra civil es lo peor que le puede pasar a una nación. Es la autodestrucción total y la recuperación de sus consecuencias cuesta siglos. Hermanos contra hermanos, amigos contra amigos. Todas las guerras son malas, pero las de este tipo son peores aún. Las heridas de la guerra aún hoy se pueden sentir en España. Todavía existe resentimiento y odio por hechos que pasaron hace décadas y que la gente no quiere perdonar ni dejar marchar.

—Es que a veces es complicado perdonar ciertas cosas. Y en una guerra habrá de todo —apuntó Samuel.

—Da igual lo complicado que sea perdonar algo. Hay que hacerlo sí o sí, si se quiere mirar *pal frente* —contestó Juan de forma contundente.

—Aun así, parece que España ha sabido recomponerse con el paso de los años —apreció Samuel.

—Este país ha cambiado mucho en muchas cosas. Pero hay una en la que no ha cambiado ni un ápice y es que no hay unión entre todas sus partes, no hay un bien común por el que luchar. Aquí todo el mundo va a su aire. Somos como una jaula de grillos en la que cada uno habla de lo suyo.

—Nuestro padre decía lo mismo, que España era un país con un grandísimo potencial, pero que no había un bien común por el que trabajar.

—Hay una frase muy famosa que dice algo así como "Estoy firmemente convencido de que España es el país más fuerte del mundo. Lleva siglos queriendo destruirse a sí misma y todavía no lo ha conseguido" —terminó la frase con una pequeña risa—. ¡Qué razón tenía! No me acuerdo quién la dijo, pero qué razón tenía.

—Fue Otto Von Bismark —indicó Alma.

—Y ¿cómo…? —Samuel iba a preguntarle cómo lo sabía, cuando vio su móvil en la mano— ¡Ah! ¡Que lo acabas de mirar en internet! ¡Qué rápida eres!

—¡Je, je, je! Sí, me ha gustado mucho la frase —expresó Alma.

—Lo cierto es que me da la impresión de que tenemos mejor imagen de España los que estamos fuera que los propios españoles, ¿verdad? —sugirió Samuel.

—No sé qué imagen daremos de cara al exterior, pero la que tenemos en el interior es deplorable. Yo no estoy para nada de acuerdo con esa visión de nuestro país, pero es cierto que está muy extendida por todas las regiones. Tenemos un gran problema de falta de autoestima y un gran síndrome de inferioridad, sobre todo cuando nos comparamos con el resto de Europa —afirmó Juan.

Se quedaron los tres pensando durante algunos minutos sobre lo que acababan de hablar, en silencio, hasta que Juan retomó la conversación. Parecía que no soportaba el silencio.

—Hablando de cosas buenas que tenemos en España, en concreto en mi tierra que es Teruel…

—¡Y la nuestra! ¡Al menos en parte! —interrumpió Alma.

—¡Anda! ¿Sí? ¡Yo aquí haciendo publicidad de todo lo que tenemos y son de aquí! —dijo sorprendido Juan.

—Bueno, en realidad, nuestra familia proviene de Castellote y de Extremadura, aunque sólo hemos venido de forma esporádica a lo largo de nuestra vida. Nosotros ya nacimos en Miami —aclaró Alma.

—Buena mezcla, ¡sí señor! Buena gente la de Extremadura. ¡Y no tienen mal jamón! No es tan bueno como el de aquí, pero ¡no está nada mal! ¡Je, je, je! —afirmó Juan asintiendo con la cabeza.

—Y ¿qué era lo que nos iba a decir sobre las cosas buenas que tiene Teruel? Aparte del jamón, me refiero —expresó Alma.

—¡Ah! pues, ¡tenemos los mejores atardeceres del mundo! —exclamó orgulloso Juan.

—¿Ah, sí? —preguntó sorprendida Alma.

—Los mejores, sin duda. Ya los disfrutarán, ya. Cuando atardece, se mezclan unos rojos que parecen sangre con naranjas y amarillos y unos tonos azules intensos y morados, que parece que Dios viene todas las tardes a recrearse aquí.

—¡Vaya, pues los disfrutaremos! ¡Gracias! —manifestó Alma.

—¿Conocen Castellote? —cuestionó Juan.

—Estuvimos de niños, nos acordamos de pocas cosas.

—Es un pueblo muy peculiar. Tiene un macizo montañoso que lo protege y en lo alto hay un castillo templario que domina toda la población. La entrada al pueblo es muy curiosa, única, diría yo. Para atravesar la montaña hicieron, a finales del siglo XIX, un túnel que por lo visto les costó dios y ayuda horadar. Usaron una cantidad enorme de dinamita y, ni por esas consiguieron romper el material rocoso que forma la montaña. Tuvieron que insistir decenas de veces, hasta que consiguieron hacer un agujero lo suficientemente ancho como para meter una carretera estrecha. Muchos años después, para mejorar los accesos para camiones que iban y venían de la mina de carbón, la ampliaron un poco. Hasta entonces no había necesitado nunca ni una mano de hormigón, es todo roca maciza. Antes de que existiera era un calvario subir por la montaña para llegar por la parte norte al pueblo.

—¡Vaya, sí que conoce usted bien el pueblo! —apreció Alma.

—Bueno, soy un enamorado de mi tierra y me gusta investigar sobre todas sus *cosicas*. ¿Hasta cuándo se quedan en Castellote?

—Hasta mañana, sólo pasaremos una noche allí —respondió Samuel.

—Y luego, ¿qué harán? —preguntó con interés Juan.

—Luego iremos a Valderrobres —aseguró Samuel.

—¡Valderrobres! Ese también es un pueblo bien *majo*.

—Si que lo es —dijo riendo Samuel.

Tras casi dos horas de viaje y sin ninguna procesión que se interpusiera en su camino, llegaron a una curva donde parecía que se acababa la carretera, en lo alto de una empinada subida. Justo al girar les esperaba la boca del túnel que atravesaba la montaña que daba acceso a Castellote. Samuel se quedó admirando el imponente macizo, antes de atravesarlo. Se imaginó cómo sería la vida de sus bisabuelos en un pueblo como éste, cuando ni siquiera había túnel. No se creía que estuvieran allí.

Juan les condujo hasta una plaza donde había una iglesia. Allí paró el coche.

—Bueno, ya hemos llegado a nuestro destino. ¡Hemos venido en un santiamén! —exclamó Juan mientras se bajaba del vehículo y comenzaba a estirarse.

—¿Cuál es la casa, Alma? ¿Te acuerdas? —preguntó Samuel— Estoy un poco desubicado, hace tantos años…

—Es la blanca que tienen delante —contestó Juan.

Que el taxista supiera mejor que ellos cuál era la casa les produjo un gran estupor, aunque tenía fácil explicación, sabría el número desde que le contrataron para llevarlos.

—Bueno, ya están todas las maletas. Espero que se *joreen* bien por Teruel.

—¿*Joreen*? —se extrañó Samuel.

—Pasearse, ¡disfrutar Teruel! —aclaró Juan.

—¡Ah, claro! ¡Eso seguro! —respondió Samuel haciendo un gesto como que había entendido lo que le decía.

—Bueno. Ha sido un placer y un honor conocerles —dijo Juan poniéndose la mano en el corazón.

—¡Vaya! Muchas gracias, Juan. El placer ha sido, sin duda, nuestro —indicó Alma hablando por los dos.

Juan cerró el capó y subió al coche. Samuel miró a Alma muy sorprendido por los agradecimientos de Juan.

—¿Y eso, a qué ha venido? —inquirió Samuel.

—No sé, quizás es que es muy agradecido el hombre —presupuso Alma.

Mientas los hermanos arrastraban sus maletas para dirigirse a la casa, Juan dio la vuelta en la plaza de la iglesia y, antes de regresar por donde vino paró, bajó la ventanilla, se apartó el palillo de la boca hacia un lado y les dijo:

—Martín estaba muy orgulloso de vosotros. ¡Disfrutad de esta maravillosa tierra!

Y se marchó sin dejar tiempo a que ninguno de los dos reaccionara. Samuel y Alma se quedaron boquiabiertos, observando cómo se alejaba el *Ford Mondeo* calle abajo. Se miraron encogiéndose de hombros.

—Pero entonces, ¿conocía a papá? —cuestionó Alma.

—¿Pero por qué no nos lo ha dicho antes? —dijo Samuel abriendo las palmas de las manos y encogiendo al mismo tiempo los hombros— No entiendo nada.

Sin encontrar explicación alguna a lo que acababan de vivir, decidieron dirigirse hacia la casa de sus abuelos. No era la típica casa de pueblo de una sola planta, sino un imponente edificio de tres alturas, más una cuarta que se usaba como desván y, antaño, como corral para los animales. Podría parecer una locura tener que subir las gallinas, vacas o asnos cuatro pisos, pero el secreto radicaba en que había tanto desnivel respecto a la calle que daba a espaldas de la casa, que la cuarta altura quedaba a ras de la calle.

La fachada estaba pintada de un blanco brillante que hacía resaltar aún más lo imponente de su envergadura. Tenía dos balcones en el primer piso y otros dos en el segundo, lo que proporcionaba a la vivienda mucha luz natural. Ello, unido a que las paredes estaban hechas con rocas de la zona y que tenían más de un metro de anchura, permitía almacenar todo el calor que proporcionaba el sol de la mañana, sobre todo en invierno. En aquella casa reinaba un microclima constante, siempre mantenía la misma temperatura durante todo el año, daba igual que fuera invierno o verano. Esto la convertía en el lugar perfecto donde secar toda clase de embutidos y jamones que la propia familia elaboraba en los meses de diciembre y enero.

—Alma.

—Dime, Sam.

—Esto… ¿y la llave? —manifestó Samuel arqueando las cejas.

—Eso mismo estaba pensando yo. ¿Y ahora cómo entramos?

—A lo mejor está abierta —expuso Samuel mientras se acercaba a la puerta y la empujaba con fuerza sin poder abrirla—. Pues sí que empezamos bien esta aventura —añadió.

—Bueno, estaba todo pensado, supongo que alguien nos abrirá. Llama con la aldaba a ver si hay alguien dentro.

—¿Con la aldaba? —dijo Samuel frunciendo el ceño.

—¡Con esa pieza de metal que parece una mano! —aclaró Alma.

—¡Ah, vale! ¡Haberlo dicho antes! —rio.

Samuel llamó enérgicamente. La aldaba de forja, al golpear la madera natural de la puerta, producía un sonido que reverberaba en todo el interior de la casa. Desde luego, si había alguien dentro seguro que lo había oído.

Esperaron cerca de un minuto sin recibir respuesta. Samuel comenzó a inquietarse y volvió a golpear la puerta varias veces más, con el mismo resultado.

—¡A ver qué hacemos ahora! ¿No estaba todo preparado y pensado? —indicó nervioso.

—Tranquilo, Sam, seguro que aparece alguien. Si no, buscamos alojamiento, no te preocupes. O, mejor aún, que nos lo busque el albacea.

—¡Ya veremos si hay algún sitio en este pueblo para quedarse a dormir! —refunfuñó Samuel.

—Samuel, tranquilízate. Ya sé que estás cansado, yo estoy igual. Pero si llevamos ¿cuánto? ¿cinco minutos esperando? ¡Ten paciencia hombre! —recriminó Alma a la vez que se sentaba en un pequeño muro de piedra que rodeaba la plaza de la iglesia.

Samuel se quedó murmurando y dando patadas a unas piedras que había junto a la puerta.

Alma echó unos pasos hacia atrás con la mirada puesta en la casa, intentado ver si había luz en alguna de las habitaciones de los pisos superiores.

—¿Y si escribimos al albacea? —sugirió Samuel.

—Escríbele si quieres —respondió Alma.

—Bueno, vale, le escribo yo —dijo resignado.

Samuel sacó su móvil con intención de mandar un mensaje al albacea, aunque con un poco de desgana. Mientras buscaba su contacto para escribirle, una mujer vociferó algo casi ininteligible desde el otro lado de la plaza.

—¡Eh, zagales! ¡Ya estoy aquí! —gritó de nuevo la señora.

—¿Es a nosotros? —manifestó Alma.

—¿A quién si no? —dijo riendo.

La mujer andaba lentamente, balanceándose de un lado a otro. Llevaba en su mano derecha una bolsa con lo que parecían dos barras de pan. Al acercarse un poco más, los hermanos pudieron apreciar que iba ataviada con unas zapatillas de estar por casa, de tela azul con rayas negras. Ambas se habían adaptado a un par de juanetes, uno en cada pie, que las deformaban notablemente. Vestía una chaqueta de punto de manga larga negra que tenía puesta sobre los hombros y, debajo, un vestido azul claro de flores que le llegaba hasta los tobillos. La mujer venía perfectamente peinada, con un pelo color caoba y unas mechas rubias. Ciertamente parecía recién salida de la peluquería, preparada para recibirles.

—¡Ya llego, ya llego! —expresó mientras andaba a su ritmo.

—No se preocupe, no tenemos prisa —contestó Alma, intentando que no acelerara el paso. Samuel miró a Alma de reojo, recriminándole que le hubiera dicho eso.

—¡Ya estoy, zagales! —indicó la señora sonriendo cuando llegó a donde estaban.

—Disculpe, ¿qué es eso de zagales? —preguntó amablemente Alma.

—Zagales, pues eso, que sois zagales, ¡unos chavales! —intentó explicar la mujer.

—¡Ah, de acuerdo, no conocía esa expresión! —exclamó Alma.

—¿No la conocíais? Pero vosotros habéis estado ya antes aquí, ¿no es así? —dijo la señora muy sorprendida.

—Pues la verdad es que sí, pero hace mucho tiempo de la última vez. Éramos muy niños cuando vinimos —aclaró Alma.

—Lo sé. Yo estuve con vosotros aquella vez que vinisteis.

—¿Sí? —cuestionó sorprendido Samuel, olvidándose de su pequeño enfado.

—¡Pues claro! Yo fui una amiga de la infancia de vuestro padre Martín, que en paz descanse y Dios le acoja en su seno —explicó mientras hacía la señal de la cruz—. Recuerdo que tú, Alma, tenías unos diez u once *añicos*. Tenías la misma cara dulce que tienes ahora. Eras una niña monísima que se portó de maravilla durante todo el tiempo que estuvisteis en el pueblo. En cambio tú, Samuel…

—Qué, que no me portaba bien, ni tenía cara de ángel, ¿a que sí? —interrumpió Samuel, intentando terminar lo que la mujer había comenzado a decir.

—No, qué va. ¡Al contrario! Tú eras un niño muy vivaracho, ¡no parabas quieto! Y recuerdo que eras muy, muy curioso. Supongo que no te acordarás, pero te venías conmigo a ordeñar las vacas y aprovechabas para preguntarme de todo; que si le dolían las tetas a la vaca, que si se podía poner una pajita en una de ellas y beber directamente, que si alguna vez al freír un huevo me había salido un polluelo… y la mejor de todas, que la guardo en mi memoria con mucho cariño, "¿alguna vez le has dado de comer a la vaca mucho chocolate, para ver si saca batido cuando la ordeñas?" ¡Ja, ja, ja! — relató la señora casi sin poder acabar la frase porque se le escapaba la risa.

—¡Qué dice! ¡Ja, ja, ja! ¡Esa es muy de mi hermano! ¡Seguro que la dijo tal cual! —aseguró desternillándose Alma.

—Yo no me acuerdo de nada de eso. Seguro que no fui yo —dijo sonriendo Samuel.

—¡Ay! Erais unos *zagales mu bonicos* los dos —expresó la señora con voz nostálgica—. ¡Una pena que vivierais tan lejos!

—¡Cierto, pero aquí estamos de nuevo! Y disculpe, ¿su nombre es? —preguntó Alma.

—Soledad. Podéis llamarme Sole, si queréis. Anda, dadme un *besico* cada uno —manifestó agarrando primero a Samuel del brazo sin que pudiera escabullirse. Acto seguido, le plantó otro beso a Alma en su mejilla izquierda.

—Anda, vayamos *pa dentro*, que me he acordado tarde de que no había pan del día y menos mal que aún quedaba, que si no… —indicó mientras se encaminaba hacia la puerta, con una llave que había sacado de un bolsillo de su vestido.

Samuel, aprovechando que Soledad no miraba, se giró hacia Alma frotándose con la palma de la mano su mejilla, donde le había dado el beso, y arrugando el entrecejo, dándole a entender que algo le había pinchado cuando le besó. Alma le contestó con un gesto de silencio, poniéndose el dedo índice sobre los labios y riendo después. Dejó a Samuel que se adelantara unos pasos y aprovechó para darle otro de sus míticos pellizcos. Samuel pegó un gran bote, más por el susto que por el dolor que le había provocado.

Soledad les abrió, por fin, la puerta de la casa de sus abuelos. Nada más entrar notaron un ambiente bastante caldeado. El tiempo que habían estado esperando fuera les había enfriado un poco el cuerpo. No hacía realmente frío, pero se había levantado un poco de viento que hacía que bajara la sensación térmica. La casa olía a leña, a piedra y a madera. Alma inspiró nada más poner un pie dentro y ese aroma le transportó automáticamente a cuando estuvo allí de niña. Rememoró el instante en el que entraba por la misma puerta con sus padres y su hermano pequeño. Allí les esperaban unos primos de su padre que les recibieron con grandes abrazos y pellizcándoles la mejilla. De pronto recordó que fue justo ese verano cuando aprendió a dar los 'pellizcos de monja', que duelen a los segundos de haber hecho el efecto tenaza con los dedos. Los perfeccionó tomando como cobaya a su hermano.

—¡Qué curioso, ha sido venir hacia este pueblo y me han vuelto a entrar las ganas de pellizcar de nuevo! —pensó para sí misma.

La entrada de la casa constaba de una pequeña mesa de tres patas de madera oscura, barnizada y labrada con sumo gusto. Sobre ella descansaba un jarrón de cerámica estilo portugués blanco y decorado con unas flores enramadas y entrelazadas con el típico color azul titanio. En su interior había un ramo de rosas frescas que parecían recién cortadas.

A la izquierda se encontraba un pequeño aparador muy antiguo, hecho de la misma madera que la mesa y, cubriéndolo, un tapete de ganchillo blanco, imitando a unos girasoles.

Soledad, al ver que Alma se fijaba en esos tapetes de ganchillo, expresó:

—Ese lo hizo vuestra madre durante el verano que estuvisteis aquí.

—Creo recordar verla con las agujas de ganchillo, sentada en una hamaca —asintió Alma, arrugando el entrecejo.

Al fondo, había una puerta bajo una gran escalera cuyos escalones estaban rematados con baldosines de color arcilla rojiza y un listón de madera en el borde, que hacía que los tropezones contra ella fueran menos dolorosos. A la derecha quedaba la entrada al garaje, antaño conocida como la fresquera, donde permanecían los embutidos y jamones suspendidos de cuerdas atadas a clavos en la madera del techo.

El techado de toda la casa tenía unos cuatro metros de altura en cada piso y estaba compuesto por enormes vigas de madera. Entre ellas las bovedillas soportaban el piso superior. Las paredes estaban pintadas de blanco, pero tirando a una tonalidad amarillenta.

La casa se conservaba a la perfección.

—Podéis dejar las maletas aquí y luego las subimos. Seguro que os apetecerá comer algo —propuso Soledad.

—Pues… yo sí comería algo. Es un poco tarde, pero demasiado pronto como para cenar —afirmó Samuel.

—¿Es que nos ha preparado algo, señora Soledad? —preguntó con ternura Alma.

—¡Pues claro! ¡No os vais a ir a comer fuera a estas horas! —exclamó ladeando la cabeza ligeramente y encogiéndose de hombros— Os he preparado un *ternasquico* que está para chuparse los dedos.

—Perdón, ¿un qué? —cuestionó Samuel frunciendo el gesto.

—Ternasco de Aragón —contestó la mujer. Y al ver que no recibía respuesta, intentó aclararlo más—. Lo que viene siendo un cordero al horno, ¡vamos!

A Alma, que estaba en su etapa de intentar dejar de comer carne, no le hizo mucha gracia la propuesta culinaria, pero le pareció descortés rechazarla. Sin embargo, a su hermano le pareció la mejor oferta del mundo. Estaba muerto de hambre.

—Seguidme, vamos a la cocina —dijo Soledad.

La mujer, con su ritmo pausado, llegó hasta la puerta que había bajo la escalera. Al cruzarla, una enorme cocina se abrió ante ellos. A la izquierda había una mesa bastante grande de madera de color blanco, a juego con seis sillas, también del mismo color. Junto a la mesa, un hogar con un enorme fuego que había sido preparado a conciencia calentaba la estancia. A la derecha, una tirada de unos cinco metros de armarios blancos que parecían recién estrenados y, sobre ellos, una encimera marrón oscuro de mármol. Estaba totalmente equipada. Aparte de fregadero, horno y fuegos de inducción, había un lavavajillas de grandes dimensiones. Sobre la encimera, como a un metro de altura, había otra tirada, igual de larga, de armarios colgados de la pared, con puertas de madera pintadas también de blanco y combinadas con otras de cristal traslúcido, a través del cual se podían intuir platos, vasos y copas. En la base de estos armarios unas luces iluminaban la encimera y le daban un aspecto muy moderno. Era sorprendente ver una cocina así en una casa tan antigua como aquella.

—Está diseñada con muy buen gusto. No le falta detalle —apreció Alma.

—La remodeló un amigo de vuestro padre cuando abrió una tienda de cocinas, hará como tres años más o menos. Se empeñó en que Martín fuera su primer cliente y así fue. No quedó mal, ¿eh?

—¡Nada mal! Pero, entonces, ¿nuestro padre estuvo aquí por algún tiempo? —preguntó Alma muy interesada—. Tenemos entendido que se quedó en Valderrobres solamente.

—Vino hará como unos cuatro años, pero no se quedó mucho. No tenía buen aspecto. Sólo se paseó por Castellote un par de días y parece que la familia le agobió un poco para que fuera a comer o a cenar con ellos. Era normal, hacía décadas que no le veían, pero él quería estar solo. Vino aquí en busca de tranquilidad, o al menos fue lo que intuí —explicó Soledad mientras sacaba del horno el asado de cordero—. Estuvo un par de semanas y se marchó. Yo fui la única que supo que se iba a Valderrobres, su familia creyó que se iba de viaje de negocios a otra parte. Posteriormente estuvo yendo y viniendo de Valderrobres fugazmente, siempre medio a escondidas.

—Entonces, señora Soledad, usted tenía mucha confianza con mi padre, ¿es así? —indicó Samuel.

—Así es. Éramos muy *amiguicos* desde bien pequeños. Fíjate que soy yo la que le cuida la casa ahora… Y lo hago con gusto, no creáis.

—¿Y le contó cómo se encontraba cuando estuvo aquí?

—No hizo falta. Su aspecto lo delataba. El pobre vino completamente hundido. Me contó lo de vuestra madre, que en paz descanse. Lo siento mucho por ella, hijos, era una mujer extremadamente amable y muy cariñosa con todo el mundo —comentó asintiendo suavemente.

La señora Soledad sirvió el cordero a Alma y a Samuel. Les había preparado una ensalada de lechuga y tomate que Alma agradeció enormemente.

—¿No come usted con nosotros? —preguntó Alma al ver que sólo les servía a ellos.

—No hijos, yo como sobre las doce del mediodía, y merendar ternasco no me apetece mucho. ¡Je, je, je! Comed tranquilos. ¡Espero que os guste!

A Samuel casi se le cae una lágrima al probar el primer bocado de aquel cordero. Era, sin lugar a dudas, el mejor asado de carne que había probado en su vida.

—Señora Soledad, nunca había probado cosa igual. ¡Esto está de muerte! —exclamó Samuel llevándose a la boca otro trozo de cordero.

—¡Gracias hijo! ¡Me alegro muchísimo de que te guste! No dejes de probar las patatas a lo pobre, que le dan un *toquecico* muy bueno.

—Gracias por este recibimiento, señora Soledad —expuso Alma.

—No hay de qué hijos. Y llamadme Sole, por favor, que no hace falta que me recordéis que ya soy *mayorcica* —dijo riendo Soledad.

—¡Ja, ja, ja! ¡De acuerdo, Sole! ¡Pero si se conserva usted muy bien!

—¿Cuántos años me echas? —planteó Soledad a Alma.

Samuel casi se atraganta con su propia carcajada al oír, por segunda vez en el mismo día, la misma pregunta.

—Estás bien ¿hijo? —repuso preocupada Soledad.

—Sí, sí, no se preocupe, es que mi hermana no es que sea una experta precisamente en el cálculo de las edades —aclaró riendo y mirando de reojo a Alma.

—¡Oye, no te pases! ¡Tan poco me he ido tanto! —objetó Alma.

—No, tan sólo diez años, ¡casi nada! —exclamó Samuel sin poder controlar su risa.

—¿A quién se la has calculado? —inquirió Soledad muy interesada.

—Al taxista que nos ha traído —contestó Samuel.

—Bueno, no te preocupes, ¡no creo que te equivoques mucho conmigo! ¡Te puedes arriesgar! —insistió Soledad.

—Bueno, vale, lo intentaré. Pues… a ver, ¿tiene aspecto de tener unos setenta años? —dijo sin mucha convicción y medio cerrando un ojo, como para intentar acertar en la diana.

—¡Ja, ja, ja! ¡Pues sí que es verdad que no eres ninguna experta! —exclamó a carcajadas Soledad.

—¡Menudo ojo! —indicó Samuel mientras se retorcía de risa en la silla.

—Venga ya, ¿tanto me he equivocado? ¡No me diga que tiene sesenta y algo!

—¡Ja, ja, ja! ¡Pues sí que lo estás arreglando, hija! —rio Soledad, botando cada vez más como si tuviera un muelle en su interior— No hija, tengo setenta y nueve.

—¿Setenta y nueve? —expresaron a la vez los dos hermanos, completamente sorprendidos.

—Y el mes que viene, ochenta. Si Dios quiere —añadió.

—Pues Sole, ¡se conserva estupendamente!

—¡Muchas gracias hija! Mantenerme activa es lo que me hace sentir joven. El día que haga como las abuelas del pueblo y me siente todo el día a la puerta de casa para ver pasar la vida, será que me queda poco para volver a Dios —dijo riendo.

A Alma le hizo mucha gracia que ella no se considerara una abuela más del pueblo, pese a su edad. Llevaban tan solo media hora con ella y ya le había tomado cariño.

—Sole, ¿sabe usted a qué hemos venido mi hermano y yo? —preguntó Alma.

—Pues sí, sí que lo sé.

—Y ¿quién se lo dijo? —cuestionó Samuel.

—Bueno, digamos que lo sé, sin más. Yo sólo estoy aquí para que os encontréis a gusto el poco tiempo que estéis —indicó amablemente mientras ponía su mano encima de la de Samuel.

—Está bien, Sole. No le insistiremos más —manifestó Alma.

Samuel se quedó con la mosca detrás de la oreja. ¿Por qué razón no les quería decir quién fue el que le dijo a lo que iban?

—¡Cuéntenos algo de nuestro padre! ¡Seguro que tiene muchas anécdotas de cuando eran niños! —sugirió Alma juntando sus manos a modo de petición.

—¡Buff! ¡Miles! De pequeños… y no tanto. Estábamos todo el santo día juntos. Yo antes vivía dos casas más arriba de aquí. Íbamos juntos a clase y él siempre pasaba a recogerme o yo pasaba a por él. Después de comer, el que primero terminaba recogía al otro e íbamos por el resto de casas llamando a los de la pandilla. Teníamos una pandilla de amigos bien maja y, la verdad, no parábamos en casa. Eran otros tiempos, la vida se hacía mucho en la calle, casi no había coches y en el pueblo todos nos conocíamos.

—Bueno, ahora tampoco es mucho más grande el pueblo, ¿verdad? —repuso Samuel.

—No, ¡qué va! De hecho, vive menos gente que antes. Lo que ocurre es que ahora va y viene mucha gente de turismo, sobre todo los fines de semana. Es un pueblo muy bonito al que viene mucha gente, especialmente en estas fechas de Semana Santa.

—¿Cómo era nuestro padre de pequeño? —inquirió Alma.

—¡Uy! Pues mira, Samuel me recordó mucho a vuestro padre —dijo mirándole. Samuel se quedó parado y sorprendido de lo que le decía Sole—. Era un niño muy vivo. Siempre estaba construyendo cosas con sus propias manos y desmontando todo aquello que le llegaba. ¿Sabíais que su padre tenía un perro de raza San Bernardo, blanco y marrón enorme? Se lo regalaron a vuestro abuelo cuando acababa de nacer.

—¡Sí! ¡Nos lo contó muchas veces! Nos contó que el perro iba solo a comprar a la carnicería. Siempre quise saber si eso era cierto.

—¡Ah! ¡Sí, sí que lo es! ¡Lo he visto con mis propios ojos! A Sebas, nombre que le puso vuestro padre, le dejaban una cesta con una nota de lo que tenía que comprar y dinero. El perro, que pesaría casi cien kilos, cogía la cesta con la boca y se la llevaba a la carnicería. Allí, Paco el carnicero, que ya lo conocía, tras esperar pacientemente su turno, le cogía la nota, le preparaba todo y lo metía en la cesta.

—Siempre creí que se lo había inventado nuestro padre —afirmó Samuel—. Yo pensaba que cualquier perro se habría comido la carne en cuanto la hubiera tenido en la cesta.

—¡Ese perro no! Cuando llegaba a casa, si no había nadie, dejaba la cesta en la mesa de la entrada y se quedaba guardándola tumbado debajo.

—¡O sea que era verdad! —exclamó Alma.

—¡Claro que sí! —afirmó Soledad— Os cuento otra, no sé si sabéis que hay un enorme embalse aquí cerquita.

—Sí, lo sabemos —dijo Alma hablando por ambos.

—Bien. Los amigos de la pandilla teníamos una barca que manejaba siempre Martín. La usábamos para llegar hasta el centro del pantano y allí bañarnos. De vez en cuando, Martín o alguno de los otros amigos, se hacía el muerto y el perro daba cuatro o cinco ladridos desde la orilla y, si no se movía, saltaba al agua y nadaba a gran velocidad y con mucha destreza, directo hacia él. Cuando llegaba, lo agarraba con la boca por el brazo y lo llevaba hasta la orilla.

—¿Y no les hacía daño con los dientes? —preguntó Samuel.

—¡Qué va! Aunque, a decir verdad, es lo que me contaron, yo nunca me atreví a hacerlo —aclaró riendo Soledad. Hizo una pausa y se bebió un vaso de agua de un único trago— ¡Qué buena está el agua cuando hay sed!

—¡Anda! ¡Nuestro padre decía lo mismo! —indicó Alma muy sorprendida.

—¿Sí? No sé, igual es una expresión de por aquí —supuso Soledad.

Tras hidratarse, Soledad continuó su charla.

—Vuestro padre era una persona muy especial, era todo generosidad y siempre, siempre, tenía una sonrisa para cualquiera. Era el típico al que todo el mundo aprecia y te hace sentir como si estuvieras en casa allí donde estuviera él. Siempre que en verano venían niños o niñas de fuera del pueblo, él era el primero en acercarse y presentarse, para romper el hielo. Les acogía y formábamos una pandilla enorme. El resto de la pandilla del pueblo nos dejábamos arrastrar por su ímpetu y contribuíamos a ese buen ambiente, formando así una gran familia que se ha ido juntando verano tras verano toda la vida.

De pronto, el gesto de la cara de Soledad cambió. Se quedó callada durante unos segundos. Dejó de sonreír y bajó la mirada.

—Martín tuvo que vivir cosas difíciles a temprana edad. Todavía no estaba lo suficientemente preparado como para superarlas fácilmente. En la vida siempre te están sucediendo cosas, constantemente. Eso significa que estás vivo, pero hay cosas que, si pasan antes de tiempo, son más dolorosas.

—¿Se refiere a cuando nuestra abuela falleció? —concretó Samuel.

—Exactamente. La enfermedad de Charo fue un trauma para toda la familia y para todos los que la conocíamos. Vuestros abuelos eran personas excepcionales. Nunca he conocido unos padres como ellos. Yo no me quejo de los míos, Dios me libre, pero vuestros abuelos eran realmente únicos. Yo pasaba a verles todos los días. Me encantaba sentarme en la mesa de la cocina o en el salón, aunque fueran unos minutos, a comer algunas galletas de las que hacía vuestra abuela y a contarle las novedades que me habían sucedido. Tenía absoluta confianza con ellos. Le contaba cosas a Charo que no les contaba ni a mis hermanas. Sentía que me querían como a una hija más, de hecho, todos los amigos nos sentíamos un poco hijos suyos, parte de su familia —explicó Soledad sonriendo de nuevo—. Nunca los vi discutir por nada. Sentían un profundo amor e, incluso, devoción el uno por el otro. A Martín lo educaron con todo ese amor, aunque no le dejaban hacer cualquier cosa que se le ocurriera. Y se le ocurrían muchas, pero tenían, sobre todo su madre, la habilidad de hacerle ver las consecuencias de sus actos sin tener que llevarlos a cabo y sin darle un sólo grito.

—Mi padre nos habló muy poco de nuestra abuela —afirmó Alma. Y continuó diciendo con voz muy suave, casi susurrando y bajando su mirada—, creo que fue un trauma que le ha perseguido durante toda su vida.

—Charo era una mujer muy adelantada a su tiempo, tenía una mente muy abierta, inusual en un pueblo como éste. Podías hablarle de cualquier asunto, pues para ella no había ningún tema tabú, de esos de los que en aquella época no se podía ni pensar. Yo le preguntaba todo aquello que a mis padres no me atrevía a cuestionar y ella conversaba de lo que fuera, con total naturalidad. Daba igual que fuese sobre la menstruación, la evolución de los pechos en una mujer, el sexo... Hablando con ella aprendí de la vida más que en todos los años que pasé en el colegio —afirmó Soledad sonriendo, a la vez que asentía levemente sin parar—. De su aspecto, lo que más me llamaba la atención eran sus cabellos ondulados, negros como el azabache, que hacían que sus ojos resaltaran como un par de luceros verdes en la noche. Su sonrisa era de otro mundo, no una sonrisa normal, capaz de cambiar tu estado de ánimo sólo con mirarla. Conseguía transmitirte paz y dulzura, era como si su alma sonriera a la tuya, algo mágico. Esto no sólo lo sentía yo, sino todos los que tuvimos la gran suerte de conocerla. Mi madre siempre me lo decía, "esta mujer es tan especial, mira que la quiero" —Soledad hizo de nuevo otra pequeña pausa y añadió—. Pobrecita, la echo de menos todavía.

Soledad cogió un pañuelo que tenía escondido dentro de la manga de su vestido de flores y se secó las lágrimas que comenzaban a resbalar por sus mejillas. Samuel tenía un nudo en la garganta que le había quitado las ganas de seguir comiendo. Alma, por su parte, llevaba minutos hecha un mar de lágrimas. Soledad continuó con su testimonio.

—Vuestro padre lo pasó tremendamente mal. Vuestra abuela murió cuando él tenía tan sólo nueve años. Pero durante los tres anteriores, su madre fue apagándose poco a poco —Soledad paró de hablar. Con la mirada abstraída, se frotó con la palma de la mano su mejilla varias veces, mientras recordaba todas las imágenes que le venían a la memoria—. Fue realmente complicado para Martín y para vuestro abuelo Luis. Éste había sobrevivido a la Guerra Civil. Fue de los pocos que consiguió volver. Pasó por un infierno durante los tres años que duró la contienda. Estaba preparado para superar lo que fuera, pero no la muerte de su esposa. Así que removió cielo y tierra por encontrar la cura a su enfermedad, que por aquel entonces era mortal, la *enfermedad de Addison*. Me acuerdo cuando Martín, llorando sin parar, vino a buscarme y me contó que los médicos del hospital de Zaragoza le habían dicho que le daban tres meses de vida. Estaba absolutamente destrozado. Luis contactó con decenas de especialistas de toda la provincia y de Zaragoza, para intentar frenar la enfermedad de Charo —Soledad carraspeó un poco y continuó hablando—. Por lo visto, uno de ellos le dijo que la Penicilina frenaría la enfermedad, aunque no sabía si la curaría.

La Penicilina no se podía comprar en España, así que a través de otro médico de Zaragoza pudo adquirirla en Estados Unidos. Cada dosis le costaba muchísimo dinero, lo que hizo que se arruinara por completo. Pese a que había amasado una buena fortuna con unas parcelas de tierra que explotaba con un socio italiano, no le quedó nada de nada, pero consiguió que Charo no viviese sólo tres meses, sino tres años. Luis no se rindió jamás —dijo Soledad asintiendo firmemente con la cabeza—. Recuerdo que subía con Martín y nos sentábamos en la orilla de la cama de Charo y le contábamos todo lo que había pasado ese día en la escuela y fuera de ella. Charo, poco a poco, iba teniendo menos fuerzas y cada vez se cansaba más. Le aconsejaron que fuera a tomar unos baños de aguas termales y Luis la llevó varias veces en su *Citröen Pato* a Montajenos, un pueblo cercano que están en la provincia de Castellón. Algo de bien le hizo, pero no fue permanente. Empezó a tener un color cetrino y le comenzaron a salir pequeñas ronchas rojas y ampollas en la piel por todo su cuerpo, que le producían fuertes dolores. La pobre mujer aguantó todo lo que pudo y sé que lo hizo por Martín. Estaba enferma desde que él tenía seis años y aguantó hasta que su cuerpo dijo basta, tres años más tarde. Murió en las manos de Martín —hizo una pequeña pausa, respiró profundamente y continuó—. Estaba conmigo sentado en la entrada de la casa cuando su padre, Luis, le llamó para que subiera rápidamente. Martín ascendió como un rayo las escaleras. Al llegar a la habitación donde había estado su madre durante los últimos años, su padre, con una cara absolutamente descompuesta, le cogió de los hombros y le dijo "Martín, es hora de decirle adiós a mamá". Él, que tenía la mirada clavada en su madre desde que entró en la habitación, se acercó temblando a ella. Yo me quedé en el quicio de la puerta. Se sentó en el borde la cama y le cogió la mano, como hacía siempre. Charo abrió sus ojos todo lo que pudo, miró con las últimas fuerzas que le quedaban a Martín, le sonrió y decidió que era el mejor momento para marcharse, junto a su hijo —Soledad paró para secarse las lágrimas—. Estuvo como diez minutos, inmóvil, cogiéndole la mano a su madre, hasta que Luis le abrazó por detrás y le dijo "Hijo, ya está. Déjala marchar". Mi cuerpo se estremecía por el dolor que estaba sufriendo mi gran amigo Martín. Jamás olvidaré aquello.

Los dos hermanos escuchaban, casi sin respirar, todo lo que les estaba relatando aquella mujer, vivido de primera mano. Nunca antes habían conocido tantos detalles de aquella dura etapa de su padre, que se empeñó en ocultar y trató, infructuosamente, de superar. Sin duda, aquel golpe le marcó para el resto de su vida. Alma y Samuel no pudieron evitar llorar imaginando lo que tuvo que pasar su padre, a tan temprana edad. Conocían la historia, pero escuchar todos los detalles la hacían más viva que nunca. Soledad, prosiguió su relato:

—Al poco de morir Charo, como al medio año o así, no más, el socio italiano de vuestro abuelo le hizo una jugarreta muy sucia y le arrebató la explotación de las tierras. Luis se quedó, de repente, sin mujer, sin trabajo y con un niño de nueve años.

—¿Qué? —saltaron ambos hermanos al unísono.

—¡No puede ser! —gritó Samuel— ¡La misma historia que con mi padre! ¿Se repite la misma historia que con el abuelo?

—¡No me lo puedo creer! ¡Les pasó lo mismo a los dos! ¡Al padre y al hijo! —exclamó Alma.

—Eso parece. Mi padre intentó convencerle de que le denunciara, pero vuestro abuelo no quiso hacerlo. Me acuerdo que le dijo una frase bíblica a mi padre, durante una conversación que mantuvieron sobre ese tema. Le dijo "No voy a hacer nada contra él. No sabe las consecuencias de sus actos. Que Dios le perdone, porque no sabe lo que hace". Mi padre nunca compartió esa decisión, pero yo realmente creo que eso le posibilitó que saliera adelante mucho más rápido. No tenía dinero ni mucho menos energía para dedicarle a aquel socio. Decidió centrarse en él y en su hijo y yo creo que hizo lo correcto.

—Estoy temblando por dentro. Yo estuve durante meses intentando que mi padre denunciara a sus ex socios y no lo conseguí. ¿Y si en su cabeza estaba la reacción del abuelo Luis? ¿Y si quiso hacer lo mismo que hizo él? Si llego a saber todo esto… —lamentó Samuel.

Alma se quedó inmóvil, con los ojos abiertos, llenos de lágrimas y recreando, mentalmente, lo que Soledad les había detallado.

—Quizás si hubiese conocido todos estos detalles… —murmuró.

—No le deis vueltas a nada, hijos. Cada uno tenemos que hacer nuestro camino, nadie puede hacerlo por nosotros, y hay veces que, por mucho que nos digan que ese camino nos lleva a perdernos nos sentimos impulsados a recorrerlo. No lamentéis nada de lo que hicisteis o dejasteis de hacer. Estoy segura de que siempre actuasteis con amor hacia vuestro padre, eso es lo único que importa —manifestó Soledad levantando el dedo índice de su mano derecha.

Los dos hermanos se quedaron en silencio y pensativos durante unos minutos. Soledad quiso respetar ese silencio para que pudieran comenzar a asimilar toda la información que les había transmitido. El crepitar del fuego se hizo por primera vez presente. Hasta ese momento, no parecía ni que estuviera encendido. El sol estaba comenzando a perder fulgor y el reflejo de las llamas en los muebles blancos de la cocina se hizo más palpable. Soledad se levantó y encendió una luz.

—¿Queréis un café o una infusión? —ofreció Soledad.

—No, muchas gracias. Por mí no —contestó Alma.

—Gracias, Sole. Por mí tampoco —añadió Samuel.

Soledad se sentó de nuevo a la mesa.

—Tengo una teoría sobre vuestro abuelo Luis —anunció Soledad. Alma y Samuel se reacomodaron para escuchar con atención lo que les iba a decir—. Veréis. Como ya os he dicho, mi padre, muy amigo de vuestro abuelo, le insistió mucho en denunciar al socio. Además, ya sabéis que vuestro abuelo fue el abogado más joven de España. Superó dos cursos de derecho en un año en la Universidad de Zaragoza, justo después de la guerra. O sea que tuvo en sus manos poder denunciarlo, pero no lo hizo. Mi padre, como la mayoría del pueblo, acabó odiando al socio italiano. Lo terminaron echando de aquí. En ningún sitio le servían ni le dejaban que comprara nada. Se tuvo que ir bien lejos, porque ni siquiera en las poblaciones de alrededor, como Mas de las Matas, o incluso Molinos, que está más apartado, le querían atender. En ningún sitio. A vuestro abuelo se le amaba y se le respetaba a partes iguales en toda la comarca y todos los vecinos de los pueblos de alrededor se sumaron en contra del italiano que le quitó su negocio.

—¡Qué bien! Mi abuelo estaría muy orgulloso —interrumpió Samuel.

—Nada más lejos de la realidad, hijo —respondió Soledad a Samuel, que se quedó estupefacto con aquella inesperada respuesta—. Vuestro abuelo les dio una enseñanza a todos, sin hacer ni decir nada, simplemente con su ejemplo de vida. Él fue el único que no terminó odiando al italiano y justo ahí estuvo su fortaleza. Si hubiera caído en la trampa del odio, vuestro padre habría aprendido ese odio y vosotros lo habríais mamado también. En cambio, Luis quiso cortar con aquello y reemprender una nueva vida en Valderrobres, trabajando como abogado en un puesto que le ofrecieron rápidamente cuando llegó a sus oídos que no tenía trabajo. Allí, con el paso de los años, volvieron a ser muy felices.

—¡Dios mío! —expresó Alma tapándose los ojos con ambas manos.

—¿Qué te pasa hija? —preguntó inmediatamente Soledad.

—Alma, ¿qué te ocurre? —indicó Samuel cogiendo de la muñeca a Alma.

—Dios mío, Sam… nuestro padre se sentía desolado porque acabó odiando a George y a Mary —dijo Alma llorando.

—¿Y? —preguntó a la defensiva Samuel.

—Que te acabó pasando a ti su odio hacia ellos, Sam. ¡Por eso estaba tan mal, Sam, no supo hacer lo que su padre hizo, no pudo dejar de odiarles y tampoco pudo ayudarte a que tú tampoco los odiaras! ¡Se sentía tan culpable! ¡Pero no sólo por todo lo de mamá o lo de la empresa, se sentía culpable como padre, porque no supo hacerlo bien contigo, Sam! ¿No lo ves? —exclamó Alma con total seguridad de lo que decía.

—¿Pero qué tonterías estás diciendo, Alma? ¡Yo les odié desde el primer segundo en el que le echaron y decidieron vender la empresa! No necesitaba a papá para nada, ¡sé perfectamente a quién odiar! —refunfuñó Samuel.

—Sam, ¿no te das cuenta de que si papá no les hubiese odiado, tú probablemente ahora tampoco les odiarías? —afirmó Alma.

—Alma, eso es una estupidez. Les habría odiado igual.

—Pues hijo mío, tienes la oportunidad de aprender de una grandísima persona como fue vuestro abuelo Luis. Fue un hombre extremadamente inteligente y no por lo que había estudiado o dejado de estudiar, sino porque supo elegir entre el odio o su vida. Las dos cosas son incompatibles, aunque no lo creas. La vida con odio no es vida, es sufrimiento. Jamás podrás vivir plenamente si albergas odio y rencor en tu corazón hacia alguien. Sin perdón, no hay vida plena, hijo mío.

—Pues mi vida es bastante plena y les sigo odiando con toda mi alma. Los odiaré siempre. Hundieron a nuestra familia, hundieron el legado de mi padre y mi abuelo y me hundieron a mí. Jamás les perdonaré, y si me tengo que morir antes por odiarles, bienvenido sea, estoy dispuesto. Pero yo no voy a traicionar la memoria de nuestro padre, ni de nuestro abuelo, perdonando a unas personas que jamás lo pidieron ni deshicieron nada de lo que urdieron. Cuando pidan perdón y devuelvan lo que nos robaron, entonces me lo pensaré.

—Hijo, el perdón no tiene nada que ver con otras personas, es sólo interior, de cada uno. Si no perdonas sólo tú cargarás con el dolor y el sufrimiento. En el acto de perdonar sólo interviene uno mismo, nadie más —explicó con dulzura Soledad.

—Mire Sole, se lo agradezco, pero es lo que pienso y ya está —sentenció Samuel.

—Déjelo Sole, mi hermano está muy cerrado con ese tema —explicó Alma.

—No es estar cerrado o abierto, simplemente no pienso igual que vosotras, nada más. Respetadme, como yo respeto vuestra opinión —apostilló Samuel.

—Está bien hijo, no diré *na más* —indicó Soledad y sonrió a Samuel, que no tenía ni ganas de levantar la vista para verla.

Para romper el hielo, Alma preguntó:

—Sole, nos ha contado un poco sobre cómo era nuestra abuela, pero no nos ha dicho nada de nuestro abuelo Luis. Lo conocimos muy poco, sólo le vimos un par de veces que vinimos a España, pero me gustaría saber cómo era de joven.

—Ay, Alma. Vuestro abuelo Luis era un señor. Era un hombre elegante, olía a diario a perfume varonil y llevaba siempre traje con corbata, aunque la mayoría de los hombres de la época que no trabajaban en el campo lo llevaban a diario. Mi padre lo usaba también, pero no era lo mismo, vuestro abuelo tenía una planta espectacular —rio Soledad mientras comparaba el recuerdo de su padre con el de Luis—. Era muy alto, delgado y tenía un pelo castaño oscuro que era la envidia de muchos. Iba siempre muy *repeinao*. Pero lo más llamativo de él era su mirada. Tenía una mirada limpia, penetrante, te perdías en aquellos ojos oscuros. Sólo con mirarte sabías que podías confiar en lo que aquel hombre te dijese. Eso le fue de gran valor para los negocios.

—Recuerdo que se parecía a nuestro padre. Bueno, mejor dicho, nuestro padre a él —expresó Alma muy atenta a todo lo que contaba Soledad.

—No creas, se le daba un aire, pero Martín tenía mezcla entre su madre y su padre. Desde luego, de forma de ser, con sus gestos y su humor, era *clavadico* a vuestro abuelo.

Estaba casi anocheciendo y no se habían levantado de la mesa todavía. Todo lo que les contaba Soledad les había hecho entender muchas cosas acerca de su padre, Martín, y de cómo y por qué había hecho muchas de ellas.

—Estaréis ya *harticos* de escucharme. Os he preparado las camas de las dos habitaciones del primer piso. Tenéis puestas mantas para que no paséis mucho frío de noche. Si deseáis cenar algo un poco más tarde, os he dejado algunas *cosicas* en la nevera. Estáis en vuestra casa, coged lo que deseéis.

—Muchísimas gracias, Sole. Gracias de corazón por todo lo que ha hecho por nosotros. Es un ángel.

—No hay de qué. Es un gusto poder atender a los *nietecicos* de Luis.

—¿Cuándo se enteró del fallecimiento de Martín? —preguntó Alma.

—Pues el *mismico* día que pasó. Teníamos una amiga común acompañándole en el hospital —contestó Soledad.

—¡No me diga! ¿Quién era? —preguntó con curiosidad Alma.

—Una amiga de Valderrobres. La conoceréis mañana —aseguró Soledad.

Samuel y Alma se quedaron perplejos por el nivel de preparación que había tenido su padre con este viaje. Intuían que Soledad sabía muchas más cosas de Martín, pero que quería guardárselas para ella.

—Sole, no sabrá por casualidad dónde debemos depositar las cenizas, ¿verdad? —preguntó Samuel.

—No, hijo. Eso no me corresponde a mí. Pero no os preocupéis que mañana os lo dirán para que podáis depositarlas.

—De acuerdo, Sole. Muchas gracias por todo.

—Os voy a dejar *tranquilicos*. Mañana, antes de que os vayáis por la tarde, pasaré a veros y me contáis qué tal os ha ido, ¿de acuerdo? —añadió cogiendo de la mano a Alma.

—¡Claro Sole, la vamos a echar de menos! —dijo Alma riendo.

—Cuidado, que si me dais cancha ¡no me voy de aquí ni con agua hirviendo! —rio Soledad otra vez como si tuviera un muelle en su interior. Era muy gracioso verla reír así.

—Gracias por todo, Sole. De corazón —expresó Samuel cogiéndole la mano.

—Un placer, *hijico*. ¡Hasta mañana pues!

—¡Hasta mañana! —respondieron ambos.

Soledad salió de la casa con su ritmo habitual —no sin dejar antes la llave de la casa en la mesita de la entrada— y cerró tras de sí la puerta.

Samuel y Alma se quedaron mirando mutuamente sin decir ni una palabra. La conversación había durado unas dos o tres horas, pero para ellos parecía que había pasado un día entero.

—Vaya descubrimiento —señaló Alma con el tono habitual de Samuel.

—Estoy alucinado. Hoy he conocido más cosas sobre papá que conviviendo con él durante los últimos años —asintió Samuel.

—¿Y lo de esta mujer, Sole? Toda la vida han sido amigos, o *amiguicos*, como ella dice. Toda la vida, incluso con miles de kilómetros de por medio y décadas sin verse, lo han seguido siendo. ¿No te parece increíble? ¡Y papá nunca nos la nombró! ¿Tú te acuerdas de ella de cuando estuvimos aquí aquel verano?

—La verdad es que algo sí. Recuerdo que ordeñé vacas y también el aspecto que tenía su casa. Pero, por alguna razón, no me acordaba de cómo era ella —afirmó Samuel mientras se frotaba su barbilla con la mano derecha.

—Bueno, ¿subimos las maletas? —propuso Alma.

—Sí, si quieres las subimos entre los dos, será más fácil —añadió Samuel.

—Me parece bien.

Ascendieron por la escalera que les conducía al primer piso. Las habitaciones estaban justo enfrente.

—¿Con cuál te quedas? —preguntó Samuel.

—Con la de la derecha, que creo que es en la que estuve la última vez.

—¡Vale!

Las habitaciones eran casi gemelas. Ambas daban a la plaza de la iglesia. Cada una tenía una cama de matrimonio, junto a una cómoda, una silla y un armario, todo a juego. Los muebles de la habitación de Alma eran de un tono más claro que los de la de Samuel, pero el estilo rústico era el mismo. Samuel se tumbó en el camastro para probar el colchón. Le resultó muy cómodo, no parecía que tuviera mucho tiempo, sino todo lo contrario.

Alma abrió el armario y escudriñó todos los recovecos que en él había. Después, abrió los cajones de la cómoda, sin dejarse ni uno, para comprobar qué contenían. No había nada.

—¿Alma? —gritó Samuel tumbado desde la otra habitación.

—Dime.

—¿Te apetece que salgamos a dar una vuelta?

—¡Bufff! Yo creo que primero voy a descansar un poco, luego me ducharé tranquilamente y ya veré si me apetece.

—Sí, sí, yo también me quiero duchar y descansar un poco.

Alma se quedó dormida casi de inmediato. Su cuarto estaba un poco más caliente porque la conducción de la chimenea de la cocina pasaba muy cerca de la pared que estaba junto a su cama, lo que hizo que poco a poco se fuera durmiendo plácidamente, hasta que, finalmente, cayó rendida. Samuel se incorporó al cuarto de hora de haberse recostado encima de la cama. Se asomó sin hacer ruido y vio que su hermana estaba destapada. Agarró una de las mantas que había dejado Soledad en una silla del cuarto y la cubrió sin que se despertara.

—Creo que me ducharé —pensó Samuel.

Durante los minutos que duró la ducha Samuel estuvo rememorando todo lo que Soledad les había relatado. No entendía cómo era posible que su padre no le hubiese contado más cosas sobre su abuelo. Recordó que, cuando le conoció aquel verano en España, era un hombre al que le gustaba hacerles reír, con muecas y ocurrencias. Ya no estaba para muchos trotes, pero todavía tenía energía para perseguirles de vez en cuando, jugando a policías y ladrones.

Estando en este pensamiento, Samuel evocó el momento en el que se enteró de que su abuelo había participado en la Guerra Civil española, a través de unos papeles de la época que Luis enseñaba a Martín. Por lo que recuerda de aquel día, al parecer su abuelo estuvo en la cárcel tras la toma de Valencia y lo único que se trajo de la guerra fue un odio acérrimo a las lentejas. Las comía todos los días, por lo que acabó aborreciéndolas.

Cuando acabó de ponerse la ropa limpia Alma no había despertado aún, estaba cansadísima del viaje. En cambio, Samuel se sentía muy enérgico.

—Será el ternasco que me he comido —pensó para sí.

Decidió salir a despejarse un poco por el pueblo. Mandó un mensaje al teléfono de Alma, para cuando se despertara, avisándola de su paseo. Bajó la escalera sin hacer apenas ruido y, cuando abrió la puerta de la casa, fue consciente de lo bien aislada que estaba. Hacía verdadero frío fuera. Así que, ni corto ni perezoso, subió de nuevo la escalinata hasta su cuarto para cambiarse la chaqueta fina que llevaba puesta por el abrigo que usaba en Pittsburgh en invierno.

Samuel salió a la calle sin rumbo fijo. Castellote tenía poca iluminación durante la noche, pero la suficiente como para ver perfectamente por las calles y callejuelas del centro del municipio. Bajo esa escasa luz, el pueblo tenía un aspecto de lugar encantado, con siglos de historia, donde en cada esquina se escondían miles de leyendas, tantas como para llenar un libro. Recordó que existía una especie de plaza donde había varios bares. Bajó por la calle por la que habían venido con el taxi. Pasó por delante de unos arcos cerca del ayuntamiento. Eran unos arcos apuntados medievales de estilo mudéjar, un estilo muy característico de Aragón, donde las técnicas de los artesanos árabes conversos se mezclaban con las de los cristianos que repoblaron la zona tras la Reconquista. A su izquierda, una cuesta muy empinada y estrecha conducía hasta la calle superior. Samuel decidió girar y subir, atraído por ella.

Mientras ascendía, respiraba un aire limpio y fresco que inundaba por completo sus pulmones. Pocas veces había tenido la sensación de respirar un aire tan puro. Cuando llegó a lo alto, divisó a su derecha la torre de otra iglesia. No recordaba su existencia y, movido por la curiosidad, se dirigió hacia allí. Un par de cipreses le guiaron hasta la entrada.

La portada de la iglesia se entreveía muy bonita, aunque había poca luz para observarla en todo su esplendor. Sobre ella, un imponente rosetón de piedra gótico dejaba pasar la luz del amanecer al interior de la nave. La torre no parecía ser de la misma época que el resto del conjunto arquitectónico; o, al menos, esa fue la impresión que le dio a Samuel por el impecable estado de la piedra que la conformaba. Lo mejor, para él, fue poder ver desde allí, en lo alto de la montaña que dominaba al pueblo, el castillo templario, con una iluminación que realzaba aún más su belleza. Desde luego, quien decidió poner el castillo en ese lugar no lo hizo por la facilidad de acceso para subir todos los materiales y piedras necesarias para su construcción; pero sin duda alguna, era el mejor enclave para dominar toda la zona, con una visión de kilómetros a la redonda.

Samuel se quedó durante algunos minutos observando todo el panorama a su alrededor. Se sentía muy relajado, así que decidió continuar un poco más su improvisado paseo. Bajó por una calle bordeando la iglesia. Había decidido descender hacia la plaza donde estaban los bares de la zona nueva del pueblo cuando, al girar su vista a la derecha, vio un vial muy estrecho que serpenteaba de nuevo hacia la zona antigua del pueblo. Asomó la cabeza y le pareció muy interesante, así que se introdujo en él. Al acceder vio el cartel con el nombre de la vía, calle Carnicería. Supuso que la carnicería a la que iba a comprar el perro del abuelo habría dado nombre a aquella calle. Su curiosidad iba en aumento. La vía tenía un ambiente absolutamente mágico. A Samuel le parecía increíble que tan sólo horas atrás estuviera en el corazón del estado de Pensilvania y que, en ese momento, estuviese completamente solo, aislado del ruidoso y estresante mundo, recorriendo un pueblo con casas de más de dos siglos de antigüedad. Cada paso que daba disfrutaba más del recorrido. Tocó con sus manos las piedras que formaban los sillares de las casas y la madera noble de sus puertas. La callejuela desprendía un olor especial a leña que se mezclaba con aquel aire puro de montaña que recorría acariciando todos los rincones del pueblo.

De pronto, al girar levemente a la derecha, se percató de que, tras una puerta de metal y cristal translúcido, había una especie de pequeña bodega. Le llamó poderosamente la atención que un bar de estas características estuviera en aquella calle. Se acercó a la puerta y movió su cabeza ligeramente de un lado a otro con el fin de intuir, mirando a través del cristal, la presencia de alguien en su interior, aparte del dueño o la dueña. No quería entrar a esas horas a un bar en el que quizá quisieran cerrar pronto. Sin embargo, creyó ver dos personas sentadas en una mesa, por lo que se decidió a acceder.

—Buenas noches —saludó Samuel.

—Buenas noches —respondieron los dos hombres de la mesa.

—Hola —dijo el *barman* sin girarse, mientras limpiaba la cafetera.

—Hola, quería un café descafeinado.

—Tendrá que ser de sobre. Ya he apagado la máquina.

—¡Perfecto!

Samuel notó que los dos hombres de la mesa le miraban, así que se giró. Eran de muy avanzada edad. Ambos llevaban prácticamente la misma ropa, una boina oscura y una chaqueta de punto de color gris claro. Lo único que les diferenciaba era el color del pantalón, uno marrón y el otro azul marino. Se quedaron mirando fijamente a Samuel, hasta que uno de ellos le preguntó:

—Me recuerdas a alguien. ¿Eres de por aquí? —preguntó el de los pantalones marrones.

—Pues, a decir verdad, yo no. Pero la familia de mi padre sí.

—¿De tu padre dices? —expresó el otro hombre cogiendo el palillo de dientes que tenía apoyado en la boca, al estilo del taxista de la mañana.

—Pues… me recuerdas a alguien que conocí hace mucho tiempo —insistió el hombre de los pantalones marrones, pellizcándose el labio inferior y arrugando la nariz.

—Mi padre es…

—¡Espera!

—¡Qué ocurre!

—¡No me lo digas!

—¡Ah, vale! ¡Qué susto! Pensaba que pasaba algo.

—Ya sé quién es tu abuelo.

—¿Mi abuelo?

—Tienes el mismo perfil que él. Como para olvidarlo. Eres *calcadico* a él —afirmó con contundencia el hombre— ¿A que tu abuelo era Luis?

Samuel se quedó absolutamente alucinado por lo buen fisonomista que era aquel anciano. Le miró durante algunos segundos, intentando asimilar su acierto.

—Pues, increíblemente, ha acertado. ¿Cómo es posible? —manifestó titubeando Samuel.

—¡Ya te lo he dicho zagal! Eres *calcadico* a él.

—Nunca me lo habían dicho. Sé que me parecía a mi padre.

—Cierto, también te pareces a Martín. Pero tienes más parecido con tu abuelo.

—Desde luego lo debo tener, si no ¿de qué otra manera habría acertado mi parentesco? —señaló Samuel, totalmente sorprendido.

—Me llamo Fernando y éste es mi hermano Toribio. Como ves, a mí me tocó el nombre bonito.

—Y a mí la cara bonita. Un reparto equilibrado —anunció Toribio, el de los pantalones azules.

—Encantado. Mi nombre es Samuel —saludó riendo.

De repente, el *barman* gritó:

—¡Eres el hijo de Martín!

—Sí, ¿lo conoció usted? —preguntó Samuel.

—¿Cómo que si lo conocí? ¡Todavía lo conozco!

—Ya, siento decirle que… mi padre… falleció a finales del año pasado.

—¿Cómo? ¡No tenía ni idea! —exclamó sorprendido el *barman*— ¡Ostras! ¡Cuánto lo siento! era una persona excepcional, como su padre, Luis.

—Sí que lo era —afirmó Samuel bajando la mirada al suelo.

—¡Pues no te lo vas a creer, pero un día a tu padre se le olvidó un cuaderno que parece bastante viejo, con unas cosas anotadas a mano! Se lo dejó una noche, hará como cuatro años o más. Pensé que volvería a por él, pero nunca lo hizo. Pasé decenas de veces por la casa de sus padres, pero nunca había nadie. No lo dejé en el buzón porque me parecían papeles delicados, así que los guardé aquí. ¡Hasta ahora! ¡Se me habían olvidado por completo hasta que he oído quién eras!

Samuel se quedó petrificado. En un diminuto y escondido bar de una callejuela, un hombre supo de quién era nieto y otro tenía unas cartas de su propio padre. Estaba muy desconcertado, no se lo podía creer.

El camarero entró a través de una puerta que tenía a sus espaldas y sacó lo que parecían unas cuartillas amarillentas, atadas con una cuerda. Había tenido la precaución de meterlas dentro de una bolsa de plástico transparente. Samuel cogió aquellas hojas. Las giró hacia un lado y hacia otro para ver la pinta que tenían. Parecía una especie de diario.

—¡El diario! —pensó para sí, con los ojos como platos— pero parece demasiado antiguo como para ser de mi padre —recapacitó en silencio. Después añadió en voz alta—. Muchas gracias por haberlo guardado durante tanto tiempo, señor…

—Diego, Diego Sánchez —contestó el barman— de nada. Tu padre nos caía muy bien. Siento mucho lo de su muerte, zagal.

—Muchas gracias. Fue una muerte que no nos esperábamos.

—El hombre vino algunas noches seguidas al bar. No tenía pinta de estar muy bien y yo creo que la compañía le ayudaba, así que volvía casi a diario —dijo Diego con una media sonrisa.

—Pasó por unos momentos muy difíciles —respondió Samuel.

—Lo sabíamos, aunque nunca le preguntamos nada.

—Muchas gracias, de verdad.

—No se merecen. Fue un placer —expresó Diego.

—Anda, coge una silla y siéntate con nosotros —indicó Toribio.

—Vale, de acuerdo. No pensaba quedarme mucho.

—Anda, siéntate.

—¿Sabes que nosotros estuvimos con tu abuelo en la Guerra?

—Pero ustedes son mucho más jóvenes de lo que era mi abuelo, ¿verdad?

—¡Sobre todo yo! —dijo Fernando.

—¡Sí, tú, que saliste el primero, vas a ser tú el más joven! —respondió Toribio.

—¡Yo siempre he oído que, en un parto de mellizos, el primero que sale es el más joven! —insistió Fernando.

—¡Ah, que son mellizos! ¡No se parecen en nada!

—¡Y menos mal! —replicó fanfarroneando Toribio.

—Pero entonces tuvieron que ir a la Guerra muy jóvenes, lo digo porque a mi abuelo le pilló con casi veinte años y ahora tendría… ¿ciento uno? —dijo Samuel mirando hacia arriba y al lado izquierdo, intentó calcular de cabeza rápidamente los años.

—Pues sí, fuimos con casi diecisiete.

—¿Cómo? ¿Diecisiete años?

—No, he dicho casi diecisiete. Al principio de la Guerra nos libramos por edad. Vimos marchar a todos los hombres del pueblo mayores de veintiuno —explicó Toribio. Miró a su hermano y continuó— Creíamos que nos libraríamos. Nadie pensaba que la contienda fuera a durar más de dos o tres meses y nosotros éramos muy jóvenes como para que nos pillara.

—Nos ofrecieron irnos al extranjero. Niños de nuestra edad y más pequeños salieron de este pueblo rumbo a Rusia, Francia, México, Chile… Están repartidos por todo el mundo. Ninguno regresó. Nosotros nos quedamos para ayudar a nuestra madre, que estaba impedida de la cadera y no se podía valer por sí sola. Ella nos insistía una y otra vez que nos marcháramos, que la Guerra podría llegar —dijo Fernando asintiendo rápidamente con la cabeza—. Debimos hacerle caso.

—Cuando la Guerra se alargó comenzaron a llamar a los que tenían dieciocho años, luego a los de diecisiete y por último a los que iban a cumplirlos. Ahí entramos nosotros, justo en el peor momento y en el peor sitio, en Teruel a finales del 38.

—¡Qué horror! —exclamó Samuel.

—Imagínate, de un día para otro, pasas de jugar con palos imitando ametralladoras, a tener un arma real de fabricación rusa en tus manos, matando a no se sabe quién. Una absoluta locura. La quinta del biberón, nos llamaron. ¡Desgraciados! —murmuró Fernando apretando los dientes.

—Así fue, de repente mi madre se tuvo que quedar sola y vio cómo sus dos hijos se iban a morir a la Guerra. Todavía la recuerdo aquel diciembre, apoyada contra el quicio de la puerta de casa, llorando sin consuelo mientras nosotros nos uníamos a un grupo de zagales recogidos de otros pueblos —Toribio meneó la cabeza de un lado a otro, mientras se mordía el labio inferior—. Ahora se habla con mucha ligereza de la Guerra Civil, que si los rojos, que si los azules, y tonterías de esas que no son verdad. Nosotros tuvimos que irnos a matar gente de un bando, porque nuestro pueblo era del contrario. Y unos cuantos kilómetros hacia adentro pasó exactamente lo mismo, pero al revés. No era cosa de ideologías, ¿qué ideología podía tener yo con dieciséis años?

—Cierto —asintió Samuel.

—Luego van contando que la Guerra fue una lucha de clases, de ideas y gilipolleces de esas. Fue una lucha por dinero y por poder y no sólo española. Cuando llegamos al frente, date cuenta, directos a morir al frente, a nosotros; no eligieron a los hijos de los que mandaban, no, enviaron a los niños pobres de los pueblos —Toribio cerró los puños con fuerza—. Cuando llegamos al frente estuvimos con personas de decenas de nacionalidades, italianos, franceses, ingleses, rusos… ¿pero qué hacía toda esa gente en una guerra que sólo era española? Nos han contado una gran mentira. La Guerra Civil española en realidad se debió llamar Segunda Guerra Mundial, porque fue el campo de pruebas de todo lo que estalló después.

Samuel escuchaba absorto todo lo que le estaban contado.

—¿Te puedes creer que el jefe de mi división republicana, en el frente de Teruel, llamaba por radio al jefe de un batallón del frente popular para contarse dónde iban a bombardear con los aviones para que se salvara el mayor número de soldados posible? ¡Eso lo he visto y oído yo mismo! ¿Sabes por qué? ¡Porque eran hermanos! A uno le tocó en Burgos, en el lado sublevado, porque estaba estudiando allí; y al otro en el bando republicano, eran de Zaragoza y se encontraba allí cuando estalló la Guerra. ¿Te lo puedes creer? —exclamó Fernando abriendo los ojos al mismo tiempo que abría las manos, separándolas levemente.

—¿Sabes quién hacía las llamadas? —preguntó Toribio a Samuel.

—No.

—Tu abuelo Luis.

—¡¿Cómo!? —Samuel se quedó en estado de shock.

—Tu abuelo era el encargado de las comunicaciones en la división donde recalamos mi hermano y yo. Pese a que hacía tiempo que no le veíamos por el pueblo, porque se había marchado a estudiar la carrera a Zaragoza, le reconocimos al instante.

—Dios mío —Samuel se frotaba la frente con fuerza, imaginando todo lo que le estaban contando.

—Y por eso estamos ahora aquí contigo, hablando. Él nos salvó —afirmó Toribio y asintió Fernando.

—¡¿Que mi abuelo os salvó!?

—Acabábamos de llegar al frente por la parte sur de Teruel. No recuerdo un invierno tan frío como aquel del 38. Estaba todo completamente cubierto por varios metros de nieve. Nos costó horrores llegar a donde estábamos destinados, La Puebla de Valverde. Algunos de los zagales con los que íbamos ni siquiera pudieron llegar al destino. Uno de ellos tosía desde que lo recogimos en Molinos. Durante la segunda noche parecía que no podía respirar bien y no paró de toser ni un momento. El pobre… no pudo amanecer —Toribio hizo una pequeña pausa para beber un trago del vino que tenía en la mesa—. Yo mismo le tuve que enterrar en un prado pasado el pueblo de Cantavieja. Cuando al fin llegamos a La Puebla de Valverde nos dieron un uniforme de paño de color marrón, junto con un abrigo dos o tres tallas mayor, y de comer un rancho de lentejas que no sabían a nada. Tras descansar sólo un poco nos dieron nuestra arma, un fusil que pesaba como una roca y que tenía una bayoneta en la punta. Antes de que nos dijeran cómo usarlo, algunos ya se habían cortado o habían cortado sin querer al de al lado. Y eso que solamente lo estábamos mirando. Ni siquiera éramos conscientes de lo que teníamos entre manos. Éramos unos críos con un arma, ¡qué esperaban! —exclamó enfadado Toribio.

—Aún me acuerdo de esa arma, un *Mosin* de fabricación rusa. Pesaba como un demonio —afirmó Fernando—. Apuntabas a un lado y disparaba hacia otro —añadió.

—Yo supe cómo sonaba cuando directamente lo tuve que usar en el frente. Antes no nos dejaban disparar porque no había suficientes cartuchos y había que reservarlos para la batalla —continuó Fernando.

Samuel no salía de su asombro. Siempre había creído que la Guerra Civil española había sido una guerra de ideales y que había dos bandos casi irreconciliables, pero la historia de estas tres personas dejaba en el aire todo lo que había escuchado hasta entonces sobre ella.

—¿Y cómo os salvó mi abuelo?

—Seguramente piensas que fue en un acto heroico, nada más lejos de la realidad. Aunque, bueno, sí fue una heroicidad, no en vano terminó salvándonos la vida a los dos —dijo Fernando—. Cuando acabamos de recibir la formación tu abuelo Luis pasó, por casualidad, con el mando mayor de la división cuarenta y seis por donde estábamos nosotros. Le vimos y le hicimos señas, saludándole. Él se hizo el despistado y no nos hizo ni caso. Pero al poco volvió para hablar con nosotros. Nos preguntó quiénes éramos y le dijimos que le conocíamos de Castellote. Nos preguntó también que si sabíamos nuestro destino y le contamos que primero sería el Alto de Escandón y que luego iríamos al Alto de Celadas, para ayudar a mantener Teruel. Por aquel entonces no sabíamos que, en ese momento, el ejército sublevado había decidido justo atacar por Celadas y que caerían bombas de unos doscientos aviones italianos y alemanes.

Luis tenía mucha más información que todos los demás soldados rasos, así que les pidió que cuando volviera a hablar con ellos dijeran a todo que sí, cosa que hicieron sin dudar lo más mínimo.

—Recuerdo que volvió con uno de los mandos y le dijo delante de nosotros "¡quiero a estos dos para que pongan en marcha la nueva radio y la nueva centralita. Necesitamos ya mismo a gente dedicada a aprovechar la unidad de radio que nos acaba de llegar y ¡yo no tengo tiempo!" —explicó Fernando imitando la voz de Luis—. Aquel mando debía confiar mucho en tu abuelo, porque sin dudarlo le dio el beneplácito para que permaneciéramos junto a él, aprendiendo a manejar la nueva emisora. Nosotros éramos los encargados de ponerla en marcha, cuando sólo habíamos visto dos o tres en toda nuestra vida y de las de andar por casa —dijo Fernando riéndose—. En ese momento no éramos conscientes de lo que nos había evitado. Sólo te diré que, de todos los que fueron, ninguno regresó. Ni uno sólo.

—Yo ni dormí durante dos días enteros. ¿Te acuerdas hermano? —replicó Toribio mirando a Fernando— Aprendí absolutamente todo lo que pude de aquella centralita de fabricación española, una *Ericsson* de nueve líneas, modelo *ETE2*.

—¡*84*! —completó Fernando.

—La dominamos enseguida y aprendimos, gracias a la dedicación de tu abuelo, el código morse para usar los telégrafos que allí tenían. Hicimos un curso acelerado de comunicaciones en tan sólo cinco días. Nunca le estaremos lo suficientemente agradecidos —asintió Toribio.

—Infinitamente —añadió Fernando—. Nos salvó de morir esa misma semana, con total seguridad. Luego, cuando los sublevados avanzaron sobre nuestras posiciones, le perdimos la pista por completo. Años más tarde nos enteramos de que había conseguido salvarse y que estuvo detenido en la cárcel de Valencia. Nosotros conseguimos ocultarnos en los montes de Barracas y, después de varios años, logramos volver al pueblo, por la noche, para que nadie nos encontrara. Estuvimos escondidos en casa de nuestra madre casi veinte años, con un miedo aterrador a que nos encontraran y nos fusilaran.

—¡Veinte años encerrados! ¡Dios mío! —exclamó boquiabierto Samuel.

—Veinte, uno tras otro. Pese a que las noticias que nos iban dando apuntaban a que todo estaba más calmado, nunca nos quisimos arriesgar y mi madre no tenía ni la más mínima intención de querer separarse de nosotros de nuevo. Menuda sorpresa le dimos cuando saltamos el muro del corral y entramos en casa. ¡Casi le da algo! —rio Fernando mientras hacía el gesto con la mano de cómo consiguieron colarse por el corral.

—¡Je, je, je! Sí, pobre mamá —añadió Toribio—. Lo que tuvimos que hacer para sobrevivir no es una historia única. Hubo una gran persecución de todos los que, de una u otra forma, se relacionaron con el bando republicano.

—¿Os acordáis del padre del vinatero? —preguntó desde la barra Diego.

—¡Sí! ¡Ese sí que aguantó! —respondió Toribio.

—Cuarenta años escondido en el sótano de su casa de Peñarroya de Tastavins. Hasta que no murió Franco no quiso salir. ¡Hasta el año setenta y cinco! —manifestó Diego levantando ambas manos y acompañando cada sílaba que componía el año con un movimiento de las manos, como troceándolas con un movimiento de karate.

—Madre mía, una vida entera encerrado en un sótano... ¡Qué horror! ¡Todo por miedo!

—Sólo su mujer y sus hijos sabían que estaba allí, ni siquiera sus nietos lo supieron nunca, hasta que salió —afirmó Diego.

Samuel estaba aturdido con tanta información recibida en un sólo día. Decidió que era hora de volver a casa y descansar un poco.

—Señores, ha sido un placer compartir esta increíble conversación con ustedes. Gracias por todo lo que me han contado, lo llevaré siempre conmigo.

—Gracias a ti por escuchar a estos dos viejos cascarrabias —dijo Fernando.

—Nosotros sólo sabemos quejarnos, no como tu abuelo —aseveró Toribio.

—¿Qué quiere decir? —cuestionó Samuel ya casi saliendo del bar.

—Han pasado ochenta años de aquello, estamos a punto de irnos para el otro barrio, y aquí seguimos, anclados a aquel duro momento que tuvimos que vivir —explicó Toribio.

—Hombre, no es para menos —aseveró Samuel justificando su manera de proceder.

—Pues es de ser poco inteligentes. Éste y yo no hemos hecho nada especial desde entonces —manifestó señalando a su hermano Fernando—. En cambio, tu abuelo, formó una familia y tiró *pa 'lante*. Nosotros nos quedamos anclados en el 38. No hemos avanzado ni retrocedido, estamos como muertos en vida desde entonces.

—No diga eso, cada uno sale de las situaciones difíciles como mejor puede.

—No hijo, no. Como mejor decide salir, que es muy diferente.

Samuel se quedó pensativo. No había terminado de entender este último mensaje de Toribio. Se despidió de aquellos tres señores y se marchó rumbo a casa de sus abuelos.

Por el camino, echó mano a los papeles que le había dado Diego, para comprobar que siguieran en el bolsillo de su chaqueta. Ahí estaban.

Cuando llegó, Alma tenía la luz apagada, pero se despertó al oírle entrar.

—¿Sam? ¿Dónde has estado?

—Dando una vuelta, hermanita. He conocido a unas personas muy especiales. ¡Mañana te cuento mejor! ¡Descansa! —susurró Samuel.

—Vale. Hasta mañana, Sam —dijo con un hilo de voz.

Samuel decidió que quería saber qué ponía en esos papeles. Ardía en deseos de conocer su contenido. Se quitó el abrigo y sacó del bolsillo la bolsa. Finalmente, resolvió ponerse el pijama y leer sobre la cama, por si el cansancio se apoderaba de él finalmente.

Abrió la bolsa y extrajo con cuidado los escritos. Los papeles parecían muy quebradizos y estaban atados con una cuerda que había hecho amarillear la parte del papel en contacto con ella.

La cuerda estaba atada en cuatro partes, mediante un único nudo central. A Samuel le fascinó la manera en que estaba anudado, parecía…

—¡Un nudo corredero de papá! —se dijo a sí mismo— ¡Sí que lo es! ¡Seguro!

Nervioso, comenzó a deshacerlo con sumo cuidado. Su padre le había instruido muy bien en el arte de hacer nudos de los cabos de la embarcación que usaban y éste era, sin lugar a dudas, uno de los que aprendió. El nudo se deshizo por completo, liberando las hojas que recopilaba.

Las tomó con ambas manos con mucho tacto y pudo ver que estaban escritas con un bolígrafo cuya tinta había pasado del azul al verde con el paso del tiempo. Estaba escrito con sumo gusto. Semejaba una letra de esas que aparecen en los cuadernillos para aprender a escribir. Desde luego, quien escribió aquello se había tomado su tiempo para hacerlo. No había nada tachado, ni una sola palabra.

Samuel apoyó todo sobre la cama y cogió con cuidado la primera de las hojas. Estaba bastante unida a la siguiente, así que tuvo que ir despegándolas poco a poco. Hubo una parte que se resistió y creyó que la rompería si seguía tirando de ella.

En ese momento se le ocurrió que usar un chuchillo fino sin punta podría ayudarle a separarlas más fácilmente. Bajó la escalera hasta la cocina, iluminando los escalones con el móvil, para no despertar a Alma con el reflejo de la luz. En el penúltimo escalón midió mal y tropezó. Por suerte, pudo agarrarse a la barandilla de madera y evitar el golpe. Cuando se recompuso, iluminó con el móvil y vio que podía haber dejado la marca de sus dientes en la mesa del centro, la que tenía el jarrón de porcelana. Una vez estabilizado, se irguió y se recompuso.

—¡Buff! ¡Por los pelos! —susurró.

Encontró en la cocina lo que parecía el cuchillo perfecto, uno de untar mantequilla.

Subió las escaleras, esta vez con más precaución, y se encerró de nuevo en su cuarto. Con la ayuda del cuchillo logró separar todas las hojas. Parecía un diario, pero, desde luego, no era el de su padre. Martín tenía una letra bonita, pero nada que ver con la obra de arte que tenía ante sus ojos.

Después de separar las hojas, muy nervioso por ver qué se encontraría en ellas, cogió la primera y la acercó a la lámpara que tenía en la mesilla. La luz que colgaba del techo era suficiente para que la habitación estuviera bien iluminada, pero demasiado tenue como para leer algo escrito a mano en unas hojas amarillentas. Acercándose todo lo que pudo a la luz, incluso con la ayuda del *flash* de móvil, pudo descifrar el encabezado:

'Castellote 19 de julio de 1936'

—¡Dios mío, era lo que sospechaba! ¡Es un diario del abuelo!

Samuel, ansioso por leer lo que ponía, colocó el móvil apoyado en la mesilla de noche para que el *flash* iluminara las hojas y pudiera leer con más facilidad. Justo cuando iba a continuar leyendo, le entró un sentimiento de ultraje hacia la memoria de su abuelo.

—Si era un diario, quizás sólo lo escribió para él mismo y no quería que nadie más lo leyera —pensó. Y se quedó en silencio un momento, con la primera hoja en la mano, sin atreverse a iniciar la lectura—. Lo cierto es que, si mi padre lo encontró, es porque mi abuelo lo quiso conservar. Quizás sólo lo guardó para no olvidar cómo se sentía durante la Guerra, o… por otro lado, quizás lo hiciera para que su hipotético hijo o hija lo leyera y supiera lo que pasó él en la Guerra… La cuestión es que mi padre lo tuvo en sus manos y, de hecho, fue el que le hizo el nudo con la cuerda para sujetarlas —reflexionó mientras un escalofrío le recorría la nuca hasta el cráneo.

Hacía mucho tiempo que no tenía esa sensación. En otra época, cada vez que la sentía significaba que iba por buen camino o que había tomado la elección correcta. Era como si su intuición le avisara de esta manera.

—Lo tomaré como que el abuelo deseó que lo leyéramos —concluyó. Y apareció de nuevo ese escalofrío. Samuel lo interpretó como la confirmación definitiva y comenzó la lectura con muchísima curiosidad.

El primero de los fragmentos decía así:

'Castellote, 19 de julio de 1936

No he tenido por costumbre escribir mis pensamientos en un diario, pero hoy no es un día cualquiera. Hoy es un buen día para comenzar. Siento que el día de hoy quedará en los anales de la historia de este país. Presiento que España se va a romper en dos y va a acarrear graves consecuencias para todos nosotros. Se ha declarado el estado de guerra en varias ciudades, entre ellas, en mi querida Zaragoza, donde tengo a mi hermano y a mis amigos de la facultad. Todo esto nos está alterando muchísimo a todos.

Mi madre ha comprado todo lo que le han dejado en la botica, por lo que pueda pasar, y mi padre reza para que no haya ejecuciones que enciendan la mecha de este país que aparenta siempre estar en la cuerda floja. No sé qué será de todos nosotros. Dios nos ayude.'

Samuel siguió eligiendo en orden las hojas que había conseguido separar y continuó leyendo:

'Castellote, 20 de julio de 1936

Nuestros peores temores se han convertido en realidad. La huelga general no se ha podido producir por el terror que hay en las calles. Llegan noticias de relevos forzosos de cargos públicos y miembros de CNT, anarquistas y del PCE que han sido encarcelados y algunos de ellos, fusilados. Todos los alcaldes de las poblaciones sublevadas han sido detenidos y algunos de ellos asesinados. Todo se está descontrolando. En aquellas ciudades y pueblos donde no ha cuajado la sublevación, se ha comenzado a atacar a personas del signo contrario e, incluso, se han agredido a personas sólo por haber ido a misa y han comenzado a prender fuego a algunas iglesias. Nos ha advertido mi padre que nos están empujando al odio. Parece que Castellote y todos los pueblos de la zona oriental siguen fieles a la República.'

Samuel tomó la siguiente hoja en el orden en el que estaban puestas y comprobó que la fecha no era correlativa. Puede que su abuelo no hubiese escrito todos los días, o bien que se perdieran las hojas intermedias. Escudriñó las siguientes y parecían estar ordenadas cronológicamente. La siguiente decía así:

'Castellote, 25 de julio de 1936

En la radio han dicho que vienen hacia Aragón varias columnas de milicianos de la CNT, FAI y anarquistas desde Cataluña y Valencia para hacer frente a los sublevados. Aragón se ha quedado justo en medio de las dos Españas, dividido a su vez en dos. Amigos míos se han organizado para unirse a estas columnas de voluntarios para defender el gobierno democrático que están queriendo derrocar. Yo no quiero ir a ninguna guerra, no sé usar un arma, no quiero disparar a nadie solamente por el hecho de ser de otro bando. ¿Pero qué otro bando? ¡No hay bandos! ¡Todos somos españoles!'

'Castellote, 3 de agosto de 1936

Reina la desconfianza incluso en este pequeño pueblo. Han conseguido que no nos podamos fiar de personas que conocemos de toda la vida. Ni siquiera podemos escuchar la radio de forma abierta y tranquila. Ya ha habido numerosas discusiones entre vecinos y algunos han llegado a las manos. El ambiente está muy crispado, no se puede hablar de nada con nadie. Nos hemos juntado los amigos más íntimos de la pandilla y nos hemos ido al pantano, con la barca y con la radio Zenith de mi padre y allí, en mitad del agua, hemos podido captar varias señales de radio. Hay columnas de anarquistas y comunistas que se han organizado para ir hacia Huesca. Parece que han caído bombas de aviones catalanes sobre Zaragoza. Cerca de la zona donde vivo, o vivía, más bien. Han caído también sobre el Pilar, aunque parece que no ha habido consecuencias. Dios mío... todavía no sabemos nada de mi hermano. Dios le proteja.

Mi padre dice que están organizando una especie de ejército con todos los voluntarios que quieran para unirse a los milicianos que vienen del levante. Ni mi padre, ni yo hemos querido ir. Nos negamos a matar a nadie'.

'Castellote, 5 de agosto de 1936

Han vuelto a insistir a todos los que no nos hemos alistado todavía, para que lo hagamos. Mi madre está histérica sólo de pensarlo. Mi hermano ha conseguido llamar al teléfono del pueblo y nos ha dicho que él está bien y que nos vayamos del pueblo cuanto antes, que los sublevados han comenzado a trasladar poco a poco al temible ejército de Marruecos y que van a arrasar con todo a su paso. *Pero, ¿a dónde vamos a ir? Aunque decidiéramos abandonar Castellote, cualquier camino que cogiéramos ahora, nos atraparían los de un bando o los del otro. Estoy comenzando a tener miedo de verdad. Por la calle, mujeres y niños nos gritan ¡falangistas! porque no hemos querido alistarnos a las columnas de milicianos.'*

Samuel continuó pasando las hojas cuidadosamente. Algunas de ellas fueron imposibles de descifrar por el deterioro que presentaban por el paso del tiempo. Su abuelo había ido relatando las noticias que le iban llegando a Castellote y cómo era su vida durante los primeros meses de guerra.

'Castellote, 7 de marzo de 1937

Se acusa abiertamente a mi familia de ser falangistas. Hoy alguien ha tirado piedras contra nuestra casa. No hay alternativa. He hablado con mis padres y voy a alistarme a la columna de Valencia. Casi no queda nadie en los pueblos de alrededor que no esté ya en el frente. Aquí solo quedamos unos pocos, todos los demás son mujeres y niños menores de 17 años. Hemos decidido que mi padre se esconderá en casa, en el hueco que hay sobre la despensa. Hemos probado una tela sobre la que hemos echado cal y parece una pared cuando la colocas sobre el marco del hueco. No sé cuánto tiempo tendrá que esconderse ahí mi padre, pero da igual, no quiero que vaya a la guerra, con su maltrecha espalda no duraría ni un día. Si alguien tiene que ir, seré yo. Mañana daré el paso'

'Castellote, 9 de marzo de 1937

Ha sido más fácil de lo que creía. He hecho creer al encargado de la CNT de la colectividad de la zona que soy experto en comunicaciones. Ya veré cómo me las apaño, pero para algo me ha de servir que montara y desmontara la radio de mi padre decenas de veces y todavía funcione a la perfección. Les he prometido a mis padres que no voy a matar a nadie y no voy a dejar que me maten. El plan de mi padre ya está en marcha. Hemos dicho a todo el mundo que se escapó por la noche, que no quería ir al frente y que decidió irse. Las vecinas se han quedado un poco extrañadas, pero creo que ha funcionado.'

—Aquí hay un salto considerable de fechas —pensó Samuel— Quizás no pudo escribir durante cerca de un mes.

'Alcañiz, 7 de abril de 1937

Esto no es un ejército, es un absoluto caos. No hay organización alguna, no hay nadie aquí que sea ni medio profesional, son todo gente voluntaria, muchos de ellos campesinos que no han empuñado un arma en su vida, justo como yo. He conseguido hacerme con el sistema de radio italiano que usaban. Es bastante sencillo. Creo que van a traernos otros mejores y han confiado en mí para que les de uso. Por ahora estoy evitando tener que ir al frente, aunque sé que no lo conseguiré por siempre. Hay una especie de calma tensa entre las dos Españas, pero es sólo cuestión de tiempo que el ejército fascista acabe de conquistar el norte y se centre en Aragón. Aquí está todo empezando a moverse para atacar en la zona de Celadas, al norte de Teruel, e intentar de una vez por todas reconquistar la ciudad. Tienen muchas esperanzas en poderlo lograr, pero yo tengo mis dudas porque no se saben organizar, no hay nadie que tome decisiones pensando en el medio plazo, van por impulsos. No hay planificación.'

'Alfambra, 10 de septiembre de 1937

El norte está perdido, ahora es cuando le llega el turno a Aragón o a Madrid. Siento que este ejército no tiene nada que hacer frente al sublevado. Nos ganan en efectivos, en experiencia, en armas... y para más inri, están recibiendo apoyo de Alemania e Italia. Los bombardeos de aviones italianos cada vez son más frecuentes y están acabando con facilidad con la resistencia republicana que queda. Pero aquí nadie se rinde. La conquista de Belchite, camino a Zaragoza, les ha dado muchas esperanzas de conseguir reconquistar la capital. Yo tengo mis dudas, nadie parece que tenga en cuenta que todo el poder destructor de Franco viene ahora hacia aquí. Parece que quieren hacerse también con Teruel, atacando por el sur y por el este, ahí entraremos nosotros...

Por otro lado, el nuevo gobierno de la república ha decidido por fin organizarnos un poco y que parezcamos un ejército de verdad. Hemos recibido armas rusas, aunque no parecen muy certeras. También han comenzado a llegar los carros de combate, también rusos, y tenemos el apoyo de los aviones Polikarpov, los conocidos como "chatos". Esto no es una guerra española. Aquí hay gente de todos lados, ingleses, polacos, rusos, italianos, alemanes... esto es una guerra mundial, medio mundo está interesado en que gane Franco, el otro medio, en que ganemos nosotros.

Hoy he conocido a un fotógrafo húngaro de nombre Endre, aunque yo le llamo Andrés. Es un reportero que está cubriendo la guerra desde el bando republicano. No entiendo cómo puede haber gente que elija vivir una guerra de motu propio. Hemos estado charlando en francés y me ha contado que su novia acaba de morir en Madrid y que también era reportera. Estaba muy afectado, pero aun así ha decidido continuar con lo que estaba haciendo y ha venido a hacer fotos y videos de la guerra en Aragón. Trae una cartera de piel con rollos de película llenos de fotos. Me ha contado que piensa venderlos para que se publiquen y que el mundo se entere de lo que está pasando en España. Ha vendido numerosas fotos a la revista Life. Me ha pedido por favor que le dejara usar la radio para hablar con el responsable de la revista en Barcelona y que éste se pusiera en contacto con el representante en París. En un momento en el que no se hacía uso de la misma ha conseguido hablar con el colaborador de Barcelona. De paso, nos hemos enterado de que en Cataluña, la situación todavía es inestable, tras las revueltas de mayo. Eso me produce una mayor desconfianza de que podamos lograr algo en esta guerra. Gracias a que le he hecho el favor ha compartido conmigo tabaco del bueno. Nos hemos hecho buenos amigos. Me ha estado contando que es muy complicado que ganemos la guerra, que ha visto cómo se las gasta el ejército del general Franco y que están mucho mejor preparados que nosotros, cosa que ha confirmado lo que ya sospechaba.

También he conocido a un chico de mi edad de Manzanera, se llama Juanjo. Es bastante majo y muy hablador. Le encanta contar chistes y a mí reírme con ellos. Se alistó de la misma manera que yo, sin querer, aunque él está más convencido que yo aquí.

La población está comenzando a pasar hambre, estos pueblos no están preparados para sostener a tanta gente. Estoy harto de las lentejas, no puedo comer ni un sólo día más ese maldito puchero.'

'Alfambra, 12 de septiembre de 1937

Andrés, el fotógrafo, se ha interesado por el funcionamiento de la centralita portátil que nos ha llegado de fabricación española, de marca Ericsson. La verdad es que funciona de maravilla y es lo último en tecnología de comunicaciones. Le he enseñado cómo funciona y él, en agradecimiento, me ha enseñado a hacer fotos con su cámara de marca Leica. La verdad que me ha apasionado el manejo de la cámara. No sé si alguna de las fotos que hice está realmente bien, pero me ha gustado ver la realidad a través del pequeño visor. Si salgo vivo de esta guerra me compraré una cámara y haré todas las fotos que pueda. Este hombre hace unas fotos increíbles y las hace de forma muy rápida. Antes dispara él con su cámara que yo con mi fusil. Me ha contado que es judío y que odia el fascismo. Cree que sus fotos son su manera de luchar en esta guerra. Me ha hecho una foto al lado de la centralita, para tener un recuerdo mío.

Juanjo anda bastante preocupado, pero no por él, que tiene asumido que morirá tarde o temprano en el frente, sino por sus hermanos pequeños. Su madre falleció hace años a causa de una tuberculosis y su padre está en el frente de Zaragoza. Tienen tan sólo seis y nueve años. Quiere sacarlos del pueblo como sea. Aunque se han quedado en casa de una vecina, esta buena mujer ya tiene otros cuatro hijos y está seguro de que están pasando hambre. Me ha pedido que mueva mis contactos para averiguar cómo sacar a sus hermanos del país, que ha oído de evacuaciones de niños en otras partes de España.

He estado investigando y preguntando y mis mandos me han confirmado que saben que se están llevando a cabo evacuaciones de niños en el norte, pero que en Teruel no han oído nada. Andrés me ha dado la pista. Me ha comentado que sabe que la Cruz Roja Internacional está detrás de la mayoría de las evacuaciones y que cree que fletan barcos desde el puerto de Valencia o desde el de Barcelona. Juanjo, se ha puesto histérico al oír esta información y me ha pedido, de rodillas, que haga lo posible por sacarlos de allí antes de que la guerra y lo destruya todo. Andrés se ha mostrado dispuesto a hablarlo con sus contactos de Barcelona. '

'Alfambra, 13 de septiembre de 1937

Andrés, ha contactado con los editores de la revista Life y estos se han comprometido a dar con el paradero del responsable de Cruz Roja Internacional. Si hay alguna oportunidad de sacar a los hermanos de Juanjo es ésta. Pero nos tenemos que dar prisa porque el choque entre los dos ejércitos es inminente.'

'Alfambra, 15 de septiembre de 1937

Hemos conseguido establecer contacto con el responsable de la Cruz Roja en Barcelona, un tal Marcel Junod. No puedo creérmelo, Andrés tiene muy buenos amigos en Barcelona. Hemos conseguido hablar con él directamente y nos ha dicho que está organizando evacuaciones en todo Aragón para sacar a todos los niños que pueda. Le he dado los nombres y las descripciones que me dio Juanjo de sus hermanos y me ha dicho que hará lo posible, pero que va necesitar apoyo logístico. Nos hemos ofrecido, Juanjo y yo para que, en la medida en la que podamos, le echemos una mano. Nos ha dicho que tendremos noticias de él'

Samuel siguió leyendo y leyendo. No esperaba encontrarse con todo esto. Era increíble tener la oportunidad de poder revivir los recuerdos de su abuelo apuntados en aquellas hojas. Pese a estar muy cansado, no quiso parar de leer. Quería saber más.

'La Puebla de Valverde, 30 de septiembre de 1937

Nos han trasladado a todos los de mi división a la Puebla, incluido a mi nuevo amigo Juanjo. Andrés se ha quedado en Alfambra para cubrir el frente en los Altos de Celadas. Nos hemos dado un abrazo para despedirnos y desearnos suerte. Él estaba convencido de que no moriría, me ha resultado muy llamativa su seguridad cuando lo ha dicho, estaba plenamente convencido de que no moriría en esta guerra y ha terminado con un "y tú tampoco". Me he quedado perplejo cuando me lo ha dicho, pero quiero pensar que este hombre tiene un sexto sentido y que tiene razón, no moriré en esta guerra.

El hecho de que nos hayan movido de lugar, más cerca de Manzanera, ha conseguido que Juanjo se ponga más nervioso, porque la guerra se acerca a sus hermanos. Tras la insistencia de Juanjo, nos hemos vuelto a poner en contacto con Marcel para indicarle nuestra nueva ubicación, por si podemos ayudar en algo.

Aquí en la Puebla de Valverde todo es muy diferente. Las columnas que vinieron de Valencia están realmente cansadas. Llevan intentando conquistar Teruel más de un año, sin ningún éxito, con numerosas bajas y están muy desanimados. Ahora hay un nuevo coronel que manda sobre todos nosotros, el coronel Heredia. Parece que este hombre sabe lo que hace, el enfrentamiento final sobre Teruel está cerca.'

'La Puebla de Valverde, 5 de octubre de 1937

Por fin hemos recibido noticias de Marcel. Han organizado dos vías de evacuación, la del norte, que los repartirán entre la frontera con Francia y el puerto de Barcelona y de allí a los países que les den asilo. La otra vía será la del sur de Teruel, que irán hasta el puerto de Valencia y embarcarán rumbo al norte de África o a la URSS. Juanjo está como loco porque lo hicieran ya, le daba igual el destino al que los llevasen, con tal de que los sacaran fuera de España. Nos ha pedido que nos hagamos con vehículos, a ser posible con remolques, porque ellos casi no tienen. Eso va a ser realmente complicado porque todos los coches y camiones están confiscados para el ejército y con el nuevo mando no tengo la misma confianza que con el anterior… no sé qué podremos hacer.'

'La Puebla de Valverde, 10 de octubre de 1937

Marcel se ha puesto en contacto conmigo de nuevo y me ha dicho que ha visto que era imposible la evacuación con vehículos, pero que ha sido capaz de organizar, convenciendo al gobierno de la república, la llegada de un tren hasta la Puebla de Valverde, justo donde estamos nosotros, pero que he de organizar la recolección de niños de los pueblos colindantes para llevarlos hasta allí. El tren llegará el próximo día 23.

No tengo la menor idea de cómo lo voy a hacer. Pero sé que, si no hago algo, muy probablemente perecerán aquí. Es su última oportunidad de salvarse. Si está en mi mano salvar a cuantos niños pueda, removeré cielo y tierra, pero lo haré.'

'La Puebla de Valverde, 12 de octubre de 1937

Gracias a que convivimos las veinticuatro horas del día en un pequeño búnker a las afueras del pueblo y a que he podido montar las comunicaciones en la nueva ubicación en un tiempo récord, el alto mando está muy contento conmigo. Mientras el resto del ejército aguarda en las casas de los vecinos de la Puebla, nosotros comemos y dormimos en el búnker. El alto mando está constantemente en contacto con Madrid, Barcelona y Valencia. Se está gestando el ataque definitivo sobre Teruel. Va a ser la última oportunidad que tiene la república de demostrar que puede ganar esta guerra.

Aprovechando un momento de relajación, le he comentado al mayor González Pardo que era necesario evacuar a los niños de todos los pueblos de alrededor. Le he comentado el plan de la Cruz Roja para sacar al mayor número posible de niños. Se ha entristecido profundamente al acordarse de sus hijos, que tuvo que dejar en Ciudad Real. Me ha dado permiso para que haga lo posible, durante lo que queda de esta semana y de la siguiente, no más. Pero antes debo dejar al cargo de las comunicaciones a otras personas que sean capaces de manejarlas. Dios ha querido que hoy llegaran nuevos reemplazos de los pueblos de Teruel y me he encontrado con dos jóvenes, casi niños, de Castellote. Me han dicho que estaban destinados a Celadas, donde es muy probable que no hubieran pasado de mañana, porque es donde peor está el frente. He convencido a mi mayor para que estos dos zagales se hagan cargo de las comunicaciones. Nos hemos puesto enseguida a enseñarles. Parecen bastante avispados, lo cogerán rápido. A uno de ellos le he encargado aprenderse el código morse y al otro el manejo de la radio y la centralita.'

—¡No me lo puedo creer! ¡Pero si nombra a Fernando y a Toribio! ¡Mañana mismo se lo digo, se van a alegrar muchísimo de saberlo! —dijo para sí Samuel.

'La puebla de Valverde, 15 de octubre de 1937

Tres escasos días me ha costado enseñarles a los zagales a manejarse con las comunicaciones. He dejado a otro compañero al cargo de controlarlos y a ayudar a transmitir los mensajes necesarios en morse, porque todavía no tienen la destreza suficiente. El mayor está muy enfrascado con la planificación del ataque. Hasta aquí han venido el teniente coronel Heredia, jefe del ejército Popular y el mayor Ibarrola. Tengo que darme prisa para evacuar a los niños que pueda, porque el ataque sobre Teruel es inminente y la respuesta del ejército sublevado no se hará esperar.

Me he hecho con un tractor de un señor mayor de la Puebla. No es la mejor opción, pero es probable que no haya otra. El hombre se ha empeñado en acompañarme a mí y a Juanjo, que también ha podido conseguir el permiso. He trazado un plan para barrer algunos pueblos de la zona y llevarnos a todos los que podamos. El hombre ha cogido toda la ropa de cama que tenía en casa, sobre todo mantas y colchas y la de los vecinos para llevárnosla, junto con dos botijos de agua. También ha metido todo el pan que ha podido conseguir en una alforja, que, aunque no es mucho, nos mantendrá durante algunos días. Juanjo también ha conseguido que nos dieran algo de pan. Comenzaremos por Manzanera, recogeremos a los hermanos de Juanjo y a los que podamos y continuaremos luego hacia el norte hasta llegar de nuevo a la Puebla. Marcel me ha confirmado que el tren estará en la estación el día 23 y que no habrá más oportunidades.'

—Mi abuelo recogiendo niños para evacuarlos… no tenía ni idea de que todo esto había ocurrido… —pensó Samuel frotándose la mejilla con la palma de la mano. Ansioso por continuar averiguando cosas de su abuelo, despegó unas cuantas hojas más con el cuchillo que se había traído de la cocina. Estas últimas estaban en peor estado que las anteriores. Algunas estaban manchadas por humedades o líquidos y no se podían leer más que fragmentos de ellas.

'Esto es un horror. Está todo mucho peor de lo que me imaginaba. La población está desesperada. Sienten el miedo de lo que se acerca, son conocedores de la tragedia que se avecina.'

'*Ni siquiera hemos podido llegar todavía a Manzanera. En Sarrión, varias mujeres nos han parado en el camino para interrogarnos sobre qué hacíamos allí. No hemos dicho nada sobre nuestras intenciones. Debemos realizar el plan establecido si queremos que sea eficaz. Volveremos a pasar por Sarrión en un par de días. Más adelante, cerca de Albentosa, nos han parado unos jóvenes milicianos apuntándonos con escopetas. Primero nos han confundido con espías, para luego, hacernos bajar y acusarnos de desertores. Les hemos tratado de explicar nuestro plan, pero no se lo han creído, hasta que Antonio, el señor que nos acompaña, les ha hecho entrar en razón diciéndoles que él no combatía, y que no tenía por qué desertar de nada. Tras momentos de tensión, uno de ellos se ha empeñado en acompañarnos, al saber que nuestro destino era el cercano pueblo de Manzanera.*'

'*Manzanera, 18 de octubre de 1937*

Nos ha costado casi dos días llegar. Parece un pueblo fantasma. Juanjo no ha esperado ni a que entráramos al pueblo, ha salido corriendo hacia la casa de la vecina donde había dejado a sus dos hermanos. Según íbamos entrando al pueblo las cortinas de las casas se movían, nos sentíamos vigilados en todo momento. Nadie se atrevía a salir de sus hogares por miedo a lo que les pudiéramos hacer, no en vano, iba uniformado y llevábamos dos fusiles y una escopeta. Llegamos donde estaba Juanjo, abrazado a sus dos hermanos. Seguían estando junto con la vecina y todos sus hijos. Al ver que no les hacíamos ningún daño, han comenzado a salir poco a poco todos los que quedaban en el pueblo, mujeres, niños y ancianos.

Les hemos explicado nuestro plan. De pronto, se han subido tres niños y dos niñas, de unos siete u ocho años. Antonio les ha preguntado que dónde estaban sus padres. Unos han respondido encogiéndose de hombros y una niña ha señalado al cielo. Se me ha partido el alma al verlos. De repente, algunas madres han comenzado a subir al remolque a sus hijos. Los chiquillos no paraban de llorar, no entendíamos nada. Se empeñaban en que se fueran con nosotros, que con ellas estarían perdidos y no sobrevivirían por mucho tiempo. Las madres han preferido dejar a sus hijos a unos extraños, que quedarse con ellos a esperar una muerte casi segura. Nos han dado sus nombres y los hemos apuntado en unas hojas que nos han prestado, para que la Cruz Roja los tenga registrados. Los nombres de los huérfanos nos los han tenido que decir los vecinos, eran demasiado pequeños como para saberse su nombre completo.

Desde hace muchos meses me he estado preguntando por qué Dios quería que estuviera en la guerra y no encontraba respuesta alguna, hasta hoy. Hoy he visto que Dios ha querido que estuviera aquí para salvar a los niños que pueda y eso haré, cueste lo que me cueste.'

'Albentosa, 19 de octubre de 1937

El joven miliciano de Albentosa, de nombre José Manuel, por fin se ha convencido de nuestras intenciones y se ha prestado a ayudarnos. Desde Manzanera, llevando con nosotros a once niños, hemos hecho noche en su casa, en Albentosa. La noche ha sido dura. Casi todos los niños han comenzado a llorar y se han contagiado unos a otros. Al final hemos conseguido calmarlos y hemos dormido algunas horas. Por la mañana al despertarnos ha ocurrido algo increíble. Decenas de personas se agolpaban en la puerta de la casa, esperando nuestra salida. Cuando nos hemos asomado nos hemos dado cuenta de que esperaban con sus hijos. Esto está siendo realmente duro para todos nosotros. Estamos salvando a niños, pero también separando familias. Se ha vuelto a repetir la misma escena que en Manzanera, niños llorando sin entender por qué sus madres quieren deshacerse de ellos, mientras nosotros los sujetábamos para que se mantuvieran en el remolque. Jose Manuel se ha unido a nuestra expedición y nos va a acompañar hasta Sarrión. Nos ha convencido de desviarnos y llegar hasta Venta del aire. Tiene unos primos allí y podrán ayudarnos. Llevamos veinticuatro niños, el remolque está casi lleno.'

'Venta del aire-Sarrión, 20 de octubre de 1937

La llegada a Venta del aire fue rápida, gracias a un camino que se conocía José Manuel. Al llegar, todos los que quedaban en el pueblo han salido a congregarse a nuestro alrededor. Nos han dado pan y agua y algunas mantas más. Hemos recogido otros siete niños huérfanos y dos más que una madre, en estado penoso por enfermedad, nos ha entregado. Me intento centrar en su salvación, pero no consigo borrar de mi mente los ojos de esas mujeres entregando a su bien más preciado, sus hijos. Ni siquiera nos preguntan dónde se los van a llevar, no les importa. Sólo quieren que se salven y que los saquemos de España cuanto antes.

En el mismo día, iniciamos la vuelta a Sarrión. Parece que alguien les había avisado de nuestra llegada porque todo el pueblo nos estaba esperando. Nos miraban sin decir nada, con una mirada de tristeza y desesperación como nunca antes había visto. Una madre nos ha comenzado a gritar diciendo que tendríamos que haber pasado hace una semana, que podríamos haber salvado a su hija, muerta ahora por una neumonía. Algunas mujeres la han sujetado y la han tratado de calmar. Aquí hemos recogido a seis niños y siete niñas huérfanos, que estaban repartidos por las casas del pueblo. Ninguna de las madres nos ha entregado a sus hijos, han preferido mantenerlos a su lado. Aun así, se han desbordado todas nuestras previsiones y el pequeño remolque ya está lleno. Hemos decidido pasar la noche en la iglesia del pueblo y salir mañana temprano hacia La Puebla. He hablado con Juanjo y con Antonio y creemos que el tractor no va a poder con toda esta carga; así que tendremos que hacer el camino a pie, Juanjo y yo y los niños más mayores. La distancia no es mucha, en un día podemos llegar. El joven José Manuel se ha despedido de nosotros y se ha marchado a su casa a Albentosa. Nos hemos deseado suerte mutua y le hemos agradecido su valiosa ayuda.'

'Sarrión, 21 de octubre de 1937

El día no nos ha acompañado hoy. Nos hemos levantado con lluvia y se ha mantenido así durante todo el día. Hemos estado dudando de si salir hacia La Puebla y al final hemos decidido que esperábamos para ver si escampaba. El frío es intenso y el agua puede empeorar la maltrecha salud de algunos de los niños. Tenemos un día de margen para llegar. Mientras tanto, estoy aprendiendo muchísimo de ellos. Se han hecho amigos enseguida. Pese a las diferencias de edad y, en muchos casos, haberse separado de sus madres de repente, han estado jugando al escondite por toda la iglesia durante todo el día. Era la primera vez que oía reír desde que comenzó la guerra. Si no olvidáramos a los niños que fuimos no habría guerras, de eso estoy completamente seguro. Juanjo está feliz junto a sus hermanos y está aprovechando cada minuto que les queda para disfrutarlos. Él es sabedor de que, muy probablemente, no se vuelvan a ver nunca más tras su marcha.'

'La Puebla de Valverde, 22 de octubre de 1937

Dios ha querido que el día saliera resplandeciente. Hemos iniciado la marcha hacia la Puebla temprano. Como decidimos ayer, Juanjo y yo hemos ido caminando, junto con los niños más mayores, aunque los hermanos de Juanjo se han empeñado en ir andando también. Nuestra llegada a la Puebla ha levantado una gran expectación. Nadie sabía de nuestros planes y todos se han quedado atónitos cuando nos han visto aparecer por la carretera de Valencia. Muchos compañeros se han acercado a darnos abrazos y a estrecharnos la mano. El alto mando estaba en ese momento en el pueblo, revisando el estado de los vehículos y los tanques. Al ver el revuelo montado se ha acercado y nos ha visto. Ni se acordaba de que nos habíamos marchado. Llevaba días sin dormir, pensando solo en cómo tomar Teruel, cuando de repente ha recordado que me había ido a buscar *a los niños para evacuarlos. Al ver tal cantidad de criaturas, enseguida ha dado órdenes de darles cobijo y cocido, para que entraran en calor. Me ha preguntado que de cuántos pueblos habíamos recogido a los niños. Cuando le he dicho que eran tan sólo de cuatro, se ha echado las manos a la cabeza. Se ha quedado pensativo y me ha preguntado cuando se suponía que llegaba el tren de la Cruz Roja. Le he contestado que mañana mismo. Ha comenzado a dar órdenes rápidamente y ha distribuido a una veintena de soldados en camiones y los ha repartido por los pueblos más cercanos, con la intención de recoger el mayor número de niños posible. Ha sido el gesto con más amor que he visto desde que comenzó la guerra. Mañana vamos a llenar ese tren, lo sé.'*

Samuel no daba crédito a la historia de su abuelo. Era la primera vez que sabía de su existencia, nunca nadie le habló de ella antes, ni siquiera su padre, así que, probablemente su abuelo nunca la dio a conocer, salvo en este diario.

'La Puebla de Valverde, 23 de octubre de 1937

Lo que ha ocurrido hoy ha sido un maravilloso milagro. Entre esta mañana y la tarde han ido volviendo nuestros compañeros con los camiones llenos hasta la bandera. Han llegado ni más ni menos que un total de 963 niños, contando con los nuestros. 963 almas que hemos conseguido alejar de una muerte casi segura.

El tren ha llegado al mediodía. Venían a bordo una decena de médicos y enfermeras, además de gente de la Cruz Roja que lo organizaba todo. Se han quedado helados al ver tanta cantidad de niños. Para poder subirlos a todos han tenido que hacer malabares y sentarlos en el suelo de los vagones. Todo valía con tal de alejarlos de lo que nos espera aquí. Me he sentido muy feliz cuando los niños que recogimos me han dado un beso cada uno de ellos y me han abrazado con todas sus fuerzas. La mayoría se ha marchado llorando, pobrecillos... están pagando las consecuencias de este mundo de adultos que olvidaron a los niños que fueron.

Los voy a echar mucho de menos. Ya han dejado de escucharse sus risas que tanto bien nos hacían. Antonio está realmente afectado, no ha parado de llorar durante todo el rato. Juanjo está absolutamente desolado desde que se han ido. Es una mezcla amarga entre la felicidad de su marcha y el dolor de la pérdida.'

Samuel se estremeció de emoción al leer lo que su abuelo había conseguido, junto con otras dos personas y un pequeño tractor.

—Hay veces que las pequeñas acciones de gente corriente son las que tienen los mayores efectos —pensó.

También fue consciente de que el amor siempre está presente, en todo momento, durante toda la vida, incluso en las peores situaciones, aun cuando parece que todo está perdido y que no hay nada por lo que seguir adelante. Hasta justo ese momento aparece el amor en forma de personas, de acciones, de miradas, de gestos...

—Siempre está ahí, quizás seamos nosotros los que decidimos no verlo —musitó para sus adentros.

Tan sólo le quedaban algunas hojas para terminar de leer el diario que su abuelo había dejado para la posteridad. Miró la hora y eran las dos de la madrugada. Estaba realmente agotado, pero algo le impulsaba a leerlo en su totalidad. Quería saber qué fue de su abuelo a partir de ese momento.

'La Puebla de Valverde, 22 de noviembre de 1937

Hace casi un mes que no escribo en mi diario. Ha sido un mes muy duro. La marcha de los niños ha dejado un vacío en nuestros corazones difícil de llenar. Es increíble que en tan sólo tres días les haya tomado tanto cariño como para recordarlos continuamente desde que se fueron. ¿Qué habrá sido de ellos? ¿Habrán podido salir de España? ¿Dónde acabarán llegando? Me siento muy feliz de haberlos sacado del infierno que se acerca, pero no sé si les hemos enviado a otro diferente, al de la soledad. No me quiero ni imaginar la sensación de llegar a un país como Rusia y acabar en una familia con la que no te entiendes en absoluto, con costumbres muy diferentes a las nuestras, sin padres, sin amigos, completamente solos... Hace tan sólo unos meses eran niños felices, como en cualquier otro sitio del mundo, y esta guerra estúpida les ha arrebatado todo. ¿Todo para qué? A nadie le importamos, nadie piensa en nosotros, sólo en su afán de poder y dinero. Ellos no piensan en nosotros, tan estúpidos que somos capaces de dar la vida por lo que pregonan. Tengo ganas de huir. Tengo miedo.'

'La Puebla de Valverde, 15 de diciembre de 1937

Hace unas horas ha comenzado el ataque sobre Teruel. Todos los efectivos están ahora mismo atacando la ciudad por cualquier flanco posible. Yo sigo con mis dos jóvenes compañeros, Fernando y Toribio, al mando de las comunicaciones. Hacemos turnos para cubrir las veinticuatro horas del día. Comemos y dormimos en el búnker del alto mando, un búnker en forma de 'Y' en la que a la izquierda estamos nosotros y en la sala de la derecha está el alto mando planificando cada detalle y recibiendo información constantemente sobre el ataque. Se prevé que sea rápido. No nos esperan y son muchos menos que nosotros.'

'La Puebla de Valverde, 20 de diciembre de 1937

El ataque rápido a Teruel ha fracasado. Han tenido que combatir casa por casa y hemos tenido numerosas bajas. Se están defendiendo mejor de lo que se preveía y están aguantando en la comandancia y en el Seminario. Juanjo está combatiendo en estos momentos allí. Ayer se despidió como si no fuera a volver nunca. Lleva días diciendo que está cerca su momento y que pronto se reunirá con su madre. Le he rogado, por favor, que vuelva. Él tan sólo me ha sonreído y me ha vuelto a abrazar. Me ha dicho que jamás olvidará lo que hice por sus hermanos pequeños, que me estará eternamente agradecido.'

'La Puebla de Valverde, 31 de diciembre de 1937

Nunca pensé que pasaría una Nochevieja en un búnker, pero así es. Los recuerdos no paran de venir a mi mente en estos últimos días. Hace tan sólo un par de años estaba celebrando el fin de año, comiéndome las uvas en la plaza de la iglesia de Castellote, riendo y disfrutando. ¿Qué será de mis padres? ¿Habrán encontrado a mi padre? ¿Los volveré a ver a ellos y a mi hermano?

Está comenzando a hacer un frío insoportable. Ha caído una nevada como no he visto en mi vida y he visto muchas. Los pies los tengo amoratados por el frío y no se me calientan ni poniéndolos al lado del fuego. Estamos temblando todo el día y dormimos juntos, cuerpo con cuerpo, de tres en tres, para mantenernos vivos con nuestro propio calor. Nos turnamos para hacer las guardias y para entrar en calor cada cierto tiempo. Somos unos afortunados, al menos podemos meternos dentro del búnker y disfrutar de un fuego que nos mantiene medio calientes. No dejo de pensar en Juanjo y en los demás compañeros, tirados en cualquier trinchera, muertos de frío, no quiero imaginar por lo que estarán pasando, sabiendo que el enemigo está muy cerca, acechándoles. Va a ser una noche infernal para todos ellos.

Hoy sabemos que hemos estado a punto de perder lo que llevamos ganado. El ejército del general Franco casi rompe las líneas defensivas por el norte y parte de nuestros efectivos han retrocedido. Pero luego ha caído esta increíble nevada que nos ha ayudado a recuperar nuestras posiciones dentro de la ciudad. Está claro que están intentando hacer una envolvente por el norte de Teruel.

Es cuestión de tiempo que Franco envíe todas las tropas que estaban preparadas para atacar Madrid y que ha decidido dejar para otro momento. Esa era una de las razones por las que el Estado Mayor Central del coronel Rojo eligió atacar Teruel y Franco ha mordido el anzuelo.'

'La Puebla de Valverde, 8 de enero de 1938

La noticia ha corrido como la pólvora. Después de casi dos semanas de ataques, el ejército republicano ha recuperado Teruel. Esta noticia es, sin duda, la mejor que ha ocurrido para nuestro bando desde el inicio de la guerra. Los últimos días han sido terribles en cuanto al frío. Hemos llegado a dieciocho grados bajo cero. Nos han informado de que ha habido numerosas bajas de compañeros que no han podido resistir las heladas de la noche. Espero que una de ellas no sea Juanjo.

Aunque nada es blanco o negro en esta vida, si no llega a ser por este temporal de nieve y ventisca, el ejército de Franco habría hecho uso de su temible potencial aéreo, con aviones alemanes e italianos, y muy probablemente habría acabado con nuestro intento de tomar Teruel.

La noticia de la conquista de Teruel, a buen seguro, va a servir para infundir ánimos a toda la tropa.'

'La Puebla de Valverde, 15 de enero de 1938

La toma de Teruel ha despertado todo el poder destructor del ejército nacional del general Franco. Nos han mandado información de sus movimientos y viene hacia Teruel con todo lo que tienen a su disposición, entrando desde el norte. Nuestro ejército está exhausto tras tantos días de batallas y de soportar un frío polar que se resiste a dejarnos. Aquí, en el búnker, el mando mayor está realmente inquieto. Pese a la toma de Teruel no se han permitido alegrarse ni un sólo minuto, saben del peligro que supone un posible ataque desde el norte.

Hoy, además, hemos recibido, de una forma insólita, confirmación de todas estas sospechas. Al principio pensaba que era alguien que había mandado una comunicación para intentar despistarnos. He estado a punto de no informar porque no era el formato habitual de nuestro bando. Se lo he comunicado al mayor González Pardo y se ha quedado con los ojos como platos al ver las siglas con las que terminaba el mensaje. Enseguida se ha percatado que provenía de su hermano, alto mando del ejército nacional y al que la guerra sorprendió en zona sublevada. Me ha hecho dar mi palabra de honor de que no diría nada a nadie. Si alguien más se enterara pensarían que él podría hacer lo mismo para devolverle el favor y lo acusarían de traición. He insistido a Fernando y a Toribio, que estaban presentes en el momento en el que hemos recibido la comunicación, que no dijeran

254

nada a absolutamente nadie. Son buenos chicos y muy inteligentes, sé que harán lo que se les ha pedido, confío en ellos.

El mayor se ha encargado de transmitir la información al resto del alto mando obviando, por supuesto, su procedencia. Yo he quemado la transcripción del mensaje de inmediato. Nos ha advertido de que mañana, más de 200 aviones van a arrasar Celadas. Va a ser una masacre, esa zona sólo tiene trincheras, están casi al descubierto, a merced de los aviones.'

'La Puebla de Valverde, 17 de enero de 1938

Tal y como nos advirtió el hermano del mayor González Pardo, en tan sólo unos minutos los aviones han cubierto el cielo entero de Celadas y han arrasado por completo con todo. Las tropas estaban avisadas del ataque, pero el teniente coronel Heredia no podía permitir abandonar sus posiciones y dejar vía libre al bando nacional. No había escapatoria. Si abandonaban, el ejército nacional se haría con toda la zona. Si se quedaban, cosa que finalmente han decidido, se exponían a ser arrasados desde el aire. Para evitarlo, los aviones procedentes de Cataluña han hecho lo que han podido para parar a los bombarderos italianos y a los cazas de la legión Cóndor alemana, pero creemos que hemos sido superados con creces. Todavía hoy no tenemos información fiable de cómo ha terminado el ataque, pero nos tememos lo peor.

Fernando y Toribio han comenzado a llorar como los niños que todavía son. Ni siquiera han cumplido los dieciocho años. Se han dado cuenta de que ellos se encontrarían allí ahora mismo si no me hubieran saludado aquel día. Dios quiso que estuvierais aquí, en este búnker, a salvo, les he dicho para intentar reconfortarles. Pero no ha servido de mucho, están soportando mucha presión desde hace semanas, casi sin dormir y siendo conocedores de que lo peor está por llegar.'

'La Puebla de Valverde, 18 de enero de 1938

Se confirman nuestros peores vaticinios. El mando mayor está desesperado porque ve que se le escapa la oportunidad de mantener Teruel en manos republicanas. El ejército del general Franco ha conseguido hacerse con la zona de Celadas y ha hecho retroceder al teniente coronel Heredia y a las divisiones comandadas por el mayor Ibarrola y el mayor Durán. Han conseguido hacerse con una zona estratégica para la recuperación de la ciudad. Esto va llegando a su fin. Parece casi imposible detener el avance imparable de la máquina de guerra del ejército nacional.'

'La Puebla de Valverde, 20 de enero de 1938

Han sido unos días terribles para todos nosotros. Los compañeros de la 68ª división, que tan duramente participaron en la toma de Teruel, estaban de permiso en Mora de Rubielos. Extenuados y abatidos por tantos días de lucha sin cuartel, no han querido obedecer las órdenes del alto mando para reincorporarse de nuevo a la lucha para proteger Teruel y ayudar a la 46ª división, que está realmente mermada después del ataque a Celadas. Han sido acusados de traición y el comandante Nieto ha dado órdenes de que ejecutaran a todos aquellos que no obedecieran. Por desgracia, más de 50 de ellos han sido fusilados. Esto es demencial, ¿cómo es posible que pasen en unos pocos días de ser unos héroes a traidores y acaben siendo ejecutados?

Suplico a Dios constantemente que acabe cuanto antes con esta maldita locura incomprensible.'

'La Puebla de Valverde, 7 de febrero de 1938

El ataque del ejército nacional ha sido devastador. Han ocupado toda la zona norte próxima a Teruel y han avanzado, en tan sólo un par de días, todo lo que no habían avanzado en meses. Han tomado hasta Alfambra y han arrasado con todos nuestros compañeros en la zona. El mando mayor prevé la mayor masacre que hasta ahora hemos soportado. Toda la zona se ha convertido en un gran cementerio donde yacen miles de personas. Aviones italianos han exterminado a todos los que intentaban huir. Es el infierno que todos esperábamos que llegara. El fin está cerca, no soportaremos mucho más tiempo todo el empuje del ejército de Franco. La toma de Teruel tan sólo ha sido un espejismo de la fortaleza del gobierno republicano. El desánimo cunde en todos nosotros. Presiento que Fernando y Toribio están tramando huir, tienen un miedo atroz a lo que se nos echa encima. Yo intento, en vano, calmarles, pero es imposible disimular lo que también siento en mi interior.'

'La Puebla de Valverde, 22 de febrero de 1938

Teruel está perdida. Nuestros efectivos han tenido que escapar de la ciudad para no ser arrasados por el ejército nacional. El mayor Mateo Merino ha conseguido sacar a todas las tropas por la noche, sin que fueran capturados por los nacionales. Aparte de la pérdida que supone Teruel, sobre todo en nuestro ánimo, han tenido que dejar todo el armamento allí, perdiendo todos los cañones y los tanques que habíamos desplazado. El mando mayor está organizando la retirada. Poco nos queda de estar en este búnker de la Puebla que tanto cobijo nos ha proporcionado.

El miedo nos invade. Hace días que no dormimos ni dos horas. Cualquier ruido nos altera y pensamos que en cualquier momento vamos a ser sorprendidos y aniquilados. Cada vez nos cuestionamos más para qué estamos luchando. Todavía hay mucha ideología en esta guerra, pero la gran mayoría sólo quiere que acabe cuanto antes. Ya no sabemos a quién o qué defendemos. El gobierno de la república ya no es el que comenzó la guerra. Aquello de que el ejército nacional es el diablo, como si no estuviera compuesto por personas como nosotros, ya no se lo cree casi nadie. Al igual que nosotros, en el otro bando hay personas obligadas a mantener esta estúpida lucha por un poder entre las clases sociales, que son las que no están en el campo de batalla. A ninguno de los que mandan de verdad en ambos bandos les importamos un carajo. No les tiembla el pulso en decidir enviarnos a una muerte segura. Y si dudamos, se encargan ellos mismos de ejecutarnos. No le importamos a nadie. Los nuestros se supone que son los que luchan por la libertad, ¿pero qué libertad nos queda si morimos? Estamos luchando por su libertad, no por la nuestra. Pero, en realidad, es por su libertad de ejercer el poder. Si preguntara a todos y cada uno de los que participamos en esta guerra, nadie la desearía. Entonces, ¿por qué continuamos matándonos? ¿Qué ocurriría si todos decidiéramos abandonar las armas? ¿Quién lucharía entonces? A todos nos han engañado y lo hemos pagado con nuestro más preciado bien, nuestra vida.'

'La Puebla de Valverde, 10 de marzo de 1938

Hasta siempre, Puebla de Valverde, nos marchamos. El ejército nacional ha comenzado una gran operación que ha acabado con toda la resistencia que tenía el ejército republicano en todo el frente de Aragón. Están a tan sólo unos pocos kilómetros de La Puebla. La zona se da por perdida y el alto mando ha ordenado el repliegue de nuestra división hacia Valencia. Hemos recogido todo el material que hemos podido y hemos cargado los camiones que nos quedan. Hasta aquí han llegado todos los compañeros que quedaban vivos de las brigadas 34, 64 y 70, y de las nuestras, la 68 y la 40. De los miles que se fueron han vuelto tan sólo unos pocos cientos y en un estado deplorable muchos de ellos. Juanjo no ha dado señales de vida. Ni creo que lo haga. Según me han contado compañeros de su unidad, les arrasaron en su huida con ametralladoras desde cazas italianos. Se salvaron muy pocos, apenas algunas decenas de los miles que eran. Otros muchos han caído presos del bando nacional y les espera el mismo destino, la muerte.

No he podido acercarme al pueblo a despedirme de Antonio, no sé siquiera si sigue allí o también ha huido. Yo me he cargado a la espalda la unidad de radio y hemos subido a uno de los camiones.

Nos vamos a Valencia, sin ninguna esperanza de que esto acabe bien. Dios quiera que Andrés, el fotógrafo húngaro, tuviera una premonición y que no muera en esta guerra, porque yo tengo una terrible sensación.

Por ahora, estoy cumpliendo la promesa que les hice a mis padres, no he matado a nadie y todavía no me han matado. No sé qué será de mí de aquí en adelante. El miedo ha dejado paso a una desazón y a la desgana en la que me encuentro. Mis deseos de sobrevivir están muy mermados y sólo quiero que esto acabe, de la manera que sea, pero que acabe ya. No puedo más.'

Samuel estaba agotado, pero por fin había leído todos y cada uno de los escritos que había dejado el abuelo Luis. Sabía que terminó siendo encarcelado en Valencia, cuando acabó la guerra, y que un hermano suyo, al que hace referencia en el diario, consiguió sacarle gracias a los contactos de alto nivel que tenía en el ejército nacional.

El reloj de su móvil marcaba las 3:30 a.m. hora local. Samuel decidió que era el momento de irse a dormir, aunque su mente no paraba de bombardearle con imágenes de todo lo que había vivido mientras leía el relato de su abuelo. El ejemplo de superación de Luis y de tantas y tantas personas que tuvieron que padecer la lacra de una guerra fue, para él, inspirador. Samuel fue consciente de que su propia vida había estado llena de problemas desde que su madre murió, pero para nada se podía comparar a lo que pudo vivir su abuelo. Y no acabó ahí. La postguerra debió ser casi tan dura o más que la guerra. Sabía que en España se había perseguido a miles de personas por sus ideas de izquierdas o por puras venganzas entre familias o vecinos. La vida de su abuelo durante los años siguientes a la guerra no debió ser nada fácil. Se imaginó el retorno de Luis a un pueblo dominado y gobernado por personas contra las que, probablemente, habría luchado. Habría soportado miradas juzgándole, amenazas, presiones para que abandonara el pueblo, de todo. La vida de los que estaban en el bando republicano fue de todo menos fácil. Su padre consiguió mantenerse con vida, aunque tardó varios años en querer salir a la calle con normalidad, por miedo a las represalias.

Luis terminó volviendo a estudiar en la facultad de Derecho de Zaragoza. Aprobó dos cursos en uno y se convirtió en el abogado más joven de España. Samuel supuso que su abuelo quiso recuperar el tiempo que le había robado la guerra. No se detuvo a lamentarse ni por un segundo pese a lo que vivió. Hizo borrón y cuenta nueva y se olvidó por completo de aquellos casi tres años. Pero el destino le tenía guardado una última gran prueba, la enfermedad que se llevó a su gran amor, cuando Martín contaba con tan sólo nueve años de edad. Aun así, y después de haber sido estafado por el socio italiano, se recompuso en un nuevo lugar, Valderrobres, donde creó una empresa que sería el germen de la multinacional más importante de acero de España.

Samuel, tras hacer un repaso mental de la vida que conocía de su abuelo, quedó abrumado.

—Su historia es impresionante. Cuánto he aprendido de él, nunca le llegué a conocer en vida tanto como lo acabo de hacer ahora mismo —susurró tumbado en la cama y mirando hacia el techo de vigas de madera de la casa que le vio nacer—. Me pregunto si papá descubrió a su padre como acabo de hacerlo yo. Sé que mi abuelo Luis no contaba casi nada de su pasado, era como si no quisiera revivirlo de ninguna de las maneras. Supongo que mi padre también terminó conociéndole mucho más, tras la lectura de estos fragmentos de su diario.

Samuel se percató de que había otra similitud entre su padre, Martín, y su abuelo Luis, escribiendo un diario. Llevaron vidas paralelas en muchos sentidos. Desde esa noche, el deseo de encontrar el diario de su padre se hizo mucho mayor. Quizás, si lo encontraba, conocería más a Martín y terminaría entendiendo muchas de las cosas que ahora no tenían sentido para él. El viaje comenzaba mejor de lo que esperaba. Samuel cayó rendido en un profundo sueño.

Alma se levantó como si hubiera dormido todo un día. Había descansado muy bien en aquella cama. El ambiente de aquel hogar había ayudado a que se encontrara muy cómoda.

—Me siento como si estuviera en mi propia casa, qué extraña sensación —pensó Alma.

Se duchó y se secó el pelo con mucha tranquilidad para dar tiempo a su hermano a que se despertara por sí solo. Ya no pudo aguantar más sin desayunar, así que se asomó al cuarto de Samuel. Dormía plácidamente. Ni siquiera le había despertado el sol de la mañana que entraba por el ventanal que permanecía abierto, pues no lo había cerrado para dormir. Estaba rodeado de unos papeles amarillos. Sin hacer ruido, Alma se agachó a por uno que estaba en el suelo y lo comenzó a leer. Sorprendida por lo que allí ponía, recogió todos los que vio y se los llevó abajo, a la cocina, para seguir leyéndolos mientras desayunaba.

Dos horas más tarde, Samuel apareció por la puerta de la cocina, todavía en pijama y completamente despeinado.

—Menudo susto me he llevado cuando me he despertado —dijo mientras se frotaba los ojos para despejarse.

—Buenos días hermanito, ¿por qué te has asustado? —preguntó Alma.

—Porque no veía las hojas del diario del abuelo y he pensado que lo había soñado todo.

—Pues no, te las he quitado yo. ¿De dónde las has sacado?

—Pues no te lo vas a creer, pero ayer entré en un pequeño bar de una calle que está un poco más arriba y allí me encontré con tres hombres que conocían a papá y al abuelo. Y, de repente, el dueño del bar, un tal Diego, se ha acordado de que papá se dejó unos papeles atados con una cuerda. Son los que tienes en tus manos ahora —explicó Samuel mientras se servía un poco de café que había preparado Alma—. ¿Los has leído? —añadió Samuel. Y al acercarse a la mesa para sentarse al lado de su hermana, se percató de que ésta tenía los ojos rojos de llorar y cara de haberse emocionado— Vale, veo que sí.

—Esta historia, Sam, es…

—Increíble, ¿verdad?

—Absolutamente increíble. El abuelo era alguien muy especial, Sam. Era un ser imparable. Pese a todos y pese a todo, él tuvo una vida plena. Estoy temblando sólo de pensar en que era nuestro antepasado, Sam, somos sangre de su sangre. Si él fue capaz de todo eso, nosotros somos capaces también de superar lo que sea que se interponga en nuestra vida. ¡Dios mío Sam!, ¡qué historia!

—Me acosté muy tarde leyendo cada hoja. No pude parar de leerlas.

—No me extraña, yo ni he acabado de desayunar. Me he puesto a leerlas y me he olvidado de todo. ¿Y dices que te las dio el dueño de un bar?

—Sí, se llama Diego. Pero espera que te vas a quedar de piedra. Los que nombra, Fernando y Toribio…

—¿Sí?

—Estaban ayer en el bar. Sentados en una mesa.

—¿Qué? ¡No puede ser! ¡Pero si tendrán muchos años!

—Créeme, allí estaban. Bastante mayores ya, pero se conservaban bien. Hasta bromearon con sus nombres. Me dijeron que conocieron al abuelo en la guerra, pero no me imaginaba que tuvieran tanta relación. Luego nos pasamos por el bar para ver si están y se lo cuento, porque creo que Diego guardó todas las hojas sin mirarlas, durante años. Respetó que no fueran suyas. Así que no tendrán ni idea de que eran de un diario del abuelo, y ni mucho menos, que les nombrara tanto.

—¡Vale, será genial conocerlos! Me los he imaginado tan jóvenes que va a ser un shock verlos ahora con casi cien años.

—¡Ah! y nada más verme, ¡me han reconocido!

—¿Cómo que te han reconocido?

—Bueno, a mí exactamente no, sino que supieron, nada más entrar, que era familia del abuelo y de papá.

—Hombre, un aire tienes de ambos, pero como para que te reconozcan dos personas mayores que nunca habías visto… me dejas de piedra.

—Como te lo cuento. Fue muy productivo el paseo de anoche. Por cierto, ¿cómo va todo por Miami?

—Bien, están bien. Noto a Julie algo baja de ánimo, pero creo que no es por mi ausencia, aunque no me ha querido contar nada. Amy y Evelyn están como siempre y Robert muy liado con lo de aquel juicio, pero Flora le está echando una mano en todo.

—A todo esto, hoy nos vamos a Valderrobres y no hemos dejado las cenizas aquí. ¿Cuándo piensa el albacea decirnos el lugar?

—A lo mejor ya nos lo ha dicho. ¿Has mirado tu móvil?

—La verdad es que no. He bajado tan rápido para ver si tenías tú las hojas que no me he parado a mirar nada.

—Yo tampoco. Subo y lo miro mientras terminas de desayunar. A mí no me apetece tomar nada más.

—Vale, tardo muy poco.

—Tranquilo.

Alma subió las escaleras y se dirigió a su cuarto. En ese mismo instante, llegó un mensaje del albacea con las instrucciones sobre dónde tenían que depositar las cenizas. En la ermita del Llovedor.

—¡Sam! —gritó Alma por el hueco de las escaleras.

—¿Sí?

—Parece que nos estaban escuchando, porque acaba de llegarnos el lugar donde vamos a dejarlas.

—¿Sí? ¿Te acaba de llegar? ¿Y dónde es?

—En la ermita del Llovedor.

—¡No me digas! ¡A ver si vemos las cabras montesas de nuevo!

—¡Ja, ja, ja! ¡Seguro que sí! —respondió riendo Alma.

Alma y Samuel salieron con una mochila y una de las cuatro urnas hacia el lugar llamado El Llovedor. Como les decía el albacea en el mensaje, se equiparon con botellas de agua que Soledad les había dejado en la nevera. El camino era a pie y con algo de desnivel.

Antes de dirigirse hacia el lugar designado, Samuel convenció a Alma para que pasaran por el bar donde había estado la noche anterior. Al llegar al establecimiento notó algo distinto. La puerta estaba sucia y llena de polvo y el cristal, a través del cual había percibido que había clientes dentro, ahora aparentaba no haberse limpiado en años. Samuel se quedó mirando la puerta, tratando de asegurarse de que era la misma que la de la noche anterior. Miró hacia un lado de la calle y luego hacia el otro. Extrañado, probó a abrirla, pero estaba completamente cerrada.

—No sé. Me parece muy raro —murmuró Samuel con la suficiente claridad como para que su hermana le entendiera.

—¿Qué es lo que ocurre, Sam? —indicó extrañada.

—Pues que no sé si me he equivocado de puerta o de calle. No sé, estoy muy confuso.

Samuel anduvo hasta el extremo del vial para comprobar el nombre que ponía en la placa. Efectivamente, era la calle Carnicería. No se había confundido. Volvió hasta la puerta del bar, donde le esperaba Alma, tratando de recordar el recorrido que hizo la noche anterior.

—Sí, es esta, no hay duda. No sé, era de noche y la calle estaba poco iluminada, pero me parece que la puerta no estaba tan sucia. Ahora hasta me parece que el bar está abandonado. Bueno, a la vuelta lo volvemos a intentar.

—Vale, como quieras —respondió Alma sin saber muy bien qué ocurría.

Los dos hermanos se dirigieron hacia la parte baja del pueblo, donde comenzaba la carretera que descendía hasta el túnel. Antes de llegar al principio de la bajada, Alma se percató de que había una tienda de cocinas. Pensó que sería la que le montó la cocina a su padre en la casa.

—¡Mira, esa debe ser la tienda de cocinas! —manifestó Alma apuntando con el dedo al cartel que sobresalía de la fachada.

—¡Alma! —gritó Samuel mirando el cartel.

—¿Qué pasa? —expresó asustada.

—¿Has visto cómo se llama la tienda? —dijo tembloroso Samuel.

—¡Dios mío! ¡Pero si se llama *Cocinas Martín*! —manifestó Alma poniéndose la mano en la boca para taparla.

—¡Entremos! —propuso Samuel.

Los dos accedieron al establecimiento. Era una tienda enorme y muy bien organizada, con numerosas cocinas montadas hasta el más mínimo detalle y de muy diferentes estilos. Una de esas tiendas que, perfectamente, podría estar en cualquier calle de Miami.

Un chico de unos treinta años, con barba y muy moreno de piel les saludó desde el fondo del comercio.

—¡Buenos días!

—¡Hola! —respondió Samuel.

—¿En qué puedo ayudarles? —indicó muy amablemente, juntando las manos.

—Somos los hijos de Martín, el hombre al que le pusiste la cocina de su casa de la plaza de la Virgen del Agua.

—¡No me diga! ¡Qué sorpresa! ¡Es un honor para mí que estén en mi tienda! —les aseguró con una sonrisa de oreja a oreja mientras extendía los brazos— Siento muchísimo lo de su padre. Ha sido una desagradable sorpresa para los que le conocimos.

—Muchas gracias. Entonces, ¿le conocía usted? —cuestionó Alma.

—Por favor, no me trate de usted —rogó sonriendo de nuevo—. Sí, le conocí precisamente cuando me contrató para montarle la cocina.

—Y usted…, perdón, ¿tú te llamas Martín también? —preguntó Samuel, con mucha curiosidad.

—¡Ja, ja, ja! No, me llamo Tomás. Lo decís por el nombre de la tienda, claro.

—Sí, nos ha llamado la atención que se llamara como nuestro padre —aseveró Alma.

—Pues… en realidad se llama como vuestro padre, en agradecimiento a él —dijo Tomás. Alma y Samuel se quedaron boquiabiertos al oírlo.

—¿En agradecimiento a él? —requirió Samuel— ¿Qué hizo para que se lo agradecieras poniendo su nombre a tu tienda?

—Esta tienda fue idea suya. Él me inspiró —apuntó Tomás sin abandonar por un momento su sonrisa.

—¿Él te dio la idea de abrirla? —preguntó extrañada Alma, frunciendo el ceño— ¿No trabajabas ya de montador de cocinas?

—Sí, en efecto, de hecho estaba instalando la suya. ¿Qué os ha parecido? ¿Os ha gustado?

—¡Mucho, es preciosa! —contestó Alma.

—¡Cuánto me alegro! —hizo una pausa, se sentó sobre una mesa y continuó hablando— Durante las dos semanas que estuve en aquella cocina, vuestro padre me estuvo acompañando en muchos momentos y mantuvimos conversaciones muy, pero que muy interesantes. Hablando con él me di cuenta de la mentalidad de escasez que tenía.

—¿Mentalidad de escasez? —expresaron los dos hermanos a la vez.

—Sí. Yo siempre había planteado mi negocio en pequeño. Siempre ofrecía un servicio demasiado barato y las calidades no eran muy buenas, para compensarlo. Pero hablando con vuestro padre me di cuenta de que, lo que realmente atrae a los clientes, es que les trates como si fueran las personas más importantes del mundo, ofreciéndoles tu mejor versión y dándoles consejos a cosas que ellos ni siquiera se plantean. Ofreciéndoles sólo calidad y un servicio insuperable —dijo levantando el dedo índice— Ahora instalo las mejores cocinas de toda España, no por su alto precio, sino porque cuido hasta el más mínimo detalle, pongo mucho amor en todo lo que hago y cobro el servicio a un precio razonable que me permita dar ese tipo de calidad. Al principio me costó un poco, enseguida quería terminar las cosas, aunque no fuera de la mejor manera posible. Lo llevaba haciendo lustros y era complicado deshabituarse. Pero al poco, comencé a poner las mejores cocinas que jamás había instalado. Mis clientes alucinaron viendo cómo les quedaban y ellos mismos me proporcionaron otros nuevos gracias a sus recomendaciones. El boca a boca funcionó perfectamente y, ahora, he abierto una página en internet y tengo dos equipos de montadores, trabajando de la mejor manera posible por toda España. ¡Y están muy bien pagados! Ayer mismo acabamos una en

Barcelona. ¡Con la de tiendas que hay allí y vinieron a propósito a contratarnos! ¿Os lo podéis creer?

—Pues la verdad es que suena muy sorprendente, sí —afirmó Alma tratando de asimilar todo lo que les estaba contando Tomás. Nunca jamás había oído a su padre hablar de escasez o de abundancia.

—Vuestro padre me cambió la visión que tenía de mi negocio, y lo hizo simplemente charlando, como si tal cosa. Si no hubiera sido por él, habría seguido de mal en peor con lo que hacía. Nunca habría disfrutado como lo estoy haciendo ahora y, además, habría tenido que seguir trabajando hasta que mi cuerpo hubiera dicho basta, más allá de la edad de jubilación, porque no hubiera tenido dinero suficiente como para vivir dignamente. Vuestro padre me salvó de tener una vida mediocre. Se merecía el nombre de la tienda y mucho más.

A Samuel le recorrió de nuevo la sensación de cosquilleo en la nuca. Los dos hermanos se quedaron atónitos ante lo que les contaba aquel hombre y no supieron qué decir. Era como si su padre fuera otra persona, o quizás la misma, pero diferente, evolucionada. Finalmente, Alma reaccionó y tomo la palabra.

—Gracias Tomás por lo que nos has contado.

—Gracias a vosotros por haber entrado a mi súper tienda. ¿Veis? Mi anterior yo habría dicho humilde tienda, ¡je, je, je!

—¡Sí que te ha calado hondo! —manifestó riendo Samuel.

—Me ha cambiado para siempre, ¡a mejor! Ha sido un placer conoceros. Si necesitáis cualquier cosa, pero cualquiera, de corazón, no tenéis más que decírmelo. Tomad —dijo mientras sacaba una tarjeta del tarjetero— aquí tenéis mi número, para lo que necesitéis. ¿Dónde vivís?

—En Miami, bueno y yo en Pittsburgh, en los EE.UU.

—¡Ah! Pues mi objetivo es abrir mercado allí, así que… Quién sabe, ¡a lo mejor termino creando una cocina para vuestras casas!

—¡Muchas gracias, Tomás! —respondieron ambos— ¡Hasta pronto!

—¡Hasta pronto, amigos!

Alma y Samuel salieron de la tienda completamente alucinados con lo que les había contado Tomás. Alma se quedó mirando a su hermano como para decirle algo, pero no supo encontrar las palabras adecuadas. Samuel comenzó a hablar.

—Alma, ¿qué hizo papá en los últimos años? Estoy fuera de juego, es como si nos hablaran de otra persona.

—Yo estoy igual, hermanito, yo estoy igual. Espero que este viaje nos aclare muchas cosas.

—Eso espero yo también. Bueno, ¡vamos a hacer lo que hemos venido a hacer!

Retomaron el camino hacia el túnel que atravesaba la enorme montaña para luego, nada más salir al exterior de nuevo, girar hacia la subida al Llovedor. Iniciando el ascenso, Samuel se giró bruscamente hacia Alma y le dijo:

—¡Vaya, podría haberle preguntado a Tomás si sabía algo del bar misterioso!

—¡Ah, sí, cierto! A la vuelta, si está abierto, se lo preguntamos si quieres. O le llamamos luego, cuando acabemos.

—Vale, ¡recuérdamelo!

—No te prometo nada —rio Alma.

—¿Has visto qué paisaje? ¿Lo recordabas así? —preguntó Samuel.

—La verdad es que sólo me acuerdo de la cabra que saltó por encima de nuestras cabezas —contestó Alma riendo.

—Sí, fue una escena mítica en la familia. Los yanquis americanos rendidos en el suelo por una cabra, ¡como para olvidarlo!

—¡Mira! ¡Allí se ve una! —gritó Alma muy emocionada, señalando una cabra que bajaba a toda velocidad de la loma de enfrente.

—¡Vaya! ¡Sigue habiendo cabras!

—¡Se ve que sí, je, je, je!

Mientras ascendían, el paisaje que se abría ante sus ojos era cada vez más espectacular. La visión del castillo, en lo alto de la montaña, era más nítida a cada paso. La subida serpenteaba por una de las laderas que componían la vaguada entre las montañas en las que, al fondo, una pared vertical de color rojizo remataba el impresionante paisaje. En su falda se ubicaba lo que se conocía como El Llovedor, una pared llena de musgo verde y plantas que se alimentaban del agua que brotaba de forma constante, gota a gota. De ahí su curioso nombre, muy apropiado para lo que realmente identificaba. El agua que brotaba cristalina, pura, absolutamente transparente, se recogía en una especie de piscina, construida a propósito para su canalización. La ermita quedaba a su derecha, al final del camino. El edificio estaba muy bien conservado. Era de pequeñas dimensiones, con una sola nave y una torre con un campanario que terminaba con un techo gris, con cuatro caras en forma de triángulo que se unían, curvándose, hasta un punto central. La nave principal estaba cubierta por una techumbre de color rojo muy peculiar. Esta nave se incrustaba en la montaña, como si surgiera de ella. A la izquierda, entre El Llovedor y la ermita, había un pequeño espacio de descanso, con bancos de madera, cubiertos por la extensión del techo de la iglesia. Al llegar, un hombre salió a recibirles. Parecía que les esperaba.

—¡Buenos días o buenas tardes ya! —saludó el hombre recibiéndoles con los brazos abiertos y con una sonrisa que casi ocultaba sus diminutos ojos, disimulados a su vez por unas gafas metálicas redondas que empequeñecían aún más su mirada.

—¡Buenos días! —saludaron los hermanos.

—Os he estado esperando. Me llamo Antonio. Soy el párroco de Castellote.

—Encantados, somos… —se presentó Alma.

—Alma y Samuel —interrumpió Antonio antes de que pudiera terminar su frase—, los hijos de Martín.

—Eh… sí, somos sus hijos.

—Os estaba esperando para ayudaros a depositar sus cenizas. Quiero que sepáis que es un auténtico honor poder asistiros en este encargo. Apreciaba a vuestro padre enormemente y a toda su familia. Sentí mucho su muerte. Os acompaño en el sentimiento.

—Muchas gracias —contestó Alma.

—Gracias —indicó Samuel—. Y, ¿en qué nos puede ayudar?

—Bueno, tengo abierta la losa que cubre la zona donde podemos dejar que descansen los restos de vuestros padres. Es una parte reservada a personas importantes de la vida del pueblo. Y vuestro padre es considerado como tal.

—Vaya, ¿y eso por qué?

—Bueno, es una persona que, aunque vivió la mayor parte de su etapa en España, en Valderrobres, nunca se desvinculó del pueblo que le vio nacer. La empresa de vuestro abuelo, que luego continuó vuestro padre, ha dado muchos puestos de trabajo a nuestra comarca y estamos muy agradecidos de que, aunque se fuera a Miami para impulsar su expansión, dejara abierta la fábrica original.

—¿Pero sigue abierta todavía? —preguntó extrañado Samuel.

—Pues sí. Tras la compra del grupo americano todos supusimos que la cerrarían y se la llevarían a otro sitio. Pero no ha sido así, sigue funcionando al cien por cien, como desde el primer día.

—Me deja usted de piedra, yo suponía que la habrían cerrado —dijo atónito Samuel.

—En absoluto. Bueno, ¿pasamos al interior? —propuso Antonio.

Los tres accedieron al interior de la pequeña ermita. Tenía una única fila de bancos de madera. Las paredes estaban pintadas de color gris por la parte más baja y de blanco el resto. Un sencillo conjunto de dos columnas salomónicas del mismo gris, enmarcando una talla de una virgen en el centro, componía el altar. La ermita era muy sencilla y acogedora.

Antonio, el párroco, les acompañó hasta la parte derecha del altar donde, efectivamente, tenía retirada una losa de mármol de color gris oscuro que estaba apoyada contra una pared.

—Aquí tienen ustedes el hueco para enterrar las cenizas.

Alma se giró hacia Samuel para poder acceder a la mochila que llevaba a su espalda. Sacó de ella la urna de cenizas y, cuidadosamente, la depositó en el hueco.

—¿Puedo decir algunas palabras? —sugirió Antonio.

—Sí, claro, por supuesto —repuso Alma.

Antonio rezó una oración de petición a Dios para que tuviera a su lado las almas de Martín y Blanca. Alma cogió de la mano a su hermano, mientras permanecían en silencio, escuchando la oración. Cuando acabó su plegaria, Alma no pudo retener las lágrimas por el recuerdo de sus padres. Samuel la abrazó para consolarla y para sentirse él mismo reconfortado también.

—Gracias por sus palabras, Antonio —manifestó Samuel.

—Es un honor haber sido yo el que las pronunciara —respondió inclinando ligeramente la cabeza.

—Muchas gracias —indicó Alma mientras se secaba las lágrimas.

Los tres salieron de la iglesia. Samuel se quedó mirando la ermita y preguntó al párroco.

—¿De qué año es esta iglesia? No parece muy antigua.

—Bueno, no lo es, es del siglo XVIII.

—¿Del XVIII? ¿Y dice que no es antigua?

—¡Je, je, je! Para lo que estamos acostumbrados a ver por estas tierras es bastante moderna. Bueno, si me necesitan para lo que sea en su estancia en Castellote pueden encontrarme en la casa parroquial del pueblo.

—Muchas gracias por todo —expresó Alma estrechándole la mano.

—Gracias, señor Antonio —añadió Samuel.

El párroco entró de nuevo en la ermita para dejar todo bien cerrado. Alma y Samuel iniciaron su regreso al pueblo.

Al entrar de nuevo en Castellote, Samuel recordó que quería preguntar al chico de la tienda de cocinas acerca del bar misterioso, pero la tienda había cerrado ya pues era la hora de comer. Tampoco quiso molestarle por teléfono.

Samuel insistió en volver a pasar por la calle Carnicería para comprobar si el bar había abierto ya. Cuando llegaron, comprobaron que la puerta seguía bien cerrada. La examinaron de nuevo con detenimiento y comprobaron que parecía que hacía mucho tiempo que estaba en desuso, ya que había polvo hasta en la cerradura. Extrañados, se dirigieron finalmente de nuevo a casa de sus abuelos. Soledad les esperaba en la entrada.

—¡Buenas tardes! —dijo Soledad con una amplia sonrisa— ¿Cómo estáis, *zagalicos*?

—Bien Sole, estamos muy bien. Acabamos de dejar las cenizas en la ermita del Llovedor —respondió Alma también sonriente. Había cogido cariño a aquella mujer en tan sólo unas horas.

—¿Y tú, Samuel, cómo estás? Parece que tienes cara de *apenao*. ¿Te han venido muchos recuerdos a la cabeza o qué? —preguntó Soledad al percatarse de que Samuel tenía una expresión extraña en su cara.

—No Sole, es que venimos de intentar entrar en un bar y parece que está cerrado —contestó Alma por su hermano.

—Hombre, pero hay bastantes bares en el pueblo. ¡Si quieres te indico para ir a los de abajo! —ofreció Soledad.

—¡Ja, ja, ja! No, no es por ir a un bar, es porque anoche estuvo en uno y ahora parece que no está abierto —explicó Alma.

—Y ¿cuál es ese bar? —preguntó extrañada.

—El de la calle Carnicería —indicó al fin Samuel.

—El de la calle Carnicería… —repitió Soledad levantando la cabeza para pensar de qué bar se trataba— Pues no caigo, no me suena que hubiera ningún bar en esa calle. Y ¿cómo dices que se llama?

—No sabemos el nombre —manifestó Alma.

—Lo lleva un tal Diego —afirmó Samuel.

—¿Diego? Creo que no conozco a nadie con ese nombre. Aunque con los jóvenes ya me pierdo.

—No, no era joven —añadió Samuel.

—Pues no me suena de nada.

—¿Y Toribio y Fernando? —insistió Samuel.

—¿Cómo dices?

—Toribio y Fernando. Son dos hombres muy mayores que estuvieron en la guerra con mi abuelo —explicó Samuel.

Soledad se quedó petrificada al oír sus nombres. Su rostro palideció al instante, pero no dijo nada.

—¿Pasa algo? —preguntó Samuel viendo la cara que ponía Soledad.

—No, no, hijo… no pasa nada —respondió con voz titubeante—, me he encontrado un poco indispuesta de repente.

—¿Pero se encuentra bien? —dijo preocupado Samuel.

—Sí hijo, ya se me va pasando. Pues no les conozco, la verdad.

—Bueno, no importa. Sólo era para contarles una cosa que pasó ayer. No se preocupe, no tiene importancia.

—Vale, hijo —continuó en el mismo tono. Soledad se intentó recomponer sin decir por qué había reaccionado así e intentó disimularlo cambiando de tema—. Os estoy preparando unas *miguicas*. Vamos *pa dentro* —indicó mientras entraba en la casa.

—¿Qué es eso de *miguicas*? —cuestionó Alma.

—Son migas de pan.

—¿Migas de pan?

—Sí, es una comida típica de pastores y ¡bien rica! Son migas de pan con *trocicos* de carne y fritas. Se hacen en el momento y están exquisitas —expuso Soledad besándose la punta de los dedos de su mano derecha.

—Sí que huele bien, sí —indicó Samuel al entrar en la casa.

—He sofrito algunas *cosicas* y estaba esperando a que vinierais para echar las migas, que las tengo ya a remojo con un poco de agua.

—¿Las remoja dice? —preguntó interesada Alma.

—Si no os importa, subo un momento a la habitación —dijo Samuel, interrumpiendo la conversación.

—Tranquilo, hijo. Sube, que a esto le queda un *cuartico* de hora —informó Soledad. Al entrar con Alma en la cocina, le señaló un paño de tela que contenía algo dentro algo—. ¿Ves? Se ponen en este paño las migas secas de pan y le echas un *poquico* de agua para que cojan humedad. Luego es echarlas a la sartén, una vez hecho el sofrito, y darle vueltas y vueltas sin parar hasta que veas que están *hechicas*. ¿No quieres subir a descansar tú también? Yo os aviso cuando acabe.

—No, muchas gracias, Sole. He descansado muy bien esta noche.

—¿Cómo ha ido lo de las cenizas?

—Bien. Ha habido un momento un poco triste en el que me he acordado mucho de mis padres, al dejar las cenizas en la ermita, pero todo ha ido muy bien.

—El recuerdo de unos padres nunca se va a olvidar. Hay que aprender a vivir con ello, pero no tenerlo siempre presente, que si no sólo vives en el pasado y eso no es cosa buena. Nuestros padres ya vivieron su vida y a nosotros nos toca disfrutar la nuestra.

—Sabias palabras, Sole.

—Sí —respondió riendo Soledad—, la experiencia que da la edad, hija mía.

—Sole, ¿puedo hacerle una pregunta?

—Sí, claro, hija.

—¿Cómo vio a mi padre en los últimos años?

—Pues… lo vi muy cambiado, pero a mejor. Cuando estuvo al principio aquí estaba derrotado ¡y mira que tu padre era un hombre majo y guapo como él solo! pero estaba que no parecía él —contestó mientras meneaba las migas con maestría—. Cuando volvió por una visita corta, hace como dos años, estaba muy cambiado. No es que estuviera más guapo que la anterior vez, que lo estaba y mucho, sino que estaba como… yo diría que estaba en paz.

—No me diga, no sabe el alivio que me provoca saberlo. Estaba realmente mal, Sole, muy mal. Pensé que lo perdería y que se dejaría morir. No sabe la alegría que me da oírle decir eso —manifestó Alma abrazándola.

—Sí hija, vino muy mal, como un cadáver andante, pero te puedo asegurar que, cuando volvió, estaba incluso más joven, ¡guapísimo vamos! y con esa sonrisa suya que tanto me gustaba —dijo imitándola con su sonrisa.

—Así que le parecía guapo.

—El más guapo, sin duda, del pueblo y de la comarca.

—Parece que le gustaba —sugirió Alma.

—¿Te puedo confesar una cosa? —indicó respondiendo antes de que Alma pudiera decir nada— Me tenía loca, pero desde bien *pequeñica*. Yo creo que también le gustaba, ¡que yo de joven era una zagala bien parecida, no creas!

—¡Seguro que sí Sole! ¡Menudo arte tiene!

—Pero luego él se marchó y nos distanciamos bastante, aunque siempre hemos mantenido una especie de conexión. Cada uno hizo su vida y formamos nuestras familias.

—¡Vaya! ¡Qué sorpresa!

—Sí hija, amores platónicos que tiene una —añadió riendo mientras seguía moviendo las migas, que se le caían por el movimiento que le provocaba su risa estilo muelle saltarín.

—¡Ya veo, ya! O sea, ¡que casi podría haber sido mi madre!

—¡Ja, ja, ja! Ya me habría gustado, no sólo por tener a Martín de marido, sino por tenerte a ti de hija. Pero no me quejo, que mis hijos son mi vida y mi Juan… pues es mi Juan —señaló soltando una gran carcajada.

—¡Ja, ja ,ja! —rio Alma cogiendo del brazo a Soledad.

—¿Sabes hija? Tengo una cosa que contarte.

—¿Más cosas aún?

—Sí, pero esta es muy rara.

—Pues usted dirá —expuso alma expectante.

—¿Sabes el tal Toribio y el tal Fernando que me ha dicho tu hermano? —dijo bajando el tono, casi susurrando para que no la oyera Samuel desde el piso superior.

—Sí. ¿Qué ocurre?

—Pues hija, me pongo hasta nerviosa sólo de decirlo.

—Dígamelo ya, ¡por favor!

—Pues que esos dos hombres están muertos desde hace tiempo.

—¿Qué? —expresó Alma dando un salto hacia atrás.

—Como lo oyes —aseguró Soledad, girándose para mirar a Alma a los ojos.

—Pero ¿no cabe la posibilidad de que sean otros? —sugirió Alma sin mucha confianza en lo que decía.

—¿Quieres decir que haya dos hermanos en Castellote que se llamen igual, que fueran tan mayores como para haber estado en la Guerra Civil?

—No, ¿verdad? —manifestó Alma arqueando las cejas.

—Demasiadas casualidades, hija. Eran ellos dos.

—Pero ¿cómo que eran ellos dos? ¡Pero si acaba de decir que están muertos!

—¡Shhhhhh, que nos va a oír tu hermano! —pidió Soledad bajando el tono de voz— ¿Quiénes si no?

—Pero, a ver, que me está volviendo un poco loca. Si están muertos, ¿no?

—Sí, sí lo están, desde hace años.

—¿Entonces?

—¡Y yo que sé hija! Serán sus espíritus que se aparecieron ayer a tu hermano.

—¿Y el dueño del bar?

—Allí hubo un bar hace muchos años. Lleva cerrado al menos una década.

—Venga ya, Sole, ¿está segura de lo que me está diciendo?

—Tanto como que estas migas están para chuparse los dedos.

—Entonces, es cierto.

—¿El qué?

—Que me estoy volviendo loca. ¿Cómo es posible esto?

—Ni idea hija, pero no cabe otra explicación. Este pueblo es muy especial, siempre se han oído historias de personas fallecidas que se aparecen a los vivos para aconsejarles o contarles cosas que deben saber —explicó en voz baja.

De verdad que me está asustando. Menos mal que nos vamos hoy mismo, que si no, no pego ojo esta noche aquí.

—No le digas nada de esto a tu hermano, que lo veo todavía con mucho dolor y no quiero que se preocupe por más cosas.

—¿Lo ha notado usted?

—Se le ve a la legua.

—Vaya, no sabía que era tan evidente. Mi hermano estuvo tan mal o peor que mi padre. Se está recuperando bien, pero todavía le queda camino por recorrer.

—Sí, le queda y mucho, pero no importa la distancia, sólo importa que quiera caminarlo. Y ahora creo que no quiere.

—Puede ser. Yo conservo la esperanza de que vuelva a ser el mismo Samuel risueño y cariñoso de antes.

—Eso sólo depende de él. Es su decisión. Y por ahora parece, y digo parece, que quiere seguir anclado a un pasado doloroso.

—Sí, por ahora todavía le ata lo que pasó con la familia, pero se recuperará. Este viaje sospecho que le servirá y mucho.

—No te quepa la menor duda, Alma.

—¿Sabe usted algo de lo que nos espera? —preguntó con mucha curiosidad.

—No hija, no tengo ni idea. Pero conociendo a vuestro padre, será muy especial.

—Creo que ya lo está siendo, Sole.

—Anda, llama a tu hermano que tenemos las migas listas para comer y esto frío no vale nada.

Alma avisó a Samuel, que bajó lentamente. Se había quedado dormido sin querer durante veinte minutos. El cansancio del viaje y la noche de lectura le estaban pasando factura.

—Vamos hijo, ¡que esto levanta a un muerto! —dijo Soledad. Alma la miró de reojo al oír la frase que acababa de decirle. Ella, sin devolverle la mirada, sonrió levemente de forma cómplice.

—Comed, que a las cuatro os esperarán para llevaros a Valderrobres.

—Le voy a echar mucho de menos —se sinceró Alma, posando sus manos sobre las trabajadas manos de Soledad.

—Y yo a vosotros, hijos. Quién sabe, ¡igual podéis venir a visitarme *prontico*!

—Me encantaría, sobre todo para que conozca a mis tres soles— manifestó Alma, sacando el móvil para enseñarle la foto que tenía puesta de fondo de pantalla.

—¡Pero qué *rebonicas* que son! Ésta se te parece mucho —indicó señalando a Amy—. Pero ésta es *clavadica* a Samuel.

—¿Quién dice usted? —preguntó Samuel con curiosidad.

—A Julie —dijo Alma—. La verdad es que se te da un aire.

—¿Tú crees? Nunca lo habría dicho.

—Pues hijo, sois dos gotas de agua, al menos en esta foto —aseguró Soledad.

—Sí, este gesto es tuyo —afirmó Alma.

—¿Sí? ¡Qué bien! ¡Es la hija que nunca tuve! ¡Je, je, je!

—Pues da la casualidad de que es con la que mejor se lleva, ¿a que sí? —preguntó Alma.

—Me llevo bien con todas, pero es verdad que con Julie tengo una conexión más especial —respondió Samuel mirándola en la foto y sonriendo.

—Sin duda —reforzó Alma.

—Por cierto, Sole. Las *miguicas* estas ¡están de muerte!

—¡Será de vida, porque te han revivido! —exclamó Soledad. Los tres rieron a gusto.

Terminada la comida, recogieron todas sus pertenencias y bajaron las maletas a la entrada de la casa, para esperar a la persona que les tenía que llevar a Valderrobres. El taxi llegó a los pocos minutos, tocando el claxon para avisarles.

—¡Comienza una nueva aventura! —indicó Soledad— ¡Espero que hayáis estado a gusto aquí!

—Hemos estado como en casa y todo gracias a usted. La recordaremos con mucho cariño —expresó Alma tomándola de las manos.

—¡Es que es vuestra casa! —respondió con júbilo Soledad.

—Desde luego, recordaremos este viaje. ¡Ese ternasco y esas migas, son muy difíciles de olvidar! —bromeó Samuel.

—¡Ja, ja, ja! Pues siempre que quieras, ¡os lo cocinaré con gusto!

Salieron de la casa y un flamante taxi marca *Mercedes-Benz,* de color azul oscuro e impoluto, les esperaba. El conductor salió a recibirles vestido con un elegante traje gris marengo. Sus ojos se escondían tras unas grandes gafas de sol *Ray-Ban* y llevaba una barba muy corta y bien perfilada. Soledad, al verle, cogió del brazo a Alma y le susurró al oído:

—Me dejaría llevar al fin del mundo con este taxista —indicó. Y rieron a carcajadas mientras Samuel saludaba al nuevo taxista.

—Buenas tardes. Soy Samuel y ella es Alma.

—Buenas tardes, soy Pedro, el conductor que os llevará hasta Valderrobres. Será un viaje muy corto —manifestó con voz varonil.

—Y encima tiene buena voz. ¡Lo tiene todo! —susurró de nuevo Soledad a Alma.

Justo cuando se iban a despedir, Samuel les sorprendió diciendo:

—Esto… una cosa. ¿Puedo ir corriendo por última vez a ver si encuentro el bar abierto y le cuento a Diego, o con suerte a Toribio y a Fernando, lo que leímos en el diario? Tardo cinco minutos.

Alma miró a Soledad y le hizo un gesto con las cejas arqueadas y apretando la boca, como indicando que le permitiera ir, sin explicarle nada.

—Claro, ve rápido, a ver si hay suerte —respondió Alma.

Samuel salió corriendo calle abajo, para luego girar por la subida del ayuntamiento. En un abrir y cerrar de ojos se plantó en la puerta del bar. Tenía el mismo aspecto, nada había cambiado, la misma sensación de haber estado cerrado durante años. Probó de nuevo y la puerta no se abrió. Dio un par de empujones un poco más fuertes, pero tampoco consiguió nada. El ruido provocado en el intento alarmó a la vecina de enfrente, que se asomó por la ventana.

—¿Quién da esos golpes?

—Perdone señora. Es que estaba probando si el bar estaba abierto.

—¿El bar abierto? ¡Pero si el bar lleva cerrado más de diez años!

—¿Cómo dice?

—Que el bar —repitió en un tono más alto y más despacio— lleva cerrado más de diez años.

—¡Pero eso no puede ser! Anoche estuve aquí, con su dueño, ¡Diego, Diego Sánchez! —gritó Samuel descolocado.

—¿Diego qué? En el pueblo no hay ningún Diego. Ese bar no ha abierto desde que cerró. No sé dónde estuvo usted ayer, pero debieron echarle algo en la bebida, porque no pudo estar en este bar —añadió la vecina sin esperar respuesta, metiéndose en la casa y cerrando la ventana a cal y canto.

Samuel se quedó mirando hacia el ventanal, inmóvil, sin saber muy bien qué pasaba. Estaba más que seguro de que la noche anterior había ido a ese bar y no bebió nada. No encontraba ninguna explicación posible. Se volvió a la puerta, limpió un poco el cristal translúcido y se asomó para ver si intuía algo a través de él. De pronto, se dio cuenta de que no veía nada dentro, no porque estuviera el cristal muy sucio, sino porque no había nada, estaba completamente diáfano. Samuel se vino abajo, no comprendía nada. Las piernas le empezaron a temblar y tuvo que sentarse contra la pared del establecimiento. Respiró profundamente, intentando controlar la ansiedad que comenzaba a apoderarse de él. La cabeza le daba mil vueltas. Procuró dominar la respiración para que no se desbocara y aumentara su intensidad. El corazón le latía con mucha fuerza.

A los pocos minutos, apareció Alma.

—¡Sam! ¿Estás bien? —gritó mientras corría desde el principio de la calle.

—Sí, sí. Estoy bien —se apresuró a contestar con la intención de que su hermana no se preocupara.

—¿Qué te ha pasado? —preguntó jadeando del esfuerzo por el *sprint* que había hecho.

—Nada, que me he mareado un poco. Nada más —expresó de forma tajante, dando a entender que no quería dar ningún detalle.

—¿Qué estabas haciendo? ¿Por qué tardabas tanto? ¿Llevas rato mareado?

—No, tranquila, han sido un par de minutos. Es que estaba hablando con la vecina de enfrente.

—Ah, vale.

—Alma, la vecina me ha dicho que el bar no ha abierto desde hace más de diez años. ¿Qué explicación tiene esto?

—¿Cómo? —preguntó Alma, disimulando— No lo sé Sam. Sole dice que en este pueblo pasan cosas extraordinarias.

—¿Como que aparezcan dos personas que conocieron a nuestro abuelo Luis, en un bar que no existe hoy en día?

—Sí, algo así —indicó titubeante.

—Esto es muy extraño, Alma. No me digas que no. Tú has leído el diario igual que yo. Diego me lo dio. Papá se lo dejó en este bar hace un par de años. Esto es una locura, no tiene ni pies ni cabeza.

—No sé qué decir, Sam. Yo tampoco puedo darle una explicación a todo esto.

Alma ayudó a su hermano a incorporarse. Respiró profundamente otro par de veces y regresaron a casa de sus abuelos, agarrando a Samuel, no fuera a marearse de nuevo.

Cuando llegaron a la casa, Soledad les estaba esperando.

—¿Qué te ha pasado, hijo? ¿Estás bien? Tienes cara de haberte mareado —indicó.

—Pues algo de eso, Sole. Se ha mareado un poco, pero ya está mejor, ¿verdad Sam?

—Verdad, ya estoy bien.

—¡No habrán sido las migas!

—¡Ja, ja! ¡No, tranquila! Me he mareado por otra cosa —aseguró, evitando tener que volver a dar detalles sobre lo ocurrido.

Finalmente, se despidieron de Soledad agradeciendo, de nuevo, el buen trato y todos los cuidados que habían recibido. Soledad se emocionó mucho al despedirse, les había tomado un gran cariño en muy poco tiempo.

Valderrobres y los mejores atardeceres del mundo

Montados en el taxi que les llevaba a Valderrobres, en un trayecto de poco más de una hora, Samuel y Alma aprovecharon el vaivén del coche por la carretera para rememorar todo lo que habían vivido. Parecía que hacía una semana que habían dejado EE.UU, pero, en realidad, tan sólo llevaban en España un día. De pronto, de un sobresalto, Samuel se giró hacia Alma, asustándola al sacarla de golpe de su ensimismamiento.

—¡Alma!

—¿Qué ocurre?

—¡El diario! ¿Lo has guardado tú?

—Eh… no, creo que no. ¿No te lo llevaste de la cocina?

—Yo no lo he vuelto a tocar desde que lo leí.

—Pues allí se habrá quedado.

—No me fastidies, ¿damos media vuelta? —propuso Samuel. Pedro, el conductor, le miró rápidamente por el retrovisor central al oír lo que decía. No llevaban mucho tiempo de trayecto, pero ya habían recorrido al menos la mitad.

—¿Pero qué dices, Sam? ¿Para qué lo quieres? ¡Si ya lo has leído!

—¡Es el legado del abuelo! ¡Lo tenemos que tener alguien de la familia!

—A ver, Sam. Que le estás dando demasiada importancia al diario. Si quieres, le podemos pedir a Sole que nos lo envíe.

—Vale, ¿pero tienes el teléfono de Sole?

—No, no lo tengo, pero tenemos el de la tienda de cocinas y Tomás la conoce seguro. No te preocupes, que nos lo enviará a Miami.

—¡Pero si es que estamos sólo a media hora!

En ese momento, Pedro levantó de nuevo la vista de la carretera hasta tener la cara de Samuel en el espejo del retrovisor.

—Lo siento mucho, señor Samuel, pero tengo otro servicio justo después de dejarles a ustedes. Si tienen la posibilidad de que se lo envíe alguien, sería más adecuado.

—Bueno, vale… —aceptó resignado Samuel.

—Tranquilo, Sam, que nos lo enviará, seguro.

—¿Y si lo confunde con papeles sin importancia y los tira?

—Pues tendremos que vivir con ello. Hace veinticuatro horas vivíamos sin saber de su existencia y ahora parece que no puedas pasar sin él.

—Es que tiene un gran valor, Alma.

—Lo sé, pero ya lo tienes en tu cabeza. Y yo también.

—Está bien, si no podemos volver habrá que confiar en que Sole no lo tire.

—Eso está mejor. Anda, disfrutemos de lo que nos venga —aconsejó Alma.

—Oye, no hemos hablado de una cosa.

—¿De qué?

—Del fotógrafo que enseñó al abuelo a hacer fotos, en mitad de la guerra.

—Esa es una historia increíble. ¿Cómo se llamaba? ¿Andrés?

—Endre era su nombre original.

—Disculpe que me entrometa —dijo Pedro de repente.

—Dígame.

—Ese tal Endre no sería un fotógrafo que estuvo en la Guerra Civil española, ¿verdad?

—Eh... sí, ¿lo conoce usted?

—¿Que si lo conozco? Endre era el nombre real de Robert Capa, el mejor fotógrafo de conflictos bélicos de la historia. Estuvo cubriendo la Guerra Civil.

—¡¿Qué!? —dijeron ambos al unísono.

—Endre era su nombre real, pero publicaba sus fotos bajo el seudónimo de Robert Capa. Su pareja, que murió durante el conflicto, también era fotógrafa y publicaba sus fotografías bajo el mismo seudónimo.

—¡¿Cómo dice!? ¿Que el mismísimo Robert Capa enseñó a manejar una cámara a nuestro abuelo? —exclamó muy sorprendido Samuel.

—Si se llamaba Endre, era húngaro y estaba en la batalla de Teruel, las probabilidades son casi del cien por cien.

—¡Sí! ¡Era de Hungría!

—Entonces no hay duda, era él.

—Además, ¡le contó al abuelo que su pareja había muerto en la guerra! —añadió entusiasmado Samuel.

—Sam, ¿te das cuenta de que Robert Capa enseñó al abuelo, el abuelo a papá y papá a ti? En realidad Robert Capa, de rebote, ¡fue tu maestro!

—¡Dios mío! ¡No me había dado cuenta! —exclamó tapándose la boca y abriendo los ojos de par en par— ¡Es cierto! ¡Yo aprendí de lo que Robert Capa le enseñó al abuelo! ¡Normal que papá hiciera tan buenas fotos, aprendió de uno de los mejores fotógrafos de la historia!

—Sin duda, el mejor. Es mi ídolo —indicó Pedro muy emocionado—. Yo soy muy aficionado a la fotografía y no he visto fotos como las suyas. Transmiten una fuerza increíble y están hechas con un mimo y una precisión insuperables. Muchas de ellas están disparadas en momentos únicos que duran microsegundos y él era capaz de encuadrar, calcular la luminosidad de la escena, la apertura y la velocidad de disparo en ese instante de tiempo. Lo que yo les diga, el mejor. ¿Conocen la historia de la maleta mejicana?

—No —respondió Alma.

—Yo tampoco —añadió Samuel.

—Pues verán, cuando Endre, o Robert Capa, salió de España, acabó en París, justo cuando los alemanes nazis invadieron Francia. Él era judío y de izquierdas, así que tenía todas las papeletas de que lo mataran si le detenían. Tuvo que escapar a toda prisa a Estados Unidos para salvar su vida, pero todas las fotos de la Guerra Civil española, sus negativos, los guardaba en una maleta preparada con compartimentos adecuados para conservarlos correctamente. En total había más de cuatro mil negativos de él, de su novia y de un amigo fotógrafo. La cuestión es que se la entregó a un colaborador cercano suyo de París, que se la llevó en bicicleta hasta Burdeos, ni más ni menos. Quería llegar a enviarla a Méjico, pero se le complicó el plan. Un día, por la calle, se encontró a un chileno que accedió a llevarla a su consulado para salvar los negativos. Se perdió la pista de todos hasta mediados de los noventa, cuando la valija se halló entre las pertenencias de un antiguo embajador mejicano. Incluso Robert Capa murió pensando que se habían extraviado por completo. Las fotos son increíbles... incluso las de Gerda Taro, su novia, son insuperables. Menos mal que se recuperaron para la historia y para el arte.

—¡Vaya! ¡Qué historia más interesante! —admitió Samuel— La desconocía por completo. Muchas gracias por contárnosla.

—No hay de qué. Me apasiona la fotografía y Robert Capa es uno de mis ídolos.

—¿Y hace usted fotos?

—Al menos lo intento. Siempre que dejo de trabajar cojo mi *Canon 7D Mark II* y me lanzo a hacer fotos a lo que sea. Me encanta ver la realidad a través del visor de la cámara.

—Esto mismo decía Robert Capa en el diario de nuestro abuelo — afirmó Alma.

—¡Pues no sabe lo que me alegra que me lo diga!

El coche tomaba las últimas curvas antes de entrar en el pueblo de Valderrobres. Inesperadamente, el paisaje había cambiado por completo. Habían atravesado kilómetros de zonas semidesérticas donde la presencia de árboles era casi nula y, de repente, se cruzaba ante sus ojos un paisaje lleno de vegetación, de montes plagados de pinos donde un precioso río acompañaba el zigzag de la calzada.

El acceso a la ciudad no podía ser más impactante. Cuando el taxi enfiló en dirección a la parte vieja, ya se vislumbraba la imponente entrada medieval de Valderrobres. El vehículo atravesó el puente de piedra que conducía hasta una gran torre, conocida como el portal de San Roque, cuya puerta servía para dar entrada a un mundo que parecía sacado de los cuentos de caballeros de la Edad Media. En lo alto del promontorio que dominaba el pueblo se erguía, majestuoso, el castillo de la ciudad, perfectamente conservado. Acompañando al castillo sobresalía la torre y la nave principal de la iglesia de Santa María la Mayor y, a ambos lados del puente, el río, de nombre Matarraña, bañaba las casas de piedra que lo bordeaban, rematando una estampa perfecta de población encantada. El entorno en aquella época del año no podía ser más bello. Samuel y Alma, que ya habían estado allí cuando eran muy pequeños, volvieron a admirarse de la hermosura de esta ciudad.

Pedro paró el taxi al traspasar la entrada de la torre, en una plaza y a las puertas de una fonda. Todo el entorno de la glorieta era de la misma piedra que la de la torre de la entrada, formando así un conjunto arquitectónico único en el mundo. Nada más se entraba a la plaza, se elevaba a la izquierda un señorial edificio destinado al ayuntamiento de la ciudad. La estructura, de tres alturas, tenía una serie de arcos de medio punto en su planta baja. En el primer piso lucían tres grandes ventanales, dos de ellos unidos por un pequeño balcón. A su izquierda, un escudo con dos dragones alados y un olivo en el centro, era testigo del año de su construcción, 1599. En la parte superior se disponía una hilera de pequeños arcos de medio punto, imitando a los de la parte baja, rematados por un techo cuyo alero estaba profusamente tallado en madera.

El resto de edificios, algo más modernos, parecía ser de residentes, pero conservaban el estilo de la casa consistorial, con los mismos sillares de piedra color arenoso en sus fachadas.

La fonda era algo más especial. Se trataba de un edificio construido siglos antes que el ayuntamiento. Destinado en su origen a ser parada de numerosos viajeros que pasaban por la localidad, el inmueble semejaba más un palacio que una fonda. En su fachada, con letras hechas de forja, se anunciaba el nombre de la misma: *Fonda La Plaza*. La estructura constaba de tres alturas, al igual que el edificio del ayuntamiento, al que se unía mediante el portal de San Roque. La entrada era también un arco de medio punto, típico del estilo medieval que reinaba en la zona en la época de su construcción. Lo más espectacular era su parte superior, que le otorgaba un aire de castillo de hadas, con un torreón en la esquina que daba a la plaza, culminado por cuatro pináculos decorativos en cada una de sus esquinas y otros tantos repartidos en lo alto de cada uno de los muros. Pegado a este edificio, a su izquierda, había otro anexo que conservaba la entrada original de la fonda, con la inscripción de la familia de los anteriores dueños 'Casa de viajeros de Enrique Blanc'. Tenía un balcón de piedra tallada en el primer piso y otro de reducidas dimensiones en el segundo. Un friso de piedra con motivos vegetales remataba la estructura.

Samuel y Alma bajaron del coche de Pedro. Una pareja salió de la fonda a recibirles. Él era moreno, de mediana estatura, con los ojos oscuros y una mirada tan limpia que transmitía confianza a primera vista. Sus manos, bien curtidas, delataban años de trabajo. Ella, de casi la misma estatura que él, llevaba unas gafas de pasta de color negro. Su sonrisa la precedía. Al igual que el hombre, por sus manos habían pasado decenas de años de duro trabajo. Sus ojos, pequeños y rasgados, irradiaban alegría.

—¡Hola! ¡Bienvenidos! —dijo la mujer, cogiendo de los hombros a Samuel para plantarle dos besos en las mejillas, nada más salir del coche—

Me llamo Reme y soy la propietaria de esta fonda. Él es mi marido, Fermín.

—Bueno, en realidad el propietario soy yo y le dejo trabajar en ella —añadió riendo Fermín.

—¡Hola! Yo soy…

—Samuel —manifestó Reme hablando muy rápido y con un acento bastante peculiar—. Lo sabemos. Te conocimos cuando eras muy pequeño, tendrías unos siete u ocho años.

—¿Cómo dice? —preguntó Samuel al no haber entendido nada de lo que le había dicho.

—¡Uy! Perdona hijo, es que me acelero cuando hablo y además, aquí tenemos nuestra propia lengua, el *chapurriau*, y se me entremezclan palabras. Trataré de hablar más lento para que me entiendas.

—Gracias —asintió Samuel sin haberse enterado del todo de lo que le decía.

—Y tú eres Alma —supuso Reme.

—Pues sí, lo soy —afirmó sonriendo. Reme le dio otros dos besos también a ella y, a continuación, Fermín.

—Bueno señores, ha sido un placer haberles conocido —indicó Pedro después de sacar el equipaje del maletero.

—Muchas gracias por todo, Pedro. Ha sido un viaje muy entretenido e interesante. Hemos aprendido muchas cosas de Robert Capa y de la fotografía —expuso Samuel dándole la mano.

—¡Muchas gracias por todo! —gritó Alma desde el otro lado del coche.

—Espero que disfruten de la estancia en la fonda, es como si fuera la segunda casa de Martín —dijo mientras se metía dentro del coche.

Alma miró a Samuel.

—¿Otro que conocía a papá? —manifestó Alma.

—Pero ¿por qué no nos lo dicen antes? ¡No lo entiendo! —exclamó Samuel. Se giró hacia Reme y le preguntó— Usted sí que conoció a mi padre, ¿verdad?

—¡Ja, ja, ja! Mejor que vosotros —respondió cogiendo una maleta para entrar dentro de la fonda— ¡Y no me llames de usted, por favor! ¡Seguidme, entremos!

La entrada a la fonda era amplia. A la derecha había una escalinata de piedra que daba acceso a las habitaciones. Sobre ella se abría un arco decorativo de piedra, pintado de azul. Los techos, de una altura considerable, estaban construidos con vigas de madera y pequeñas bovedillas entre ellas. Las paredes estaban pintadas de un amarillo pálido y de ellas colgaban utensilios agrícolas, hechos de madera y hierro. A la izquierda de la escalinata, casi debajo de ella, se hallaba la sencilla puerta del restaurante, de madera y acristalada.

—Bueno, esta es nuestra fonda, un lugar muy acogedor para cualquier tipo de viajero. Dejad aquí las maletas, que luego os las subiré yo —señaló Fermín.

—Os hemos reservado la misma habitación que usaba siempre Martín cuando venía, la misma que usó con su padre Luis cuando dejaron Castellote para comenzar aquí una nueva vida. Está en el primer piso. ¿Me acompañáis? —dijo Reme indicando con la mano que subieran la escalera.

—Claro, por supuesto —respondió Alma ilusionada.

Reme les condujo hasta una habitación que se encontraba enfrente de la escalera. Era la número tres. Les abrió el cuarto y entraron. Las paredes laterales eran de piedra desnuda, como las de la fachada. La que daba al cabecero de las dos camas estaba pintada de un verde suave. Los cabeceros eran de estilo rústico, de madera tallada, al igual que la mesilla de noche instalada entre los camastros, sobre la que había una pequeña lamparilla con el pie hecho de forja. Junto a la ventana que daba al balcón de la plaza se ubicaba un pequeño tocador antiguo, de madera oscura, más oscura que los cabeceros, y sobre ella dos espejos ovalados, dispuestos uno encima del otro para personas de distinta altura. A la derecha, una pequeña puerta de madera, del mismo color que el tocador, daba acceso a un sencillo baño con una ducha.

—Poneos cómodos, Fermín está subiendo las maletas. Todavía es pronto para cenar, así que podéis iros a dar una vuelta por el pueblo y así lo vais conociendo y luego, nos juntamos para cenar. Estaremos hasta arriba de faena en el restaurante, pero uno de los dos podremos sentarnos un ratico con vosotros —propuso Reme—. Todo lo que necesitéis me lo decís. ¿De acuerdo?

—Perfecto, muchas gracias por todo, Reme —asintió Alma.

—Muchas gracias —añadió Samuel.

Fermín dejó la segunda y última maleta y se despidió con una sonrisa, junto con Reme.

Samuel se tumbó en la cama.

—Oye, pues es muy cómoda.

—¿A ver? —dijo Alma tumbándose en la cama de al lado— Pues sí, sí que lo es —indicó bostezando—. Estoy cansadísima, aunque sí que me iría a dar una vuelta.

—Por mí también. Recuerdo que este pueblo era muy bonito. ¿Te acuerdas de la foto que tengo con mamá en el puente de metal? —preguntó Samuel.

—Sí, una foto muy, muy tierna. Qué cara de niño bueno tenías en ella. Y mamá salía guapísima.

—Pues me gustaría volver a verlo. Me trae muy buenos recuerdos. Siempre le he tenido un cariño especial al puente, gracias a esa foto.

—Entonces, descansamos unos minutos y vamos si quieres.

—¡Genial!

🎧 3 Tras un breve descanso, Samuel y Alma salieron de la fonda a dar una pequeña vuelta por el pueblo. En las cafeterías de la plaza había mucha gente. En las fechas que estaban no era de extrañar, ya que Valderrobres era un punto turístico muy importante de la Semana Santa aragonesa.

—¿Te apetece que subamos a ver el castillo? —propuso Alma.

—¡De acuerdo! Y al bajar, vamos hacia el puente de hierro.

—¡Vale, perfecto!

Recorrieron las estrechas y serpenteantes calles de la pequeña ciudad. El camino hasta el castillo tenía bastante desnivel, pero se lo tomaron con mucha calma, observando cada casa que encontraban a su paso. El olor de las calles les recordó mucho al de Castellote, a leña quemándose en los hogares. Subieron por una escalera que los llevó hasta la majestuosa iglesia de Santa María la Mayor, al pie del castillo. Encontrarse con un edificio así en una población tan pequeña era indicativo de la importancia de este enclave a lo largo de la historia. La iglesia, de estilo gótico, les recibió con su puerta principal abierta, donde las arquivoltas producían un efecto de profundidad muy bien conseguido, con la intención de que el visitante creyera que se adentraba en una especie de túnel, como si se tratara de una puerta al más allá. En lo alto, por encima de la entrada, un enorme rosetón muy elaborado dejaba entrar la luz natural al interior de la nave principal. Todos sus huecos estaban cubiertos por el cristal translúcido de la antigüedad, el valioso alabastro. La iglesia estaba preparándose para la procesión de la noche. En su interior, un grupo de personas adornaba el paso que iba a salir en procesión esa noche: *La oración de Jesús en el huerto*. El interior de la iglesia impresionaba por su altura. Las columnas se entrecruzaban en lo alto, formando las típicas bóvedas de crucería que tanto esplendor daban a las construcciones góticas. Carecía de retablo y, en su lugar, un gran Cristo de madera presidía desde lo alto.

Un hombre se les acercó para saludarles.

—Buenas tardes. Bienvenidos a la parroquia de Santa María la Mayor. Soy el párroco de la iglesia. Me llamo David —dijo con un ramo de flores que llevaba para decorar el paso de Semana Santa.

—¡Buenas tardes! Preciosa iglesia la que tienen aquí. ¡Es impresionante! —expresó Alma admirando las pinturas que había colgadas en una de las paredes.

—Pues no crea, antes era aún más bonita, pero la Guerra Civil hizo estragos por esta zona y del retablo renacentista sólo nos queda lo que ve colgado en la pared —indicó señalando las pinturas que Alma estaba observando—. Ahora tiene un aspecto impresionante y todo fue gracias a que el pueblo se unió para restaurarla, tras años de abandono y deterioro.

—Bonita historia —manifestó Samuel asintiendo con la cabeza.

—Le tenemos mucho aprecio a esta iglesia y a todo el pueblo. Lo cuidamos con mucho mimo. Los habitantes de Valderrobres sabemos el valor que tiene lo que los siglos nos han legado y tratamos de mantenerlo lo más bonito posible, para que visitantes como ustedes lo disfruten también —explicó David sonriendo—. ¿De dónde vienen?

—De Miami —respondió Samuel.

—¡Vaya! ¡Habrán notado el cambio de clima! Y eso que últimamente tenemos unas temperaturas primaverales muy agradables.

—La verdad es que un poco sí, pero nos esperábamos más frío.

—¿Se quedan mucho tiempo?

Samuel miró a Alma al oír esa pregunta. En realidad, no sabían cuántos días tendrían que quedarse en Valderrobres ni cuál sería el próximo destino.

—No sabemos todavía, pero creemos que no mucho.

—¡Ah, vaya! Al menos han venido en una muy buena época del año. Esta noche hay una procesión, la Del silencio. Es muy bonita e impactante para los ojos de los forasteros. Comienza a las once de la noche. ¡No se la pierdan!

—Con lo que nos ha contado, ¡no nos la perderemos! —aseguró Alma.

—Y mañana, a las doce del mediodía, tendrá lugar la *Rompida*.

—¿La qué? —preguntó Samuel.

—¿No saben lo que es? —cuestionó sorprendido David. Samuel y Alma negaron con la cabeza— Pues entonces no les digo nada. Mañana acudan a la plaza de España un rato antes, que vivirán un momento que jamás olvidarán. Les doy mi palabra.

—¿Cuál es esa plaza? —manifestó Samuel.

—La que está nada más entrar en la parte vieja, por el portal de San Roque —indicó David.

—¡Anda! Perfecto entonces, porque ¡estamos hospedados en la Fonda la Plaza!

—Entonces están en un lugar privilegiado. Ya les digo, es una experiencia inolvidable —dijo sonriendo—. Ahora, si me disculpan, tenemos que terminar de adornar el paso para esta noche. Encantado de conocerles.

—Lo mismo decimos. Encantados. Esta noche le veremos en la procesión —manifestó Alma dándole la mano.

—Muy bien. Hasta la noche entonces.

Alma y Samuel salieron de la iglesia y subieron una pequeña rampa que les conducía hasta el castillo, unido a la iglesia por un ábside lateral.

El castillo no era el típico medieval que parecía una fortaleza, con sus torres vigía y sus almenas. Más bien era un híbrido entre un palacio con toques de estilo renacentista y una fortaleza, sin torres de defensa. Decidieron entrar pese a que, según un cartel, el horario de cierre era pronto. El castillo estaba muy bien conservado. Visitaron las caballerizas, donde descansaban los equinos de los habitantes del castillo, en su mayor parte del clero, y de los turistas que pasaban por esas tierras. A continuación, discurría una sala capitular, en la que el señor del castillo celebraba las recepciones que, a juzgar por la longitud del banco de piedra que rodeaba la sala, parecían ser numerosas. Subiendo por las escaleras de piedra, los visitantes que accedían a ser recibidos por el señor llegaban a un espacio muy elegante y amplio, conocido como la sala de las chimeneas, debido a que contaba con tres grandes hogares para hacer fuego y así caldear la estancia. Esto no era habitual en las construcciones de la época, al menos en tal número, lo que delata que quien ordenó su construcción, la familia Fernández de Heredia, la tenía como residencia habitual. El techo, completamente de madera, era lo más llamativo de la estancia, compuesto por infinidad de vigas simétricas que sostenían el piso superior.

Posteriormente visitaron la sala en la que se encontraba una cocina, con su llamativo techo en forma de cúpula diseñado para que el humo del gran fogón central de piedra ubicado en el centro de la habitación se disipara más fácilmente. Desde luego, la persona que había ideado esta estancia debió dedicarle mucho tiempo porque, para sujetar la cúpula de piedra y ladrillo, se habían construido cuatro estructuras, una en cada esquina, en forma de arco de medio punto que duplicaba el número de paredes sobre las que se apoyaba el cimborrio.

Por último, subiendo por una escalera metálica, llegaron a la zona más impresionante de la fortaleza. Era un gran espacio cubierto con una techumbre blanca con arcos apuntados de estilo gótico y, en las paredes, unos grandes arcos de medio punto que permitían observar las vistas del paisaje que rodeaba al palacio-fortaleza. Samuel y Alma se apoyaron en uno de ellos. Respiraron profundamente el aire limpio y puro que circulaba en el valle y se admiraron de la belleza de aquel lugar tan peculiar y único. Alma pasó su brazo por encima del hombro de su hermano y apoyó en él su cabeza. El tiempo pareció detenerse en aquel instante. Se podía sentir la paz y el silencio, sólo interrumpido por el sonido de los pájaros que se preparaban para la llegada de la noche. El sol comenzaba a querer marcharse para dar paso a la luna, que ya quería darse a conocer.

—Qué, hermanita, ¿bajamos? Que nos van a dejar encerrados en el castillo —expuso Samuel sin dejar de mirar al horizonte.

—¡Tampoco es mal lugar para que le dejen a uno encerrado! Sí, vamos a ver el puente de hierro.

Ambos descendieron desde lo alto del castillo hasta la orilla del río donde estaba el hermano menos ostentoso de los puentes sobre el Matarraña.

El puente de hierro estaba formado por dos largos arcos que se extendían de orilla a orilla del pequeño río, sostenidos por estrechos pilares perpendiculares y, entre ellos, tirantes en forma de X. El puente en sí no tenía nada de especial, pero para Samuel era un recuerdo que se inmortalizó cuando su padre les hizo la foto a su madre y a él, en sus brazos.

El sol comenzaba a esconderse y el cielo empezó a cambiar por completo de color. Las escasas y estiradas nubes que atravesaban el cielo de Valderrobres, que hasta ese momento eran completamente blancas, comenzaron a variar su color hacia una gama de colores absolutamente extraordinaria. Rojos, amarillos, naranjas, azules, morados, todos con su trocito de cielo que le correspondía, componían el cuadro más bello de atardeceres que jamás habían visto Alma y Samuel. Caminaron por el puente hasta la mitad de su recorrido y se quedaron anonadados con los colores que iban originándose al reflejarse en las piedras de los edificios que bordeaban el río. Si Valderrobres ya era de por sí hermoso, en ese momento se volvió mágico. Desde luego Juan, el taxista de Zaragoza, tenía razón, los atardeceres de Teruel eran los más bellos del mundo. Samuel sintió el impulso de sacar su móvil y hacer una foto para conservar la estampa que estaban disfrutando. Ninguna foto podía hacer justicia a la realidad. Después, activó la cámara delantera, agarró por la cintura a su hermana y, sin decir una palabra, colocó el móvil para hacerse un *selfie*. La cámara capturó el momento de paz y felicidad que compartían los corazones de los hermanos. Tras la foto, Samuel le dio un beso en la mejilla a Alma.

—Gracias Alma —manifestó.

—¿Por? —contestó Alma.

—Por haberme convencido de estar aquí.

—Está siendo bonito, ¿verdad?

—Más que eso hermanita, mucho más que eso.

—Te quiero Sam. Te he echado mucho de menos, qué bien que estemos compartiendo esto.

—Y yo a ti, Alma. Poco a poco estoy volviendo. Voy por buen camino, ten fe en mí.

—Nunca la he perdido, hermanito. Jamás.

Los dos se fundieron en un gran abrazo muy reconfortante para ambos. Habían tenido que vivir muchos momentos difíciles en sus vidas, pero allí estaban, superándolos juntos. De nuevo se sentían muy cerca el uno del otro, como hacía años. El viaje les había comenzado a cambiar por dentro. Y sólo era el comienzo.

Casi había anochecido del todo cuando entraron de nuevo por la puerta de la fonda. Reme salió de detrás de la puerta del restaurante.

—¡Mira! ¡Qué bien que estéis aquí! ¿Queréis que cenemos antes de que venga el resto de la gente? —propuso.

—Pues… —Alma miró a Samuel, que se encogió de hombros y asintió con la cabeza— ¡Estupendo!

—Pasad dentro, que nos pondremos cerca de las ventanas que dan al río.

—¡Anda! ¿Hay vistas al río? —preguntó con interés Samuel.

—¡Pues claro! ¡Pasad! Hay un balcón y todo —señaló Reme, indicando la salida al exterior.

Alma y Samuel salieron a ver las vistas desde el balcón. Las luces de la ciudad ya estaban encendidas y la postal que dejaban las fachadas reflejadas en el agua era absolutamente encantadora.

—Esta ciudad es bonita desde todos los ángulos —dijo Samuel casi susurrando, mientras veía el paso del agua bajo el balcón.

—Es muy especial, no me extraña que el abuelo viniera a vivir aquí, yo habría hecho lo mismo en su lugar. ¿Sabes?

—Dime.

—Me ha encantado volverte a ver haciendo fotos, aunque sea con el móvil.

—Es una costumbre que había perdido, sí.

—Pues es una pena, porque hacías fotos increíbles y ¡ahora ya sé por qué!

—¡Ja, ja, ja! ¡Cierto!

Alma y Samuel se sentaron en una mesa preparada para cuatro personas. Reme y Fermín cenarían con ellos también, antes de que comenzara el servicio de la noche.

—Es una suerte que en España se cene tan tarde, así podemos disfrutar de la tranquilidad de cenar solos —comentó Alma sonriendo.

—Desde luego, pero no descartamos que vengan los alemanes y los noruegos que están hospedados aquí también. De todas formas, el *chef* está preparado para comenzar —aclaró Fermín señalando la puerta de la cocina.

—¿Bueno, os apetece una ensalada completa y algo de carne o pescado? —preguntó Reme.

—Por mí pescado —respondió Alma.

—Yo, para variar, también pescado.

Los cuatro comenzaron a cenar. Alma quiso preguntar a Reme y a Fermín algo más acerca de su padre.

—Así que conocíais bastante a mi padre —interrogó.

—Bueno, yo le conocí menos. Reme lo conoció… de casi toda la vida, ¿no es así? —aseguró Fermín mirando a su mujer.

—Sí, le conocí cuando era un niño. Éramos como hermanos. Mi madre le trató como a su hijo y a vuestro abuelo le queríamos muchísimo.

—¿O sea que le conociste desde que se trasladó aquí cuando nuestra abuela murió? —requirió Samuel.

—Sí. Creo que vuestro abuelo estaba tan hundido que casi no se pudo hacer cargo de él —respondió Reme, hablando deprisa—. Imaginaos, su mujer, el amor de su vida, muere tras una larga y dolorosa enfermedad. Se arruina comprando medicinas y, encima, para más inri, le estafa el caradura del italiano aquel. Si lo cojo… —soltó Reme apretando el puño y tensando los labios.

—Disculpa Reme. Debo ser yo, pero me cuesta seguir lo que dices. No estoy acostumbrado al acento de esta zona y me cuesta entender bien lo que nos cuentas. ¿Podrías hablar un poco más despacio, por favor?

—¡Uy, sí hijo! Es que me acelero y no hay manera de hablar lento, perdóname.

—¡No, no, faltaría más! Es simplemente que no me he hecho todavía con el acento, pero ¡estoy en ello! —exclamó sonriendo Samuel.

—Pues yo la entiendo perfectamente —aseguró Alma arqueando las cejas y sosteniendo la mirada de su hermano.

—No os preocupéis, que hablo más lento.

—¡Muchas gracias! ¡Es que no me quiero perder nada! —indicó Samuel.

—Pues eso, como os decía. Vuestro abuelo Luis estaba tan hundido y perdido que no sabía qué hacer con Martín. Bueno… ni con él mismo. Le intentó meter en un colegio de monjas, interno, cerca de Zaragoza, pero no se adaptó muy bien y no tardó en salir de allí. Finalmente se vino a vivir con él a Valderrobres. Vuestro abuelo había encontrado trabajo como abogado aquí y eso hizo que se planteara quedarse a vivir por un tiempo. Antes de aquello, no tenía ni idea de dónde viviría. Mientras se asentaba en la ciudad, vuestro abuelo se quedó en la Fonda, justo en la misma habitación donde estáis vosotros hospedados. Le tratamos tan bien y se dejó querer tanto, que nunca pensó en trasladarse a otro lugar. Mi madre le hizo precio especial y aquí se quedó durante muchos años.

—¡Vaya! ¡No teníamos ni idea! O sea que, en realidad, esta fue su casa.

—Totalmente. Y, además, encontró una nueva familia que le acogió como a uno más. Vuestro abuelo era especial, muy buena persona, muy generoso y listo como él sólo. Leyendo el periódico *El Heraldo de Aragón* mientras tomaba un café una mañana, se le ocurrió la idea de abrir una empresa de corte de acero en frío, la primera que fundó. Ahorró todo lo que pudo durante mucho tiempo, convenció a personas con capital para invertir en su idea y la levantó de la nada. Y ya sabéis en qué acabó, en una multinacional que vuestro padre hizo que creciera enormemente.

—Bueno, y luego se la dejó arrebatar —murmuró Samuel.

—Sam, déjalo ya, anda. Hizo lo que pudo —apuntó Alma.

—Bueno, he de decirte que cuando vino tu padre, con unos catorce o quince años, mi madre me contó que era un niño muy, muy tímido e inseguro. Llegó completamente traumatizado por la muerte de su madre y por el cambio tan brusco que se había producido en su vida. Imaginad, un niño que nació y creció en un pueblo pequeño, de repente se queda sin madre y su padre, destrozado, con la ayuda del hermano que vivía en Zaragoza, le envía a un internado a muchos kilómetros de distancia. Cuando vino a Valderrobres estaba encerrado en sí mismo. Desconfiaba de todo el mundo y hablaba lo justo. Mi madre le acogió como un hijo más y, paso a paso, se fue abriendo hasta volver a ser el que fue. Pero costó mucho tiempo.

Bien, cuando vuestro padre regresó ya de mayor hace unos pocos años, estaba mucho peor que aquel niño herido que conocí. No quedaba esperanza en él. Su mirada era como la de un muñeco de trapo, sin vida. Me asusté mucho al verlo, pero sabía que si había decidido venir aquí era porque creía que podíamos ayudarle de nuevo, como así fue. No obstante, fue muy duro para él y para todos —Reme se secó las lágrimas que le brotaban sin cesar. Fermín la abrazó y le dio un beso en la mejilla.

—Pensad que vuestro mejor amigo, vuestro hermano, aunque no sea de sangre, vuelve tras décadas sin verle. ¡Y vuelve así! Fue muy duro para todos, pero lo conseguimos, y el Martín que resurgió de aquella situación fue mucho mejor que el que conocimos en su día —añadió Fermín.

—¿Y qué hizo o hicisteis para que ocurriera ese cambio? —se interesó Alma.

—Darle mucho amor. Es casi lo único que hicimos. Como cuando era niño, lo único que necesitaba era amor, aunque el amor hacia él mismo no existiera. Se sentía profundamente culpable —explicó Reme bajando la cabeza cuando terminaba la frase.

—¿Os contó por qué? —preguntó Alma.

—De provocar que Samuel se quisiera quitar la vida.

Samuel se quedó mirando fijamente a Reme. No podía articular palabra. Su corazón comenzó a latir enérgicamente. De pronto, comenzó a sentir que el calor ascendía por todo su cuerpo, desde los pies a la cabeza. El gesto de Samuel era muy tenso, apretaba con fuerza su boca, intentando contenerse, pero finalmente, tuvo que liberar toda la tensión acumulada y lo hizo llorando con todas sus ganas. Alma se apresuró a abrazarlo y lloró como un niño en sus brazos.

Reme miraba a Fermín sintiéndose culpable por lo que había dicho. Fermín le cogió la mano para tranquilizarla.

—Siento haber sido tan franca. Lo siento de corazón —dijo Reme a Samuel.

Samuel, separándose del hombro de su hermana y limpiándose con las manos las lágrimas derramadas con dolor, miró a Reme, sonriéndole y le contestó:

—No Reme, no lamentes nada. Esa es la verdad, aunque duela. En mi interior sabía que era así, pero oírlo por boca de otra persona es profundamente doloroso y me he impresionado, aunque creo que era necesario.

—Hijo, pero no te lamentes. Lo que provocó ese dolor de tu padre supuso un reto tan grande que hizo que surgiera la mejor versión que he conocido de Martín. Y te puedo asegurar que mereció la alegría —expresó con entusiasmo Reme.

—Mereció la alegría —repitió en voz baja Samuel.

—Pero, ¿qué versión de mi padre es la que surgió? —cuestionó Alma.

—Pues una en la que encontró el sentido a su vida y, por la cual, ayudó a todo el que pudo Y parece que fueron muchos los afortunados. Pero no puedo contarte mucho más, porque tampoco sé mucho más de lo que hizo o dejó de hacer —argumentó Reme agitando las manos.

—Pero, entonces, ¿no sabes dónde fue ni cuándo? —expuso Alma.

—No —Reme hizo una pausa, bebió agua y continuó explicando— Cuando vino aquí se quedó sólo unos meses. Alquiló un coche y se fue a Castellote a pasar unos días. Después, cuando llegó estuvo, no sé... ¿cuánto fue? —preguntó mirando a su marido.

—Unas tres semanas, más o menos —contestó Fermín.

—Eso, más o menos. Durante esas semanas comenzó a notársele un poco de cambio. Bajaba a comer y cenar con nosotros, nos contaba cosas de vosotros, de Miami, de Blanca... Aunque seguía estando bastante triste y decaído. De pronto, una tarde, bajó a tomarse un café y nos anunció que se marchaba de viaje. "A ver mundo", nos dijo. ¿Te acuerdas Fermín? —indicó Reme mirando a su marido.

—¡Claro que me acuerdo! Yo me alegré mucho por él. Se le veía con ganas de cambiar y de recuperar las ganas de vivir —confirmó Fermín.

—¿No os dijo dónde iba a ir? —interrogó Samuel.

—A todos lados, esa fue su respuesta —respondió Fermín asintiendo.

—Luego tuvo que volver, porque su amigo del alma, mi hermano Pepe, falleció hace casi tres años. Le avisamos y tardó un par de días en venir. Le esperamos para hacer el entierro. Eran uña y carne, se querían más que si fueran hermanos. Su muerte fue una sorpresa para todos, nadie lo esperaba —Reme calló, intentando no llorar en vano—. Todavía lo echo mucho de menos, pobre *hermanico* mío.

—Lo sentimos mucho Reme. Nuestro padre nos contó muchas veces historias que vivió con Pepe, ¡de todo tipo! Desde luego eran inseparables —apuntó Alma mientras cogía de la mano a Reme.

—¡No lo sabes tú bien! —Reme tomó aire y se tranquilizó— Cuando Martín llegó casi ni se hablaban. Eran de la misma edad y mi hermano tenía celos de él porque mi madre le hacía mucho caso y le daba toda clase de caprichos culinarios. Pero ya en la juventud se hicieron los mejores amigos que han existido nunca. Como la empresa de vuestro abuelo fue bien casi desde el inicio, no le faltaban todo tipo de cosas a Martín. A vuestro abuelo no le gustaba nada conducir, así que le dio carta blanca a Martín para comprar un coche y que le llevara donde necesitara. Pepe y él se fueron a Zaragoza y, cuando volvieron, se trajeron un Mini blanco. ¡Todavía me acuerdo de la cara que puso vuestro abuelo mirando aquella caja de cerillas con ruedas! No se podía creer que se hubiera gastado todo el dinero en aquel minúsculo coche. Luego, cuando lo probó, se convenció de que era más grande por dentro de lo que parecía por fuera, pero casi le hace regresar a Zaragoza a devolverlo.

—¡El mítico Mini! Nos ha contado infinidad de historias con el Mini —exclamó Samuel, levantando una mano.

—Lo tenían casi como un coche comunitario. Igual lo cogía mi hermano que lo cogía Martín. Eso sí, cuando vuestro abuelo lo necesitaba, uno de los dos le llevaba donde fuera. Se recorrieron todos los pueblos de Teruel y lo que no era Teruel, también. En menos de un año ya le habían hecho casi setenta mil kilómetros al pequeño Mini. Menudas historias tenían estos dos. ¿Os contó el día que dieron la salida del tren?

—No me suena de nada —señaló Samuel. Alma negó con la cabeza, arrugando las comisuras de los labios.

—Esa fue muy buena —dijo Fermín.

—Llegó un nuevo guarda agujas a la estación —comenzó a contar Reme.

—Perdone, ¿un qué? —preguntó Samuel con cara de no haber entendido nada.

—La persona que se encargaba de cambiar a mano las vías del tren para ir a un sitio o a otro y de dar la salida a los trenes que paraban aquí.

—¡Ah! ¡Vale! Nunca había oído esa palabra.

—La cosa es que era un chaval joven que no conocía a nadie en el pueblo. No sé cómo, pero conoció a mi hermano y le invitó a irse con Martín y él a los pueblos cercanos que estaban en fiestas —Reme hizo una pequeña pausa—. Bien, parece ser que este chico cogió tal cogorza que no podía tenerse en pie para dar la salida al tren de la mañana.

—Disculpa que te interrumpa de nuevo. ¿Cogorza? —cuestionó Samuel.

—Que bebió mucho. ¡Demasiado! —explicó.

—¡Ah, ok! —exclamó.

—Mi hermano y Martín le intentaron levantar y fue imposible. Estaba dejado caer en una silla de la oficina de la estación y fue incapaz de levantarse. Ni cortos ni perezosos, Martín cogió el silbato y la gorra y Enrique la banderola que se usaba para dar la salida al tren y, con ropa de calle, nada de uniforme, y con aspecto de haber salido toda la noche de fiesta, dieron la salida al ferrocarril.

—¡Ja, ja, ja! ¡Venga ya! ¿Nuestro padre haciendo eso? ¡No me lo creo! —negó Alma, riendo.

—Eso me lo contaron ellos cuando volvieron de la estación, dejando al pobre chico allí, durmiendo la mona. Durmiendo la borrachera, vamos, para que me entendáis. Se vinieron con su gorra puesta, no os digo más.

—Sabiendo lo serio que era nuestro padre con nosotros y en la empresa, me resulta inverosímil que tuviera ese tipo de aventuras de joven —dijo incrédula Alma.

—Es que Martín cambió mucho cuando conoció a Blanca —confesó Reme mientras sacudía la mano—. Blanca era una mujer excepcional. Cuando comenzó a salir con ella decidió centrarse en la empresa y aprendió cómo funcionaba en profundidad, con todos sus entresijos. ¿Os contaron vuestra madre o vuestro padre cómo se conocieron? —requirió Reme.

—Sí, nuestra madre trabajaba de secretaria para una empresa textil muy importante de La Rioja y ellos tenían una casa de vacaciones en un pueblo cercano. La apreciaban tanto que le dejaban una temporada al año que vinera a disfrutarla —contó Alma.

—Exacto, tenían una casa en Calaceite —añadió Reme.

—Sí, y a las fiestas de Calaceite se vino con unas amigas y fue entonces cuando se conocieron. Aunque nuestro padre no le hizo mucho caso al principio.

—Se hacía el interesante, pero se enamoró de ella desde el primer momento —explicó Reme—. El primer día, cuando la conoció, volvió enamorado *perdidico*.

—Lo sospechábamos —afirmó Samuel—. Nunca nos terminamos de creer esa parte de la historia —dijo riendo.

—Juntos formaron una familia maravillosa, con dos hijos estupendos —apuntó Reme sonriendo a ambos.

—¡Muchas gracias Reme por tus palabras! —agradeció Samuel.

—Gracias, de corazón, Reme. Se nota que os queríais de verdad.

—Es mi hermano mayor. Lo quise y todavía lo quiero con toda mi alma —apostilló.

—¡Y yo! —añadió Fermín levantando el dedo.

—Bueno, resumiendo, sólo os quiero decir que tanto vuestro abuelo como vuestro padre fueron capaces de reponerse de situaciones realmente duras y consiguieron dejarlas atrás, aprender de ellas y crecer. Ambos son un ejemplo de superación y una inspiración para nosotros, para todos aquellos que tuvieron la suerte de conocerles. Sois realmente unos afortunados de tener los padres que tuvisteis. Fijaos que ambos superaron, en varios momentos, situaciones que a otras personas les hubieran hundido en la miseria —aseveró Reme levantando el dedo índice—. Ellos, por mucho tiempo que les costara, usaron el dolor para impulsarse hacia algo distinto, mejor. Resurgieron mejores personas y, gracias a eso, pudieron ayudar a otros muchos.

—Pensad en la cantidad de familias que mejoraron sus vidas cuando entraron a trabajar en la empresa —continuó exponiendo—. En esta ciudad no había nada de nada. Los jóvenes se tenían que ir porque no había trabajo para ellos. Pero desde que vuestro abuelo la creó la población de la ciudad no ha disminuido. Una simple decisión, una determinación de hacer algo nuevo, de dejar de lamentarse y comenzar a crear algo que podía ayudar a mucha gente, hizo que cientos de familias salieran adelante y se quedaran a vivir donde realmente querían, aquí. Pero no sólo eso, gracias a que toda esa gente se quedó, la hostelería, los servicios, las tiendas, todos, pudimos subsistir e incluso mejorar nuestros ingresos. Valderrobres le debe mucho a vuestra familia.

Reme hizo una pequeña pausa y añadió:

—Todo el dinero de los impuestos que recauda el ayuntamiento de todos los que se han quedado a vivir aquí ha hecho que nuestra ciudad esté más cuidada y bonita que nunca, lo que atrae cada vez a más y más gente. Nos llaman la Toscana española. Y no sólo a nuestra población. Hemos conseguido contagiar al resto de municipios cercanos para que estén igual de cuidados y de bonitos y que toda la comarca sea un punto de atracción turística mundial. ¡Lo estamos logrando!

Y todo eso comenzó por una simple decisión de una persona que no estaba en su mejor momento. Pensad sólo una cosa: ¿Qué habría ocurrido si vuestro abuelo hubiera decidido seguir pensando en que lo que le pasó fue lo peor que le puede ocurrir a alguien, abandonándose definitivamente, y no hubiese puesto en marcha nada de lo que creó?

—Dios —expresó Samuel sin poder contener las lágrimas de nuevo.

—¡Buff! Reme, tus palabras tocan mi alma.

—Es lo que me sale deciros desde el corazón. Y pensad también que vuestro padre, Martín, vino aquí no sé muy bien si consciente o inconscientemente, pero vino porque sabía que precisamente aquí su padre salió del agujero en el que se había metido. Y yo creo, y lo creo de verdad, que Martín vino para recordar lo que hizo Luis y tomarlo como ejemplo para recuperarse a sí mismo. Y lo consiguió, lo hizo. Es una bendición tenerles como ejemplo para nosotros.

Alma no pudo más y empezó a llorar sin parar. Desde hacía rato, sostenía la mano de su hermano, apretándola con fuerza. Ninguno de los dos había sido consciente del valor que tuvieron las acciones que tomaron su abuelo y sus padres. Una simple decisión que cambió la vida de miles de personas. Y fue sólo eso, un simple paso en una dirección, una decisión y la determinación de llevarla a cabo.

Samuel sintió que todo lo que le dijo Reme era un mensaje que su padre le mandaba a través de ella. Sabía que él estaba ahora en esa situación difícil y que todavía no había dado el paso de querer salir de ella. Muchas cosas le atrapaban y le impedían deshacerse de todos los miedos que le acechaban desde hacía demasiados años. Se quedó un rato en silencio, pensando y analizando cada palabra que Reme le había transmitido. Una voz interior surgió en forma de pensamiento. "Si mi abuelo pudo y mi padre pudo, yo puedo", pensó.

—Reme, Fermín. No os podéis imaginar lo que ha provocado en mí esta conversación. No alcanzo a entender cómo unas simples palabras pueden acarrear tanto poder. Os agradezco enormemente haber podido escucharlas. No caerán en saco roto, os doy mi palabra.

—¡Hijo mío! No sabes lo que me alegra oírte. Tu padre os quería más que a su vida. Estaba muy orgulloso de vosotros, sois su mejor creación. Lo que hizo durante estos últimos años no fue para él. Lo hizo todo por y para vosotros.

—¿De verdad lo crees así? —preguntó con voz suave Samuel.

—Digamos que lo sé.

—Y no nos vas a contar nada más.

—Exacto. No os lo contará nadie. Lo vais a vivir.

—También queríamos deciros que, por todo lo que ha significado nuestra fonda para vuestra familia, depositaréis las cenizas aquí. Qué mejor lugar que éste, su casa. Hemos pensado que el lugar perfecto sería en el sótano de la fonda, en el que tenemos la bodega de vinos, y hemos preparado un pequeño *rinconcico* que esperamos os guste —anunció Fermín mientras cogía de la mano a su mujer.

—Aquí, no me lo esperaba, pero es verdad, qué mejor lugar que éste —afirmó Samuel.

—Estoy muy contenta con la elección del lugar. Es el sitio perfecto —sonrió Alma.

—Mañana, después de la *Rompida*, podemos dejarlas. ¿Qué os parece?

—Bien, perfecto. Gracias por todo Reme y Fermín, de todo corazón, gracias —indicó Samuel posando sus manos sobre el pecho, donde estaba su corazón.

—Gracias a los dos. Ha sido una cena maravillosa. Habéis hecho que vea la historia de nuestra familia de forma diferente. Yo, al igual que Sam, también estaré eternamente agradecida.

—¡Hijos míos, venid que os voy a plantar un par de *besicos*, que sois un amor!

Reme abrazó con ímpetu a Alma y le dio los besos prometidos. Lo mismo hizo con Samuel, pero con un extra de abrazo bien apretado, propio de Reme. Después, le puso las manos sobre su cara, sonriéndole y le dijo:

—Hijo mío, tu abuelo pudo, tu padre pudo. Tú, en tu debilidad, aparentas ser mucho más fuerte que ellos dos. Así que no te limites, busca tu camino y recórrelo, sin miedos, sin ataduras del pasado. Aquí en Aragón tenemos un dicho, 'un paso atrás ni para tomar impulso'. La felicidad está en tu interior, nada de lo que busques fuera te la dará, nada de lo que te pase te la dará ni tampoco te la quitará realmente, sólo tú tienes ese poder, consérvalo en tus manos, no se lo cedas a nada ni a nadie. Ese es el secreto de esta vida. Esto lo aprendí de tu padre recientemente y ha cambiado mi manera de verla, así que te lo digo con plena consciencia de lo que te estoy transmitiendo.

Samuel sostuvo unos segundos eternos la mirada de Reme. Tragó saliva y, una vez más, no supo qué responderle. Tan sólo acertó a decirle gracias.

En ese momento comenzaron a llegar los primeros clientes. Reme sonrió de nuevo a Samuel y se giró hacia su marido, que la abrazó con inmenso cariño. Fermín levantó la mirada hacia los dos hermanos y les dijo:

—Bueno chicos, ¡vamos a la faena! ¡No os perdáis luego la procesión del silencio!

—Gracias, de verdad, no me cansaré nunca de decíroslo —aseguró Alma. Samuel asentía, agarrando por el hombro a su hermana.

—Gracias, gracias, gracias. Como decía vuestro padre — respondió Reme—. Nos ponemos en marcha, chicos. ¡Un *besico*!

—Hasta luego. ¡Otro para vosotros! —indicó Alma.

—¡Hasta luego! —añadió Samuel.

Alma y Samuel salieron del restaurante caminando lentamente, reposando todo lo que acababan de vivir, que era mucho. Subieron a su habitación. Al entrar, Alma inspiró el aire del cuarto. Ahora eran más conscientes de que su abuelo Luis y su padre Martín habían estado viviendo durante muchos años en aquella estancia, conviviendo con su nueva y maravillosa familia de acogida. En esa habitación los dos, padre e hijo, se encontraron a sí mismos y levantaron de nuevo su vuelo.

—La habitación… parece otra, ¿verdad? —interpeló Alma mirando a todo su entorno.

—Sí, la verdad es que sí —susurró Samuel.

—Parece como si ahora tuviera, no sé, como si tuviera alma propia.

—¡Vaya! No lo habría podido definir mejor. Sí, parece que ahora la sentimos, ¿verdad? A lo mejor es sugestión, pero yo es como si la sintiera.

—Anda hermanito, me dejas perpleja.

—Oye, que yo soy muy espiritual.

—No lo dudo, no lo dudo —expuso riendo Alma—. Me voy a dar una ducha antes de irnos a ver la procesión, ¿vale?

—De acuerdo, yo voy a descansar un poco aquí tumbado.

Alma se metió en la ducha y, en ese preciso instante, sonó su móvil.

—¡Alma! ¡Está sonando tu móvil! —gritó Samuel sin levantarse de la cama.

Al ver que Alma no le oía, se incorporó para ver la pantalla del móvil. Era Julie, su sobrina, quien la llamaba. Se decidió a contestar.

—¡Julie! ¡Hola preciosa! ¿Cómo estás?

—¿Tío? ¿Te he llamado a ti por error?

—No, tu madre está en la ducha y al ver que eras tú he descolgado.

—Ah vale —aclaró Julie con tono de no saber qué hacer.

—¿Quieres que le diga algo?

—No.

—¿Cómo estás? ¿Cómo va todo por casa?

—Bien.

—Uy, ¿qué ocurre Julie?

—Nada, ¿por qué lo preguntas? —manifestó con sorpresa.

—Porque es la primera vez que me contestas sólo con una palabra por cada pregunta que te hago. ¿Te puedo ayudar en algo?

—No sé, tío.

—Bueno, ¡inténtalo!

—Es que… —hizo una pausa de varios segundos— Es que nadie me entiende, tío.

—¿Quién es ese nadie? Porque yo, desde luego, ¡sí que te entiendo!

—¡Pero tú no cuentas!

—¿Quién ha dicho que no cuento?

—Tío Sam, es que no me entienden mis compañeros de clase.

—¿En qué sentido no te entienden?

—Pues verás —Julie se decidió a contárselo—. Mis supuestas amigas no paran de decirme que no diga ciertas cosas que pienso, que cambie mi manera de vestir para estar más atractiva y gustarle a algún chico, que deje de llamar la atención en clase, que respondo demasiado bien a las preguntas de los profesores. Y los chicos, ¡pues son todos unos imbéciles!

—Pues sí que tienes buenas amigas. ¿Y dices que todos los chicos son imbéciles? ¿Todos? ¿Sin excepción?

—Bueno, todos no, ¡pero la mayoría sí! —concretó.

—Y, ¿qué hacen para que te parezcan unos imbéciles?

—Pues se ríen de mí. Se ríen de cómo hablo, se meten con mi aspecto. ¡Me llaman la rara! Me dicen que soy la fea de las tres y que no soy tan *cool* como mis hermanas.

—Pues sí, parecen unos imbéciles.

—¡Lo son!

—¿Y qué piensas tú de lo que te dicen?

—Pues que se equivocan. No soy rara, soy diferente a ellos. No me gustan los temas estúpidos sobre los que hablan siempre. No me gusta perder el tiempo en clase sin hacer nada. No me gusta ir a la moda y, definitivamente, no me gusta que se metan conmigo.

—¿Y qué vas a hacer al respecto?

—Yo que sé, hay una compañera que parece que le caigo bien y dice que quiere ayudarme.

—Ah, eso está muy bien.

—Dice que con cuatro consejos me sacaría mucho más partido y que si paso más desapercibida en clase todos me aceptarían más.

—Ya veo. Y dices que esta compañera quiere ayudarte, ¿es así?

—Sí, eso me dice. Además —Julie se detuvo unos segundos antes de continuar— es que, me gusta un chico.

—¡Anda! ¡Pues qué bien!

—¡Pues no!

—¿Por qué no?

—Porque le ha dicho a esta compañera que, si cambio mi manera de vestir, el peinado y las gafas, que me daría una oportunidad.

—¿Que te daría una oportunidad?

—Eso me ha dicho.

—¿Y qué vas a hacer?

—No sé tío, por eso llamaba a mamá. Es que me ha dicho esta chica, Helen, que ella me puede hacer un peinado que me quedaría muy bien y realzaría mis ojos, cambiándome las gafas, claro. Porque dice que las que llevo de pasta endurecen mi mirada.

—¿Y de cambiar la manera de vestir no te ha dicho nada?

—Sí, que me prestaría ropa súper bonita que me haría más mujer.

—Vaya, qué generosa tu amiga Helen.

—Bueno, no es mi amiga, al menos todavía.

—Y Julie, déjame que te haga otra pregunta.

—Claro tío.

—Cuando te cambies el peinado, te compres nuevas gafas, cambies tu manera de hablar en clase, la manera de comportarte y tu forma de vestir, si aun así a ese chico no le gustas, ¿qué vas a hacer?

—¡Yo que sé tío!

—Si te dice luego que eres bajita, ¿te comprarás zapatos de tacón para ir a clase?

—Pero qué dices tío, ¡cómo voy a ir con zapatos de tacón!

—Y si te dice que, en realidad, lo que no le gusta es el color de tus ojos, ¿te pondrías lentillas de color?

—Pues, no sé.

—Y si después de cambiar todo eso, todavía no se convence para darte esa oportunidad, ¿qué más estás dispuesta a cambiar?

—¿A dónde quieres llegar tío Sam?

—Dime Julie. Si cambias todo lo que te han dicho que cambies, ¿qué queda de Julie?

Julie estuvo varios segundos sin decir ni una palabra.

—Nada.

—Exacto. Julie dejaría de existir. Y el mundo se perdería una gran personita que lo habría convertido en un lugar mucho mejor. Si vas a dejar de ser tú por cada una de las personas a las que no gustes, nunca sabrás quién eres y nunca serás feliz. Eso sí, habrás hecho feliz a mucha gente, aunque por poco tiempo, porque se cansarán de estar con una persona que dice sí a todo lo que se le pide y, además, es todo fachada.

—Vaya, tío, visto así...

—Julie, ¿quieres agradar a los demás y dejar de ser tú, o quieres agradarte a ti misma y mantener tu esencia, que es única e irrepetible?

—Yo quiero seguir siendo como soy. Me gusta como soy, pero no encajo con nadie.

—Con el tiempo encajarás con alguien. Hay mucha gente rara disfrazada de gente normal y, a veces, se hartan de su disfraz y lo abandonan. Tú puedes ser inspiración para todos ellos. Ser auténtica.

—Auténtica, me gusta cómo suena, tío Sam. ¡Quiero ser auténtica! ¡Nada de disfrazarme! Si no le gusto a alguien, ellos se lo pierden, porque la Julie auténtica es muy *cool* y es única, no como ellos, que son como fotocopias con patas.

—¡Ja, ja, ja! Lo has pillado Julie. Sólo te voy a decir parte de una frase muy famosa de Steve Jobs, el creador de Apple, dice así: "Los inadaptados, los raros, son los que tienen la capacidad de cambiar el mundo". Y te hago la última pregunta, Julie, ¿eres de las que se deja llevar o eres de las que quiere cambiar el mundo y hacerlo mejor?

—¡Yo quiero hacer un mundo mejor!

—Entonces no hay nada más que pensar.

—Tío Sam.

—Dime preciosa.

—Te quiero mucho.

—Y yo a ti, cariño.

—Gracias por todo lo que me has dicho. Voy a ser la Julie inadaptada y auténtica que quiere hacer un mundo mejor.

—El mundo te necesita, no le prives de tu presencia en él.

—Vale tío. Un besito.

—Un besito enorme.

Justo en ese instante, se dio cuenta de que su hermana había terminado de ducharse hacía varios minutos y estaba en la puerta escuchando lo que le decía a su hija.

—Sam, ¿sabes que eres una persona muy especial? Me has emocionado muchísimo. Lo que le has dicho es tan... ¡es maravilloso! ¡Gracias, gracias, gracias!

—Me vas a hacer sonrojar. No está bien que escuches las conversaciones de los demás —dijo Samuel haciendo un gesto de negación con el dedo índice.

—Mis hijas tienen una gran suerte de tenerte como tío.

—No es para tanto, pero ¡gracias por decírmelo!

—Siento que poco a poco vas volviendo a ser el que eras. No sabes la alegría que me produce. Te he echado tantísimo de menos.

—Bueno, siempre he estado ahí, pero oculto, con miedo a salir. Pero volveré poco a poco.

—Mejor di paso a paso, que poco a poco suena a... pues eso, ¡a poco!

—Es una frase hecha, nada más.

—Las palabras tienen mucho poder. Tú mismo lo has dicho y experimentado esta noche.

—Eso es cierto. Vale, me lo apunto. No, ¡si al final no sabré ni hablar!

—Bueno, sólo estaría bien que cambiaras, que cambiáramos —se autocorrigió— algunas cosas que decimos. Desaprender para aprender.

—¿Qué? ¿Desaprender? Alma, hablas muy raro. Yo estaré volviendo a ser el de antes, pero ¡tú estás dejando de serlo! —indicó riendo.

—He aprendido muchas cosas estos meses que me han hecho ver la vida de forma diferente, aunque tan sólo estoy empezando.

—Muy bien, me alegro mucho por ti, Alma.

—Te podrías venir algún día conmigo a alguna formación, nos lo pasaríamos muy bien.

—Bueno, ya sabes que a mí esas cosas… las respeto, pero no me van.

—Si probases alguna te encantaría.

—Por eso no lo voy a probar, ¡por si acaso me encanta! —expresó soltando una carcajada.

—¡Ja, ja, ja! ¡Cómo eres!

—Un desaprendido de la vida.

—¡Ja, ja, ja! ¿Ves? Si es que aprendes súper rápido. Menudo potencial tienes tú ahí guardado.

—No.

—¿No?

—No. ¡Desaprendo súper rápido!

Alma y Samuel rieron a gusto, soltando todas las tensiones que acumulaban de tantas emociones sentidas durante las últimas cuarenta y ocho horas. El día que acababa parecía que había durado una semana. Samuel sentía que algo iba cambiando en su interior, no sabía identificar qué, pero sentía que ya no era el mismo que había aterrizado en Barcelona el día anterior. Era la primera vez que no se arrepentía de haber dicho sí a aquella locura ideada por su padre. Alma estaba muy feliz de ver este pequeño cambio en su hermano. Ella sentía en su interior que este viaje lo había preparado Martín para que Samuel se recuperara. Lo había planificado a conciencia y parecía que empezaba a dar resultados, y eso que sólo llevaban un día y medio de viaje. El plan de su padre prometía.

Después de prepararse para salir, bajaron a la plaza para esperar a la tan anunciada procesión del silencio. Ascendieron de nuevo hacia la iglesia de Santa María la Mayor, como les indicó David. Subiendo, comenzaron a escuchar los tambores que marcaban un ritmo pausado y sereno. Al final de la calle apareció una persona con un capirote blanco y una túnica morada, que portaba un estandarte con la figura de un Cristo crucificado. Habían oído hablar de este tipo de procesiones, pero nunca habían visto ninguna. Al ver el aspecto de aquella persona, un poco más de cerca, y acompañada de otras decenas de personas, con la vestimenta completamente morada, incluido el capirote, que portaban antorchas, se sobrecogieron porque su aspecto les recordó a algo que se daba en EE.UU, algo completamente diferente.

—¡Por un momento me había asustado! —afirmó Alma riendo.

—¡Y yo! ¡Personas con capuchas blancas y antorchas! ¡Casi salgo corriendo calle abajo! —susurró Samuel al oído de Alma.

—¡Nos podrían haber avisado! ¡Ja, ja, ja! Si llega a aparecer una cruz en llamas, me da un síncope.

En ese instante, hicieron presencia los tambores que entraban a la estrecha calle. La sonoridad que producían sus redobles, rebotando en las paredes de las casas y en sus propios cuerpos, les conmovió profundamente. De cuando en cuando, el sonido de unas cornetas acompañaba a los tambores, haciendo más palpable la solemnidad de la procesión. Las calles medievales de Valderrobres eran el marco perfecto para formar una escena única e inolvidable.

Al final de la procesión apareció el paso que estaba siendo decorado en la iglesia. Detrás de él, David, el párroco, apareció ataviado con un alba blanca, una especie de túnica de mangas largas y muy anchas. Tras él, numerosos vecinos del pueblo, vestidos de forma habitual, sin capirotes ni túnicas, lo acompañaban. David, al verles, les hizo un gesto y asintió con la cabeza, saludándoles.

Acabada la procesión Alma y Samuel volvieron a la fonda. Entraron para saludar a Reme y a Fermín, que ya habían terminado el servicio de cenas.

—¡Hola! ¿Ya habéis visto la procesión? ¿Os ha gustado? —les preguntó Fermín.

—¡Mucho! ¡Ha sido muy impactante! Nunca habíamos visto nada igual —afirmó Alma.

—Nosotros ya hemos acabado por hoy. La gente ha cenado muy rápido para poder ir a ver la procesión, así que ya está todo por hoy. Habíamos pensado que dejarais las cenizas ahora. ¿Os parece bien? —planteó Reme, mientras transportaba los últimos platos sucios a la cocina.

Samuel miró a Alma. Se encogió de hombros sin saber muy bien qué responder.

—Desde luego, lo tenemos que hacer, así que ¿por qué no ahora? —dijo Alma a Samuel.

—Sí, la verdad es que sí. Subo yo a por la urna, ¿de acuerdo? —propuso Samuel.

—¡Ok!

—En cinco minutos terminamos —aseguró Fermín colocando nuevos cubiertos sobre una mesa.

—No os preocupéis, no tenemos prisa —respondió Alma sentándose en una silla.

A los pocos minutos bajó Samuel con una de las urnas. Descendió con cuidado por la escalera, portándola con las dos manos. Al entrar en el restaurante, Reme salía de la cocina y se percató de la presencia de la pequeña urna. Se quedó inmóvil, mirándola fijamente, bajó su cabeza y varias lágrimas comenzaron a brotar de sus ojos. Estaba preparada para este momento, lo habían planificado con todo detalle, pero el ver *in situ* el recipiente fue demasiado duro para ella. Los tres, Fermín y los dos hermanos, se acercaron a Reme para tranquilizarla y abrazarla.

—Lo siento, hijos. Es que era mi hermano, lo siento, no pensé que me fuera a impresionar tanto verla.

—Es normal, cariño, no pasa nada —susurró Fermín mientras le acariciaba el cabello.

—Nosotros también nos impresionamos la primera vez, Reme —dijo Alma posando sus manos sobre sus mejillas y alzándole la cabeza para poder mirarla a los ojos—. Es normal, Reme. Pero, ¿sabes qué?, nuestro padre y nuestra madre no son estas cenizas, están con nosotros de otra forma, esto es sólo parte de lo que dejaron en este mundo y que ya no necesitarán donde están ahora.

—Muchas gracias hija. Yo también lo creo así —expresó sonriéndole. Hizo una pequeña pausa y añadió— bueno, ¿bajamos?

—Sí —respondieron los tres.

Alma y Samuel siguieron a Reme y a Fermín, que descendieron por una pequeña puerta que estaba al lado de la cocina.

—Cuidado al bajar, que los escalones son muy pequeños —advirtió Reme.

Bajaron a la bodega de la fonda. Era un lugar impresionante, con paredes de sillares de piedra erguidos, como el resto del edificio, desde hacía siglos. Habían aprovechado la frescura del espacio para ubicar allí una bodega de botellas de vino. Había una buena colección de ellas. Fermín tomó una, llena de polvo, la sopló y le pasó la mano para quitarle la capa que se había acumulado sobre ella.

—Mirad, esta botella nos la regaló vuestro padre cuando vinisteis de visita, cuando erais niños. Es un Vega Sicilia de 1982, un vino extraordinario.

—A mi padre le encantaban esos vinos, ¡y a mí! —declaró Samuel.

—No me extraña, ¡son los mejores del mundo! —ratificó Fermín— La guardamos para un momento muy especial que pronto llegará.

Alma miró a Fermín con curiosidad.

—Puedo preguntar, si no es indiscreción, ¿qué momento será ese?

—Cuando vendamos la fonda.

—¿Cómo? —señalaron los dos hermanos.

—Nosotros estamos cansados ya —respondió Alma—. Llevar esta fonda requiere dedicación plena y yo no he conocido otra vida que este trabajo. Vuestro padre nos hizo ver que podemos vivir de forma muy diferente y queremos vivirla ahora que todavía podemos. Además, nuestras hijas no han querido continuar con ella, y las entiendo. Yo decidí continuar con la labor que hacía mi madre y no me arrepiento de nada. He conocido a personas extraordinarias, hemos disfrutado mucho, pero sentimos que tenemos que pasar página para iniciar un nuevo capítulo de nuestras vidas.

Samuel y Alma sonrieron a Reme y a Fermín.

—Entonces, deseamos que brindéis con el vino de mi padre cuanto antes —afirmó Samuel.

—Gracias, hijos —contestó Reme, agarrando de la cintura a Fermín.

—Venid, hemos encontrado una losa que se puede levantar y es el lugar perfecto para que las cenizas de vuestros padres descansen aquí y sigan bendiciendo a todos los que pasen por este lugar.

Al fondo de la bodega, en una esquina, había una de gran piedra del suelo levantada. Tenía una argolla de hierro anclada en su centro para poder alzarla. En la piedra, Reme y Fermín habían colocado una pequeña placa de color negro con letras labradas en color plata. En ella, habían grabado la frase: 'Blanca y Martín, gracias por haber bendecido nuestra vida con vuestra presencia. Gracias, gracias, gracias'.

Alma y Samuel comenzaron a llorar al ver el mensaje de la placa. Samuel tomó la urna con ambas manos y la besó. Fue un gesto inconsciente que imitaron los demás. Dejó a Reme y a Fermín que la depositaran en el hueco que habían preparado. Reme se emocionó muchísimo con el gesto de Samuel y temblaba de emoción. Fermín, que lloraba también, le ayudó a que no se le cayera de las manos. Ambos se agacharon y la depositaron con sumo cariño.

—Hasta siempre, Blanca. Hasta siempre hermano mío —manifestó Reme incorporándose y abrazándose a su marido.

Los cuatro se fundieron en un gran abrazo de gratitud por Martín y Blanca. Sintieron un escalofrío de emoción que recorría sus cuerpos. Se miraron unos a otros, para comprobar si habían experimentado lo mismo. No tuvieron que decir nada para confirmarlo, sólo se sonrieron. Como dijo Alma, Martín y Blanca estaban con ellos, de alguna forma estaban allí, acompañándolos.

Samuel ayudó a Fermín a poner la piedra en su lugar. Los cuatro subieron las escaleras y salieron de la bodega. Sin duda, habían vivido un momento mágico.

—Muchas gracias por lo que habéis escrito en la placa, es precioso —agradeció Samuel.

—Hijo mío, es lo que sentimos de corazón. No podíamos poner otra cosa diferente —afirmó Reme.

—Ha sido un momento inolvidable. Gracias por todo —añadió Alma tomando de la mano a Reme.

—De nada hija —Reme hizo una pequeña pausa—. Mañana por la mañana, después de comer, iremos a Cretas y depositaremos allí la otra urna, ¿de acuerdo?

—De acuerdo, Reme —respondieron ambos.

—Bueno, id a descansar, que han sido dos días muy intensos para vosotros —recomendó.

—¡Hasta mañana!

—¡Hasta mañana! Que descanséis.

Ya en la habitación, mientras Samuel se duchaba, Alma decidió salir a respirar el aire puro de Valderrobres. Se puso de nuevo el abrigo y abrió la puerta del balcón que daba a la plaza, cerrándola nada más salir para que no entrara frío en el cuarto. Inspiró con todas sus fuerzas y llenó de aire sus pulmones, soltándolo después lentamente. Sonrió, recordando todo lo vivido, y se apoyó en la barandilla de forja del balcón. De pronto, se dio cuenta de que había un gato que estaba sentado, maullando y mirando frente a la puerta de la fonda. Al minuto, salió Reme para ir a su casa a descansar. Esa noche se quedaba Fermín en la fonda. El gato, al verla aparecer, se acercó a ella, rozándose con sus piernas y la siguió, calle abajo, como si fuera su animal de compañía. Alma les siguió con la vista hasta que se perdieron al fondo de la calle. La escena le resultó realmente curiosa.

Al entrar, se la contó a Samuel y decidieron que al día siguiente se la recordarían entre ellos para preguntarle a Reme si ese gato era suyo y si la acompañaba todas las noches.

De madrugada, Samuel se despertó sobresaltado y empapado de sudor. Le costó algunos segundos percatarse de que estaba en la fonda. Alma dormía plácidamente. Se sentó en la cama y comenzó a pensar en lo que estaba soñando antes de despertarse de golpe. Recordó que el sueño era el que había tenido en casa de Alma, durante los días del entierro de su padre. Hacía meses que no lo soñaba. La misma estación de tren y la misma sensación de querer irse con sus padres y su hermana, que le llamaban, esta vez con más insistencia, e incluso con desesperación. Ya no tenía la sensación de que le faltaba algo, simplemente quería moverse y no podía. El cuerpo no le respondía y ellos, finalmente, desaparecían, montados en aquel tren que iniciaba su marcha.

Samuel comenzó a pensar por qué demonios tenía que volver a soñar aquello, ahora que empezaba a sentir que avanzaba. No entendía por qué se le presentaba ese sueño. Al principio tenía cierto sentido, porque lo vivido durante los días previos y durante el funeral de su padre fue muy intenso emocionalmente hablando. Pero ahora, ¿por qué ahora?, se preguntaba. Decidió que ya lo pensaría por la mañana. Estaba completamente agotado, así que volvió a tumbarse y a caer en un profundo sueño hasta la mañana siguiente.

Alma se levantó antes que su hermano. Hacía un día de primavera muy soleado y decidió volver a respirar el aire de Valderrobres que tanto le había gustado la noche anterior. Era todavía temprano, ni siquiera habían abierto los bares de la plaza. Salió al balcón y al volver la mirada a la derecha vio a lo lejos a Reme ¡acompañada por el gato!

—¡Sam! ¡Sam! ¡Despierta! ¡Corre, ven! —indicó asomando la cabeza en la habitación para despertar a su hermano.

—¿Qué pasa Alma? —preguntó desperezándose sin levantarse de la cama.

—¡Ven! ¡El gato! —gritó entusiasmada.

—¿Crees que me voy a levantar a ver un gato? —articuló con voz ronca de recién despierto.

—¡Viene acompañando a Reme!

—¡No me fastidies! ¡Voy! —y de un salto salió de la cama— ¡Hazme hueco, que quiero verlo!

—¡Mira!

Efectivamente, Reme y el gato llegaron hasta la puerta de la fonda y el gato repitió el gesto de la noche anterior, rozándose con las piernas de Reme. Se sentó y se quedó mirándola hasta que entró. Después, se fue andando tranquilamente hacia otra calle que estaba más arriba.

—¡Alucino! —exclamó Samuel negando con la cabeza.

—¿A que sí? ¡Yo ayer no me lo podía creer!

—Cuando bajemos a desayunar ¡se lo preguntamos sin falta!

—¡Sí!

Cuando bajaron a desayunar al restaurante, Reme y Fermín ya estaban con todas las mesas dispuestas. Alma no pudo aguantar ni un segundo más.

—¡Buenos días! ¡Reme, tenemos una pregunta importante que hacerte!

Reme se quedó parada con la cesta de pan que iba a dejar en la mesa del *buffet*.

—Vaya, claro, pregunta lo que quieras.

—El gato que te ha acompañado, ¿te acompaña siempre? ¿Está domesticado? Es que ha coincidido que te vi anoche cuando te ibas y esta mañana cuando has llegado —manifestó Alma con impaciencia.

—¡Ja, ja, ja! ¡Ya me habíais asustado! Pues la verdad es que ese gato apareció un día en la puerta de la fonda hará unos meses. Le hice unas cuantas caricias, porque a mí los gatos me encantan, y desde entonces me espera cuando me voy a casa y por la mañana para venir aquí. Es un gato callejero, ni siquiera es mío.

—¿En serio? —manifestaron los dos hermanos al unísono.

—Pero, cuando te toca a ti quedarte en la fonda, ¿qué hace?

—Cuando me ve salir a mí, sabe que Reme se queda y se marcha. A mí no me acompaña, ¡notará que a mí los gatos no me gustan nada! —contestó Fermín.

Rieron los cuatro a carcajadas.

Desayunando, Fermín se acercó para recordarles el plan del día.

—Bueno chicos, después de la *Rompida*, comeremos, descansaréis un *poquico* y luego nos iremos a Cretas, está bien cerca, tardaremos poco en llegar.

—Por cierto, Fermín, ¿qué es la *Rompida*? —preguntó Alma.

—¿No lo sabes?

—No, ni idea —respondió. Samuel meneó la cabeza indicando que también lo desconocía.

—Pues no quiero desvelaros mucho, pero se conmemora la hora de la muerte de Jesucristo y de cómo tembló la tierra —explicó.

—Pues, suena interesante —afirmó Samuel.

—Lo mejor es que salgáis al balcón de vuestra habitación, desde allí tendréis un lugar privilegiado para vivirlo. ¡La plaza se pone de gente hasta los topes! —añadió.

—De acuerdo, así lo haremos —confirmó Alma.

Después de desayunar hicieron un poco de tiempo, dando un paseo por la parte del ayuntamiento que no habían visitado el día anterior. Cuando quedaba una hora para las doce del mediodía, la gente se agolpaba ya en la plaza. Les costó atravesar el tumulto para llegar hasta la entrada de la fonda. Minutos antes de la hora, Samuel y Alma estaban ya en el balcón, expectantes por ver qué era eso de la *Rompida*. Comenzaron a llegar decenas de personas vestidas de morado y con un pañuelo amarillo anudado al cuello, acompañados con tambores y unos bombos enormes. La mayoría de los bombos tenían marcas de sangre seca que provenían de los continuados golpes de la mano contra la piel del instrumento. Esta vez no llevaban los capirotes que tanto les habían asustado la noche anterior, sino que iban con la cabeza al descubierto. El sol comenzó a caer a plomo en el centro de la plaza. Se concentraron decenas de ellos y se dispusieron formando círculos concéntricos con tres filas de personas. Cuando quedaba menos de un minuto, marcado por el reloj del ayuntamiento, todo el mundo comenzó a sisear, pidiendo silencio. La plaza, donde no cabía ni un alfiler, quedó silenciada por completo, un silencio sepulcral, un silencio que impresionaba. Samuel sacó su móvil para grabarlo todo.

De pronto, desde el balcón del ayuntamiento, el toque de un sólo bombo comenzó a sonar con fuerza, marcando un compás. A los segundos, también desde el mismo balcón, un tambor se unió a su ritmo con redobles que acompasaban a la perfección con el toque del bombo. Después, el resto de bombos se unieron a él y, al segundo, todos los tambores, redoblaron al unísono. La forma que tenía la plaza amplificaba la vibración producida por todos ellos y parecía, de verdad, que la Tierra temblaba. Alma y Samuel se miraban e intentaban decirse algo, sin conseguirlo. Era completamente imposible escuchar otra cosa que no fueran aquellos tambores y bombos.

La *Rompida* duró aproximadamente un cuarto de hora. Después, las personas que estaban tocando se dispersaron por todas las calles y, sin parar de tocar, fueron anunciando la conmemoración de la muerte de Cristo.

Alma y Samuel estaban realmente impresionados. No habían visto nada igual antes.

—Cuando se lo enseñe a mis compañeros de la universidad van a alucinar —dijo Samuel a Alma, enseñándole lo que había grabado.

—Envíaselo a las niñas, a Robert y a Flora, ¡les encantará!, ¡seguro!

Después de comer y descansar un poco, Reme tocó a la puerta de la habitación de los hermanos.

—¿Sí? —preguntó Samuel.

—Soy Reme, ¿estáis preparados para irnos a Cretas?

—Sí, ¡bajamos enseguida!

Samuel preparó su mochila con la penúltima de las urnas. La cogió, le dio un beso y la depositó con calma en su macuto. Sabía que estaban selladas y que era difícil que se abrieran solas, pero aun así, cada vez que las tenía que transportar lo hacía con sumo cuidado.

Fermín los estaba esperando en la puerta con un *Toyota Hilux* de cuatro puertas, color plata.

—¿Ves? Otro que sabe de coches, no como tú —le espetó Alma a su hermano, mofándose.

—Eso es porque no ha probado todavía los *Mazda* —respondió Samuel altivamente, arqueando las cejas, cerrando sus ojos y subiendo un hombro.

Fermín les escuchó y les dijo:

—Pues sí que lo probé, pero no tenían una *pick up,* que era justo lo que necesitaba yo, y *Toyota* sí.

—¿Ves hermanito? Ni idea de coches. *Toyota* es lo más —manifestó Alma haciendo el símbolo de la victoria con sus dedos.

—Pfff… —refunfuñó Samuel.

Llegaron a Cretas en apenas diez minutos. Cruzaron el pequeño pueblo y se alejaron un poco más, hasta el cementerio. Tras aparcar, un hombre les esperaba en la puerta. Era un varón de unos setenta y muchos años que conservaba todavía un cabello frondoso, aunque completamente blanco. Su nariz resaltaba sobre el resto de la cara, porque sus ojos eran pequeños y oscuros. A pesar de que era bajito, mostraba una complexión muy robusta y caminaba un poco inclinado hacia adelante.

—¡Buenas tardes! —señaló el hombre con el mismo acento que tenía Reme.

—Muy buenas, Manolo —indicó Reme— ¿Cómo estamos?

—Bien hija, ¡aguantando! Todavía no me llama la tierra.

—Ay Manolo, tú siempre tan guasón —dijo Reme. Luego se giró hacia los dos hermanos—. Mira, te presento. Estos son los hijos de Martín.

—De Martín —dijo Manolo intentando hacer memoria.

—¡De Martín Calleja! —insistió Reme.

—¡Ah! ¡Nietos de Luis Calleja! ¡Claro! Ya he caído. ¿Cómo estáis? Soy Manolo, el que se encarga de todo lo que tiene que ver con el cementerio —apuntó alargando la mano para saludarles.

—¡Hola! Yo soy Samuel y ella es mi hermana Alma.

—¡Encantada!

—Hola Manolo, ¿cómo estás? —saludó Fermín.

—Bien, Fermín. ¿Entramos?

—Espera, que quería explicarles primero —se apresuró a decir Reme—. Vuestro padre adoraba a mi hermano Pepe. Mi hermano vivió los últimos años de su vida aquí, en Cretas. Vuestro padre, como ya os dije, vino al entierro y compró un nicho pequeño al lado del de Pepe, para cuando él falleciera dejar parte de sus restos a su lado.

—Vaya, no teníamos ni idea. No sabíamos por qué quería que depositáramos las cenizas en este cementerio. Ahora tiene sentido —respondió Alma.

—Pues así es, hijos. Así que está todo preparado. Entremos.

Los cinco se dirigieron hacia el fondo del cementerio, hasta la última de las hileras. Al ser un cementerio pequeño, las filas de nichos sólo tenían tres alturas. A la derecha, una tumba grande conmemoraba a los caídos en la Guerra Civil española.

Como dijo Reme, al lado del nicho de Pepe estaba preparado otro pequeño, destinado a las cenizas. Cuando llegaron, Reme se besó la mano y la posó suavemente sobre la tumba de su hermano.

—Te echo mucho de menos, Pepe.

Manolo, señalando el hueco, les dijo a los cuatro:

—Bueno, aquí tenemos preparado el nicho. ¿Dónde lleváis la urna?

—Aquí —respondió Samuel quitándose la mochila del hombro y dejándola sobre el suelo con cuidado. Abrió la cremallera y extrajo la urna—. Tome, aquí la tiene.

—Bien, ¿alguien quiere decir algunas palabras? —requirió Manolo.

—Sí, yo —indicó Reme—. Agradezco a Dios que me concediera la bendición de haberte conocido desde bien pequeño y haber podido ser testigo de cómo una persona puede reconstruirse y convertirse en otra mejor aún de lo que era. Gracias, gracias, gracias.

—Yo también —dijo Alma—. Papás, descansad en esta tierra donde os conocisteis y que tanto disfrutasteis. Gracias por haber preparado esta locura de testamento con el que hemos podido conocer gente extraordinaria, como Reme y Fermín —añadió señalándoles. Ellos sonrieron.

—Gracias papás. Está siendo un viaje muy revelador —expresó Samuel.

—Martín, Blanca, buen viaje, que Dios os tenga a su lado — afirmó Fermín.

Manolo procedió a colocar la losa con el cemento que había dejado preparado previamente. Cuando hubo terminado de sellarla, se puso delante, se santiguó y le hizo una pequeña reverencia.

—Bueno, pues ya está hecho. La lápida definitiva la pondré pasados unos días, cuando se seque el cemento.

—Perfecto. Muchas gracias —repuso Reme.

—Gracias, Manolo —dijo Samuel. Alma asintió al oírle.

Se despidieron de Manolo en la puerta del cementerio y se dirigieron al coche. Mientras se montaban, Reme propuso parar a tomar un café en la plaza de España de Cretas, para que pudieran conocer un poco de un pueblo que poco tenía que envidiar a Valderrobres. Todos accedieron.

Aparcaron en una pequeña plaza. Al subir por una calle pasaron por la iglesia de San Juan Bautista. La ubicación de su entrada la hacía ser bastante singular. Rodeada por casas del pueblo, una pequeña plazoleta abría el hueco justo para poder admirar su portada. De estilo completamente diferente a la de Valderrobres, esta iglesia parecía más moderna. Aunque seguía siendo gótica, tenía toques de estilo renacentista. La portada se componía de dos partes: la más pequeña, encuadrada por cuatro pequeñas columnas de estilo jónico, dispuestas dos a cada lado de la puerta principal, sujetaba un gran entablamento que la cerraba por arriba, donde se representaba a San Pedro y San Pablo. Sobre ellos, la segunda de las partes enmarcaba a la primera, con dos enormes columnas también jónicas y estriadas casi en su totalidad, una a cada lado, que sostenían un gran frontón con un friso de la coronación de la Virgen. A la derecha, una gran torre de campanario, de forma octogonal, se elevaba sobre la población.

Cretas, al igual que Valderrobres, tenía calles estrechas y zigzagueantes y sus casas estaban hechas con sillares de piedra de color arenoso. La plaza mayor era muy peculiar. En su centro, una columna del siglo XVI sujetaba el escudo de la población, de forma redonda, con una cruz de Calatrava, un cordero, indicando el origen cristiano de la población, y unas barras, símbolo de la villa real de Aragón.

Los edificios que formaban el perímetro de la plaza le daban ese toque único que tenía. En ella, estructuras más modernas, como el ayuntamiento y el de un hotel, cuya reforma respetó la fachada original, acompañaban a otros inmuebles de la misma época que la columna central de la plaza. En una esquina, bajo uno de estos edificios, un arco de media punta daba la bienvenida por la parte norte del pueblo a la glorieta. Los cuatro se sentaron en la terraza del bar que había frente al hotel, aprovechando el sol primaveral que les acompañaba desde la mañana y que todavía lucía con fuerza.

—Bueno, chicos —dijo Reme nada más sentarse los cuatro—. Como veis, esta zona es una joya escondida. Cretas es un pueblo precioso, al igual que otros muchos de los alrededores, como Calaceite, Mas de las

Matas, o la propia capital de la comarca, Alcañiz. ¿Sabéis que en Alcañiz hacían carreras al estilo de Mónaco por las calles de la ciudad?

—¿Ah sí? ¡No tenía ni idea! —contestó Samuel sorprendido.

—Pues sí. Después, por normativas y demás, se suspendieron durante años, pero décadas más tarde construyeron un circuito cerca de la ciudad y se ha convertido en un referente mundial. El campeonato mundial de motos pasa por aquí todos los años para competir un gran premio.

—La cosa es que me suena haberlo oído —aclaró Samuel frunciendo el ceño.

—Bueno, hemos querido venir a esta plaza para contaros, mi marido y yo, vuestro siguiente destino.

—¿Cómo? ¿Vosotros nos lo vais a decir? —planteó sorprendido Samuel.

—¡No nos lo esperábamos! Creía que el albacea nos lo diría tarde o temprano por mensaje —añadió Alma.

—Pues no, nosotros tenemos el honor de contaros el siguiente destino. Y os va a sorprender —anunció Reme.

—Y mucho —añadió Fermín.

—Bueno, pues… ¡adelante! —indicó Samuel un poco nervioso, inclinándose hacia ellos para apoyarse con los codos en la mesa metálica redonda.

—¿Lo dices tú o lo digo yo? —preguntó Reme a Fermín.

—Venga, yo comienzo y tú terminas.

—Por favor, ¡decídnoslo ya! —exclamó Alma impaciente, levantando ambas manos.

—Bueno, pues os vais mañana por la mañana a un país lejano llamado —expresó Fermín mirándoles a los dos fijamente.

—¡Rusia! —gritó Reme.

—¡Anda ya! —exclamó Samuel tirándose hacia atrás en la silla.

—¿Rusia? ¿En serio? Dios mío, pero ¿por qué Rusia? ¿Mi padre estuvo también en Rusia? —cuestionó Alma con los ojos abiertos de par en par y poniéndose la mano sobre la boca.

—Pues sí —afirmó Reme—. Vuestro padre conoció a un hombre que tenía que ver con el pasado de vuestro abuelo y le invitó a Rusia. Este hombre estuvo buscando el rastro de vuestro abuelo durante bastantes años y al final dio con su hijo, Martín. Apareció por sorpresa el día que enterramos a mi hermano. Le esperó en la puerta del cementerio y se quedaron hablando largo y tendido. Después, cuando nos volvimos a reunir, Martín nos dijo que debía irse a Rusia, que creía que tenía que ir por una cuestión.

—¿Y qué hizo allí? —preguntó Samuel.

—De eso os enteraréis mañana mismo —añadió sonriendo Reme.

—Vamos, que no nos vas a contar nada más —refunfuñó Samuel.

—Exacto —respondió guiñándole un ojo.

—Sorpresita tras sorpresita. En fin… —rezongó Samuel para sí.

—Venga Samuel, no te quejarás de lo bien que lo estamos pasando hasta ahora —aseguró Alma buscando la mirada de su hermano, sin conseguirlo.

—Sí, vale. Pero es que esto de estar descubriendo el día de antes dónde vamos a ir a mí me molesta bastante. No entiendo para qué tanto misterio —refunfuñó de nuevo Samuel.

—Bueno, así lo quiso vuestro padre y lo pensó a conciencia —explicó Fermín.

—Yo creo que lo hizo de esta manera porque pensó que, si sabíais de antemano los lugares, a lo mejor no querríais ir a alguno de ellos. Y parece que acertó, ¿verdad? —dijo con voz suave, observando a Samuel, que seguía con la cabeza mirando a sus rodillas, evitando hacerlo a los demás.

—Yo sólo os puedo decir, y ya es mucho, que la persona que vais a conocer tiene detrás una historia asombrosa y que vuestro padre conoció a alguien muy especial allí, aparte de esta persona. Os vais a quedar asombrados, os doy mi palabra.

—No te preocupes, Reme. Se le pasará. Es que a mi hermano le gusta tener todo más planificado.

—Tampoco pido tanto, sólo un mínimo de planificación, al menos saber de antemano dónde vamos a ir. Con eso, me bastaría —expresó renegando.

—Bueno, es una aventura, Samuel. Tómatelo así. ¿Qué cambiaría que lo supieras antes? —requirió Reme.

—Me haría a la idea, me prepararía mentalmente, ¡yo que sé! Pero que te digan oye, que mañana te vas a Moscú, pues no me hace mucha gracia, la verdad.

—Bueno, en realidad… no es Moscú. Es un pequeño pueblo cercano —expresó con sumo tacto Reme.

—Encima eso, a la Rusia campestre —protestó de nuevo Samuel.

—Bueno, Sam. Basta ya, que al final nos vas a amargar la preciosa tarde y ellos no tienen la culpa de que nuestro padre lo organizara así —recriminó Alma.

Samuel se quedó en silencio, fijando la vista de nuevo en sus rodillas y con las manos entrelazadas entre sí. Al cabo de unos minutos, tras pedir lo que se iban a tomar, recapacitó y levantó su mirada.

—Tienes razón, vosotros no sois culpables de esta situación. Lo siento.

—No pasa nada —manifestó Fermín.

—No importa, Samuel. Tranquilo —contestó Reme.

—Por cierto, saldréis de Valencia, una ciudad que está en la costa mediterránea, al este, a unas dos horas y media de aquí. Os llevaré yo mismo —informó Fermín.

—¿No nos lleva ningún taxi? —replicó Alma— ¿No será una paliza para ti?

—No, tranquilos. Aprovecharé para comprar algunas cosas allí que nos hacen falta para la fonda —respondió Fermín.

—¡Ah! ¡Ok! ¿Y a qué hora salimos? ¿A qué hora sale el vuelo? —requirió Alma.

—El vuelo sale a las 11:50 a.m. Tendremos que estar un par de horas antes más o menos, así que saldremos sobre las 6:00 o 6:15 a.m. para ir tranquilos

—¿De verdad que no hay posibilidad de que nos lleve un taxi? —insistió Alma.

—No os preocupéis, está todo planificado. A mí me encanta conducir y ya os he dicho que me viene muy bien porque en Valencia hay varias tiendas que quiero visitar.

—Yo os acompañaría bien a gusto, pero alguien se tiene que quedar a cargo de la fonda y la persona que nos ayuda sólo está algunas horas —confesó Reme—. De hecho, ¡os acompañaría hasta Rusia!

—Muchas gracias a los dos. Nos habéis tratado de forma maravillosa —afirmó Alma.

—Sí, muchas gracias a los dos —añadió Samuel en un tono más tranquilo.

—Es un honor estar con los hijos de Martín. En todo lo que os podamos ayudar, lo haremos —aseguró Reme sonriendo, mientras sujetaba la taza de café que le acababan de traer.

Cuando acabaron de tomar lo que habían pedido, Reme quiso enseñarles un poco el pueblo. Lo recorrieron con calma, disfrutando de las pequeñas historias que les iba contando. Llegaron hasta una panadería que había enfrente de un pequeño parque con pinos. El sitio se llamaba Horno Llerda.

—Esta es una de las mejores panaderías de España. Hacen un pan excepcional y unos dulces ¡para chuparse los dedos! —explicó Fermín.

—Podríamos comprar almendrados —propuso Reme—. ¿Os gustan las almendras? —preguntó a los hermanos.

—Sí —contestaron ambos.

Al entrar en la panadería, el aroma a pan de leña les invadió. Nunca habían tenido la oportunidad de oler masa auténtica de leña. Samuel se emocionó tanto que compró de todo: una barra, un pan de hogaza y un tipo de torta que le llamó mucho la atención por su nombre, guitarra. Reme, por su parte, compró almendrados para todos, una especie de magdalena blanca pero de textura dura, con almendras y azúcar. Alma se decidió a comprar también unos Saboyas, una variedad de rosquillas hechas con avellanas.

No esperaron mucho a probarlo todo. Los almendrados les gustaron bastante, pero eran demasiado dulces como para comerse más de uno. El pan fue devorado en pocos minutos.

—Es el mejor pan que he comido en mi vida —declaró Samuel mientras pellizcaba un trozo tras otro.

Al caer la tarde volvieron hacia Valderrobres. Por el camino disfrutaron de otro de los atardeceres increíbles de Teruel.

—Aquí tenemos los mejores atardeceres del mundo —manifestó contundente Fermín.

—No sé si son los mejores, pero desde luego son impresionantes —dijo Alma.

Cuando llegaban a Valderrobres el paisaje que tenían frente a sus ojos era impactante. Un atardecer como el del día anterior, con una gama espectacular de azules, amarillos, naranjas y rojos, reflejados sobre el Matarraña y al fondo la sierra, con el monte conocido como La Caixa.

La noche transcurrió muy tranquila para los dos hermanos. Ninguna pesadilla se interpuso entre ellos y su descanso. A las 6:00 a.m. salieron por la puerta, cuando Fermín ya estaba esperándoles. Reme se despidió de ellos:

—Hijos, gracias por haber tenido la valentía de cumplir el testamento de vuestro padre. Espero que os haya gustado Valderrobres y los alrededores y que hayáis estado bien *agustico*.

—Sí a todo, Reme —expresó riendo Samuel—. Hemos estado fantásticamente bien. Nos habéis tratado de maravilla y la zona es... mucho mejor que la Toscana, ¡ya les gustaría a los italianos parecerse a vosotros!

—¡Al menos tenemos mejor pan y seguro que también mejor aceite! —exclamó Reme.

—Gracias por todo, eres maravillosa Reme —proclamó Alma abrazándola con fuerza.

—Anda, hija, que me vas a hacer llorar. Que soy de lágrima fácil, ya lo sabes —dijo Reme—. Marchaos ya, que así iréis más *tranquilicos*.

Reme, visiblemente emocionada, les despidió desde la puerta de la fonda. Cuando se estaban alejando el gato apareció y se sentó a su lado, observando cómo se alejaba el coche.

Llevaban una hora de camino cuando el sol comenzó a aparecer con fuerza. El primer tramo de carretera era de montaña, con muchas curvas, aunque bien asfaltada. Alma quiso dar algo de conversación a Fermín para que no se aburriera, mientras Samuel dormía un poco.

—Fermín.

—Dime.

—Lo que nos contasteis ayer sobre que ibais a vender la fonda, ¿lo vais a hacer dentro de poco?

—Sí, dentro de muy poco

—¿Sí? Entonces es definitivo.

—Sí, lo es. Queremos comenzar a vivir una nueva vida, sin estar anclados a un sitio que, aunque nos guste muchísimo, nos mantiene atados a él. No nos ha dejado avanzar, más allá de mejorarlo. Pero nosotros hemos evolucionado poco. Vivimos a gusto, pero sin hacer nada distinto día tras día. Es un oficio muy duro y estamos muy cansados. Queremos disfrutar de la vida de otra forma.

—Has hablado muy sabiamente, Fermín. Estar anclado a un sitio debe ser una sensación de rutina horrible, cada día igual aunque con distintos huéspedes. Lo entiendo perfectamente.

—Tu padre nos hizo ver que la vida podía ser otra cosa. Teníamos terror a dejar lo único que sabemos hacer, sin nada a lo que agarrarnos, pero era sólo eso, miedo. Ahora estamos decididos a avanzar, aunque tengamos ya cierta edad estamos físicamente perfectos y no queremos desperdiciar lo que nos queda.

—¿Y qué vais a hacer?

—Vamos a viajar, a conocer mundo, a ampliar nuestras mentes. Vamos a hacer todos los viajes que antes nunca pudimos. Y luego ya se verá qué hacemos. La fonda se puede vender por un buen precio y eso nos permitirá tomarnos las decisiones venideras con mucha calma. No tenemos casi gastos, nuestra casa está pagada y nuestras hijas cada una con su propia familia. Así que, resumiendo, lo que haremos será vivir y disfrutarlo.

Tras poco más de dos horas y media de viaje llegaron al aeropuerto de Manises. Habían estado bordeando la costa, por una autopista desde la que se veía el Mediterráneo. Era la primera vez que lo podían admirar.

—Ya casi estamos en el aeropuerto de Valencia, la ciudad de la luz —anunció Fermín.

—¿Por qué la llaman la ciudad de la luz? —preguntó Samuel que se había despertado no hacía mucho.

—Porque tiene una luz especial. Siempre que he venido he podido comprobar la veracidad de ese sobrenombre. Es una ciudad magnífica para vivir. Buen tiempo, buena comida, una ciudad preciosa que tiene un tamaño perfecto, ni grande ni pequeña.

—Bueno, ¡quién sabe! A lo mejor nuestro padre nos tiene reservada una sorpresa y ¡podemos conocerla! —exclamó Alma, observando por la ventanilla todo lo que pasaba a su alrededor.

—¡Quién sabe! —repitió Fermín.

Al llegar al aeropuerto, Fermín les dio los billetes. Tan sólo tenían que facturar las maletas. Se despidieron de él.

—Gracias por todo Fermín. Nunca os olvidaremos. Ha sido fantástico conoceros —agradeció Samuel tomando la mano de Fermín con ambas manos.

—Gracias de todo corazón, Fermín. Os deseo lo mejor en este nuevo periodo de vuestra vida. Seguro que va a ser apasionante y que vais a vivir aventuras increíbles que os harán crecer como personas —dijo Alma a la vez que le abrazaba.

—Muchas gracias por todo chicos. Vuestros padres estarán muy orgullosos de vosotros, de eso no hay la menor duda. Tenéis nuestros números, para lo que necesitéis.

—Gracias de nuevo —afirmó Alma.

—Gracias, Fermín. Buen viaje de vuelta —añadió Samuel, agitando la mano en señal de despedida.

Después de facturar, todavía tuvieron tiempo para recorrer el pequeño, pero bien equipado, aeropuerto de Valencia. Andando, vieron un cartel de una muestra que se exponía en la propia terminal. Como tenían tiempo, bajaron a verla al piso de Llegadas, donde estaba ubicada. Era una exposición de un pintor valenciano, de nombre Alex Alemany. La exposición estaba formada por retratos de personajes de renombrada fama mundial, entre los que estaban Picasso, Marilyn Monroe, Sean Connery y otros muchos más. Los cuadros exhibían un realismo fuera de lo común. Los dos hermanos se sorprendieron de encontrarse con una exposición así en pleno aeropuerto. No era para nada habitual.

Después, recordaron que tenían que pasar el control de seguridad con las cenizas, así que se apresuraron a llegar hasta allí para realizar cuanto antes los trámites que seguro debían hacer. Como suponían, al pasar con la mochila en el escáner salió perfectamente fotografiada la urna de las cenizas. Un simpático agente de seguridad tomó el macuto y lo depositó en una mesa para inspeccionarlo. Alma le entregó los certificados de defunción y el agente los leyó con detenimiento. Los plegó y se los devolvió a Alma.

—Todo en orden. Puede continuar —señaló el agente de seguridad.

A las 11:50 a.m. enfilaba hacia la pista de despegue el avión de la compañía rusa *Aeroflot*, un *Airbus A320*.

Un hombre excepcional

El vuelo llegó a la hora establecida, pese a que la compañía tenía fama de no ser demasiado puntual. El viaje no había sido excesivamente largo, pues tan sólo había durado cinco horas, pero el madrugón y el trayecto en coche habían hecho mella en la vitalidad de Alma y Samuel. Lo cierto es que estaban bastante cansados. Al salir del avión, el aeropuerto internacional de Sheremétievo les sorprendió enormemente. Era una terminal de aspecto moderno y bastante grande. Apenas esperaron para recoger su equipaje. Después de recorrer una serie de interminables pasillos, ayudados por cintas transportadoras, llegaron a la puerta de salida. Ambos estaban bastante nerviosos porque no sabían qué se iban a encontrar.

Al atravesar la puerta de Llegadas, un hombre con el cartel de Familia Calleja les esperaba. No tenía aspecto de ruso y podía pasar por español perfectamente. Tendría aproximadamente la misma edad que Samuel y Alma, unos treinta y tantos. De estatura media y piel morena. Su cabello era muy oscuro, casi negro, los ojos eran grandes y marrones y junto a una amplia sonrisa resaltaban del resto del cuerpo incluso desde gran distancia. Según los dos hermanos se iban acercando, éste sonreía más y más.

—¡*Hello*! ¡*Nice to meet you*! *I'm Alma and this is Samuel, my brother*[5]

—¡Hola, Alma! ¡Hola, Samuel! —saludó en perfecto español— ¿Cómo están? ¿Qué tal el vuelo?

—¡Anda! ¡Qué sorpresa! ¡Si hablas español! —exclamó Samuel.

—Y además, ¡perfectamente! —añadió Alma.

—¡Sí! Con algo de acento ruso, pero ¡no lo hablo mal! Mi nombre es Alexey Martínez. Y os voy a hacer de anfitrión durante los días que estéis en Rusia.

—Encantado de conocerte Alexey —dijo Samuel dándole la mano.

---

[5] Trad. del inglés: ¡Hola! ¡Encantada de conocerte! Yo soy Alma y éste es Samuel, mi hermano

—Es un placer —expresó Alma, sonriéndole. Alexey le tendió la mano— ¡Pensaba que en Rusia se daban tres besos!

—Sólo si la mujer inicia el gesto de querer darlos y recibirlos —explicó Alexey.

—En ese caso, ande, deme los tres besos, que vengo de España y ya me he acostumbrado a darlos.

—Aquí somos más cariñosos, damos uno más, ¡al menos! —manifestó riendo—. Vamos, por aquí, síganme.

Los tres se dirigieron a la zona de parking del aeropuerto.

—Parece que es bastante moderno —señaló Samuel.

—Esta es la parte nueva. Hicieron esta nueva terminal, la C, hace pocos años. El resto está bien conservado, pero tiene más de seis décadas —explicó Alexey.

Alexey caminaba rápido, esquivando a las personas que se cruzaban con él. Hubo un par de veces que casi lo pierden de vista. Finalmente, llegaron a la salida del aeropuerto. Ya había anochecido y el frío era intenso. Se pusieron, por fin, los abrigos que hasta ese momento no habían utilizado. El parking era un pequeño rectángulo cerca de la terminal, con un centenar de plazas. Alexey accionó el mando de su coche y las luces de un Lada se encendieron. Esta vez no habría disputa entre los hermanos sobre marcas de coche.

—¿Es un coche ruso? —preguntó Alma.

—Sí es un *Lada Vesta* —respondió Alexey—. Se trata de un coche bastante duro que aguanta muy bien el gélido clima de Moscú.

—No conocía esta marca —afirmó Samuel.

—Lleva muchos años fabricando buenos coches. De todas formas, éste es el de mi mujer. Yo tengo un *Toyota Rav4*, pero ahora lo están revisando en el taller.

—¿Has oído bien la marca, Sam? —indicó bromeando Alma.

—¿Has oído que está en el taller? —respondió Samuel imitando su voz.

—Es una revisión rutinaria, lo que ocurre es que sólo tenían hueco para hoy —expuso Alexey.

—¡Ja, ja, ja! Ahí lo tienes. Otro que sabe de coches, no como tú.

—¿También un *Toyota*? —interrogó Alexey a Alma.

—No, ahora no tengo ningún *Toyota*, pero lo tuve y estaba encantada con él.

—A mí me gusta mucho. Pero este *Lada* arranca incluso cuando el *Toyota* no puede porque se ha congelado. Subid, tenemos un pequeño trayecto hasta Friázino —informó a los dos hermanos.

—¿Friázino? —preguntó Samuel— ¿Dónde queda eso?

—No muy lejos, a una hora más o menos de viaje —explicó Alexey mientras subían al coche.

—¡Ah! ¡Genial! Estoy un poco cansado —dijo Samuel resoplando e inclinando la cabeza a un lado.

—Menuda energía tienes, hermanito. Anda que… —replicó Alma sacudiendo la cabeza.

—¿Tú no estás cansada? —manifestó ofendido.

—Pues un poco, pero me da igual. ¡Estamos en Rusia! ¿No te alucina que hoy nos hayamos levantado en una ciudad muy pequeña de España y ahora estemos en el aeropuerto de Moscú? ¡A mí me fascina! —indicó Alma entusiasmada— ¿Cómo es Friázino?

—Es una ciudad pequeña. Tiene menos de sesenta mil habitantes. La mayoría de la gente que vive allí trabaja en Moscú —informó Alexey.

—¿Vives tú allí? —preguntó Alma.

—Sí, vivimos allí. Mi mujer y mis dos hijos.

—¿Qué edades tienen?

—Doce y diez años.

—Casi como mis hijas. Tengo tres preciosidades de trece años.

—¿Las tres? —cuestionó asombrado Alexey.

—Sí, son trillizas.

—¡Vaya!

Iniciaron la marcha. Había bastante tráfico en la carretera. Alma y Samuel lamentaron que ya hubiera anochecido porque no podían observar casi nada del paisaje. Cuando pasaron por un gran río, Samuel tomó la palabra.

—¿Es el Volga?

—No, pero casi. El Volga no pasa por Moscú, pero este canal si toma agua del Volga y del Moscova. Fue construido íntegramente por prisioneros de un *gulag* que estaba en la ciudad de Dimitrov. Ahora está bastante deteriorado. Lo tendrán que arreglar, pero es muy costoso y todavía no se han decidido a llevar a cabo la reforma.

—Los *gulags* eran campos de concentración, ¿verdad? —interpeló Samuel.

—En realidad, la palabra *gulag* es un acrónimo de la Dirección General de Campos de Trabajo. Campos forzosos donde prisioneros de todo tipo se dedicaban a realizar grandes labores para la nación. Entre ellos, la construcción de este canal. Si un prisionero trabajaba mucho podía obtener su libertad, así que trabajaban con bastante esfuerzo.

—Y, ¿cómo es que hablas tan bien español? —requirió Samuel —. Aunque, con ese apellido, me lo puedo imaginar.

—Bueno, mi abuelo era español. Lo expatriaron a causa de la Guerra Civil española y, como ganó Franco, la Unión Soviética nunca lo reconoció como gobierno oficial, así que no hubo posibilidad de repatriación. Mi padre aprendió el español de mi abuelo y yo de mi padre. Teníamos la costumbre de hablar entre nosotros siempre en español, lo que molestaba bastante a nuestras mujeres, que sólo chapurreaban alguna palabra.

—Nuestro abuelo también estuvo en la Guerra Civil —apuntó Alma, incorporándose para que la oyera bien, debido a que estaba en el asiento de detrás de él.

—Lo sé. Vuestro abuelo y el mío se conocieron, al igual que vuestro padre y el mío. Y ahora, nos conocemos nosotros. Pero eso ya os lo contaré con calma cuando lleguemos o, mejor aún, mañana.

—Me acabas de dejar de piedra. Está bien, casi mejor nos lo cuentas mañana, que llevamos varios días demasiado intensos y quiero descansar antes de conocer esta nueva y prometedora historia —contestó Alma, recostándose de nuevo en el respaldo de su asiento.

Tras una hora de viaje llegaron a Friázino. Pararon enfrente de una casa en una zona residencial, en la calle Zavodskaya. La vivienda no se apreciaba muy bien por la escasa iluminación de la calle, pero parecía estar hecha de una combinación de bloques de hormigón y madera. Era como dos casas en una, simétricas y pintadas de distintos colores. Una era claramente blanca, la otra semejaba de una tonalidad verdosa. Tenía un techo metálico blanco, con dos chimeneas también de metal a cada lado del mismo, una para cada vivienda. En los extremos se ubicaba un porche de madera, anexionado al resto de las casas. Tenían una cerca, con listones de madera dispuestos de forma vertical, rodeándola por delante y por la parte de atrás, separando su terreno del de las viviendas colindantes. Parecía que disponían de bastante terreno detrás de las mismas.

—Bueno, ya estamos en mi morada. Poneos los abrigos, que empieza a hacer algo de frío —sugirió Alexey.

—¿Que empieza a hacer frío? ¡Si ya en el aeropuerto hacía bastante frío! —exclamó riendo Alma.

—¡Ja, ja, ja! ¡Esto para mí es casi primavera! —dijo señalando con el dedo el cielo— Ahora mismo mi coche marca cuatro grados bajo cero. Normalmente, en esta época del año solía hacer mucho más frío, pero no hemos alcanzado los veinte grados bajo cero en todo el invierno. En días así, casi no me arranca ni el *Lada* —comentó con una carcajada.

Los tres bajaron del vehículo y sacaron sus equipajes del maletero. La casa de Alexey era la que estaba pintada de lo que parecía ser verde. Cuando entraron por la puerta de la cerca, una luz se encendió automáticamente y pudieron observar lo bien cuidado que estaba todo, lleno de plantas de muchos tipos que se notaba que estaban plantadas con mucho mimo. En la pared de madera del porche de la entrada, varias macetas colgadas con rosas rojas, blancas y amarillas, dispuestas con muy buen gusto alrededor de una ventana les daban la bienvenida.

Alexey abrió la puerta y enseguida acudieron a recibirles sus dos hijos y su mujer, muy sonrientes. Su esposa parecía ser de origen ruso. Era algo más alta que Alexey y tenía el cabello largo, moreno y muy rizado. Sus pómulos estaban muy marcados y sus ojos pequeños y algo rasgados de color azul le daban a la cara un toque exótico. Sus hijos tenían mezcla de ambos. El más pequeño era como su madre, pero con los ojos más oscuros y el pelo menos rizado, y el mayor, moreno tanto de piel como de pelo, era igual que su padre. Ambos se quedaron esperando a que entraran los nuevos visitantes, sonriendo junto a su madre.

—Ella es mi mujer, Katya —indicó Alexey, señalando con la palma de la mano— y ellos son mis dos hijos, Adrik y el mayor, Anton —mientras Alexey decía esto sus hijos agitaban las manos para saludar—. Ellos hablan español perfectamente y mi mujer lo va entendiendo casi todo, pero casi no lo habla. En cambio, en inglés se maneja razonablemente bien.

—¡Ah! Pues entonces nos entenderemos perfectamente —manifestó Alma y luego lo tradujo al inglés—. *So, we can understand each other perfectly.*

—¡Oh! ¡*Good*[6]! —exclamó Katya con alivio.

Katya se acercó y les dio tres besos a Alma y a Samuel y lo mismo hicieron sus hijos.

—Así que sabéis hablar español —dijo Samuel a los niños.

—Sí, yo mejor que mi hermano —respondió Adrik, el pequeño.

—Eso no es cierto, yo hablo mucho mejor que él —contestó Anton.

—Bueno —apuntó Alexey cortando la discusión de sus hijos—, nuestra casa no es muy grande, pero es muy acogedora. Os hemos preparado una habitación con dos camas.

La vivienda, una vez pasado el recibidor, era de forma casi cuadrada. Tenía una cocina a la izquierda, con los muebles de color madera rojiza, la misma tonalidad que el porche de la entrada y parecía estar completamente equipada. Sin tabique que lo separara, a la derecha se ubicaba un salón con grandes ventanales y una mesa rectangular de madera con ocho sillas bien colocadas. A su lado, llenando una esquina, había una televisión rodeada por dos sofás pequeños de color verde, dispuestos en forma de L. Las paredes estaban pintadas de amarillo pálido y tenían numerosas macetas colgadas con flores variadas. Una puerta que daba a las habitaciones cerraba la estancia.

—¿Tenéis hambre? —preguntó Alexey frotándose la barriga.

—Un poco, la verdad —manifestó Samuel.

—Sí, yo también. En el avión me he dejado casi todo lo que nos han ofrecido —explicó Alma.

—Perfecto, pasad a vuestra habitación y enseguida cenamos —indicó Alexey. Al cruzar por una de las puertas se detuvo—. Éste es el baño, si necesitáis toallas o lo que sea, pedídnoslas.

—Ok, muchas gracias, Alexey —contestó Samuel.

—¡Ah! Por cierto, podéis llamarme Alek.

—Perfecto Alek. Muchas gracias —dijo Alma.

Los dos hermanos entraron en la habitación, pintada del mismo tono que el salón y con dos grandes camas, con cabeceros de madera y un

---

[6] Trad. del inglés: ¡Bien!

armario, bastante voluminoso, de tres puertas con espejos en cada una de ellas. Alexey, con una sonrisa, les cerró para que tuvieran intimidad.

—Parecen buena gente, ¿verdad? —indicó Alma mientras abría la cremallera de su maleta.

—Eso parece, sí. Estoy muy intrigado con lo de su abuelo.

—¡Sí, yo también!

—¿Sabes? Al final no llamamos al de la tienda de Castellote para que hablara con Soledad y que nos enviara el diario.

—Bueno, tranquilo Sam. Podemos llamarla desde Miami y que nos lo envíe allí.

—Vale.

A los pocos minutos, una vez se cambiaron la ropa que habían usado durante el largo viaje, salieron de la habitación. Los niños dejaron rápidamente lo que estaban haciendo y se levantaron para quedarse mirándoles de pie, con las manos entrelazadas en su espalda y sonriendo constantemente.

—Perdonad, es que normalmente no tenemos visitas y mucho menos de personas extranjeras —disculpó Alexey a sus hijos.

—¡Ah! ¡No pasa nada! ¡Son encantadores! —exclamó Alma—. Yo tengo tres hijas casi de la misma edad que vosotros, ¿queréis ver una foto?

—¡Sí! —respondieron los dos.

Alma volvió a la habitación a por su móvil y les mostró una foto de las tres.

—Son muy guapas —dijo Anton.

—Sí, sí que lo son.

—¿Cómo se llama ésta? —preguntó señalando a una de ellas.

—Esta es Julie.

—Es la más guapa.

—¿Ah, sí? ¿Eso te parece? ¿Te gusta?

Anton se puso rojo como un tomate y agachó la cabeza.

—¡Ja, ja, ja! Parece que sí —respondió Samuel por él.

Alexey portaba una bandeja de cerámica desde la cocina al salón.

—Bueno, nos podemos ir sentando a cenar. Os hemos preparado platos típicos de la gastronomía rusa. Esperamos que os agraden.

Alexey depositó la bandeja en el centro de la mesa.

—Esto es ensalada *olivie*, típica rusa que lleva todo tipo de vegetales: patatas, zanahoria, guisantes, pepinos y también trocitos de pollo, huevos y mayonesa casera, hecha por mi mujer — explicó Alexey señalando cada ingrediente que nombraba—. Por cierto, todos los vegetales son nuestros, cultivados en el huerto que tenemos en la parte trasera de la casa.

—¡Qué bien! ¡Tenía ganas de verduras y, además, cultivadas por vosotros! ¡Esto es un lujo! —exclamó Alma.

Alexey volvió de la cocina con una bandeja sobre la que llevaba tazones de una sopa rojiza.

—Esto se llama *borsch*. También es de verduras, en este caso de… como se dice… —Alexey bajó la cabeza en busca de la palabra en castellano— *betabel* —murmuró en ruso.

—Remolaza —dijo Anton.

—¡Eso! ¡Remolacha! Además, lleva tomates, pepinos, coles, zanahorias, cebollas y patatas. A excepción de los tomates, el resto es de nuestra propia cosecha.

—¡Uau! Muchas gracias, Alek —expresó Samuel viendo el color rojizo que tenía el *borsch*.

De nuevo, volvió con otra fuente de cerámica blanca.

—Esto es *shashlik*. Son brochetas de carne de cerdo —aseguró señalándolas—. Están buenísimas.

—Alek, espero que no hayáis hecho nada más, porque vamos a reventar con todo lo que has sacado ya —avisó Alma.

—Sólo un par de cosas más —contestó Alexey.

—¿Un par más? —exclamó Samuel asustado.

Enseguida, Katya llevó a la mesa otra bandeja de cerámica blanca.

—*Pelmeni* —añadió ella.

—*Pelmeni* son bolas de carne, en este caso de cordero, aunque puede ser de otro tipo de carne, recubiertas por una pasta blanda hecha de harina y huevos —explicó Alexey.

—Hoy reventamos a comer —susurró Alexey al oído a Alma cuando iba de nuevo hacia la cocina.

Por último, haciendo hueco en una esquina de la mesa, trajo un plato grande con unos dulces redondos.

—Esto son los *vatrushka*, dulces hechos con requesón y pasas — manifestó Alexey juntando el dedo gordo con el índice y poniendo la boca como para besarlos, sugiriendo que estaban exquisitos.

Samuel y Alma disfrutaron de la cena y, aunque pudiera parecer imposible en un inicio, se comieron todo. Lo que más le gustó a Alma fue la sopa de remolacha *borsch* y a Samuel las brochetas *shashlik*. Antes de pasar a los dulces, los niños comenzaron a preguntar acerca de la vida en Miami. No podían creer que la mayoría del año la gente fuera en manga corta, ni tampoco que tuviera cientos y cientos de *Mc Donald's*. El único que existía en Friázino lo habían inaugurado el año anterior.

Pero lo que más les impactó fue saber que eran ciertas las historias sobre los cocodrilos que vivían en libertad y que habitaban los Everglades.

Después de un poco de sobremesa donde se habló de costumbres de ambos países, Alma y Samuel pidieron disculpas y decidieron irse a descansar. Estaban realmente cansados.

—Muchísimas gracias por la excelente comida que nos habéis preparado con tanto cariño. Ha sido maravilloso compartir mesa con todos vosotros —agradeció Alma— ¿Cómo se dice gracias en ruso?

—Se dice *spasibo*. Y no hay de qué. Es un placer y un honor teneros en nuestra casa —dijo sonriendo Alexey, posando su mano sobre su corazón.

—*Spasibo* —contestó Alma inclinando la cabeza en señal de respeto. Lo mismo hizo Samuel.

Katya hizo el mismo gesto, devolviéndoles la sonrisa.

—Que descanséis mucho —indicó Alexey.

—Hasta mañana, chicos —manifestó Samuel a Anton y a Adrik. Ambos les dijeron adiós con la mano.

No tardaron en dormirse. Estaban rendidos. Por la mañana, Alma se despertó antes que Samuel. Pensó despertarle, pero finalmente le dejó dormir, pues creyó que lo necesitaba. Escogió la ropa para vestirse y se metió en el baño. Después de una ducha reparadora, Alma entró en el salón-cocina. No había nadie. No era muy temprano, pero tampoco como para que no se hubiera levantado nadie todavía. Al girarse hacia las ventanas del salón que daban al huerto trasero, se percató de que Alexey estaba fuera, trabajando. Alma entró en la habitación sin hacer ruido, agarró su abrigo y sus zapatos y, sin pensárselo dos veces, salió al huerto. Hacía un frío terrible. Aún con el abrigo, sentía que el frío recorría todo su cuerpo, de abajo a arriba.

Se acercó hasta donde estaba Alexey.

—¡Buenos días, Alek!

—¡Buenos días, Alma! ¿Has descansado bien?

—Muy bien, he dormido como una niña. La cama es muy cómoda. Muchas gracias por vuestra hospitalidad.

—No hay de qué. Mi familia está en deuda con la tuya, qué menos que ofreceros un buen colchón.

—Y una buena comida —agregó Alma riendo—. ¿Por qué está tu familia en deuda con la mía? ¿Os prestó dinero mi padre?

—¡Ja, ja, ja! No, en absoluto. Estamos en deuda, primero con tu abuelo y segundo con tu padre. Ambos salvaron las vidas de mis antepasados y las nuestras.

—Explícame eso, que me he quedado atónita.

—Os lo explicaré con calma cuando estéis ambos. No te preocupes, no me dejaré ningún detalle.

—¿No me puedes adelantar algo? ¡Me merezco que me cuentes algo sólo por el frío que estoy pasando! —manifestó tiritando y saltando Alma.

—Únicamente puedo adelantarte una cosa.

—Bueno, algo es algo. Dime.

—Hoy no es un día más, ni para vosotros ni para nosotros.

—Alexey, de verdad que no puedo aguantar las sorpresas. Por favor te lo pido, cuéntame algo. Venga, y te rescindiré todas las deudas que tengas con mi familia.

—¡Ja, ja, ja! Eso no puedes hacerlo, Alma. Es una deuda de por vida.

—Lo decía de broma. Está bien, esperaremos a que mi hermano, el marmota, se despierte.

—Toma —Alexey le acercó un gorro típico ruso hecho de pieles—. Póntelo, te quitará el frío.

—Y no tienes, no sé, ¿una estufa portátil? —bromeó Alma.

—Póntelo y verás cómo ya no tendrás nada de frío.

—Está bien. Si no, entraré a la casa —expresó Alma haciendo una pausa para mirar a su alrededor—. ¡Menudo huerto tenéis aquí!

—Este es sólo uno de los muchos que tenemos. Aquí plantamos coles, zanahorias y puerros, y en primavera y verano, aumentamos considerablemente la variedad.

—¡Vaya! ¡Tendréis comida para todos los días del año!

—Pues la verdad es que, si fuera únicamente para nosotros, desde luego que tendríamos para alimentarnos todos los días del año, a nosotros y a todo el vecindario.

—¿Los vendéis entonces?

—Exacto.

—¿Tenéis una tienda?

—Pues sí, pero no física. Vendemos todo lo que producimos por internet.

—¡No me digas! —Alma se quedó muy sorprendida.

—Así es. Lo vendemos absolutamente todo. Por lo general, lo repartimos nosotros, pero ha habido muchas veces que, cuando hay recolección de remolacha o de col, la gente viene desde Moscú a llevárselas.

—Me dejas perpleja.

—Tenemos el sello de agricultura ecológica, sin pesticidas ni sustancias químicas de ningún tipo. Todo absolutamente natural.

—Impresionante. ¿Y trabajáis los dos aquí?

—Antes sí. Ahora hemos contratado a varias personas para que nos hagan las entregas y cuiden el resto de huertos que tenemos. Este de aquí es el más pequeño de todos. Mi mujer Katya, con el dinero que hemos ganado, ha comenzado a realizar su propósito en esta vida.

—¡No me digas! —Alma no cabía en sí de sorpresa— Y, ¿qué está haciendo?

—Ha fundado una escuela de música y está impartiendo clases de violín. Aunque también hay profesores de piano, guitarra y arpa.

—De verdad que me estás dejando completamente alucinada. ¡Fíjate! ¡Ya, ni tengo frío! —dijo sorprendida.

—Eso es por el gorro.

—No, en serio. Me ha recorrido un escalofrío cuando me has contado lo de tu mujer y se me ha olvidado el frío de repente. Fíjate, un juego de palabras, un escalofrío que quita el frío —rio Alma—. Perdona Alek, es que sin un café no sé ni lo que digo.

—¡Entremos! Yo me tomaré otro, que hace tiempo que me bebí el primero.

—¿A qué hora te has levantado?

—Como siempre, a las cinco de la mañana.

—¡Buff! —resopló Alma, frunciendo el ceño—. Es muy sacrificado el mundo de la agricultura.

—Pues no creas, para mí no es un sacrificio. Me levanto de un bote y enseguida estoy con mis plantas. Amo mi trabajo e intento dar la mejor calidad posible a mis clientes. Es lo que ha logrado que creciera nuestro negocio de forma exponencial. El boca a boca ha hecho el resto.

—Eso mismo me dijeron hace poco en una tienda de cocinas de un pueblo de España.

—Todo esto es gracias a tu padre.

—¿Gracias a él?

—Sí. Yo trabajaba de dependiente en un pequeño supermercado. Cuando tu padre vino a pasar una temporada con nosotros me hizo cambiar la manera de ver el dinero y, sobre todo, lo que sentía por él. Me hizo ver que vivía una vida de escasez y que nunca podría generar la suficiente abundancia para que mis hijos pudieran estudiar en una buena universidad y, lo peor de todo, que les estaba enseñando a ellos mi escasez.

—Perdona, Alek. No he entendido esto último. ¿Cómo que les enseñabas escasez a tus hijos?

—Si hubieras venido hace tan sólo cinco años atrás, o incluso menos, hubieras conocido a una persona que no paraba de quejarse por lo mal que estaba todo. Me quejaba por el gobierno, por lo poco que cobraba, por lo caras que estaban todas las cosas, por el mundo… ¡Absolutamente por todo! Vivía una gran mentira que yo mismo me creí y me creé. Tu padre nos hizo ver que, si en el mismo mundo hay gente con dinero y gente sin dinero, algo no iba bien en mi mentalidad. Porque lo que aprendí con tu padre es que todo es mental. Si piensas que el dinero es malo y que lo tienen sólo los políticos corruptos y las empresas que los corrompen, jamás desearé tener dinero, no haré nada por generarlo en abundantes cantidades. Yo tenía una muy mala relación con el dinero. Me dolía cada rublo que gastaba, aunque fuera para comer. Cada vez que compraba algo, siempre me decía que podría haberlo encontrado más barato seguro.

—Qué interesante lo que me estás contando, Alek. Por favor, continúa.

—El punto de inflexión fue cuando tu padre me dijo que escribiera cómo me veía dentro de diez años. Con todo lujo de detalles. Luego dentro de veinte. Luego en mi jubilación y, por último, que imaginara cómo estarían mis hijos. Dios… lo que lloré aquella noche cuando lo escribía. Fue una visión terrible. Ese fue el momento justo en el que decidí que iba a cambiar mi vida, para hacerla mejor. No tenía ni idea de cómo, pero estaba decidido a hacer profundos cambios. Tu padre, al ver que estaba decidido a hacerlo, se quedó más tiempo conmigo y buscamos entre los dos una manera de generar dinero. Y de pronto, vimos el jardín que ahora es un huerto. Lo tenía sin arreglar, lleno de matojos y de hierbas. Él sabía que me gustaba el campo y a mi mujer también. La manera de generar dinero vino sola, como una inspiración. Vendería verduras y hortalizas. Pero, una vez más, tu padre me hizo ver que seguía teniendo una visión muy escasa de mi futuro negocio y que estaría abocado, de nuevo, a la falta de recursos. Entre los dos, ideamos un plan de cómo ir desarrollando el negocio y de cómo reinvertir casi todo lo que ganábamos en la compra de nuevos huertos, para producir más. Después vino la idea de la página web y de la publicidad en las redes sociales. El éxito fue abrumador. Incluso hoy, con más de treinta huertos, con una variedad de productos inmensa, no llegamos a abastecer toda la demanda que hemos generado. Así que ahora voy a ayudar a otras personas a hacer lo mismo que yo y formar una cooperativa con todos, para venderlos en la misma página web. ¿Qué te parece?

—Alek —Alma se quedó sosteniendo la mirada de Alexey durante unos interminables segundos. Finalmente, acertó a decir—. Estoy temblando y sigue sin ser el frío. Me he quedado boquiabierta. Estoy tratando de asimilar todo lo que me estás contando. ¡Es maravilloso Alek! ¡Madre mía!

—Y eso no es todo. Ahora mi cabeza no para de dar vueltas sobre cómo mejorar el negocio. Estoy pensando en ampliar después la cooperativa, para que abarque el resto de ciudades y pueblos de nuestro alrededor y, si hubiera excedente de producción, exportar el producto fuera, a Europa, por ejemplo. También, como he aprendido de logística, estoy pensando en montar una empresa de distribución y transporte de productos agrícolas. Creo que hay mucho por innovar y mejorar en ese sector.

—Pero, ¡qué bien! ¡Estoy realmente deslumbrada con lo que me estás contando, Alek!

—Pues todo fue gracias a tu padre y a lo que me enseñó. Cambió mi vida para siempre y la de mi familia. Y, por extensión, la de otros muchos.

¡Y cada vez se suman más! Hemos generado en menos de tres años tal abundancia que jamás, ni en tres vidas trabajando mi mujer y yo, habríamos podido ni siquiera acercarnos. Y esto es sólo el principio.

—Y, además, estáis ayudando cada vez a más gente con vuestro ejemplo. Es impresionante. Me quitaría el sombrero, pero hace demasiado frío —rio a carcajadas Alma, junto con Alexey.

—Esta manera de pensar que tu padre nos regaló la queremos extender. Esto lo tiene que conocer todo el mundo. Cuanta más gente sepa que es todo mental y que sólo la imaginación puede poner límites, haremos este planeta mejor. Imagínate un mundo en el que todas las personas estén trabajando con ilusión y generando riqueza, ayudando a los demás y sintiendo que lo que hacen es para el bien suyo primero, el de su familia y, por último y no menos importante, el del resto de seres humanos. ¿Puedes imaginarte un mundo así?

—Sí, me lo puedo imaginar, aunque es complicado hacerlo realidad.

—No lo es. Es posible y nosotros provocaremos un movimiento que lo inicie. Se va a extender como un virus que no conoce fronteras ni límites. Todo el mundo se va a contagiar. El límite sólo lo pone tu mente y la mía no conoce ninguno.

—Impresionante. Sin palabras. Eso es tener confianza, sí señor.

—Eso no es sólo confianza. Es fe.

Alma se quedó sin saber qué responder. La cabeza le daba mil vueltas. Había tenido tantas conversaciones profundas en los últimos días, que creía estar preparada para todo. Pero, desde luego, estaba equivocada. Lo que acababa de escuchar eran palabras de oro, de esas que transforman con sólo escucharlas. Alma sabía del poder que albergaban las palabras. Se había interesado mucho en este tema y había leído varios libros al respecto, pero esto superaba todo lo que había conocido en la teoría. Sentía como cada frase de este hombre, que apenas conocía, la atravesaba recorriendo todo su cuerpo como una pequeña descarga eléctrica que salía por la nuca y la parte de atrás de su cabeza. Notaba cada palabra dentro de su ser.

Alma y Alexey entraron en la casa a tomar un café. Mientras Alma trataba de interiorizar y asimilar la conversación que habían tenido, sentada en uno de los sofás, Alexey se dispuso a hacer café con una cafetera de estilo italiano. Al cabo de unos minutos, el café comenzó a brotar. Alexey dejó que Alma se quedara ensimismada con sus pensamientos. La cafetera comenzó a hacerse más sonora, indicando que se acababa el agua que contenía el depósito de la parte inferior.

En ese momento, Samuel abrió la puerta de la habitación, despeinado y todavía en pijama y zapatillas.

—¡Buenos días! He olido a café y me ha impulsado a salir de la cama —dijo mientras se estiraba.

—¡Buenos días! ¿Has descansado bien?

—De maravilla. La cama es muy cómoda. Muchas gracias por vuestra hospitalidad.

—Cómo se nota que sois hermanos. Habéis dicho exactamente lo mismo.

—Es que Alma aprende todo de mí —indicó con una mueca, torciendo la boca hacia un lado y levantando la ceja izquierda. Al ver que Alma no respondía a su pequeño ataque, se acercó a ella—. Hola hermanita, ¿estás bien?

—Sí, Sam. Estoy muy bien.

—¡Pues no lo pareces!

—Es que Alek y yo hemos tenido una conversación muy profunda y me ha hecho ver cosas que jamás había percibido.

—Vaya. Casi me alegro de haber dormido un poco más. Estoy ya con el cupo lleno de conversaciones profundas por un largo tiempo.

—Pues creo que vas a tener que ampliar ese cupo —expresó Alma con total convicción.

—No me digas. Pues espera, que antes me quiero tomar ese café que huele tan bien.

Los tres se sentaron a la mesa. Alexey sacó unas pastas para acompañar el café y unos cereales. También les ofreció pan con mermelada, pero ambos declinaron la oferta.

—¿Dónde están Anton y Adrik? —preguntó Alma.

—Están en clase.

—Entran muy temprano, ¿verdad?

—No mucho, a las 8:00 a.m.

—Espera, entonces, ¿qué hora es ahora?

—Son las 9:00 a.m.

—¡Anda! ¡Y yo que creía que eran las 7:00 a.m.! —exclamó Alma— No he mirado ni el reloj del móvil. Mandé mensajes ayer a mis hijas y a mi marido y ni me di cuenta de si había cambiado la hora automáticamente o no. Luego lo revisaré.

—Si me llegas a decir que son las 7:00 a.m. me vuelvo a meter en la cama —indicó Samuel riendo suavemente, mientras se tomaba el primer sorbo de café.

—Bueno, ¿cuál es el plan, Alek?

—Esta mañana os voy a llevar a un sitio especial. Creo que nunca habréis visto nada parecido.

—¡Suena muy bien! ¿Algún tipo de museo o algo parecido? —preguntó Samuel.

—Humm… no es exactamente un museo, pero os gustará —respondió Alexey arrugando la boca.

—¿Y las cenizas? ¿Dónde las depositaremos? ¿Aquí en Friázino? —interrogó Samuel.

—Aún queda para que llegue ese momento. Antes, os tengo que contar un par de historias que os van a gustar.

—Creo que voy a tener que apresurarme a desayunar, preveo que se me va a cortar de cuajo el apetito en cuanto empieces a relatarnos —dijo jocosamente Samuel—, que uno ya tiene cierta experiencia en esto.

—A mí casi no me entra ya ni el café, y eso que lo que me ha contado ¡ha sido todo bueno! —exclamó Alma mientras no paraba de dar vueltas al café con leche con una cucharilla.

—Desayunad tranquilos. Cuando terminéis de cambiaros de ropa nos vamos y os cuento la primera de las historias.

Una vez Samuel estuvo listo, después de tomar una ducha revitalizante, los tres se enfundaron en sus abrigos. Alma volvió a colocarse en la cabeza el gorro de pieles que Alexey le había prestado y Samuel se puso otro de piel negra, con forro de borreguito, del mismo color.

Venid, vamos a ver el resto de la calle. Al salir, se dirigieron a la derecha. La vía era muy tranquila. No transitaban casi coches y el aspecto de las casas hacía creer que estaban en medio del campo, rodeadas de vegetación y de multitud de plantas, todas ellas muy cuidadas.

—Me he fijado que aquí la gente cuida mucho las plantas que tienen en sus casas —observó Alma.

—Sí, nos gusta mimarlas y que embellezcan nuestras parcelas.

—La vuestra tiene numerosas macetas.

—Es mi *hobby*. Las cuido como si fueran mis animales domésticos. Las mimo a diario y ellas me lo agradecen dándome su hermosura.

—Habría jurado que era a tu mujer a la que le gustaban las plantas.

—También le agradan, pero soy yo el que se encarga de ellas.

Continuaron andando, mirando el resto de casas, parecidas a la de Alexey, pero cada una con un estilo diferente.

Llegaron hasta un terreno vallado, con el mismo tipo de cerca de madera que tenía la casa de Alexey, pero no había vivienda que guardar. Todo el terreno era un huerto.

—Este huerto es nuestro también. Fue el primero que compramos.

—¡Anda! ¡Tenéis huertos! —dijo muy sorprendido Samuel.

—Tienen más de treinta, Sam.

—¿Sí?

—Sí, tenemos unos cuantos —afirmó Alexey.

—Venden productos ecológicos por internet —añadió Alma.

—¡No me digas! ¡Qué bien! ¡Me alegro mucho por vosotros!

—Muchas gracias, Samuel. Eres muy amable —señaló Alexey sonriéndole—. Pasad dentro, en aquel granero tengo el coche guardado.

Alexey cortó cuatro claveles rojos de una de las plantas que había cerca de la puerta donde guardaba su vehículo.

Los tres se montaron de nuevo en el *Lada*. Alexey les condujo hasta las afueras, a lo que parecía un bosque.

—Lo siento mucho, pero está todo embarrado. Llevaba tres días lloviendo a mares —comentó Alexey asomándose por la ventanilla para mirar el estado del suelo—. Tomad, para casos de emergencia llevo unas bolsas para los pies.

—¿A dónde vamos, Alek? —preguntó Alma.

—Vamos a ver a alguien muy especial para mí.

—¡Ah! Estupendo —contestó Alma poniéndose la segunda bolsa en su pie izquierdo.

—Venid por aquí. Creo que esto os va a gustar —Alexey se llevó los claveles con él.

🎧 **4** Según se iban adentrando en el bosque, aparecieron tumbas repartidas entre grandes árboles, rodeadas por unas verjas metálicas formando rectángulos que lindaban unas con otras.

—¡Estamos en un cementerio! —exclamó con sorpresa Alma mirando las primeras tumbas por las que pasaba.

—Vaya entorno tienen aquí los cementerios —indicó Samuel mirando hacia las copas de los árboles, que se entrelazaban unas con otras formando una cortina verde por la que se colaban pequeños rayos de sol. La altura de los árboles era enorme.

Cada una de las verjas era diferente, pero todas tenían la misma elevación, aproximadamente de un metro. Algunas estaban pintadas de color verde, otras eran azules, pero la mayoría eran de color negro y tenían formas diferentes, unas componiendo rectángulos, otras triángulos, unas más sencillas y, otras con filigranas realmente elaboradas. Cada una tenía una pequeña puerta que daba acceso al recuadro que acotaba el terreno dedicado a las tumbas de una familia. Por lo general, había de dos a tres tumbas. Algunas poseían también un banco, incluso los había hechos de piedra, para que se sentaran los familiares y amigos que iban a visitar al fallecido. Otras tumbas tenían, además, mesas redondas, no muy grandes, donde preparaban las flores para colocarlas en las tumbas.

—Venid, es aquella —dijo Alexey señalando una que estaba en medio de otras tantas—. Tenemos que dar un poco de vuelta para acceder a ella.

Alma y Samuel siguieron a Alexey a través del estrecho camino que quedaba entre las tumbas y los árboles repartidos por todo el cementerio. Tuvieron que saltar una de las vallas para alcanzar la suya. En esa zona estaban todas demasiado juntas. Por fin, llegaron a la que Alexey quería.

Los tres se plantaron delante de dos tumbas con dos lápidas casi idénticas de color oscuro, casi negro, de mármol con vetas blancas. En una rezaba el nombre de Julián Martínez. En la otra, Sergei Martínez.

—Ellos son mi abuelo, Julián, y mi padre, Sergei.

—Vaya, tu padre falleció hace tan sólo unos meses. Lo siento mucho —expresó Alma posando su mano sobre el antebrazo de Alexey.

—Lo siento mucho, Alek —añadió Samuel.

—Muchas gracias. Fue duro, pero si llega a fallecer hace cuatro o cinco años habría sido mucho peor, os lo aseguro.

—¿Y qué ha cambiado? —preguntó muy interesado Samuel.

—La manera de ver la vida. Ahora sólo me centro en dejar el mejor legado posible a mis hijos y a todos con los que tenga algún tipo de relación. Ya no miro nunca más a mi pasado. Me ha pesado demasiado tiempo, muchos años de mi vida malgastados mirando siempre hacia atrás. Eso se terminó para mí. Mi padre ya vivió la suya, al igual que mi abuelo. Ahora me toca vivirla a mí y voy a exprimirla todo lo que pueda.

—Me parece una manera muy acertada de ver la vida, desde luego —afirmó Alma.

—Tu abuelo conoció al nuestro, ¿verdad? —cuestionó Samuel.

—Sí. Mi abuelo Julián conoció a vuestro abuelo Luis. Se conocieron en la Guerra Civil.

—¡Anda! ¿Fueron compañeros de batallón? —indagó Samuel.

—Para nada, mi abuelo no participó en la guerra.

—¿Entonces? ¿Cómo se conocieron? —indicó extrañado Samuel.

—Mi abuelo era demasiado joven para participar como soldado. Su hermano mayor, Juanjo, y tu abuelo Luis, le sacaron de Teruel, junto a su hermano mediano, Pablo, y a casi un millar de niños de todos los pueblos de alrededor de la capital, antes de la batalla de Teruel. Fueron evacuados en un tren de la Cruz Roja y llevados hasta Valencia. Su hermano mayor, Juanjo, murió en Mora de Rubielos, fusilado por uno de sus propios superiores, por negarse a volver al frente después de jugarse la vida en la toma de Teruel.

—No me lo puedo creer. ¿Cómo es posible esta coincidencia? Es que… es que están pasando cosas muy raras. Vamos, no me fastidies, esto no puede ser una puñetera casualidad —refunfuñó Samuel sin saber muy bien contra quién o contra qué.

—¿Ocurre algo, Samuel? —preguntó preocupado Alexey.

—Tranquilo Alek, no pasa nada. Es que… ¡buff! Hasta a mí me cuesta hablar de esto —expuso Alma tragando saliva y tratando de continuar con la explicación—. Samuel encontró, bueno, una persona le dio un diario de nuestro abuelo en el que relataba justamente este episodio en el que fueron evacuados tu abuelo, su hermano y otros cientos de niños. Esto es algo fuera de lo normal para nosotros… demasiado… —Alma bajó la cabeza y se frotó la frente con la palma de la mano.

—Es que, en serio Alek, la persona que me dio el diario me lo entregó la otra noche en un bar que, al día siguiente, parecía llevar cerrado años.

Y los hombres con los que hablé en su interior no han vuelto a aparecer. Y esto en un pueblo muy pequeño donde todos los vecinos se conocen. Ninguno tenía ni idea del bar, ni conocía a las personas que allí había.

Alma se sintió impulsada, en ese momento, a contarle a Samuel lo que Soledad le había confesado acerca de los dos hermanos que se encontró en el bar, Fernando y Toribio. Pero creyó oportuno guardárselo para otro momento. El estado de nervios de su hermano ahora no era el más adecuado para explicarle que había hablado con personas que supuestamente estaban fallecidas.

—Samuel, si esto te altera podemos dejarlo e irnos a casa tranquilamente —propuso Alexey al comprobar el estado de Samuel.

Samuel comenzó a respirar muy rápido. Se agachó poniendo las manos sobre sus rodillas, intentando calmarse. Alma le pasó su brazo alrededor del cuello, le acarició la cara con una mano y le preguntó:

—Sam, ¿estás bien? ¿te mareas?

—No, Alma, esta vez no, pero es que… esto es demasiado. Es imposible que lo que nos está pasando sea una puñetera coincidencia. Es que no puede ser —dijo muy nervioso—. Yo soy un hombre de ciencia y la probabilidad de que no conozcan a tres hombres mayores en un pueblo de menos de mil habitantes es de cero. Por no hablarte de la probabilidad de que te den, en un bar cerrado, un diario de tu abuelo, escrito en la guerra, y que uno de los nietos de los protagonistas esté hablándonos de ello en mitad de un cementerio de Rusia. Si la probabilidad pudiera ser negativa ¡lo sería! ¡Es literalmente imposible que esté ocurriendo lo que está ocurriendo! —exclamó levantando la voz.

—Sam, tranquilo hermanito. Estás asustando al resto de la gente que está visitando a sus fallecidos. Por favor, tranquilízate, no quiero que te vuelvas a desmayar.

—Está bien, está bien. Yo tampoco me quiero desmayar otra vez —manifestó Samuel incorporándose.

Respiró lenta y profundamente varias veces y sacudió con brío sus brazos para sacar todos los nervios acumulados.

—¿Mejor? —preguntó Alma al cabo de un par de minutos.

—Sí, mejor. Perdona Alek, siento haberme puesto así de nervioso.

—No te preocupes, Samuel. Yo en tu lugar estaría incluso peor.

—Esperábamos que este viaje fuese intenso en emociones, pero está superando con creces todas nuestras expectativas —expresó Alma, negando con la cabeza.

—Mi padre también se enteró de muchas cosas por un diario de mi abuelo.

—No me digas. ¿En serio? —exclamó Alma mientras Samuel negaba una y otra vez con la cabeza, separando las manos con las palmas hacia arriba, en señal de que había otra coincidencia más a sumar a las que ya llevaban.

—Cuando mi abuelo falleció, mi padre recogió todas sus pertenencias de su casa. Dentro de una caja, en el desván, encontró un diario donde su padre relataba sus primeros años de exilio en Rusia. Sus miedos, la separación de su hermano y el temor de que su hermano mayor no sobreviviera a la guerra. También contaba cosas curiosas que se encontró al llegar a un país tan distinto del suyo y de cómo le acogieron en una familia y le adoptaron como si fuera hijo suyo —explicó Alexey haciendo una pequeña pausa antes de retomar la historia—. Junto al diario, halló una decena de cartas que provenían de España.

—¿De quién eran? —cuestionó Alma con mucha curiosidad.

—Provenían de Valderrobres y las escribió vuestro abuelo Luis.

—¿En serio?

—Sí. Por lo visto, consiguió averiguar el destino de los dos hermanos de Juanjo y les escribió misivas, aunque sólo pudo recibir respuesta de mi abuelo porque su hermano Pablo corrió peor suerte. Se libró de la Guerra Civil por pocos años, pero no de la Segunda Guerra Mundial. Cuando Rusia entró en guerra, todos los mayores de edad, sin excepción, fueron reclutados forzosamente en el Ejército Rojo para acudir al frente a defender Rusia de Alemania. Pablo murió en una batalla en los Balcanes, en la ciudad Serbia de Kraljevo. Cayó herido y, tras aguantar durante una semana vivo, falleció por una infección que se le había extendido por todo el cuerpo. Una septicemia.

—Dios mío, qué historia más terrible. O sea que nuestro abuelo Luis, al salvarlo de la guerra de su país, lo envió sin querer a la Segunda Guerra Mundial —dijo Alma agitando la cabeza.

—En aquellas cartas, vuestro abuelo le decía que haría lo posible por repatriarlo, que aguantara lo que pudiera y que al final volvería a España.

Alexey, cabizbajo, meditó en silencio durante unos segundos, recordando el momento en el que las leyó.

—Como veis, nunca llegó a materializarse por una razón: Stalin no reconocía a Franco como dirigente oficial de España. Se negó en rotundo a repatriar a los niños de la guerra con la excusa de que pensaba que los fusilarían cuando volvieran.

—Vaya historia más dura, Alek —afirmó Alma inspirando profundamente cuando acabó con el relato.

—Sí, la verdad es que sí. No tuvieron una vida fácil nuestros abuelos, pero aun así salieron adelante —afirmó Alexey con la cabeza—. Mi padre, al leer las cartas, intentó dar con el paradero de vuestro abuelo, pero había fallecido un año antes. Aun así, quiso seguir indagando acerca de si tuvo familia o no y, tras muchas llamadas a España y cartas enviadas, por fin, pudimos dar con el nombre de su hijo, Martín. La pista se perdía en Miami. Pedimos a los trabajadores de su empresa en España que nos dieran una dirección de Martín, pero se negaron. Tiempo después supo, a través de una llamada de una de las personas a las que había preguntado previamente por él, que regresó haría como cuatro años. Un tiempo después tomó un avión y se presentó en España. Tras mucho indagar, dio con él a la salida del entierro de un amigo suyo.

—Es impresionante cómo se conecta todo —murmuró Samuel.

—Tras contarle la historia, le invitó a venir a Rusia y accedió. Así conocí yo a vuestro padre. Un hombre extraordinario.

Alexey enlazó dos claveles rojos con una cinta que tenía en el bolsillo. Hizo lo mismo con los otros dos y depositó cada uno de ellos en ambas tumbas.

—Aquí, en Rusia, solemos dejar dos, cuatro o seis flores como homenaje a los fallecidos.

—Qué curioso. En EE.UU. no solemos contarlas, solamente ponemos un ramo.

—Bueno, pequeñas cosas que nos diferencian, pero con el mismo sentimiento.

—Desde luego que sí —confirmó Alma.

—Bueno, ya podemos volver a casa si queréis —propuso Alexey.

—¡Vale! ¡Tú mandas! —expresó Samuel.

—De regreso pasaremos por una zona muy bonita de la ciudad llamada Grebnevo.

—¡Perfecto! —respondieron ambos.

Tras veinte minutos de trayecto, la carretera terminaba justo delante de una catedral de estilo ortodoxo ruso, la catedral de San Nicolás. Bajaron del coche para visitarla. La iglesia estaba rodeada de un pequeño bosque y, al fondo, se extendía un gran lago. En conjunto, formaban una estampa única.

La iglesia estaba rodeada por un muro de unos dos metros de alto en la parte delantera y con combinación de verjas de metal pintadas de color verde, en los laterales. Tenía una gran puerta con forma de arco de medio punto, coronada con la típica cruz ortodoxa en lo alto. Una imagen de un Cristo, encima del arco, daba la bienvenida a los visitantes al recinto donde se ubicaba el edificio principal de la catedral.

La construcción de la catedral era bastante singular. Tenía forma de hexágono, con lo que parecían ser cuatro entradas iguales, de estilo neoclásico. Aunque en realidad sólo una de ellas tenía una puerta que daba acceso al interior, el resto eran decorativas con el fin de mantener la simetría del conjunto. Cada entrada estaba formada por dos grandes columnas lisas a cada lado de la puerta, sujetando un frontón triangular, al más puro estilo griego del Partenón. En el centro de la iglesia se elevaba un campanario circular, con una cúpula pintada en verde, con formas geométricas creando rombos. Siguiendo los puntos cardinales, cuatro relojes de fondo negro y agujas de oro se situaban a ambos lados de la cúpula, haciendo coincidir su posición con la de cada puerta.

Todo el conjunto estaba pintado de amarillo suave, con partes en blanco. En el interior, una gran lámpara de araña de plata colgaba del centro de la cúpula, que estaba pintada de una tonalidad azul, como si cubriera con un cielo abierto a quien la observaba. El altar estaba rematado con pan de oro recubriéndolo casi por completo, dando sensación de gran ostentación.

En el centro, un sencillo púlpito con dos gruesos pies labrados en plata, destinados a portar cirios sagrados, esperaba para ser usado en los oficios religiosos.

—Esta iglesia me gusta, pero ahora iremos a mi preferida. Vamos, salgamos —indicó Alexey señalando con el brazo la dirección de salida.

Todavía dentro del recinto rodearon la iglesia de San Nicolás y se adentraron en la zona boscosa. El frío hacía mella en los cuerpos de Alma y Samuel. La cercanía del lago y la naturaleza que les rodeaba provocaba que la sensación térmica fuera muy baja.

—¡Qué frío tengo! —exclamó Alma tiritando.

—Tranquila, está aquí mismo. No tenemos que andar mucho. Merece la alegría verla.

—Merece la alegría —repitió murmurando Samuel. Cada vez que oía esa frase le venía a la cabeza el momento en el que conoció a Vini, el taxista que se esfumó sin dejar rastro y que le salvó de tirarse al agua en aquel desesperanzado momento.

Alexey no mentía. La estampa del templo que tenían delante era de cuento de hadas. Rodeado por el bosque, se levantaba un edificio rojo, color sangre, con las aristas y las columnas en color blanco y, coronándola, una gran cúpula en tono verde. La estructura era muy parecida a la iglesia de San Nicolás, aunque ésta, la iglesia del Icono de Nuestra Señora, era mucho más pequeña. Al igual que la anterior, tenía las cuatro entradas de estilo neoclásico imitando la arquitectura griega, pero la cúpula, mucho más ancha, no tenía campanario y contaba con numerosos ventanales de arcos de medio punto que permitían la entrada de gran cantidad de luz natural. En lo alto de la cúpula había una estatua de color oro de un ángel enarbolando una cruz con su mano derecha y con la mano izquierda alzada apuntando con el dedo índice a la cruz. La iglesia estaba cerrada, pero pudieron asomarse por una de las puertas para admirar su interior. La luz que entraba por los ventanales de la cúpula otorgaba al retablo blanco un clima muy especial, cuyo estilo era mucho más sobrio que la catedral. La cúpula estaba completamente decorada con pinturas que se conservaban en perfecto estado. Las paredes de la iglesia, pintadas completamente de blanco, producían una mayor sensación de luminosidad.

Los tres volvieron sobre sus pasos y subieron de nuevo al coche.

—Bueno, ahora vamos a visitar otro edificio también muy especial, que espero que os guste —dijo Alexey.

—Seguro que sí. Lo que pasa es que me he quedado helada durante el corto paseo que hemos dado. ¡Me parece que me he abrigado poco! —apuntó Alma.

—Yo la verdad es que estoy bien. Eso sí, me he puesto un montón de capas para no pasar frío, ¡je, je, je! —rio Samuel—. Si es que, hermanita, ¡estás muy acostumbrada al calor de Miami!

—¡Totalmente! ¡Tú al menos te has entrenado en Pittsburgh!

—Sí, la verdad es que sí, ¡estoy muy entrenado!

—Si queréis regresamos ya a casa —planteó Alexey.

—No, no te preocupes, ahora en el coche voy entrando en calor de nuevo —respondió Alma.

—Llegamos en cinco minutos.

Alexey condujo hasta girar por un camino de tierra. Un par de minutos más tarde se encontraron de frente con un edificio en ruinas, testigo de un pasado grandioso. El lugar era muy pintoresco. Sin bajarse del coche, Alexey les hizo de guía turístico.

—Aquí tenéis el edificio conocido como la finca Grebnevo. Es un palacio que data del siglo XVI y que fue remodelado por todos los propietarios que pasaron por aquí, dándole distintos usos. Como veis, todo lo que acabamos de visitar tiene un estilo semejante a este inmueble. Se cree que se inspiraron en él para hacer las dos iglesias.

El edificio tenía dos plantas y era realmente grande. La portada tenía cuatro grandes columnas lisas que llegaban casi hasta el techo y que soportaban un gran frontón. Constaba de nada menos que nueve ventanas por piso y por cada lado. A través de ellas se podía percibir que no quedaba nada del interior y que estaba completamente en ruinas.

—¿Por qué está en este estado tan deplorable? —preguntó Alma, apenada al verlo.

—Porque se prendió fuego y ya no se ha vuelto a reconstruir. Parece que ahora el actual alcalde ha prometido que volverá a tener algo de ese pasado señorial que tuvo. Se plantea como un centro de arte y exposiciones.

—Pues sería un lugar increíble.

—Estoy seguro de que lo restaurarán —afirmó Alexey.

—Si es que hasta la puerta que se ve desde aquí —expresó Samuel señalando la de acceso al terreno donde estaba ubicada la finca—, parece en sí un monumento. Es como un pequeño Arco del Triunfo.

—Sí, es muy bonita. Yo creo que lo restaurarán todo muy pronto y, si no, cuando gane el suficiente dinero, lo restauraré yo mismo.

—Eso sería estupendo, Alexey.

—Friázino se merece tener su patrimonio cultural bien conservado. Es bueno para todos —dijo con la mirada fija en el palacio—. Bueno, ¿nos vamos a casa?

—¡De acuerdo! —exclamó Alma imaginándose con una taza caliente de café entre las manos.

En poco más de veinticinco minutos habían regresado a casa de Alexey. Katya había vuelto ya de impartir sus clases de violín y les recibió con una gran sonrisa.

Después de disfrutar de una opípara comida sólo los cuatro, porque sus dos hijos lo hacían en la escuela, Alma y Samuel se fueron a dormir un rato.

Cuando se despertaron, Alexey estaba de nuevo en el huerto de la parte de atrás de la vivienda, cuidando de sus plantas. Se giró y los vio a través de la ventana. Levantó la mano y se dirigió hacia el interior de la casa.

—¡Buenas tardes, Alek! ¿Trabajando la tierra? —preguntó Samuel.

—Sí señor, hay que amarlas a diario para que ellas te lo devuelvan con su mayor cariño, dando unas hortalizas insuperables. ¿Queréis un café?

—¡Sí, por favor! —gritaron al unísono.

Alexey preparó cafés para los tres y se sentaron a charlar en la mesa del salón.

—¿Dónde está Katya? —interrogó Alma.

—Se ha marchado a la escuela, hoy viene un gran violinista ruso, Maxim Vengérov, a dar una *master class* a profesores y alumnos. Este hombre es un fuera de serie con el violín. Es uno de los mejores violinistas del mundo y Katya ha conseguido traerlo hasta aquí. Ella es asombrosa, cuando tiene claro lo que quiere conseguir es imparable. Nada ni nadie puede detenerla. Es increíble, yo aprendo muchísimo de ella.

—Qué bonito lo que acabas de decir, Alek —manifestó Alma juntando las manos y entrelazando los dedos.

—Gracias Alma. Es, verdaderamente lo que siento —aseguró haciendo una pequeña pausa para cambiar de tema—. Bueno, ¿os está gustando Rusia? —preguntó sonriendo.

—Lo poco que hemos visto, ¡desde luego que sí! —contestó Samuel.

—Las iglesias son muy bonitas, pero el entorno es aún mejor, ¡es espectacular! —añadió Alma.

—Sí, es lo que más me gusta de Rusia, su naturaleza, y al ser el país más extenso del mundo, tenemos de todo.

—La verdad es que es un país con muy mala prensa en EEUU, pero, como siempre, es la versión que nos quieren vender nuestros respectivos gobernantes —explicó Samuel.

—Mucha gente de a pie está comenzando a lanzar videos en internet sobre su día a día, para que vean que aquí no somos extraterrestres. Al menos, no más que en cualquier otro sitio. Lo que ocurre es que nuestros gobernantes, los vuestros y los nuestros, están borrachos de poder y desean dominar el mundo por encima de cualquiera, incluso sus propios conciudadanos. Cuando ya han dominado a sus compatriotas, comienzan a intentar expandir su dominación al resto. Son personas muy dañinas para todos.

—Estoy seguro de ello, pero hay más gente buena que mala en el mundo, ¡aunque hacemos menos ruido! —aseveró Samuel.

—¡Oye! ¡Esa frase me gusta! ¿De dónde la has sacado? —dijo Alma.

—No me acuerdo. De alguna galleta de la suerte china.

—Pues es una gran frase. ¡Me la quedo!

Samuel recordaba perfectamente de quién la había aprendido, pero no quería decirlo. Pensó que era curioso que últimamente le hubiera venido a la mente Vini en un par de ocasiones. Desde luego, la conversación con él dejó poso en su ser.

—Voy a traeros una cosa —indicó Alexey con tono intrigante.

Alexey se levantó, entró en su cuarto y, a los pocos segundos, trajo consigo una caja de madera.

—¿Qué es eso, Alek? —cuestionó Alma.

—Chicos —anunció sentándose de nuevo a la mesa—, esta caja contiene cosas que vuestro padre se dejó aquí.

—¿En serio? —dijo boquiabierta Alma.

—¿La podemos abrir? —preguntó visiblemente nervioso Samuel.

—Para eso os la he traído. Es toda vuestra —expresó acercándosela lentamente.

Samuel se apresuró a agarrarla con las dos manos y, poco a poco, fue abriendo la tapa. Alma, que estaba sentada frente a él, no podía ver su contenido todavía. Samuel abrió la caja completamente y se quedó paralizado con lo que allí encontró. De repente Samuel, sin articular una sola palabra, enrojeció. Comenzó a temblar levemente, pero de forma constante, tanto que tuvo que soltar la tapa de la caja que todavía sostenía. Sus ojos se llenaron de lágrimas. Su mirada permanecía fija en el interior de aquella caja.

—¡Sam! ¿Qué te ocurre? ¿Qué hay dentro? —cuestionó Alma. Miró a su hermano durante unos interminables segundos, sin reacción alguna por su parte. Samuel seguía con su mirada clavada en aquella misteriosa caja— ¡No aguanto más! —manifestó levantándose de un salto y asomándose a su interior— ¡Dios mío, Sam! Esa es… ¡Oh, Sam! Ven aquí —dijo Alma abrazando a su hermano para consolarle—. Tranquilo Sam, tranquilo. Es un regalo, estoy seguro, Sam. Es un regalo para ti, no se lo dejó aquí por casualidad. Nada de lo que nos está pasando es casualidad. ¡Nada! Es un regalo de papá para ti.

—Alma, es la cámara *Leica* con la que me enseñó a hacer fotos. Es la cámara, ¡la guardaba! Hacía muchos años que no la veía, pensé que había desaparecido, junto a otros cientos de cosas durante aquellos malditos años. Pero la guardó, Alma, papá la guardó. Dios mío —Samuel se derrumbó en la mesa, apoyó su cabeza entre sus brazos y lloró desconsoladamente con todas sus ganas.

Alexey se acercó a Samuel y le acarició la cabeza para consolarle.

—Samuel, tu padre te amaba por encima de todo. Estabais ambos en su corazón, constantemente. No pasaba ni una hora en la que no os nombrara. El camino que él inició lo hizo por vosotros. Se transformó por vosotros. Vosotros erais su motor, su propósito. No fue fácil, en absoluto lo fue. Pero Dios sabe que lo consiguió y su legado es su propia vida, su ejemplo, el mejor legado que pudo dejaros, contado por sus mejores amigos para que sepáis que fue así. Para que no tengáis la menor duda de que vuestro padre falleció siendo la mejor versión de sí mismo que pudo ser.

Alma se unió en el llanto a su hermano al escuchar las palabras que salían de la boca de Alexey. Se abrazó a Samuel, que permanecía con la cabeza apoyada en sus brazos, sobre la mesa, gimiendo desconsoladamente.

Alma, con los ojos enrojecidos, levantó la cabeza y preguntó a Alexey.

—Pero, ¿por qué no nos lo dijo él mismo, Alek? ¿Por qué tuvo que esperar a morir? —inquirió temblando y llorando al mismo tiempo.

—A veces Dios quiere que vuelvas con Él antes de lo que uno desea. Cuando a vuestro padre se le detectó la enfermedad que a la postre se lo llevó, comenzó a preparar su legado, junto con todos nosotros, que le ayudamos con todo nuestro corazón sin dudarlo lo más mínimo. Él cambió nuestras vidas para siempre y se lo deberemos hasta la eternidad. Habríamos hecho lo que nos hubiera pedido.

Alma mantuvo la mirada a Alexey, intentando asimilar las palabras que le decía. Jamás pensó que su padre pudiera haber tenido tanto impacto sobre tanta gente. Estaba asombrada de lo que pudo conseguir en tan poco tiempo.

—Y lo hizo por nosotros…

—Todo.

—Todo…

—Absolutamente. Supo que, si quería dejaros el legado más valioso, tenía que transformarse él mismo. Ser el ejemplo vivo de lo que desearía para vosotros.

—Dios mío, esto que me dices… ¡bufff! —indicó Alma negando con la cabeza—. Es que no puedo creérmelo.

—Créetelo, Alma, lo consiguió. Vuestro padre fue un hombre magnífico, con un corazón limpio y un alma que contagiaba su grandeza a todos los que estaban a su alrededor. Mi familia tuvo la gran suerte de conocer a vuestro abuelo Luis, pero no salvó a mi abuelo para que viviéramos en la escasez y la pobreza mental, sino para que sus descendientes vivieran una gran vida, ayudando a todos los que pudieran y creando toda la abundancia que fueran capaces de crear. Y para ello, Dios puso en nuestra vida a vuestro padre, Martín. Forma parte de un plan maestro perfecto. Todo lo que nos ha pasado está calculado para que vosotros estéis hablando aquí conmigo. Pensad en lo que tuvo que pasar desde que nuestros abuelos se conocieron, hasta este momento. Pensadlo. Nada, absolutamente nada es casualidad. Dios nos va preparando para que crezcamos y encontremos nuestra esencia. Y yo os puedo asegurar que no sólo la he encontrado, sino que la vivo a diario, junto a mi familia y todas las personas con las que trabajo. Nuestra vida es excepcional, maravillosa, llena de amor y de ilusión por vivir cada minuto.

Samuel consiguió levantar la cabeza. Se secó las lágrimas con las palmas de las manos, respiró profundamente, miró de nuevo aquella preciosa cámara con la que su padre le enseñó a tomar fotos y le dijo a Alexey:

—Esto que nos estás contando me gusta, pero... ¡buff! me cuesta creer todo lo que me dices. Sé que tienes buenas intenciones, pero me cuesta pensar que no exista el azar ni el libre albedrío.

—No importa que tengas fe o no. Lo único que importa es que creas que todo lo que te pase pasa para ti, no contra ti, nunca, jamás. No hay nada malo ni perjudicial para ti, solamente lecciones de vida para que aprendas y crezcas. Si te resistes a verlo así, sufrirás sin necesidad.

—Me estás diciendo que, por ejemplo, cuando los socios de mi padre le traicionaron y le quitaron la empresa que mi abuelo Luis creó con sus propias manos y su enorme esfuerzo, ¿fue algo bueno para nosotros? Que todo lo que pasamos, la pérdida de todo nuestro patrimonio, nuestra casa, donde crecimos mi hermana y yo, ¿es algo bueno? —expresó con estupor.

—No hay nada bueno o malo, solo hay lecciones que tenemos que aprender para evolucionar y crecer.

—Eso suena muy bonito en el mundo espiritual —aclaró Samuel con voz segura—, pero en el mundo real hay gente mala que te hace daño de forma consciente con sus malas acciones, para su propio beneficio, sin tener en cuenta el dolor que pueden producir.

—Esas personas hacen ese tipo de cosas porque están vacías de amor. Pero es responsabilidad únicamente tuya decidir qué piensas de lo que te hacen o te dicen. Tú eres responsable de tus pensamientos, que son los que te pueden conducir a tu crecimiento, a mirar hacia adelante y a vivir una vida plena o, por el contrario, a mirar sólo al pasado, sin futuro, regalando el poder de hacerte sentir bien o mal a algo externo, a lo que te hagan, llevando una vida de escasez y pobreza mental —explicó Alexey con voz suave y convicción plena.

—Es decir —dijo Samuel erguido en la silla y totalmente recompuesto del *shock*—, que todo el dolor y el sufrimiento que me produjo la pérdida de mi madre, de nuestra empresa y del hundimiento mío y de mi padre es algo que yo escogí. No es que me lo produjeran, sino que lo elegí.

—Exactamente. Así es.

—¡Venga ya! ¡Eso es una gilipollez! —espetó Samuel levantando el brazo derecho de forma enérgica.

—Bueno, tienes un ejemplo aquí mismo —expuso Alexey mirándole fijamente a los ojos.

—¿De qué ejemplo hablas?

—Lo tienes a tu lado.

Alma se quedó helada. Permanecía en silencio escuchando la conversación entre ambos.

—A tu hermana le pasó exactamente lo mismo que a ti, pero ella se lo tomó de forma distinta. Su caída no fue tan profunda como la tuya o la de tu padre, habiendo pasado por lo mismo.

—Bueno, no fue exactamente lo mismo. Ella no trabajaba en la empresa familiar —aseveró Samuel.

—Pero me dolió igual, Sam —se apresuró a responder Alma.

—A mí me dolió más porque me quedé sin trabajo de repente, todo lo que había hecho por la empresa se fue de la noche a la mañana por la avaricia de dos personajes, por llamarlos de alguna forma.

—Sam, te repito que a mí me dolió igual que a vosotros.

—Ya, puede, pero tú tenías a tus hijas para aferrarte a la vida. Yo no.

—Eso es una excusa, Samuel. La razón concreta por la cual Alma no cayó en una depresión profunda, tal y como os ocurrió a ti y a tu padre, no importa. Cualquiera podemos encontrar esa razón que nos ayude a aferrarnos a la vida, como dices tú mismo. Cualquier razón es válida, sólo la tenemos que encontrar para evitar hundirnos. Todo es una decisión nuestra. Nosotros, en todo momento, tenemos el poder de decidir qué hacer con lo que nos ha pasado. Si decides no hacer nada, otros decidirán por ti y puede que no te guste lo que tengan preparado para tu vida. Si decides sentirte una víctima de tus circunstancias, de lo que te han hecho con intención o sin ella o de que vuestra madre fallezca por una enfermedad, tu decisión marcará un destino que probablemente no sea el adecuado para ti, porque estará anclado a un momento del pasado que ya no se puede cambiar —Alexey hizo una pausa para sorber un poco de café y continuó—. Pero si observas ese momento pasado y cambias lo que piensas de él y lo aceptas, y decides qué vas a hacer con ello para que tu vida siga adelante, que siga creciendo y mejorando para que sea plena, tú tienes el poder, el control absoluto de tu vida. Nada ni nadie te lo podrá arrebatar, porque es tuyo, es de cada persona y es responsabilidad de cada uno si quiere regalarlo o mantenerlo.

Samuel se quedó en silencio, pensando cada frase que escuchó de Alexey. Sabía en su interior que tenía razón, aunque se resistía a creerlo. El odio hacia las personas que le hicieron daño era muy poderoso, había estado bien alimentado de rencor durante años y era difícil deshacerlo. Muchas cosas inexplicables habían pasado en su vida durante los últimos meses como para no creer nada de lo que Alexey, de buena fe, le estaba diciendo. Con todos estos pensamientos, sólo acertó a darle las gracias por todo lo que intentaba hacerle ver.

—Gracias por lo que nos estás diciendo, Alek —expresó con voz muy suave.

—Sí, muchas gracias, Alek —añadió Alma.

—Mirad, chicos, yo sé que dejar de pensar de esa manera es complicado. Lo sé perfectamente porque salí de ella hace muy poco tiempo. De hecho, la primera vez que vino vuestro padre, él tampoco había salido de esa manera de pensar.

—Pero entonces, ¿vino aquí más veces? —preguntó sorprendida Alma.

—Sí, vino otra vez para asistir al entierro de mi padre.

—Ah, vaya… claro.

—Vuestro padre comenzó a salir de lo que podríamos denominar como 'pensamiento sin poder de decisión', cuando conoció a un hombre excepcional.

—¿Conoció a alguien de aquí que le cambió la manera de pensar?

—Sí, vivía aquí.

—¿En Friázino?

—Sí. Muy cerca de aquí. De hecho, al otro lado de ese tabique —dijo señalando la pared del pasillo que daba a la casa contigua.

—¿Tu vecino? —preguntó Samuel.

—Sí, mi venerable vecino Stanislav —respondió sonriendo Alexey— Vuestro padre dejó aquí parte del diario que estaba escribiendo. Está debajo de la cámara, en la caja.

—¡El diario! —gritó Alma— ¡El diario que vi que escribía! ¡Por fin!

Samuel levantó la cámara *Leica* de su padre y, como predijo Alexey, las hojas escritas de su puño y letra estaban justo debajo.

—Muchas gracias por guardar este tesoro, Alek. Significa mucho para nosotros —agradeció Alma tomando las hojas en sus manos. No te importará que…

—En absoluto. Tengo que cuidar mi huerto, precisa de mi atención, así que podéis quedaros tranquilamente a leerlo. Mis hijos y Katya vendrán tarde, están todos en la *master class*, así que tenéis tiempo suficiente para leerlo en la intimidad.

—Gracias Alek, muchísimas gracias —expresó Samuel.

—Si queréis agradecer de verdad, hay que decir gracias tres veces —apuntó Alexey.

—Tres gracias —murmuró Samuel—, en ese caso… gracias, gracias, gracias.

—Gracias, gracias, gracias —repitió Alma.

—Disfrutad de la lectura que vuestro padre os dejó.

Alexey se puso el abrigo de nuevo y salió al huerto. Samuel y Alma se quedaron en el salón, pero se trasladaron a los sofás para estar más cómodos.

—¿Quién empieza? —cuestionó Samuel mirando a su hermana.

—Empiezo yo, que no puedo más. Quiero saber qué escribía papá en su diario.

—¿No decías que eso iba en contra de su intimidad? —indicó Samuel levantando una ceja.

—Eso fue antes de que supiera que lo había dejado aquí para nosotros —dijo sonriendo Alma abriendo ya la primera de las páginas.

—Ya, ya… ¡je, je, je! —rio Samuel.

—Bueno, empiezo ya.

Los dos hermanos leyeron durante horas todas las hojas que su padre Martín había dejado para ellos. Lo leyeron tan intensamente que parecía que lo estaban viviendo.

Martín llevaba varios días en Friázino, junto a Sergei y la familia de su hijo Alexey, con quienes vivía, cuando conoció a Stanislav, el vecino de al lado. Una mañana, Martín salió al jardín trasero de la casa a respirar el aire frío que tanto había echado de menos después de vivir durante años en Miami. El vecino estaba con una azada sacando patatas. Sabía que no se iba a entender muy bien con él, pero aun así le saludó con un 'ZDRAST-vwi-dzia', un 'hola' en ruso recién aprendido. El vecino, de quien por aquel entonces Martín no conocía ni el nombre, se levantó, se giró y le saludó amablemente con otro hola en ruso, levantando levemente la mano derecha. Martín, al ver que le había saludado y se había quedado mirándole, se acercó a él. El hombre comenzó a hablarle en ruso. Martín sólo pudo encogerse de hombros y abrir los brazos en señal de que no había entendido nada de lo que le había dicho. Stanislav cambió de inmediato a un inglés bastante correcto, aunque con un acento ruso bastante tosco:

—Hola, soy Stanislav.

—Hola, mi nombre es Martín.

Stanislav era una persona que debía de tener la misma edad que Martín, o quizás algo menos -Martín, por aquel entonces, estaba terminando la década de los años que comienzan por siete-. Se le veía en buena forma, su espalda parecía una tabla, completamente recta, con un saber estar fuera de lo común. Llevaba un pequeño bigote de color castaño casi rubio, igual que sus pobladas cejas. Para su edad, tenía bastante cabello todavía. Lo llevaba algo largo y era completamente blanco, a excepción de las patillas, que aún se resistían a abandonar su color original. Su mirada era muy especial, tenía unos ojos azules claros, casi grises, que transmitían calma interior. Tenía las típicas arrugas de alguien que ha tenido hoyuelos toda su vida. Llevaba una camisa de cuadros marrón y un pantalón de pana de color caqui. Sus botas, llenas de tierra, eran de goma, de las que se usan para trabajos de campo.

—Obviamente no eres ruso —dijo con voz seria Stanislav.

—Efectivamente, soy español, pero llevo media vida en Miami, en los EEUU.

—Yo aprendí español gracias a que mi mujer Raisa se empeñó en aprenderlo y me contagió la curiosidad por ese idioma. Mi mujer adoraba España —indicó en un español perfectamente entendible.

—Esto sí que es una sorpresa, poder hablar con alguien en español en un pueblo pequeño de Rusia.

—También podemos hablar en inglés, aunque me cuesta un poco más.

—No, no, ¡en español es perfecto! ¿Y tu mujer estuvo alguna vez en España?

—No, lo intentó decenas de veces en su momento, pero las relaciones entre los gobiernos de Rusia y España no eran buenas, así que no pudimos ir.

—Una pena, os habría encantado.

—Lo sabemos. Ella se leía todo lo que podía de España, decía que había nacido en Rusia por error, que ella era española —Stanislav hizo una pausa y sonrió recordando aquellas conversaciones—. Me hacía reír mucho. Todavía debo de tener alguna cinta suya de Julio Iglesias.

—¡No tenía mal gusto!

—No, ¡nunca lo tuvo! ¡ni cuando me eligió a mí! —expresó bromeando.

—Stanislav ¿te apetece tomar un café? Hoy estoy solo en casa, se han ido a un entierro todos juntos y yo me he quedado.

—Vale, de acuerdo —asintió Stanislav sonriendo y dando a entender que entendía perfectamente el español de Martín—, pero espera, antes me tengo que quitar estas botas.

—Voy poniendo a calentar el café —Martín entró en la casa, dejando la puerta del jardín abierta.

Tras un par de minutos, Stanislav tocó en la puerta.

—Permiso.

—¡Adelante! Ya he puesto el café. ¿Lo quieres con leche?

—Sí, gracias.

—Toma asiento.

Stanislav se sentó en la mesa del pequeño salón, mirando con curiosidad a su alrededor, como si fuera la primera vez que entraba en esa casa. De pronto, le preguntó a Martín:

—¿Y qué hace un español-estadounidense en este pueblo perdido de Rusia?

—Es una larga historia. ¿Tienes tiempo?

—Soy pensionista, tengo todo el tiempo que yo quiera —respondió sonriendo Stanislav.

Martín vertió el café recién hecho y añadió leche en ambas tazas. Se las llevó a la mesa y se sentó enfrente de Stanislav.

—Bueno, la historia que me ha traído aquí comienza hace bastantes años, cuando mi mujer falleció.

Stanislav, que hasta ese momento estaba moviendo la cuchara para disolver el azúcar, se detuvo de repente y levantó la vista para mirarle a los ojos.

—Yo perdí a mi mujer también, hace muchos años —aseguró con mirada de melancolía.

—Es un momento muy duro —dijo Martín, casi susurrando, con la mirada perdida.

—Mucho, a mí me ha costado muchos años superarlo —añadió melancólico Stanislav.

—Yo todavía no lo he conseguido.

—¿Murió hace mucho?

—Hace exactamente doce años —indicó Martín sin tener que calcular nada.

—A veces doce años parecen pocos.

—Sí, a mí todavía me lo parecen.

—Mi mujer Raisa murió hace más de veinte años y he de confesarte que hasta hace bien poco no lo había superado tampoco.

—¿Y cómo lo conseguiste?

—Pues... no fue una sola cosa en concreto, fue más bien un proceso. A mi mujer se la llevó una enfermedad muy larga, contra la que luchamos todo lo que pudimos —explicó Stanislav.

—Mi mujer se esfumó en horas, ni siquiera pude hacerme a la idea de que la perdería —manifestó con cierto abatimiento, mientras acariciaba el mango de la cuchara del café.

—Eso es casi mejor. Ver cómo se va marchitando la persona con la que has compartido media vida es algo horrible. Para mí, fue lo más duro de todo. Así que es una bendición que no tuvieras que pasar por eso.

—Nunca lo había visto así, la verdad.

—Como te contaba, cuando Raisa murió, yo culpaba a Dios, al universo, a los políticos, a los médicos... a todos, incluso a mí mismo, por no haber podido salvarla.

—Esa culpa es la que llevo yo durante doce años y la que me ha impedido recuperarme. Me siento profundamente culpable de no haber estado a su lado en sus últimos momentos. Elegí ir a una reunión de trabajo en lugar de estar con ella en el hospital. Nunca creí que fuera a morir, pero lo cierto es que ocurrió y yo preferí atender mi trabajo que estar con ella. No hay día que pase que no me sienta culpable por aquello y, lo peor de todo, es que convencí a mi hijo de que viniera conmigo y tampoco pudo despedirse de su madre. Me detesto por ello. La abandoné, a ella, a la persona que más he amado en toda mi vida, a mi compañera... le fallé.

—Yo sólo te puedo decir que cuando me liberé de esa culpabilidad, comencé a vivir. La culpa te come por dentro, es como un gusano que te va devorando el alma, hasta que un día tu vida deja de tener sentido y te da lo mismo vivir que morir. Si no te liberas de ella, no hay nada que hacer, la recuperación no llegará nunca.

—Pero, ¿cómo lo hiciste? —preguntó muy interesado Martín, incorporándose un poco en la silla.

—Cambiando la manera en la que veía todo lo que había pasado —Stanislav hizo una pausa para beber café—. La culpa sobrevive gracias a que revives una y otra vez el pasado y lo resientes, es decir, lo vuelves a sentir. Y cada vez lo hace más dramático, con más dolor, y entre la emoción que te provoca el recuerdo y el dolor, nace el sufrimiento. A mí me tenía atrapado con frases como 'si hubiera llevado antes a Raisa al médico' o 'y si hubiera tenido más dinero para llevarla al mejor doctor de Moscú' o 'y si no hubiéramos perdido el tiempo con aquella medicina inútil', frases que, si te das cuenta, viven de un pasado del que no puedes cambiar nada. Pero la culpa te hace creer que sí, que podrías haber hecho algo diferente. De hecho, hasta te permite que lo vivas y lo sientas como si fuera real, para luego mostrarte de nuevo el presente, en el que tu mujer está muerta, provocándote un gran sufrimiento. La culpa es muy cruel y no sirve absolutamente para nada.

—Son palabras muy sabias, Stanislav. Es tal cual lo estás describiendo. Exactamente así lo vivo yo.

—La clave de mi recuperación fue deshacer la culpa hacia mí mismo. Pero comencé deshaciendo la culpa hacia la enfermedad y hacia Dios.

—¿Cómo consigues eso? A mí me parece algo realmente difícil.

—Con agradecimiento. Agradecí a Dios que me regalara tantos años con una mujer tan excepcional como Raisa. Quiso llevársela antes de lo que yo quería, pero también podríamos no habernos conocido nunca, o haber fallecido al año de casarnos, así que bendije cada día que pasé con ella y si Dios decidió que se debía de marchar aquel día, yo no podía haberlo evitado de ninguna de las maneras.

Martín bajó la mirada. Aquellas palabras habían calado hondo dentro de su ser. Sabía que Stanislav decía la verdad porque, si no hubiera sido así, tampoco se habría podido recuperar como lo hizo. Pero era consciente de que era complicado que él lo consiguiera, aunque estaba dispuesto a intentarlo.

—Seguramente —continuó Stanislav—, la culpa que albergas dentro de ti te esté diciendo que si no hubieras ido a esa reunión la podrías haber salvado, pero te puedo asegurar que, a no ser que fueras médico, lo tenías complicado.

—No fue sólo eso, es que tampoco le hice mucho caso a los pequeños mareos que tuvo días antes —añadió Martín.

¿Ves lo que te decía? Tu culpa te hace creer que, si hubieras hecho más caso a los mareos de tu mujer la habrías salvado. Te está diciendo que eres tú el culpable de su muerte cuando, en realidad, tendría una enfermedad que hizo que finalmente falleciera, de la manera que fuera.

—Sí, eso mismo me digo cada día desde hace doce años, que yo soy el culpable de su muerte, aunque lo hago con tanta sutileza que pasa desapercibido.

—Pues la realidad, Martín, es que tu mujer murió. Y lo hizo hace más de una década y nadie sabe lo que hubiera pasado si hubieras ido al médico con ella. No sabes si ella habría accedido a ir, si el médico le hubiera detectado algo o si hubiera acertado con el diagnóstico. Nadie sabe lo que podría haber pasado, porque no pasó. ¿Entiendes? No pasó. Es básico aceptar que pasó lo que pasó y ocurrió de la manera que ocurrió.

—De acuerdo, te entiendo. Me va a costar hacerlo, pero lo entiendo.

—Deja de decirte que te costará, porque si no tu mente se acostumbrará a que te cueste y, de verdad, te costará aún más.

—Tiene su lógica. Gracias, Stanislav.

—¿Y la muerte de tu mujer te trajo a Rusia?

—No. Después de morir Blanca, mi mujer, yo me hundí. No supe continuar mi vida sin ella. Me abandoné por completo, me vacié, no quedó nada de mi ser en este cuerpo. Mis socios aprovecharon que yo estaba en ese estado para arrebatarme la dirección de la empresa, la que había creado mi padre con todo su esfuerzo. Me hundieron aún más.

—Así que se aprovecharon de la muerte de tu mujer y de lo mal que estabas, para quitarte la empresa.

—Así es. Unos mal nacidos sin alma.

—Es una jugarreta muy fea, la verdad. Martín, te voy a contar una historia que me pasó a mí.

—De acuerdo, adelante.

—Yo trabajaba para el Ministerio de Defensa ruso. Era militar, coronel de la Fuerzas de Defensa aérea. La verdad es que fui militar porque mi padre sirvió en la Segunda Guerra Mundial como piloto y yo quise seguir su estela, lo tenía como un auténtico héroe.

—Tu vida y la mía se parecen bastante, Stanislav. Mi padre sirvió en la Guerra Civil española, aunque yo no seguí sus pasos.

—Sí que hay paralelismos entre tu vida y la mía —dijo sonriendo—. No es casualidad que nos hayamos conocido.

—Seguro que no lo es. Continúa con tu historia, por favor.

—Como te decía, yo estudié para ser militar en Kiev, en la especialidad de radio-técnica.

—Te vas a pensar que esto es una broma, pero mi padre estuvo a cargo de las comunicaciones de su batallón durante la guerra.

—¿En serio?

—En serio.

—Vaya, esto sí que me sorprende. A ver hasta dónde llegan nuestros paralelismos —continuó Stanislav—. Cuando acabé de estudiar, directamente entré a trabajar en las fuerzas de defensa aérea. La verdad es que ascendí muy rápido y, casi sin darme cuenta, terminé siendo el responsable de un centro de control de uno de los proyectos más importantes de la época: el sistema de alerta temprana que controlaba, mediante satélites, si un objeto invadía el espacio aéreo ruso. En aquella época, no sé si te acordarás, la relación entre Rusia y EEUU estaba muy deteriorada. Ambos temíamos que el otro nos atacara con misiles nucleares.

—Claro que me acuerdo, nos tenían a todos con el miedo metido en el cuerpo. Fueron unos años de tensiones continuas. Nos vendieron que los rusos eran el diablo y había que acabar con todos vosotros. Desde luego, dabais miedo —afirmó Martín.

—Lo mismo sentimos nosotros —aclaró Stanislav negando con la cabeza—. A nosotros nos dijeron que queríais haceros con el poder en el mundo y que, para ello, debíais aniquilarnos. También teníamos mucho miedo de que nos atacarais. Fíjate si teníamos miedo que creamos una red de satélites para controlar a EEUU, por si lanzaba misiles contra nuestro país. Gastaron miles de millones de rublos en ese sistema que, como te contaré ahora, fallaba.

—La estupidez humana.

—La avaricia de nuestros gobernantes y su afán infinito de poder. Y nuestra irresponsabilidad de dejarnos engañar por ellos. ¿Te acuerdas cuando aviones rusos derribaron aquel avión coreano?

—¡Claro que me acuerdo! Murieron muchas personas, ¿verdad? Entre ellas, un congresista de EEUU, si mal no recuerdo.

—Recuerdas bien. Traspasaron el espacio aéreo ruso y no hubo piedad para ellos. Derribaron el avión, que resultó ser una aeronave comercial, con más de doscientas personas a bordo. No sobrevivió nadie.

—Creo que me acuerdo de las imágenes de desesperación de las familias coreanas. Fue un momento de gran tensión. En ese momento, todo el mundo pensaba que nos ibais a atacar.

—Y nosotros estábamos preparados porque estábamos seguros de que nos atacaríais vosotros primero. El derribo de aquel avión fue un error absoluto por parte del ejército ruso —admitió Stanislav negando con la cabeza. Hizo una pausa y continuó—. Me tocó hacer guardia una noche, tres semanas después del incidente con el avión. Cuando pasaban unos minutos de la media noche, un satélite mandó una alerta de ataque balístico desde EEUU. Todas las alarmas comenzaron a sonar en el búnker. Yo estaba al mando en aquel momento. Mi trabajo era informar a mis superiores para que ellos, mediante una cadena de mando, decidieran si contraatacar o no. Tomé el auricular del teléfono que tenía línea directa con ellos, con intención de llamar, pero durante una fracción de segundo, me detuve a pensar.

Yo sabía que los satélites fallaban de vez en cuando. No era la primera vez que ocurría. Además, sólo habían detectado un único misil. No creíamos que EEUU fuera a atacarnos con un sólo misil. Así que colgué el auricular, a la espera de las señales que reconfirmaran el lanzamiento. Todos estábamos muy tensos. Mi oficial subordinado no paraba de decirme que debíamos llamar, pero yo sabía que, si llamaba, el cataclismo nuclear era inevitable. Si hubiera llamado por la noche a mis superiores para decirles que nos atacaban con un misil, no se lo hubieran pensado dos veces. Les habría dado igual que nos atacaran con uno o con cien.

A los pocos minutos, otras cuatro alarmas saltaron y la alerta pasó de un simple lanzamiento a una alarma de ataque balístico. Ahí me puse realmente nervioso. Mi subordinado no paraba de gritar diciéndome que mi deber era llamar. El resto del personal, unas cien personas, estaban mirándome esperando a que diera una orden para actuar. Estaba todo preparado para contraatacar.

—Dios mío, ¿es eso verdad? ¿Tan cerca estuvimos? Nunca pensé que fuera tan real —expuso Martín poniéndose las manos sobre la frente.

—Con las cinco alarmas en nuestros paneles, la presión por llamar a informar a mis superiores era inconmensurable. Aun así, no concebía que EEUU nos atacara con tan sólo cinco misiles. Pero lo cierto es que comencé a dudar de verdad. Teníamos tan sólo quince minutos antes de que impactaran.

En ese instante, la cara de mi mujer apareció en mi mente durante unas décimas de segundo. Pensé que, si llamaba, jamás la volvería a ver. Si lanzábamos el ataque, el mundo entero quedaría destruido, no habría salvación para nadie. Numerosos estudios rusos previos midieron el impacto de un ataque así y aseguraban todos y cada uno de ellos, sin excepción, que nadie sobreviviría en menos de un año. La contaminación que se produciría en la atmósfera tras la explosión de las bombas haría que los supervivientes desearan haber muerto durante el ataque.

Con todo ello, tomé la decisión final. No contraatacar. Mi subordinado anotó en el cuaderno de actividad que no se haría nada ante la amenaza. Les dije que estaba seguro de que había sido un error del sistema de detección y eso fue lo que anotó. Cinco minutos después, los radares de tierra no pudieron reconfirmar el lanzamiento, por lo que los misiles nunca se lanzaron. Había sido un error de un satélite.

—¿Y qué fue lo que falló?

—Tan simple como que el sol se reflejó en una nube con tanta intensidad que el satélite creyó que era un misil, bueno, cinco.

—Esa historia parece de película.

—Pues créeme que fue verdad.

—Entonces, ¡te debemos nuestra vida a ti!

—Bueno, lo creerás o no, pasé más de diez años pensando que lo que había hecho era un error absoluto y que yo era un fracasado.

—Pero, ¿qué dices? ¿Cómo es posible que pienses semejante estupidez?

—Mi deber como responsable era informar a mis superiores. No lo hice y les dejé en evidencia. Terminaron por relegarme a un puesto inferior.

—Es decir, que salvaste al mundo entero con una decisión tan complicada ¿y te lo agradecieron relegándote? ¿Pero en qué mundo vivimos? ¡Es de locos!

—Bueno, tiene una buena explicación. El alto mando creyó que yo pensaba que ellos tomarían la decisión incorrecta y que, con una simple alerta, habrían *ejecutado el ataque. Es decir, que no confiaba en ellos, lo cual era cierto. Así que me relegaron a un puesto mucho menor. Mi subordinado ocupó mi lugar y me despidió con un 'te dije que llamaras'. Esas palabras resonaron en mi cabeza durante una década.*

—¡Aun así, eres un héroe! ¡Qué digo un héroe, eres el héroe más grande que jamás ha existido! Eres la persona que más vidas ha salvado en la historia de la humanidad.

—Bueno, en realidad, soy la segunda persona.

—¿Hay otro caso que supera este? —preguntó Martín desconcertado.

—No sé si superará al mío, pero al menos lo iguala. Fue otro compatriota mío, Vasili Arkhipov. Y además, lo hizo en dos ocasiones.

—¿Quieres decir que salvó al mundo dos veces?

—Exactamente.

—Por favor, cuéntame cómo lo hizo.

—Ocurrió veinte años antes. Vasili era el oficial al mando de un submarino que estaba muy cerca de las costas de Groenlandia y Canadá. El submarino era el K-19, un submarino nuclear. Una tarde, el reactor comenzó a calentarse en exceso por un fallo en el sistema de refrigeración. Vasili y el resto de la tripulación decidieron que había que crear una solución para el sistema de refrigeración, antes de que se llegara a la fusión del reactor nuclear del submarino. Consiguieron arreglarlo a tiempo, pero esto supuso que todos los implicados recibieran altas dosis de radiación, incluido Vasili. Al mes, murieron todos los que estuvieron cerca del núcleo del reactor, la tripulación y los oficiales. En los dos años siguientes, el único superviviente del submarino fue Vasili.

Un escalofrío recorrió el cuerpo de Martín al escucharlo.

—Increíble historia. Me dejas boquiabierto. No tenía ni idea de todo lo que me estás contando —manifestó con los ojos abiertos de par en par.

—Nada de lo que ocurre en la vida es casualidad. Vasili tenía que sobrevivir. Fue justo al año siguiente del primer incidente y embarcado en el submarino B-59. Esta vez era un submarino de motor diésel, nada de reactores nucleares. Vasili tuvo que enfrentarse a sus otros dos compañeros, oficiales como él, para evitar que lanzaran varios misiles nucleares sobre EEUU.

—¿Y esto ocurrió al año del anterior incidente? Impresionante.

—Sí, justo al año. El submarino estaba en aguas internacionales, pero EEUU estaba muy preocupada con la crisis de los misiles de Cuba. Vigilaban día y noche las aguas del Atlántico y del Pacífico. En una de esas rondas, detectaron el submarino de Vasili. Huyendo, se hundió todo lo que pudo para evitar ser atacado. Pese a estar en aguas internacionales, los americanos lanzaron cargas de profundidad. Los oficiales al mando, a excepción de Vasili, no entendían cómo eran atacados en aguas internacionales, a no ser que hubiera

estallado la Tercera Guerra Mundial. Hacía semanas que no habían podido comunicarse con Moscú y, como realizaban tareas secretas, no subían a la superficie para captar señales de radios de EEUU. Así que, al creerse que estaban siendo atacados porque había estallado la guerra, los dos oficiales accionaron sus llaves para lanzar todos los misiles sobre la costa norteamericana. Pero para poder ser lanzados, Vasili tenía que accionar la suya también, cosa a la que se negó. Se enfrentó a sus compañeros que habían perdido los nervios por las explosiones de los americanos. Y, finalmente, no se lanzaron los misiles. La cuestión fue que, debido al anterior incidente, los otros dos oficiales respetaban mucho a Vasili y, al final, sacaron sus llaves y desestimaron el lanzamiento. Los misiles que llevaba este submarino eran nucleares. Si llegan a ser lanzados, EEUU habría respondido lanzando todo su arsenal sobre Rusia, respondiendo ésta de la misma manera.

—O sea que Rusia tiene a dos grandes héroes. ¿A Vasili le trataron mejor después del incidente? —cuestionó Martín.

—No, le ocurrió una cosa parecida a la mía. Como los americanos les obligaron a subir a superficie, debido a las cargas de profundidad que no cesaban, fueron descubiertos y obligados a volver a Rusia. Al llegar les trataron como apestados y les llegaron a decir que lo mejor habría sido que se hundieran con el submarino.

—No me lo puedo creer —exclamó Martín, negando con la cabeza.

—Yo le conocí. Como a mí me había pasado algo parecido, teníamos cierta empatía. Su mujer era una persona maravillosa. Me contó que Vasili jamás se sintió orgulloso de lo que hizo, más bien todo lo contrario. Justo como me pasó a mí.

—No acabo de concebir que pensarais así —dijo agitando la cabeza Martín.

—Ten en cuenta que nuestra formación militar es muy estricta —informó Stanislav dando un golpe seco con el canto de una mano sobre la otra— y nos condicionan la mente para cumplir bien las órdenes, si no, no eres buen soldado.

—Aun así. ¡Habéis salvado al mundo! ¡Nada menos que tres veces entre los dos! —gritó Martín desesperado—. Y, hoy en día, ¿sigues pensando lo mismo?

—Lo pensé durante una década. Caí en una profunda depresión cuando me rebajaron de rango. Mi mujer y mis hijos intentaron de todo para ayudarme —los ojos de Stanislav se llenaron de tristeza—. Durante diez años ella no supo nada de lo que hice. Yo dejé el ejército y, curiosamente, la empresa que fabricaba los satélites me contrató para mejorarlos. Ahí comencé a ver la luz, pero Raisa enfermó gravemente y yo decidí dejarlo todo para cuidarla.

—No me digas… ¡buff! —Martín comenzó a llorar, pensando que eso era lo que tenía que haber hecho él. Bajó la cabeza por vergüenza para que no notara que lloraba, pero fue en vano.

—Supongo que ahora tu culpa te estará diciendo que podrías haber hecho lo mismo y que podrías haberla cuidado. Antes de que te machaque más, te diré que, al dejar el trabajo para cuidarla, nuestros ahorros se esfumaron rápidamente, con lo que no pude llevarla a mejores médicos ni a que recibiera los mejores tratamientos modernos y caros. Además, tampoco evité que muriera. Es cierto que aguantó casi diez años, pero los últimos fueron realmente duros, no se los deseo a nadie.

Martín se secó las lágrimas, levantó la vista de nuevo y miró a los ojos azules de Stanislav.

—Gracias Stanislav. Era justo lo que estaba sintiendo. Gracias por hacérmelo consciente.

—Hoy ya no pienso de ese modo. Cambié mi manera de pensar cuando un general de las fuerzas aéreas con el que casi no tuve contacto, escribió sus memorias. Esta persona, el general Votintsev, me nombraba como el artífice de evitar un cataclismo nuclear —Stanislav descansó su voz durante unos segundos—. Todo esto llegó un año después de que Raisa muriera, justo cuando pensaba que mi vida ya no tenía ningún sentido. Había acabado con mi carrera militar, había perdido a la mujer que amaba, estaba completamente arruinado y cobrando una pensión mínima que no me llegaba ni para comer. Creía que mi vida era completamente inútil y pensé en quitarme de en medio. Justo en ese preciso momento, ocurrió un milagro.

—¿Qué ocurrió? —preguntó Martín con los ojos clavados en Stanislav.

—Ven, te lo voy a enseñar.

Stanislav se levantó de la mesa y salió por la puerta del jardín. Martín le siguió hasta su casa. Había un cobertizo en el lateral de su jardín convertido en huerto. Stanislav abrió la puerta y entraron los dos dentro. La puerta se cerró y la estancia quedó a oscuras. En ese momento, Stanislav, tirando de una pequeña cadena, encendió una bombilla que colgaba del centro de la techumbre. De repente, Martín se dio cuenta de que estaba lleno de sacos por todos lados, centenares de ellos. Había también una gran estantería llena de papeles, con etiquetas escritas en cirílico.

—¿Qué es todo esto, Stanislav? —interrogó Martín dando la vuelta sobre sí mismo, observando los sacos.

—Son cartas, Martín.

—¿Todo eso son cartas?

—Todo.

—¿De quiénes?

—De todo el mundo.

—¡De todo el mundo! ¿Agradeciéndote lo que hiciste?

—Así es —aseveró mirándolas con una espléndida sonrisa—. En todas y cada una de ellas me dan las gracias por haber salvado su vida. Comenzaron poco a poco. Una o dos al mes. De repente, tras una entrevista que hice, a principios de la década del 2.000, comenzaron a llegar dos o tres a la semana. Tras el premio que me otorgaron en la ONU en Nueva York en el 2.004, llegaban dos o tres al día. Al principio las clasificaba en aquellos apartados de la estantería, pero luego eran tantas, que me fue imposible. Eso sí, las he leído todas. Las que están en idiomas que no entiendo, como alemán, japonés, coreano, francés o italiano, mi hijo Dimitri me ayuda a traducirlas usando internet.

—Estoy temblando de arriba abajo, Stanislav.

—Martín, no te puedes imaginar el poder que tiene la gratitud. He vivido avergonzado y amargado durante veinte años, porque pensé erróneamente sobre lo que había hecho, pero estas miles de cartas me han hecho ver la realidad de lo que hice. Y es que ¡salvé al mundo, Martín! Fíjate si tiene poder la culpa, que te hace sentir una víctima de tus circunstancias y, ni siquiera sabiendo que había evitado una hecatombe mundial, me sentía bien con lo que había hecho, más bien todo lo contrario, casi me hunde en un pozo para la eternidad. ¿Y sabes cómo cambié para siempre mi pensamiento?

—¿Cómo? —expresó Martín visiblemente emocionado.

—Perdoné a mis superiores por haberme relegado y, sobre todo, me perdoné a mí mismo. Esa fue la clave para deshacer la culpa: el Perdón.

Martín comenzó a llorar desconsoladamente. Tembló hasta el punto de caer de rodillas al suelo. Su cabeza comenzó a bombardearle con miles y miles de imágenes de toda su existencia. Recordó partes de su vida que tenía casi olvidadas, arrinconadas por las vivencias de los últimos años. Pasaron fugazmente imágenes de cuando se conocieron Blanca y él, el amor que sentían el uno hacia el otro, la esperanza con la que vivían en aquellos momentos. Recordó lo orgulloso que estaba su padre cuando él tomó las riendas de la empresa. Revivió cómo, paso a paso, la compañía creció y creó muchos empleos para miles de familias y, sobre todo, recordó el nacimiento de sus dos amados hijos. Todas las imágenes de amor que tenía almacenadas en su recuerdo, cómo les daba biberón, cómo les cambiaba los pañales y los vestía con sumo cariño, cómo Alma le ponía sus manitas calientes sobre su cara y le miraba fijamente a los ojos y luego le daba besos en sus mejillas y en sus orejas. Cómo jugaban a perseguirse por toda la casa, cómo les ayudó a aprender a caminar, a montar en bicicleta, a hacer fotos, a estudiar, a nadar, a navegar, a superar las primeras rupturas sentimentales... De pronto, recordó nítidamente, como si hubiera ocurrido días antes, cómo su madre le acariciaba, cómo le daba todo su amor y cariño, cómo le miraba, con esa mirada llena de ternura. Recordó incluso hasta cómo olía, su tacto... todo... Una infinidad de momentos maravillosos que habían sido casi desterrados de su ser. ¿Cómo era posible? ¿Cómo era posible que algo tan puntual, tan insignificante temporalmente hablando, por muy doloroso que fuera, pudiera haber borrado el recuerdo de toda una vida de amor y felicidad?

Martín chillaba de dolor por cada recuerdo que llegaba a su consciente. Lloraba sin control al recordar que fue muy feliz y que lo había olvidado. Que su vida, pese a todo, fue extraordinaria. Gritaba con las manos apretándose los ojos, como si fuera consciente de que estaba completamente ciego. Sus brazos, endurecidos por la tensión, apretaban las muñecas hundiéndose en sus pómulos. Su boca ayudaba a expulsar el sufrimiento con gritos desgarradores. Negaba constantemente con la cabeza, sacudiéndola de lado a lado, como si estuviera poseído. Finalmente se inclinó hacia adelante, apoyando la frente en el suelo, arrodillado, encogido sobre sí mismo y sin parar de gritar.

En ese preciso instante, fue consciente de que su culpa casi se lo lleva a la tumba. A él y a su hijo. Comenzó a pegarse golpes en la cabeza, castigándose por todo el daño que le había causado. Stanislav corrió a su lado y se agachó para detenerle:

—¡Para, Martín! ¡Para, amigo mío! ¡No sigas golpeándote, si no la culpa volverá a hacer de ti su víctima! —gritó mientras le sujetaba los brazos con todas sus fuerzas— ¡Detenla ahora, Martín! ¡Párala ahora! ¡Es hora de agarrar las riendas de tu vida, arrebatárselas de las manos a la culpabilidad que lleva reinando en ti tantos años! ¡Tú la creaste y tú la puedes deshacer! ¡Ahora mismo, si así lo deseas, Martín! ¡Tú eres su creador! ¡Deshazla ahora!

Stanislav abrazó a Martín en cuanto se rindió a sus palabras.

—Arriba amigo mío —dijo Stanislav agarrando de la axila a Martín para ayudarle a incorporarse. Martín seguía llorando angustiosamente—. Está muy bien que saques todo el dolor interior. Llora todo lo que haga falta para limpiarlo, pero por favor, deja de culparte, la culpa siempre busca un castigo y tú ya te has castigado bastante. Es hora de liberarte de ella, Martín. Es hora de deshacerla mediante el Perdón.

Martín no entendió lo que Stanislav quería transmitirle con deshacerla mediante el perdón. ¿Qué tenía que ver el perdón con la culpa? Se abrazó a Stanislav y estuvo varios segundos llorando desconsoladamente. Stanislav le daba pequeñas palmadas en la espalda para ir calmándole poco a poco.

—Martín, déjame que te cuente qué se esconde detrás de lo que no te deja ver esa culpa y que sólo podrás observar cuando veas la vida sin su filtro, liberándote de ella por completo, volviendo a tu ser, sintiéndote libre —explicó Stanislav abrazado a Martín—. Cuando comencé a darme cuenta de que el sentimiento de culpabilidad lo había creado yo y que mis superiores sólo habían *cumplido con lo que se esperaba de ellos y que lo habían hecho porque creían que era lo mejor para el ejército y para el país, sólo así, conseguí perdonarles. Pero, aun con todo eso, la culpa no desaparecía. Sólo se produjo cuando me di cuenta de que lo único que no había hecho era perdonarme a mí mismo. Eso fue lo más duro. Pero conseguí perdonarme, Martín. En ese momento pude ver la vida de verdad, mi vida, y la comencé a disfrutar mucho más intensamente que en cualquier otro momento anterior. Empecé a agradecer todo lo que me había pasado y todo lo que tenía. En ese instante, el milagro apareció. La Gratitud que se esconde tras el Perdón desató todo su poder y la vida me lo agradeció de vuelta, con una mujer excepcional con la que comparto mi vida actualmente y a la que amo con todo mi ser. Ella nunca hubiera podido enamorarse de una persona como la que yo era, pero sí del que soy ahora. Comenzaron a llegar premios de todo el mundo, premios con cantidades de dinero que salvaron mi economía, me sacaron de la pobreza en la que estaba sumido. He conocido a miles de personas de cientos de países a los que viajaba invitado y me agradecían constantemente lo que hice. Mi gesto de amor por la humanidad llegó a todos los rincones de la Tierra.*

Empezaron a llegar decenas de cartas a la semana. Cada una de ellas me devuelve toda la gratitud que yo he dado, multiplicada por diez. Me siento tan vivo, tan intensamente vivo y agradecido por todo lo que me ha pasado, Martín, que todo aquel que está a mi lado lo siente y se contagia de ello. El milagro no ha parado de crecer, Martín, ahora mismo está creciendo dentro de ti, igual que hizo con toda mi familia. Y ellos, al igual que tú, lo compartiréis y ayudaréis a que crezca aún más, extendiéndose por toda la faz de la Tierra —Stanislav sujetó la cabeza de Martín, que continuaba llorando desconsoladamente. La levantó y clavó su mirada en los ojos enrojecidos de Martín, diciéndole:

—Martín, ¿me ayudarás?

Martín, con el rostro descompuesto, sin poder expresar ni una sola palabra, asintió con la cabeza y se abrazó de nuevo a Stanislav.

Martín murió en aquel cobertizo. Murió para convertirse en lo que había venido a ser. Sabía que para poder salir de la situación en la que se encontraba tendría que deshacer su culpabilidad, perdonarse a sí mismo y a todos los que él creía que la habían provocado, recuperando así el control sobre sí mismo. Y, por último, dar gracias por todo lo que había ocurrido en su vida, absolutamente por todo. Ese era el paso final. Pero, para llegar hasta él, debía hacer un duro trabajo interior de transformación. No tenía ni idea de cómo lo haría, pero sabía que no había otra opción. No quería malgastar el tiempo de vida que le quedaba odiando a nadie por las cosas que le habían ocurrido y dejando tras de sí un legado de culpabilidad que acarrearían sus hijos. Se prometió a sí mismo que, desde ese mismo momento hasta el último suspiro de vida, expandiría el milagro que ya crecía dentro de él.

Alma fue la primera en terminar de leer. Sus manos no paraban de temblar desde hacía rato. Lloró casi desde el principio de la lectura del diario. Sintió a su padre como si estuviera allí mismo, cada palabra que escribió. De alguna manera, el diario le ayudó a conectar con él, con su esencia. De pronto, comenzó a experimentar que su interior se llenaba de una paz inconmensurable y de una felicidad indescriptible. Supo, en ese momento, que ella también se había contagiado, que el milagro se había instaurado en ella. Cayó de rodillas y comenzó a llorar con toda la intensidad que pudo, pero no era de tristeza, sonreía, sonreía sin parar y tan sólo repetía una y otra vez una palabra:

—GRACIAS.

Samuel acabó poco después. Tampoco había podido escaparse del llanto, aunque no dejó de intentarlo. Estaba cansado de tanto llorar, pero esta vez tampoco pudo evitarlo.

Se quedó con la mirada ausente. Alma lloraba a su lado de rodillas y ni siquiera la había visto, pues estaba como en trance. Veía a su padre abrazado a Stanislav. Lo veía con todo lujo de detalles. Era como si él estuviera allí mismo, en el cobertizo, mirándoles. Tuvo el impulso de abrazarles también, pero se quedó un paso atrás. Vio una luz que salía de ambos, una luz cegadora que crecía hacia el techo hasta iluminar toda la estancia. Sentía el calor que desprendía, sentía que su propia alma se removía por dentro, percibía que quería salir al exterior, quería fundirse con ellos en esa luz e iluminar también. Pero, súbitamente, Samuel sintió miedo. Miedo de sí mismo, de creer que estaba cayendo en la locura y perdiendo la poca cordura que le quedaba después de tantas cosas extrañas e inexplicables que le habían ocurrido en ese viaje. Y, de repente, todo se esfumó, su padre, Stanislav, la luz, el cobertizo, todo. Se quedó sólo él. Su alma dejó de sentirse. Dejó de sentir por completo. No veía, no oía, no sentía nada con su tacto. Estaba rodeado de la nada.

De pronto, una voz le llamó por su nombre. Al principio se oía en la lejanía, pero poco a poco la oyó cada vez más cercana, hasta que, con un sobresalto, volvió en sí. Parpadeó varias veces muy rápido. Miró a su alrededor y vio a su hermana, gritándole mientras le cogía la cara. Casi no la podía oír. Alma le sacudió fuertemente y, finalmente, pudo entender lo que le decía.

—¡Sam! ¡Sam, por Dios! ¡Contéstame, dime algo! ¡¡Sam!! ¡¡Vuelve!! ¡¡Sam!! —desesperada, decidió darle con la palma de la mano en su mejilla.

—¡Alma! ¡Alma! —dijo tembloroso y con voz tenue.

Alma le abrazó con fuerza contra su pecho.

—¡Sam! ¡Sam, mi hermano… no me abandones, Samuel, no me dejes, vuelve conmigo. ¡Podemos curarnos Sam, podemos vivir en paz, podemos ser felices de verdad y podemos contagiar a toda nuestra familia, a todos nuestros amigos, a todo aquel que se nos acerque! ¿Lo sientes? Yo lo siento con la mayor intensidad que jamás he sentido.

Samuel se quedó sin decir nada, sintiendo el calor del abrazo de Alma. Quería sentir lo mismo que Alma, pero su visión le trastornó. Sabía que su corazón no estaba todavía preparado. Alma estaba mucho más avanzada que él. El miedo todavía habitaba en su interior y eso le impedía brillar, como lo había hecho su padre o como lo estaba haciendo en ese momento Alma.

Alexey entró en la casa. Sabía que lo que habían leído era muy intenso, por eso les dejó tiempo para que se recompusieran. Cuando vio sus caras, sintió que había cumplido con lo que prometió a Martín. Sintió que le había ayudado, como él le pidió. Cerró sus ojos y agradeció a Martín todo lo que había compartido con él. Se quedó en silencio, sonriendo, manteniendo los ojos cerrados. Inspiró con fuerza y expiró lentamente. Sintió un escalofrío que recorría su espalda hasta la nuca y se extendía hacia arriba, como queriendo expandirse más allá de su cuerpo. Juntó sus manos y dijo para sí, en voz baja:

—El milagro se extiende. Gracias, gracias, gracias.

Dejó que los hermanos volvieran paulatinamente en sí. Mientras, preparó una infusión para reconfortarles.

Alma levantó sus ojos, besó a su hermano en la mejilla y éste le sonrió. Mantuvieron su mirada durante unos instantes y se abrazaron de nuevo.

Alexey llevó los tres vasos a la mesa. Alma se levantó y, tomando de la mano a su hermano, se sentaron junto a Alexey.

—¿Entendéis ahora mejor todo lo que os he estado contando sobre vuestro padre?

—Desde luego que sí, Alek. Desde luego que sí —respondió Alma, posando su mano sobre la de Alexey.

—¿Entendéis que considere a vuestro padre como alguien excepcional? Consiguió salir del antiguo pensamiento que le atrapaba y le impedía vivir plenamente, y se convirtió en un hombre absolutamente maravilloso. Vivió ese milagro el resto de sus días y, gracias a mi abuelo, que fue salvado por el vuestro, nosotros hemos podido experimentar ese milagro y contagiarnos de él. Nuestra vida es maravillosa y plena y queremos que todo el mundo lo experimente, sin importar el país, la edad, la religión o las creencias. Todo el mundo puede disfrutar de este regalo. Todo el mundo puede vivir una vida plena, todos podemos. Nadie puede quedarse fuera. ¿Me ayudaréis a extenderlo?

—Por supuesto que sí, Alek. Me comprometo con todo mi ser a hacer lo que haga falta, de la manera que sea —aseveró completamente convencida Alma.

—Sí, te ayudaremos —añadió Samuel, sin mucho convencimiento. En su interior seguía dudando, con miedo, pero no quería estropear el momento.

—Martín quiso que sus cenizas y las de vuestra madre descansaran en el lugar donde renació, aquí. Así que las depositaremos en un espacio que he preparado al fondo del huerto. Me siento absolutamente emocionado y agradecido de que descansen aquí. Su energía nos transmitirá fuerza para seguir adelante. Esperaremos a que vuelva mi familia y las depositaremos todos juntos. ¿Os parece bien?

—Mejor que bien, Alek, es perfecto —indicó Alma juntando las manos y sonriendo.

—Sí, claro que sí —expuso Samuel intentando disimular su malestar.

Samuel y Alma salieron a dar un largo paseo y permanecieron casi en silencio durante todo el trayecto. Al cabo de unas horas, llegaron de nuevo a casa de Alek. Katya y sus hijos habían regresado de la *master class* del famoso violinista.

Les recibieron con una gran sonrisa. Sabían que ya habían leído el diario y suponían cómo se sentirían. Fueron muy amables y cariñosos con ellos. Katya les dio un abrazo a cada uno, sin decir nada, en cuanto entraron. Los hijos estaban sonriéndoles, esperando a darles ellos también el suyo.

—Bueno, ¿qué os parece si vamos ahora a depositar las cenizas y luego lo celebramos con una buena cena de despedida?

—¡Nos vamos mañana! —exclamó con sorpresa Alma.

—Yo no era consciente tampoco. ¿Mañana nos marchamos? Yo me quedaría un poco más —Samuel no quería reencontrarse con su soledad de Pittsburgh. Después de todo lo que había vivido estos días, se le hacía muy difícil volver a estar solo. Tenía miedo de cómo reaccionaría.

—Samuel, escúchame atentamente —dijo con voz solemne Alexey—. Siempre que lo desees, siempre que lo necesites, siempre que quieras, nuestra casa será también la tuya —manifestó abrazando a su mujer y a sus tres hijos—. Siempre. Lo digo de todo corazón. Esta es vuestra casa.

—Muchas gracias familia. Muchas gracias, de verdad. No os podéis ni imaginar lo que he vivido aquí en tan sólo un par de días. Gracias, gracias, gracias —expresó Samuel emocionado.

Los dos chicos corrieron a abrazarle, sin pensárselo. Alma se quedó pasmada al ver este gesto y corrió a abrazarlo también. Alexey y Katya se unieron a ellos.

—Gracias, ¡sois maravillosos! ¡Venga, otra vez a llorar! ¡Si es que no paro! —refunfuñó sonriendo Samuel.

—Recuerda que las lágrimas disuelven el dolor. Cuanto más llores, menos sufrimiento experimentarás —informó Alexey.

—¡Pues no va a quedar ni gota de dolor! —repuso Samuel, provocando la risa de los niños de Katya.

La familia se vistió muy elegante, como para ir a una celebración. Alma y Samuel, al verlos, corrieron a la habitación en busca de algo un poco más acorde a ellos. Aunque no habían traído ropa tan de vestir, al menos pudieron ponerse algo más digno. Sacaron la última de las urnas de la mochila. Alma la llevó con mucho cuidado hasta el salón, le dio un beso y la depositó en la mesa. Los niños tomaron sus violines, se pusieron sus abrigos y salieron afuera. Casi había anochecido, pero el sol todavía tenía fuerza para reflejar un rayo naranja de luz sobre el huerto.

Alexey y Katya habían preparado un sitio muy especial donde, según Alexey, siempre daba el sol del mediodía. Habían puesto una pequeña lápida de piedra, de color gris, con los nombres de Martín y Blanca y dos velas rojas, una a cada lado, con forma de vasija. En el centro, un hueco en la tierra esperaba paciente para acoger las cenizas de ambos.

Cuando llegaron al lugar, los cinco rodearon el pequeño hueco y la lápida. Alexey tomó la palabra primero.

—Blanca, no te conocimos, pero viendo a tus estupendos hijos podemos hacernos una idea de cómo eras. Enhorabuena por la labor que hiciste con ellos. Aquí cuidaremos de vuestros restos terrenales con todo nuestro amor y cariño. Martín, gracias, gracias, gracias por haber aparecido en nuestra vida. Estábamos destinados a conocernos y que conocieras a nuestro vecino Stanislav Petrov. Tú nos lo redescubriste y, gracias a eso, aprendimos muchas cosas juntos. Martín, gracias por haber accedido a venir a conocernos, gracias por habernos enseñado que otra vida era posible, tanto que la estamos viviendo ahora mismo, una vida plena, llena de significado, con el propósito de ayudar a millones de personas. Nadie se quedará fuera. Cuando te contesté sí a tu pregunta de si yo te ayudaría, no esperaba que fuera tan maravilloso todo lo que nos iba a suceder. Ahora que estamos comenzando a recibir de vuelta lo que hemos hecho por extender este milagro, te puedo asegurar que es lo mejor que hemos hecho en nuestra vida y que, hasta nuestro último suspiro, lo propagaremos. Gracias, gracias, gracias, Martín.

—¡Qué bonitas palabras, Alek! Me has emocionado —indicó Alma con lágrimas en los ojos.

—Gracias Alek, no podría haberlo dicho mejor —añadió Samuel extendiendo su mano para estrechar la de Alexey.

—Gracias papá por todo lo que nos estás inspirando con tu propio ejemplo. Ahora sé que todo esto lo ideaste para nosotros, para que creciéramos como personas y te digo un sí rotundo a tu propuesta. Llevo este milagro en mi interior y lo voy a contagiar a todo aquel que esté en nuestra vida —Alma tuvo que detenerse un momento para coger aire y secarse las abundantes lágrimas que brotaban de sus ojos—. Mamá, quiero que sepas, aunque lo sabrás ya, que papá se recuperó y parece ser que se transformó en un hombre absolutamente excepcional. Estoy tan feliz de saber que murió en paz y habiéndose perdonado… Este es el mayor regalo que me llevo de este viaje. Gracias, gracias, gracias papá y mamá. Os amo.

—Bueno, papá, si llego a saber que iba a llorar tanto, no habría aceptado la propuesta de Richard de llevar a cabo esta locura. Ahora que estoy en este lugar tan alejado de casa, con amigos como ellos —dijo Samuel haciendo un gesto con la mano abierta, señalando a la familia— me doy cuenta del enorme esfuerzo que hiciste para convertirte en una persona extraordinaria, llegando incluso a Rusia. Te agradezco de todo corazón este regalo tan especial. Estoy aprendiendo muchísimo de tus enseñanzas y de todas las personas que te conocieron. Gracias papá, gracias mamá.

Alexey invitó a los hermanos a dejar las cenizas en el hueco de la tierra. Alma le dio un nuevo beso a la vasija y Samuel alargó la mano para acariciarla. Alma se agachó y la depositó con cuidado. Alexey se encargó de colocar tierra sobre ella para enterrarla.

Katya hizo un gesto a sus hijos. Ambos colocaron sus violines para disponerse a tocar. El mayor, Anton, comenzó a frotar su arco sobre las cuerdas de su violín. Al segundo, Adrik se unió a él. El precioso sonido de sus violines resonaba en las paredes del huerto, haciendo una reverberación muy especial. De pronto, Katya comenzó a cantar una preciosa canción rusa llamada *Ojos negros* al son de los violines de sus hijos.

Alma cogió de la mano a Samuel y se apoyó sobre su hombro. Ensimismados, escucharon la bonita canción, salida de un poema del siglo XIX.

La letra, traducida, decía así:

Ojos negros, ojos apasionados
Ojos ardientes, hermosos
Cómo os quiero, cómo os temo
Tal vez os conocí en un momento maldito

Oh, por algo sois más oscuros que lo profundo del mar
Veo en vosotros el duelo por mi alma
Veo en vosotros una llama de victoria
Consumido en ella, un pobre corazón

Pero no estoy triste, no estoy triste
Encuentro consuelo en mi destino:

Todo, lo mejor que en la vida Dios nos ha dado
Os lo sacrifico, ojos de fuego

Tras una estupenda cena en la que de nuevo probaron las delicias de la comida rusa y fueron capaces de comerse todo lo que allí había, comenzaron a tocar típicas canciones rusas. Al son de *Kalinka* o de *Katyusha* se divirtieron enormemente bailándolas y, también, interpretando canciones míticas americanas. Antes de decidir irse a dormir, todos cantaron *Imagine* de John Lennon. Fue un momento mágico de unión, en el que soñaron con un mundo en el que, de verdad, todos vivieran en paz.

Era la primera vez que cantaban esa canción con plena consciencia de que no era el sueño de un loco romántico, sino que era perfectamente posible alcanzarlo. Y ellos iban a contribuir a hacerlo realidad.

A la mañana siguiente, los hermanos se despidieron de Katya y de los hijos artistas, Anton y Adrik, agradeciendo lo bien que se habían sentido allí y prometiendo que volverían a visitarles, esta vez con la familia de Alma al completo. Incluida Julie, cosa que hizo enrojecer de nuevo a Anton.

Alexey les condujo hasta el aeropuerto de Moscú. Todo parecía muy diferente, comparado al día de su llegada. Alma y Samuel habían cambiado su interior con todo lo experimentado, leído y escuchado. Sentían que el viaje les había transformado para siempre y, aunque Samuel sabía que su proceso no estaba tan avanzado como el de su hermana, sentía una emoción que hacía muchos años había desterrado. Sentía de nuevo Esperanza y eso le hacía estar profundamente feliz y agradecido a todos los que habían contribuido a retornarla a su vida y, sobre todo, a su padre, a quien había comenzado a perdonar por todo lo ocurrido. Sabía que no era un perdón completo todavía, que algo faltaba porque seguía sintiendo algo de incomodidad dentro de él, pero estaba decidido a perdonarle del todo, después de lo que aprendió con Alexey y con su padre, a través del diario. Se lo tomaría con calma, paso a paso, puesto que todavía sentía miedo de volver a estar solo en Pittsburgh. Y eso le desestabilizaba.

Ya en el aeropuerto internacional de Sheremétievo, Alexey se despidió de ambos.

—Alma y Samuel, habéis superado todas mis expectativas, ya de por sí altas. Vuestro padre no paraba de hablar de vosotros y, he de deciros que no exageraba lo más mínimo. Sois absolutamente especiales y me siento profundamente honrado de haberos conocido.

—Gracias, gracias, gracias por estos dos maravillosos e intensísimos días, a ti, Alexey, y a tu hermosa familia —dijo Alma de nuevo con lágrimas en los ojos a punto de arrancar a llorar. Se abrazó a Alexey durante varios segundos, para darle un beso en la mejilla antes de separarse.

—¡En esta parte de Rusia se dan tres! —indicó riendo. Alma, sin pensárselo, le dio los dos que faltaban y luego, otros tres más.

—Estos por los del día que nos conocimos —rio Alma.

Samuel se abrazó efusivamente a Alexey. Éste le cogió de los hombros y le dijo:

—Samuel, me recuerdas mucho a tu padre. Estando contigo es como si hubiera recuperado a Martín y esa ha sido una sensación maravillosa. Tu padre te adoraba, tú eras el clavo al que se aferraba cuando pasaba por malos momentos. Tú eres la razón por la que él comenzó a cambiar para convertirse en mejor persona. Creía que haciéndolo, podría ayudarte con su ejemplo a que tú también lo hicieras. Él se atormentaba pensando en cómo te había fallado y el perdón hacia sí mismo fue lo que más le costó, pero lo consiguió —Samuel no pudo aguantar más y, tras tratar de retener las lágrimas, tensando su gesto en la cara, volvió a llorar—. Llora todo lo que tengas que llorar, Samuel. Acuérdate de que las lágrimas deshacen el dolor y el sufrimiento. No tengas miedo por llorar, teme al dolor que no dejas que salga de dentro de ti.

Samuel, tu padre confiaba más en ti que en él mismo. Perdónate. Libera todo tu potencial, deshazte de la inútil culpa creada por ti y vive una vida plena. Contagia tu milagro a todos los que te rodean. Te doy mi palabra de que el amor que vas a recibir de vuelta es tan grande que nunca jamás volverás a sufrir. Yo he aceptado el reto que me planteó tu padre, le dije un sí sincero y definitivo y estoy plenamente comprometido. Quiero un mundo mejor y deseo que tú seas partícipe de todo esto y me ayudes a hacerlo más grande. Samuel, ¿me ayudarás?

Samuel se quedó mirándole a los ojos, en silencio. Sabía que le insistía porque su anterior sí no había sido muy convincente y esta vez requería una respuesta sincera.

—Alek, yo sí que quiero, pero no sé si seré capaz —apuntó bajando la mirada avergonzado.

—Tu padre confiaba en ti y yo confío en ti. Casi no te conozco, pero mi alma me asegura que confiar en ti es apuesta segura y yo siempre hago caso a mi alma. Sólo hace falta que tú confíes en ti mismo. No es un proceso que pase de la noche a la mañana, pero sí es constante. Debes dar los pasos, por pequeños que sean, a diario, para acercarte a ti mismo, a tu esencia. Sé que lo harás y ¿sabes por qué? Porque si yo lo he conseguido, tú también lo harás. Todos estamos unidos, todos somos Uno.

Samuel miró de nuevo a los ojos de Alexey. Sostuvo su mirada durante un breve instante y le contestó.

—Está bien Alek, lo intentaré.

—Hazlo.

—Sí, lo intentaré, de verdad.

—No, Samuel. No lo intentes, hazlo. ¡Hazlo! —insistió Alexey apretando el puño en señal de fortaleza.

—Está bien, lo haré, lo haré.

—Merecerá la alegría, Samuel, no sabes cuánto.

Alexey despidió a los dos hermanos, convencido de que extenderían el milagro que acababan de conocer. En su interior, su alma le decía que se volverían a ver. Y sería pronto.

El regreso

El viaje de regreso desde Moscú hasta Miami fue largo, por lo que Alma y Samuel tuvieron tiempo de revivir todas las experiencias que habían tenido. Durante el vuelo directo no durmieron ni un minuto, riendo y llorando al recordar a todas las personas que habían conocido. A Juan y a Pedro, los peculiares taxistas, a la fantástica Sole, a los misteriosos Fernando y Toribio, de los cuales Alma seguía guardando el secreto que le reveló Sole. Tomás, el que en agradecimiento puso el nombre de Martín a su tienda de cocinas. A los extraordinarios Fermín y Reme, que tanto les enseñaron. Y, por último, a Alexey y a su familia y, por supuesto, a Stanislav Petrov, a través del diario de Martín. La semana parecía haberse alargado meses. Alma se sentía como jamás se había sentido. Contaba los segundos para volver a ver a sus hijas y a Robert. Estaba nerviosa porque llegara el momento de abrazarles y contarles todo lo vivido.

Samuel, por el contrario, sabía que le quedaba mucho camino por recorrer. Y eso le mantenía un poco tenso. Aun así, apreciaba un enorme cambio en su interior, un cambio que creía que sería para siempre. Para él era un grandísimo paso, teniendo en cuenta el estado del que partía. La Esperanza que acababa de renacer en él seguía viva y a ella se aferraría para iniciar su ansiada recuperación. Había aprendido mucho, muchísimo, más de lo que era consciente, y el paso de querer perdonar definitivamente a su padre era lo más valioso que se traía de este viaje. Su corazón ansiaba perdonarle, era consciente del peso que había soportado estos últimos años de su vida y estaba cansado, ya no lo toleraba más. Llevaba tiempo gritándole por su liberación y había llegado el momento de hacerlo. Estaba decidido, liberaría su corazón. Perdonaría a su padre.

Alma sentía el dolor del proceso que estaba viviendo su hermano. Le conocía bien. Le dio su espacio y no quiso preguntarle nada, pues conocía perfectamente las respuestas a todas las preguntas que podría hacerle. Simplemente se limitó a tomarle de la mano, a apoyar su cabeza en su hombro y a sonreírle. Eso era lo único que necesitaba. Ella también confiaba en su hermano, siempre lo había hecho. Estaba segura de que lo conseguiría, a su ritmo, pero lo conseguiría. Mientras, ella se prepararía para ser mejor persona y ayudarle a él y a su familia, para que se contagiaran de esta nueva forma de ver la vida y que el milagro se extendiera.

Aterrizaron en Miami. Samuel tuvo que quedarse en la zona de tránsito para tomar el siguiente vuelo a Pittsburgh. A los dos días comenzaba a dar clases de nuevo y no podía quedarse ni un sólo día en casa de Alma, cosa que le habría encantado. Añoraba sentirse acompañado y a las niñas. Su reto no iba a esperar más. Comenzaría nada más tomar tierra en Pittsburgh.

—Hermanito, han sido los días más increíbles que he vivido jamás y, de lo que más me alegro, es que los he compartido contigo. Te voy a echar infinito de menos. Me he acostumbrado a tenerte de nuevo en mi vida y me va a costar no verte en persona a diario.

—A mí también, Alma. Me va a costar mucho, va a ser una temporada un poco difícil para mí, pero también necesaria. Te voy a echar muchísimo de menos, hermanita. Gracias por haberme insistido en cumplir los últimos deseos de papá. No me esperaba lo que ha ocurrido, ha superado todo lo que me imaginé y era mucho, no creas.

—Para mí también ha sido mucho más de lo que creía que iba a ser. Y, ¿te has dado cuenta?

—¿De qué?

—¡Que es sólo el primer viaje! —exclamó entusiasmada Alma.

—Como los demás sean así de intensos, ¡voy a tener que hacer ejercicios de cardio para fortalecer mi corazón! Y creo que necesitaré un trasplante de lagrimales —manifestó riendo.

—¡Ja, ja, ja! ¡Y yo! ¡Anda que no hemos llorado!

—Si es cierto que las lágrimas limpian el sufrimiento, el mío lo tengo limpio como una patena, resplandeciente a más no poder.

—¡Ja, ja, ja! Hermanito, de verdad que te voy a echar mucho de menos. Anda, ve a la puerta de embarque de tu vuelo, que se te va a hacer tarde. Llámame en cuanto llegues, ¿ok?

—Claro, lo haré Alma.

—Te quiero mucho, Sam.

—Y yo a ti, Alma. Dale un beso enorme a las niñas, a Robert y a Flora.

Los dos se fundieron en un abrazo. Samuel se despidió y se dirigió a la puerta de embarque de su vuelo a Pittsburgh. Habría deseado ver a las niñas, pero esta vez no pudo ser, lo haría por video conferencia de nuevo.

Alma salió de la zona de Llegadas y corrió a abrazarse a sus tres hijas. Las niñas gritaron como locas. Para ellas también había sido duro no tener a su madre durante una semana, era la primera vez que se separaban de ella en toda su vida. Su gran abrazo denotaba lo mucho que la habían echado de menos. Robert se acercó y acarició el cabello de Alma, que permanecía abrazada a ellas. Levantó la mirada y allí estaba su marido, el hombre de su vida. Le dio tal beso que casi se cae de espaldas. Flora sonreía viendo la escena. Después se acercó a ella y le dio un gran abrazo. Sin decirle palabra, la cogió con las palmas de sus manos y la miró a los ojos. Asintió con la cabeza y, de pronto, comenzó a llorar. Flora, con una sola mirada, había percibido todo lo que Alma se traía consigo del viaje. Le sonrió y le dio un beso en la mejilla.

Samuel aterrizó varias horas después en Pittburgh. La sensación que tuvo cuando volvió en Navidad se repetía de nuevo, pero esta vez, más acentuada. Era el mismo aeropuerto, la misma ciudad, el mismo apartamento donde vivía, pero era como si ya no perteneciera a ese lugar. Se sentía ajeno a todo. No sentía que ese fuera su sitio, aunque tampoco tenía claro cuál era el suyo ahora. Decidió, como hizo la vez anterior, aparcar todos sus pensamientos hasta que pasaran algunos días, para que el proceso de volver a habituarse fuera un poco más sencillo.

Alma, impaciente porque no recibía la llamada de Samuel, le llamó justo cuando entraba en su apartamento.

—¡Sam! ¿Todo bien? ¿Has llegado bien?

—Sí Alma, acabo de abrir la puerta de mi apartamento. Estoy entrando ahora mismo.

—¡Ah! ¡Ok! Sólo quería saber cómo estabas y decirte que te quiero, no sé si te lo había dicho antes.

—Algo de eso me suena, sí —dijo riendo—. Yo también te quiero, Alma. ¿Cómo están las niñas? ¿Y Robert y Flora?

—Están muy bien. Ansiosas porque les cuente todo lo que hemos visto. Con tanta intensidad, ni siquiera les he traído nada.

—No les has traído nada material, pero lo que te traes dentro es muchísimo más valioso y útil y les servirá para toda la vida.

—Vaya, Sam. No dejas de sorprenderme.

—Ya sabes, me hago el despistado, pero en realidad lo pillo todo.

—Ahora sólo hace falta que lo apliques a ti mismo.

—Bueno, eso lo haré con el tiempo.

—Sé que lo harás. Siempre que quieras llamarme hazlo, por favor. Nadie como yo te puede entender mejor. Así que llámame. ¿Lo harás?

—Lo haré.

—Tengo aquí a alguien que quiere decirte algo.

—¿A quién? —expresó sonriendo.

—Te pongo en altavoz.

—¡Hola tío Sam! —gritaron las niñas— Tío, ¿cómo estás?

—¡Muy bien chicas! Aquí estoy, ya en Pittsburgh.

—¿Cuándo vienes a Miami a vernos? —preguntó Julie.

—Pues no lo sé todavía.

—¿Vendrás a vernos pronto? —preguntó Amy.

—Seguro que sí.

—¡Hola, Sam! Ya me ha contado Alma que ha sido muy bonito todo lo que habéis vivido. Me alegro mucho de que hayáis hecho este viaje y que lo hayáis hecho juntos —manifestó Robert.

—Muchas gracias Robert. Ya te contará los pormenores, que son muchos. Ha sido un gran viaje.

—Cariño, ¡te queremos mucho! Cuídate, ¿vale? —dijo una voz por detrás que resultó ser de Flora.

—¿Flora? ¡Sí, lo sé! ¡Yo también os quiero mucho a todos vosotros!

—Bueno, te dejamos que descanses, que estarás agotado —añadió Alma, cortando el altavoz y hablando por el micrófono.

—¡La verdad es que sí! ¡Un beso a todos!

—¡Espera! —se oyó una voz de una de las niñas y un pequeño forcejeo para arrebatarle el móvil a su madre.

—¡Tío! Muchas gracias por lo que me dijiste —se oyeron pasos alejándose de los demás—. Ha funcionado mejor de lo que creía. Sigo siendo auténtica y eso ha hecho que no sólo le guste al chico aquel que, por cierto, ya no me gusta, porque no es para nada auténtico, sino que otros han comenzado a fijarse en mí. Y todas las supuestas amigas que querían ayudarme han desaparecido de mi vida, pero se han quedado las buenas. Y otras han querido, de repente, conocerme más. Estoy alucinada.

—¡Esa es mi chica! ¡Qué orgulloso estoy de ti, Julie! Enhorabuena. Yo te prefiero como eres, auténtica. Me encanta mi Julie, no me gustaría que te convirtieras en una persona que no eres.

—No pienso hacerlo. Si cambio es porque yo lo decido.

—Madre mía, qué madura eres, Julie. Me dejas asombrado.

—Muchas gracias tío Sam. Un besito.

—Un beso, pequeña.

Samuel se quedó con una sonrisa placentera. Tras la llamada, se sentía más tranquilo. Como había decidido, comenzó a deshacer la maleta y a intentar volver a la normalidad cuanto antes. Dejaría pasar el tiempo y reposar todo lo que había vivido.

Al deshacerla, vio la cámara de su padre. La miró con nostalgia. Recordaba cuando Martín le explicaba todo lo que sabía de fotografía. Tendría unos catorce o quince años cuando su padre la compró de segunda mano. Martín, ahora Samuel lo sabía, había aprendido todo, a su vez, de su propio padre y éste ¡del mismísimo Robert Capa!

Al mirar la cámara recordó sus enseñanzas para el manejo de la *Leica M4*. No parecía que hubiesen pasado más de veinte años desde su padre la compró a un amigo. Estaba intacta. Su estructura, sobria y elegante, con la parte superior de color plata y, la inferior, recubierta por una pieza de cuero negro que estaba en perfecto estado, combinaban a la perfección. Comprobó que tuviera carrete y, con absoluta sorpresa, vio que tenía uno dentro y que le quedaban dos fotos. Pensó que, quizás, el carrete era de la época en la que él y su padre hacían fotos juntos, aunque podía ser que fuera moderno.

Intentó recordar cómo tomar una buena foto. Apuntó por el visor a un marco con una instantánea de sus tres sobrinas y comenzó a recordar qué parámetros debía controlar. Vagamente rememoró que tenía que poner la sensibilidad del carrete, su valor ISO. Suponía que su padre la habría puesto correctamente cuando lo introdujo.

De repente, un recuerdo vino a su mente con absoluta nitidez. Él, adolescente, estaba junto a su padre, que le explicaba los valores que veía a través del pequeño visor. Le vino a la mente cómo le explicaba, con paciencia, cada parámetro que tenía que tener en cuenta para realizar una buena fotografía. Recordaba todavía el símil que hizo Martín del funcionamiento de la cámara con el de los ojos humanos, para tratar de que lo entendiera mejor. La pupila del ojo se abre más o menos, dependiendo de la distancia del objeto al que estamos mirando, para enfocarlo. Esto sería el equivalente al valor de apertura. Por otro lado, cuanto más tiempo esté el ojo abierto, más luz captura, igual que una cámara, que abre el obturador más o menos tiempo para capturar más o menos luz. Es el arte del equilibrio de la luz en la escena. Su padre le decía a menudo que los fotógrafos son los escultores de la luz. Y no le faltaba razón, porque tenían que jugar con ella para iluminar la escena y lograr el efecto que buscaban.

Rememorando todo esto se imaginó a Endre, alias Robert Capa, tomando fotografías en las que tenía que controlar todos aquellos parámetros, en décimas de segundo, para capturar el momento exacto. Era realmente complejo, todo un arte.

Intentó averiguar dónde estaba el dial de la apertura, pero no lo encontró. Miró por todos lados y no dio con él. Se le ocurrió echar mano de internet para comprobar si todavía había alguien que tuviera una cámara como ésta. Era complicado, ya que habían pasado más de dos décadas, pero pensó que en la red se podía encontrar de todo. Sorprendentemente, no tuvo que indagar demasiado porque la marca *Leica* era una de las más cotizadas para los amantes de la fotografía, sobre todo las cámaras analógicas antiguas como la suya. Había decenas de videos explicando cada detalle de la cámara. Además averiguó, para su sorpresa, que el modelo que compró su padre era de 1968. Estupefacto por el hallazgo, por fin descubrió dónde estaba colocada la apertura, en uno de los anillos del objetivo. Era una ubicación que sólo había visto en esta cámara. En las actuales, solían hacerlo pulsando un botón o accionando una ruleta destinada a tal fin.

Sin pensárselo mucho, apretó el disparador e hizo una foto.

En ese mismo video, averiguó cómo se recogía a mano el carrete. Primero debía bajar una pequeña palanca que tenía en el frontal, liberando el sistema de rebobinado. Le hacía mucha gracia la manera en la que se hacían antes las cosas. Quizás por la nostalgia no le molestó, sino que más bien le acabó gustando el tener que girar el dial, ayudado por una pequeña palanca que levantó previamente para realizar el rebobinado hasta que toda la película estuvo recogida dentro del carrete. Pensó que revelaría esa película para ver qué fotos encontraría en ella. Tal vez se sorprendería o, quizás, después de tanto tiempo, la película estaría deteriorada y no sería posible recuperar ninguna imagen.

Tanto Samuel como Alma durmieron plácidamente toda la noche. Por la mañana, Richard llamó a ambos para que le contaran cómo había ido todo. Por lo visto, sabía bastante, porque preguntaba cosas que, a priori, no tenía por qué conocer. Al mediodía, un mensaje sonó en los móviles de los dos hermanos. El albacea les daba las gracias, tres veces, por haber depositado las cenizas en los primeros emplazamientos. Les felicitó por su valentía y por haber cumplido con el primer viaje que Martín había planificado. También les dijo que, para verano, iniciarían el siguiente.

Alma no pudo aguantar ni un segundo y llamó de inmediato a su hermano.

—¡Alma! ¡Pero mira que eres impaciente! ¡Ja, ja, ja! ¡Casi no he podido ni leerlo!

—¡En verano, hermanito! ¡El segundo viaje será en verano! ¡Qué bien! ¡Tendremos más tiempo para poder disfrutarlo!

—No estoy seguro de querer que el siguiente viaje sea más largo, porque como me pase como éste, ya te puedo asegurar que voy a empezar a buscar unos lagrimales en el mercado negro, ¡ya mismo! —expresó dejando sonar una gran carcajada.

—¡Ja, ja, ja! Va a ser genial, hermano. Yo me he levantado con una energía como si hubiera dormido una semana seguida. Estoy súper activa y animada, ¡llena de felicidad, Sam! Gracias por haberme acompañado, gracias por haber estado a mi lado y gracias por haber crecido junto a mí.

—Bueno, ¡algo menos que tú!

—Aquí no hay comparaciones, Sam. Cada uno creceremos a nuestro ritmo, no te compares conmigo, porque tú partías de una situación mucho peor. Por lo que sea, en este caso, yo me lo tomé mejor, pero quizás, en otra situación, ocurre justo al contrario.

—Gracias Alma. Siempre aciertas con tus palabras.

—¡Vaya! ¡Eso nunca me lo habías dicho! ¡Gracias, Sam! —gritó emocionada.

—¿El qué?

—¡Lo que me acabas de decir!

—Yo no te he dicho nada.

—¡Sí que me lo has dicho! ¡Lo he oído perfectamente!

—No sé de qué me hablas.

—¡Ja, ja, ja! Se te ha escapado y ¡seguro que lo llevabas pensando años!

—Bueno, tampoco tanto tiempo.

—¡Ja, ja, ja! Gracias Sam. Bueno, te dejo que voy a hacer planes, que ¡tengo millones de ideas! ¡Un beso! —exclamó efusivamente Alma.

—¡Un beso! ¡Y otro para todos!

Alma estaba exultante de energía. Estaba decidida a seguir creciendo como persona y a expandir el milagro que su padre también había extendido. Tenía fe absoluta en que conseguiría hacerlo, no tenía ni idea de cómo, pero eso no importaba, lo haría.

Samuel no quería compararse, pero no podía evitar hacerlo. Sabía que no había disfrutado tanto como su hermana, pero también sabía que había recibido más enseñanzas que nadie. Costaría hacerlas suyas, pero estaba decidido a ello. No quería volver a vivir en la miseria mental en la que estaba metido. Creía fielmente lo que Alexey le había dicho, lo vio con sus propios ojos. Lo que Sole y Reme le contaron de su padre era la demostración de que se podía conseguir. Esta vez no se dejaría vencer, esta vez, no.

El país de los cuatro mundos

Los meses transcurrieron diferentes para los dos hermanos.

Para Alma fueron los mejores de su vida, aunque con ciertos altibajos y dificultades.

Ella decidió que seguiría formándose para seguir creciendo y convertirse en mejor persona, con el fin de ser ejemplo vivo para todos. Fue a eventos de grandes mentores, leyó más libros que en toda su vida sobre temas tan diversos como la metafísica, el perdón, el amor, el propósito de vida, la gratitud, la meditación, el alma... Visionó centenares de videos en internet. Indagó en su interior para hacer, de toda esta información, un aprendizaje y convertirlo en conocimiento.

Robert llegó a pensar que estaba un poco trastornada. Por mucho que ella le insistía en que leyera también, Robert no estaba en el mismo punto y no le apetecía explorar dentro de él. Aun así, la apoyó en todo, ayudando con la crianza de las niñas cuando ella se ausentaba. Las niñas estaban desconcertadas ante el comportamiento de su 'nueva' madre. Amy y Julie lo aceptaron mejor, pues veían que lo que trataba de hacer era bueno para ella y la apoyaron. De hecho, Julie comenzó también a leer algunos libros sobre el tema, por curiosidad.

Evelyn fue la que peor lo llevó. Echaba de menos la anterior versión de su madre y constantemente trataba de llamarle la atención para que le hiciera caso. Comenzó a faltar a clase y, un día, fue expulsada por insultar a un profesor. Eso descolocó profundamente a Alma y le hizo dudar de si lo que estaba haciendo era realmente una locura. A esto se le añadió que, aunque Robert la apoyara, notaba en su energía que no estaba muy en consonancia con las cosas que decía o aprendía. También creía que se estaba alejando cada vez más de él. Ella crecía por un camino y él seguía en el mismo sitio, inmóvil. Aun así, amaba a su marido con todo su corazón y Robert la amaba a ella sinceramente. Era más una cuestión de volver a reequilibrar la pareja.

Varias amigas dejaron de llamarla porque decían que, desde que había vuelto del viaje, hablaba raro y que ya no tenían nada en común. En realidad así era. Alma no sólo quería hablar de la maternidad y de los problemas de pareja, o de las series de moda, así que ya poco tenía en común con esas amistades. Pero antes de rendirse a la evidencia intentó que ellas también iniciaran su proceso de crecimiento, y la respuesta fue aún peor de lo que podía prever. Algunas la trataron directamente de loca y otras creían que se había metido en una secta o algo parecido. Prefirieron alejarse. Alma, en un principio, vivió esa pérdida de amistades como un duelo, pero al cabo de pocos meses se dio cuenta de que el proceso que había seguido era lo que su ser anhelaba y que no iba a dejar de hacerlo porque las mentes estáticas de sus amigas no lo entendieran. Si tenían que desaparecer de su vida, que así fuera.

Encontró en Flora su gran apoyo. Ella llevaba años haciendo su propio proceso de descubrimiento de sí misma y parecía que había encontrado el equilibrio con la vida cotidiana. Las conversaciones con ella apaciguaban sus miedos y aquietaban su mente. Daba gracias a diario por tener a Flora en su casa, casi por casualidad.

Lo que peor llevó fue el hecho de intentar expandir lo que su padre, Stanislav y Alexey habían llamado milagro. Lo intentaba de mil maneras, pero nadie le hacía caso. De hecho, dejó de intentar hacerlo, porque producía el efecto contrario al que deseaba.

Suponía que aún le quedaba mucho por aprender, pero lo que estaba viviendo en su interior le dio el suficiente impulso como para querer seguir adelante y sentirse cada vez más feliz y en paz consigo misma. Esa sensación no la había tenido nunca, ni cuando todo era perfecto durante el noviazgo con Robert. Esto era muy distinto, mucho más grande que un simple enamoramiento, mucho más que ella misma, mucho más allá de ella.

Los meses pasaron de forma muy diferente para Samuel. Él sabía que tenía que superar ciertos detalles antes de iniciar su crecimiento y la asimilación de todo lo que había aprendido. Todavía no se veía capacitado para iniciar nada. Durante la primera semana de vuelta en Pittsburgh encontró un estudio fotográfico, a las afueras de la ciudad, donde todavía revelaban carretes de fotos. No se comprometieron a nada, pero le prometieron que harían lo que fuera por revelar todas las que pudieran permanecer en aquel vetusto carrete. A la semana y media recibió un mensaje diciéndole que podía pasar por la tienda a recoger las instantáneas. Samuel se ilusionó profundamente. ¡Le habían avisado que había fotografías! En cuanto terminó sus clases del martes fue a recogerlas en su coche, un *Mazda 3* de color azul. Nervioso, entró en la tienda.

—¡Buenas tardes! —exclamó con una sonrisa de oreja a oreja el dependiente del laboratorio fotográfico.

—¡Buenas tardes! ¿Ha salido alguna?

—¿Alguna? ¡Todas! ¡Están en perfecto estado!

—¿En serio? ¿Cuántas?

—23, señor.

—¡Madre mía 23 fotos!

—Creo que algunas le van a gustar mucho. Siento haberlas visto con tanto detalle, pero estoy admirado de que hayan salido, y algunas de ellas están hechas con sumo gusto. Hay una, en concreto, de una mujer sentada en una silla frente a un gran ventanal, donde el juego de luces y sombras es espectacular.

—¿De una mujer sentada en una silla? —preguntó aturdido Samuel.

—Así es.

—Como le digo, hay varias realmente buenas. ¿Con qué cámara las hizo?

—Con una *Leica M4* del 68.

—Ahora lo entiendo todo. Esa es una de las mejores cámaras que se han fabricado jamás.

—Lo descubrí hace bien poco.

—Están muy cotizadas en el mercado de segunda mano. Si alguna vez desea deshacerse de ella, no dude en contactar conmigo. Colecciono cámaras y, aunque tengo varias *Leica*, no son tan antiguas como la suya.

—Muchas gracias, lo tendré en cuenta. Hasta pronto.

—¡Hasta pronto!

Samuel no se atrevió a abrirlas en la tienda, por miedo a que le causaran demasiado *shock*. Esperaría a estar tranquilo en casa.

Condujo pensando en qué foto sería la que le había comentado aquel dependiente. No recordaba que él hubiese hecho alguna parecida. Habría sido su padre. Quizás la instantánea la había hecho estos últimos años, antes de morir.

Al llegar a casa, tiró su abrigo y su bolsa con el portátil encima del sofá de dos plazas gris y depositó el sobre con las fotos encima de la mesa del salón. Las abrió con nerviosismo y algo de miedo.

La primera foto era de su casa, de la casa familiar en la que creció. No recordaba haberla hecho él, por lo cual pensó que sería de su padre. Las siguientes eran de las plantas del jardín que cuidaba su madre. Algunas eran realmente bellas. De pronto, apareció la que al dependiente del laboratorio fotográfico le había llamado la atención. A simple vista era una gran fotografía. No recordaba haberla hecho él tampoco. Este carrete debió hacerlo entero su padre. Escudriñó la cara, casi en penumbra, de la mujer que estaba sentada en una silla, iluminada por la luz del sol que se colaba por el ventanal que daba al jardín y, para su sorpresa, ¡era su madre! ¡Estaba hecha en su casa familiar! El jardín que se intuía al fondo, a través de la ventana, ¡era el jardín de su casa! Ella estaba leyendo un libro y la escena era preciosa, la luz jugaba con los largos rizos de su melena, formando un juego de luces y sombras único. Los rayos, perfectamente visibles, llegaban a iluminar el libro y provocaban una sombra hacia ella muy especial. Pese al contraste de iluminación que había entre la estancia y el jardín, su padre había conseguido capturar todos los colores y detalles de las plantas que se podían ver desde su posición y que su madre cuidaba con tanto mimo. Su padre se las ingenió para capturar, perfectamente, aquella complicada escena.

No era ningún experto en fotografía, tan sólo sabía lo básico que su padre se encargó de transmitirle, pero la foto era como para presentarla a concurso. De pronto, le pareció ver…

—No puede ser, ¿por dónde tengo mi lupa? —dijo Samuel mientras abría uno a uno los cajones del mueble del salón, rebuscando en ellos. Por fin, en el último, encontró la lupa. La utilizaba para realizar un experimento en clase y era bastante potente. La puso sobre la foto y… ¡Sorpresa!— ¡Pero si mi padre está en el jardín! Y que yo recuerde, nadie más sabía manejar la *Leica*. O sea, que esta foto, ¡la hice yo!

Asombrado por el descubrimiento, no sólo por el hecho de que la instantánea era muy buena, sino porque ni se acordaba de haberla tomado, decidió que compraría algún carrete más para retomar un *hobby* que le había apasionado cuando se inició en él. Pero, al observar la última fotografía que había hecho del marco de fotos de su casa, una semana atrás, comprendió que todavía necesitaba mucha práctica para volver a dominarla como antes.

Continuó revisando el resto y eran retratos de detalles de la casa, desde ángulos extraños. Después aparecieron fotos de su padre en el barco que usaban para navegar, posando, y otras con su madre, abrazados, y en otra, besándose, aunque en esta última la imagen no tenía nitidez.

Llegó a la última instantánea y se percató de que el carrete entero lo había hecho él mismo. De esta última sí que se acordaba. Era una foto poco usual, no por lo que había representado en ella, dos manos de dos personas diferentes, sino por el extraño gesto que estaban realizando. La de la derecha pertenecía a su padre, mientras que la de la izquierda era la suya propia. Ambas aparecían con la palma hacia arriba, una al lado de la otra y con el metacarpo, el hueso del dedo gordo más próximo a la palma, completamente doblado hacia adentro. Esta foto se la hicieron porque, en la familia de su padre, él, su abuelo y su bisabuelo, hasta donde sabían, eran los únicos que podían doblar los dedos gordos de esa manera tan especial. Un asunto hereditario.

Fue un día en el que su hermana Alma, en plena pubertad, no paraba de gritar todo el tiempo, que era la oveja negra de la familia y la incomprendida, a la que nadie entendía. Antes de hacerse la foto, discutió con su padre por algo que Samuel no recordaba y se subió a su habitación, encerrándose en ella, dando un portazo para que se oyera en toda la casa. Su padre, casi susurrando, le dijo a Samuel: "La verdad es que cada día la entiendo menos. Al menos tú y yo nos entenderemos siempre, porque somos iguales. Hasta hacemos el gesto del dedo gordo. Nadie más puede. Sólo nosotros".

Samuel, con los ojos abiertos de par en par, recordando la escena como si hubiera sucedido el día anterior, fue consciente del peso de las palabras de su padre. Era con él con el que se entendía perfectamente y, para Martín, ellos dos tenían un carácter muy parecido, justo lo contrario de lo que pensaba en aquel momento, que únicamente estaba de acuerdo con el parecido físico.

Samuel pensó que, si esas fotos estaban en ese carrete era porque ya no hizo ninguna más. Recordaba que su afán por la fotografía había durado muchos años, pero estaba claro que había abandonado su *hobby* de forma muy rápida, dejando incluso aquellas fotografías sin revelar. Intentó recordar por qué no había continuado con aquella afición. Era algo que no entendía, porque realmente le apasionaba hacer fotos. De pronto, un pensamiento pasó por su mente: el trabajo de su padre. En aquella época fue cuando la empresa familiar comenzó a crecer de forma exponencial. Fueron tiempos de bonanza económica para la familia. Fue la época en la que Martín se unió con sus otros dos socios, los que más tarde le traicionarían. Su padre desapareció de la vida familiar. No iba a comer jamás con ellos, fines de semana incluidos. En las cenas, siempre llegaba tarde y tenía reuniones a todas horas. En ese momento fue cuando dejaron de salir con el barco, cuando Samuel se apuntó al equipo de *basket*, a cuyos partidos jamás asistió Martín. Entonces, recordó perfectamente el motivo que le llevó a abandonar la fotografía. Decidió dejar la cámara en un cajón, a la espera de que su padre volviera a hacer fotos con él. Nunca más volvió a manipular aquella cámara.

Samuel todavía tenía mucho que perdonar a su padre. Para él, una cosa era tomar la decisión de perdonarle y otra muy distinta conseguirlo del todo. Viendo esas fotografías, fue consciente de que había muchas situaciones pasadas que seguían generándole resentimiento hacia él. Pero en esta ocasión algo marcaba la diferencia, era la primera vez que era consciente de tener el poder de elegir lo que sentía. Otras veces se habría dejado llevar por las emociones de resentimiento, eso sabía hacerlo a la perfección y dejarse caer en la negatividad, en el rencor y el victimismo. Pero ya estaba harto de todo eso, estaba harto de sufrir. No podía permitir que unas fotos tomadas hacía más de dos décadas le hicieran sentir mal y fastidiarle el día. Esta vez, dio un paso mental atrás para poder ver con mayor claridad las dos opciones que tenía. La voz de Alek, diciéndole que podía cambiar lo que sentía del pasado, resonaba con contundencia en su cabeza. Si creía que era posible, lo tenía que llevar a la práctica y era el momento. Intentó pensar de forma diferente acerca de todo lo que sintió en aquella época con su padre. Tenía que transformar en algo positivo aquel sentimiento de abandono y de desatención.

Decidió centrarse en las cosas que, según él, eran buenas de todo lo que pasó. Pensó que, por ejemplo, sabía hacer fotos porque Martín pasó horas y horas con él, explicándole el manejo de una cámara tan compleja como la que tenían. Yendo más allá, fue consciente de que estudió donde quiso porque la empresa de su padre dio la suficiente abundancia a la familia como para pagar la universidad que eligieron. Gracias al esfuerzo y al trabajo de su padre, nunca le faltó de nada.

Samuel se detuvo un momento para observarse y comprobar qué sentía en su interior. Percibió que se había calmado, que la energía del odio se había apaciguado. Su espalda se había relajado, al igual que su estómago y sus intestinos.

—Madre mía, y sólo con frenar a tiempo y cambiar el pensamiento. ¡Y ha sido inmediato! En otro momento estaría tomándome ya las pastillas para calmar mi acidez crónica estomacal. Porque lo estoy viviendo en mis propias carnes, que si no, no lo creería —dijo para sí, negando con la cabeza.

Samuel continuó hablando solo.

—O sea, que el truco está en estar atento a todo lo que me pase para, cuando empiece a entrar algún pensamiento que me haga sentir mal, frenarlo, dar un paso atrás y cambiar la manera de pensar sobre él. Bueno, comienzo a tener un método, ¡eso es un gran adelanto!

Feliz por lo conseguido, volvió a revisar las fotografías. Cada vez le parecían mejores.

Los meses pasaron muy rápido. El verano llegó casi sin avisar y las clases de Samuel tocaron a su fin. Alma estaba enfrascada en incontables formaciones, asociaciones y proyectos. Había aprovechado su tiempo como nunca antes lo había hecho.

Samuel estuvo entrenándose con todo lo que acababa de aprender y había avanzado mucho. El sueño repetitivo volvía de vez en cuando. Cada vez que lo soñaba, extraía nuevos detalles. En el último, dos semanas antes de terminar sus clases, se fijó que cuando el tren estaba saliendo de la estación, su madre a lo lejos, desesperada por él, quería bajar en marcha, pero Alma la agarraba por la cintura para que no saltara. Notaba su agonía, su desesperación. Seguía sin darle un sentido a lo que el sueño significaba, porque desde luego, algo le estaba queriendo transmitir. Decidió apuntárselo todo. Para ello, había dejado un cuaderno en la mesilla de noche de tal forma que, cuando se despertaba sobresaltado, en lugar de enfadarse por haber vuelto a tener la pesadilla, anotaba rápidamente todos los detalles que recordaba. Esa manera de actuar tenía un efecto colateral. Al plasmarlo en un papel, su cerebro descargaba aquella información, lo que le producía una relajación instantánea permitiéndole, rápidamente, conciliar de nuevo el sueño. De cuando en cuando, leía los apuntes en busca de una explicación. Tarde o temprano daría con ella. De eso estaba convencido.

Una semana antes de que Samuel comenzara las vacaciones escolares, Richard llamó a Alma.

—¡Hola Alma! ¡Cuánto tiempo! ¿Cómo te va?

—¡Hola Richard! Pues muy bien, la verdad. ¿Y a ti?

—Liado, con mucho trabajo, pero muy bien también. ¡Se acerca la hora de iniciar el nuevo viaje!

—¡Lo sé! ¡Estoy ansiosa por conocer el destino! —exclamó Alma dando un pequeño bote.

—Bueno, esta vez llevaréis tres urnas —informó Richard.

—De acuerdo. ¿Te encargas tú de hablar con David?

—Sí, ya están preparadas —afirmó Richard.

—¡Qué eficiencia!

—Organización, más bien.

—¿Quieres saber el primero de los destinos?

—¿Sólo el primero? —preguntó con sorpresa Alma, aunque ya se estaba acostumbrando a la manera de proceder de su padre en el testamento.

—Sólo el primero.

—Vale —expresó Alma alargando el sonido de las vocales.

—Vuestro próximo destino es… ¡Ecuador! —manifestó con entusiasmo Richard.

—¿Ecuador? —cuestionó sorprendida Alma.

—Exacto.

—Nunca lo habría imaginado.

—Os va a encantar. Esta vez también os tendréis que llevar ropa de abrigo, pero no como en el anterior viaje.

—¿Ecuador y en verano? ¡Bufff, no quiero ni imaginar! ¿Para qué llevar ropa de abrigo?

—Pues, aunque no lo creas, en verano hace más fresco que en invierno.

—¿En serio? No tenía ni idea.

—De todos modos, la ropa de abrigo es porque vais a visitar zonas que están a mucha altura. Ya veréis, ¡os va a sorprender! Yo he estado muchas veces y es un país maravilloso que ni te lo imaginas. Le llaman el país de los cuatro mundos porque tiene costa, montañas increíbles y volcanes, selva amazónica y las islas Galápagos.

—Me acabas de dejar petrificada.

—Insisto en que os va a gustar.

—Ahora ya no lo dudo. ¿Cuándo nos vamos? —indicó Alma muy dispuesta.

—Me tenéis que concretar vosotros la fecha. A partir de dentro de dos semanas, para que tenga tiempo el albacea de organizarlo todo.

—El albacea que es…

—Alma —expuso alargando la a final—, ya sabes que no puedo decírtelo.

—Era por si no te acordabas.

—Buen intento. Habla con tu hermano y me decís las fechas para comprar los vuelos y comenzar a moverlo todo.

—¡De acuerdo! ¡Muchas gracias, Richard!

Alma llamó de inmediato a Samuel, que no pudo descolgar el teléfono porque estaba dando clase, aunque sí notó el vibrador de su móvil en el bolsillo. En un momento en el que sus estudiantes estaban realizando unos cálculos, sacó disimuladamente el teléfono y leyó el mensaje que su hermana le había dejado. Sólo decía "Ecuador".

—¡Ecuador! No me fastidies, Ecuador… mira que es casualidad. De los cientos de países que hay en el mundo, eligió Ecuador, el país de la familia de Vini, el taxista misterioso. No me lo puedo creer —pensó para sí mismo.

Tres semanas después, volvió a repetirse la misma situación que en su anterior despedida. Las niñas, junto con Flora y Robert, decían adiós a Alma, aunque esta vez con un poco menos de efusión. Todos los miembros de la familia tenían sentimientos encontrados acerca del nuevo viaje de Alma. Robert seguía teniendo fe en ella y en todo lo que hacía, aunque sin compartirlo. Evelyn, que había estado abrazada a su madre durante varios minutos, lloraba pues no quería que se fuera. Amy y Julie lo llevaban mejor, aunque a Amy tampoco le gustaba la idea de separarse de su madre tanto tiempo.

—¡Casi tres semanas es mucho, mamá!

—Pasarán volando, hijas mías, ya lo veréis. Además, os iréis a pasar la mitad de ese tiempo con la abuela, así se os hará más rápido aún.

—Tranquilas niñas, nos lo pasaremos bien —aseguró Flora.

Flora era la única que la apoyaba sin peros. Sabía que volvería siendo mejor persona y eso no tenía precio. Confiaba en ella y en lo que había preparado Martín para sus hijos.

Alma, con mucho pesar ante la escena que veía, entró en la zona de seguridad con tristeza y se despidió de todos lanzándoles un beso.

Levantó la vista y enseguida vio a Samuel. Éste se acercó al agente de seguridad, que dio la casualidad que era el mismo que la anterior vez, y le pidió que si podía asomarse para decirles adiós a sus familiares que estaban justo al otro lado. El joven dudó por unos instantes, pero ante la insistencia de Samuel de que sólo era unos metros, accedió finalmente. Pasó el arco de seguridad a la inversa, se abrazó con Alma que estaba esperando su turno para atravesarlo, y gritó para que se giraran.

—¡Eh, familia! ¡Julie, Evelyn, Amy! —chilló agitando rápidamente sus brazos para que le vieran.

Una persona que iba en sentido contrario avisó a todos, pues no habían escuchado los gritos de Samuel. Al girarse se pusieron como locos de contentos saludándole.

—¡Os quiero! ¡Hasta muy pronto! —gritó mandándoles besos.

El chico de seguridad le llamó la atención y tuvo que volverse a la zona de embarque de inmediato. No quería líos con el personal de seguridad, que tenía fama de ser inflexible.

Al pasar Alma el escáner detectó de nuevo las urnas. La persona que estaba a su cargo llamó al agente de seguridad y éste, como si fuera la primera vez que lo hacía, se llevó la maleta para inspeccionarla. Alma la abrió y le contó que eran más cenizas de sus padres, extendiéndole los certificados de defunción. De pronto, el joven se acordó de ella.

—¿Usted no había viajado ya con las cenizas?

—Exactamente. Estas son otras. Es que mi padre nos dejó un testamento un poco raro.

—Ya veo. ¿Y van a otros destinos? —preguntó interesado.

—Sí, ahora nos vamos a Ecuador. Estuvimos en España y Rusia.

—Qué gracioso su padre, hacerles viajar tanto después de fallecer.

—Ya lo puede decir, muy gracioso. Y me temo que esta no será la última vez.

—¿Habrá más?

—Creemos que sí.

—¿Lo creen? ¿Es que no lo saben seguro?

—Para nada, ni siquiera sabemos dónde iremos después de estar en Ecuador.

—Lo dicho, muy gracioso su padre. Con todos mis respetos.

—No se preocupe, lo pensamos nosotros también. ¿Cómo se llama?

—Fernando.

—¿Es de origen hispano?

—Español. Mi abuelo era español y mi padre vino a Miami cuando era pequeño.

—¡Anda, qué casualidad! Nosotros nacimos aquí, pero nuestros padres eran de origen español.

—¿De qué parte?

—De Teruel.

—Lo conozco, aunque no he estado nunca. Mi padre era de Valencia.

—Pues tienes que ir, tiene los mejores atardeceres del mundo.

—Los de Valencia tampoco están nada mal.

—¡Pues habrá que ir a conocerlos! ¡Quién sabe! A lo mejor ¡en este mismo viaje! En el anterior estuvimos en su aeropuerto, aunque no pudimos ver casi nada de la ciudad.

—Ya me contará a su vuelta, Alma. Dijo mirando su pasaporte.

—Eso está hecho. Muchas gracias, Fernando.

El vuelo no iba a ser tan largo como los anteriores. En apenas cuatro horas estarían en el aeropuerto de Quito, en Ecuador.

El avión de American Airlines salió a la hora estimada, las 3:45 p.m. Durante el trayecto, Alma y Samuel estuvieron recordando todo lo que vivieron en el anterior viaje. Alma le contó a su hermano lo mucho que había influido en su vida diaria todo lo que experimentó, pero nada le dijo de sus miedos acerca de su relación con las niñas y Robert, provocados por su cambio de actitud ante la vida. Creía que, si se lo contaba a Samuel, éste dudaría aún más de lo que ya lo hacía y no querría evolucionar. Samuel estuvo contándole lo mucho que le había gustado retomar la afición por la fotografía. Desde que reveló el carrete había hecho cinco más, mejorando poco a poco su técnica en el manejo de la *Leica*, por lo que había decidido que le acompañaría el resto de viajes.

Alma estaba muy feliz por su hermano. Por fin podía observar un atisbo de brillo en sus ojos, un brillo que no había conseguido ver desde hacía demasiados años.

Sin ningún contratiempo, el avión aterrizó en el aeropuerto internacional de Mariscal Sucre a las 6:55 p.m. Nada más tomar tierra, Alma y Samuel recogieron sus maletas de la cinta transportadora y, antes de que pudieran salir de la zona de Llegadas, un hombre que miraba hacia atrás ya les esperaba con un cartel en el que rezaba "Hijos de Martín Calleja".

—¡Hola! —dijo Alma, haciendo que el hombre se girara rápidamente, sobresaltado— Nosotros somos los hijos de Martín Calleja —añadió señalando a Samuel y a sí misma—. Él es mi hermano Samuel y yo soy Alma —indicó extendiendo su mano.

—¡Hola! ¡Bienvenidos a Ecuador! —expresó el hombre de pelo corto y oscuro, con pequeños ojos marrones y nariz redondeada— He venido con el tiempo justo y estaba mirando por si se hubieran ido antes de que yo llegara. ¡He apurado demasiado!

—¿Había mucho tráfico? —preguntó Samuel dándole un poco de conversación.

—Pues sí, se veían bastantes autos desde lo alto.

—¿Cómo que desde lo alto? —expresó Samuel frunciendo el gesto.

—He venido en avioneta —contestó el hombre—. Mi nombre es Edwin Avilés.

—¿Ha venido volando? —preguntó Alma.

—Literalmente, señora.

—Entonces, ¿nos viene a recoger para llevarnos con la avioneta a otro sitio? —requirió de nuevo Alma.

—Así es. Nos vamos rumbo a la provincia de Napo. Si nos damos prisa podemos pasar cerquita del Cotopaxi. ¡Las vistas en el atardecer son espectaculares!

—Disculpe, ¿qué es el Cotopaxi? —interrogó Alma.

—Es uno de los volcanes que tiene Ecuador. Pasaremos muy cerquita de él. Tiene una forma casi perfecta —aclaró mientras dibujaba en el aire la forma del volcán con sus manos—. Además, hoy no hay nubes, así que lo podremos admirar en todo su esplendor. Síganme, vamos a salir de nuevo a la pista.

Alma y Samuel siguieron a Edwin, que se movía como pez en el agua por las bambalinas del aeropuerto. Tras pasar por debajo del morro del *Boeing 737* de American Airlines que les había traído y que repostaba para disponerse a regresar a Miami, llegaron a la zona de aeronaves pequeñas.

—Aquella de allí es la nuestra —dijo Edwin, señalando una avioneta color mostaza con una línea gruesa negra que iba desde la hélice hasta el final de la cabina.

—¿Eso es seguro? —expresó Alma visiblemente nerviosa.

—Más que el avión con el que acaban de venir —respondió Edwin señalando al *Boeing*—. La *Cessna 172 SkyHawk* es tan segura que se sigue fabricando casi igual que hace más de sesenta años.

—Vale, eso me reconforta —indicó aliviada Alma.

—¿Nerviosa? —dijo Samuel.

—Un poco. Nunca he viajado en una de esas —manifestó Alma. Y se giró hacia Edwin—. El volcán ¿no estará activo, verdad?

—¿El Cotopaxi?

—Sí ese —confirmó Alma al recordar el nombre.

—Sí, claro.

—¿Sí? ¿Cómo que sí? —expresó asustada.

—Muchos de los volcanes de Ecuador se consideran activos actualmente. Pero no se preocupe, están constantemente controlados por los geofísicos.

—¿Cuántos volcanes tiene Ecuador? —inquirió Samuel.

—Casi una treintena.

—¿Una treintena? ¡Guau! ¡Yo ni siquiera he visto uno en mi vida! —exclamó Alma.

—Entonces, ¡hoy es el día! Pueden meter las maletas aquí —dijo Edwin abriendo un pequeño compartimento donde tuvieron que hacer malabares para introducir el equipaje.

Los dos hermanos se sentaron en la fila de atrás. Edwin les indicó que se pusieran los auriculares intercomunicadores para poder hablar durante el vuelo. La avioneta *Cessna* enfiló la pista de despegue después de recibir el permiso de la torre de control y, tras tomar algo de velocidad, se elevó con suavidad y elegancia. Se podía decir que había acariciado el aire, nada que ver con el despegue de un avión comercial como el que acababan de dejar.

Alma, mucho más tranquila, se quedó ensimismada contemplando la hermosa Quito desde las alturas. Se había hecho a la idea de poder visitar una de las ciudades más bonitas de América Latina, pero lo tendría que dejar para otro momento. Su padre tenía otros planes para ellos.

Cuando llevaban apenas veinte minutos de vuelo, Edwin les hizo señales para que miraran hacia su derecha. Allí estaba, el volcán Cotopaxi. Un cono, casi perfecto, se erigía por encima de las débiles nubes que chocaban contra su imponente estructura.

—Casi seis kilómetros de pura belleza, dominando la cordillera de los Andes ecuatorianos, sólo superado por el Chimborazo.

—¿Tiene casi seis mil metros de altura? —preguntó asombrada Alma.

—Sí señora. Bonito, ¿verdad?

—Lo es —contestó Alma apoyada en la ventanilla de la avioneta, mientras admiraba cómo los rayos del sol definían perfectamente la silueta del fastuoso volcán.

—En la bandera de Ecuador aparece el Chimborazo, ¿verdad? —expresó Samuel.

—Cierto, aparece el Chimborazo. ¡No todo el mundo sabe eso! —manifestó Edwin alegrándose de oírlo.

—Me lo contó un amigo —añadió Samuel, recordando el taxi de Vini.

—Y usted, ¿es de la provincia a la que vamos?

—¿Yo de Napo? No, soy de cerca, de una ciudad que se llama Riobamba, aunque se conoce también como *Fríobamba* —apuntó riéndose de lo que decía.

—¿Eso es porque hace mucho frío allí? —preguntó Alma.

—Así es. Estamos a casi tres mil metros de altitud y hace realmente mucho frío. Eso sí, tenemos una de las mejores vistas que se pueden tener del mundo, con el Chimborazo al frente.

—¿Está cerca el volcán?

—Muy cerca.

—¿Y no tienen miedo de que se produzca una erupción?

—Para nada, señora. Se cree que la última vez que entró en erupción fue hace casi milenio y medio.

—¿Entonces, es uno de los extintos? —preguntó Samuel.

—Sí, es uno de ellos. ¿Saben? Es la montaña más alta del mundo.

—Pero ¿no es el Everest? —dudó Samuel.

—No, el Everest mide casi dos kilómetros menos.

—Entonces, ¿mide más de diez kilómetros de alto? —indicó Samuel extrañado.

—Si se mide desde el centro de la tierra a su cima, supera en más de dos kilómetros al Everest.

—¿En serio? —respondió sorprendido.

—Así es, señor. En el ecuador estamos más lejos que en ninguna otra latitud del centro de la tierra, así que, sumando esa distancia y su altura, es la montaña más alta de la tierra.

—No lo había oído nunca —aseguró Samuel arrugando la boca.

—Los ecuatorianos, por lo general, no somos buenos en *marketing*.

—La verdad es que, ¡podríais darlo más a conocer! Además, es precioso —aseveró Alma apurando la vista del volcán a lo lejos.

—¿Dónde vamos? —indagó Samuel.

—Nos dirigimos al aeropuerto de Tena.

—¿Está muy lejos?

—No, en una media hora llegamos —informó Edwin. Hizo una pausa y continuó— ¿Saben? Es curioso que vayamos a Tena.

—¿Y eso por qué? —expresó Alma con curiosidad.

—Porque es un aeropuerto que está cerrado.

—Entonces, ¿cómo vamos a aterrizar allí?

—Deben tener muy buenos contactos aquí. Nos han dado un permiso especial para usar la pista de aterrizaje.

—¿Buenos contactos? —dijo Samuel intrigado.

—Eso tiene que ser, no hay otra explicación a que se nos permita aterrizar allí.

Samuel miró a Alma buscando en su hermana una posible explicación que no llegó a encontrar.

—Ya casi estamos —avisó Edwin.

La *Cessna* aterrizó con la misma suavidad y elegancia con la que había despegado. El aeropuerto era muy pequeño, con tan sólo una pista y, efectivamente, parecía no tener ninguna actividad a excepción de un coche negro ubicado cerca de la pista.

Edwin llevó la avioneta hasta el coche y paró los motores.

—¡Ya estamos! Ese de ahí es su auto, los llevará hasta Puerto Misahuallí, su destino final.

Samuel se asomó para ver el automóvil. Era un *Chevrolet Tahoe,* un todoterreno de color negro, con los cristales tintados.

Al accionar la manivela de la puerta de la avioneta, casi al unísono, se abrió la puerta del *Chevrolet* y, tras ella, salió una mujer vestida con un traje de pantalón y chaqueta color negro, camisa blanca y corbata, también negra, estrecha. Llevaba zapatos negros brillantes de charol, con un tacón de aguja de considerable altura. Samuel se pasmó de cómo la misteriosa mujer podría conducir con aquellos zapatos. Su rostro estaba oculto bajo una gorra a juego con el traje y unas gafas de sol marrones.

—Bueno, ¡ya podemos bajar! —indicó Edwin quitándose los auriculares. Al verlo, Alma y Samuel se los quitaron también. Ambos notaron una sensación de liberación al desprenderse de ellos. Eran tan aislantes que no habían advertido el evidente alboroto que provocaban los pájaros, a centenares por todos lados.

Edwin sacó como pudo las maletas que permanecían embutidas dentro del pequeño compartimento. La mujer se acercó a ellos y se retiró las gafas de sol.

—Buenas tardes, bienvenidos a la provincia de Napo. Soy Roxy King —expresó con gesto serio y profesional alargando, al mismo tiempo, el brazo para dar la mano a Alma.

—Buenas tardes —contestó Alma—. Yo soy Alma y aquel que está recogiendo las maletas es mi hermano Samuel.

—Hola —manifestó Samuel con un gesto moviendo la cabeza, mientras acercaba el equipaje hasta el todoterreno.

—Soy su chófer para todo lo que deseen durante el tiempo que estén aquí. Tomen —dijo Roxy extendiendo una tarjeta que contenía sus datos personales. Alma leyó el texto que aparecía encima de un teléfono: "Roxy King, un mundo de posibilidades. Servicio de transporte profesional de Puerto Misahuallí".

Roxy ayudó a los hermanos a meter el pesado equipaje en el maletero del *Chevrolet.*

—Bueno, señores. Ha sido un placer compartir este viaje con ustedes. Les veré a la vuelta. Disfruten de su estancia en nuestro maravilloso país —se despidió dando la mano a ambos.

—Muchas gracias, Edwin. ¡Buen vuelo de vuelta! —manifestó Samuel diciéndole adiós con la mano y con una sonrisa.

—Muchas gracias por todo, Edwin. ¡Hasta pronto! —exclamó Alma.

La avioneta encendió sus motores y enfiló de nuevo la pista en la que habían aterrizado. Antes de que salieran de las instalaciones con el coche, la avioneta ya estaba tomando altura en el cielo.

Roxy se detuvo delante de una puerta que daba al exterior del aeropuerto. Bajó del vehículo e introdujo un código bastante largo. La puerta de acceso se abrió de inmediato y tras cruzarla repitió la misma operación para cerrarla de nuevo. Samuel y Alma observaron cómo en el aeropuerto no quedaba absolutamente nadie. Ni siquiera el personal de seguridad. Estaban todas las luces apagadas. Asombrados de que recibieran el permiso para aterrizar allí, preguntaron a Roxy cuando ésta estuvo de vuelta en el coche.

—Disculpe. ¿Cómo es posible que hayamos aterrizado en este aeropuerto, si está cerrado?

—De vez en cuando alguien contrata mis servicios y gestiono la licencia para usar la pista, aunque no el resto de instalaciones. Quien me llamó para contratarme y estar con ustedes debía tener buenos contactos, porque fue dar su nombre y todo fue más fácil de lo que es habitualmente —dijo con su tono serio e impasible

—¿Quién la contrató? —preguntó Samuel incorporándose entre el hueco de los dos asientos delanteros.

—Eso es confidencial —respondió ella tajante, sin dar ninguna opción a que lo averiguaran. Samuel sabía que había perdido una oportunidad de oro para conocer el nombre de la persona que estaba detrás de la organización, el albacea.

—¿Por qué está cerrado este aeropuerto? Parece bastante moderno —preguntó Samuel observando la lujosa entrada acristalada, con el nombre de Aeropuerto Jumandy en la cubierta y un precioso *slogan* con letras de metal puestas sobre el césped que decía "Ecuador ama la vida".

—Bueno, el anterior presidente del país, digamos que no midió bien esta inversión y la única empresa que lo usaba decidió marcharse a otro. Aquí permanece, parado desde hace meses y con cientos de personas que trabajaban en él sin cobrar un solo centavo desde entonces.

—Vaya, esto creo que se produce en casi todos los lugares del mundo —apuntó Samuel con tono suave, inclinando la cabeza.

—¿Dónde nos dirigimos ahora? —se interesó Alma.

—Vamos hasta una especie de *resort* cerca de Puerto Misahuallí, en Pusuno bajo.

—¡Un *resort*! —exclamó ilusionada Alma.

—¡Así es! —confirmó Roxy—. Bueno, no es un *resort* como pueden imaginarse, pero les encantará.

—Yo me había hecho a la idea de quedarnos en la casa de algún indígena del Amazonas que conoció a papá —indicó un poco apesadumbrado Samuel.

—Van a estar en medio de la selva y cerca hay muchos asentamientos indígenas que todavía viven con sus costumbres ancestrales.

—¿Sí? —manifestó Samuel inclinándose hacia adelante y con semblante ilusionado— ¡Entonces es perfecto! ¡Comodidad y autenticidad en el mismo lugar!

—Es un lugar mágico. Toda esta zona lo es. Hay mucha conexión con la naturaleza y todo el mundo vive con un sentimiento de respeto y disfrute de ella.

—¡Qué bien nos lo vamos a pasar, hermanito! —subrayó Alma con una mirada brillante.

—¡Eso parece!

El todoterreno se dirigió hacia Puerto Misahuallí. Tras cruzar un puente colgante hecho de metal pintado de verde y con un sólo carril, se adentraron en la pequeña población que estaba orientada completamente al turismo, repleto de opciones para disfrutar de las delicias culinarias del país y de su naturaleza.

Giraron a la izquierda para continuar por una estrecha carretera que les condujo hasta un cruce con un camino de tierra que se adentraba en la selva, tras atravesar otro puente colgante sobre el río Misahuallí. Samuel miró con ojos de niño ilusionado a Alma, que le correspondió con una sonrisa, cuando vio que Roxy se adentraba en el camino rodeado de vegetación por doquier. El sol casi se había ocultado, pero todavía pudieron admirar la belleza del entorno que les daba la bienvenida.

Roxy condujo con toda tranquilidad por el sendero de tierra, parecía conocerlo de memoria. Sabía esquivar cada hueco en el camino, cuándo acelerar y cuándo ir despacio, muy despacio. En poco más de veinte minutos habían bordeado un nuevo río, el Pusuno, según Roxy, llegando por fin al Suchipakari Jungle Lodge.

El entorno parecía sacado de una película de Hollywood. Ya había anochecido y el *lodge* les recibió con unas antorchas llameantes en la puerta de entrada. Completamente rodeado de selva amazónica, el *lodge* tenía una pequeña playa de arena que daba al río. Roxy detuvo el todoterreno en el camino de entrada. Al bajar, notaron el golpe de calor húmedo del exterior. Sacaron el equipaje del maletero. Roxy, que se había quitado sus gafas de sol para conducir el último tramo, mostró de nuevo sus ojos color miel rasgados con un toque exótico que les llamó a ambos la atención.

—Aquí nos despedimos —señaló Roxy sonriendo al fin, mostrando unos dientes blancos como la nieve—. Estoy a su disposición para llevarles donde deseen. El último día volveré a por ustedes para llevarles de vuelta. Disfruten de este fantástico lugar.

—Muchas gracias —expresó Samuel, que se había quedado embelesado con la voz y la mirada de Roxy.

—Muchas gracias, Roxy. ¿Vives cerca de aquí? Porque el camino de vuelta con noche cerrada debe ser complicado —preguntó algo preocupada Alma.

—Vivo en Puerto Misahuallí y le agradezco su preocupación, pero este camino y esta selva son parte de mi casa, los conozco como si hubiera nacido aquí —declaró.

—¿De dónde eres? —preguntó de nuevo Alma.

—Nací en Guayaquil, pero me considero una habitante del mundo. Vine aquí de vacaciones con mi ex marido y me enamoré de la selva, así que seguí a mi corazón y me trasladé para vivir aquí hace casi diez años. Es lo mejor que he hecho en mi vida.

—¡Vaya! ¡Qué interesante! Un cambio radical de vida —afirmó Alma.

—Totalmente. Bueno, les dejo. Sigan este camino de piedra y les conducirá al centro del *lodge*. Andrés y Maritza les estarán esperando.

—Gracias de nuevo —añadió Alma sonriéndole.

—Gracias Rosa, digo... ¡Roxy! —expresó Samuel visiblemente nervioso.

Roxy se subió al *Chevrolet* y se volvió por el camino de la selva de nuevo.

—¿Qué ha sido eso? —interrogó Alma frunciendo el ceño y sonriendo, con un gesto interrogante sobre el efecto que había surtido en su hermano la recién conocida Roxy.

—¿Qué ha sido el qué?

—Eso.

—No sé de qué me hablas. Por cierto, ¡qué calor hace!

—Vale, vale, no insistiré. No hace falta que cambies de tema —expuso Alma agarrando su maleta por el asa y comenzando a tirar de ella hacia el *lodge*. Samuel sonrió, dando a entender que la había comprendido perfectamente, pero no quería soltar prenda.

El ruido de las ruedas de las maletas hizo que dos personas bajaran casi corriendo para ayudarles.

—¡Hola! ¡Bienvenidos a Suchipakari Jungle Lodge! —dijeron cuando todavía estaban a mitad de camino.

—¡Hola! —gritó Alma.

—Hola, ¡bienvenidos! —apuntó una mujer cuando llegaron a su encuentro— Yo soy Maritza y él es Andrés. Somos los gerentes de este maravilloso *lodge*. Tú debes ser Alma y tú Samuel.

—Exacto —apuntó Samuel.

—Encantado —manifestó Andrés—. Déjenme que lleve las maletas hasta su cabaña.

—¡Una cabaña! —exclamó Alma.

—¡Sí! ¿No lo sabían? Tienen reservada una cabaña para dos, típica de esta zona del Amazonas —dijo sonriendo Maritza.

—¡Qué bien! —añadió Alma dando un pequeño salto de alegría y abrazándose a Samuel—. Va a ser un viaje inolvidable. ¡Estamos en el Amazonas!

—¡No lo duden! Este alojamiento cambia la vida de muchas personas —aseguró Andrés señalando con su cabeza a todas las instalaciones—. Las personas que se han hospedado aquí reconectan con la naturaleza de una manera tan intensa, que nunca se vuelven a desconectar de ella. Uno de nuestros objetivos, aparte de que disfruten de su estancia, es concienciar a nuestros huéspedes de la necesidad de cuidar a nuestra Madre Tierra. Hacemos visitas a tribus indígenas que conservan todavía su ancestral modo de vida, en el que la naturaleza está en el centro de todo. El hombre moderno vive completamente desconectado de su entorno, como si estuviera en una burbuja, pensando que todas sus acciones son inocuas y no afectan más allá de su pequeño entorno. Pero toda acción afecta a todo y a todos. Somos uno con la naturaleza, no nos podemos separar de ella, no podemos darle la espalda por mucho tiempo. Estamos abocados a entendernos y cuidarnos.

—Tiene toda la razón —asintió Alma con la cabeza—. ¿Construyeron ustedes este alojamiento?

—No, el fundador es Rubén Morales, que ahorita mismo no está. Pero vendrá mañana, seguramente. Él fue el que se enamoró de esta zona y decidió que crearía aquí un alojamiento muy especial. Incluso su nombre es especial, Suchipakari, que en quichua significa regalo de la naturaleza.

—Nos encantará conocerle —aseguró Samuel.

—No duden de que lo harán —afirmó con seguridad Maritza.

Bordearon una pequeña piscina ubicada enfrente de lo que parecía ser un restaurante.

—Este es el restaurante Mikuna, aquí ofrecemos a nuestros clientes unas comidas y cenas exquisitas, donde podrán degustar la gastronomía ecuatoriana, entre otras —explicó Maritza señalando el restaurante que estaba construido en madera, con una gran terraza cubierta llena de mesas—. Ahí está su cabaña —dijo señalando una pequeña construcción que estaba cerca del restaurante.

La cabaña tenía el techo compuesto de hojas secas alargadas de algún tipo de árbol, de color marrón. Construida completamente en madera, se elevaba un metro del suelo gracias a que estaba apoyada sobre cuatro conjuntos de piedras, formados cada uno de ellos por tres bloques rectangulares de tamaño descendente. En la entrada, había una pequeña escalera hecha de la misma piedra que los soportes.

—¡Es preciosa! —exclamó Alma cuando llegaron a ella.

—Sí que es bonita —añadió Samuel.

—¡Muchas gracias! —señaló Maritza juntando sus manos y sonriendo— Es la típica cabaña quichua. Los lugareños ayudaron a Rubén a construirlas y están hechas con sus técnicas y con sus materiales. El techo está soportado por tiras de caña de guadúa y es lo más sofisticado que tiene la cabaña, no se dejen engañar por su humilde aspecto. Está realizado entrelazando las hojas de la planta toquilla, de tal manera, que es impermeable y aísla tanto del frío, como del calor intenso.

—¡Impresionante! —exclamó Samuel admirando el techo de la cabaña e intentando tocar una de las hojas de toquilla que sobresalía por una esquina.

—La madera también es de plantas de la zona, en este caso de chonta, que aguanta perfectamente la humedad, muy habitual en esta zona —continuó con su explicación Maritza.

—No había oído hablar nunca de este tipo de árbol —indicó Samuel arrugando la boca.

—Bueno, en realidad es una palmera. Tiene unos frutos muy sabrosos e incluso sus hojas son comestibles —explicó Maritza—. Por cierto, como todas las construcciones quichua, las ventanas, como pueden observar, no tienen cristales, sino una tela metálica que protege de los insectos.

—Insectos, claro, aquí habrá muchos —asintió Alma con la cabeza.

—Estamos en la selva, hay muchos, sí, pero tampoco tantos como pudieran creer. Bueno, subamos y les enseño la cabaña —dijo Maritza ascendiendo por la pequeña escalera.

El interior de la cabaña era muy sencillo, compuesto por un baño completo y dos camas individuales. Había dos toallas encima de cada una de ellas, imitando a dos cisnes. Lo más llamativo era la pared. Entre las dos camas se alzaba la silueta de un pájaro con las alas extendidas y la cabeza girada hacia el lado derecho, hecho con trozos de madera de forma muy esquemática.

—¿Qué representa ese pájaro? —preguntó Samuel señalándolo.

—Es el cóndor de los Andes. Simboliza la libertad. Es uno de los símbolos nacionales de Ecuador y lo tenemos bien cerca, puesto que los Andes están a tan sólo media hora en auto desde aquí —aclaró Maritza.

—Está en la bandera de Ecuador, ¿verdad? —preguntó Samuel, recordando lo que le dijo Vini.

—Exacto, aparece sobre el escudo de Ecuador —respondió Maritza—. Bueno, si precisan de cualquier cosa, no duden en avisarnos. Las cenas ya se están ofreciendo, así que pueden acompañarnos, si lo desean, y degustar un plato típico ecuatoriano.

—Muchas gracias —contestaron ambos.

—También, antes de marcharnos, quería decirles que, aparte de reconectar con la naturaleza ofrecemos un ritual ancestral de reconexión con uno mismo —dijo Andrés, señalándose a sí mismo.

—Explíqueme un poco en qué consiste, por favor, me interesa mucho —se interesó Alma, acercándose a Andrés para no perder detalle.

—Hacemos la ancestral ceremonia de la Ayahuasca.

—¡No me diga! ¿Hacen eso aquí? —expresó entusiasmado Samuel.

—Así es. No lo hacemos nosotros, lo hace una familia indígena con la que tenemos mucha relación —informó Andrés.

—¿En serio? ¡Quiero probarlo! —exclamó dando un bote Samuel.

—¿En qué consiste? Yo no lo conozco —preguntó Alma con cara de no enterarse de lo que estaban hablando.

—Es una ceremonia que cada uno la vive de una manera. La ayahuasca es una bebida ancestral que en quichua significa soga de los espíritus. La ayahuasca es la soga que te retiene al espíritu para que pueda salir del cuerpo, pero no lo abandona para siempre.

Alma y Samuel se quedaron atónitos ante la explicación de Andrés.

—Es considerada la madre de todas las plantas, porque es la mediadora entre el ser humano y la naturaleza —añadió Andrés—. Es una bebida fuerte —continuó explicando—, la mayoría de los que la prueban, si no están acostumbrados a ella, suelen vomitarla al primer cuarto de hora. Se necesita una preparación muy precisa para cocerla de forma correcta, y para ello tenemos a los mejores chamanes de la zona. Las tribus del Amazonas llevan milenios usándola para sus meditaciones y para la limpieza y sanación del espíritu.

—Cada vez se pone más interesante —expuso Samuel. Alma, fascinada por lo que acababa de aprender, permanecía en silencio, escuchando atentamente a Andrés.

—Mucha gente viene aquí exclusivamente para realizar la ceremonia de la Ayahuasca. De hecho, mañana vamos con un grupo de jóvenes franceses. Si quieren unirse a nosotros, estaremos encantados de que lo hagan.

—A mí me da un poco de reparo, la verdad. Suena realmente bien, pero no sé. Lo hablaré con mi hermano y os decimos algo.

—Yo, desde luego, lo quiero probar —aseguro Samuel sin dar opción a Alma—. No tenía ni idea, antes de venir aquí, de que en este viaje iba a tener la oportunidad de probar la mítica ayahuasca —dijo exaltado Samuel.

—Pero, ¿cómo conocías tú esto de la ayahuasca? —preguntó Alma extrañada ante el entusiasmo de Samuel.

—Un compañero de la universidad me lo contó y me enseñó un video de su experiencia. Estuvo en trance durante casi seis horas. Aquella vivencia le cambió por completo. Al parecer, le abrió la mente a cosas que antes ni percibía.

—¿Qué tipo de cosas?

—Recuerdos que había olvidado, pero que le afectaban en su vida actual.

—Pero eso puede ser muy doloroso, ¿no crees? —declaró Alma.

—Eso mismo le dije yo. Pero él me dijo que, gracias a que fue consciente de lo que había borrado de su memoria, pudo curarlo de alguna manera. Desde luego, él ahora está mucho más tranquilo que antes. Era muy nervioso y se quejaba por todo. Ahora parece otra persona.

—No sé, no me convence mucho. Si la mente lo ha borrado será por algo. Yo creo que no lo haré —aseveró Alma, decidida del todo.

—Yo sí lo voy a hacer. No sé, pero tengo la intuición de que me irá bien probarla —afirmó Samuel.

—Como gusten, comuníquennoslo por la mañana en el desayuno y lo organizamos —afirmó Maritza—. Bueno, si desean comer algo, no duden en ir a nuestro restaurante.

—Muchas gracias por todo —apuntó Alma.

—Hasta ahorita mismo —contestaron Andrés y Maritza.

Alma aprovechó que los amables Andrés y Maritza les habían dejado solos para sincerarse con su hermano.

—Sam, ¿cómo estás tan decidido a probar una cosa así? — expresó encogiéndose de hombros.

—¿Por qué no? Quizás encuentre ahí la contestación a numerosas preguntas para las que ahora mismo no tengo respuesta —indicó entusiasmado, sentándose junto a su hermana en la misma cama.

—Pero ¿y si lo que te muestra la ayahuasca es una parte de ti que no quieres ver? Ha dicho que es reconectar contigo mismo, pero ¡no te ha dicho con qué parte de ti! —aclaró Alma, pensando más en su hermano que en ella misma. Temía que despertara en él sentimientos por situaciones que no estuvieran bien resueltas ni curadas. Temía que, si la experiencia fuera negativa, frenara o, incluso, echara para atrás la pequeña evolución que había comenzado a nacer en su interior.

—Algo me dice que tengo que probarla. No tengo miedo a enfrentarme a mí mismo, sea la parte que sea —afirmó con contundencia Samuel.

—Vale, Sam. Si lo tienes tan claro, adelante, no soy quien para decirte o aconsejarte lo contrario porque, en realidad, no tengo ni idea de en qué va a consistir.

—Yo lo probaré. Si luego sale algo mal, asumiré las consecuencias, pero algo me dice en mi interior que he venido aquí precisamente para probar la ayahuasca y encontrar mis respuestas.

—Me alegro de que lo tengas tan claro, Sam. Te apoyo al cien por cien.

—¿Lo probarás tú conmigo? —preguntó a Alma tomando su mano con las suyas.

—Yo mañana creo que no, si más adelante tengo oportunidad de probarla, lo haré, pero ahora no me encuentro en disposición de hacerlo. No sé, tengo la sensación contraria a la tuya.

—Si sientes que no quieres hacerlo, no lo hagas —apuntó mirándola fijamente a los ojos y sonriendo.

—De acuerdo, Sam. ¿Cenamos algo? Por cierto, el pájaro este es extraño. Me gusta, pero a la vez me incomoda bastante —indicó señalando la pared.

—¿Sí? ¡A mí me encanta! El cóndor surcando los cielos de los Andes, con total libertad, sobrevolándonos a todos. ¡Me hipnotiza su significado!

—Me alegro de que te guste, ¡yo trataré de no mirarlo mucho! — bromeó Alma— ¿Nos vamos? —sugirió con un movimiento de cabeza indicando la puerta.

—Vamos.

Al salir de la cabaña pudieron sentir los sonidos de la jungla. Se escuchaba el gorjeo de todo tipo de aves y el aullido de algún que otro mono, o al menos eso parecía, y otros sonidos que, para el oído de alguien de ciudad como Alma y Samuel, eran indistinguibles. La humedad se hacía más que patente.

Se sentaron en una de las mesas de la terraza del restaurante. No había mucha gente cenando en ese momento, una pareja con apariencia de alemanes de mediana edad, un grupo de jóvenes, dos chicos y dos chicas que reían sin parar y un hombre solo, en una de las mesas pequeñas, leyendo un libro mientras cenaba. Maritza les atendió. Aprovecharon que estaba ella para confirmar que irían con el grupo de franceses al día siguiente, pero que Alma probablemente no tomaría nada.

Maritza le propuso hacer un ritual de purificación del espíritu, nada peligroso, a lo que accedió sin pensárselo dos veces.

La cena fue espectacular. Probaron varios platos típicos ecuatorianos y Samuel se empeñó en catar la verdura en tempura, al estilo japonés. Era un enamorado del país del sol naciente y quería degustar cómo sabría con verdura de verdad, no como la de los establecimientos orientales de EEUU. Además, Samuel disfrutó de una fritada, plato típico del país que consistía en carne de chancho, un tipo de cerdo, con maíz tostado o tostado a secas, como lo llamaban en Ecuador, aguacate y plátano al que denominaban maduro. Alma pudo saciar su hambre con un locro de papa, guiso a base de papa, queso, salsa ají y aguacate. Tras la cena, no tardaron mucho en irse a dormir.

A la mañana siguiente, despertaron con el amanecer y la gran variedad de sonidos de pájaros de la jungla. Sentían estar en otro planeta. Habían dormido profundamente y sin interrupciones. Alma y Samuel desayunaron, a propuesta de Andrés, en Suchibar, un mirador con el mismo estilo quichua que las cabañas, pero con dos plantas. En la superior se extendía una gran mesa donde había gran cantidad de frutas, cereales y zumos. Al asomarse por uno de los lados del mirador se percataron de algo que no habían visto la noche anterior, una laguna que se ubicaba cerca de la entrada del *lodge*. Con ella y la selva al fondo les pareció que era el sitio más increíble en el que habían podido tomar un desayuno. Después, se reunieron con el grupo que iba a participar en la ceremonia de la Ayahuasca. Samuel estaba entusiasmado con que llegara la hora de tomarla. Alma no se encontraba muy bien, no sentía ningún tipo de dolor, pero no estaba al cien por cien, notaba algo raro dentro de ella. A pesar de todo, no iba a dejar a su hermano que fuera solo a tomar aquellas hierbas y quería estar a su lado.

El grupo estaba formado por una decena de jóvenes franceses que habían viajado a Ecuador a propósito para experimentar el ritual de la Ayahuasca. Ninguno de ellos la había probado nunca antes y estaban tan nerviosos como Samuel, que llevaba preparada su cámara *Leica* para inmortalizar aquel viaje.

Maritza fue la encargada de organizar y guiar al grupo, junto con un experto nativo en plantas medicinales llamado Qhawachi. Por suerte, el grupo de franceses entendía perfectamente el español, así que no tendrían que traducir lo que dijese Qhawachi en ningún momento. El trayecto comenzó en barca, más concretamente en los botes de madera originales de los indígenas de la zona, surcando el río Pusuno. Los chicos franceses, animados por mostrar su hombría antes las féminas, se prestaron voluntarios para manejar los remos y, la verdad, es que no lo hicieron nada mal.

Según iban ascendiendo por el curso del río, la selva que se divisaba en las orillas aumentaba en densidad. Llegaron hasta una pequeña zona de piedras donde pudieron desembarcar. Desde allí, se adentraron a pie en la selva. El repelente de mosquitos parecía funcionar, aunque el calor húmedo se hacía insoportable por momentos. Qhawachi explicó las propiedades de una veintena de plantas que se usaban como medicinas naturales para paliar diversas dolencias, como el dolor de muelas, el abdominal, el de cabeza, las diarreas, el de espalda... había remedios naturales de toda clase. Les explicó que cada planta tenía su manera de ser tratada para extraer el principio que la hacía apta para sanar el dolor. La medicina tradicional quichua era de todo, menos simple. Los siglos de evolución de su conocimiento y perfeccionamiento habían convertido a estos indígenas en expertos curanderos y a la selva en su gran farmacia. Qhawachi explicó que, muchas veces, intercambiaban plantas con otras comunidades para ayudarse y transmitirse todo el conocimiento entre ellas, para mejorar aún más la efectividad de las plantas. En cada comunidad indígena existía la figura del chamán o *shaman* en lengua quichua, que era la persona encargada de suministrar las medicinas. Cada chamán había aprendido de su antecesor por medio de la observación y de la transmisión oral. Así se había mantenido durante siglos.

Samuel comenzó a hacer sus primeras fotos. Volvía a sentir el placer de tomar sólo las instantáneas verdaderamente significativas ya que, al tener un número limitado de ellas a su disposición en el carrete que llevaba, cada una era especial y única y se tomaba el mimo necesario para hacerla. Tanto fue así, que casi se pierde en medio de la selva por hacer una foto a un insecto palo al que le daba un rayo de luz que se colaba a través de las copas de los árboles.

Tras un par de horas deambulando por la jungla, observando insectos, ranas de múltiples colores y tamaños, monos capuchinos negros y blancos y monos araña, que se movían a la velocidad del rayo entre los árboles de la selva, Alma y Samuel estaban extasiados. Sentir la naturaleza en su estado más puro es un privilegio que pocos pueden gozar, pero que todo ser humano debería disfrutar. La conexión con la Madre Tierra, o *Mama Pacha*, era ineludible en aquel lugar. Sintieron que allí, el ser humano es uno más en el conjunto que forma la grandiosidad del planeta.

Por fin, llegaron hasta un poblado indígena de la comunidad de Shiripuno. Después de la autenticidad de la selva, el poblado no era lo que habían imaginado. Los indígenas que allí habitaban hacía décadas que habían cambiado sus escuetas y simples ropas por prendas que podrían encontrarse en cualquier parte del mundo; así que su vestimenta no distaba mucho de la de quienes los visitaban. El grupo fue dirigido hasta una cabaña estilo quichua, que carecía de ningún tipo de lujo, adaptada para las continuas visitas de turistas. Maritza les explicó que el poblado era dirigido por las féminas, que se habían organizado para hacer la estancia de los visitantes única y confortable. De repente, un grupo de mujeres de todas las edades, ataviadas con trajes que imitaban a los de los indígenas originales, con faldas confeccionadas a base de hojas de toquilla y cocos tallados para cubrir sus pechos, con colgantes decorándolos y unos collares que parecían estar elaborados por ellas mismas, comenzaron a realizar un sencillo baile de bienvenida. En todo momento les hicieron sentirse muy cómodos, ofreciéndoles alimento cocinado por ellas y enseñándoles cómo lo elaboraban a base de tapioca y mezcla de varios vegetales.

Tras esta amable y simpática bienvenida, el chamán hizo acto de presencia en la cabaña. Iba vestido como los antiguos chamanes indígenas, con el torso desnudo y unos abalorios hechos de semillas de colores rojo y blanco, combinadas con otras verdes, que se entrecruzaban desde su espalda hasta el pecho. En la cabeza llevaba una corona hecha de plumas amarillas y una especie de pareo azul oscuro, cubriéndole desde la cintura hasta los tobillos.

—Bueno —dijo Maritza, señalándole—, él es el chamán que va a realizar el ritual de purificación del espíritu. Todo aquel que lo desee puede realizarlo, es rápido e inocuo.

Alma se ofreció voluntaria para ser la primera. Se sentó en un pequeño banco de madera delante del chamán. Éste cogió unas hojas de palmera, murmuró una letanía y comenzó a pasarle a Alma las hojas a su alrededor, pronunciando en voz baja un mantra. De repente, se giró y tomó algo de una botella de cristal que tenía en una estantería detrás de él, comenzando a escupir el líquido que se introducía en la boca primero a un lado de Alma, luego al otro. Alma pensó que se había salvado de ser escupida, cuando el chamán le roció por toda la cabeza el líquido que salió a presión de su boca. Samuel tuvo que contener la carcajada. El chamán pasó varias veces las hojas de palmera de nuevo a su alrededor, dijo unas palabras en quichua y finalizó su actuación.

Alma se giró mirando a su hermano, arqueando una ceja y torciendo la boca, exteriorizando lo poco que le había gustado la experiencia. Cuando volvió a su sitio, al lado de Samuel, éste no pudo evitar reírse a gusto de ella.

—Qué, hermanita, te ha limpiado bien el espíritu, ¿eh? Te lo ha dejado tan limpio que hasta brilla.

—Anda que…

—Con las veces que he hecho yo ese rito de limpieza, sin saber que lo estaba haciendo. A lo mejor, he sido chamán en otra vida.

—Pero, ¿de qué hablas?

—¡De cuando me reía con la boca llena de líquido y lo soltaba como un aspersor!

—Muy gracioso.

—Me ofrezco a hacerte una limpieza de espíritu siempre que quieras —indicó riendo en tono socarrón—. Tú eliges el sabor, puedo hacerlo con *Coca-Cola*, *Pepsi*, zumos… incluso con agua.

—Muy gracioso, de verdad que eres muy gracioso —expresó en tono sarcástico con cara de repugnancia.

—También te ofrezco el servicio de…

—¡Ya Sam, para!, ¡déjalo ya! —interrumpió a su hermano que no paraba de reírse, ocurriéndosele más y más ideas.

En ese instante apareció otro hombre, mucho mayor que el anterior. Llevaba una camisa de color verde muy tenue y unos pantalones cortos de color caqui. Iba descalzo, como todos los demás, y tan sólo portaba un collar de semillas rojas alrededor de su cabeza y otro rodeando su cuello. Le acompañaban dos niños que traían un caldero pequeño.

—Bueno, como vemos que nadie más quiere hacer el rito de la limpieza de espíritu… —anunció Maritza. Samuel miró a Alma haciéndole un gesto de que volviera a repetir el rito otra vez. Alma le dio un pellizco de los suyos, haciendo saltar de dolor a Samuel, que optó por no seguir con la broma— comenzaremos con el ritual de la Ayahuasca.

Este es el chamán del Shiripuno. Su nombre es quichua, se llama Kunturi, que significa representante de los dioses, enviado de los espíritus ancestrales. Kunturi tenía marcado su destino desde su nacimiento con el nombre que su padre, también chamán, eligió para él —Maritza le señaló, mientras hablaba con la palma de la mano, inclinando levemente la cabeza en señal de respeto—. Kunturi sólo habla quichua, así que haré de traductora. Antes de comenzar, os voy a indicar cuáles son las recomendaciones que hay que tener en cuenta para tomar la ayahuasca con seguridad. La primera es no haber ingerido alcohol en las últimas horas, la segunda no haber comido carne en los días previos y, la última, haber guardado ayuno sexual en los tres últimos días. Tampoco la pueden tomar mujeres embarazadas ni con el periodo.

Alma miró a Samuel.

—Tú cenaste ayer carne, no deberías tomarla.

—No pasa nada, ya han transcurrido muchas horas desde que la comí, no creo que ocurra nada. ¿De lo del sexo no tienes dudas?

—No, ninguna, ¿o tienes algo que contarme? —expresó riendo.

—Humm… no, no tengo nada que contarte, para mi desgracia.

—Anda, pregúntale a Maritza si hay algún peligro por haber cenado carne ayer.

—No.

—¿No?

—Pues no, porque si no, a lo mejor no me deja participar y yo quiero tomarla. Además, ella es plenamente consciente de que ayer cené carne.

—Sam, ¿estás seguro?

—Sí, Alma, que ya soy mayorcito para saber lo que quiero.

—Vale, vale, está bien, no insistiré. Allá tú —apuntó Alma mostrando su preocupación. Su extraña sensación no había desaparecido todavía.

Maritza tradujo lo que el chamán Kunturi iba diciendo.

—El sabor de la ayahuasca es muy amargo y puede producir vómitos cuando han pasado unos quince minutos de haberla ingerido. Es algo bastante habitual. No se preocupen si tienen esa necesidad, déjenla salir. También puede provocar, en casos más raros, diarreas.

Si se dejan llevar, la ayahuasca hará efecto y mostrará una parte de su interior, una parte que tengan reprimida, oculta al consciente, y la sacará a la luz para liberarla. La ayahuasca tiene el poder de liberar al espíritu de esa parte que le aprisiona y deja que se marche. Pueden ver cosas que no les agraden, pero no se asusten, son cosas que están curando y dejando ir. La ayahuasca les guiará en su proceso, confíen en ella, es una planta sagrada, es la madre de todas las plantas y es el puente de unión entre el ser terrenal y el ser espiritual. Si permiten dejarse llevar de la mano de la ayahuasca, su estado de consciencia se alterará y se verá ampliado. Dejarán de ver con los ojos físicos y podrán, entonces, ver con los ojos del espíritu y percibir lo que el espíritu percibe.

—Los efectos pueden durar algunas horas —continuó explicando— normalmente entre cuatro o cinco, aunque los efectos van haciéndose cada vez más tenues a partir de la tercera hora, hasta desaparecer.

Alma se quedó muy sorprendida con la duración del efecto. No pensaba estar tanto tiempo esperando a que terminaran.

—Alma, podrías tomarla tú también, ¿has escuchado bien? ¡Puede conectar tu parte más espiritual! Si no lo haces, tendrás que esperarnos un buen rato.

—No Sam, no me encuentro en condiciones de tomarla. Esperaré con paciencia mientras tenéis vuestras experiencias. Me iré a visitar el resto del poblado y hablaré con las mujeres que nos han recibido, quiero conocer sus historias.

—Como quieras Alma. Gracias por haber venido.

—¿Y perderme tu alucinación? ¡Ni de broma! Quiero estar contigo cuando comiences a ver elefantes rosas y dragones por todos lados.

—¡Vete tú a saber qué sale de mí! —dijo soltando una gran carcajada.

Maritza, tras hablar con Kunturi, que comenzó a preparar los recipientes para que bebieran la ayahuasca, añadió a la explicación del chamán más datos.

—Quería comentarles que ahora se está investigando científicamente la ayahuasca y se está observando un efecto muy beneficioso para la recuperación de personas con depresión. También se sabe ahora que contiene una sustancia llamada *DMT* que llega directa a la glándula pineal, una glándula que está justo en el centro de nuestro cerebro. En la cultura popular se dice que en la glándula pineal reside el alma. Lo cierto es que está comenzando a atraer la atención de numerosos estudiosos que han descubierto que, por ejemplo, recibe tanta cantidad de flujo de sangre como los riñones, siendo de un tamaño diminuto. Se sabe que rige nuestros biorritmos y nuestros ciclos de actividad y descanso. En el mundo de la espiritualidad se dice que es donde nacen todos nuestros pensamientos, la puerta de acceso a una percepción diferente. Es conocida también como el tercer ojo.

Todos se quedaron fascinados con la explicación de Maritza y cada vez estaban más deseosos de probar, de una vez, la mágica mezcla.

El primero en probarla fue uno de los jóvenes franceses que, con los nervios, olvidó la indicación de tomarla lentamente y se la bebió de un solo trago. Según pasaban a tomarla, se sentaban con la espalda apoyada contra la pared de la cabaña, esperando sus efectos.

Por fin, le llegó el turno a Samuel. Tomó con sus dos manos el cuenco de madera donde había depositado un líquido de color marrón oscuro, casi como el chocolate. El chamán recitaba un mantra mientras bebían cada sorbo. Sólo el olor le produjo una sensación de repulsa, acrecentada por el fuerte sabor amargo del primer trago. Haciendo de tripas corazón, se bebió el recipiente entero. Miró a Alma, que permanecía sentada en el banco de madera donde estaban desde que llegaron, y le puso cara de que aquello sabía a rayos, sentándose junto al resto de compañeros del extraño viaje que iban a iniciar.

No llevaban ni diez minutos cuando dos de las chicas y un chico comenzaron a tener fuertes náuseas. Les habían dado unos recipientes donde echar el vómito en caso de que lo necesitaran. A los quince minutos justos, el chico vomitó la bebida. Las chicas, al igual que el resto, aguantaron. Samuel comenzó a sentirse realmente mal. Pensó que le había sentado mal porque no sentía que tuviera ganas de vomitar, sino que sentía un dolor punzante en el abdomen y el estómago. Pensó que le había tocado padecer el efecto de la diarrea y se puso más nervioso si cabe. Por suerte, al cabo de unos pocos minutos, todo el dolor cesó.

El chamán, observándoles, dijo algo a Maritza, que tradujo de inmediato.

—Parece que han entrado en el estadio primero. Comenzarán a tener alucinaciones en breve —informó a Alma.

Alma se quedó preocupada por la reacción que fuera a tener su hermano. Sentía que debía estar allí con él y cuidarle, y rechazó el ofrecimiento de visitar una casa típica quichua mientras ellos experimentaban los efectos de la madre de todas las hierbas.

Samuel comenzó a delirar algo. Otros de los jóvenes también empezaron a murmurar cosas imperceptibles. Ninguno de ellos se movía y todos permanecían con los ojos abiertos, parpadeando muy lentamente de vez en cuando. Había pasado más de una hora y parecía que todo iba bien. Alma, mucho más tranquila, pensó en que quizás era buena idea visitar la casa quichua y distraerse un rato.

Samuel empezó a experimentar el fuerte efecto de la planta en su ser. Todo se distorsionó y empezó a dividirse en figuras geométricas, miles de ellas. Cada una de estas figuras emitía una luz muy fuerte, con colores vivos, amarillos, rojos, azules, morados… todo su entorno se abrió, desapareció la cabaña, el poblado, la selva, todo, y se convirtió en una fusión de colores, comenzando a diluirse en una conjunción de rayos de colores sin forma alguna. Desaparecieron las figuras geométricas y se fundió en un río de colores que abarcaba el cielo que alcanzaba la vista de Samuel. Sintió la necesidad de mover sus brazos, como para levantar el vuelo. De repente, se percató de que sus brazos y sus manos habían sido reemplazadas por unas alas enormes de plumas negras. Sintió que levantaba el vuelo y que podía surcar ese mágico cielo. Percibió que su cuerpo había cambiado por completo.

Un pensamiento atravesó su mente, dándole respuesta, "soy el cóndor de los Andes que sobrevuela a todo". ¡Se había convertido en un ave! Miró hacia abajo y vio cómo el poblado se hacía cada vez más diminuto. Observó la grandiosidad de la selva del Amazonas. Sintió que podía batir sus alas y volar mucho más rápido. Alzó la vista y vio el volcán Chimborazo a lo lejos. Quiso sobrevolarlo también y batió las alas con fuerza. Parecía que había sido siempre un cóndor, tenía completo dominio sobre el cuerpo y podía hacer lo que se propusiera. Subió y subió en altura, cada vez más cerca del maravilloso cielo colorido bajo el que estaba. Advirtiendo que se encontraba cerca del volcán, comenzó a descender con rapidez. Sintió una atracción hacia su centro a la que no se podía resistir. El aire rozaba con fiereza sobre todo su cuerpo. Bajaba a toda la velocidad que podía, con el objetivo fijado en el centro del cráter del volcán, recubierto de nieve. No tenía necesidad de frenar, no quería hacerlo, pero tampoco sintió miedo por estrellarse contra él. El volcán le llamaba y él atendía su llamada sin dudarlo. Cuando quedaban pocos metros, un agujero negro se abrió justo en su centro. Samuel se introdujo en él, replegando sus alas para acelerar aún más su caída. Al entrar, dejó de sentir. Ya no notaba la velocidad, ni el viento, ni sus alas. Sus sentidos se habían apagado de repente.

De pronto, una luz al fondo se percibió de forma tenue. Pese a no sentir que se movía, seguía cayendo. La luz se hacía cada vez más y más grande, hasta que pareció chocar contra Samuel. De repente, comenzó a sentir de nuevo el aire, pudo sentir el oxígeno entrando en sus pulmones, ni siquiera se había dado cuenta de que había dejado de respirar. Volvía a tomar altura, muy lentamente. Comenzó a notar una brisa en todo su cuerpo, que ahora se apreciaba más ligero aún. Su cuerpo había vuelto a cambiar. Se miró y sólo vio una luz que salía de su interior. Oía como el crepitar de un papel al viento. Giró la cabeza y vio cómo miles de farolillos de papel, con una luz en su interior, se elevaban lentamente a su lado. Miró hacia el suelo y vio que acababa de salir de otro cráter de un volcán completamente distinto al Chimborazo. En su falda, se erigía la torre de una iglesia. El resto de la construcción parecía destrozada, pero la torre estaba intacta, con mucha vegetación en su techumbre. Siguió ascendiendo hacia un cielo que había cambiado sus colores por los de un atardecer como el de Valderrobres. Se sentía extrañamente acompañado por el resto de farolillos, como si ellos también fueran como él. Sintió paz y en comunión con todos ellos. Se dejó llevar, al igual que el resto. Pero unas dudas surgieron en su interior, ¿a dónde vamos?, ¿qué soy?, se preguntó.

Súbitamente, tuvo el impulso de volver a mirar hacia abajo, y comenzó a ver una mancha negra que salía de lo más profundo del volcán y se extendía cubriéndolo todo. Sintió pavor cuando la mancha le alcanzó rápidamente y apagó la luz que tenía en su interior. Pero no se detuvo allí, continuó extendiéndose a través de él hacia todo lo que veía, tiñendo de negro todo el cielo y apagando todos y cada uno del resto de farolillos. En un instante, todo era negro, el negro más intenso que jamás había podido ver en toda su vida. Absorbía todos los rayos de luz, dejando una oscuridad absoluta y a él, suspendido en ella. No veía nada y no escuchaba nada.

En un pestañeo, todo cambió. Repentinamente, apareció en una estación de tren.

—Espera un momento —pensó— ¡esta estación es la de mi sueño!

Samuel volvió a estar en su propio cuerpo. Volvió a sentir sus piernas, a ver sus manos y sus brazos. Se acarició para comprobar que estuvieran allí de nuevo. Levantó la vista y observó la estación. Sentía que había estado allí muchas veces. Como en el repetitivo sueño, estaba en el andén, mirando cómo sus padres y su hermana se subían al tren sin percatarse de que él se quedaba atrás. Notó que llevaba equipaje, lo miró y tiró de él, pero pesaba demasiado y casi no podía moverlo. Era una maleta de color rojo intenso con cuatro ruedas, pero parecía que no podía con el excesivo peso que llevaba dentro. Samuel tiraba de él con fuerza, pero apenas la movía unos milímetros. Su padre le vio desde la ventanilla de su asiento y avisó a su madre y a su hermana, que salieron corriendo hasta la puerta de entrada al vagón. Comenzaron a chillarle y a hacerle gestos con aspavientos para que subiera rápidamente. El tren pitó para indicar que su salida era inminente. Samuel tiró de la maleta con todas sus fuerzas y no la pudo mover. Por un instante, decidió abandonarla y subirse al vagón. Abrió la mano para soltarla y se giró hacia el tren, que comenzaba a tomar velocidad. Intentó echar un pie delante de otro, pero no podía avanzar. Desesperado, miró hacia abajo para ver qué le impedía moverse. Tenía dos grilletes, con dos cadenas gruesas en cada pie, atadas a la maleta. Histérico, se sentó en el suelo, golpeando los grilletes para que se abrieran.

El tren volvió a hacer sonar su pitido y aceleró su marcha. Samuel golpeaba con fuerza las cadenas, pero eran demasiado fuertes como para que sus golpes les afectaran. Se levantó de nuevo, intentando levantar la maleta, cosa que fue imposible. Se colocó del otro lado y comenzó a empujarla. No pudo avanzar más que unos pocos centímetros. Su madre gritaba y lloraba de desesperación, pues quería bajarse del tren en marcha para ir junto a él y ayudarle. Alma, con lágrimas en sus mejillas, sujetaba con fuerza a su madre para que no se tirara. Martín tenía su mirada clavada en él. Sabía que no podría subirse al tren a tiempo. Samuel le miró, cayó de rodillas, y comenzó a llorar. Sintió una profunda soledad y un dolor intenso en su pecho. Vio cómo se alejaba su familia, impotente. Martín, justo antes de desaparecer de la vista de su hijo, le sonrió.

Samuel se derrumbó en el suelo, oía los quejidos de su madre llamándole y llorando desconsoladamente. Nada podía hacer ya. La maldita maleta le había retenido en esa estación. El corazón, que hasta entonces no había notado, empezó a latir con fuerza. Se quedó con la mirada perdida, tumbado en el suelo, observando cómo desaparecía el convoy a lo lejos. El dolor del pecho aumentó su intensidad. Comenzó a retorcerse de dolor y su corazón parecía desbocarse. Jamás le había latido con tanta fuerza. Un sudor frío recorrió sus sienes y el dolor se extendió, súbitamente, a su brazo izquierdo.

Alma, que estaba saliendo de la cabaña, sintió que algo no iba bien. Volvió sobre sus pasos y observó cómo el chamán, con cara de preocupación, se levantaba rápidamente para atender a Samuel. A Alma se le encogió el corazón y corrió desesperada hacia su hermano. Maritza le tapaba y desde su posición no podía ver cómo se encontraba. Mientras se acercaba todo lo rápido que podía, sólo alcanzaba a ver cómo las piernas de su hermano se agitaban fuera de control. El pánico se apoderó de ella y corrió hacia él todo lo rápido que pudo. Al llegar, apartó a Maritza bruscamente y pudo ver cómo Samuel estaba con los ojos abiertos completamente en blanco y su cuerpo convulsionaba violentamente. En ese mismo instante comenzó a expulsar abundante espuma por la boca; parecía que estaba teniendo un ataque epiléptico. Alma comenzó a chillar fuera de sí.

—¡Sam! ¡Samuel! ¡Dios mío! ¡Sam! ¡Por favor! —chillaba mientras le daba palmadas en la cara— ¡Haga algo! ¡Por favor, haga algo! —gritaba al chamán que aparentaba estar realmente preocupado— ¡Por favor, sálvenle! ¡No puede morir! ¡Dios mío! ¡No! ¡No! ¡No! ¡Sam!

De repente, Samuel se quedó completamente inmóvil.

Su corazón había dejado de latir.

La historia continua…

Una recomendación

Antes de finalizar este volumen de la trilogía de Las cenizas de nuestros padres, quiero compartir contigo lo que fue para mí conocer el libro La voz de tu alma. Este libro llegó a mis manos en el momento más oportuno, un momento en el que yo estaba en un proceso interno de mirarme dentro como ejercicio vital para saber quién era ese al que llamaba 'yo'.

La lectura de este libro me ayudó en mi proceso para poder ver mi propia vida de forma diferente, quitándome las capas que enturbiaban mi mirada del mundo y me impedían ver lo que yo mismo podía llegar a ser. Sin duda, este es un camino que dura para toda la vida y comenzar por La voz de tu alma es un buen comienzo.

La voz de tu alma es un compendio de cosas que ya sabes en tu interior, pero que has olvidado o que te niegas a reconocer, explicadas de tal manera que, al menos, siembra en ti la duda de que todo lo que ves no es lo único que existe.

Mi experiencia con este libro no pudo ser más provechosa, acabé contando con los conocimientos y la experiencia de Lain para aprender a editar y publicar este libro que tienes en tus manos, así que sirve como testimonio de que puedes hacer realidad cosas que ahora te parecen inverosímiles.

Como digo siempre, los libros eligen a sus lectores y nunca se equivocan. Si sientes curiosidad sobre qué puedes encontrar en él, quizás es que en él descubras cosas que pasaban desapercibidas para ti.

¿Quién sabe?

Al menos una cosa será segura: Saldrás de su lectura sintiéndote mejor que cuando entraste.

Gracias Lain por tu determinación al escribirlo y por inspirar a todo el que pasa por sus páginas.

GRACIAS, GRACIAS, GRACIAS.

www.ingramcontent.com/pod-product-compliance
Lightning Source LLC
Chambersburg PA
CBHW051542250626
47157CB00001B/145